大專用書

新聞採訪與編輯

鄭貞銘 著

三民書局 印行

國家圖書館出版品預行編目資料

新聞採訪與編輯／鄭貞銘著.－－增訂二版一刷.－
－臺北市；三民，民91
面；　公分

ISBN 957-14-3613-5　(平裝)

1. 採訪(新聞)

895　　91003349

網路書店位址　http : // www. sanmin. com. tw

著作人　鄭貞銘
發行人　劉振強
著作財產權人　三民書局股份有限公司
臺北市復興北路三八六號
發行所　三民書局股份有限公司
地址／臺北市復興北路三八六號
電話／二五〇〇六六〇〇
郵撥／〇〇〇九九九八──五號
印刷所　三民書局股份有限公司
門市部　復北店／臺北市復興北路三八六號
重南店／臺北市重慶南路一段六十一號
初版一刷　中華民國六十七年九月
初版七刷　中華民國八十二年三月
增訂二版一刷　中華民國九十一年三月
編　號　S 89008
基本定價　捌元捌角
行政院新聞局登記證局版臺業字第〇二〇〇號

ISBN　957-14-3613-5　(平裝)

增訂版序

新聞事業，從某一個角度來看，它是消息與輿論的傳播媒介，它是一種最普遍而最重要的發表手段；新聞事業在步入西元兩千零二的今日，已然隨著日新月異的大眾傳播科學，而形成為不可或缺的社會建制之一。

新聞事業最重要的一面，是其服務於大眾的功能。今日社會的複雜性，使得人們對傳播媒介有著更大的依賴，而報紙的影響力尤其重大。報紙在現代文明中佔著「傳播者」和「教育者」的權威地位，在傳播的目的上，它能為人類發掘真理；在教育的意義上，它能帶給人類以真知。

因而一個獻身大眾傳播的記者或編輯，他所負的使命，是以一個拓荒者的精神，樂此不疲的去開墾那一張張對開的報紙。他必須居於領導人、調停人和批評人的地位，提供大眾應知曉的事實，供輸有關大眾的意見與行動的資料。

沙洲上是建立不起鐵塔的，真正想以新聞事業為職業的青年朋友，第一步工作就是必須奠定新聞學的基礎。在新聞學科目中，「採訪寫作」與「編輯」是最基本的功課，它是最平凡的課，但也是最不易精通的課；因此，自從個人獻身新聞教育工作以來，一直專注新聞學及大眾傳播學的教課與研究，其中尤以基本的採訪編輯，更是隨時搜集資料，亟願為有志一同的朋友，理出一條知、行合一的坦途來。

本書分採訪、編輯為上下兩篇，共二十六章，分別論述新聞之採訪、寫作及編輯的新使命；除集三十幾年之教學心得外，並融匯了多年來的實際工作經驗，故本書兼有理論新知及實際經驗。本書在寫作之時，立論係以大眾傳播學理為骨架，然後附之以新聞學、報業實務為血肉，以期完整與新穎。

本書之初版，已歷二十餘年，在傳播科技日新月異之際，編採理念與實務自亦有若干新的發展，因此應三民書局劉董事長振強之請，再加增訂補修。在上篇採訪方面，增加之章節包括地方新聞之採訪與報導、新聞媒介的公信力、政治新聞之採訪與報導、社會新聞、弱勢新聞之採訪與報導等、網路新聞皆期適應今日新聞界最新實況；而下篇編輯部分之增訂，尤為重大，幾乎可以說是脫胎換骨，目的無他，希望初學者能夠完全了解今日編採實務之最新進展。

惟作者始終認為，新聞工作，技術固然重要，而其更重要者，厥為新聞道德與社會責任感；記者、編輯或不難當，但要真真實實盡到應盡的責任，並非易事；願讀者諸君，能從本書中詳加琢磨，瞭解此一真理，以期竭盡新聞人的一份天職、無愧報人的榮耀。

本書之增訂補修，承袁世忠、邱民才、康紀漢、張紋誠、林宗遠等同學盡心協助，衷心至為感激。

鄭貞銘
九二年元月於正維軒

新聞採訪與編輯　目次

下篇　編　　輯

上篇　採　訪

第一章　新聞概論

第一節　新聞的涵義

什麼是新聞(The News Story)？本書開宗明義，便揭櫫「新聞」的涵義，縱然新聞學者們一直不能為新聞一詞下一放諸四海而皆準的定義，但不可否認，我們依然有脈絡可探尋其所涵意義。

我國遠在宋朝就已出現「新聞」二字，《朝野彙要》中有：「朝報日出事宜也，每日門下復省編定給事叛報方行下都進奏院，報行天下，其有所謂內探、省探、衙探之類，皆衷私小報率有洩露之禁，故隱號曰新聞。」當然，宋朝時候的「新聞」意義與今日者不盡相同，而現今所謂的新聞，倒是與英文News相近。

在為「新聞」下定義之前，首先，我們要確立「新聞是一件事實之報導」的概念。一般而言，凡報紙、雜誌、電視、廣播所傳遞的消息，可稱之為「新聞」，這說法並不完整，但卻是對的，不管有多轟動，有多驚人，事件的本身並非新聞，任何事件的發生，必須經過正確的記錄，透過各種不同的傳播媒介而傳達到閱聽人的眼前，這才是新聞。明確的說：新聞並非指實際發生的事件，而是事件的報導。

世界各國有許多新聞學者，站在「新聞學」的立場，均曾為「新聞」下過定義。由此，我們也可引此作為認識「新聞」涵義的參考：

△紐約《太陽報》採訪主任丹那(Charles A. Dana)說：「凡能引起人們反應的事都是新聞。」後又修正說：「凡能使社會上大多數人

感到興趣，而且是第一回感到興趣的事，都是新聞。」

△巴爾的摩《太陽晚報》總編輯強生(Gerald W. Johnson)說:「新聞乃對一件重要的事情，作詳實的記錄，經過優良的報人作超然的判斷，而寫作、刊登，而且獲得讀者的滿意。」

△名編輯華爾克(Stanley Walker)諷刺說:「女人、犯罪和金錢的記載就是新聞。」

△前《紐約時報》夜間部編輯馬克尼爾(Neil Macneil)指出:「報紙和讀者所關心的當前事物，經過記載和編輯，即成新聞。」

△日本後藤武男認為:「把最新的事實，精確而迅速印成了使多數人感到有興趣而實益的，都是新聞。」

△松村廣太郎說:「新聞的欲求，是人類本性的呼聲，所以由國家、地域、環境等不同的人心所需要的新聞，當然是各有各的體認。」

我國新聞學者，也有為「新聞」下定義的:

△徐寶璜教授，在他所著《新聞學綱要》中提及:「新聞者，乃多數閱聽者所注意之最近事實。」(徐教授乃為開中國新聞學課程之先聲者，曾執教於北大。)

△前《京報》總主筆邵飄萍說:「新聞者，是最近時間內所發生的新發現與人類生存有關的事實與現象。」

△王洪鈞教授在其所著《新聞採訪學》中說:「對一個足以引起讀者興趣的觀念及事情，在不違背正確原則下所做的最新報導，皆為新聞。」詮釋這項定義，我們可以說:⑴新聞本身無重量，是要經過受過訓練的記者之發現，理解與報導後，乃成新聞。⑵新聞是新發現的，並不一定是新發生的。⑶讀者的興趣，是指大多數讀者的興趣，不可能是所有讀者的興趣。⑷在報導時，態度上一定要客觀、正確、完整。⑸凡屬新的觀念，亦可構成新聞。

△著作《新聞論》的錢震教授也指出:「新聞是某些事物新近而正確的報導。」錢教授認為上述定義有幾點值得注意:⑴新聞是某些

事物的報導，並非所有事物。⑵新的事物的報導，當然是新聞；但舊事物的新近報導，也是新聞。⑶正確性，是新聞必要條件。⑷嚴格的說，刊載（報導）後才可成為新聞。

綜合上述各項定義，吾人可知「新聞」一詞，因為時代的變遷與傳播工具的發展，均足以影響其涵義。另者，站在新聞寫作的立場觀之，「新聞」的主要涵義與「純新聞學」的觀點又不盡相同。某些事件經過正確的紀錄，而適時的透過傳播工具，到達閱聽人的眼前，才算是「新聞」，報導得慢了，而失去時效，那就變成了「歷史」，如果報導得既主觀，又提出許多的意見，那就變成了「意見表」。如果報導時不講求技巧，平鋪直述的不能引起讀者興趣，甚至形成一篇流水帳似的，那就成了乏味的「公報」了。因而「新聞」是「對世界上一切事物中令人發生新鮮、好奇、重要、激動的感覺者，所作的迅速而詳實的報導」。新聞寫作者便要依此一新聞涵義為準，然後方能寫出有價值的新聞稿。

美國新聞學家強森(Stanly Johnson)在其所著《完善的採訪員》中說：「認識新聞，比為新聞下定義要容易。」可見，新聞涵義之廣泛而難以「一言以蔽之」。儘管許多新聞學者試圖為它作一確切而妥貼的界說，但均無圓滿的結果，蓋其所下之諸定義，未有能被普遍接受的。

雖然新聞學界，未能將新聞涵義作一放諸四海而皆準的界說，但從下列新聞所具的特質，我們不難了解新聞是什麼。

第一個特質：新鮮性(Recently)。新聞必需是剛發生，或第一次被發現的，新聞變成舊聞就失去價值了。因此，任何一家成功的報紙，都以爭取最新消息為努力的目標。

第二個特質：可讀性(Readability)。可讀性有兩個因素：一是與閱聽人的生活直接有關，如停水、停電、颱風、地震消息、公車路線的調整、物價的波動、法律的頒佈、政府官員的更迭、科學醫學的研究發展等等。二是內容有趣味性，如吸引人的棒球賽、展覽會、明星的風花雪月等等。

第三個特質：正確性(True)。新聞必須是確已發生或宣佈的事實，報導不可臆測或假定，更不可滲雜個人的成見或偏見。而需以客觀立場，力求公正、確實、肯定。

第四個特質：臨近性(Proximity)。按理，人們喜歡得到在空間、時間及背景方面與他們接近的消息。換言之，人們寧願多知曉自己所居地區和自己國家的消息。例如：臺北市居民他會十分關心北市捷運建設的消息，而不見得會注意非洲某個國家獨立的消息。這也是美國若干地方性報紙崛起，特別重視當地新聞而忽視國際新聞的原因。

第五個特質：非尋常性(Unusual)。新聞學著作中有句老話：「狗咬人不是新聞，人咬狗才是新聞。」因此大眾傳播媒介所傳達出的新聞應不斷發掘不平常的消息，而不應因好逸惡勞，隨手拈些資料、公報改寫了事。

新聞涉及人類生活的轉變成事件，因之，人類生活中蘊藏著無窮盡的新聞性，可謂「新聞反映人生，人生蘊孕新聞。」所以新聞就是現實的人生，它是離不開大眾也脫不開生活的。

因此，我們若試圖將新聞的涵義，作一歸納定義，可以如此說：「凡是發生於大眾生活中，與大眾有關的任何方面有價值的新事物或新觀念，經過大眾傳播媒介之傳播的，都可稱之為新聞。」

第二節　新聞價值的衡量

「今日保持消息靈通之困難，不在消息之稀少，而在於消息逐日增多，非一般人所能消化。」以上是大眾傳播學者亨利・R・魯漢對今日世事風雨變化新聞之多，而在採訪、編輯上遭遇到困難而作的說法。

一般人無法消化逐日增多的新聞，因之新聞傳播機構責無旁貸的負起了「選擇新聞」的工作，易言之，「新聞價值的衡量」已然成為新聞從業員必備的能力了。目前世界各國，報紙依然是主要的新聞傳播媒介，將發生的事件寫成新聞體裁，依其相對的價值與時效，給予應有的篇幅與地位，而材料的新聞價值，其衡量標準，不一而定，見仁見智，各有看法，但萬法不離其宗，我們可以將之概括的說：是來自於它的新、奇、趣，和意義。

新聞約略可分為數種，例如：從地理與政治觀點，新聞可被認為是本地的、省的、國家的或國際的；從題材觀點，可分為犯罪、財經、體育、社會、科學，或政治等新聞。而在今日社會日益複雜，生活步調日益緊張的情況下，千百萬的閱聽人對他們所得的消息，都希望是「已經過消化」，一般成功而出色的報章雜誌的新聞報導，均朝此方向努力，他們將新聞加以綜合、組織、濃縮與傳播，以非常的正確性與特殊效果，為大眾閱聽人作這項工作，準此我們更可體認到「新聞價值衡量」在今日新聞傳播工作上，是多麼重要的一環了❶！

衡量物質的標準有度量衡，而衡量新聞卻無一定標準，就新聞學學理上，約可擬出數個重要原則：

一、時間性

也即是前節討論到「新聞」定義中第一個特質：新鮮性。閱聽人購買報紙和收聽（視）廣播電視的主要目的，乃在獲得最新的消息；事件發生的時間距離傳播媒介傳佈的時間越近，其新聞價值越大，尤其在電子媒介發達的時代裡，新聞的發佈幾乎與事件的發生

❶ 「新聞價值衡量」是記者與編輯雙重「守門人的工作」，此處以記者立場申論。

同時，例如少棒的實況轉播，已然超越了時空，真是無遠弗屆，無所不能了，以往文字記者努力的目標:「最先得到最後的消息」，在今天似乎已還不能適應這個新形勢。

當然，廣播電視是搶盡了速度、形象、聲色的鋒頭，而文字新聞在「事過境遷」之後，則應該以生動的筆觸、詳細的描繪、深入的探討，作有計劃有條理的報導，以補電子新聞的不足，來服務大眾，所以新聞的時間性依然決定著其價值，儘管電視廣播佔盡先機，但因受時間的限制，短暫的報導，只能算是「預告」，欲知詳情尚賴報紙、雜誌的深入報導。因之，我們肯定現在不論電臺或是報社的記者們天天依然要「搶」新聞，搶的就是時間，蓋時間乃決定新聞價值之關鍵!

二、臨近性

即是新聞事件發生地點與關聯人的距離關係。一般而言，閱聽人對鄰近地區的小事情，要比遠處大事件的興趣來的大，這是常理，人的心理總是關心自身周遭的事情，因為發生在身邊的事情或許是他所熟悉的人、事，或許這些人、事較影響他，這種重視接近性的道理若說與「各人自掃門前雪，不管他人瓦上霜」的心理相似，倒也未嘗不可。

但是，今日科學昌明，世界縮小了，人們生活的領域擴大了!如何再界定「臨近」二字，確實很難，你會不注意美國總統大選、佛州的開票過程嗎?你會不關心威廉波特的球賽?如果你是個影迷、歌迷，當早晨打開報紙後，金素梅當選立委，「藍宇」獲金馬獎最佳影片，戴安娜王妃的死亡消息，定然會吸引你而使你忽視了市長在議會裡說了些什麼話。

因而，臨近性的意義，在今天已無定則了，昔日:「報館門前死了一條狗，會比遠在非洲發生水災，更會引起讀者的興趣。」的說法，已無法成立；但是，此處所舉的遠距離新聞，均屬「重大新聞」，若是一般新聞，仍以臨近者較引起讀者興趣。因而各報紛紛設地方版，至於社區媒體的產生，也是必然的趨勢。

三、重要性

新聞價值的第一要素便是重要性，前面所提「重大新聞」便是指此而言，一樁新聞事件發生影響的程度、波及的幅度乃構成其重要性。有人說，記者及編輯最歡喜的莫過於「天下大亂」的新聞，其來有自。核四之建與不建，影響重大而深遠，喧騰一時，不為無因。

另外，「重要性」的程度，乃客觀的受著閱聽人的興趣而異。平凡的事件，經過渲染、趣味化，能使受播人感到津津有味，就比重要而乏味的新聞，更具新聞價值了。

凡是閱聽人感興趣的，便是重要的，譬如趣味、人情味、激情的新聞，往往被新聞機構視為「重要性」極高的新聞。

四、顯著性

平常發生的事情，若涉及知名人物，就愈有新聞價值。例如美國總統甘迺迪被暗殺，自然形成一件重要的新聞。立委黃顯洲與璩美鳳事件，引起社會喧騰，也是一件不足為怪的事。

美國新聞學者霍伯特甘絲(Herbert Gans)，曾作一實驗觀察，他把新聞中的人物略分為知名與不知名兩類，發現前者的曝光率竟是後者的四倍，顯見新聞事件中的主角愈有名氣，就愈有報導的價值。

五、感動性

也可以說是人情趣味性，凡是有關人類或其他動物、事件的新聞，能使讀者深受感動的，一般而言，多數是有新聞價值的。

人心生七情，喜、怒、哀、懼、愛、惡、欲的心理，往往主宰人們的需要，在這些心理狀態的驅使下，人們對事物的選擇取捨，除了理性之外，多偏向感性的，所以能滿足於人類的憐憫、恐懼、妬忌、喜愛、犧牲的基本感情的新聞，本身雖屬小事件，但卻是很具新聞價值的。有人認為新聞照片的三個因素，必須包括人性、兒童、動物，也有人認為任何新聞的重要因素是女人、政治、金錢。雖然如此說法有些言過其實，但經驗告訴我們，衡量新聞的不可缺要素，乃是趣味性。

在報章刊登的和電視廣播的新聞中，我們常見的趣味要素，可以大略的分類如下：

1. 性：黃色新聞的崛起，使桃色新聞永遠是閱聽人所樂於接受的。女人、畸戀、姦情以及浪漫情調的故事，都可強烈引起人們的好奇心。

2. 鬥爭：戰爭、拳賽、球賽都是十分緊張而刺激的，很能引人入勝。或許在視覺感官上的激烈戰鬥，可以滿足人們下意識中的破壞慾與施暴慾。

3. 金錢：自古金錢即是人們追逐的對象，而今常常成為新聞趣味的泉源，有關錢財的報導，不論讀者的窮富，都會感到興趣。

4. 切身關係的：與讀者有切身利害關係的，是閱聽人最感興趣的，例如福利、婚姻、醫藥、食衣住行等等的新聞。

5. 新奇：與眾不同的、突變奇特的、珍奇陌生的、新的發明發現等，不尋常的事件，能使讀者好奇，使聽者迷惑的，也就是新聞中趣味的肇始。

6. 英雄的崇拜：出眾傑出的人物、英雄、美人、政治人物、明星、學者等，本身已是新聞性很高的了，若再發掘他們另一面，或訪問作特寫、人物素描、花絮小記，都是人們極感興趣的。

7. 犯罪：新聞傳播中，最常見的社會新聞就是有關犯罪的。慘案、有關生命和金錢損失的、謀殺、強暴、搶劫等構成了犯罪新聞大觀，綜合了恐懼、神秘、暴力、偵探、性慾，乃至於同情、怨憤等各種誘力。

8.人情味：有關人、事、動物的新聞，能感動閱聽人，產生關懷、同情的共鳴。這類新聞，對我們的愛情、憐憫、同情、犧牲等基本感情，發生誘力。

以上所說的八個要素，也只是學理上的立論，實際上，在處理新聞的實務上，各家機構所表現的方法並不相同，所著重的重點也有異，這是由於每個新聞機構立場的不同，所以採訪政策、編輯方針都有不同。

在討論新聞價值衡量的標準之後，我們應注意到，新聞價值的輕重如何表現，以報紙而論，其表現方法是：

1.刊登的位置：一般而言，第一版常是當天重要新聞的總匯。各版的右上方地位，謂之「頭條」，是該版中最重要的新聞。

2.標題的顯著：文字報導，往往以字號大小來表示新聞的重要性，字號愈大者，所佔篇幅也愈大，愈易吸引讀者。主要新聞就是如此表示，反之，愈小的字，其新聞價值即愈小。

3.加框：對於重要新聞而字數少的，可以「加框」來顯示其新聞價值，特別以線條圈圍一則新聞，使之醒目，與眾不同，雖然其標題不大，又非頭條，但卻又具有強調的效果。

4.記載的詳略：發生事件具有前述諸新聞價值之因素者，均屬讀者所需要的，正也是報館一展身手，大大表現的機會，於是該新聞處理上，自然會以詳細的內容，大幅的報導。

5.專欄特寫：除了新聞發佈之外，專欄與特寫，是輔助、配合該新聞的，因為寫作方式上不同，專欄特寫屬於分析，深入的綜合性報導，是加強新聞重要性的好作法。

6.插圖配合：照片、漫畫、圖表等配合新聞，會加強讀者的注意及興趣；文字畢竟較抽象、刻板，如有插圖的調和，可使版圖活潑而生動。現代的彩色印刷普及，彩色鮮艷的插圖，更增添了報紙的美觀及誘力。

7. 彩色套紅：經常出現在國慶大典及重要節日，會以醒目的套紅標題字樣、彩色圖片來表現新聞的重要性。

廣播、電視的新聞價值表現，因為傳播工具不同，表達方式自然與報紙不同：

1. 突發新聞：可在節目進行中或間隙中，插播報導。

2. 電視可以圖片、影片或現場實況來加強新聞之報導，廣播則以現場轉播或錄音。

3. 為補廣播電視新聞短暫之不足，可以特別製作訪問與評論，甚而討論會、座談會等等。

至於新聞專業電臺與頻道，那更是隨時報導立即的新聞了。

今日的世界，可以成為新聞的事件太多了，所以編輯們不得不精選既重要而又有趣的新聞來報導，以往的報紙好像一面鏡子，把事情都忠實地一一照登出來；今天的報紙則成了藝術家的風景畫，一面減少無關緊要的瑣碎，一方面對重要的新聞加以強調和突顯，尤其大都會地區的新聞，都加以綜合、組織、濃縮過。所以新聞價值的判斷、衡量，實是今日新聞事業中，一環重要工作。

第三節　新聞來源

報紙、廣播，以及電視上，每天都很有系統的、充足的報導國內外各方面發生的新聞，大眾傳播媒介揭發、傳佈了全球以至外星球上的新聞❷。

這些新聞的來源，無疑的都有賴健全的供輸組織：

---

❷ 來自月球的登月衛星轉播及自火星的傳真電視影片照片等。

⑴報社（廣播、電視）記者的採訪、蒐集、報導。

⑵通訊社的供給資料。

⑶資料供應社的輔助，及其他來源。

新聞的主要來源為：

1.記者，2.特派員（分：國外、國內、美國華府等特別行政區），3.通訊社（分三種：地方性的、一般性的、國際性的），4.資料供應：有專社供應、報社本身資料室，5.其他：供給秘密消息者、報館職員、記者之朋友、新聞公共關係人員。

一、記　者

記者在報社扮演重要的角色，他是新聞的最主要來源，記者採訪、蒐集的範圍廣得無所不至，上自總統、女皇，下至引車賣漿者流，無不是其訪問對象。然而記者採訪新聞除臨時發生新聞的個人、團體為目標外，其他則有可循之脈絡自固定目標獲得足夠的新聞：

㈠黨政新聞

①總統府。

②行政院（包括各部、會）。

③各政黨（注意選舉活動）。

㈡國會新聞

①立法院。

②監察院。

㈢外交新聞

①外交部。

②各使、領館及國際組織。

③僑務委員會。

④從事國與國間政治、法律交涉事務之人員。

㈣軍事新聞

①國防部。

②海、陸、空、聯勤總部、警備及憲兵司令部。

③各軍事院校及各部隊基地。

④各師、團管區。

⑤金、馬、澎湖等外島。

㈤財經新聞

①經濟部、經建會。

②金融機構、生產力中心。

③外貿會。

④國營事業、加工輸出團體及公司。

⑤財政部。

⑥稅捐處。

⑦農委會。

⑧證券市場及證管會。

⑨各級工商團體、公會。

⑩公私銀行、保險公司、信託投資。

㈥文教新聞

①教育行政機關（教育部、局等）。

②考試院。

③中央研究院。

④國科會。

⑤學人活動。

⑥救國團。

⑦學術團體。

⑧各級學校。

⑨學生活動。

㈦交通新聞

①交通部。

②鐵、公路局。

③公車聯營中心、捷運局。

④交通警察大隊。

⑤郵政、電信。

⑥氣象局。

⑦公共工程局、建設局。

⑧觀光局。

⑨海、空航運。

㈧體育新聞

①體育委員會。

②各體育協會（如體協、籃協、足協、棒協、拳協等）。

③學校、社會、軍中之體育活動。

㈨司法新聞

①法院。

②少年法庭。

③司法行政部。

④警政署。

⑤司法院。

⑥司法行政部調查局。

㈩市政新聞

①市政府及新聞處、自來水廠等附屬單位。

②市議會。

③市黨部（各政黨黨團）。

④北市稅捐稽徵處。

⑴影藝新聞

①電影公司、代理商。

②影藝團體。

③電視公司。

④影藝人員。

⑤一般娛樂活動。

⑥各片廠。

㈢社會新聞❸

①警政署、市警局。

②刑警大隊。

③各分局。

④消防大隊。

⑤少年警察大隊。

⑥慈善團體。

⑦醫院之急救中心。

二、特派員

每個新聞機構都有特派員，如報社的地方記者、特約記者、電視臺的駐地記者等等，乃是屬於國內派在市郊或外鄉市的記者人員。另有一種是報社派在國外採訪當地新聞的記者，如：駐華府特派員、駐東京特派員、駐歐洲特派員等等屬之。

㈠國內特約記者

這些記者，擔任報社所在地以外的市、縣、鄉、鎮的新聞報導工作，多由地方版主編指揮，他們多用電話、傳真，或郵寄方式傳遞其新聞。一位有經驗的地方記者，會利用其與地方上政要、警局與地方士紳的良好關係，而掌握該地的任何消息。

㈡國外特派員

國外特派員是新進記者們所最嚮往的職位。特派員能往返於世

❸ 社會新聞往往是報社採訪組中，主要的採訪重點。

界上大都會之間採訪重大的新聞，也有機會參與國際社交和外交的各種場合。

國外特派員須要對他所派駐的國家有深切的了解才行，除了具有良好的教育、智慧及善於應對、採訪的能力外，更須有手腕和判斷力，能在所駐國的新聞界吃得開，對其所處之環境能應付裕如，並了解國內讀者需要，方可控制新聞來源，使之源源不斷而且事事中節。

三、通訊社

報紙限於人力、物力、財力，不可能蒐盡天下新聞，為滿足讀者求知及盡到大眾傳播之職責，要用什麼方法，在最短的時間內，得知天下事，通訊社因此應運而生。

通訊社創始於歐洲，發達於美國，其中最大的當推美聯社(Associated Press)、合眾國際社(United Press International)，英國以路透社(Reuters)歷史最久，法國以法新社(Agence France Press)為著，我國目前以中央社(Central News Agency)最具規模。

㈠美聯社

簡稱A.P.，成立於一八四八年，由六家紐約報紙聯合組成，當時稱「紐約報聯社」，一九〇〇年才改用今名，其業務以採訪和報導國內新聞為主，以後才發展至國外。

美聯社總社在紐約，國內分社有一百處，國外分社五十處，最大的分處是華盛頓與倫敦，採訪網遍佈全球。每日供應各地報社以新聞稿及傳真照片，在世界傳播上佔有舉足輕重之地位。

㈡合眾國際社

簡稱U.P.I.，係由合眾社(United Press)和國際社(International News Service)兩社於一九五八年五月十六日合併的。

該社的組織與業務跟美聯社不分上下，在國內現有分社一百四十四處，在國外亦有一百零四處，所用員工全數已超過萬餘人。除了供給新聞之外，尚有四十八種語文的譯稿，並有電視新聞影片的提供。

㈢路透社

該社是一位普魯士銀行職員保羅路透(Paul Julius Reuter)於一八五一年所創立，設於倫敦，發展不久，就壟斷了很大地區的新聞採訪和供應。以後該社又聯合了歐洲大陸的各通訊社，組織了一個龐大的「卡特兒」(Cartel)，劃分勢力範圍，路透社獲得美國、日本、中國及其他遠東的大部地區。一八五六年，法皇對奧國宣戰，路透社用信鴿將消息傳至倫敦，世界震驚。一八九九年老路透去世，其子小路透繼承，後小路透自殺，大權旁落於該社經理瓊斯之手。一九四一年，該社改組為美國報業所經營的非營利性質的合作社，頗似美國的美聯社。

㈣法新社

簡稱A.F.P.，其前身為哈瓦斯社(Havas)，哈瓦斯社是匈牙利人哈瓦斯(Charles Havas)於一八三五年創立，距今近一百六十七年。二次世界大戰，德國佔領法國時，曾利用該社為宣傳機構。一九四三年十一月，盟軍收復法國，法政府乃將該社改為今名，成為法國政府經營的通訊社。

一九五七年，法新社改組，不再接受政府津貼，而由法國新聞界，以合作方式共同經營。

㈤日本共同社

其前身是日本同盟社，由於日本戰敗及其協助軍閥宣傳侵略戰爭的緣故，所以遭受盟軍總部改組，另由日本一百一十三家報紙和廣播協會聯合組成今天的共同通訊社，它在組織上，最高級者為董事會，下面分設總務局、編輯局、連絡局，另外還有通訊部負責電訊事宜。

㈥中央社

簡稱C.N.A.，是目前我國最大之通訊社，該社於民國十三年成立於廣州，是為國民黨中央委員會宣傳部所屬的一個機構。該社任務為：「凡關於中央及地方黨務消息，暨社會、經濟、政治、外交、教育、軍事及中西各國最新之要聞，足供我國建設參考者……以介紹於國人。」由此可窺見其業務方針。該社於民國二十一年五月間，蕭同茲任社長後遷出中央黨部，對外獨立經營，發佈新聞不以宣傳為著眼點，從此中央社乃開始踏上了工作專門化、業務社會化、經營企業化的大道。

抗戰期間，該社輾轉疏遷，在戰火中繼續奮鬥茁壯，該社先後與英、德、法、美等國五大通訊社訂立合同，取得其在華的發稿權，同時以中國新聞供各社採用。中央社在國外多處有特派員，自己採訪蒐集各國新聞，供國內報紙採用。民國三十八年播遷來臺，目前已改為國家通訊社，業務發展方面，中央社繼續了其傳統精神，依然是為我國最大之通訊社。

㈦其　他

目前國內尚有屬於國防部總政戰部的「軍聞社」，以軍事新聞為主，成立於民國三十五年五月。

幼獅社：由中國青年反共救國團主辦，以報導文教新聞與青年活動為主。

華僑社：由僑務委員會主辦，專門發佈僑務動態或出版相關刊物，製作廣電節目。

四、資料供應社

新的新聞報導作業，不單單是匆匆忙忙的採訪消息，記者們或編輯往往會消耗很多時間和精力在發掘問題、調查文件、檢查研究報告等等，其原因是為了要滿足今日閱聽人對新聞報導的要求，「新新聞學」的熱衷與提倡，人們需要更使人信服的新聞事業。解釋性新聞與小說體新聞已非單憑記者走來走去探訪些問題可以達成的。因之新聞與資料有了密切的關係。

資料供應的項目之多寡，是依其需要而定，目前資料供應社所列一般性的資料項目，大約有下述各種：1.最新的新聞照片、影片，2.新聞特寫及有關圖片，3.人物傳記與照片，4.專欄作品，5.政治評論，6.時事分析，7.商情分析，8.行情報導，9.漫畫，10.連環圖畫，11.各種生活指南，12.參考資料，13.翻譯文字，14.副刊所需之賓果、謎語等，15.專門性質的剪報，16.婦女專欄。

報紙所需要的資料，首推新聞，報紙及電臺可從其新聞工作人員手中或各通訊社的提供中獲取新聞。由於娛樂性、軟性的文章、消息，日益受人們歡迎，於是「職權」自然而然劃分為二：通訊社專供新聞，大眾所嚮往的娛樂性文章，則由資料供應社專門供給。

目前國內新聞或大眾傳播科系學生，對資料供應社並無深入的認識與探討，在此特略述資料供應社的功能如下：

㈠供研究用途的資料供應

例如研究論文之撰寫，便可得其隨時予以參閱之便利；有關研究機構，並可商定作某種資料的供應，長期訂閱或一次購買均有利其研究之需。

㈡供新聞傳播的資料供應

報館或電臺因本身設備欠周，資料儲存有限，不得不求助於資料供應社，希望以少許的代價，獲得良好的供應，諸如前述之特稿、分析文章、照片、漫畫、翻譯、小說謎語等等，都可求諸供應。

㈢供參考用途的資料供應

如某機構公共關係單位，委託供應有關業務、個人、公關的資料等，一般而言，此類資料的供應，以剪報為主。

㈣供商業用途的資料供應

商業行情的分析、市場上的供應狀況、生產狀況，及市場調查、進出口貿易情況等，若由資料供應社提供，既省人力又省金錢。故商業機構應善為利用資料供應社。

資料供應社之父凱洛格(Ansel Nash Kellogg)，是資料供應社歷史上最重要的人物，他於一八六一年在美國威斯康辛州創辦了這種事業；他於一八六五年到芝加哥開辦了資料供應社，以副刊上的雜文和「內幕新聞」供應給各家小報。

一八八四年，歐文・白奇勒(Irving Bacheller)，將其供應社的特稿供給大都市中的報紙。到一九二〇年這種資料供應社，已發展為組織健全的企業，同時也成為美國新聞事業中舉足輕重的一環，時至今日大眾傳播事業發達，其重要性依然，目前最著名的有金氏特稿資料供應社(King Features Syndicate)、貝爾資料供應社(Bell Syndicate)等。諸如極受歡迎的漫畫「白朗黛」「大力水手卜派」即是金氏供應社所提供的。

不過，當今網際網路發展後，搜尋資料方便，資料社之重要相對降低。

㈤其他新聞來源

除了上述四項新聞主要來源外，還有一些非正式的消息來源，這往往是獨家新聞的起始；因為，非正式的來源，經常屬於私人關係，其公開程度低而秘密程度高。站在新聞採訪的立場而言，從業人員應該掌握這項來源：

1. 提供秘密消息者：熱心的讀者、記者的朋友、報館職員等，都是最佳的「志願記者」，他們有時會「好管閒事」的打個無頭電話，或暗示、通知報社，這類線索，並不一定能構成新聞，但其中或許有值得利用的資料與情報，但記者與編輯對這類來源，在下筆、付梓之前必先做一番證實的工作。

2. 公關資料的改寫：時代的進步，公共關係的良好建立，以致於人們每天所獲得的新聞中，有不少是來自各機關的公共關係部門，或是從事公共關係的人員所提供的。對這些新聞來源，大部分編輯、記者是來者不拒的，然而他們也相對的有能力去衡量其新聞價值，也有能力分辨「免費廣告」的混淆。具有新聞工作經驗的從業者不但將具有新聞價值的加以改寫，同時更能以這些宣傳品作為線索，去發掘出更深入、精彩的獨家新聞。

3. 製造新聞：所謂「製造新聞」並非憑空捏造、亂打高空，而是根據實際情況，運用適當之手法，從本屬平淡無奇的事件，變成為受人矚目，為人關心的新聞。例如：《聯合報》報導一名國一女學生向其生父請求教育及生活費的新聞，即採取三種不同的角度報導。

國一女生打官司

翁岳生同情不認同抗爭

【記者鍾沛東／台北報導】司法院長翁岳生雖然非常同情到法院抗爭的小慈的處境，但頗不認同她的抗爭手段，希望小慈循司法途徑爭取權益，並趕快回學校讀書。

翁岳生並對媒體競相「片面」報導小慈一事表示憂心，擔心就讀國一的小慈因此受到鼓舞，誤認自己的抗爭受到肯定與支持，這些認知都可能不利小慈未來的人格發展。

昨天下午司法院舉行例行主管會報，翁岳生要求主管民事訴訟的民事廳長楊隆順，就目前法院審理小慈向生父要求撫養費的訴訟有無違失作說明，楊隆順表示「查無違失」後，台灣高等法院院長吳啓賓接著說明台北地方法院院長黃文圖接見小慈的情形，並提及小慈以物體丟擲黃文圖，與會主管一陣愕然。

據了解，翁岳生在主管會報中表示，法院一審已判決小慈生父須給付一筆撫養費，給付數額應該多少才合理，本無絕對標準，小慈如不服判決，可透過上訴途徑爭取，不應該用這種抗爭手段。

另外，也有不少司法院官員私下議論小慈的抗爭行為，官員表示，小慈想向生父要求多少撫養費，這是她的自由，而且撫養子女是父母天經地義的責任，但一旦訴諸訴訟解決，撫養金額的多寡，則應由法官依孩子的合理支出、社會的生活指數及撫養人給付能力等條件作裁量，並非父母「付得起多少」就得給多少」，小慈如不服法院裁判，應循上訴途徑救濟，如今的抗爭手段，似乎超過她這個年齡應有的態度，可能影響小慈未來的人格發展。

高院裁定一審未宣告假執行有誤

抗告有理！發回地院 重為妥適處理 小慈有望先拿到卅七萬元生活費

【記者林河名／台北報導】打官司向生父請求教育及生活費新台幣一千五百萬元的國一女生小慈，不滿一審法官判她部分勝訴，卻未依職權宣告假執行，經她抗告後，台灣高等法院已經作出裁定，合議庭認為一審未依職權宣告假執行的判決有誤，將該案發回台北地院重為妥適處理。

若依高院的理由，地院應就小慈生父必須給付的三十七萬餘元依職權宣告假執行，讓小慈先取得這筆錢。

在台北地院門口持續靜坐抗爭的小慈，主要訴求就是一審法官裁判有誤，害她好不容易打了近兩年官司獲得部分勝訴之後，卻未能就勝訴部分「假執行」。

小慈認為，一審吳昆榮法官判決生父必須給她三十七萬四千餘元，以補足過去及訴訟期間少給的生活費，另外自民國八十九年十月起至九十七年五月她滿廿歲止，必須按月在每月五日給她兩萬六千六百五十四元；其中，三十七萬餘元部分，因屬「起訴前最近六個月分，及訴訟中履行期已到」的扶養費，依民事訴訟法第三百八十九條規定，法官應依職權宣告假執行，讓當事人不必等到訴訟確定就能先拿到錢。對此，小慈曾於去年十一月向台北地院聲請補充判決，被吳昆榮法官駁回，小慈不服，提起抗告，因高院遲遲未作出裁定，她才決定到台北地院門口抗議。

根據本報記者查訪，高院民十六庭對於小慈的抗告，已於二月廿七日作出裁定，書記官在本月五日完成裁定書的製作，但送達又花了幾天時間，以致小慈尚未收到。民十六庭認為小慈抗告有理由，因此將吳昆榮法官的原裁定廢棄，發回台北地院重新裁定。

高院裁定指出，一審依八十七年度台北市家庭平均每人每月經常性支出金額，算出小慈生父必須按月給她兩萬六千餘元，但在宣判之前，小慈生父每月僅給她九千元，總計短少三十七萬餘元，這筆金額既然包含「起訴前最近六個月分及訴訟中履行期已到」的扶養費，自應依法宣告假執行。

靜坐4天

地院院長接見 小慈母女回家了

會談一度傳出物體丟擲聲及哭叫 台北地院聲明高院判決前無從表示意見 盼小慈循程序上訴

【記者林河名／台北報導】上周五起在台北地方法院門口靜坐抗議的國一女生「小慈」，昨天上午獲得台北地院院長黃文儀接見，黃文儀院長對小慈的身世、遭遇表示同情，但勸她要循制度內的司法救濟途徑，不該採取體制外的抗爭手段。小慈母女已於昨天晚上離開法院門口的「家」返家。

台北地院也在下午發表新聞稿，提出三點說明：一是對小慈的處境表示同情；二是該案已由當事人提起上訴及抗告，正由高院審理中，基於對法官獨立審判的尊重，在案件判決確定前，台北地院無從對判決有無違誤、是否正確表示意見；三是希望小慈以身體、課業為重，儘速回家休息，回學校上課；如對裁判不服，應循上訴、抗告程序以求救濟，切勿繼續不理性抗爭，以免損及自己的健康及課業，並造成當事人進出法院的不便，影響法院業務運作。

黃文儀接見小慈母女是依人民陳情案處理，從昨天上午十一時起，進行約一個小時。接見地點為地院四樓多媒體室，過程不對外公開。

接見過程中，多媒體室一度傳來「物體丟擲聲」及哭叫聲；接見結束時，只見黃文儀院長迅速走回辦公室，小慈則趴在桌上哭泣，母親在一旁安慰她。

據了解，室內傳出的「物體丟擲聲」是小慈情緒激動下的不理性舉動，台北地院家事法庭庭長[illegible]及小慈的校長則在接見結束後，一再規勸小慈結束抗爭，儘早回家。

昨天稍早，立法委員陳超明的助理也到場表示關心。該名林姓助理表示，陳超明委員願意代繳小慈母女積欠的十一個月房租，也願幫小慈母親找工作，以解決兩人的生活困境，但母女倆最後仍婉拒陳超明的好意。

像這種主動製造新聞，亦是獨家新聞的最佳來源。此外，例如報社與電視臺、電臺合辦之歌唱比賽、球賽、徵文、假日自強活動等等均屬此類。

例二　《聯合報》與國立歷史博物館聯合舉辦的「文明曙光——美索不達米亞羅浮宮兩河流域珍藏展」。相關報導長達數月之久，茲選擇三例，以觀察製造新聞之連續處理手法。

㈠九〇年三月十三日

羅浮宮珍藏

首批美索不達米亞古文物抵台

年代最久距今八千年的兩百九十九件珍品將分三批運來台灣，巡展日本造成轟動，廿四日起在史博館開展

【記者李玉玲／台北報導】「美索不達米亞古文明對東方民眾來說或許有些陌生，希望藉由羅浮宮首次出借大批藏品到國外展覽的機會，台灣觀眾可以認識這個人類文明重要發源地。」

聯合報五十周年獻禮「兵馬俑——秦文化特展」，前天才以一百零五萬參觀人次的紀錄落幕。國立歷史博物館和聯合報系再次攜手籌畫另一項重量級特展，保險總額超過八億法郎（約卅六億台幣）的「文明曙光——美索不達米亞羅浮宮兩河流域珍藏展」即將於二十四日登場；第一批十箱文物昨天也在策展人德斯娃（Francoise Demange）親自押運下，由日本福岡運抵史博館。德斯娃獲悉兵馬俑在台創下驚人的參觀紀錄，也期望台灣觀眾的熱情可以延續到美索不達米亞的展出。

昨天是史博館例行休館的日子，雖然大門深鎖，史博館工作人員卻未停下腳步，一方面兵馬俑特展進行卸展，即將運往台中國立自然科學博物館續展；另一方面，史博館下一批來自羅浮宮的驕客昨天起也開始進駐，兩項大展交會，史博館內外顯得忙碌異常。

借展自羅浮宮的二百九十九件美索不達米亞古文物，年代最久距今八千年，結束日本福岡展期後，昨天起分三批運來台灣，首批十箱借展品昨天下午四時多進駐史博館。

押運首批文物來台的策展人德斯娃表示，羅浮宮收藏的美索不達米亞古文物約有二千件，共有六個展廳展出，這次因為漢摩拉比展廳進行修繕，日本方面積極爭取世界四大古文明展，羅浮宮珍藏的這批珍貴文物才得以首次大規模到國外巡展。

德斯娃指出，由於美索不達米亞古文明是西方文化的搖籃，在羅浮宮定期展出時，以西方觀眾較多，對東方民眾來說或許有些陌生，不過，這次首度到日本東京、福岡兩地巡展，不但有六十萬人前往參觀，反應也相當熱烈，甚至提出各式各樣的問題傳真到法國詢問，從彩陶釉彩的使用、瓷磚如何燒製，到文物上雕刻的羊是什麼品種、羊角、鬍鬚怎麼長……，讓她相當驚訝日本觀眾觀察的細微。她也期待這次到台灣展覽，可以引起台灣觀眾的共鳴。

德斯娃坦承，要從羅浮宮二千件收藏中挑選二百多件藏品呈現美索不達米亞古文明的特色，的確相當困難，況且美索不達米亞的歷史充斥著各王朝不斷入侵、衰微的糾葛，她的建議是，從一件件展品去認識這個人類古文明的重要發源地。

(二)九〇年五月九日

北上看古文物 災區學童很興奮

南投平林國小師生八十餘人昨參觀「美索不達米亞特展」，接受古文明洗禮

【記者李玉玲／台北報導】聯合報五十周年獻禮「文明曙光──美索不達米亞羅浮宮兩河流域珍藏展」，昨天邀請來自南投平林國小七十多位學童，在史博館導覽義工帶領下，接受了一場豐富的藝術洗禮。

聯合報系文化基金會和廣達文教基金會共同籌畫「偏遠及九二一災區學童戶外教學活動」，預計邀請一千位小朋友到台北國立歷史博物館參觀美索不達米亞古文物展。全校只有七十多位學童的南投草屯鎮平林國小成爲第一批幸運兒，昨天在老師帶領下專程北上，上午到史博館參觀，下午則坐捷運到木柵動物園看心儀已久的無尾熊和國王企鵝。

位於南投九九峰山下的平林國小，九二一大地震時校舍全倒，目前仍在重建當中。平林國小教導主任林宏亮表示，生活在偏遠地區的小朋友，接觸藝術的機會原本就比城市小孩少，加上學童家長多半務農，不太有時間帶小孩去接受藝術的薰陶，因此，聯合報系和廣達基金會籌畫這樣的活動相當有意義。

八十多位師生昨天清晨六時卅分就從南投出發，趕了近四個鐘頭的車程才到達史博館，由於不少小朋友都是第一次上台北，有人興奮得整晚睡不著覺，更有小朋友慎重其事編了漂亮的辮子。

在老師和導覽義工帶領下，平林國小學童昨天專注地參觀美索不達米亞古文物展，小朋友都是「有備而來」，因爲，到台北前班導師已爲他們上過課，還準備了學習單，只見小朋友或坐在地上，或貼著牆認真地填寫答案。

當被問到最喜歡什麼展品時，一位小朋友不假思索地回答「獅子」，因爲到現在她還沒有看過真正的獅子。

(三)九〇年六月一日

埔里國小學童享受美索體驗

來自重建區的小朋友 上一堂最有意義的課外活動

【記者黑中亮／報導】120名埔里國小師生昨天以興奮的心情，專程來台北參觀本報主辦的「美索不達米亞特展」，而本報發行人王效蘭也親自到史博館歡迎這批來自震後重建區的學童，當看完刻滿楔形文字的漢摩拉比法典，以及著名的獅身彩繪等展品後，小朋友不禁大聲謝謝王發行人，並爭相索取簽名留念。

埔里國小師生是在校長黃坤練的帶領下，每位同學都是清晨五時就起床上學，六時卅分前往學校集合後出發，展開一堂最有意義的「課外活動」，由於六年級同學剛結束畢業旅行，因此昨天的110位同學是在三至五年級的班級中，每班由老師選出表現優良的同學參加，上午看美索不達米亞特展、下午到木柵動物園看國王企鵝和無尾熊。

雖然起得早，但到達國立歷史博物館時，大家反而沒有一點倦容，興高采烈地魚貫進入展覽會場，在解說員以說故事的方式，透過圖片、展品及多媒體的輔助介紹，看完一項項的兩河流域文明遺產，彷如進入另一個國度，特別是站在黑色巨大的漢摩拉比法典前，看著這尊擁有至高無上權威的石碑，更是靜默無聲地聽著它的來處及被發現的經過。

埔里國小學生歷經九二一大地震夢魘後，本報曾規畫「溫情秋天一馬友友」九二一震災義賣專輯，發行一萬張 CD 專輯共募得新台幣 365 萬 7300 元，除爲埔里的深秋帶來無限溫馨，專款更全數存入台灣銀行專戶，連同孳息做爲埔里國小 377 名小朋友未來三個學期的營養午餐費用。

校長黃坤練指出，埔里災後重建工作目前只完成了30%，但感謝本報的關懷支持，這筆午餐費募款不但可支應到今年年底，而埔里國小的校舍重建也接近完工，預計今年七月分便可全數由簡易教室搬回新教室上課，讓災區學生上學時更有信心，並用開朗、樂觀的心來快樂讀書。

第二章　新聞分類與處理

新聞事業若以傳播的媒介來劃分，大致可以分為六類：1.報紙，2.雜誌與評論，3.專業性報刊，4.雜誌文摘，5.廣播電臺與電視，6.電子報。在這六大類新聞事業中，報紙仍然是主要的新聞機構，全世界各國都是如此，並沒有因為電子媒介的興起，而削減了報紙的重要性，相反的，報紙的奮鬥自強，使得其本身除了傳遞消息、傳播智識外，更形成了學術性的文獻資料。

新聞的內容廣泛而複雜，但是其報導的原則離不開新、奇、趣、智。新聞可以進一步的分類，例如：從地理與政治觀點，新聞可以分為地方的、國內的或國際的。從題材上分，可分為政治、社會、經濟、體育、娛樂等新聞。

第一節　依新聞之地區分類

一、地方新聞

多指報紙出版所在地所發生的新聞（如臺北市之市政新聞），或是指報紙「地方版」的地區新聞。依心理學而言，閱聽人對自己所屬地區及自身臨近地方的事件最關心，所以今日各國新聞媒介多趨向地方新聞發展，以滿足閱聽人需要，例如有：鄉村報導、有線電視(Cable TV)❶。

以目前中華民國臺灣地區為例，地方新聞在報紙或電視新聞中，

❶ Cable TV又稱社區電纜，某一社區購買頻道，專供特殊節目。

佔了極重要地位，雖然不如佔了第一版的國內外要聞來的顯要，但是讀者閱讀的重點則往往集中在第六、七版的地方新聞上；所以地方新聞的採訪，為報社採訪組最主要的工作。採訪組為適應需要，往往把記者們的工作分為固定路線採訪與臨時指派採訪兩種，以負責預期及突發新聞的採訪。

茲舉三則地方新聞實例：

例一　發生在臺北的新聞是報紙出版所在地的地方新聞

民調

四成七贊成設色情專區

四成反對　七成七認為禁止不了　市區內以華西街、寶斗里最適合

董孟郎／台北報導

根據一份昨（廿九）日出爐的民調顯示，有七成七的北市市民認為，色情問題是永遠禁止不了的，有六成的民眾認為，北市的色情問題嚴重，至於應否設置色情專區的問題，贊成者有四成七，反對者近四成四，贊成者略多。

在設置色情專區的地點，有近半的民眾認為，應在北市以外地區，如要市區內設置，以華西街、寶斗里最為合適。

台北市議會副議長費鴻泰昨日在議會召開「台北市色情專區設立的民眾意向」公聽會，會中公佈由市府研考會委託台北大學社會系教授侯崇文所進行的民調，了解北市二十歲以上民眾對色情專區的意見。這項調查於四月二十三日至二十七日進行，共完成一千零三十八個樣本，信賴係數為零點九五。

調查顯示，北市民眾贊成色情專區者比反對者略多，以性別來看，男性大多贊成色情專區，女性則傾向強烈反對；分析贊成者的職業別，以工人和商人最多。調查也發現，離婚者最支持色情專區、未婚次之，已婚最低。另外，年齡越高者支持比率越低。

該項調查發現，贊成色情專區的理由：減少國內非法色情活動、減少性侵害事件、解決性需求問題、增加市府稅收、帶動地方經濟等。反對理由最主要是擔心黑道介入經營色情，其次擔心人口販賣問題更巷重。

該項調查發現，四成九贊成在北市以外的地方設置色情專區。如選定在市區內設置色情專區，受訪民眾最贊成在華西街、寶斗里設立色情專區，佔四成二；在中山區設置者，有二成六。若詢問民眾是否贊成在自己的住家附近設立色情專區，反對的比率則達八成二。

該調查認為，民眾並不信任色情業者，要將娼妓合法化，應訂定一套管理規範。另外，隨著色情專區的開放，民眾擔心其對國人建康將發生威脅，也有相當多數的民眾認為，要設立色情專區應尊重專區民眾的意見。

台北市議員費鴻泰昨日主持「色情專區設置的社會意向公聽會」，會中由國立台北大學社會學系教授侯崇文（左二）公佈調查報告顯示，有四成七市民贊成。（蘇俊郎攝）

例二　報紙的地方新聞版

內湖區

四線接駁公車　明天上路

王嘉陵／台北報導

明（三十一）日起，又有四線內湖接駁公車上路。台北市政府交通局指出，藍二七、紅二九、棕九與棕十線接駁公車，將在明天上路，棕九接駁公車沿線公車站牌並率先試辦中英文雙語標示。

另外，針對大湖地區居民抱怨沒有板南線接駁公車行經，交通局表示，將自六月十五日起增闢二八四區間車，服務大湖地區居民。

明天上路的內湖接駁公車路線如下：

．藍廿七自南港行政中心至捷運市府站，行經重陽路→興中路→南港路→向陽路→成功路→金龍路→內湖路一、二段→港墘路→環山路二、一段→基湖路→瑞光路→民權東路→民權大橋→撫遠街→基隆路→捷運市府站。

．棕九自德安百貨至捷運南京東路站，路線為金湖路→成功路四段至二段→麥帥公路→南京東路（捷運南京東路站）→吉林路→長春路→一江街→南京東路，再接原線。

．紅廿九自汽訓中心經捷運中山國中站至捷運民權西路站，路線為金湖路→康寧路一段→星雲街→陽光街→粉寮街→瑞光路→民權東、西路→捷運民權西路站。

．棕十路自東湖至南京東路站，路線為安康站→康寧路三段→南港經貿園區二號道路→一至七號道路→一號道路→環東大道→南京東路→龍江路→遼寧街，再接原線。

交通局表示，棕九路接駁公車將首度試辦以中英文雙語方式標示沿線站牌資訊，包括站牌的站名、路線中的重點站名，以及發車時間等資訊，將以中英文雙語對照。

針對內湖大湖地區民眾抱怨無板南線接駁公車行經，交通局表示，部分二八四公車將縮短路線，改開二八四區間車，自東湖駛至捷運昆陽站，服務水準比照接駁公車尖峰十分鐘，離峰廿分鐘，將於六月十五日上路。

例三　竹縣版的新聞

記者羅緗綸／竹北報導

新竹縣環保局昨天開會決定成立「飲用水保護會報」，將結合縣河川管理的相關單位，定期開會提報河川汙染狀況，尤其是飲用水取水口汙染情形更列爲重點，並確定飲用水危機處理、通報系統。

環保局長郭坤明表示，未來竹縣頭前溪、鳳山溪水系均列入查報，尤其是頭前溪水系的內灣、員棟、梅花、尖石、五峰、寶山飲用水取水口，及鳳山溪水系的關西、新埔、南坑等取水口，涵蓋了縣內各飲用水源取水口。

環保局指出，國內陸續發生飲用水取水口遭傾倒廢棄物、化學溶劑等憾事，包括高雄高屏溪、宜蘭金面溪等，造成河川浩劫，影響飲用水安全。

未來竹縣將邀集河川管理相關單位，仿道安會報、治安會報方式，定期開會檢討，並確立飲用水汙染危機處理及通報系統，避免一旦發生人爲或意外汙染，出現行政單位難統合的問題。

目前河川管理單位，從上游到下游，包括了林務局、河川局、水利局、縣府農業局、建設局水利課及縣環保局、鄉鎮市公所等，並各依權責稽查、查報。

竹縣成立飲用水保護會報後，將定期討論河川現況、是否有汙染行爲及虞慮，及保護飲用水源議題，一旦發生飲用水遭汙染，也能立即掌握和處理。

竹縣於八十七年八月間公告飲用水取水口保護區範圍，環保局昨天決定統合相關單位執行保護，查報及處罰飲用水取水口附近砍伐、設置工廠、堆置及傾倒廢棄物、畜牧、開發高爾夫球場、採礦等行爲。郭坤明表示，汙染飲用水依照水汙染防治法規定，可處罰六萬到六十萬元，另依違反飲用水管理條例，可處罰十萬到一百萬元罰鍰，如果造成傷害、死亡，並追究刑責。

二、國內新聞

國內新聞範圍可以包括有：省的、首都的、中央的。一般而言，凡在國內各地而非報紙出版所在地發生的新聞統稱為國內新聞。

凡事件屬於全國性的或是全省性的，應屬於國內新聞之範疇，其新聞來源為報社，或通訊社在省垣及各地的特派員、駐在記者、通訊記者的採訪，利用電訊或交通傳遞。

國內新聞與地方新聞的劃分有些模稜之處❷。因為地方新聞中很多也都可屬於國內新聞，如前面所舉例一、例二。若要明確的將國內及地方新聞作一劃分，在外國報業較容易做到，但是以我國目前報業而言，侷限於臺灣一地，國內與地方也確實不易劃分了；下面以發生在美國的新聞事件，比較一下「美國的」國內新聞與地方新聞。

(一)國內新聞

很顯然，對美國讀者而言，這則新聞應屬於全國性的。

布希兩千金買醉　換來3C級輕罪

罰鍰將達500美元、強制參加社區服務　媒體追問「總統家務事」　白宮不願多談

外電報導　蕭羨一／綜合德州奧斯丁一日

德州奧斯丁市警方昨天對美國總統布希的十九歲雙胞胎女兒芭芭拉和珍娜，以觸犯3C級輕罪開單取締，芭芭拉和珍娜於五月廿九日涉嫌在奧斯丁一家餐廳買酒，觸犯德州未成年飲酒法。

珍娜和就讀耶魯大學的雙胞胎姐姐芭芭拉廿九日在奧斯丁一家墨西哥餐廳點酒，店方要求珍娜出示證件證明她已屆廿一歲，珍娜涉嫌出示他人證件，被店方識破打電話報警處理。

第一家庭的女兒在一個月內闖下兩度喝酒觸法，已經引起全美主要媒體的關切和追蹤報導，奧斯丁警局在過去接到超過四百通媒體的電話打探消息。

白宮發言人佛萊雪昨天在白宮記者會上則表示，此一事件為布希總統家務事，他不願多談。他並強調，這是一起私人的家務事。在被記者一再追問，布希可能會對一對女兒說什麼話時，佛萊雪反問記者說：「你(們)希望美國民眾都知道，你在追問美國總統與子女之間私人的對話？」

白宮也面臨保護芭芭拉和珍娜的秘密勤務局人員在其可能觸法之時，是否有干預職責的問題。

根據一九九七年當時的州長布希簽署的「絕無寬貸」的禁止未成年飲酒法，他的雙胞胎女兒屬於「第三級」的輕罪，此項罪行的罰鍰達五百美元，強制上課，參加社區服務並暫扣駕照卅日。

珍娜持不實證件原來可能面臨「第二級」的輕罪，罰鍰將高達兩千美元，並可能服刑一百八十天。兩案審判日期未定。

(二)地方新聞

這則是發生在艾達荷州的事件，對美國全國而言，它是一個州

---

❷ 尤指現今政府遷臺之後，臺灣、金、馬、澎湖之新聞即代表中華民國之新聞。

裡的事件，其臨近性、影響性算是屬於該州本身的。

古怪一家窩居社會底層 母親人格分裂小孩久被洗腦

父死母入獄
拒離家就養

美6小孩持槍與警對峙

本報綜合艾達荷州沙角鎮卅一日外電報導

在艾達荷州沙角鎮郊外一棟破舊老屋，一家六個從八歲到十六歲的小孩手拿步槍，再加上一群兇狗助陣，在他們的母親被捕後已與屋外的警方對峙三天。警方採取耐心等候的策略，不希望刺激這些緊張害怕的小孩，以免造成傷亡。

六個小孩分別從十六歲到八歲，他們的父親是六十一歲的麥可·麥古金，母親是四十六歲的喬安。麥古金五月十二日因多發性硬化症死亡，喬安廿九日因傷害兒童的罪名被捕，警方隨即準備將六個小孩帶走交給政府照顧；但他們不肯就範，從地下室放出一群兇狗出來，然後有人喊「拿槍來」，與警方形成對峙。這些小孩在家裡沒有自來水、沒有電、沒有暖氣、也沒有東西吃，他們很害怕，但是又不願意離開。

畢德斯女士說，麥古金家非常窮，鄰居送給他們食物，喬安會以為食物被下毒，所以自己種菜，家中的窗戶都釘上木板，狗到處亂跑，鄰居不敢上門，就算不怕狗，也怕有人拿槍對著你。她強調，小孩們都彬彬有禮又可愛，但他們都被母親洗腦了。

麥古金一家人原本與外界頗有往來，但麥古金幾年前罹患多發性硬化症，母親喬安認為是政府在附近道路上噴灑化學藥劑，才導致她丈夫得病；從此疑神疑鬼，不再與外界往來，甚至不讓小孩上學，也拒絕鄰居幫忙，拒絕社工人員協助。

賈維斯說，警方不會硬闖，並努力說服他們相信警方是要幫助他們。麥古金家還有兩個長大離家的子女，其中十九歲的瑪麗娜已趕回來協助警方勸說弟妹。

下面三例，請讀者判斷一下，它們是屬於國內新聞抑或是地方新聞。

例一

IFPI控告成大架設網站學生

MP3案 單純下載版權音樂者不告 被告最重可處三年以下有期徒刑

【記者吳明良／台南報導】台南地檢署查獲成功大學十四名學生涉嫌利用MP3下載版權音樂案，國際唱片業交流基金會（IFPI）昨天針對其中一名架設網站供下載版權音樂的學生提出告訴；台南地檢署已將此案由「他」字案改為「偵」字案，承辦檢察官陳昆廷將傳訊這名學生調查。

IFPI是在昨天下午派人到台南地檢署遞狀提出告訴，其他學生如果有架設網站，也要提出告訴，其餘僅單純利用MP3下載版權音樂的學生，則不提告訴。據辦案人員了解，檢警單位前次在成大查扣的十四架電腦主機，除了被IFPI告訴的學生，另發現有四架電腦疑似架設網站，檢察官將請IFPI針對此部分具體說明告訴內容後再深入調查。

相關人士表示，這名被告訴的學生所架設的網站，提供近四千首版權音樂供人下載，只要透過成大校園區域網路進入這名學生架設的網站，即可從網站上下載版權音樂。

根據調查，除了版權音樂，被查扣的電腦內還有許多外國的版權電影，其中不乏最近的院線影片。

台南地檢署檢察官陳昆廷是根據台南高分檢發交的檢舉函，上月十一日指揮刑事警察局偵查員到成功大學學生宿舍調查，發現學生利用MP3下載版權音樂。陳昆廷接獲偵查員回報，即指揮台南市警察局刑警隊趕往成大宿舍搜索，查扣十四台下載版權音樂的電腦主機。此舉引起學生反彈及社會矚目，甚至影響到全國檢察首長調動，前台南地檢署檢察長林朝陽調任最高檢察署檢察官。

IFPI昨天指控架設網站的學生觸犯著作權法第八十七條第二款明知為侵害著作權而散布者，依同法第九十三條第三款規定，處二年以下有期徒刑，得併科新台幣十萬元以下罰金。另外，這名學生同時涉嫌擅自下載版權音樂，依著作權法第九十一條的重製罪規定，應處六月以上三年以下有期徒刑，得併科新台幣廿萬元以下罰金。如果兩項罪名同時成立，依法應以罰則較重的重製罪處罰，可判處六月以上三年以下有期徒刑，併科新台幣廿萬元以下罰金。

例二

核四續建 政院今回應 在野聯盟 堅持先復工

府院黨密集會商民進黨內訌派系難擺平延後宣布
張俊雄昨夜致電王金平盼兩院各讓一步化解爭議

國親新等四結論：後續預算應依法辦理

（楊秀芬／臺北訊）受到民進黨內部強烈反彈的影響，行政院宣布續建核四的時機迄今未定。行政院方面認為，立法與行政兩院間仍有落差，將在今（六）日早上九時三十分把行政院的回應送交立法院長王金平，在野聯盟隨後在上午十時進行協商。

經過總統陳水扁連日來密集與行政院、民進黨派系大老、反核團體密集會商，府院決定續建核四方向逐漸明朗。前晚參與陳水扁協商的民進黨立院黨團總召集人周伯倫，昨日上午也從「核四戰到年底」改口為「核四建到年底」。不過，行政院原擬在民進黨立院黨團會議後，召開行政院臨時院會並宣布有條件續建核四，卻因立院黨團會議中砲火猛烈，派系反彈聲浪無法弭平，讓行政院態度轉趨保守，民進黨團強調「行政權不容立法權侵犯」，無法接受在野聯盟的決議，導致陳水扁昨晚邀請民進黨內派系到官邸協商，以尋求共識。

王金平昨晚表示，立法院對的窗口是行政院，他在乎的是行政院的回應，民進黨內怎麼說「是他們內部的事」，他不會在乎。

王金平昨日上午與在野聯盟協商中，透露總統府研議的幾項折衷方案，包括：核四預算編到年底就不再編、年底透過公投解決核四爭議、核四替代方案及核四預算執行到九十二年後再交由新國會議決等，但除第四案外，其他三案都遭在野聯盟否決。在野聯盟經過近兩小時的協商，做出堅持先復工續建核四及後續預算應依法辦理等四項結論，王金平隨即前往臺北賓館，將在野聯盟的共識當面交給張俊雄，兩人曾討論半個多小時。

王金平等待了整個下午仍未獲行政院的回應，同一時間，民進黨團緊急大會中正砲聲隆隆，抨擊府院「投降者不宜作領航員」；直至晚間近七時許，王金平接獲行政院電話，表示昨日不會宣布，盼兩院各退讓一步，化解爭議，行政院會在上午九時半將回應送來，供十時在野聯盟協商討論，扁政府何時宣布續建核四案，仍待觀察。

不過，王金平也說，他不敢說今日上午的在野聯盟協商「是最後一次協商」，但核四爭議「速戰速決」絕對有必要，大家不宜再在核四案上多煩心，影響國家社會、工商經濟發展。

（相關新聞刊第二、三版）

例三

復工漸明！民進黨鬩牆爭

蘇貞昌再表立場 張川田聲明無法同意高層退守 追隨林義雄理念

（邱嘉祥／北縣訊）針對核四廠可能復建一事，臺北縣長蘇貞昌昨日傍晚重申反核的立場，他表示縣府堅持支持「非核家園」反對興建核四廠。

蘇貞昌表示，北縣有多達三座核能發電廠，對縣民而言並不合理，他認為立委只講利益，不講道理，他並希望總統陳水扁在協商過程中，對核四議題能保持理性，他也呼籲大家對核四議題應保持理性。

（林漢清／宜蘭訊）針對府院高層有條件續建核四的做法，長期反對興建核四的立委張川田昨（五）日、於民進黨立法院黨團會議中強力反對，並發表數點反核聲明；張川田反核聲明如下：

一、民進黨長期宣導「反核四」即為建立「非核家園」之起步，但現今立場卻退化為續建核四為建立「非核家園」之轉折，其間理由無法自圓其說，亦對長期支持民進黨之選民無法交代。

二、民進黨「反核四」，除了為建立「非核家園」外，尚且懷疑其中有不為人知的政商勾結內幕，在這些疑點尚未澄清前，即又宣布續建，不免啓人疑慮！

三、張俊雄院長在立法院臨時會中的「核四電廠停建報告」中洋洋灑灑寫了卅四頁，均是闡揚為何停建核四之理由，現在要求行政院核四續建，無異承認自己過往均為錯誤，往後施政如何再取信於民？

四、目前府院高層打算先執行已通過法定預算，追加減預算方面則交由新國會決定，也就是說仍是將最終問題放到往後解決。短期內雖可使核四爭議稍獲緩息，但長期來看，將來勢必再為核四案起爭執，屆時情勢如何尚不可預料，但民進黨業已承受「背棄反核」立場的罪名。

五、府院高層「有條件」續建核四，係以不再興建核五、核六，及讓核一、核二、核三陸續除役為條件。然而建立「非核家園」已成全民共識，可預期無一政黨敢再提興建核五、核六政策，核一、核二、核三除役也是遲早問題，因此，所謂「有條件」續建核四，等於「無條件」退讓，反核四係民進黨於歷次選舉重要的政見，現在卻在未堅持到底的情況下退讓，而使民進黨喪失理想、改革的屬性。

六、反核為前主席林義雄長期堅持之理念，現在執政之後理當盡全力實現此一理想。身為執政黨及宜蘭籍之立委，他選擇追隨林義雄前主席之信念，對於府院高層退守立場之行為無法同意。他認為應該堅持反核理念，不應追求一時短利而動搖立場。

以上三則新聞雖然來自三個不同地區，但是對全國皆具影響力，對散佈全國各地的讀者而言，這些新聞都是他們所重視而感興趣的，故在分類新聞時應列屬國內要聞。

三、國際新聞

顧名思義，國際新聞乃是發生在本國領土以外地區的新聞，其來源主要是國際性通訊社（美聯社）、合眾國際社、路透社、中央社等，外國政府之新聞機構（美國新聞處、各國大使館之有關單位），以及報社駐國外特派員等。

例一

布希電籲以巴停火

要求與美國合作 建立米契爾報告提出的和平機制

【編譯董更生／美聯社華盛頓廿三日電】美國總統布希今天打電話給以色列總理夏隆和巴勒斯坦領袖阿拉法特，呼籲他們採取行動以結束中東戰火。

要求身分保密的布希政府高階官員說，布希在電話中要求夏隆和阿拉法特與美國合作，建立一個執行美國前聯邦參議員米契爾報告所提和平機制的架構。

米契爾（民主黨／緬因州）所領導的考察團前天在報告中建議巴勒斯坦當局監禁好戰份子，以色列當局停止興建屯墾區，並要求雙方恪遵由美國調停的停火協議。以巴雙方去年都接受這項協議，但並未嚴格遵守。

布希促夏隆和阿拉法特掌握這項報告所提供的機會，中止以巴地區的暴亂。

但就在布希打電話的同一天，以色列戰車兵分三路進入加薩走廊巴勒斯坦人聚居區，對一個果園和一個警察崗站開火。

以色列昨天才宣布開始片面停火，巴勒斯坦當局抨擊以色列這項宣布是在作秀，並表示只有在以色列停止興建屯墾區後，當地才能恢平靜。巴勒斯坦裔的加薩地區警察局長瑪傑達說：「以色列人說停火是謊言。今天開火並闖入巴勒斯坦控制區就是證明。」

以色列軍方對戰車進入巴勒斯坦控制區表示不知情。巴勒斯坦槍手昨天晚上在約旦河西岸和加薩走廊八處對以軍據點開火，以軍均予以還擊。

以色列昨天說，以色列將不再主動發動軍事行動，只有在生命受到威脅時才會反擊。以軍在最近數周數十度進入巴勒斯坦控制區，對警察局和民宅進行攻擊，但以軍通常是在巴勒斯坦暴民對以色列屯墾區發動攻擊後才還擊。

據布希政府官員、政論界人士和離退外交界人士指出，布希政府最近開始介入以巴衝突，但這是基於衝突升高和歐洲及阿拉伯世界的要求，這基本上是策略的變化，布希政府的政策並未改變。這些人士都認為，目前中東局勢不適於美國強行介入，但覺得美國不對以色列施壓可能讓一些國家失望。

美國昨天任命約旦大使伯恩斯為中東特使，責成他根據米契爾的報告撮合以巴立即停戰，展開「一段冷卻期及進一步的和平進程」。

例二

尼克森中心公布東亞安保報告

台海緊張 列東亞不安定首因

劉黎兒／東京五日報導

據今天產經新聞報導指出，美國安保智庫的尼克森中心公佈一項有關東亞的安保報告指出，東亞不安定的原因在於台海緊張、中共的增強飛彈及核武的部署、美國的飛彈防禦構想以及日「中」之間缺乏信賴關係等；報告中並指出中共在二〇〇五年時將部署瞄準台灣的飛彈七百顆，中共同時強烈反對日本在安保上成為普通的國家，部署有六十顆以上瞄準日本的中程彈道飛彈。

報導指出，尼克森中心此份報告係以「東亞大國的課題—美國、中國、日本」為題，由該中心中國研究部的部長大衛・藍普頓及副部長古雷葛利・梅伊擬定的。

該報告書指出東亞不安定的第一要因係「台海緊張的升高」，尤其是中共威脅用武並增強對台的短程飛彈。中共在面台灣海峽的福建省周邊急劇增強部署中共軍隊的飛彈，其數量現在至少達二百顆，此外保持每年增加五十顆以上的步伐，因此在二〇〇五年時預料將會達七百顆左右。

東亞不安定的第二個原因是中共增強飛彈的部署並不限於針對台灣，中共因為軍隊的一般兵力落後，為了彌補此一弱點而傾注全力於擴充飛彈及其現代化，其中包括(1)已部署有洲際彈道飛彈（ＩＣＢＭ）的射程一萬三千公里的東風5號廿顆，另外又加上移動式且為固體燃料的新型飛彈的東風31號（射程八千公里）及東風41號（射程一萬三千公里）；(2)部署有將日本列入射程中的中程彈道飛彈的東風4號、東風3號、東風21號等共六十六顆。

第三個不安的要因是美國的飛彈防禦構想，由於ＮＭＤ（國家飛彈防禦）成功的話，則中共方面瞄準美國的長程飛彈的威力將會失效，因此中共便加緊增加飛彈的數量並開發多彈頭、潛水艦發射的新型飛彈。

該報告書所列舉的第四個不安定的要因為日本與中共缺乏信賴關係，日本因此在國際及區域的安保上的貢獻僅限於資金的提供，日本對於本國的防衛雖想擺脫依賴美國的「一國和平主義」而想成為「普通的國家」，但是中共對此動向全面反對，對於美日安保也加以反彈，並且要求美軍從東亞全面撤退。

產經的報導指出，尼克森中心雖然表示自己在政治上是中立的，但是事實上是較為親共和黨的，一般認為此一報告書的內容反映了布希政府對「中」政策的基本看法。

國際新聞來源不同，以致於有各自不同的立場，所採的角度也不一致。如例一，是路透社的消息，通訊社係為世界各地讀者普遍服務，為了使其新聞能為大多數新聞機構採用，並滿足各地讀者之需要，因此寫作時乃儘量求客觀，減少個人或國家色彩。

又如例二，此則新聞之來源，是該報駐外地記者在國外的採訪，駐外特派員必須把握本報之立場，及本國讀者之特殊需要，將事件之來龍去脈，對本國之影響，作系統之報導，使人一目了然。

第二節　依新聞之性質分類

最早的報紙，只是一塊公告牌，作用只限於傳遞消息，在公告紙張上，簡短地書寫有關政府公告、法律命令、納稅繳糧的消息，直到今日，報紙報導新聞消息依舊是它的基本任務，但是它更兼具了許多其他的任務，新聞的解釋、評論、供給教育智識、刊登廣告、提供娛樂等；愛德蒙・布克(Edmund Burke)是第一個把報紙稱為「第四階級」❸的人，他還指出報紙是「一天的世界史」，這句話提示了我們——報紙新聞內容性質是多麼龐雜豐富。

的確，報紙所記載的，都是真正具有價值的，它不但成了未來史家們的資料寶庫，而且對今日人生是一種益智與鼓勵，報紙以其包羅萬象的內容，使我們知悉世界各地的情形。如能充分的利用報紙，它就能成為我們的一種知識泉源，所以有人稱報紙為「一般人的大學」。它能供給我們的課程包括：

一、政治要聞

這類新聞是指發生在中央政府所在地，影響全國人民的重大政治事件，目前一般新聞機構將國內的中央政府黨政、軍事外交與立法院、監察院、國民大會之有關新聞列為政治要聞範疇，至於國外的黨政消息、政府國策、政要動態、宣言也屬政治新聞。好的報紙有一種巨大的貢獻，就是把政治演說、政府重要公告，以及各種條約的全文等全部刊登出來。因為這類政治措施與其人事、政策變動，皆直接影響國家的前途與人民的生活，故為讀者所注目。這類新聞，雖少趣味，但意義重大，具高度之重要性。

❸ The Fourth Estate.

例

新版道交 大執法 今起生效

酒後開車 飆車 無照駕駛 重重罰

前座乘客不繫安全帶 運將可拒載

記者謝佳雯／報導

●新版道路交通管理處罰條例今起生效，全國將連續3天展開大執法；不習慣遵守交通規則的駕駛人，若不想接高價的罰單，今天起，酒後駕車、飆車、未成年無照駕駛及超速等嚴重影響交通安全的行爲，別再輕易觸犯！

爲再次強調政府捍衛交通安全的決心，交通部長葉菊蘭昨天召開記者會公開宣示，藉由「重罰」保障交通安全，是今起實施的道交條例修正案修法基礎，全國用路人都要遵守交通規則，才能預防事故發生。

葉菊蘭呼籲，駕駛人與前座乘客上車要繫安全帶，可讓生命安全多些保障；別將6歲兒童單獨留在車內，以免遭歹徒拐帶；汽、機車行駛間不要使用手持式行動電話，免得分心而肇事。

汽車駕駛人與前座乘客上路須繫安全帶，否則將處駕駛人1500元的規定，也於今天實施、9月1日起取締；不過，這項規定已引起計程車司機反彈，認爲乘客不繫安全帶卻處罰司機，相當不合理。對此，交通部政務次長賀陳旦昨天明確表示，若乘客不願繫安全帶、也不想坐後座，基於守法原則，司機可以拒載。

爲遏止酒後駕車、飆車及砂石車超載行爲，即日起，全國交通員警將針對這三類違規，於每天下午6時至隔天早上6時，連續3天鎖定KTV、餐館集中區域周邊道路及聯外橋梁，做爲酒測及飆車的重點管制區域；全國15處砂石車出入頻繁道路，則是砂石車超載的稽查重點。

而昨天台北市也動員龐大警力取締酒後駕車，並以攝影機協助舉證；台北市長馬英九更特地到松江路、民生東路口的攔檢站視察，爲員警打氣。不過，雖然北市日前已積極宣導6月交通新法，但昨晚10時到11時間，仍有酒後駕車的民衆被警方取締。

交通部表示，酒精濃度超過0.25者，將被重罰1萬5000元至6萬元罰鍰；駕駛人若拒絕酒測超過15分鐘，也處6萬元罰鍰；汽車所有人明知駕駛人酒精濃度超過標準還任由其上路，也要連帶受責，遭吊扣牌照3個月。

以總理大選 夏隆可望勝出

現任總理巴拉克謀和政策大失民心 夏隆民調大幅領先 稱當選後將致力弭平裂痕

【本報綜合耶路撒冷五日外電報導】明天是以色列總理大選的投票日，以國民衆趁今天所有競選活動都停止的一天，爲這場現任總理巴拉克所謂「也許是上一個世代最具決定性」的選舉作出抉擇。

與巴勒斯坦人歷經四個月暴力衝突，憤怒沮喪的以色列人即將在巴拉克和鷹派挑戰者夏隆之間選出未來領導人。就以巴關係而言，巴拉克主張大幅割讓領土，且在能力範圍內允諾和平，夏隆則要求巴勒斯坦在以巴重開和談前停止暴力，且拒絕以更多領土做爲談判條件。

投票前夕最後廿四小時，兩陣營皆未安排任何活動，但今天最新民調顯示，巴拉克的支持率遙遙落後夏隆，但巴拉克陣營似仍卯足全力拉票。

以色列新消息報及晚報今天公布的民調顯示，由於巴拉克和巴人謀和的政策讓大多數選民失望，夏隆領先巴拉克十八到十九個百分點。對巴拉克而言更不利的是，民調中尚未決定意向的選民從上個月的百分之廿四劇降爲今天的百分之八或九，但絲毫不影響夏隆的領先幅度。

競選活動在昨天子夜停止前不久，夏隆利用他最後一次電視演說，以他那對幾天前才出生的雙胞胎孫子作爲訴求。夏隆說：「我對孫兒出世至感激，這兩個孩子會在什麼樣的以色列中成長？他們將擁有什麼樣的生活？如果我當選，我將更加努力帶來寧靜、安全及和平。」但一般分析均認爲，夏隆上台後，對中東和平將有不利影響。

巴拉克則透過一捲播送到成千上萬家庭中的電話錄音做最後努力。相較之下，巴拉克的訴求多偏政治，迥異於以國媒體所稱夏隆「爺爺式的」競選訴求。

巴拉克說：「以色列必須與巴勒斯坦人拆夥，且在以巴之間設下邊界。如果沒有邊界，就沒有彎阻物，就無寧日。一個沒有邊界的國家並不光榮。我深信在周二，面臨各種恐怖的我們將有那份力量，爲以色列決定創建堅實的邊界。」

巴拉克在新消息報頭版警告，這場選舉是戰爭與和平的抉擇，他說：「我們必須決定，在我們及和平之間是否還有一場結局未定的血淋淋戰爭……請記得：當一個政府犯下如此悲劇性的錯誤時，最終犧牲的不是政府，而是上戰場的子子孫孫。」

自信勝選的夏隆則維持一貫低調說：「一旦我當選後，將組成一個全國團結的政府，盡可能廣結善緣，努力在宗教和俗世、移民及公民、猶太人和阿拉伯人之間弭平裂痕。」

儘管正式投票日是明天，但今天已開始陸續有國外選票送到耶路撒冷。一架飛機從印度載來一個票匭，那是赴印度協助地震災民的以色列官兵及醫療人員的選票，正在幾個軍事基地執行任務的以色列官兵也從昨天開始投票。

台馬斷交 最快下周二

支持我的總理喬傑夫斯基立場轉向 外交部籲國人冷靜面對

徐孝慈／台北報導

台灣與馬其頓之間為期兩年多的邦交關係極可能將畫下休止符。據外交部掌握的訊息，馬其頓極可能在下周二的內閣會議提出與中共復交的討論案，並可能獲得通過。由於原先支持台馬邦交的總理喬傑夫斯基立場已經轉向，並預先將負面訊息告知外交部長田弘茂，外交部昨日呼籲國人以冷靜態度面對台馬關係可能的發展，外交部將努力維繫邦交到最後一刻。

根據外電報導，馬其頓政府高階官員表示，馬其頓將在兩週內與台灣中斷外交關係，轉與中共重建邦交。官員表示，馬其頓總理喬傑夫斯基會晤台灣外交部長田弘茂時，已告知田弘茂，「馬其頓需要中國的支持，以因應國內叛亂的問題，同時希望繼續維持與台灣的經濟關係。」據透露，中共與馬其頓的復交談判已經展開，總統特拉伊科夫斯基辦公室主任尤派夫斯基已率領代表團訪問北京。一旦馬其頓與台灣斷交，教廷將成為歐洲唯一承認台灣的國家。

外交部本來即將台馬邦交近期可能的決戰點放在下周二的馬國內閣會議；而下周二湊巧也是陳總統從中南美訪問回國的同一天。如果馬其頓確於下周決定與台灣斷交，這將是民進黨執政以來，首樁外交上的斷交事件。

據了解，此次促成喬傑夫斯基轉向的關鍵因素是，甫從北京返回馬其頓的馬國總統辦公室主任尤派夫斯基帶回中共方面的訊息指出，中共過去曾經兩次有機會否決聯合國派遣維和部隊至馬其頓案，「但中共將不會再給馬其頓第三次善意」。

依據馬國憲法，馬國總理喬傑夫斯基具有對內閣會議決議的否決權，我方原先因而研判，假若馬國外交部在下周二內閣會議提出與中國復交的討論案，我方期盼喬傑夫斯基能發揮關鍵的影響力。但如今喬傑夫斯基也棄守原先立場，我方對於下周二可能出現最為不利的發展，已有心理準備。

外交部昨晚已將馬其頓的最新訊息告知人在中南美訪問的陳總統一行。外交部昨晚亦緊急發布新聞稿指出，馬國國內族裔紛爭極端複雜，其中亦涉及許多國際因素，致使情勢更加詭譎多變。外交部強調，基於國家利益，我國絕不委曲求全，更不致為維繫邦交而有損國家尊嚴及國格。

駐法德代表 謝新平 胡為真 7月上任

歐洲外交人事調整完畢 亞太地區是第二波佈局重點 駐越、泰代表均將異動

徐孝慈／台北報導

外交部新任駐法代表人選已底定，據了解，外交部主任秘書、前駐捷克代表謝新平已在陳總統出國前經總統召見，總統對此人選表示同意。謝新平預計於七月赴法，新任駐德代表胡為真亦將七月就任，駐英國代表鄭文華則未在異動之列；歐洲重點國家的外交人事新佈局已經告一段落，下波調整重點將在亞太地區。

駐法人選的調整目前尚未展開正式的人事作業，即將辦理退休的現任駐法代表郭為藩甫於昨晚返國。

郭為藩表示，他在法國已經四年多次向外交部表達退休的意願，加以外交部正推動駐外代表年輕化，他也相當支持。

郭為藩此趟是休假回台參加蔣經國基金會預計在六月三日舉行的董事長改選，並至外交部處理相關業務，近期將再返法國。

民進黨執政一年來將歐洲列為外交重點區域，目前已陸續調整的駐外代表包括比利時（兼辦歐盟事務）、荷蘭、德國、法國、義大利、波蘭、丹麥、挪威、奧地利、希臘等國，歐洲重點國家均已調整完畢。駐瑞典代表祝基瀅未來也將有異動。

至於最新底定的駐法代表一職早已規劃要調整，但因法語人才難覓、加上外界推薦人選相當多，一直未敲定。目前預定派任駐查德大使的鄭欣，由於旅居法國及曾擔任僑委會的僑務委員等原因，原亦在推薦之列，但最後仍由外交體系的人出線。

郭為藩的任期到七月為止共計滿四年。郭為藩曾任文建會主委及教育部長，在擔任駐法代表時期，主要專注於發展我國與法國有關文教方面的關係；外交部希望藉更替人選，讓台灣與法國的外交關係能有更多層面的發展。

在歐洲重點人事調整告一段落後，外交部把下波人事調整方向指向亞太地區；目前由前軍方人士出任的駐越南代表胡家麒及駐泰國代表黃顯榮等均在異動之列。新任駐南韓代表李宗儒也甫於上週赴南韓就任新職，主要工作即在推動台灣與南韓的復航工作。

二、社會新聞

一般所指的社會新聞，乃是描述人類日常生活中反常和異常的行為報導，或是新奇的、趣味性的新聞。

報紙為了公眾，將社會上複雜的問題簡化，透過記者、編輯，藉著每種簡化過程，使輿論開明，引起公眾對社會問題的關心，新聞的揭發，社論的配合，往往促成公眾生活的改善。譬如「犯罪新聞」，把罪犯的環境和背景，都一一揭露，它負擔了忠告與警告的任務。

社會新聞大約包括：1. 犯罪新聞，2. 災禍新聞，3. 人情味新聞。這一大類的新聞，通常擁有最廣大的讀者，這部分的新聞，也正是各家報社競爭最激烈，各顯神通的焦點。這方面的消息均為報社記者自己去跑、去挖、去採而得的，通訊社於此則英雄較無用武之地，蓋社會記者所努力的乃是「獨家」。

例　犯罪新聞

犯罪集團搶護照 銷贓東南亞

一本護照洩底 內湖分局立功 四人落網一在逃 疑涉不法變造

蘇郁凱／台北報導

台北市警局內湖分局由一本護照，昨(五)日晚間破獲以男子李其峰為首的護照搶奪集團，該集團至少有五名成員，其中包括李某等四名親兄弟與一名林姓友人。據悉，該集團涉嫌在國內犯下多起護照搶奪、扒竊案，並與東南亞一帶犯罪集團掛勾，將搶得的護照以一本數萬元的代價銷贓。全案依強盜、偽造文書移送檢方偵辦。

去年十一月間，松山區某旅行社遭四名歹徒搶走五十四本中華民國護照。今年一月間內湖分局破獲李岳峰（廿九歲）為首的校園販毒集團，在李某的住處，查獲一本該旅行社所遺失的護照，遂擴大偵辦。昨日循線逮捕李岳峰的兄長李奇洋與弟弟李其峰（另有另名弟弟李俊毅在逃），順利由一本護照破獲一護照搶奪集團。警方懷疑，該集團還涉嫌變造、偽造護照等身分證件，正深入偵辦中。

內湖分局偵查員林金城、陳炳輝、洪士仁與舒文華等員，日前破獲李岳峰為首的校園販毒集團，突破一名共犯林韋祥的心防後，林某供出他與李姓四兄弟，另涉及一起松山區護照搶奪案。林某供稱，李姓四兄弟分工合作，大哥李奇洋長年旅居泰國，並娶了一名泰國妻子，負責處理弟弟非法所得的護照。然而，林某卻遭李家四兄弟設計，當初在松山區搶得五十四本護照後，竟只分得六千元佣金。

警方昨日循線在內湖路一段某泡沫紅茶店逮捕主嫌李奇洋。李嫌面對警方，起初還持假護照應訊，佯稱自己是日本人，對於警方的訊問一律以搖頭回答。警方特地請來外事警官與他對談，當場將李嫌假面具拆穿。警方並發現李嫌目前還因偽造文書、傷害遭法院通緝。

警方表示，李姓四兄弟組成的護照搶奪集團除松山一案外，應還涉及其他案件，正深入擴大偵辦，懷疑該集團與東南亞一帶人蛇集團有所勾結。由於主嫌李奇洋持幾可亂真的假護照應訊，警方研判，該集團應有從事不法變造、偽造護照等身分證件，出售圖利。

例　災禍新聞

高屏溪暴漲　五農民受困獲救

林弓義／屏東報導

豪雨不斷，二十日造成高屏溪水位暴漲，五位採收蘆筍的新園鄉農民受困沙洲上，經救難人員以橡皮艇繞行到河道寬闊的下游處，順利將五人安全救起，此外，海面風大浪高，也造成鹽埔漁港二艘膠筏漂流到外海，經海巡署出動警艇分別尋獲二位漁民，均無大礙。

儘管昨天豪雨不斷，但家住新園鄉新東村的蔡水盛、陳秋年、周美蓮、陳茂源、陳世淵等五位農民，仍和往常一樣，一大早即共乘一部貨車及機車，前往高屏溪田洋段沙洲採收蘆筍。不料雨勢愈來愈大，高屏溪水暴漲，水流湍急，致五人受困其中，無法脫身。

縣長蘇嘉全於上午十一時許接獲消防局通報後，立即指示消防局出動特搜隊及消防人員前往搶救，並通報消防署及國家搜救中心支援調派直昇機救援。在此同時，新園消防分隊與中華搜救總隊人員嘗試利用橡皮艇冒險橫渡高屏溪，救出受困待援的五人。

例　人情味新聞

無臂蛙王　用腳改寫人生

蔡耀星殘而不廢　苦練雙腳謀生　把吃苦當成吃補　樂天挑戰逆境

陳惠芳／花蓮報導

對失去雙手的蔡耀星而言，腳不只用來走路，還可以用來「打」電腦，真正是雙「腳」萬能。失去了雙臂，卻憑著無比靈巧的雙腳開創新人生。去年當選全國十大炬光青年的「無臂蛙王」蔡耀星，在一片經濟不景氣失業率創新高的惡劣環境下，卻用腳謀職，成為一位快樂的上班族－擔任花蓮市立圖書館約僱管理員，別人用手，他用腳「打」電腦照樣俐落，上班一個多月來敬業的態度獲得肯定，活出自我殘而不廢的表現，對時下許多無法忍受挫折的年輕人應能有所啟發。

二十八歲的蔡耀星是阿美族原住民，十六歲時因工作中意外遭高壓電擊而失去雙臂，生性樂觀的蔡耀星沒有被重殘擊倒，痛苦過後很快就做好心理調適，腦筋靈活的他自己動腦揣摩研究，努力讓原本用來走路的腳變成自己新的雙手和生活利器。幾經苦練，蔡耀星練就以嘴和腳靈活自理生活的好本事，他吃飯、穿衣、打理生活一切自己來，甚至還養雞謀生，也會煮飯、煎荷包蛋。

自小生長在大山大海環境下的蔡耀星，游泳成為他的一項生活本能，即使失去雙臂，仍難不倒他，一碰到水就猶如水中蛟龍，靈活自在，八十五年、八十七年、八十九年連續在全國殘障運動會中勇奪蛙式五十、一百公尺及仰式五十公尺金牌，「無臂蛙王」封號不脛而走。

蔡耀星樂觀積極的人生態度和毅力，令人嘆服。縣教育局特教輔導老師陳素嬰知道蔡耀星早年失學想唸書，透過縣婦聯會、崇她社等社團協助他就讀花崗國中夜間部，並讓他到教育局學電腦，以跟上時代腳步習得一技之長。

靈活的蔡耀星以腳代手學電腦，就如同他自行摸索出自理生活的本事一樣，按觸鍵盤是以腳趾代替手指，從基本的熟練英文字母按鍵開始，尤其善用滑鼠來掌控，短短不到一個月時間即習得竅門。由於電腦鍵盤位置較高，多數時候為配合腳的方便，會把電腦鍵盤放到地上來使用，以加快操作速度，學電腦讓他腳指更靈活，也從中找到無窮樂趣。他說，他作夢都在以腳指頭學習有趣的電腦。

蔡耀星學會電腦，經由就業服務中心協助，正好花蓮市立圖書館有約僱管理員缺，蔡耀星獲得進用，雖然每月僅一萬六千餘元基本薪資，對他卻是莫大的激勵。

蔡耀星自四月一日起上班，在服務台以電腦處理圖書借閱登錄，並協助防止圖書遭竊情事，他工作非常起勁，每天有空還能看些喜歡的勵志、傳記圖書，覺得工作很有尊嚴。

蔡耀星成為上班族，關心他的人都為他高興，十八日花蓮婦聯會主委黃譯儀、縣議員邵金鳳、徐光榮等許多社團及熱心人士專程去為他加油。

蔡耀星對人生始終充滿希望，總是一派樂觀的神情，他為自己能走出自我而驕傲。在有關社團的安排下，最近蔡耀星展開校園巡迴演講之行，以親身體驗和長期的人生經歷分享青年朋友，「把吃苦當成吃補」，挫折不算什麼，唯有從逆境中走出來，挑戰困難成功，才是真正的人生。

三、經濟新聞

近年來，世界各國的工商事業日益蓬勃發展，尤其我國經建計劃，更使得臺灣經濟發展突飛猛進，促使今日的經濟與政治有分不開的密切關係，報紙對此報導的範圍非常廣，包括財政、金融、行情、市場、貿易、工商業，以及失業、罷工的問題等都屬於經濟範圍以內的新聞。

例一

主計處：

經濟成長率下修至5.3%

(詹孟芬／臺北訊)針對各界關心的核四復建對經濟成長的貢獻，主計處第三局副局長韋炳珍表示，如果以過去三年的資料估算，核四平均一年執行的預算是一百零五億元，對經濟成長率貢獻則是零點一一個百分點。

經建會針對去年底經濟情勢，所做的預測今年的經濟成長率是百分之五點三，可以說是政府機關中最悲觀的預測數字。主計處二月中旬將公布的最新評估值是否大幅調降，韋炳珍表示，去年底的經濟和今年以來的表現已有不同變化，經濟成長率預測值儘管會下修，但是幅度不至於太大。

韋炳珍強調，儘管核四復工對經濟成長率的貢獻不大，影響最大的還是對民衆投資信心的影響，農曆年後到現在股市大漲，主要還是投資人對核四復建的預期心理。

行政院主計處將在二月十六日修正今年經濟成長率預測，根據主計處官員透露，中旬公布的預估值將比去年十一月公布的百分之六點零三預測值還要再下修。

韋炳珍表示，政府已經注意到經濟衰退的警訊，因此提出的擴大公共建設方案、綠色矽島和知識經濟等政策，都是爲了提振國內景氣，並且在未來也可以維持穩定的經濟成長。

各主要研究機構中，對今年經濟成長率預測最低的是中研院經濟所的百分之五點二一，臺綜院的預估值是百分之五點五三，臺經院則是預估百分之五點六九，中經院在去年十二月公布的預測數字則是百分之五點七四。

元月份躉售物價比上月下跌 較去年同期微漲1.67%

(詹孟芬／臺北訊)行政院主計處公布一月份躉售物價指數九十七點五四，比上個月(去年十二月份)下跌百分之一點一六，較去年一月份微幅上漲百分之一點六七。

主計處第三局副局長韋炳珍表示，一月份躉售物價比去年一月份上漲百分之一點六七，其中國產內銷品跌百分之零點二九，進口品上漲百分之二點四二，出口品上漲百分之三點七六。

就進口物價指數觀察，一月份指數較去年一月上漲百分之二點四二，若剔除匯率變動因素(新臺幣對美元較去年一月貶值百分之五點八)，以美元計價下跌百分之三點五三，變動較大的項目：電機及其設備類下跌百分之六點九四；機械、光學及精密儀器類下跌百分之六點四二；塑化製品類下跌百分之四點四八。

經濟新聞屬於專門性、學理性的消息，負責採訪寫作的記者都需具備有關經濟方面的知識，具有財政方面的修養，這樣在採訪與寫作時才能深入、正確。事實上，目前報社記者有許多方面，都趨於專才化，諸如醫藥新聞、法律新聞等等，若非學有專攻的人負責採訪，實無法滿足讀者的需要，更難有出色的表現。

由於社會經濟繁榮，工商發達，經濟新聞的地位也日益高昇，報社往往闢有專欄刊登。有人曾說：從前世界被政治所左右，現在卻為經濟所控馭了。例如阿拉伯產油國家，對油價的控制，無異於對國際政治關係的控制，這是一極明顯的例子。

報紙在經濟新聞範圍裡的提示，使讀者了解現代複雜無比的社會背景，同時提供了讀者經濟商情的資料情報。

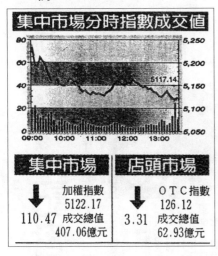

例二

集中市場分時指數成交值

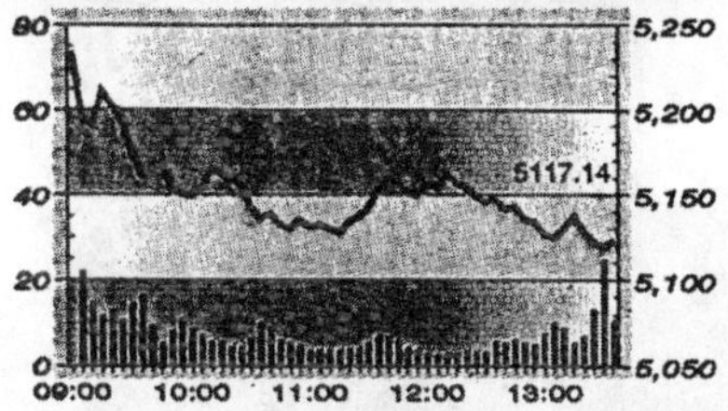

集中市場	店頭市場
↓ 110.47 加權指數 5122.17 成交總值 407.06億元	↓ 3.31 OTC指數 126.12 成交總值 62.93億元

例三

法人買賣超及資券餘額

集中市場		單位：億元		
		買進	賣出	買賣超
投　　信		14.99	24.11	⊖9.12
外資	外資投資機構	43.78	23.24	⊕20.54
	境內外僑	5.95	8.56	⊖2.61
	海外基金	1.26	0.69	⊕0.57
自　營　商		5.37	8.48	⊖3.11
三大法人合計		⊕6.27		
融資餘額		2260.05		⊖43.51
融券餘額(張)		216431		⊖24798
店頭市場				
		買進	賣出	買賣超
投　信		6.81	4.72	⊕2.09
外　資		1.40	0.58	⊕0.82
自營商		0.91	0.98	⊖0.07
三大法人合計		⊕2.84		

四、文教新聞

此類新聞乃指有關文化與教育的新聞，從報紙的發展中，各種教育新聞所佔篇幅日增，可以看出一般人對教育都有了深入的了解，除了學校新聞外，新的教育理論、兒童教育、心理學等都經常出現報端，更廣泛的規劃：科學、醫藥衛生、文學、藝術、青年團契活動等都是文教新聞。

例

大學登陸設校 教部踩煞車

戒急用忍？

發出緊急公文 指大陸學歷採認法未完成前 學制班或推廣教育學分班等招生方式均不宜

（陳洛薇／臺北訊）西進大陸，潛力無限？因應臺灣即將加入WTO（世界貿易組織），外國學校也可來臺招生，國內大學靜極思動，紛紛計畫以學分班等方式，搶先西進大陸，試探大陸教育市場。不過，教育部近日卻對各大學發出緊急公文，希望無論是正式的學制班別或是推廣教育的學分班，都希望各大學能配合政府的政策「踩煞車」。

就在大陸學歷認證爭議不休的同時，國內多所大學也吹起西進大陸興學的風潮，在臺灣加入WTO之後勢必面臨的雙重的招生壓力，國內的大學不約而同地有「西進大陸」的計畫。

不過，由於此事敏感，在大陸學歷尚未開放採認之前，教育部認為，國內大學不宜先行西進，因此在一月二日對各大學發出公文，公文內容為「茲因大陸地區高等學校學歷採認相關法制作業尚未完成，現階段各校大陸地區開設課程，無論正式學制班別或推廣教育學分班，皆請俟政府政策開放後再議」。

教育部為何對國內大學赴大陸興學「踩緊急煞車」？教育部常務次長呂木琳昨日表示，對國內大學發出緊急公文，主要目的是要讓國內大學了解，在大陸學歷採認法制作業尚未完成前，學校「最好不要」去大陸設立分校、分班及EMBA等各種學分班，甚至於國內大學和大陸大學合作在大陸設班招生的型式也不宜。

此外，還有一種以文教界、藝文界的人物報導，往往為文教新聞增添許多活潑感，例：

百年報人記者節問世

鄭貞銘六大冊著作 介紹中外百位傑出新聞人

資深傳播學者鄭貞銘。（盧褘祺攝）

江世芳／專題報導

中國傳播史上的重要鉅作即將問世！台灣新聞界資深的傳播學者鄭貞銘，即將在九月一日記者節發表六大冊著作「百年報人」，國民黨主席連戰還特別為這套鉅著撰寫推薦序。

鄭貞銘在新聞領域貢獻三十多年，現任文大新聞研究所教授、中華民國傳播發展協會理事長、中央通訊社常務監事、師大、北京廣播學院、杭州大學客座教授等職，也曾任中央日報採訪副主任、香港時報董事長等，是少有能在學術界及實務界均成就斐然者。

這次發表的「百年報人」六大冊，時間上選擇二十世紀到二十一世紀的一百年，以一百位新聞人物構成這套書的主幹，這樣的寫作架構在中國新聞史上可以說前無古人後無來者。除了中國和台灣的八十位傑出新聞人之外，還有英美日等二十位傳播重鎮。鄭貞銘表示，這套書其實就是藉由人物帶出來的「新聞史」。

鄭貞銘說，他寫作這套書的最大目的，「是希望搭一座橋，把新聞事業的精神傳達下去。」他說到以前他的老師錢震，寫了「新聞論」獲得三十萬元獎金，結果他把三十萬分給大學做獎學金。如今錢震已過世，鄭貞銘和兩個朋友就把「新聞論」修訂重新出版，完全義務，希望將來「新聞論」的版權費可以成立錢震獎學金基金會。鄭貞銘說這就是「報恩主義」。

雖然書名「百年報人」看起來相當嚴肅，但是鄭貞銘筆調活潑易讀，而且提及的每一人都有非常有趣的故事。例如他寫的第一人是蔡元培，他說當年蔡在北大成立「新聞學研究班」，不是正式課程而是讀書會，有一個人也參加了，他是誰？就是毛澤東。「所以毛澤東也懂新聞的！」鄭貞銘說。

出版這套書，鄭貞銘最大的期望是「新聞事業不要喪失理想性」，像最近的壹週刊，鄭貞銘表示「肯定他們追蹤新聞的精神，」但是如果把新聞傳播當消費品，那麼新聞專業人員不但會喪失社會的尊重，也會辜負傳媒這項無遠弗屆的力量。

「百年報人」由遠流出版。

五、體育新聞

早先體育消息原屬於文教新聞之列，然而近年來，由於我國體育事業發展迅速，成果輝煌，尤其職棒、職籃之長成，為我國全民體育掀起高潮，大大提高了公眾對體育的興趣及重視。體育消息不但多了，而且也重要了，於是它就自立門戶，脫離了文教新聞之列，成為報社裡備受重視的體育新聞。

體育新聞已然成為某些報社新聞表現的特色，不但闢了專欄，還有短評、特寫、圖片的多方配合，益發使得體育新聞多彩多姿，生動活潑。

例一

中華台北會旗率先升起

陳詩欣　跆回第一金

廖德修／大阪報導

中華跆拳道隊昨天摘下1金3銅，成績雖不如南韓2金1銀與日本1金2銀1銅，但女將陳詩欣拿下第一級（49公斤）金牌，是本屆大會第一金，中華台北會旗也在與賽10國中率先升起，代表隊士氣為之大振。前來觀戰的教育部長曾志朗、體委會副主委鄭志富都說是「好兆頭」。孟美君、宋玉麒、朱木炎則各得一面銅牌。

陳詩欣首戰輪空，直接晉級準決賽，至少獲銅牌。但她畢竟實力好，次場遭遇澳洲的崔德威爾，以3：1輕鬆過關。下午冠軍戰碰到南韓尹松姬，陳詩欣技高一籌，以一個下壓和兩個旋踢得到三分，3：1勝出，拿下金牌。鄭志富立即頒給她200美元立即獎。按照體委會獎勵辦法，東亞運金牌也可得到台幣45萬元獎金。

我國另一位女將孟美君，首戰以13：0輕取蒙古選手，次場遭遇大陸180公分高的王朔，兩人相差15公分。苦戰三回合，孟美君僅以5：6飲恨，拿下銅牌。冠軍戰王朔佔盡優勢，最後卻以4：7敗給日本龜山美奈子，僅得到銀牌。

中華隊最可惜的是男子第一級（58公斤）的朱木炎。他在準決賽遭遇南韓高錫花，前兩回合已取得2：0領先，第三回改採守勢，卻被對方連趕三分，反以2：3落敗。最後高以7：0輕取日本相原儀雅摘金，朱木炎飲恨抱銅。

我國另一男子選手宋玉麒準決賽碰到實力超強的南韓隊金香洙，以1：5落敗，只獲銅牌。冠軍戰，金香洙以4：2力克日本桶口清輝，包辦首日男子兩金。女子組則由中華、日本各取一金。

例二

職棒兩聯盟啓動春訓引擎

不能輸在起跑點！大聯盟各擇吉時開訓 中華聯盟選定開幕先發

【記者林以君／台北報導】職棒台灣大聯盟四隊昨天都強調在選定的良辰吉時開訓，如果各隊的「良辰吉時」代表著新年第一道好運，去年冠軍太陽隊拔得頭籌，上午九點開訓，金剛與雷公隊近午十一點十五分同時焚香祝禱，下午一點半，勇士隊爲老天爺獻上最眞誠的祝福，祈求本季能晉級總冠軍戰。

尋求二連霸的太陽隊表示，他們在四隊中「最早」啓動春訓引擎，顯示達成連霸的決心，全隊將於北部密集春訓至三月初，再移地台東。

金剛與雷公十一點十五分分別在台中、高雄開訓，雷公請到高雄縣長余政憲到場加油打氣並授旗，金剛隊在台中巨蛋型球場預訂地開訓，本屆金龍旗青棒賽冠、亞軍隊教練高苑工商蔡啓生及台中高農李明益到場祝福。

去年雖打進季後賽首輪，但敗給雷公隊被拒於總冠軍賽前的勇士隊選在下午一點半上香，以團結心、進取心及榮譽心等「三心」爲爭取台灣大聯盟五年總冠軍的決心。

昨天開訓有多人未到場，太陽隊總教練李居明因爲父親日前去世未出席，洋將亞士達及安藤信二下個月歸隊。雷公隊黃龍義、郭昌庭仍在軍中。

【記者李國彥／台北報導】中華職棒十二年球季開幕戰下月九日兩地開打，四隊可能的先發投手人選分別是：牛獅戰由興農牛隊勇壯挑戰統一獅隊曾傑志，象鯨戰由和信鯨隊郭李建夫迎戰兄弟象隊日籍投手養父鐵或齋藤肇。

中華職棒四隊總教練獅隊曾智偵、牛隊王俊郎、鯨隊李來發、象隊林百亨昨天齊聚台北舉行賽前總教練會議，並就目前各隊春訓狀況及今年展望發表談話。

曾智偵表示，群獅春訓相當賣力，其中以去年加盟的年輕投手曾傑志的集訓態度及表現最令他感動，曾傑志去年受右手肘肌肉細胞囊發炎所苦幾無建樹，今年傷勢痊癒，獅隊每天十點開訓，他九點就到球場繞著左、右外野防擋跑道連跑五十趟，等大夥抵達球場，他早已熱好「引擎」，可以立刻投入操練了。

曾智偵說，開幕戰先發目前設定爲年輕投手，包括曾傑志、陳榮造、戴龍水、高龍偉都有可能，「但看到曾傑志旺盛的企圖心，出線的機會很大」；此外，曾智偵將今年目標定爲六十勝。

從中華職棒最老的球隊，一變而成爲最年輕的象隊，目前雖只剩下廿一名左右的球員，但林百亨認爲十三名野手幾乎都是強棒，加上剛補進養父鐵及齋藤肇兩名不錯的日籍投手，他今年的首要目標是每周先搶首勝，再搶連勝。

牛隊王俊郎表示，比較不擔心打、守戰力，投手方面今年仍將倚仗洋投勇壯，至於本土投手，目前才剛進牛棚集訓一個多星期，各人定位將視春訓調整而定；鯨隊已逐漸走出「薪情」不佳陰霾，進入正常操演，李來發表示，聯盟應早日訂定球員加、減薪評量制度，以解決每年初的「薪情陣痛」不斷重演。

中華成棒今開訓

【記者李國彥／台北報導】中華成棒培訓隊昨天在左訓中心報到，共有五名球員缺席、兩人遲到，遲到的球員中包括中華職棒和信鯨隊鄭昌明，至於另兩名職棒投手台灣大聯盟媚登峰金剛隊黃欽智及中華職棒統一獅隊陳榮造均準時抵達左訓，但旋即請假回職棒母隊參加春訓；中華隊將自今天展開四十天集訓，目標鎖定下月十八日在新莊棒球場舉行的亞洲成棒賽。

昨天五位缺席球員分別是投手曾兆豪、王國進，內野手林津平，及外野手余賢明、周思齊，五人均已事先致電執行教練林華韋請假，其中曾兆豪、余賢明、周思齊是因爲必須留在學校參加補考及補課，王國進剛入伍接受新訓，林津平是腰傷未癒；遲到的球員還有陳致遠。

缺席球員中以林津平的狀況較嚴重，林華韋轉述他請假的說法是，醫生建議他，傷勢必須長時間休養及復健。林華韋表示，如果林津平及王國進無法培訓，將不再增補名額。

林華韋說，集訓前廿天除掉十日前往台南與獅隊進行友誼賽，將加重球員體能及鋁棒打擊的訓練量，後廿天將進行密集的分組比賽，以戰養戰，

六、影藝新聞

影劇、電視、藝展、畫展、音樂會等的消息，讀者很期望在新聞報導中，得到他所感興趣，所想知道的資訊，這類新聞屬於輕鬆的軟性新聞，因之，它的娛樂價值高於益智作用，在嚴肅端莊的報頁上，出現影藝新聞的點綴，倒也平衡了些版面的柔和感。影藝新聞的處理，近來也頗受社會重視，大部分報紙已闢有半版的影藝版，專供有關新聞之刊登，但是，值得注意的是，有許多「廣告新聞化」的影片宣傳，經常魚目混珠的出現在這類新聞中，這是有辱公正、誠實的報業精神的惡劣現象。現列舉影藝新聞數則如下：

例❹

歡喜玉玲龍收視率破10

綜藝節目再掀本土風

徐紀琤／台北報導

有線電視紛立後，收視率被瓜分，綜藝節目收視率鮮少超過10，上週六，中視「歡喜玉玲龍」後段收視率高達9.09，其中的「玉玲龍」單元甚至高到11.32，幕前幕後人員及其他節目人員都瞠目結舌。

去年底，澎恰恰、舜子加入華視「無敵星期六」，兩人「玉玲龍」單元才見好就被中視製作人王鈞挖角，當時外界質疑兩人「一動不如一靜」、「自立門戶會靈嗎」？一個多月來，「歡喜玉玲龍」收視率節節高升，並已是全國第一，圈內人佩服王鈞有慧眼，他也逢人就笑說「犀利」（澎恰恰、舜子自創的「是的」發音），並說節目推出那天是他生日，大吉大利，智慧的選擇！

王鈞說，「歡喜玉玲龍」走短劇路線，劇本很重要，功臣是兩位主持人自己下工夫、默契又好。民視「綜藝有樂町」連續兩週收視率第一，打到他的中視「週日八點黨」，中視與他決定在週日晚間九點半再做一個澎恰恰、舜子節目，內容不會和「歡喜玉玲龍」重複，一定要把「有樂町」壓下去。

「歡喜玉玲龍」、「綜藝有樂町」的本土風格奏效，綜藝節目群起效之，本來是週日冠軍的「少年兵團」加入閩南語短劇、布袋戲，製作人沈玉琳說，收視率調查不見得準確，電視台依收視率做節目更容易有偏差，不過現實壓力讓大家不得不這樣。

上週「少年兵團」播出四位主持人開檢討會時互相指責的實況，收視率立刻上揚，讓圈內人憂心收視率導向，猛動性的綜藝節目又會回鍋，此外，民視戲劇「飛龍在天」最後五分鐘突然加進「有樂町」的胡瓜、小鐘演流氓，「飛龍」江宏恩則說今天不練武了，趕快去看「有樂町」；真的假的、戲劇綜藝不分，台灣電視「創舉」驚人。

❹ 以上所舉者，乃千萬類似新聞中較熱鬧的一則，讀者平時閱讀時尤其是晚報中，不難見廣告新聞化的報導。

明華園乘願新戲再來

文戲為主 孫翠鳳一人分飾兩角 10日澎湖首演 再巡演本島

（郭士榛／臺北訊）明華園歌仔戲團世紀新作將推出「乘願再來」，是明華園曾發表的十幾部劇作中，少數以文戲描述為主的戲，當家小生孫翠鳳將在劇中一人分飾兩個角色，端木助和梵洛佳兩位主角是仇家，對孫翠鳳的演技可說是項挑戰。「乘願再來」也將在澎湖首演。

團長陳勝福指出，由於明華園全省的戲迷太多，為了讓離島的民眾也能欣賞到好的戲劇表演，這次特別將首演舞台移到澎湖。陳勝福談到，這齣戲劇劇本原本在去年就完成，但由於要考慮舞台、服裝等能瞬間變幻，呈現更好的舞台效果，更是花費心思。

這齣劇中主要是描寫父子、子孫間感人的親情，透過主人翁的表現，將人性的種種、內心的起承轉折毫無保留表露出來，營造出具透視般的效果。故事場景除了漢朝文化，更延伸到雲南地區色彩，因此這齣歌仔戲中更充滿了雲南地方色彩，呈現更豐富的面貌，劇情也可引發觀眾深思，產生不同的感受和體驗。

「乘願再來」預定於二月十日在澎湖首演，二月十四日在臺中縣港區藝術中心、十七日在基隆市、十八日在新莊、二十一至二十二日在高雄市、二十六日在高雄縣，三月一日到五日將在臺北社教館，四月一日在臺中市演出。演出詳情請洽：〇二—二七七二九三九八。

杜篤之坎城發光

以「你那邊幾點」及「千禧曼波」得技術獎

王蓉／坎城報導

第54屆坎城影展在台北時間今（21）日凌晨一點舉行頒獎典禮，本屆最佳影片金棕櫚獎由義大利電影「人間有情天」奪得，法國片「鋼琴教師」拿下男女主角等三項大獎，也是主要贏家。我國知名錄音師杜篤之以「千禧曼波之薔薇的名字」和「你那邊幾點」兩部片，得到坎城最佳技術獎的肯定。不過，他本人並未出席，由「千」片女主角舒淇上台代領。

杜篤之早在還沒同步錄音前，就以土法煉鋼的方式，做出非常出色的錄音效果。隨著名氣漸開，目前他的工作室可說生意興隆，兩岸三地共有四組人馬在接拍電影，在普遍不景氣下，堪稱一大異數。

主要得獎名單如下：

最佳影片金棕櫚獎：「人間有情天」（南尼莫瑞提，義大利）

評審團大獎：「鋼琴教師」（法國）

最佳導演獎：大衛林區（慕赫蘭大道）、柯恩兄弟（缺席的男人）

最佳女主角獎：伊莎貝雨蓓（鋼琴教師）

最佳男主角獎：貝諾納許奈萊（鋼琴教師）

最佳劇本獎：開放之地（波士尼亞）

技術獎：杜篤之（千禧曼波、你那邊幾點）

第三節　其他的分類

除了依地區及性質將新聞分類，另外單純地由新聞本身發生及所屬型態可劃分為下列諸類:

一、可預知及不可預知的新聞

㈠可預知新聞

指記者、採訪單位可預知將會發生的新聞，如政治新聞中國會、議會的召開，體育新聞中運動會或重大競賽的揭幕、閉幕，社會新聞的記者招待會，影藝新聞的電影開鏡酒會、歌曲發表會、畫展等。

這類新聞的採訪應把握以下兩點:

⑴事先的準備，凡是可預知之事件，則可準備於未始；例如資料的搜集、新聞人物的背景了解、新聞事件的源本探索、新聞內容作有深度的研究。有周詳的準備，在報導寫作時自然會有深度，有內容，而減少了疏忽、無知等的錯誤。現場的新聞如會場、展覽，應提早到達，作冷靜觀察，周密佈局，才不致於事至臨頭而張惶失措❺。

⑵事後的追蹤，不論何種結果，事後都應保持注意，即使水落石出，塵埃落定，告了終結，還是要留心，看有何餘音殘燼，春風吹又生的事也非不可能，若是糾纏未果之事，更要隨時打探，不可疏忽，萬一柳暗花明，峰迴路轉，有了新發現、新結果，有心人是不會漏新聞的，或許還會有獨家呢!

㈡不可預知新聞

這類意料外新聞，多屬突發事件，富新奇性、刺激性，是記者最佳表現機會，也是報紙爭取讀者滿意的好機會。

❺　尤其剛進入報界的新記者，更應作好採訪前的準備。

因為純屬意外，突發的事件無法預估會有什麼事，在哪裡，在什麼時候，因此這種機動性、臨時性的採訪較前述之可預知類靜態新聞要困難得多，如車禍、墜機、海難、分屍之發現，都有賴記者靈通的新聞網和機動的活動力，才能迅速而正確到達事發地點，展開採訪工作。

對於這類新聞事件，記者不可能作任何準備工作，他必須依靠平日的學養、資料的搜集，特別是現場沉著的應付、精細的觀察、敏銳機智的發揮，在匆促時間裡發揮記者超人的能耐。

二、靜態新聞與動態新聞

由前面提到的可預知與不可預知新聞當中，我們發現有所謂「動態」與「靜態」新聞之存在。

(一)動態新聞

這類新聞，是動盪多變的，它的本身具有多方面可資報導的，而且具發展性，典型的例子便是戰爭新聞，導火線、爆發、戰況、進展、演變、停火、和談、斡旋、結束，真個如火如荼變化多端，例如：美國911事件，即刻掀起了這個驚訊的傳播報導，首先是號外，進而有新聞、照片、記者會、特寫、專欄、專訪甚至而有新聞小說的配合，這則新聞事件震驚世界而趨於多變化，一則非常動態的新聞於焉展開，不但記者極度的活躍著，整個社會也因此而警惕起來。

又例如白曉燕被害的採訪報導，因為案情的撲朔迷離，兇嫌更無任何蛛絲馬跡，一切陷於膠著狀態，但警騎四出，偵察緊張，記者也因之如影隨形，跟著也使出鑽、挖、追、訪的看家本領，發揮活潑、機智、敏捷，鍥而不捨的精神，為獲得新聞，求證，報導而後已。

(二)靜態新聞

所謂靜態新聞是指新聞來源非動盪性的，也可以說是一問可知、伸手可得的新聞，例如行政院新聞局的例行記者會、各機關發佈的公報、私人展覽發表會的新聞資料等，還有新聞之改寫，記者要抓住重點，客觀而具體的下筆。因為有現成的新聞資料，故在運用時要特別仔細，避免有宣傳或作廣告之嫌。

在此，我們可以將前述一、二兩類新聞作一綜合比較，不難發現，1.可預知新聞與靜態新聞有相同之新聞來源。2.不可預知新聞與動態新聞則有不少相似的情況。如何發掘新聞來源，本是一項極艱鉅的工作，記者們終日忙碌的正是在發掘新聞來源，因為報業不斷發展進步，至今一切均步上極有制度、有規律的企業化，因此採訪這一環節也有了相當的規律可循。靜態新聞的採訪也因之有了俯拾可得的新聞來源和左右逢源的採訪對象了。以下單位場所，便是記者們經常採訪的地方：

①中央政府及院會等有關單位。

②國會、議會及有關單位。

③縣市鄉鎮政府。

④黨部、民眾服務處等單位。

（此四屬政治要聞來源。）

⑤警政署、總局分局等警察機構。

⑥司法機構及各級法院、監獄等。

⑦救濟、慈善機構、醫院診所等。

⑧特種營業場所如：夜總會、酒吧、舞廳、歌廳等。

（此四屬社會新聞來源。）

⑨交通、郵政、電訊、航空等機關。

⑩金融財政稅務機構。

⑪生產單位、工廠、礦場、農地等。

⑫人民團體工會、商會、股市等。

（此四屬經濟新聞。）

⑬教育單位、部會、學校、補習班等。

⑭社團活動如救國團。

⑮公共場所如體育館、博物館、展覽會、國父紀念館。

⑯文化機構、出版公司、電視影業公司、書局等。

（此四屬文教新聞。）

⑰球賽、運動會、博技賽舉行之會場。

⑱體育協會、各項運動組織協會等。

（此二屬體育新聞來源。）

⑲劇院、電視臺、攝影棚、片廠等。

⑳片商、試片、開鏡招待會等。

㉑歌唱（劇）、舞蹈發表會、平劇公演、音樂會等。

㉒畫展、書法展、雕塑展，及有關學術演講等。

（此四屬影劇藝術新聞來源。）

㉓外交活動團體。

㉔各軍區、各軍種的公共關係室，發言人。

㉕外電、外埠郵電的新聞改寫。

此三屬國防新聞（外交等）來源。

凡上舉二十五例均可以歸納為可預知新聞、靜態新聞的新聞來源之列。這是一個龐大的新聞網，採訪組織應周密的分劃，記者對這源源不絕的供應更要謹慎處理。雖然今日新聞界競爭激烈，各以獨家新聞相號召，但事實上，在新聞自由競爭下，專有新聞消息殊不易獲得，故各報還是把握已掌握在手中的可預知新聞來源以免吃虧。「無獨家尚可，有獨漏絕不可。」這是一個不爭之共同的基本原則。

第四節　各類新聞處理原則

新聞的分類雖有多種，但其處理原則卻是一致。

一、新聞自由

言論自由，出版自由，乃人民的基本權利，我國憲法第二章第十一條規定：「人民有言論、講學、著作及出版之自由。」美國憲法增訂條款第一條規定：「國會不得制訂任何法律，以限制言論自由或出版自由。」

由之得見現代新聞事業生根於自由的社會，茁壯於民主政治制度中；新聞自由已在這溫暖的環境中長大成熟，備受人民、政府的重視。新聞自由從言論、出版自由引申而來，而實際上它是指：1. 新聞採訪自由。2. 新聞發佈自由。3. 新聞傳播自由。4. 新聞閱聽自由。

言論自由包括用語言、文字記敘和評論的自由，出版自由包括報紙、雜誌、書籍、有聲片帶等的出版自由。但就新聞的發展過程來說，在前述四項自由權利中，應以採訪自由為基本，因為採訪之自由乃獲得新聞，明白事實真相的大前提，若沒有採訪自由，就得不到所需要的新聞，無法繼續做到新聞的發佈、傳播和閱聽，對時事的評論失去依據，有關的新聞出版則毫無意義。所以採訪自由為爭取新聞、言論及出版自由的第一章。

新聞的採訪主要途徑，是爭取可預知新聞之來源❻，諸多不同來源中，其資料情報的公開程度，因地因人不盡相同，有的地方由於新聞記者的良好表現和努力，建立了信譽和寬闊的採訪環境，爭取到較多的採訪自由。有些地方則對記者敬而遠之，封鎖消息，使

❻ 詳見本章第三節。

記者的採訪自由受到很大的限制，產生許多工作上的困難。有的新聞來源和機關社團，其當事人的態度如何，亦可決定記者採訪工作的順利與否，有人態度開朗，與記者之間採合作互惠之相處方式；有的則態度保守，嚴戒一切新聞之透露，最多提供些公告或無關緊要之資料。在這些不盡相同的情況下，記者便需要隨時不斷的用各種方式爭取採訪自由，雖然公共關係日興，大部分機關團體或成立有公共關係室，或者有新聞發言人之專設，以為專門供應記者新聞資料，但無論其工作績效如何，畢竟只是採訪工作上的橋樑，絕非唯一門徑，許多有價值或獨家的新聞，是有賴記者掠過公共關係室，閃過新聞發言人，向更深處發掘的。

二、負責態度

自由基於權利，限制基於義務，新聞事業和民主政治下的成員即一方面享有自由，一方面負有義務，其所享受自由愈大，所負責任便愈多，有了自由才能獨立的負起責任，能負起責任，才能爭取自由，此乃互為因果之關係。

名學者王雲五曾提出：新聞自由應受到充分的保障與發展，可是它也不能妨礙到其他的自由。自由必須對法律或道德負責。

負責態度，所負的責任有二：一方面是對社會大眾，另一方面是對新聞來源。對社會大眾來說，它要把眾人之事告訴眾人，同時要把眾人的意見，反映表達出來。美國第三任總統傑弗遜(Thomas Jefferson)的名言：「寧可生活在有報紙而無法律的國家，而不願生活在有法律而無報紙的國家」，民主政治是公意政治，公意的表達依賴新聞之傳播，由這句名言，我們不難體會到新聞對社會政治的所負責任之遠大。新聞界對於每天的時事，須給社會作一真實的、綜合的與明智的報導。為社會服務，作一個交換意見與批評的論壇。報紙是讀者大眾的耳目，如果新聞報導不忠實，不完備，不客觀，讀者便是受了矇騙，讀者的耳目乃失去聰明，是以新聞之處理，在報導時要堅守負責態度。一字不真，一語失實，不論為有意之造謠誇大或無意之失檢致誤，都是有愧於社會大眾的，因而新聞處理的負責態度，也是新聞道德的範疇。(詳見作者所著《新聞採訪的理論與實際》第九章，商務印書館印行。)

對新聞來源負責，最重要的就是保守新聞來源的秘密，因為新聞來源，不論是可預知的或是不可預知的(經常的或偶然的)來源，都是新聞業的最大本錢；新聞記者若能得到新聞來源的信任，方可建立周密之新聞網，因此記者在儘可能的範圍內，對於新聞來源的要求，應該做到絕不洩露消息來源的秘密。在自由民主的社會中，在自由競爭的制度下，各種行業都允許有一定限制的職業秘密，如醫生、律師、私家偵探等，記者亦是如此。他們的職業秘密，是值得諒解和尊重的❼。除了保密外，其次要遵守諾言，未獲同意發佈之前，不要擅自發表意見，不可歪曲原意，否則無異斷了自己的職業生路，這些都是處理新聞必須遵守的原則。

三、限制與法律

雖然新聞自由存在於憲法的保障之下，但任何報紙之新聞處理上均不得作關於任何個人、團體或機關的虛假、惡意、中傷的報導。因而在新聞的處理中受到若干的限制。此種限制包括兩方面：1.屬採訪上的限制，2.屬於刊佈的限制。其所限制範圍大抵如下：

㈠私人獨處權

拒絕不當宣傳之權，與大眾無關者不受大眾干擾之權，個人名譽不受誹謗之權。

㈡國家及公共事務之機密

為了保衛國家安全和公共利益，被拒採訪報導，是應該接受

❼　請參閱本書第五章第四節。

的❽。

㈢法律明文規定禁刊事項

我國經廢止之出版法原在第三十三條例明出版品不得為下列各款之記載：

⑴觸犯或煽動他人觸犯內亂罪、外患罪者。

⑵觸犯或煽動他人觸犯妨害公務罪、妨害投票罪，或妨害秩序罪者。

⑶觸犯或煽動他人觸犯褻瀆祀典或妨害風化罪者。

三十四條：「出版品不得登載禁止公開訴訟事件之辯論。」

三十五條：「禁止或限制出版品關於政治、軍事、外交之機密或危害地方治安事項之記載。」

上述規定，雖已廢止，但仍可為記者執筆時之參考。

㈣刑法的限制

刑法第三一〇條有關誹謗罪之規定：

⑴意圖散布於眾，而指摘或傳述足以毀損他人名譽之事者，為誹謗罪，處一年以下有期徒刑、拘役或五百元以下罰金。

⑵散布文字、圖畫犯前項之罪者，處二年以下有期徒刑、拘役或一千元以下罰金。

誹謗法雖然是保護一個人的名譽和其正當業務，但它並不能阻止對於處置公共事務錯誤，以及政府的不當與無能時的評論，尤其從事大眾傳播，為民喉舌的新聞業，誹謗法在某些方面是不能阻止忠實的批評。刑法第三一〇條第三項的規定：「對於所誹謗之事，能證明其為真實者，不罰。但涉於私德而與公共利益無關者，不在此限。」第三一一條又規定：「以善意發表言論，而有下列情形之一者不罰：⑴因自衛、自辯或保護合法之利益者。⑵公務員因職務而報告者。⑶對於可受公評之事，而為適當之評論者。⑷對於中央及地

❽ 政府議會之秘密會議及軍事情報機密等也在此限。

方之會議或法院或公眾集會之記事，而為適當之載述者。」

如何避免誹謗，在處理各類新聞時，應把握下列原則：

⑴力求真實，傳聞並非事實，不論政治或社會新聞均如是。

⑵避免主觀筆調，避免強烈暗示誘惑，尤其處理犯罪新聞時，「罪嫌」與「罪犯」是迴異的，判決之權在於法庭，報紙萬不可越俎代庖作任何判定。

⑶報導時盡可能做雙方的敘述，經雙方贊同或認可的傳佈，社會新聞中的訟案，報紙應同時刊出原告、被告的揑詞及告辯。

⑷注意新聞中的姓名、地址、性別及事由，尤其對罪犯、劣跡、惡行要特別謹慎。

第三章　新聞採訪與記者

新聞事業之工作乃雙重的：編務方面，它屬於應用藝術；在發行方面，則為經濟或商業。報人通常希望以「專業」這個名詞來肯定自己或其行業之地位，因此，夠格的新聞從業人員必須具備高尚的品德、天賦能力、後天所習之技術與通才教育。其工作從來不會輕鬆或單純。不論是發行人或編輯，他肩負公共責任之態度，對社會有極大關係。❶

第一節　新聞採訪行政與政策

新聞事業發展到今天，不論新舊媒介，都具有相當規模，報社、廣播電臺、電視臺、雜誌社無一不趨於企業化，新聞史上可見報紙與工業的發展，是齊頭並進的；工業由個人手工業進而家庭式獨資創辦經營的；報紙亦是如此，開始不都是老闆兼主筆兼排字工、印刷工，有基礎有成績後，合夥的小規模公司出現，報業漸漸地發展成為今天如此龐大無比的企業組織。❷

儘管報社的組織沒有標準，而一般報社通常都具有下列的部門：❸

---

❶ 明尼蘇達大學新聞系主任卡塞(Valph D. Casey)所說。

❷ 一八八三年普立茲(Joseph Pulitzer)首創報紙大量發行，一八九七年赫斯特(William Randolph Hearst)使之更形具體。

❸ 報紙乃最普遍最大眾化的新聞事業，也是發展最成熟的媒介，但並不能代表今日的新聞事業。今日的新聞事業範圍甚廣，諸如：廣播、電

行政部門——主管社中的一般行政，大多由董事會、社長、發行人主持其事。

編輯部門——處理一切關於新聞蒐集、取捨、編排的工作，該部門乃報社的「製造」中心，一切新聞、社論、圖片等各類稿子，全部出自這裡，它包含了採訪部門，也有的報社是將採訪部獨立的。實則，編、採是非常密切而不可分的。

經理部門——其業務包括推廣銷路、爭取廣告和增進報紙的活動力等，該部門乃報社經營賺錢的單位。

機械部門——報紙編輯完成後送入電腦打字房，打字排版，然後製版，上印刷機印刷，彩色報業的興起，使機械複雜性更高，另外摺疊報紙、計算數量都屬此部門。

會計、總務——一如普通公司機構，前者其主要工作在帳目、金錢之調配出納，後者是支配社中一切雜碎瑣事。

瞭解了一般報社組織後，不難發現新聞採訪行政乃操之於編輯部門，此處所指之編輯部門乃屬廣義的，它包括了採訪組織，這一部分可謂之報業之核心，而其主要成員即是採訪主任與採訪人員。

所謂採訪人員，包括本埠記者、駐在記者、特派記者、通訊員以及常駐國外的特派員。就目前國內報社組織來說，國內外的特派員，通常直隸編輯部，受其直接節制；駐在記者、特約記者、通訊員則屬編輯部轄下的地方組。

報社所在地的本埠記者所屬的採訪組，它是一家報紙採訪工作的主體，也是採訪系統的中心，在激烈的新聞競爭中，採訪組永遠站在第一線，其擁有的驍勇戰士便是衝鋒陷陣的記者，記者的智慧、才華與努力，是採訪組成功的先決條件，而一個成功的採訪組在同業競爭中能創造出卓越的成就，正是一份報紙向上發展的關鍵，也是其推廣發行的本錢。因此，一家報社採訪組成績優劣，關係著報

視、雜誌、廣告等均屬。

紙的銷路營業，換言之，一家報紙辦得出色與否，成功的採訪組是其主要因素。

群龍無首，則潰亂無章法，採訪主任就是採訪組之首，肩負策劃、指揮之職，統籌整個採訪單位之大局；誠然，一個採訪主任雖非三頭六臂，但要具備多方面的才華，雖不能未卜先知，但要掌握且主動發掘新聞。國內許多報社的採訪主任同時兼任副總編輯，以便指揮調度各類新聞之採訪。

採訪主任的新聞頭腦，可以說是採訪組作戰的神經中樞，「新聞頭腦」包括了「新聞眼」「新聞鼻」，用以敏銳的觀察線索，正確的判斷新聞，所以一個理想的採訪主任必須是一個傑出記者，不但要有豐富的採訪經驗，更要有良好的社會關係❹。諸如：提供新聞線索、調度採訪工作、查核新聞稿件、比較採訪得失等等工作，都有賴採訪主任的執行。由此不難看出採訪主任扮演著報社與記者同仁之間橋樑的角色。

通常，採訪記者的工作時間多在白天，但，影劇、音樂會、公演等活動，多在晚間舉行，工作時間較長；最難控制時間的是社會新聞，往往在截稿之時，忽然傳來火警，或是發生重大刑案，負責採訪的記者須立即趕往採訪。所以社會新聞較難控制工作時間。採訪主任則常是組裡每晚最後下班的人。

採訪政策，就是報紙蒐集新聞的方針，也是報紙基本主張、基本立場之反映。報紙內容包括的新聞、評論、專欄、副刊與廣告，每個報社都有其獨特的風格，與眾不同的立場方針；前面說過採訪部門是報社重要單位，而採訪政策則是採訪工作的指導原則，對於報紙的風格與立場，也賴於這些原則作最忠實最高度的發揮。辦報的成就，因素固然很多，但政策是否正確，是否堅持，是否為廣大讀者所接受，實為極重要因素；常見的報社，大致可分為四大類，

❹ 詳見作者所著《新聞採訪的理論與實際》，第六章，商務出版。

即「黨營」、「公營」、「軍營」與「民營」報，而其政策就有顯著的差別。黨營報，如中國國民黨的《中央日報》、《中華日報》，其立場是以推行黨務工作，宣導政令為主；公營報，如《台灣新生報》、《台灣新聞報》（現已改民營），其言論嚴謹，常以政府政令為宣導；軍營報，如《青年日報》、《忠誠報》，則兼顧了軍方和政令的宣導；至於民營報，如「聯合報系」、「中時報系」、《自由時報》、《台灣日報》等，其言論尺度較寬，往往同時刊載正反意見，報導時也不全然主觀地配合政令，同時並要求政府作相當的讓步。雖然，他們的「報格」各不相同，但報紙本身對國家、社會所負的責任則是相同的，為民喉舌、做政府與人民的橋樑與反映民情，正是任何一個報社都該操持的原則。

採訪政策的依據，就是由報紙對國家、對社會的責任感中產生出來的。以下茲列舉採訪政策所應依據的原則：

⑴忠實的報導：以忠實的報導，培養公正輿論；行動在先，宣導在後，先有事實政績，再作宣傳。

⑵公正的報導：注重事實，不作過分誇張渲染，處理意見時，兩方面之正反意見都報導。

⑶保持高雅純潔：「黃色新聞」容易引起詬病；民智發達，教育水準升高的現代社會中，報紙必需合於在清晨時每個家庭早餐桌上，共同閱讀而無褻瀆、污穢之虞。

⑷為民喉舌，探求民瘼，反映民意。

⑸建立公共輿論，負移風易俗，改良社會振聾啟聵之職。

⑹多作建設性的建議，少作破壞性之批評。

⑺有關兇殺、姦淫、盜竊、滅屍之新聞，要妥善處理，不可有誨淫誨盜之傾向，以免影響社會風尚及青少年心理健康。

⑻維護國家法令，支持政府之合理措施。

⑼提高政治警覺，注意國家機密防護的範圍規定。

以上只是條例式的幾項重要原則，實質上採訪政策是無法全部條列的，其基本原則乃出於新聞事業的尊嚴，一方面珍重新聞自由，一方面則應重視對社會所負的道德責任，對國家利益與安全所負的法律責任。但道義只是一種精神力量，並無強制執行的約束力；而法律的條文雖然周密，但知法犯法者仍有不少空隙可鑽。因此，新聞從業者最崇高的精神，乃各本良知良能，遵守自己定下之原則，對於每一則新聞之報導與評論，予以縝密的考慮，然後審慎落筆，嚴謹刊載，庶幾無忝所行，方能真正做到大眾傳播事業當盡之光榮職責。

第二節　新聞記者的神聖地位

記者是採訪蒐集新聞，將之證實而報導的工作者，乃報社裡的最主要分子，不論其工作地點是在報社本埠或是在遙遠的國外，他們的任務都一樣，他們的地位也都一樣。

採訪記者是報館與大眾社會直接接觸的尖兵，報紙新聞內容之豐富精采與否，全在於記者採訪工作能力的強弱，而報紙名譽之良窳，則在於記者對社會大眾接觸關係的成功與否而定。換言之，記者言行作為給社會大眾的印象，不但關係自己報社的信譽，同時更足以影響記者們在社會上的地位。

早期，國人對記者多抱「敬鬼神而遠之」的態度，並且「送」給記者們幾個並不雅的雅號，像「文化流氓」。在當時，新聞事業剛萌芽，一些建制、規模都極粗陋，記者的素質也無法要求整齊，同時當時亦無新聞教育，因而根本談不上記者的訓練、培育；良莠不齊的新聞業者，難免要遭到「害群之馬」的池魚之殃。

時至今日，新聞事業已經成了一種不可或缺的社會建制，它已成為現代民主政治的基石，不但在憲法中佔有一席「人民基本權利」

之地位❺。同時在學術及教育的領域中，「新聞教育」在大學院校中已成了極為熱門，備受青年學生嚮往的科系。

人們讚佩新聞的影響力，接受了它的教化，支持它的言論；新聞教育的普及，更大大提高了新聞從業員的素質，不論在學術上、道德上均有良好的教育及修養。於是：新聞記者的地位間接或直接的都受到了社會大眾的敬重。

英國十九世紀後半期，已有第四階級(The Fourth Estate)的名稱出現❻，宣稱記者乃僧侶、貴族、平民以外的第四階級。因為中古時代英國國會係由僧侶、貴族、平民所組成，他們統稱為「大英帝國三階級」(The Three Estates of the Realm)，他們發現，記者同樣的具有權威，於是稱之為「第四階級」。民權革命以後，記者自由採訪、自由言論的權利，受到相當尊重，無形中顯現了其社會地位的重要與神聖。

以歐美而論，記者之社會地位受到普遍重視，今日美國的新聞事業極為發達，已有與行政、立法、司法三權並立之趨勢，也被承認是「第四階級」了；著名的美國專欄作家李普曼在世時對於外交、內政的影響力，竟成為政府政策的「顧問」；所謂「試探氣球」即指此而言❼。

我們必須了解，記者的神聖地位，並非來自其個人，更非來自於「記者」之頭銜；其地位之崇高而受到敬重，乃是由於其身後之神聖的新聞事業，記者不但代表其所屬之新聞機構，更代表了社會大眾，為滿足廣大需求而發掘新聞；記者義不容辭的代表公眾的耳目，將世間新聞透過傳播媒介呈現公眾眼前；記者忠實地作為人民

❺ 新聞自由乃各國憲法所承認的人民基本權利之一。

❻ 美國政治學者亨特(F. K. Hunt)所著之《第四階級》(*The Fourth Estate*)。

❼ 政府政策未公佈實施前，透過記者的報導，探測民眾的反應，以作為政府施政的參考。

喉舌，正直而誠實地反映出人民的意願。因此，記者的職責實際上是服務大眾，其神聖的地位也因此而光榮的贏得。

再進一層地說明何以記者的地位是如此重要而神聖，藉此也說明記者對社會大眾的服務，確實值得尊敬。

⑴記者的報導，使輿論開明，大眾因而知道政府治理的事實，也因而得知社會現況的演進。

⑵記者提出問題，指出癥結，並將公眾的問題毫不保留地攤在大眾面前，提供了情報，道出了原委，有識之士當能藉之找出解決之道。

⑶記者解釋澄清公眾事務，報紙為了公眾，將複雜的問題簡化，記者經過採訪、挖掘、求證、解釋，透過媒介，具體而簡的幫助人們瞭解複雜問題。

⑷勇敢正直的批評有助於改革；不論政治上或社會上的弊端，記者給予深刻的批評，激起大眾共鳴，齊為改革求善而努力，往往促成大眾生活的改善。

⑸服務項目，成為大眾生活指南，記者採訪新聞的最高原則是滿足讀者需要，如法律、經濟、文教等新聞，往往提供大眾新知，成為其生活的指導。

⑹政府的諫臣與諍友，記者豐富的學養與經驗，常常躍然其文章之字裡行間，不論在新聞中、特寫中、專欄中、評論中都會提供了討論與行政的諫言；記者對政府施政的研討，不但開明地反映政府與民眾雙方的意見，溝通了政府與民眾，也增高人民對政治的興趣，促進了民主政治的興盛。

既然記者擁有了這般崇高神聖的地位，那麼又該如何保持這份榮譽？記者該如何保持其高超的社會地位？這就有賴於他們所持有的觀念了。

第三節　新聞記者的基本觀念

一個新聞從業員可能是個新聞記者，但並不是新聞從業員就是記者。因為大眾傳播事業的發達已造就出許多的其他類型的新聞從業人員；儘管新聞記者已不足以代表新聞從業員的典型，而外行人一想到新聞傳播時，直覺的仍會想到記者。

新聞記者的工作一直帶著神秘和傳奇，對許多青年是一種極大的誘惑。因為記者生活之多彩多姿，以致報館無法僱用所有成群結隊湧自學校接受新聞教育的男女畢業生，當然，許多有才幹的青年在其他崗位上找到同樣有興趣的工作，但是仍有大多數的青年試圖成為一名記者。

或許，大部分企求成為記者的青年男女，對於這項刺激而新鮮的工作，只存有表面上的認識；不錯，在現實社會環境裡，記者享有很多的方便，受到很多的優待，但是其身後又包含了多少艱苦與辛酸。因此，一名新聞記者在未就職前要先對這個角色有深入的認識，當已粉墨登臺之後，更要有明確的體認並確立正確的觀念！

首先談到在尚未步入新聞記者工作之前應有的認識。新聞記者有時必需具有演員的情感控制能耐，許多採訪場合是極度感性的，例如一場令人迴腸盪氣的音樂演奏會，一齣感人肺腑的戲劇，臺下觀眾莫不被吸引得如醉如痴。隨著節奏、劇情的起伏而波動著情緒，在此眾人皆「醉」之時，記者卻必須保持一份「獨醒」，他除了要陶然忘我，極感性地欣賞臺上精采的演出之外，還要很「理性」地作些「吹毛求疵」的抓些「批評指教」的素材，臺下的反應也是他撰寫新聞的材料；因此，記者不但眼觀臺上臺下，腹中也得千百轉——不停的在打腹稿！

又譬如災難新聞之採訪，正是「眼見天下最慘事，筆下描繪欲生花」。例如墜機、翻車的大災難，現場血肉縱橫、哭號四起，不但殘酷更是悲愴，記者此刻不但無法掬起同情之淚，反而要壓抑情感，把現場作一番「形容描繪」，甚至於需要「刺探」受難者的親屬友朋，真是「那壺不熱提那壺」的不識相、不通人情。事實上，記者不但要具有常人的情感，他應該是個感情非常豐富的人，這樣他的筆下才有血有肉；富於情感的人，對人間世態才有敏銳的感受，對人類才有愛心，與人為善的立論觀念油然而生，但是，在某些時候，記者勢必要控制自己奔放的情感，導之為千鈞的筆力，記下人類的苦樂，描出人間的冷暖，激起人們的同情心與愛心，為廣大的社會添一把溫暖的薪火。

記者的生活，表面看起來似乎很雜亂，每天要接觸許多不同程度、地位、工作的人，從早到晚要處理好像永遠處理不完的繁雜事情，經常要出入各種場合，如此千變萬化，眼花撩亂的生活，真要把人攪得神經分裂不可，但優秀的記者由於他善於控制情緒和運用時間，所以本質上他有自己一定的規律，也唯有如此，記者才能使自己適應情況瞬息萬變的採訪工作。❽

記者工作時，沒有個人好惡可言，曾任聯合報駐日特派員于衡說，也許有人以為，記者面對公卿，暢談大局是人生最快意事，但是誰會想到，或許那位公卿正是記者最討厭的人物。人生最苦的，莫過於虛與委蛇地和自己不願周旋的人周旋。然而身為新聞記者，往往沒有選擇的權利，哪裡談得上個人的好惡呢？之所以如此，是因為記者身後代表了成千成萬的讀者，他便不能以自己的好惡，來決定讀者的好惡。另外，記者工作久了，因為場面及人物接觸頻繁，常使得他變得「油腔滑調」「八面玲瓏」。他會見人說人話，見鬼說鬼話。長久以往，則會變成多角型人物，甚而會被誤認為「人格分裂」呢！

---

❽　歐陽醇著《實用新聞採訪學》，華欣出版。

日以繼夜的緊張著心弦，隨時隨地處在備戰狀態，這也是新聞記者一大苦惱，使得他不可能安安靜靜的做一件事，因為任何時間，都可能有新聞發生，尤其現今極端複雜的世界，突然發生的事太多了，而這些突發性新聞其新聞價值往往較高。它不一定會發生在記者上班工作時間裡，在深夜，在清晨，在進餐時，在休閒時都可能逼得記者放棄應享的生活權利；名記者歐陽醇教授曾說:「成功的記者，不僅在生活上有自己一定的規律，在氣度上，他更要提得起放得下；他愛他的家庭，他也珍愛他自己的一切，但為了採訪任務的需要，他同時又能立刻對這一切棄之如敝屣。」這種對工作負責的態度，正合乎了過去蔣經國總統所提示「犧牲享受，享受犧牲」的敬業精神。

另一方面而言，記者在辛苦之後也嚐遍天下得意、快樂事；當人人還不曉得重要新聞發生時，記者早已深入其間了，一般人無法參與的重要活動，或一般人無法涉足的場合，記者往往很輕易的能身歷其境；重要、神秘的新聞人物如國家元首、國際政要、名伶大亨等等，記者都有機會與之親近相處，當然，這些只是表面上的快慰之事，實質上，記者手中之筆，才是其快樂欣慰的泉源，遇有不平之事，記者正義的筆，可以痛快的伐撻一番，造成社會輿論，引起讀者共鳴;「政治氣球」的釋放，也是對國家政府的一項重大貢獻，這都是值得新聞記者感到快慰和引以為傲的。

正規報紙或雜誌的工作者，應瞭解報社或雜誌社遵行的規律或道德標準，這即是新聞從業員在崗位上應具有的基本觀念。例如:新聞記者在工作時經常維持真誠、正直、公平，要尊重及儘可能保障個人的新聞來源；更重要的是要為他所服務的報社贏取廣大社會的信心和尊敬。

現在引證美國報紙編輯人協會所制定的道德律，其中明列的七則報業信條。❾以說明一個新聞記者在工作上應持有之正確觀念。

基於新聞記者有立言記事之機會，必盡其教導與解釋之責的原則。此七項觀念如下：

(一)責　任

記者所負責任，源自報社，因為報紙爭取讀者與吸引讀者之權利，同時受到公眾利益的限制，報紙所吸引的讀者愈多，則其對讀者所負的責任愈大。新聞記者是報社與大眾的直接接觸人，其擔負之責任亦為最直接最明顯，如果新聞記者利用其權利以遂其自私自利之不正當目的，則有負此崇高的信託。

(二)新聞自由

前面已討論過新聞自由，此處願再次強調這項人類基本權利，無非希望新聞記者能善用此權，為廣大社會多發掘些值得探討的癥結暗疾；但另一方面也要再度提醒新聞自由的前提乃在於社會責任與國家安全。凡從事新聞工作者萬不可忽視這雙重責任與權利。

(三)獨　立

報紙除對公共利益必須盡責外，不受任何約束，此事至關重要。記者在採訪與報導時便須保持這份獨立的超然立場。每寫一字，每立一論，若有任何反公益之私人利益，不論其理由為何，均有違誠信報業之旨。私人交登之新聞稿，除應公開告諸讀者之外，並需確證該新聞稿乃具新聞價值，否則應拒絕刊登，尤忌被利用之廣告新聞化。此外，社論亦不可稍有偏倚，若有意顛倒是非，即違背報業之高尚精神。新聞報導如故作歪曲，即破壞報業之基本原則。

(四)誠摯、忠實、正確

這三點一直是記者所追尋的基本修養，不可否認此三者非但是身為記者要確立的觀念，同時也是任何工作者所應具有的觀念態度。

對讀者誠信乃所有新聞事業之基礎。記者乃報社之大使，為謀求讀者之信任，報紙內容要力求真確，記者筆下自然慎重細心，為

❾ 一九二三年制定。「報業信條」原文為“Canonos of Journalism”。

爭取深遠之新聞來源，記者採訪工作時對其新聞對象，應本誠摯態度，報導時也須誠摯而忠實，凡屬報紙能力所及，記者力之所逮而未能作完全與正確之報導者，均無可恕。

㈤公　平

公正原則的忠實履行，乃是新聞記者必需之條件與必具之觀念，新聞報導經記者之手，若不能持之以公平，若是主觀地滲入記者之意見或任何偏見，則該新聞報導已失去其公平與忠實。而有關特稿、專論之類的新聞寫作，係為申抒輿論或提倡某事，所以可依報社立場作主觀之評論或說理。又另外由作者署名發表的評議，其結論與釋義係代表作者個人意見，也不受此限。

記者在採訪新聞時，對人事都要保持客觀態度，不可有「預存立場」❿的干擾，儘可能作雙方面甚而多方面的採集資料，作客觀而詳實報導，一切是非功過，在記者筆下只是一筆清賬，絕不替讀者擅作評斷。新聞報導應避免滲入意見或任何偏見。

㈥正　直

正直乃人類所具高尚品格之一，不僅行為上的正直，難得的是胸懷的正直，新聞記者之第一責任為報導正確的無偏見的事實於公眾之前，其心底動力乃源自於正直，他必定會遵守尊重團體與個人權利的原則；記者應知法律之前人人平等，其報導原則在平衡這些平等。使之永遠保持正直，如非確信本諸公眾權利有其切當的理由，否則絕不侵犯私人的權利和情感，如美國「水門醜聞」及甘迺迪遺孀賈桂琳的緋聞等等都是特例。我國記者信條第五、第八兩條，即可作為「正直」的詮釋。

第五條：吾人深信：評論時事⓫，公正第一，凡是是非非，善

---

❿ 大眾傳播學名詞。簡釋：先入為主的觀念下，若對某事有預存立場則對違反此立場之任何傳播內容，均產生排斥。詳見徐佳士所著《大眾傳播理論》，正中書局。

善惡惡，一本善良純潔的動機，冷靜精密之思考，確鑿充分之證據而判定。忠恕寬厚，以與人為善，勇敢獨立，以堅守立場。

第八條：吾人深信：新聞事業為最神聖事業，參加此業者，應有高尚之品格；誓不受賄，誓不敲詐，誓不諂媚權勢，誓不落井下石，誓不挾報私仇，誓不揭人陰私，凡良心未安，誓不下筆！

㈦莊　重

新聞記者不但要尊重大眾社會，更要尊重自己，新聞從業者如無莊重、高尚品格，必將失去社會大眾的支持，並會遭受同業之排斥而無以自存。除了自身之修養與處世，需本莊重外，記者的筆墨文章，也需莊重，凡假借道德之理由，而傳播卑劣行為的不良訊息，對社會傷風敗俗、奸淫擄掠之罪行刻意渲染，或者蓄意迎合誨淫誨盜低級趣味，下筆輕浮放蕩者，皆為公眾所不齒，勢將遭受光明善良的社會淘汰。

以上引用美國新聞事業規律，條例七點以說明記者所應持有的正確觀念，凡此種種，非但是新聞界裡記者應當深切體認的；同時，這些也可說是一個成功記者應具備的條件。至少，這七點是成功條件的基礎！

第四節　新聞記者的條件

美聯社已故名主編麥非爾・斯東(Melville E. Stone)曾說：「優良的記者比優良的編輯更為難得。」

名報人丹納(Charles A. Dana)也曾說：「我可如數獲得所需之編輯人才，但好記者卻不易得。」記者人才之難得，無疑是記者條件要求之嚴格所致；當然，做記者並不難，難的是如何做個好的記者。

採訪工作雖然有時只須作例行的蒐集，將所獲資料改寫一番，

⑪ 非但評論時事如此，新聞記述更是如此。

但憑藉機智、技巧和毅力而達成的採訪任務，才稱得上成功的採訪。因此，標準的記者，須具有勤勞、好奇和不屈不撓的精神，不論對人或對事，都應有不厭其詳，打破沙鍋問到底的毅力和興趣。

一般說法，一個好的新聞記者應具備的條件是：良好的教育、強烈的好奇心、思緒有條理、寫作能力佳、誠懇正直、堅毅不拔、作事徹底、主動勤快，還要有健全的身心、強壯的體魄。美國新聞學教授康培爾(Laurence R. Campbell)和瓦賽利(Roland E. Walseley)二人也擬出四點記者應具有的資格：⑴他必須懂得心理學。⑵他必須是個聰敏的研究者。⑶他應有斐然文采，文筆尤需流暢。⑷他應是一個負責忠誠的分析家。這四點確實擬舉得十分中肯，作一個真正的好新聞記者，其所應具備的品德和才幹，真非一般職業所能相比擬。

真正有志於新聞採訪工作的青年，首先要有準備，充分發展才學和品德，不可忽略了應該具備的條件：

一、具有良好的教育

有良好的教育才會得到淵博的知識、學問，而今日報紙內容之豐富多姿，記者非有足夠的學問知識，實難勝任採訪寫作之任務。美國名報人丹納說過：「記者必須是個全能的人，他們受的教育必須有廣闊的基礎，所知越多，工作路線越廣。」

社會上許多職業，從業員只要有該工作的專精學問就足夠了，記者則不然，一個優良的記者應該是「通才中的專才」，橫的求其博，縱的求其淵。尤其在專業化的現代，採訪對象不論人或事，都很可能是專門性的，記者要能利用他的「博」來發掘對象的「淵」，他的「淵」是拋門磚，可以引來「精」的環玉。

目前世界各國的新聞教育都已漸臻完備成熟，他們的畢業生，每年都大批大批走向大眾傳播界，廣泛受到報社、雜誌社、電臺的優先考慮錄用。一般來說，受過良好的新聞教育，對各種社會事態，各部門，各行業，各種學術，都會有基本的涉獵，對歷史、政治學、經濟學、法律學、財政學、心理學、社會學、大眾傳播學以及本國語文或一國以上的外文都具有足夠應用知識。他們還能寫作流暢簡達的新聞體，和熟悉時事，知道新聞人物背景及現況，也因為如此，在向報社等新聞機構求職時，佔了很多便宜。

報導之寫作，是記者主要任務，國學基礎好，表達能力自然強，斐然精美的新聞稿，定然能吸引廣大讀者。良好的外文能力，由於吸收外來新知的容易，常可增進報導內容，也可以直接採訪到外國新聞，得到第一手資料，而且有助於使之成為駐外國特派員。所以記者精通本國語文與一種以上的外國語文，猶如雙翅之於飛鳥，是缺一不可的。

某些科學知識之普及，成為今日個人受教育必須具備的一部分；對於發展中的各種知識，記者更必須及時而廣泛的吸收。否則勢將落於時代的巨輪之後，哪能談到傳遞新知、報導新聞呢？

具有良好的教育，富有淵博的知識才能賦予一個人高超的遠見，細密的思想，新聞記者因為責任的需要，這一項條件是不可或缺的。

二、具有高尚的品德

培養尊嚴、正義、負責和卓越的德性，本是任何人都應努力做到的，並非記者才需如此。只是，新聞記者在工作中間，很容易顯露出他品德的修養。是好、是壞一眼看穿，影響聲譽及工作均深。所以一個好新聞記者，必須具備高尚的品德。

誠懇莊重：不論在採訪或報導時，記者所表現的態度不可虛偽輕浮，而應是誠懇的敬業心情和莊重的行為。因為新聞本身就是誠懇莊重的，如果其言論內容染上廣告色彩，或其言語文字間充斥輕佻淫穢，其危害善良社會，帶給大眾的污染程度真是無法估計！所以新聞事業不容許有任何私德虛偽輕浮的人從中作惡，破壞了大眾傳播的神聖職責與超然地位。

廉潔正義：持廉潔方有操守，有操守才得張正義；濫用新聞力量，以達自私自利之目的，實為新聞界一直存有的劣行與危機；以記者而言，在五花八門、三教九流的人際社會裡，難免會受到金錢利益的誘惑，如果沒有廉潔的高尚情操，因一念之差而有失足之恨，造成自己立場的動搖，喪失了正義感，隨波逐流，則其帶給人們的罪惡，遠超過地痞流氓的危害！甚而可淪為罪惡的工具，國家的敗類。

先總統　蔣公曾訓示新聞工作人員：「要做一個現代的新聞記者，首先要確定立場，抱定宗旨，為了貫徹立場，達成宗旨，記者一定要有富貴不能淫，貧賤不能移，威武不能屈的精神。」如何善盡記者天職，教化萬民，與邪惡鬥爭，正有賴於強烈的正義感，也即是正確的是非觀念。孰可為孰不可為，雖威脅利誘，也不為所動，為了堅定立場，達成宗旨，記者該鼓起勇氣，擺脫利慾，崇尚真理，以廉潔正義的崇高情操，像火炬一般，照亮社會真理幸福的大道，也照亮社會黑暗罪惡的深淵。

服務責任：人生本就以服務為目的，而新聞界對於每天的時事，須給社會作一種真實的、綜合的，與明智的報導；為社會服務，作一個交換意見與批評的論壇。記者每天除了奔波市井之間，更重要的是自己能夠默想和反省，然後方可更進一步的瞭解自己如何利用光陰、才幹和機會。服務的德性就是抱著強毅的精神，去利用各種服務機會，對於眼前緊要的責任，不計報酬與名利，更無視於困難與阻撓，立刻欣然去做。前已說過，新聞記者對社會負有「真實的、綜合的與明智的報導」的責任，這也只是籠統的說法，若依昔日所指陳⓬，記者所應負責之對象可歸納為二：

⓬ 見作者所著《新聞採訪的理論與實際》，第四十五頁，商務出版。

第一、對良心負責：身為新聞記者，既已掌握了為善的機會，在報導消息、評論事實之際，如果將善良的動機引導成為自己的意志力量，去戰勝邪惡、黑暗；憑良知良能將人間的仁愛、誠實、高尚、寬厚等美德傳佈給大眾，促進公眾幸福，是記者不可推卸的責任。

第二、對社會負責：新聞之自由與權利均來自於社會大眾，新聞事業要在國家安全與社會福利的前提之下，負起社會的責任，新聞記者更需自省自律，善盡本身義務，為社會大眾負責而努力，記者對社會大眾所負的責任，具體而言，消極的應當使群眾獲得最正確消息，不渲染、不誇張，絕不貽誤群眾，污染社會善良風氣。積極的更應在報導中，提供明確的啟示與公正的判斷，健全社會輿論，促進社會改革。

三、具有健全的身心

記者的工作是全天候的，既不分晝夜，也不分陰晴寒暑。記者的工作環境更是多變的。茶樓酒肆、戰場刁斗無所不至，時而達官府邸，時而山巔海洋，這些都是記者要奔波「跑」新聞的地方，若非有強健的體魄，怎能「常跑」「勤跑」呢？尤其健全的心理，更是記者必需備有的條件，記者每天都要提供給社會大眾一些完全的真理，他們筆下的報導、批評、專欄，其立論態度，往往表達評論者個人或報社的立場，作為領導輿論的張本，如果一個記者有精神分裂，多愁善感，情緒不穩，甚至於是個虐待狂，喪心病狂，或理智脆弱之類的人物，則其筆下遺患真是禍害無窮；健全的心理才能應付這形形色色、變幻無常的工作內容，一個好的記者必須是個樂觀、進取、有血性、有智慧、有感情的人。

四、具有專業精神

新聞工作應該是一份專業性的職業，凡踏入此行業的人，每天涉及人類生活中的轉變與各種事件，無形中產生出對自己工作的濃厚興趣，轉而形成職業責任感；儘管如此，在今日新聞界中，依然有遭人詬病的「文化流氓」的莠草。無疑的，致力於新聞教育的大專院校，在各項新聞學課程的傳授中，職業道德是一再被加強的，其目的乃在於提高新進記者對專業精神的專注，期望進步中的新聞事業，能從工作人員尊重自己的職業精神開始作起，專心致志，以鍥而不捨的工作熱忱，「牢守崗位，不見異思遷，黽勉從事，必信必忠，以期改進中國之新聞事業，造福國家與人類」⓭。

⓭ 中國新聞記者信條第十二條。

第四章　新聞寫作

第一節　新聞寫作概說

新聞寫作乃是在採訪之後的成果顯示，若單單僅作了採訪而未寫作或寫作欠佳，則再有價值的採訪也屬白費。因之，我們知道採訪與寫作，實際上是傳播新聞之一體兩面的要素，二者缺一不可。

新聞寫作之前，先要確定新聞寫作的態度，先要了解報導的目的是什麼？傳播的主要對象是哪些人？報導時方能盡最大努力為閱聽人服務，如此新聞寫作之範圍便能肯定的把握住了。

新聞寫作限於報導方面，言論不包括在內，但另有學說認為新聞寫作範圍，應包括意見寫作與事實報導兩大部分，如報刊的社論及方塊及電視廣播的評論均屬意見(View)的寫作，而新聞中的直述新聞(Straight News)及特寫新聞則為事實的報導(Fact Reporting)。然而一切新聞的傳播報導，主要是對事實的傳遞，至於意見的闡述，只是補充報導的不足。這類意見言論在報館中是獨立的，並不屬於編採部門❶，言論重在提出主觀的意見和看法，新聞的主旨在做客觀公正的報導，報導的方式各有不同，新聞寫作也有差別，這些可自每天的報紙上察看出來的。

前面提到一切新聞的傳播報導，主要是對事實的傳遞，這也就是一般人所說的「新聞」，也就是報上常見的「本報訊」、「本報專電」、

---

❶ 編採部門包括編輯及採訪。所指之言論、短評乃有專人負責（主筆或撰述委員）撰寫，非採訪記者及編輯職內之事。

「某某通訊社訊」等等。本報訊是由該報當地的採訪記者所寫的，本報專電或地方通訊是由外埠記者或特派員所拍發的電報、電話或撰寄的通訊稿。通訊社消息是由通訊社記者或新聞供應社所供給的。原則上，編輯對稿件的取捨是以自己報社記者所寫的為優先。報紙、廣播等大傳媒介的使命即是迅速而正確的報導新聞，因此爭取新聞、撰寫新聞是採訪記者日夕不休的工作與責任。為了使新聞報導的內容更生動、更深入、更多采多姿，除了新聞稿外，另有特寫、訪問、花絮，以及新聞小說等，以陪襯、補充或強調新聞的不足。因為受播大眾的需要，時代的知識水平日昇，新聞寫作有一介乎事實報導與意見編述之間的解釋性新聞體(Interpretative Reporting)應運而產生，很受讀者歡迎的流行新聞文體，大抵在詳述時事為主的期刊或報刊的「闢欄」中出現。

直述新聞是為了閱聽人的基本需要而寫作的，也是新聞寫作者最基本的訓練，它必須是第一手的，客觀的，純事實的記載，它佔有新聞發佈上最重要的地位，在報紙上更是佔了最大的篇幅。採訪記者必須熟悉直述新聞的寫作方法。因為這種方法才能嚴格的訓練記者發掘事實的真象、認識事務的重點、熟悉表現新聞的重點。而且直述新聞的寫作機會最多，初學新聞寫作者，應特別注重。

新聞寫作的第二類是特寫新聞(Feature Stories)，往往一般人誤會所有配合新聞所作描寫的特寫，或是「報告文學」的寫作，便是特寫新聞。甚至有些人更認為除直述新聞及社論專論部分外，餘者文章便可謂之特寫。事實上，特寫新聞本身就屬於一種新聞的寫作，並不全然為配合新聞的寫作。但是這類新聞通常是較富有人情味。較多於描述性，偏於內幕性、趣味性、享受性、刺激性、建議性與專門性的寫作。諸如：訪問記、旅遊記、來函、散記、集體採訪、專題訪問、新聞小說、報告文學都屬之。

新聞寫作的第三類是屬於配合新聞的寫作。例如許多新聞圖片，新聞彩片，新聞幻燈片，雖其本身即是新聞主體，但為了使新聞傳播更清晰更正確起見，就必須作圖片說明(Caption)、影片字幕，或電視旁白等。另外編輯對新聞稿所下之標題(Headline)，配合新聞的資料稿，廣告稿的寫作，也算是配合新聞的寫作。

下面舉出此三大類的實例：

(一)直述新聞

接見猶太人國際安全事務協會訪問團

陳總統：盼兩岸永久和平露出曙光

林晨柏／台北報導

陳水扁總統昨日接見猶太人國際安全事務協會訪問團主席奇斯卡一行十二人。他強調，這是一個和平、和解、合作的新時代，而且需要兩岸雙方面共同的努力與配合才能達成，我們希望兩岸永久和平能露出曙光，更期盼世界各角落永遠和平，沒有戰爭。

陳總統告訴訪賓，身為中華民國總統，他的義務與責任就是維護國家主權、尊嚴與安全，並確保全體國民的福祉，所以對於兩岸關係進一步的正常化，提出許多善意與創意，也希望這份用心與苦心能獲得國際社會的肯定與支持。

他認為，中華民國國家的安全與台灣海峽的永久和平不能光靠國防武器的添購，包括政治、社會、經濟、能源的安全，與大戰略的安全，也就是亞太地區安全的維護等問題，也都很重要。

(二)特寫新聞（特稿）

柑仔店資源回收　民眾參加踴躍

美國弋果學校師生也來幫忙一早上就收了一卡車資源

【記者廖淑惠／新竹報導】「看我們把垃圾變黃金屋」，新竹市柑仔店昨天有場資源回收活動，在慈濟功德會帶領下，不但社區民眾踴躍參加，連附近學校老師、小朋友都共襄盛舉，一整個早上就收了一大卡車的資源，讓他們好有成就感。

慈濟功德會與柑仔店合作，每月第二個星期天均舉辦「資源回收活動」，無論天氣好壞從不間斷，一年以來已漸漸打出「名號」，昨天美國弋果學校數十名外國老師、小朋友也一塊前來幫忙。

小朋友一一將回收物品依紙類、鐵罐、鋁類、保特瓶、塑膠類及玻璃類分類，遇到保特瓶還要加以踩扁，過程熱鬧有趣」小朋友說，下僅知道什麼物品可以回收之外，還發現部分物品未洗乾淨，弄得全身髒兮兮的，瞭解了回收的物品要先洗乾淨、保特瓶要踩扁才能回收呢。

柑仔店企畫經理黃麗娟說，只要多用心，垃圾也可變基金，柑仔店從去年年初開始與社區一起資源回收，經過一年的耕耘，除了社區居民之外，這次有弋果學校來響應，令人感動！

這也是柑仔店在開春後，獻給社區的第一份心意，往後每個月的第二個星期日上午，柑仔店也將續與慈濟功德會合資源回收工作，歡迎大家繼續參與。

㈢解釋性新聞

南韓致力朝野和解

南韓執政黨千年黨與反對黨大國黨在國會的力量幾乎是勢均力敵，雖然南韓是總統制，國會對總統沒有太大約束力，但如果國會不能順利運作，總統施政便不能順利，因為即使總統制也須民意支持，不能置人民選出的國會於不顧，尤其是在重大政策上，譬如南北韓關係正常化問題上，執政黨便一直尋求反對黨的合作支持。

南北高峰會後，在和解問題上，執政黨佔盡風頭，由於這是人民支持的行動，反對黨雖然很不是滋味，但卻不能反對，在國會中也只能投票支持高峰會。但是，如果不提出其他意見，那就等於被執政黨牽著走，所以便在安全問題上作文章，認為政府對北韓讓步太多，回收太少，將危及國家安全。美國換了新政府之後，對北韓政策可能趨向謹慎，這使反對黨頗受鼓舞，認為美國將與他們走上同一條路，而不是一味支持金大中政府。

國會開議後，反對黨首領李會昌前天在國會的演說，可以看出，他們對政府的和解政策是既不反對但也有保留，在高峰會問題上，他認為高峰會誠然可以減少軍事緊張，對朝鮮半島的和平有利，但南韓也不會同意北韓的獨裁統治，也難忘其恐怖行動，所以北韓如未對韓戰一事有道歉，則雖有真正統一，雖然不反對金正日來漢城訪問，但希望在上述背景下，真的帶來可靠的和平。對修改國安法一事，他認為國安法遲早是要修正的，但卻不必急於一時。

然後，執政黨也在國會表示了希望反對黨合作的意願，說反對黨既然已支持高峰會，則希望在金正日訪問南韓一事上也予支持，李會昌如有意訪問北韓，執政黨也願代為安排，同時指北韓已經有了顯著的讓步，第一不再要求美軍從南韓撤走，第二不再要求成立高麗民主聯邦，第三不再要求南韓廢止國安法。南北統一是歷史之必須，希望反對黨將這方面的爭議放開，雙方在一年內合作致力於經濟復興與人民福利的增加。執政黨承認過去三年內也犯了錯誤但畢竟渡過了九七年危機，而使外匯準備達到九百五十億美元，希望反對黨不要對立而相互抵銷力量，這將無助於國民福祉的增進。

看這種平和的發言，朝野似乎都在避免衝突，畢竟可見的將來尚無選舉，不致於為選票而鬥爭。

㈣讀者來函——新聞處理（配合新聞）

超額招生在前　強制退學在後　學子何辜

強訂「當」率　矯枉過正

謝宛芝／彰化．林（大學生）

在閱讀過貴報於二月五日所報導的「師範校院退學率，不到千分之二」後，筆者有些感想。退學率太低或許對於學生素質有所影響；但退學率高，就真的提升教學品質，達到教育目的了嗎？

以筆者目前所就讀的台北市某私立大學而言，學校不斷施加壓力給教授們，讀他們每學期都必須「當」人，而且不得少於一定比率，否則還得提出報告說明，教授們只好按照學校所給的指示，文學院的當率為百分之五，理工學院、商學院甚至高達百分之十五；而且，無論是否學期總分有無達到及格，終究是要選出班上成績最差的百分之五或以上來打上不及格的分數。試問，這麼做公平嗎？

一所學校、一個班級中不用功的學生固然有之，當率或退學的制度本來也是為了懲罰學生，使其有壓力而努力，但若硬性規定每學期一定要有多少人數以上不及格，則未免太過。

再舉筆者現讀的學校來看，學校每年總是招收一、二萬名學生，這不僅造成一班有七、八十人上課，有時加上選修而超過百人的教學品質不好，公共安全的問題更是堪慮，如每次上課從一棟教室走到另一棟，往往就已遲到，並非校園太大，而是學生太多，光是上下樓梯，就得塞個十幾二十分鐘，整個樓梯擠得水洩不通，就連扶手也常因推擠而搖晃欲斷，令人怵目驚心。諸如此類的情況，皆是因超收學生所致，然而，再以高當率來淘汰學生，對學生而言，實在不是合理的措施。

退學率的太高或太低，其背後都可能隱含著學校制度上或社會價值觀等各方面的問題，誠值得有關單位的深思與重視。

㈤配合新聞寫作中圖與文

白衣人清黑礁岩

國軍八軍團昨天動員六百多名官兵，穿上白色防護衣，在墾丁石門仔礁岩間清除油汙，放眼望去海邊都是「白衣人」　記者潘柏緯／攝影

以上所舉各例，只是新聞形式上的分類，而就其內容而言，則又可分為軍事、政治、社會、文教、經濟、娛樂、體育等等（詳見第一章第三節）。而新聞寫作，並不僅是採訪記者的工作，即使編輯、廣播記者、電視記者、專欄作家、社論主筆都需要懂得新聞寫作的理論與實務技能。

第二節　新聞寫作的態度與原則

如前節所說：在寫作新聞之前，我們先要確定新聞寫作的態度與原則，我們所寫的新聞、特寫等等，是給誰看的？受播對象如何？寫作報導的目的為何？怎樣才能達到最佳傳播？如何減低傳播障礙？

大家都知道，報紙、電視、廣播等大傳媒介服務的對象是一般的、普遍的，也是全體性的，因之其分子異常複雜，就職業分有士、農、工、商，就教育程度分有博士、碩士、學士、中小學生，甚至有目不識丁者❷，在生活環境殊異，教育程度懸殊的全體受播對象中，媒介如何吸引大眾，如何正確而廣泛的傳達，單就文學寫作而言，首先需在寫作中把握住讀者的程度與興趣，在使閱聽人容易瞭解和願意接受的原則下，力求敘述生動，通俗明白，以達到深入淺出的目的，今日的新聞寫作，為符合一般的知識領域和程度，所以必須淺顯明白，乾淨俐落。如以往之咬文嚼字、華而不實的文字，已非大眾所需要。

早在十八世紀初期，《魯賓遜飄流記》的作者丹尼・狄福(Daneil Deford)便主張通俗化。他說：「我的寫作原則，是假設對五百個不同職業的群眾說話，而使每一個人都聽得懂。」早年做過記者的世界名作家海明威(Ernest M. Hemingway)的寫作原則也與新聞寫作原則相符合，他說：「用短句，用短段，以有力的字眼，力求文句的通順。」

❷ 廣播與電視的閱聽人，有些是目不識丁的人。

普通寫文章，抒情也好，寫實也罷，作者可隨心所欲，憑靈感而恣意馳騁，任海闊天空，行雲流水，有纏綿悱惻，也有驚險刺激，只要文章結構精妙，文藻運用完美，便不失為一篇好作品！新聞寫作則否，不論是直述新聞，或是特寫新聞，必須有傳播主題——閱聽人前所未聞的，而且為人們所需求的。如果以變通文字的寫法，洋洋灑灑，艷麗辭藻鋪陳，起承轉合，抑揚頓挫一番，很可能會慘遭編輯的紅筆、剪刀的修理而體無完膚。並不是新聞寫作不講究修辭、美化，而是新聞寫作要有力說明，簡潔明快，主題浮凸，絕不要濫字濫調，空泛廢言。

名記者格蘭特・海德(Grand M. Hyde)說:「上乘的新聞寫作永不陳腐，極少鄙語。」

因為新聞寫作的目的是要廣大的人群能知道，能了解，因而愈通俗，愈普遍，愈深入，新聞寫作的功能便愈彰顯。

新聞寫作第一原則，是使讀者容易了解，而再進一步要求能引人入勝，吸引閱聽人的興趣。新聞學家瓊斯說:「記者對於愈是重要的新聞，愈是要以通俗而又趣味盎然的文字來表達，方屬最上乘的記事寫作。」

前面曾提到新聞寫作與普通寫作的不同。事實上，即在新聞寫作的本身，依然有些差別，有的新聞雖然寫的都是事實，但嚕嗦得像流水帳，虛字濫調一大篇，既浪費了報紙的篇幅，讀者也對它索然無味。有的新聞則以簡潔的文字，一針見血的表現出內容核心，讀來流暢活潑、清新雋永，如此新聞稿，自然會受到讀者欣賞。

欲求寫作簡潔練達，詞字的運用需用心斟酌，兩句話可以說明的，絕不用三句、四句，五個字可以構成一句的，何必再多用幾個字？注意：簡潔之同時，並求整篇文句的連貫及文字的洗鍊，以及充分表達該新聞的內容及涵義。

此外，親切生動也是吸引讀者閱讀興趣的要件。寫作修養高的記者，可以把一則死的新聞寫成活的新聞，反之，即使再生動的新聞也會被寫得索然無味。至於如何達到親切生動，那就得賦予文字以感情，使之有人情味，避免官式的外交辭令、公式和老套。民初時論家梁啟超先生，被譽為「筆下具感情」，惟其有感情，才能成為好文章，不但議論如此，新聞寫作更應如此，一切的文章都是如此，有感情的文字，才有生動、活潑的文章，才能引起讀者心靈的共鳴，才能引起讀者閱讀的興趣。

新聞寫作另一項值得注意，且與一般文章的不同點，就是快捷。它必須不斷有新的東西，新的事實，新的觀念傳播給大眾，嘗言：「最先獲得最後的消息」便是指此。也常有人說：「今日的新聞，明日變成歷史，而今日的歷史，則是昨日的新聞。」因為時間、空間的轉換變更，新聞價值也需重估，為了把握新聞性，記者的寫作也因此受到時間限制。短時間的壓迫下，急就章的本領是不可缺少的。為了趕上報社的截稿時間(Deadline)新聞寫作的步調豈可不快？文豪狄更斯一段極富文藝色彩的報人描述：「把新聞寫在掌心上，在幽黯的燈光下，坐上驛馬，在荒僻的鄉間奔馳，以趕上截稿的時間。」因而把握時效，下筆迅速，而且必須正確，乃是新聞寫作另一重要原則。

第三節　新聞寫作的分類

這是一個知識爆發的時代，人類對已知及未知事務，觀念的追求，日益強烈，大眾傳播媒介的繁盛，更刺激了人們對新聞的饑渴慾，因為傳播媒介的進步，新聞報導的型態雖無太大改變，但實質的表達方式已有相當變異。

新聞報導到目前為止，可以分為五個階段：1.純淨性「新聞報導」。2.綜合報導。3.解釋報導。4.深入報導。5.調查報導。❸現將此五大類的新聞寫作大略簡介如後。

第一類：純淨性「新聞報導」

屬於原始性的寫作，單純直接的敘述事實的發生，也就是五W一H的基本寫作型態，依其表現方式又可分為1.直述新聞，2.專電，3.花絮，4.通訊等類：

㈠直述新聞

前面已將新聞的寫作一般原則概略作了說明，這裡再繼續就一些技術方面的問題加以探討。

1.適當引用新聞當事人或有資格人士的話，以為證實：

例

林俊義：海汙法才通過 沒錢沒人怎辦事

【記者潘柏麟／恆春報導】阿瑪斯號貨輪擱淺漏油事件，行政院研考會、監察院都要調查相關單位有無疏失，昨天起常駐墾丁的環保署長林俊義說，目前工作第一，追究責任部分他坦然面對。他說，海洋汙染防治法才通過不久，沒錢沒人怎辦事？

林俊義強調，他來墾丁就是要協調各部會，儘早解決貨輪漏油事件，一天開兩次會，晚上還邀外籍專家研商。希臘籍船東投保的保險公司挪威籍總裁，獲悉此事在台灣演變成政治風暴，且傳出保險公司可能因賠償金額太大，因而「賴帳」不願負責的聲音，為了維護公司在國際間的商譽，近日內他將專程來台。

面對追究延誤處理時間的責任，屏東縣環保局長徐和成說，環保局在貨輪擱淺隔天就接獲環保署通知，一發現有漏油就去函船務代理公司罰卅萬元，並要求加快處理速度。

內政部營建署說等事情告一段落，會追究墾管處相關主管的責任；墾管處長李養盛說，他已盡全力處理，要追究責任，他順其自然。

2.站穩立場：一則新聞刊載出來一定要能站得穩，不會出毛病，而新聞本身的確實可靠，是站穩立場的主要憑藉，但是如果不在寫作技巧上作適當的處理，仍然難免引起麻煩。所謂「技巧」舉例言之諸如：1.所用語句，力求客觀。2.適當引用該新聞涉及的關係人物或有資格人士的話，以為證實。3.不用記者直接說出的話。4.避

---

❸ 見報學叢書第四種「採訪與報導」中荊溪人先生文。

免不必要的形容詞及評論或語氣。5.牽涉雙方利害的新聞，宜作兩方面客觀報導，讓讀者自己判斷是非。6.報紙是公開的園地，在是非未正式裁定前，應給雙方以申訴機會。

牽涉雙方利害的新聞，宜作兩方面客觀報導：

例

出場性不性 他藝玩 她告官

女公關控訴被強押開房間 尿遁求救 酒客稱談好交易被「色」計

郭子弘／台北報導

繼「董事長樂園」性侵害疑雲後，同在富爺酒店上班的酒店公關小姐，八日再傳出遭性侵害事件，花名「小洛」的酒店公關小姐向警方報案，控訴傳姓酒客霸王硬上弓，而被捕的酒客則供稱，係被對方「色」計，雙方早決定要性交易；因雙方各說各話案情宛如羅生門。

據三十四歲「小洛」向士林警分局供稱，八日凌晨二時許，三十六歲的傳姓酒客與另一名吳姓友人，至南京東路富爺酒店飲酒作樂，其後以二萬六千元代價，將她及另名酒店小姐帶出場，傳姓酒客並即表示欲至士林區吃宵夜，四人於是先到外雙溪釣蝦場釣蝦，直到凌晨三時三十分，就近前往至善路三段某汽車賓館休息。

小洛表示，當她發覺不對之後，即向傳姓酒客表達不妥之意，但傳姓酒客則說「僅到房間聊聊天而已，不會做什麼事」，仍將她硬拉進房間內，等到把房門鎖好後，即嚴詞恐嚇說「乖乖的！不然就要給妳好看」，她一回嘴，即被回敬幾個耳光，最後酒客猥褻一番。她只好藉上廁所機會偷打行動電話，透過高姓男友報案。

警方在獲報後，立即趕赴現場逮捕傳姓男子，並將「小洛」一同帶回分局調查。但據傳姓男子供稱，他與友人共花兩萬六千元帶了兩名小姐出場，他是以一萬三千元代價包下「小洛」，原本就說好包括性交易，在汽車旅館內他也沒有打「小洛」，怎知成為性侵害的被告。

由於雙方各執一詞，案情宛如羅生門，警方在初步調查後，仍以妨害性自由罪嫌移送士林地檢署，其中真偽虛實則交由檢方論斷。

3. 自留餘地：在執筆寫作時，除非有百分之百把握，千真萬確，否則應儘量避免斬釘截鐵式的肯定斷語，因為新聞不僅瞬息多變，而且一般情況中尚有特例，如果遽下斷語，一旦白紙黑字，則將後無退路。例如：

搶報烏龍選情 媒體臉上無光

VNS投票所出口民調提供錯誤資訊 發表聲明將深切檢討

【本報綜合九日外電報導】美國各大媒體這次報導佛羅里達州總統大選開票狀況一錯再錯，只因各家媒體所根據的資料，都是來自一家名為「選民新聞服務社」（VNS）的投票所出口民調機構。這個名不見經傳卻影響力強大的單位，由美國主要電視網及美聯社合作成立，是近年來媒體搶先報導選情的主要消息來源。

美國各電視網在七日佛州投票截止後不久，就搶爭先報導高爾贏得佛州的消息。接著，在兩小時內，各媒體又一個接著一個改口，表示佛州競爭太激烈，無法預料輸贏。到開票接近尾聲時，媒體再度鐵口直斷小布希拿下佛州當選總統，等到全部選票開完，才發現票數太接近必須重新計票。如此翻來覆去的報導，不但觀眾無所適從，連高爾都被耍，向小布希道賀又收回，搞得相當尷尬。

媒體臉上無光，當然要求提供消息的罪魁禍首選民新聞服務社給他們一個交代。選民新聞服務社今天發表聲明，表示將深切檢討為何過去無往不利的民調模式這次會慘遭滑鐵盧。聲明中強調，他們在佛州進行的投票所出口民調，的確顯示高爾會在這個關鍵戰區險勝。

現任哥倫比亞廣播公司（CBS）民調中心主任兼選民新聞服務社董事法蘭柯維奇女士表示，該社這次在佛州連連出糗，原因包括抽樣樣本中包含太多民主黨選民，又在佛州傑克森維爾地區發生不可思議的計算失誤，再加上一些錯誤的假定所致。

法蘭柯維奇說：「當事情搞砸的時候，出錯的絕對不只一個地方。」

她指出，問題的癥結出在坦帕地區的數個選區，以及在佛州北部杜瓦郡幾個選區的票數計算錯誤。另一個導致民調出錯的問題是選舉人名冊中登記的選民黨派結構對高爾比較有利，原因可能出在計算錯誤或資料輸入錯誤，這究竟應該責怪地方政府選務單位還是選民新聞服務社仍無法判定。

宣布小布希當選後來又收回的烏龍，選民新聞服務社難辭其咎。法蘭柯維奇說，當時佛州超過九成的選票已經開出，小布希領先數萬票，選民新聞服務社以過去的投票傾向估計還沒完成開票的選區，斷定小布希會以數萬票的差距獲勝，於是宣布小布希當選。

沒想到人算不如天算，假設和估計再度失算。原因是最後完成開票的多數是佛州南部的民主黨鐵票區，這些選票陸續加進來之後，高爾和小布希的票數越拉越近，而非如選民新聞服務社所設想的差距加大。最後開票結果高爾和小布希的差距少到必須重新計票，媒體又灰頭土臉的收回小布希當選報導。

由於此次（公元二〇〇〇年）的美國總統選舉，選情激烈，高爾和小布希的得票數不相上下，美國的電子媒體及各大報不待佛州的開票結果，紛紛搶先報導，以致錯誤百出。

4.多採用第三人稱寫作：因為用第三人稱寫作，能給人一種客觀、公正的印象。而採用第一、第二人稱，如「我」、「我們」或「你」、「你們」的口氣寫作，容易給閱聽人造成自吹自擂的觀感，或有向閱聽人說教的意味。

5.避免空泛主觀的詞句：例如：罪無可逭，空前絕後，無與倫比，精彩絕倫，無藥可救等等不切實際且有嫌誇張的詞句應少用，而宜儘量用事實來說明，以具體而平實的描寫，取得讀者的信任。

6.段落分明：也就是導言和軀幹的適當處理。導言要簡要明確，在倒寶塔式的寫作原則下，將準備告訴閱聽人的消息，依其輕重緩急層次分明的寫下來，一段接一段，切不可混雜一堆，不見首尾，不明主題。

7.避免重複用相同字彙：一般文章寫作，修辭學上亦有同樣要求，即同一篇文章裡，應儘量避免同一個字彙連續出現。新聞寫作同理，應以各種不同的字眼來表示同一個意思，這才是上乘寫作本領，如某人「說」「表示」「認為」「強調」「回答」等，都是同一意思的不同說法。

8.少用代名詞：新聞中人物首次出現，應以正式姓名報導，例如：「王洪鈞教授今天表示……」不宜一開始就用「王教授」，「王理事長」甚而「他」等代名詞。在一則涉及人物複雜的新聞中，「他」「她」的用法，更要少用，否則將會使讀者攪昏了頭腦。所以在新聞報導中，能用關係人的姓氏或名字表示，就儘量少用代名詞。

總結來說，一則完美的新聞寫作，必須是來源正確可靠，立場公正，態度客觀，文字通俗生動，在字裡行間沒有主觀的意見，使讀者看了不覺得是新聞記者在宣傳或說教，而是事實真相的報導。

我們必須認清，新聞記者的筆，乃受之於大眾的付託，故不表示淩駕於眾人之上的權威，而是為公益、大眾服務的。記者寫新聞是代表著莊嚴神聖的正義公論，絕非代表自己。確認了這點，記者下筆寫作新聞就有所本了。

㈡專　電

專電本來就是新聞，其構成的要素相同，寫作的原則一樣，只是專電較簡要，乃取新聞事件之精華，同時專電常受發電費用的限制，時間也較匆迫，因此在寫作技術方面有了差別。

專電是從外地利用電報（或電話）拍回報社來的，因此電報費的支付，成了專電的主要限制，距離愈遠，時間愈急，電費就愈高，所以專電在電費的限制下，比新聞稿更注重簡潔扼要。專電中不容許有浮詞空話，必須句句言之有物，字字緊湊有力。在時間方面，專電也得顧到報社收稿的時間，期在當天截稿之前收到。基於費用和時間的雙重限制，專電在新聞價值衡量上，必限於重大新聞；不重要的，或時間性不強烈的，可留待通訊報導。

拍發專電的人，通常是駐外記者、國外特派員，或臨時派遣出外採訪的特派記者，當天無法返回報社，只好以電話或電報、傳真傳遞所採訪之新聞。而專電的寫作處所，或在舟車旅次，或在會議廳外走廊上，或在災難發生之混亂現場，或在戰地壕溝之中，或在電信局櫃檯上，總之，任何所在只要情勢需要，都得儘速把新聞傳送回去。因此，作為一個派駐外地（尤其國外）的記者，應具備頭腦清晰，下筆迅速，能在匆促時間內獵取新聞，並在短促時間內寫成新聞拍回報社。這種能力的要求最迫切的應推負有臨時性重要使命派出去的記者。

例一

中共新購蘇愷30已交貨八架

日本讀賣新聞報導　上月中旬完成試飛　配置到南京軍區轄下的安徽空軍基地

【東京特派員陳世昌／十一日電】日本讀賣新聞十一日發自北京的報導說，中共從俄羅斯購入的最新銳戰鬥轟炸機蘇愷卅，已經配屬於中國國內基地，並開始了飛行訓練。

讀賣新聞引述了中共解放軍報的報導說，中共最新導入的「具有遠距離對空、對地攻擊能力的最新銳戰機」，已經在上個月中旬成功的完成試驗飛行。

讀賣說，中共向俄羅斯購入的蘇愷卅戰機，一共有八架最近交給中共，並配置到負責台灣海峽的南京軍區管轄下的安徽省空軍基地。

讀賣說，未來中共的蘇愷卅將增強到卅八架左右。

讀賣指出，蘇愷卅具有優秀的空戰能力，比以掌握制空權為主的蘇愷廿七，還更能落實執行對地與對艦的攻擊能力。

讀賣說，中共導入蘇愷卅，主要是以台灣海峽為因應對象，一旦台海發生戰爭，中共在進行「高科技地域戰」時，蘇愷卅是一項有力的攻擊武器。

例二

撞船事發　日相繼續打高球

首相官邸只剩一位副長官留守　經過四小時才處理　森喜朗飽受抨擊

【東京特派員陳世昌／十一日電】日本愛媛縣宇和島水產高校的遠洋實習船在夏威夷海域遭到美國核子潛艇撞沉時，日本首相森喜朗正在打高爾夫球。據說，他只是用電話作了簡單的指示，還是繼續他的「私人活動」，回辦公室時已經是事發後四小時。

森喜朗首相遲緩的行動，十一日成為日本各大媒體痛批的對象。朝日新聞說，事發時以首相為主的內閣危機管理主要的官員，都因私人行程離開東京，造成中央無人局面。

發生於日本時間十日上午八時四十五分的不幸撞船事件，當消息傳抵日本時，森喜朗首相正在橫濱一處高爾夫球場打球，森喜朗首相繼續把球打完才回東京辦公室，當時已經是事發後四小時。

森喜朗後來辯稱，「我如果慌慌張張趕回來，反而無法下達命令，做出正確的指揮」，所以他很鎮靜的打完了高爾夫，回到東京時是下午二時以後。

事發時除了森喜朗不在辦公室，內閣官房長官福田康夫與官房副長官上野公成，當天都赴群馬參加當地的一個大臣就任祝賀宴會，只剩一位副長官安倍晉三留守。另一位負責內閣危機管理的防災大臣伊吹文明，則返鄉奔喪。而留守的安倍最初獲得的情報也不完全正確，因此在家裡觀察狀況到下午一時後才到辦公室，撞船事件發生時，整個日本首相官邸等於是空空如也。

日本聯合內閣執政黨之一公明黨黨魁神崎武法也表示不滿。他說，事發後，森喜朗還繼續打了兩個小時的高爾夫球，真是令人不敢相信。

一位前防衛廳研究所的戰史部長岩島久夫說，發生這樣重大的事故，首相還繼續打高爾夫球，不得不讓人指責他的危機管理意識過於薄弱，事故發生於美國海域，必見美日關係帶來一定的影響，首相理應站在最前頭以危機意識之心指揮才對。

由上舉二例，我們不難看出，所謂的專電及電話、傳真，刊載於報上的，都已經過本地報社記者潤飾過了，因為電報及長途電話顯然是無法如此詳盡的。所以遠在國外的特派員，可斟酌情形，重大的新聞當然不惜金錢盡量利用電報，而一般新聞，如果無太大時限，或有深入報導之需要者，可以運用通信稿再予發揮。

㈢花　絮

除了新聞和專電外，花絮是新聞寫作中最有時間性的一類，隔了日子過了時的花絮是不能用的，諸如特寫、通訊、專訪等尚可事後追述，以作深入報導，而花絮則不可。

顧名思義，花絮只是新聞中的落花飛絮，而非新聞的主題部分，花絮必須和新聞同時刊載，且絕不能取代新聞的地位，它只不過是對新聞的拾遺補充而已，所以有了新聞，不一定再要花絮，但有了花絮，卻不能沒有新聞。

花絮是新聞和特寫的陪襯、拾遺和補充，不宜併為新聞，因為它太零碎；也不宜併為特寫，因為它太散漫。但每一條花絮都具有獨立的性格，單獨各成一體；而且它每一條字數都不很長，但內容要精彩，其要求是活潑、生動、風趣、雋永，因此花絮在新聞寫作中，就如同文章中的幽默小品與精簡雜文，其寫作自成一格，迥然不同於新聞、特寫、專電等的寫作。雖然不可過於呆板、說教，但也不可過分諷刺挖苦，尖酸刻薄得使人難受，它應該是戲而不謔，不存惡意的雋永小品。

例

做採訪、說感想 大陸記者聚焦

小狀況、一籮筐 試務人員忙翻

江昭青／台北報導

學科能力測驗熱鬧舉行，連大陸記者都想來一瞧究竟。新華社駐點台灣的記者范麗青、陳斌華十日分別到台大、台北商專的考場採訪，他們對「學科能力測驗」十分好奇，但也認為兩岸高等教育考試的氣氛相同，都「一樣緊張」。

范麗青、陳斌華約在上午十點抵達台北商專，恰巧碰到巡視考場的台大教務長李嗣涔，立即詢問李嗣涔有關「學科能力測驗」的問題，范麗青向李嗣涔詢問本地家長對考試制度的接納度，李嗣涔則回答正負面的反應都有，但這也是台灣多元文化的一種展現。

范麗青的採訪行程也引來不少本地媒體的關注，使其一舉一動都是鎂光燈焦點，不少陪考的家長也感到好奇。

本報記者／連線報導

今年已是第八年舉辦的大學學科能力測驗考試，由於採用該項測驗成績作為入學依據的大學日益增多，今年報考人數較前一年暴增七千多人，昨天各地考場雖無重大違規事件發生，但仍有一些零星意外，讓各地試務人員忙碌了一整天。

在高雄市鼓山國中發生一起學生坐錯位置，坐在一名缺考學生的座位上答題，經發現為時已晚，只能轉交大考中心處理。

台南考區分成大、台南一中、台南二中等三處，由成大負責試務，經驗豐富，為加強服務考生，為八名身障者考生專設一個考場，其中七人（缺考一人）為一般弱視、肢障，准許加強照明，提前五分鐘進教室、延長二十分鐘收卷。

而台南二中學生許哲彰因全盲，無法閱讀試卷，成大另外安排一間教室，由兩名博士班學生服務，一人朗讀試題，一人負責錄音存證，許生聆聽、詢問後，很有自信地以點字機打字作答。

另屏東師院在第一節考試時，有一名女生可能過於緊張，發燒、拉肚子，醫護人員在第一節考完後，立刻加以處理，並熬稀飯給該名考生進食，順利考完其他兩節課。

下午第一節課時，屏東女中也有一名女生發生抽筋、臉色發白現象，經醫護人員治療後，並無大礙，也順利考完。

各地考場仍然可見糊塗考生鬧笑話，承辦試務的國立中山大學及國立高雄師範大學統計，昨天全日未帶或遺失准考證考生也有三十多人，經試務委員會憑考生其他證件認人緊急補發後，均能順利入場應試。也有一些迷糊考生帶錯應考規定的試筆，急得向其他考生借應急。

平常新聞之中，並不常見花絮，只有遇到重大的新聞或特別的趣聞，才需要花絮來配合。因為在類似情況下，單寫新聞稿報導是不夠的，但新聞稿容納不了這麼多材料，難免有遺珠之憾，為了充分表達這項重大新聞事件的動態（例如：國慶日之慶祝活動，全國運動會，大學入學考試等），為了滿足讀者的興趣，於是就將一些尖銳刺激、風趣可愛的零碎東西寫成花絮。花絮的格式，在寫作及刊印時，為條列分明，一般在每條之上加以△或※的符號。

第二類：綜合報導

其主要作用，是將同類新聞多方面的報導予以綜合。所謂綜合的報導，情形有二，其一，是「集合性」的，將一則重大新聞，各方面的消息，各角度的報導，各種性質的情報，陸陸續續的，或蒐集齊全後，將它們同時集合在一起，讓閱聽人得到全面性的新聞供給。其二，是記者根據多方面的新聞來源、線索，重新組合成為一完整、有條理的新聞報導，或可謂之「組合性」的報導，由記者在案頭將複雜、廣泛的重大事件，先作有系統有層次的整理，然後再公布於閱聽人眼前。

這種新聞寫作，要較第一類的直述新聞更深入些。歸納綜合報導的特點，有下列幾項：

⑴報導範圍廣、報導面大：綜合報導往往圍繞一個主題，把發生在不同地區、不同方面的許多新聞事實集中起來，形成一篇報導。實際上，它也是許多純新聞體的綜合。

⑵在選擇新聞事件時，較注重其具體的事例，時間性則居於次要位置：綜合報導的觀點及主題，是從新聞事件的基礎上選取出來的。在選擇新聞事件時，有無典型的具體事例，往往會影響報導的說服力；至於時間性，在綜合報導中除一些突發事件外，一般都不若直述新聞強。這是因為綜合報導所報導的內容，多是非事件性的新聞。

⑶注重觀點的提出：綜合報導提出的觀點，要能明確、精闢，引導讀者去把握新聞事實。同時，在綜合報導中，觀點還有著統領

各新聞報導、連接上下文的作用。

例一（集合性）

以「梨山森林大火事件」《中國時報》當天同一版中各條綜合新聞為例。（九十年二月十三日）

梨山森林大火 延燒65公頃

大風助燃火勢一發難收 動員數百人撲救不易 和平、武陵農場旅客驚魂

曾秀英、鮮明、崔慈悌／綜合報導

台中縣和平鄉梨山山區十一日發生森林大火，昨天一整天火勢蔓延難以撲救，受災林地廣達六十五公頃，災情可能持續擴大。農、林、警、消相關單位成立森林消防指揮中心，三、四百名消防、義消、山青趕上山搶救，但山勢陡峭，不易進出，已由具經驗人員闢出防火線，期盼山區下雨，有助滅火行動。

這場森林大火起於前天上午十時卅分，地點在林務局大甲事業區二十二及二十三林班，受損林木主要為台灣二葉松，目前延燒範圍擴及二十四林班。

災害主管機關行政院農委會、林務局及台中縣政府正動員人力、物力搶救，內政部長張博雅指示消防署及雪霸國家公園管理處協助支援，消防署副署長陳武雄奉命南下台中縣，協調火災搶救工作，如火勢仍無法立即撲滅，將請鄰近縣市支援，必要時將協調國軍動員救火。

由於大火燃燒迅速，農委會前天曾通知空中警察隊前往勘察，空警隊於十一日下午二時四十分派出直升機前往火場空中勘災。現場風大火大，原本派往搶救的人員持續增加，十一日第一批一二八人前往搶救，下午增至一七八人，十二日更增至三二八人。

農委會副主委陳武雄表示，救災人員前往火災現場需吊越過溪，且山勢陡峭，加上風大火大，若非具有經驗人員前往搶救，具有危險性，目前以林業人員及原住民為主要搶救人力。

這場發生在靠近和平農場附近林班地的森林火災，昨天延燒範圍擴大逾六十五公頃，梨山地區平等國小、武陵農場都可以看到陣陣濃煙，夜晚星空下，遠處火光閃爍，住宿武陵的客人緊張地問櫃台，是不是會延燒到農場。農場表示，起火地區離農場還好幾公里，原本接近農場這邊的火已被撲滅，從和平農場走到火源還要幾小時。林務局指出，由於風勢持續增大，消防車無法進入火災現場，只能靠人工救火，以致火勢蔓延到廿四林班地。

台中縣消防局長唐雲明表示，大火尚未越過林務局開闢的防火線，較大火勢仍有九處。滅火人員又增闢防火線，在下風處撲滅火源並嚴密監控，唯盼山區下雨阻延火勢。

追查禍首

疑果農使用噴燈不慎起火 亦不排除回收林地遭縱火

鮮明／中縣報導

台中縣和平山區前（十一）日傳出森林大火，當晚有兩名工人出面向警方說明，火災發生前，他們曾在起火點附近的廿三林班埋水管，下山後即發現森林起火。警方懷疑可能是兩名工人使用噴燈不慎引發火災，唯仍待相關單位鑑定。

和平山區林務局廿三林班地前天上午傳出森林火災，有民眾目擊起火點有人出入，包括林務局、警方、消防局等單位追查起火原因，都朝人為方向調查。

由於起火點屬於林務局造林地，林務局與當地農民近年來因果園、造林等問題偶有爭議，一度朝人為縱火方向調查。

前天深夜十一時許，在當地進行水管埋設工程的林姓、陳姓男子主動前往和平警分局志良派出所，向警方說明。

兩名男子向警方表示，他們是於當天上午前往廿三林班清理樹頭、雜草並埋設水管，完工後下山沒多久，山上就傳出森林火災。

林、陳兩人施工時曾使用噴燈，警方懷疑可能是噴燈使用不慎，冒出火花而釀成這起火災。

曾秀英／中縣報導

墾丁海域油污染事件後，中台灣發生森林生態浩劫，梨山環山部落感受最深，當地水源地被波及，百餘戶居民面臨斷水。台中縣議員林榮進決定十三日入山，發動原住民「以火攻火」，以求快速滅火。

起火原因眾說紛紜。搭乘直升機觀察火勢的台中縣副縣長陳雨鑫說，起火點有三處，當地民眾曾因不滿林班地超限利用被收回，在農政單位的座談會上放話，因此，不排除人為縱火的可能。

林管處在廿三林班地發現一處疑似起火點，推斷是果農接水管用的噴燈肇禍，已帶回兩名嫌犯偵訊。環山部落當地居民則表示，起火點在和平農場果園附近，研判可能是剪枝引起火災。

國寶魚棲息地遭殃

火勢蔓延雪山溪　櫻花鉤吻鮭生存有危機

陳鳳蘭／台北報導

雪霸國家公園管理處副處長彭茂雄昨天證實，國寶魚「櫻花鉤吻鮭」棲息地雪山溪已受火災波及，但七家灣溪還未受影響。而生長海拔較低的台灣二葉松標地也被燒毀受創情況待大火撲滅後才能勘驗得知。

彭茂雄指出，大火發生後，管理處已派人前往七家灣溪櫻花鉤吻鮭棲息地監控火勢發展。目前整個森林大火的防救工作是由農委會林務局主導，雪霸國家公園管理處派出一百多人在現場幫忙救火，到昨天下午為止，火勢還未能控制。

外界關切國寶魚「櫻花鉤吻鮭」棲息地是否被波及，彭茂雄證實，其中一個棲息地雪山溪已受到火勢波及，但主要的棲息地七家灣溪因為與雪山溪以大甲溪相隔，應該不會受到大火影響。雪霸國家公園生態保育區受創詳細情況要在大火撲滅後，才能勘驗現場。

根據雪壩國家公園管理處之前的對外說法，一旦櫻花鉤吻鮭的繁殖地被火勢波及，國內千尾國寶魚生態可能會大受影響。因為，十月正是櫻花鉤吻鮭的繁殖季，如果大火將林地燒光，山上土石沖刷而下，將使溪水渾濁，加上灰燼帶來的酸性物質流入溪中，不僅國寶魚有生存危機，連牠們賴以維生的水生昆蟲也難以生存。

例二（組合性）

大陸上半年入WTO 希望轉淡

美政府忙於換屆　與墨西哥談判又遲未突破

宋秉忠／綜合外電報導

親共的香港大公報引述上海消息指出，由於前段時期美國政府忙於換屆，最近墨西哥又在美國的幕後支持下阻撓大陸加入世貿組織，因此，今年上半年大陸入關的希望渺茫。不過，十月在上海召開的APEC會議有可能成為大陸入關的一個轉機。

海南「中國改革發展研究院執行院長」遲福林指出，入關使大陸進入改革的新階段，衝擊將大於過去二十年的開放，過去的改革是按照大陸自己的速度，現在則有來自全球的壓力；政府需要新動力，以因應大陸最棘手的經濟問題，其中包括農村收入遞減、臃腫的政府官僚和不斷借錢給虧損企業的銀行。

不過，據華爾街日報指出，隨著改革帶來的副作用增加，反改革的聲浪也日漸高漲；例如，隨著失業率攀升，勞工抗議活動已日益頻繁；美國等國家不斷施壓要求大陸增加農產品進口，但北京擔心農民失業會動搖政權穩定。

遲福林建議中共，廢除目前的土地承包，把土地所有權給予農民，農民再以所有權為擔保、融資，投資其他產業，如此可以減少農業人口；這種融資方式也可使銀行避免將貸款過度集中到國有企業。大陸入關後，不但產業面臨衝擊，就連中共官僚體系也必須改變作風。

大陸著名世貿問題專家、上海浦東新區副區長周漢民指出，世貿有最惠國待遇、國民待遇、透明度和市場進入等原則，其中，國民待遇要求政府必須為中外企業創造平等競爭的環境、保護公平競爭；

周漢民強調，透明度要求政策和法律具有可預見性、穩定性和持續性，決不能朝令夕改，更不能因人而異、因地有別。即使連上海這個「經濟首都」，據周漢民表示，初步統計，上海目前有二十三條法律、法規與世貿規則不符，此外，法律上的空白也不少。

上海世貿事務諮詢中心總裁王新奎也提到政府在入關後面臨的挑戰。他指出，入關後政府職能重心將下放，轉到政策指導、監督檢查和服務公眾和企業上；其次，政府過去是限制競爭以保護企業，現在應轉向協助企業提升應訴、抗訴能力，建立預警系統，保護企業免受不正當競爭；改變管理方式，以社會中介機構（如會計、審計、法律、認證等）作為管理平台，但目前上海的中介機構並不完善。

而在透明度方面，則要求國家的政策法律公開執行，也就是「紅頭文件」（政策）不能否定黑頭文件（法律），官員的言論不能否定公開的文件。

基因藥物新世紀 長途漫漫

製造新藥失敗率高於開發傳統藥物 成本也會倍增

【本報綜合十一日外電報導】科學將因明天首度公開的人類基因組排序而跨越另一個門檻，但通往基因組藥學新世紀的路途將比原先預期的長久。

很少人懷疑由卅一億字母組成、掌握所有人類特性的數位人類基因組圖譜最後將改寫醫療保健。今天的藥學只針對四百八十三個生物目標，而雖然人體內只有極少數的基因可以成爲「可以投藥」的對象，但人類基因組定序將可再添加約五千個目標。

但據美國投銀「李曼兄弟」和企管顧問「麥肯錫」研究結果，這對每年三千億美元的製藥界所將產生的衝擊將是成本的增加而非大賺一筆。李曼分析師史密斯說，一種新藥從開發到問市的成本將從二〇〇〇年的八億美元倍增至二〇〇五年的十六億美元。

道理很簡單。製藥業界在未來數年中將有數倍於以往的製藥目標需要研究，其失敗率將比開發傳統藥物高出甚多。期待製藥界在近期內產能大幅成長和大量新藥獲得許可上市的人可能將大失所望。

大型投顧「貝爾史登」的全球科技分析師威爾森說，市場已預先反映人類基因組的熱潮：「數十年後人類基因組將不只會改變醫療保健，還會改變整個人類社會。但大家都忘記這需要很長的時間。發現一個基因到成藥要花十年的時間，其間的風險和臨床失敗並未減少。」

醫藥界從一九九〇年代初期開始對特定基因做研究，到現在才開始有一點成就。美國的「人類基因組科學」和「劍橋抗體科技」兩家公司準備在今年底就基因抗體藥物對某些免疫系統病人進行臨床實驗。但主流藥廠則尚未從基因研究成果中開發出任何小分子藥物。

美國「國立人類基因組研究所」所長柯林斯預言，基因藥物可在廿年後根治某些重症。到二〇一〇年左右，醫師應可準確地診斷出至少十多種因基因病變所導致的疾病，讓醫師可以更精準地開處方。

基因科技業者凱斯提爾說，生技業界從約廿年前開始建立於對去氧核醣核酸的研究上，一直到一九九六年才開始眞正賺錢。

據美國聯邦專利商標局統計，去年共有三萬件生技和有機化學產品申請註冊，大部分都和基因有關。

雖然大家對很久以後才會賺錢現在有比較務實的瞭解，但專家認爲還會有重大的科學突破。而儘管人類基因組圖譜禁止專利註冊，不過美國的產官學界都在未來的藥物開發上下注，就許多基因的應用提出數以千計的專利申請。

國人每天吃下150噸超量農藥蔬果

官方版不合格率百分之一點二五　監委自行抽測竟達百分之四十六　農委會、衛生署被糾正

〔記者葉立傑、王錦時／綜合報導〕監察院昨日公布監委趙昌平、廖健男完成的蔬果農藥檢測調查報告，報告指出，我國蔬果年產量約五百餘萬噸，全國每日蔬果消費量達一萬餘噸，以不合格率百分之一略計，則每天約有一百五十噸含超量農藥蔬果吃進國人肚中。

經查衛生單位由藥檢局檢驗上市後的蔬果件數，每年僅約一千五百件，平均一日不到五件，在這樣的抽驗比例下，民眾吃的安全令人憂心。

對此，監察院今年一月初已通過糾正農委會、衛生署等單位，並要求儘速提出解決方案。

調查報告指出，農委會統計民國八十九年我國農藥產銷，推估國內實際使用農藥量為九千兩百零七公噸，相較於同年度美國的農藥使用量三十四萬九千五百八十公噸、日本的九萬七千六百六十九公噸，數量並不多。

不過，經過換算，美國每公頃耕地使用農藥量約二公斤、日本約為廿五公斤，我國則為每公頃十一公斤，在農產品使用農藥量偏高的情況下，農藥殘留檢測工作相當重要。

不過，經查農政單位宣稱至民國八十八年止，上市前蔬果抽檢不合格率已降為百分之一點二五；衛生單位則宣稱已上市蔬果抽驗不合格率已降至百分之零點八。但經監委抽測一百件蔬果卻發現，其中殘留農藥有四十六件、不合格者高達六件，可見官方單位提供的資訊有誤。

報告中指出，由農委會核准登記的農藥產品達五百四十一種，而內容有效成分有三百八十二種，種類複雜。目前國內農產品殘留農藥的檢測由農委會農業藥物毒物試驗所負責，藥毒所共訂出七十九種農民常用的農藥進行化學檢驗監測，一般農產品殘留的農藥都在這七十九種範圍內。

經監委調查，農委會蔬果農藥殘留的檢測只針對部份成分，而對結果呈現方式籠統誇稱「殘留農藥檢測合格」，也沒有在檢驗報告中附註說明檢測農藥種類與總數，有以偏概全的嫌疑。

報告也指出，根據農委會的統計資料顯示，我國蔬果年產量約為五百萬公噸，不過農政單位每年檢測件數只有一萬三千多件，所能涵蓋的蔬果、產地、集貨場的類別相當有限，樣本欠代表性不合統計學理。而農委會制訂殘留容許量未盡周延，標準寬嚴尺度不一，進口蔬果查驗把關也未周延，執法嚴重脫節，無從確保民眾安全。

對於監察院提出農藥殘留檢測調查報告，要求農委會等單位檢討，農委會昨日表示，該會對於農藥檢測已訂有標準作業程序，經檢驗合格的農產品均在安全範圍內，不過該會仍會虛心檢討，將檢測工作做得更完善。

此外，特寫也可列入綜合報導之內，因為它是一則新聞的焦點，一則新聞的重點發揮，它表現了新聞的精華，如非對該則新聞有透徹了解且作了綜合性的分析，實難以完成新聞特寫。

特寫有其獨特的寫作方式，以下列舉一些注意的事項：

⑴特寫的寫作重點應該只有一個：特寫著重在剖切新聞的精華部分，盡情地發揮重點，但切記不可以從頭到尾作流水式敘述，也不要枝節分歧重點分散，或是出現兩個或兩個以上的重點。

⑵特寫寫作需具有時宜性：特寫也是新聞報導的一種，因此記者在撰寫特寫時，應依當時的新聞問題來撰寫內容；亦即不是最新發生的事實就不宜寫特寫。

⑶特寫寫作必須以事實為依據：特寫基本上仍是新聞，雖然為增進閱讀的興趣，寫作手法可以以文學技巧進行，但要完全忠於事實報導，不可憑空捏造。

⑷特寫是根據事實做有限度的評述：一般直述新聞不能做主觀的意見與評斷，而特寫可以在事實的範圍內，加入記者對事實的評述或對事實做進一步引申的解釋，使讀者更深入去了解事實的真相與分辨事實的是非。

另外，當記者選定特寫的題目之前，也有些要注意的事項：

⑴就特寫的字面意義來看，特寫該有不尋常的地方，首先查看剪報是否有人做過類似的題目，如果已做過，可從另一角度來剖析事情，或同一題目經時間的變化，是否有新的內涵。

⑵寫作的對象是讀者，應考慮內容是否對他（她）們有興趣或有用。

⑶記者本身也要觀察同行報導的方向，以免一窩蜂，缺乏新意，如情非得已，也要設法找出特異之點。

總而言之，特寫是新聞寫作的一類，也屬於報導文學的範疇。然而特寫在所有新聞寫作中，卻具有極特殊之型體及個性，茲簡述如下：

1.特寫與新聞之不同

新聞之報導偏重提供事實，寫作簡單明瞭，完整客觀；特寫則偏於重點之描述，寫作力求生動活潑，對與新聞直接或間接的有關事件，作略帶議論或抒情的記敘文。

2.特寫與專欄之不同

雖然此二者同是屬深入、解釋性的報導，但特寫只是就新聞事件本身加以說明，以事件的背景作為說明的資料，所以特寫中雖也有描寫、敘述，其目的乃在於「說明」；專欄則允許作者，對新聞事件加以解釋、說明及推斷，因之其寫作內容偏重對事件研究的結論及評斷，屬議論性的，而不是事件的說明。

3.特寫與通訊之不同

通訊的寫作是內幕性或分析性的敘述，但是其取材偏重於地區性的；不如特寫是對新聞事件的抒發，通訊的寫作類似新聞之補述，特寫則注重情節、佈局、結構的變化及巧妙。

由以上比較之中，我們對特寫有一概括的認識，即是特寫乃為一個主要的目的，作擴大而廣泛的描述與報導，使讀者對一件事，能有完整而明顯的印象；因而特寫可以說得上是所有新聞寫作中，最突出，最精彩的新聞報導方式。下面舉幾個實例，同時將特寫略加分類：

例一：新聞性特寫

特寫都要具新聞之價值，此類特寫所包涵新聞性較多，有時它是為配合一件重要新聞而寫。

A.新聞與特寫同時出現的情形。

楊棨、李金生／金門報導

首度依人道專案方式返鄉的探親團，今天將搭乘鼓浪嶼號返回廈門。臨別前夕，金門鄉親與親屬紛紛反映，盼望小三通早日正常化，使得兩地親友不致飽嚐分別之苦。

探親團昨天赴小金門遊覽，泉州市金胞聯誼會會長林應望致詞時表示：「希望小金門和廈門能築起一座和平橋，使兩門的親人往來更為便利。」

來台探親變奔喪的黃家三兄弟，二哥黃金良因為年滿六十五歲，得以跟隨探親團坐兩小時的船程來台，三弟黃國平及四弟黃國強從同安對岸則輾轉搭機由香港、台北搭機，一路花了四十小時才到金門。

黃國強說，這一趟兩個人花了人民幣一萬兩千元，相當於兩個人一年的收入。黃國強說，不僅金門人盼望小三通，他們住在福建也期待金廈通航正常化，不必再繞遠路花冤枉錢。

金門有多位從對岸嫁過來的大陸新娘，同樣是千里迢迢，長途奔波、轉機嫁來及目可見的金門，這幾天看見探親團突破規範來金，她們又羨慕又期盼也可搭船回娘家。

從廈門回來的肖仲明說：「有來有往，感情才會親熱。」他期待下回能夠帶孩子回金門，不是只有他們這群老人才能回家，「不然，我的孩子都不知道自己是金門人。」

難捨故鄉情 滯廈金胞不想說再見

探親之旅今結束 有人歡喜有人悲 盼建直通和平橋 親人相聚少奔波

楊棨、李金生／金門報導

「這裡是阮的故鄉，阮大家一定還要再回來！」八十歲的泉州市金胞聯誼會會長林應望說。

短暫的探親之旅今天即將結束，七十五位金門鄉親流露濃厚的離情。在昨天的行程中，他們對故鄉的屋瓦、一草一木詳細觀看，故鄉人的濃郁情感，使得老鄉親紛紛說：「阮們一定要再回來。」

在離別的前夕，這群離鄉超過五十二年以上的老鄉親，昨天頂著風浪到烈嶼（小金門）遊覽。家在烈嶼青岐村的洪有利、洪石城來不及趕回家，再和家人說一聲再見。

洪有利說，元宵當天上午，他回到青岐村和姊姊洪恕會面，心中很難受又很感慨，短促的一小時相處的時間，他和姊姊說不了幾句話，就要上路了。洪有利看到姊姊的生活處境不好，拜託宗族的長輩要幫忙多照應。洪有利說，如果他住在家鄉，「以母舅的身分，我會說幾句重話，晚輩也會盡心一點。」

八十歲的李明福和老姊姊李勸分別六十一年重逢，這條線接上後，他準備回福建後能夠安排姊姊到泉州遊玩。

黃金良三兄弟返鄉探親，老四黃國強埋怨台灣政府手續緩慢。他在去年五月提出申請，卻直至去年十一月才獲准，而他的大哥黃展宏已不及等待在十一月間過世了。

這一程最歡喜的是七十歲的黃亞玉，在弟弟陳延住向接待單位強烈要求下，她留在家中陪伴百歲的老母親陳歐鶴，享受親人團圓的天倫之樂。

有的團員，例如廈門回來的薛素慶，她的妹妹薛素婉則跟隨車隊，一路陪著姊姊遊玩，以彌補短暫的相聚時刻。

在倒數的時刻，遊覽車行經瓊林、慈湖，隨車小姐不斷拾綴風土舊俗，並介紹老金門的風物，這群老人像海綿吸水一般，用眼睛記憶交錯的土徑、木麻黃景色。

今年春天來得早，鮮黃翠綠的油菜花田在筆直的道路兩旁怒放，充滿生命力的家園風景，注入這群老人的生命裡。當他們向家鄉說再見時，是一種如願以償的歡欣；還是更深沈的失落？福建「金門人」的還鄉，是一齣時代錯誤彌傷的悲喜劇，但是，那失去的青春與愛是永遠找不回來了！

B.配合「梨山森林大火」之重大新聞，雖是發掘新聞本身外的主題，但卻具有新聞的價值。這類特寫，若不是配合新聞，則將無太大意義。

打火弟兄超級任務

冷！他們互擁取暖
累！奮不顧身撲火

（記者林群浩／專訪）「晚上氣溫只有三度，又沒帶睡袋，大伙只好擁抱取暖，…」一群前晚上山幫救火弟兄送便當的救火隊員昨下山，在談起被火追和碰上穿著單薄制服卻必須忍受冷冽寒風的經驗，都有著幾分的疲態和懼色。

來自羅東林區管理處森林救火隊的一名隊員說，當十一日早上傳出梨山地區發生森林大火時，他們即在隊內待命，當晚便受命集結九位隊員整裝出發，當抵達滅火第一線—梨山地區前進指揮所時，早已是晚間六點半，正是山區氣溫陡降時刻。由於山區氣候環境惡劣，寒風冷冽，在山區不時可聞到陣陣樹木燒焦味，但山風一猛地吹來，鑽入衣領的寒氣，仍教人直打哆嗦。

他們被賦予的第一項任務，便是運送便當給前一批出發滅火的其他林管處隊員，林姓隊員說，便當的菜色雖然只有爌肉一塊、滷蛋半顆，但這些都是前線打火弟兄最急需的物資。他們一行人當晚即帶著便當往山區出發，而經過五個多小時趕路後始抵達火場，赫然發現飄盪的火苗已經竄燒至隊伍後方，造成前後被圍堵險況，當時現場所有人不管是支援或原本在場滅火的人，都沒命似地撲火。

好不容易終於將火勢壓制，所有人簡直都累癱了，而此時卻又遇到冷颼山風的考驗，氣溫驟降至約三度，由於入山前每位隊員僅以爲送便當一會兒便下山，因此並未隨身攜帶睡袋，而爲了求生，在疲困與嚴寒中，所有隊員僅能藉由互相擁抱，透過彼此的體溫取暖，才安穩度過這可能是他們同行的人生命中最長的一夜。

例二：人物特寫

最常見的是新聞人物，為了配合新聞，用特寫方式加以詳細、綜合介紹；另外如社會賢達名流，或不見經傳人物但因本身具有傳奇性、趣味性等，皆可以成為特寫之對象。

A.核四爭議中的新聞人物立法院院長王金平的特寫，此例是標準的新聞人物對象。

人物側寫

王金平政治行情 多空未卜

因緣際會 手腕靈活 成為朝野折衝樞紐 但也有居間為難之處

羅如蘭

二月四日禮拜天，在野聯盟第二天就要討論總統版的核四協商文字，王金平難得心情輕鬆，兩天前陳水扁總統告訴他看完電影「天搖地動」的感想，讓王金平興起看電影的念頭。

那天晚上，他一口氣看了「綠色奇蹟」和「神鬼戰士」兩部電影，前者片名的想像空間不提，後者描寫古羅馬帝國的政治競技場與慾望人性，主張元老政治的將軍最後雖然和陰謀篡位的國王同歸於盡，但元老政治的理念終於保存下來。

元老政治相當於現在的議會政治，「現代元老院長」王金平看完電影後感觸很深，還好，當時核四爭議曙光初露，他料想結局應該會比電影圓滿。

但事態發展卻不盡如人意，儘管在政權輪替後的紛擾中，王金平以其圓融、精湛的政治技巧、良好的平衡感，一定程度地減少了許多未爆的朝野衝突，但他一身武功，終究難敵政治競技場的鐵律，因為既已下場，結局就是非神即鬼。

弱勢總統、少數政府和不同黨多數的立院，這是中華民國立法院長最有實權的歷史高點，在這個不尋常三角形權力結構中，即使王金平經常、適時地表現柔軟，行政、立法兩院關係的緊張，僵持還是高燒不退，這一燒，卻燒出了王金平的高曝光率和高分貝發言權，但政治行情也有失有得。

得的是，和新政府頭面人物的莽撞比起來，王金平顯得沈穩多了，和其他政黨領袖的權謀表現比起來，王金平顯得中立多了，和過氣的舊政權時代人物比起來，王金平看起來又多了一點轉型的潛力，符合政黨輪替所需的經驗傳承、朝野樞紐條件。

不過，身為副主席的王金平也因此和國民黨中央漸行漸遠，整個核四折衝的經過，王金平沒有機會向黨主席連戰當面報告，每一場在野協商，都有黨內高層同志，目不轉睛的盯著他寫報告，在野聯盟的成員也不全都同情他，甚至替國民黨同志說出他們不方便當面說的話：「你是不是在幫阿扁的忙？」

除了陳水扁總統之外，民進黨人不是真的、就是假裝不了解王金平居中穿梭的難處，王金平說「我的努力總統應該了解」，更讓許多人不是滋味；朝野都有人擔心王金平從中攢下自己更上層樓的政治資本，連陳總統都為了核四四面楚歌，王金平能不被流彈波及嗎？政敵們不能讓王金平在競技場上變成刀下鬼，難道要眼看著他變成另一個神嗎？

B.國民黨元老陳立夫，曾經權傾一時，其逝世消息，必引起讀者的關心。

中山艦事件 陳一生轉捩點

從特務頭子到養生權威 始絢爛終平淡 恩怨長埋青史

夏珍／特稿

走過一個世紀，走過離亂歲月，曾經權傾一時，曾經落拓異鄉養雞度日，才剛重新登記為終身黨員的國民黨元老陳立夫，昨日晚間沒來得及回到台北寓所，即病逝台中。

國民黨大陸政權時期，陳果夫、陳立夫兄弟一直是蔣介石掌握組織與特務的重要左右手。兄弟志趣各異，陳果夫志在政治，跟著二叔陳其美反袁起義時，識得蔣介石。陳其美過世後，陳果夫與蔣介石交往日趨密切，兩人在上海和戴季陶、張靜江還一塊炒股票，做證交所的生意。蔣介石南下廣東，即把留在上海讀書的蔣經國託付給「果夫哥哥」。

陳立夫卻不然。早歲的陳立夫無心政治，只想做個採礦工程師，赴美在匹茲堡大學潛心苦讀，並拿到礦治工程碩士學位，本想繼續在美攻讀博士。然陳果夫為蔣覓才甚急，幾次催促陳立夫返國，陳立夫依舊猶豫，遂由蔣介石親自出面。蔣告訴陳立夫，現在是需要你革命的時候，開什麼礦？要開礦，可以開革命之礦！陳立夫毅然棄礦治就政治，並展開波折起伏的一生。

陳立夫跟隨蔣介石，擔任機要。儘管初涉政治，卻極為機警，「中山艦事件」一役立功，陳立夫從小機要即刻被提拔為國民革命軍總司令部機要科長。寧漢分裂期間，蔣介石下野，陳家兄弟為之奔走擁蔣，成立秘密組織「中央俱樂部」，CC即為該組織英文名字的縮寫。

一九二八年蔣介石復行視事，兩陳擁蔣有功，更受重用，開始負責經營黨務，負責「清黨反共」，權傾一時，趨附者眾，開啟「陳家黨」的時代。而為了整頓黨務，陳立夫亦在此時草創組織部調查科，成為國民黨的特務頭子。此時的戴笠，不過是黃埔六期的學生。

CC派當紅時期，黨內望風披靡，勢力廣及教育界、外交圈。

CC派的雄風，直到國民黨政權淪陷，國民政府撤遷來台，才風停雲散。蔣介石決定將黨權重新掌握於手中，遂有國民黨改造之議。陳立夫在其回憶錄《成敗之鑑》中，敘述當時在日月潭，他向蔣介石建議，從黨的歷史來看，每次挫敗，最好把黨改造一下，「應該把責任推給我兩兄弟，將來改造後，我兄弟二人亦不必參加。」當時還有黨員向蔣介石建議，改造工作應該交給幹部來做，蔣介石卻怒斥，「如果你們不相信我，去找陳立夫好了！」盛怒中宣洩他決心剷除陳家兄弟的意念，陳立夫遂被要求出國，過了很長一段養雞歲月。

後來准予回台後，陳立夫遂少過問政治。曾經紅透半邊天的CC派，亦成為黨部門間的「異議派」，國會主流勢力CC派亦幾乎沾不到邊。直到梁肅戎出任立法院長，然而，時代亦不留情地不再給他們機會，隨著第一屆資深中央民代退職，國民黨老派的政治恩怨，在黨內新的主流、非主流政爭風潮下，轉瞬埋入史頁。

台灣時期的陳立夫，回復到不問政治的本心，致力中醫研究發展和養身，一百零二歲的高齡猶耳聰目明，使他成為養生權威。他有四十八字真言，「養生在動，養心在靜，飲食有節，起居有時，物熟始食，水沸始飲，多食果菜，少食肉食，頭部宜冷，足部宜熱，知足常樂，無求常安。」

行過百年，滄桑過眼，晚歲回味，他對中山艦事件猶津津樂道，自視為中國近代史轉捩點。做為歷史人物，可集權力於一身，可以淡泊談養生，過盡千帆，應無遺憾。

例三：趣味性特寫

雖然本身新聞性單薄，但若含有濃厚的趣味性，對好奇的讀者而言，這將是值得特寫一番的；趣味性特寫可算是軟性的特寫。

雁鴨避冬花蓮　命運大不同

徐毓謙／玉里報導

又是一期稻作春耕時分，每次農民插秧之際上演的人鴨大戰再度展開，無論是豎稻草人或插各種有色旗幟，均無法嚇阻雁鴨到田裡啄食秧苗，甚至還有農民懸鴨示眾，表達不滿。惟另外有一批雁鴨卻舒服的泡在溫泉中，形成一種雁鴨兩種命運。

去年底花蓮野鳥協會才浩浩蕩蕩的在秀姑巒溪河床撥稻米，藉以引誘雁鴨啄食而不破壞農民秧苗。現在正巧又逢春耕播種之際，許多雁鴨紛紛飛到農田裡啄食秧苗下的稻種，造成農民莫大損失，說到雁鴨個個恨之入骨，甚至還有農民將捕獲到的雁鴨垂吊在田埂洩憤，以警告其他雁鴨不要再飛來啄食。

黃姓農民表示，雁鴨對他們帶來很大困擾，不論是豎稻草人或懸掛彩帶、鮮豔旗幟等都騙不了聰明的雁鴨，依舊飛到田裡啄食秧苗；加上政府規定不得捕殺，只好在田裡遍灑「好年冬」之類農藥，遏它們離開。他也憤憤指出，他自己的田也才剛被雁鴨蹂躪過，還得找時間重新插秧；而他朋友的秧苗更被雁鴨啄食達五成之多，損失最慘。他希望政府拿出有效辦法，兼顧農民生計與雁鴨生存。

同時間在玉里安通溫泉旁卻另有一批雁鴨過著舒適的生活，每天泡著溫泉，享受人類豢養的樂趣；與秀姑巒溪畔那些整日和農民搏鬥的雁鴨相較，可謂同樣雁鴨不同命運，令人欷噓。

例四：知識性特寫

多少對人們有些指導作用，除了報導一則事件外，它還兼有傳播知識或文字指導的「副作用」。時代的進步，知識的遽增，此類特寫也日益重要了。

基因圖見端倪 Y染色體解密

僅在男性間傳承 可上溯人類演變過程

【本報編譯組報導】科學家已經順利解出男性特有Y染色體的構造；研究人員可望藉此深入探究造成男性不孕的原因，以及Y染色體的演進過程和功能。

科學家在研究過程中發現，DNA成群排序其實是看似毫無意義的基因密碼延伸的多重重複，其中隱藏著一些男性發展成形所不可或缺的基因，包括形成一名男嬰所必備的主要轉換機能。

美國密蘇里州聖路易華盛頓大學醫學院基因圖譜排序中心的科學家麥佛森表示，研究人員可望利用Y染色體的基因圖尋找男性成形過程的線索。

他接受英國國家廣播公司（BBC）網站訪問時表示：「它使我們掌握全部基因的完整目錄，進而探究Y染色體的功能，以及這些基因與男性成形過程的關聯。」

麥佛森又說：「我們仍在起步階段，不過我們已掌握足以締造最新系列發展的全貌。」

Y染色體是由約六千萬個單位共同構成，是廿三對人體染色體中最小的一個染色體。

除了可以協助科學家探究男性不孕的原因，Y染色體的基因圖也可供科學家上溯人類男性祖先時參考。科學家已知，人類的Y染色體僅在男性之間傳承，結構幾乎前後一致，不過在經過一定歲月的傳承後，Y染色體會出現名為多形性的細微變化，基因學家可以根據這種現象上溯人類演變的過程及男性人類的原始祖先。

第三類：解釋性報導 (Interpretative Reporting)

一位傑出的新聞工作者，並不以知道他們消息來源的想法為滿足，他應提供一種獨立的消息，這種消息，是設法從連續不斷的事情當中，從單純的新聞表面，找尋出新的意義，而不是膚淺的如傳聲機一樣照本宣科。他應發揮更多的問題，作出更好的傳播。

這是「新新聞學」的興起，報紙及廣電媒介為了使社會大眾容易明瞭起見，將複雜的問題簡化，因此新聞、特寫、專欄甚至社論評議中的解釋性也日趨重要，藉此使輿論開明，並引起大眾對新聞事件、社會問題發生興趣。報紙及廣電媒介為了大眾，也會將簡單的問題複雜化，因為現今的國際、社會、經濟、文化趨勢日新月異，變動不迭，豈是記者三言兩語就可以交待了事的？設法說明背景和事件的意義，讓閱聽人能夠了解新聞，這個需求因而衍生了「解釋新聞」，現在的記者要鍛鍊自己能成功地以簡明清晰和結構精密的文章，道出時代的一些新聞以及事件的幕後分析。

美國著名的民意測驗機構主持人蓋洛普(George Gallup)遠在一九五五年就曾指出「今後二十年間——到一九七五年，報紙可能發生極大的變化，就是打破『五W一H』的公式，而將突破出一新的寫作法則。」這也就是說，正寫新聞及傳統的新聞法則要發生極大的變革。傳統的新聞法則又是什麼呢？它就是絕對的要求：態度的客觀與事實的完整。

「新新聞學」對於傳統新聞學中記者報導的客觀性，作了強烈的攻擊。事實上客觀的報導，只是新聞寫作的理想，因為絕對客觀的報導是永不可能的也從未存在過的，證之於同一新聞各報各有說詞，即可明白。另外報社編輯部的客觀性，也可能是不真實的，無疑的「編輯部」乃擔任了傳播中「守門人」的角色，他們剔除、刪改了完整的新聞，而其所持的理由及態度，豈是絕對客觀的？

「新新聞學」的熱中和提倡，也許對傳統報業寶貴的觀念、態度上造成損失，但從這種新理論中所獲得的卻會更多。提倡新新聞學的困難，或者在於它會導致沒有充分思考的新聞寫作者輕率報導，多數讀者寧願相信專家，因為專家對發生的事件有正確的了解。實際上正如美國哈佛大學教授吉爾格蘭(Gerald Grant)所說的：「我們需要更使人信服的新聞事業，這種新聞事業，把有關問題告訴我們，而不是只描寫衝突的事件，新的新聞事業給予我們爭辯，而不是只給我們兩組相反的結論。我們不需要更多的熱情，但卻需要更多的智慧，更多的瞭解。」

由之，今日的記者手中所執的筆，乃兼蓄了智慧與淵博，寫出的報導則要深入而專精，昔日平鋪直述的純報導已無法再滿足大眾的需求了。

然而，媒體每日刊載的新聞數量很多，到底哪些新聞需要解釋呢？一般而言，突發或預定性的大新聞（例如示威遊行、總統選舉結果），當今經濟活動的動向，工業和生態新聞，與科學新發明的應用和價值等，都需要清楚說明。

至於，解釋新聞的處理重點在於背景資料的靈活運用，對於求之不易的資料，務必盡可能蒐集，以求新聞內容的完整性；同時，在解釋的過程中，要盡量列舉數字和事實，而非記者個人意見，以增加報導的信實度。以下舉二例以觀察解釋性新聞與一般直述新聞的異同：

例一

風暴已過 政院須用政績爭取民心

核四爭議由停建到復工的戲劇化轉折，決策峰迴路轉，朝野協商更數度觸礁，過程有如洗三溫暖。

大法官會議公布第五二○號解釋文，挑明行政院停建決策有瑕疵，其實已昭告一切，政院當時並已做了有條件宣布復工的最壞打算，紛擾一百一十天的核四案雖宣告落幕，政院仍有停工賠償、監院糾彈等問題須面對。

核四案落幕，張揆雖保住閣揆，在野聯盟要求他下台的聲浪，也因朝野體認穩定政經局勢的考量而減緩，內閣因而避免直接改組的衝擊。這是行政院在裡子與面子全輸後，差堪告慰的，也印證了張俊雄在去年十月二十七日停建核四記者會上所言：「自宣布停建後，眼前是一條崎嶇的路」。行政院執意停建核四決策，果然付出慘痛代價，甚至嚴重阻礙新政府繼續推動政務。

在大法官解釋文出爐前後，背負停建核四決策壓力頗大的張揆一度感嘆，外界均將焦點集中於核四案，政院的其他政務卻鮮少受青睞，但值得張揆省思的是，如果不是因為政院執意停建核四，他也不會被立院持續列為不受歡迎人物。

大法官會議解釋文直指行政院停建核四決策程序的瑕疵，對主動聲請釋憲的政院而言，如同打了一場敗仗，處境十分難堪。釋憲案的發展出乎政院逆料，府院經過磋商，張揆也只有硬著頭皮赴立院補行報告，當時決策階層確已做了復工續建的最壞打算，此一決策更在農曆春節後伴隨立院議決核四案全面明朗化，為儘速穩定政經局勢，陳總統要讓核四復工的意志日趨堅定，行政院的後續步驟，不過是要找合理的台階下而已。

如今行政、立法兩院協商雖順利使核四爭議落幕，但監察院的核四專案調查才剛開始，照眼前的情勢發展，張揆不致遭到彈劾的嚴厲處分，爾後內閣應上下一心，全力推動政務，以實際的政績爭取民心。（記者李欣芳）

例二

近地號擁抱愛神小行星

寫歷史 首艘著陸行星太空船

好興奮 原預估成功率不到一%

（本報綜合十二、十三日外電報導）美國無人太空探測船「近地號」台北時間十三日凌晨四時零二分（美東時間十二日午後三時零二分）完成歷史性的不可能任務，平穩降落在它過去一年來環繞觀測的小行星「愛神」表面，「近地號」登陸後並持續傳回強烈信號。由於先前預估的成功率不到一%，科學家對近地號順利完成任務莫不欣喜若狂，並視為未來進一步探索小行星與彗星的起點。

近地號是第一艘成功降落小行星的太空船。根據近地號緩降時拍攝的照片與登陸後持續傳回的信號，任務負責人法夸爾興奮地向眾人宣布，近地號已觸地降落「愛神」，「我們還在接收（來自近地號的）信號。

由於科學家先前預估近地號順利降落的成功機率不到一%，近地號成功降落「愛神」儼然達成一項不可能的歷史性任務。法夸爾表示，他們原以為近地號碰撞「愛神」地表後就會完蛋；未料近地號竟安全降落，而非撞擊小行星墜毀。

美國航空暨太空總署（NASA）太空科學主任魏勒則說，一個以環繞運行為設計宗旨的太空船成功降落小行星而且沒有摔壞，「真是太神奇了」。

NASA署長高定表示，近地號的成就將開啟日後的小行星與彗星探究任務；「我們終將令科幻小說與某些科幻電影情節成真－讓人類登陸彗星與小行星，我們離這個日子又更近一天」。魏勒則說，近地號降落成功所帶來的珍貴經驗，將有助於日後針對其他小行星與彗星進行探索；近地號成功降落是為日後降落其他小行星與彗星的練習，「我們終將降落在彗星上」。

近地號登陸後繼續向地球傳送強烈載波，信號僅在觸地反彈時短暫中斷，顯示這個並非專為登陸而設計的太空船，不但成功降落距離地球一億九千六百萬英里（三億一千五百萬公里）遠的「愛神」、沒有摔壞，而且它的太陽能蓄電板對著太陽，天線則朝著地球。法夸爾說，近地號傳回地球的信號可以持續三個月，但由於近地號任務已於十四日結束，日後將不再有人繼續接收近地號的呼喚。

在電腦指示下，近地號數度發射減速火箭，脫離「愛神」軌道並盤旋緩降，觸地時因減速火箭推進力與「愛神」的微弱重力反彈一百碼（約九十一公尺），最後安降於「愛神」地表。近地號在降落過程中曾經拚命拍照，畫面顯示近地號離「愛神」愈來愈近，最後的照片甚至捕捉到僅半吋（一．二公分）大的「愛神」地表特徵。法夸爾說，他們或許有能力讓近地號自「愛神」升空。

有一點必須強調說明的即是：今日報章上所呈現的新聞文體中，吾人實難以非常清楚的分別出何者絕對屬於綜合報導，何者屬於解釋報導何者又屬於深入報導。因為現今的深度報導乃包含了綜合性、解釋性和深入性甚而至於調查性。例如第一類直述新聞中的「花絮」也可列入綜合性的報導。「專電」的內容很多是對一件新聞的綜合敘述或是內幕的分析（解釋性），有時也可能以特寫面目出現，也可能是一篇專訪，凡此多元性，如何能正確而明顯的劃分其歸類呢！

如果依廣義的解釋，則報上所見的諸文字，如社論、專論、特寫、專訪、花絮，乃至關欄的新聞，都是屬於新聞文學範圍，但以狹義的分析，則從該篇報導的著重點來看，我們尚可勉強分門別類劃歸其所屬。

現在書歸正傳，討論到解釋新聞寫作中，另外別具一格的寫作報導——「專欄」。

專欄寫作，為新聞寫作的一種，其在寫作的技術與方法上，同樣地也應依著一般新聞寫作法則，但是它另外還具備了與其他新聞寫作不同的特點；芮狄克教授(D. C. Keddick)在其《現在專欄寫作》一書中，曾作了透徹的研究，歸納芮狄克教授研究之結果，可分述下列三點：❹

第一：專欄寫作為新聞寫作一種，應以事實為依據，在有關報導事實的部分，則必須忠於事實，不可虛構，亦不容作者馳騁其想像力。但是在表達的手法上，卻大可以藉助於小說寫法，以細膩的文藝筆觸，將新聞作生動活潑的技巧性的表達。

第二：專欄寫作不僅要以事實為根據，而且是要以其有新聞性的事實為根據。所謂新聞性，即是指以最大多數人寄予最大興趣者為標準，亦即含有時間性、接近性、顯要性、趣味性等要素。然而，因為專欄寫作是具有其特殊任務，所以在方法上與一般新聞寫作迥

❹　見報學叢書第四種「採訪與報導」，姚朋先生著《專欄寫作之研究》。

然不同。

專欄寫作必須具有系統的完整性，雖然其所報導的是一項新聞的經過，但不僅限於新聞本身，它同時必需提供新聞事件的背景與前因，必要時還可以提示未來的展望與發展，在報導事實時，不但要涉及事實經過本身的各方面，同時還要能發掘隱藏在事實背後的更深刻意義（這點在前面談「解釋性報導」時曾強調）。新聞寫作是要把最新的事實報導給大眾❺，留待閱聽人自己去判斷其價值，專欄寫作，則是在報導之外，更提供若干有關線索，幫助閱聽人去判斷其價值。

第三：就專欄的內容分析，往往不僅限於報導事實而且反映意見，發揮評論的作用。但是，專欄無論在寫法上和效果上，都與社論、評議不同。社論不只是代表一份報紙的意見，而且常常盡力做到代表社會上最大多數人的意見，社論是主觀的、積極的，其主張或意見甚或可以形成輿論的。

專欄則不然，專欄是歸納事實，把它所要支持或要辯護的意見和主張包含在事實中，然而其事實報導，依然是客觀的、柔和的，最後的結論與判斷依然操之在大眾手中。專欄的寫作方法上，特別注重的是其暗示的力量，專欄是引導的、啟發的；好的專欄，不僅要作深度的事實的背後意義之解釋，以補充新聞之不足，同時更要能做到潛移默化之功，以為報紙社論工作打先鋒。

明白了專欄所具有之特色之後，也就體會到了專欄在報紙傳播中所佔地位是何其重要了；如何寫好專欄，卻是一根本的問題——另一個非常重要的新聞寫作問題，依上述三點特性，我們可以列出下面數個寫好專欄的要求：

1. 專家的修養

專欄既是解釋事實，並推斷未來可能的發展，則作者對問題自

❺ 指的是「直述新聞」。

應有獨到的認識和見解。對於問題能夠認識得廣泛深入，並有正確的推斷，則必須有專家的素養。

2.深度的發掘

專欄報導必須忠於客觀的事實，切忌膚淺、誇大、渲染。一個好的專欄作者，必須具備採訪工作的豐富經驗，靈敏的新聞鼻，能夠敏感地發現問題，進而去發掘問題真相；有時甚而不惜抱著「深入虎穴，探得虎子」的心理，不避危險，尋求事實的本源、經過、發展、影響，給讀者以清楚而正確的交代。

3.精密的觀察

作者對問題的推斷，萬不可因所獲資料的充分，就遽然信賴資料；專欄的主要任務既在於解釋和分析，在千頭萬緒的資料線索中，如何加以明確、清晰，並有條理的敘述，作者則必須在所得訊息資料中，以冷靜而精密的觀察力，加以判斷、取捨，綜合而完成寫作。

4.仁恕的胸懷

專欄之寫作，對人對事都必須具有深厚的同情心，惟因有同情心，才能有正義感，才能有守正不阿的道德勇氣；抱著悲天憫人的胸懷、氣度，本著儒家「仁」與「恕」的宗旨。惟其能仁，才能有民胞物與的襟懷，也才能有愛人以德的表現；專欄之中也才能常見與大多數人福利有關的內容。惟其能恕，才能把與人為善的胸襟，在揭發黑暗內幕時，以沉重的哀矜勿喜的心情下筆，才不會有時為了滿足人們潛在的犯罪意識而去誇大渲染艷屍案、謀殺案，而是為了發揚人性，改進社會風氣而去寫作。

由下面諸實例中，蠡窺一番專欄之獨特風采：

例一　國際問題的專欄

《中國時報》之「國際瞭望」。

國際瞭望

泰新閣的大麻煩

泰國國會已選出戴克辛為新總理，現正籌組聯合內閣，但這個新閣的命運卻可能是坎坷的。

戴克辛的泰愛泰黨在五百席的國會中有二四八席。但自由正義黨已決定合併於泰愛泰，加上這十四席便有過半數的二六二席了。不過這樣勉強的多數不能保證內閣穩定，所以要與泰國民族黨及新希望黨組成聯合內閣。以前天國會投票計算，已擁有三百四十席之多，按說應該是十分安定，可以任意施政的了。

但事情又不然，因為泰愛泰黨在競選時所開出的支票實在嚇人，也就因此而得到多數選票，一旦這些支票難以兌現時，民怨沸騰，那時候又該怎辦？

泰愛泰黨開出的支票是：對每個村莊給予約合美金二萬三千五百元的補助金。全泰約有七萬七千個村莊，這筆錢相當龐大，而貸給農民的錢可以暫不歸還，並沒有限期。

對這個政見，歐、美媒體迭有批評，認為這是無中生有的討好選民的競選政策。泰愛泰黨也覺得這有些過份，所以選舉之後，便有了反悔的說詞，說要村莊應先有振興經濟的計畫方可領取這筆基金，而村民在貸款計畫實行後，如果獲得收益便應還款。然後又說：所謂暫不歸還是暫不付利息，本金仍應歸還的。

前泰國總理也是新憲法起草人安南前天批評新政府時便說：人民如期望太高，一旦失望，其反彈是可怕的。泰愛泰的政策是違反社會價值的，人民可以不勞而獲嗎？債務可以不償還嗎？

甚至錢從何處來尚不知，而依泰國貪污之普遍，其中產生的毛病必然層出不窮。

戴克辛自己的任期不知能多久，他如因憲法法院的判決而去職，無論泰愛泰黨繼任總理，或是新希望黨的昭華利或民族黨的班漢等再作馮婦，都恐怕更難貫徹這種政策。

例二　解釋新聞名詞的專欄

新聞辭典

何謂MTCR

美國為防止彈道導彈技術擴散，早於一九八七年和英、法、德、日、義等國連手，設立「導彈及其技術控制機制」（MTCR），並要求俄羅斯和中共加入，但俄「中」兩國不甩美國，美國也苦無對策。中共昨日鄭重宣佈不以任何方式協助他國發展彈道導彈，雖不是加入MTCR，但中共做出如是承諾，總是讓美國鬆了一口氣。

美國為什麼在意MTCR，主要原因是彈道導彈難以防禦，當伊朗、北韓或恐怖份子掌握彈道導彈技術，便能輕易對美國發動攻擊。因此美國把彈道導彈擴散的限制範圍，鎖定在射程在三百公里以上、能攜帶彈頭超過五百公斤以上的彈道導彈，還包括和導彈相關的設備及技術。中共曾用「只准州官放火，不許百姓點燈」，形容MTCR是一歧視性軍控制度，難以在發展中國家推行。

MTCR不是經由國際社會廣泛參與而設立，而是由七個具有彈道導彈研製的國家磋商而成，因此不具有國際性法律地位，在執行上也就困難重重。至今，全球至少有八個先進國家和十五個開發中國家能研製彈道導彈，擁有彈道導彈的國家更多達四十多國，估計全球現役的彈道導彈達一萬多枚，而且有些戰術性彈道導彈已用於實戰，MTCR事實上已形同虛設。（亓樂義）

《新聞秘書》

規模與震度

竹北地區接連兩天發生兩起規模分別是四點九及五的地震，引起當地民眾恐慌；不過，氣象局地震測報中心主任郭鎧紋指出，一個規模四點九的地震所釋放的能量，只有規模七點三（集集大震規模）地震的四千分之一。

目前世界通用的地震規模是芮式規模，這是美國地震學家芮氏在一九三五年所制立的計算公式，「規模」是依地震所釋放的能量，用以描述地震大小的尺度，規模每增加一個單位，所釋放的能量大約增加卅倍，每增加兩個單位，所釋放的能量增加一千倍，每減少零點二個單位所釋放的能量則少一半。

中央氣象局指出，地震的大小如果以規模區分，規模小於三的稱為「微小地震」，等於或大於三、小於五的稱「小地震」，等於或大於五而小於七的稱為「中地震」，等於或大於七的稱為「大地震」。

通常地震規模愈大，它所釋放的能量也愈大，所可能導致的災害也愈大，但仍需視震央與人口稠密地區的遠近而定，一般地震規模在二點五以上的地震才能感覺到，規模四點五可能會有局部輕微的災害，規模七以上一定會造成重大的災害，而且全世界的地震站都可以記錄到其地震波。

「震度」則是指地震時，地面上的人所感受到震動的激烈程度，或是物體因震動所遭受的破壞程度；目前是以地震的加速度值做為劃分震度的標準，各國劃分震度的加速度值標準不一，我國地震震度從零到六級，共分為七個單位，不過不是每一個震度都代表相同的震動激烈程度，以震度五級為例，凡加速度介於八十gal與二百五十gal之間的震度都是五級，但是強弱程度有別。（章倩萍）

例三　新聞人物的專欄（配合新聞的專欄寫作）

A.《聯合報》之「人與事」。

人與事

蘇貞昌四處求才　他評價最高

謝建材 扛起北縣政風重擔

↑政風處主任祕書謝建材將調任台北縣政府政風室主任。記者董智森／攝影

當台北市政府政風處主任祕書謝建材調任台北縣政府政風室主任消息傳來，許多市府高階主管紛紛打聽：「謝建材是誰？」

謝建材在政風處廿三年，處事低調，頭腦冷靜，和議員交情尤深，在政風處被歷任處長郭義甫、葉盛茂、溫新琳等倚為左右手。

從今年三月，地方政情複雜的台北縣政府，就因政風室主任一職角逐者眾難以擺平，致新聞屢次上報，律師出身的縣長蘇貞昌深知政風室主任一職，除須有公務人員任用資格，還要有良好操守及魄力，從政十九年的蘇貞昌也接到很多至親好友的人事請託，卻不為所動，他知道縣府過去政風在民間的評價，更知從台北大學土地弊案發生後，縣府政風人員的責任加重，他需要找一個可以「扛」起來的人，於是他先請求法務部推薦人選。

蘇貞昌再一一去探問熟識這些人選的朋友，結果默默無聞的謝建材獲得評價最高，一般人認為，蘇貞昌的詢問對象，不外前市長陳水扁及其台北市長任內的首長。

謝建材在台北工專化工科畢業後，即報考調查局獲得錄取，六十六年調查班畢業，分發到台北市政府人事處，當時他從基層幹起，廿三年來，對整體政府改造及公務人員心態的變革有深刻的體會。

當以肅貪聞名的陳水扁擔任台北市長時，政風處感受極大壓力，市長室每天接獲無數民眾檢舉信，而陳也有意藉著自行抓出鍋裡的老鼠屎來立威，為了表示決心，陳水扁甚至帶大批媒體記者前往調查局台北市調處拜訪當時處長劉展華，要求市調處把市府移送的案子「早日偵辦」。

市長室常交辦不少檢舉信，要求回覆，但檢舉信很多並非事實，於是在肅貪及還給公務員清白間，政風處拿捏十分謹慎，如果一個崇法務實、盡心盡力的公務員，平白遭刁民誣控濫告，如何在低調、公平及呈現事實中，給陳水扁忠實支持者一個交代，成了政風處的苦差事，加上市議會常有愛聽傳聞，而天馬行空、指名道姓的議員質詢，也讓公務員深以為苦，這些化解、說明、訪談及調查，都須細膩的運作，謝建材都處理得很完善。

當然，不稱職、貪汙的公務員也紛紛被移送，經陳水扁自行記者會檢舉的，即有十一區公所鄰里巷道瀝青混凝土不合格、兒童育樂中心重覆賣票案、環保局清潔隊員工集體賣油票案、監理處不肖員工偷賣國際駕照案等，其中都有謝建材布局、指揮的動作，不過他總認為政風處的政績是集體的，不是個人或少數人的，這點讓處內很多人更為感佩。（記者董智森）

B.《中國時報》之「家園復建　文藝復興」。

家園復建　文藝復興

林懷民與舞者　勇當救災搬運工

【記者賴廷恆專訪】「我們從中學習到的，遠超過我們所能貢獻。」率領十七位國內舞者，前往中部災區擔任義工歸來後，雲門舞集藝術總監林懷民自認此行的所作所為「渺小、微不足道」。林懷民也期望透過此次震災，台灣人能重新找回社會群體與生活間的關係，拋棄舊有暴發戶的心態，省思如何回歸永續經營、實質的生活：「就拿月餅來說，需要如此繁複、層層的包裝嗎？」

九二一集集大地震發生後，隔天林懷民即率同舞者，驅車前往台中縣大里市金巴黎大樓現場擔任慈濟的義工。隔天則轉往東勢，親身目睹無棲身之地的災民，觸鼻聞到陣陣屍臭。穿上慈濟的衣服，林懷民與舞者們由進進出出的車輛上，搬下、傳送一箱箱的賑災物資，「從來沒有覺得自己如此漂亮過。」直到中秋節傍晚，背部舊傷在身的舞者，已然無法再支撐下去，而「雲門」本身的工作亦待持續，才和團員撤回台北。但至今林懷民自覺仍在災區搬運物資；「實上好像沒有回來過」。

「當災民向我開口要一個帳篷、睡袋，我卻只能向對方抱歉、說聲沒有。」至今林懷民腦海中仍盤旋著那一幕，災民當場失望地掉下淚來，林懷民則是強忍淚水，內心泛起「如此簡單的需求，我都無法做到」的無力、歉疚。在東勢災區與不知名、不知姓，來自全省各地的民眾，共同非凡，因為台北文化圈已然與全省其餘地區脫節，產生難以拉近的城鄉差距。參與災區的賑災工作，「讓我們學到很多難得的經驗，深刻地記得很多張臉孔與表情。」

林懷民本人除對慈濟深表感佩外，也贊同新港文教基金會「認養受災家庭」等作法。林懷民認為災區重建為長期的工作，未來雲門將會參與募款、義演等活動。他同時也指出，長久之計應該是有人負責照顧兒童，讓家長安心投入重建家園工作，「我們願意為小朋友講故事、跳跳舞。」

例四　人事剪影式專欄

社交圈

姚清煇　考照以身作則

●誠正中學校長姚清煇有甲級鈑金執照，他考照過程有一段插曲。十幾年前他在新竹高工教書，鼓勵學生考證照，但學生似乎不怎麼領情，於是他「以身作則」陪學生一起考照，果然實力雄厚，沒有漏氣。如今這張證照可是很寶貴，因為全省各類甲級證照只有四千多張。（彭淵燦）

黃一農　古地圖讀歷史

●清華大學歷史所教授黃一農，平日喜愛蒐集各類歷史文物，舉凡古書、古地圖等，都在他蒐藏之列。有些古地圖是百年前歐洲人士繪製的中國古圖，其中年代最久遠的則在四百年前，親睹他的蒐藏品，就好像走了一趟歷史隧道。（廖淑惠）

台灣小調

許淑絮殘而不廢 用腳打電腦

雲林：社會上許多殘而不廢的人，向上精神令人敬佩，如口足畫家。虎尾鎮三合里腦性痲痺女青年許淑絮則用腳趾頭打電腦，目前在虎尾技術學院學習，其努力更足為殘障者典範。許淑絮今年廿八歲，在六名兄弟姊妹中排行第三，父親是計程車司機，母親在人壽公司上班，她自幼因腦性痲痺行動不便，講話口齒不清，十指不能伸展，但在父母細心照料下，她始終未放棄人生的希望。在雲林國中補校完成初中學業後，父親鼓勵她參加高中學力鑑定，表示若通過，將買一台電腦作為禮物。結果她如願過關，前年進入虎尾技術學院學習電腦，用腳趾頭操作，目前速度和一般人無異，經常發電子郵件。可笑的是她卻一直未領取殘障津貼，經縣長得知，才指示社會局辦理。

潘居全無師自通 自製弦樂器

屏東：枋寮鄉六十七歲老人潘居全，無師自通製作了許多國樂弦樂器，包括南胡、大廣弦、禿子弦、中弦、小三弦等。前陣子他以梧桐、椰子樹幹為材質，作了一把有五尺多長，共鳴箱有二尺多重量達九斤，號稱是全台最大的三弦琴，他特別取名為「大廣琴」，並用這把琴贏得全縣老人才藝競賽亞軍。他未受過教育、不識字，也看不懂五線譜，但自幼聆聽父親演奏弦樂器，加上天生有超人的好音感，所以也能演奏各種弦樂器，還自組樂團在鄉下喜慶場合演出。十二年前他開始嘗試自行製作樂器，不管任何材質，都能化腐朽為神奇，音質優美、共鳴佳、品質穩定且堅固耐用。其中最小的是以檳榔核為共鳴箱，只有三寸長的迷你胡琴，奏來依然扣人心弦，令人稱奇。

（李作育／輯）

解釋性報導，前面已討論得很多，最後還要附加說明一項日益形成氣候的「顧問式報導」。這是一項必要舉措；目前報社除了本身所屬之職業撰稿人之外，在某些重大而特殊的事件發生時，為了求得更專精的報導，於是直接聘請學術界人士，以專家、學者的立場，借重他們的學識、智慧、學養，為解釋新聞而作專題報導，也因此更拓展了新聞報導及寫作的新觀念和新作法，以下便是《自由時報》就美國新（小布希）政府發表其對兩岸的政策之後，請白樂崎作專題性的報導。

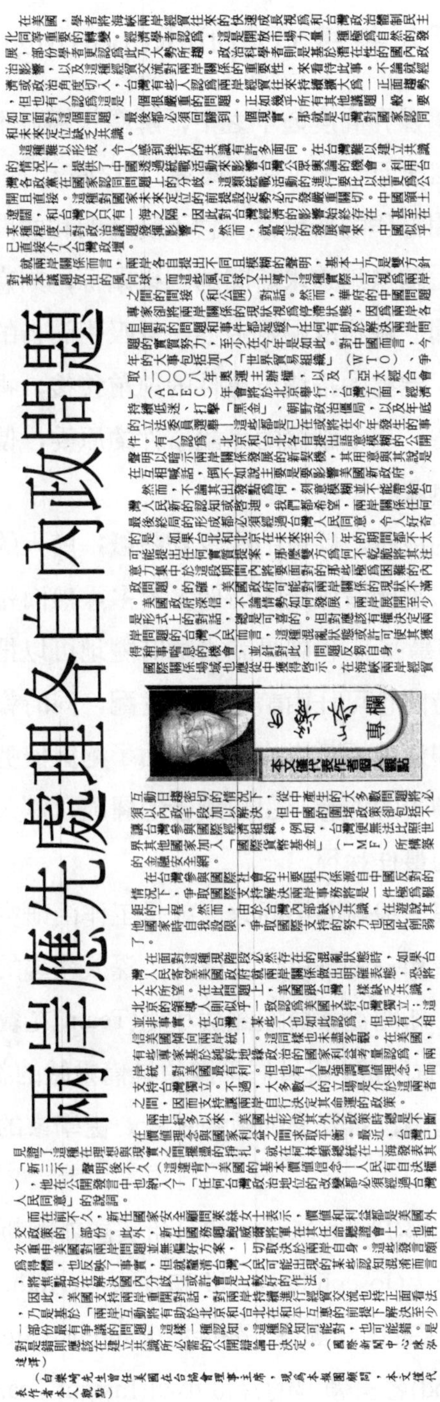
兩岸應先處理各自內政問題
專欄
本文僅代表作者個人觀點

第四類：深入報導 (Depth Reporting)

在各種傳播媒介高度競爭之下，解釋報導並不能滿足大眾求知的慾望，於是應運而生了「深入報導」。它擴大了「解釋新聞」的內涵，創造了新聞寫作的新生命。它不受時間和空間的限制，也沒有人和事的約束，隨意地追求新聞的因果關係，刻意的運用一切寫作技巧，將「新聞」粧扮成婀娜多姿，以吸引讀者的注意，它更擴大了資料的運用，完整的描繪出事件的前前後後，裡裡外外，很深入地探討問題核心，也很細緻的品論事件的原委，使得讀者可以很容易得到事件的真象。

電視媒介的成長，嚴重的影響到報紙；廣大的閱聽人消耗在電視機前的時間，遠比看報紙的時間多得多，然而報紙的特性之一，即是可以「重複暴露」，也就是讀者隨時隨地可以把報紙上的新聞報導一讀再讀，時間也可任由讀者選擇支配，同時報紙的篇幅較多，比起電視轉眼即逝的短暫影像，真是佔了絕對優勢，為了發揮報業的長處，掌握讀者的注意，引起讀者的興趣，深入報導實為新聞寫作最值得提倡的最佳途徑。

深入報導與一般新聞不同之處就是工作由研究開始，深入報導不是一兩個記者和一支筆可以達成的，深入報導的時間，是沒有截稿時間的限制。新聞從業員組織成小組(Team)花費長時間來發掘、分析、研究才可有所成，組員們不僅須具備靈敏的新聞眼和新聞鼻，而且更需要新聞腦，哲學家的敏銳思考，史學家的蒐集資料和科學家的求證精神。

菲力浦・梅耶(Philip Meyer)曾分析美國新聞報導，他分析《紐約時報》的約瑟夫(Joseph Lelyveld)和安東尼(Anthony Lukas)的知覺敏銳報導。分析《華盛頓郵報》勞倫斯(Laurence Stern)和李察・郝爾(Richard Harwood)各自領導的深度小組(Insight Teams)所寫作品中，頗見出他們冷靜細密的觀察功夫。同時美國許多報社如《新聞日報》《洛杉磯時報》給記者時間和自由，從事這種嚴謹而細心思考的寫作。

在深入報導的寫作技巧方面，以下有些原則可作為參考：

1. 選定題目的原則：首先需確定要報導的事件本身對社會具有意義，或影響社會的層面較廣，同時也是閱聽大眾所面對的切身問題；另外，題目包含的範圍不宜過大。當題目面過大，所做出來的報導，多半會成為東拼西湊的鬆散結構，雖然新聞的內容很多，但觸及的僅是表面現象。

2. 導言的寫作：就選定此一題目的動機，或是該題目所存在的現象當引言。並且，導言要有助於新聞報導的推展，為之後的情節發展留下伏筆。

3. 內文的安排：就個案的訪談結果，整理出寫作的重點；就訪談的結果從不同角度進行分析，並適當加入新聞趣事和好例子，使報導更具可讀性。

4. 結尾的寫法：可以將訪談結果所做的分析結論，做成個人的看法與建議。

在寫作及表達方式上，深入報導可分兩種，一是專訪，二是小說體。

新聞均由採訪得來，這裡所說的專訪，並非一般的新聞訪問。而是針對某特殊突出事件，經過策劃而後進行的刺探、訪問；表現在版面上的大多是特寫的形式。實質上兩者是不同的。特寫在選擇題材、角度立場、長短取捨都在記者意念之上，他可根據客觀的事物背景，縱放收縮，自由決定，而專訪則不然，當一件重大突出的新聞發生，記者為了充實其內容，發掘其內涵，探尋其因果，測知其影響，於是便搜集資料，分析原委，以便向關係人士或權威人士加以訪問，此種訪問力求深入、闢理，認真的負起告知、解釋、分析的職責。

專訪的寫作，有幾點要求：

1. 存真：雖然文筆上可以作適當之美化調整，文體也不過分拘泥，但是內容則必須絕對忠實原本之訪問。儘管口語和文字表達有些距離，有些訪問對話，無法用文字表達，但絕不可因此而放棄表達原意之努力，這是記者的責任和道德。

2. 深入：顧名思義，「專訪」乃是對一件重要新聞作專門、專題的特別訪問，其主要目的在求更多更詳盡的情報資料，以為報導之依據。在作一次專訪時，首先要觀察新聞，從各種角度上多角性的分析研究，以便採訪時能有「針針見血」、「直搗黃龍」的尖銳深刻之功力。求得預先得知的一切情報，在下筆寫作時才能有足夠的資料運用，內容才得以充實而詳盡，筆觸也才能更上層樓的淋漓刻劃。

下面舉出四個深入報導的新聞寫作，看看其中所告知、解釋的事件，是否深入？比較之於直述新聞，解釋性新聞有些什麼不同？

例一　人物專訪，不只是泛泛淡然生活起居，而要針對其人特殊身分、職業而作之深入訪問——

高煜夫婦 義工生涯20年

每天行程滿滿 忙得不亦樂乎 大家眼中「最快樂的老夫婦」

記者廖淑惠／專訪

年逾八十的高煜、傅碩森老夫婦，同時在文化局、玻工館、生命線、長青學苑等處擔任義工，默默奉獻近廿年，新竹市大小活動都熱心參與，樂在其中，生活過得充實快樂，在大家眼中，他們是「最快樂的一對義工老夫婦」。

夫婦倆憶起廿年前投入義工行列是一段機緣，高煜說，擔任新竹女中人事主任退休前，認識了生命線的王輔天神父，王神父雖是外籍人士，但多年來對國人默默犧牲奉獻，無怨無悔，精神令人感佩。

他想，「外國友人都可如此，為什麼我不能？」在受到王神父感召下，他便加入生命線志工隊，接受身心輔導專業訓練，擔任電話協談輔導；連他太太也一同前來加入，沒有想到這一做就是廿年。

兩人擔任義工愈做愈有興趣，除了生命線之外，還連著加入省立新竹醫院、文化局、長青學苑及玻工館等地義工行列，每天生活都排得滿滿的，兩人總是到處「趕場」，忙得不亦樂乎，更成為新竹市年紀最長的義工夫婦。

熱心服務的高煜夫婦，前年獲內政部頒贈義工象徵最高榮譽的「金駝獎」表揚，他們謙虛地表示，得獎是因為年齡比別人高，參加的時間比較久而已，並沒有付出什麼，倒是從中獲得很多友誼。

兩人退休後閒不下來，繼續無所求的快樂工作，目前同時在四個單位擔任義工，平均一周有四至五天投入社會服務工作，其他時間則爬爬山，天天都感覺過得充實、很有意義。

高煜說，目前社會年輕朋友貪圖享受，不願付出，希望大家一起來作義工，讓我們周圍多一點愛，少一些暴戾之氣，「人人都是志工」這是他的希望與使命感，夫婦倆發願要一輩子都作義工，為社會盡心力。

陳永天 鐵皮屋裡埋首創作

簡麗春／基隆專訪

中船電焊課技術士陳永天，兩年前，在住家旁的山坡地上搭建一間鐵皮屋，每天敲敲打打、塗塗抹抹，素材無所不用，屋裡到屋外，自成天地，儼然成為「鐵皮屋美術館」的主人。

現年四十二歲的陳永天，從小到大，都是放牛班學生，大大小小考試向來只拿十幾分，大字不識幾個，生平最得意的事，小學三年級那一年，一張圖畫作品被老師張貼在公告欄上，至今仍引以為傲。

兩年前，突如其來，有一股強烈創作慾望，他索性購買油漆，在鐵皮屋的地板、牆壁、天花板，甚至屋頂上隨意畫作，鐵皮屋成為天然畫布，他到處塗鴉，被左鄰右舍取了一個「怪叔叔」稱號。

鐵皮屋畫完了，他撩耐不住創作慾，獨自一人跑到海邊撿拾漂流木、椰子殼、貝殼、石頭等廢棄物，拿回家清洗乾淨，不管三七二十一，隨興創作，屋裡沒多久，堆滿了食人族、裸女、非洲少女等稀奇古怪、非常勁爆的雕塑品。

鐵皮屋外的草地上，他也不放棄，擺設一些雕像，整個鐵皮屋由入口處看去，宛如一座私人「美術館」，他自得其樂。

陳永天平時登山、玩雅石、做盆景、看第四台「探索頻道」等，他對原始人、落後民族、外星人，以及先進國家移民外星的節目非常好奇，一一化作許多怪怪的雕塑作品中。

他不但在木頭上雕鑿挖洞，還用鐵釘、鋼釘、銅釘，以及貝殼、鐵絲、石頭上鑲嵌纏繞，而且用油漆彩繪。陳永天說，有時候刻木頭眼睛流淚神情，自己不自覺也跟著掉眼淚，雕刻不小心敲到自己的手指頭，就順便把血塗在雕像上，他深深感覺到「雕像是活生生的」。

陳永天的怪異行徑，在基隆樸素畫會創辦人余國平眼中，簡直就是寶，余國平半年前加以引導，提供他米羅、塞撒等西方大師畫冊欣賞，讓他的創作空間更為開闊。

目前，他的作品已有一百多件，充滿原始神秘、粗獷、慓悍的特質，余國平說，在歐美先進國家中，像陳家天此類人物，大半歸類為「原生藝術家」，他的畫風接近名噪一時，過世已久的洪通。

原生藝術家的神經特別敏銳、感情很纖細，也很脆弱，余國平說，週遭的人應予以包容、愛護，讓他創作源源不斷，畢竟原生藝術家是不可多得的民間畫家。

例二　特殊問題的專題報導，新聞性的擴大，深入而理智的探討，一種屬於啟迪性的深入報導。

勞工退休金 帳戶制 年金制 哪種較公平

勞委會推動的個人帳戶制初稿甫公開，勞工團體即批評「重資輕勞」，準備提出附加年金制相抗……。

記者徐國淦／專題報導

勞委會推動的退休金個人帳戶制已完成草案初稿，雇主依月提撥工資的百分之六，按月存到勞工個人帳戶內，等到勞工符合退休年齡時，領取自己提存基金和利息。初稿才公開，勞工團體即質疑政策重資輕勞，甚至有意提出附加年金制相抗衡。

兩種制度，都可帶著年資走。

個人帳戶制是勞工自己賺自己，風險由勞工自己承擔。勞委會強調，個人帳戶制最大的優點是年資隨著走（即可攜帶式退休金制度），也就是，新制實施後，不管勞工換了多少家公司，所有工作年資都跟著走，全部合併計算。

台灣勞工陣線指出，附加年金制也可帶著年資走，只是前者屬於個人儲蓄制度、後者屬社會保險制度。勞陣擬提出「勞工退休金附加年金條例」對案。依勞陣規畫，附加年金給付是以退休當時的薪水作計算，且每月約可領取當時工資百分之五十左右的月退俸，對勞工退休生活較有保障。

勞委會強調，基礎不同，無從比較。但相關官員不諱言，退休金改制，因涉及勞雇權益至巨，未來極可能如工時案般，勞雇較勁不斷，甚至造成爭議。回顧勞工退休金制度，可說轉折不斷。七十三年勞基法實施，建立起勞工退休金制度，但因制度設計必須在同一事業單位為要件，被勞工團批評拚看得到、吃不到。

波折多年，從年金制轉為帳戶制。

為確實落實退休制度精神，勞委會在七十九年著手修法。當時擔任勞委會主委的趙守博提出修法主張有二：個人帳戶制和勞工老年附加年金保險制等，行政院最後選擇附加年金保險制，並在八十年元月送立法院審議。當時民進黨立委也支持附加年金案，但認為勞委會規畫的月給付最高上限僅達投保薪資的百分之卅，明顯偏低，並要求提高至百分之五十，因立委意見紛歧，未能完成立法。

八十三年十二月謝深山接任主委，繼續推動附加年金制，當時經建會有意朝公積金制（即個人帳戶制）修正，勞委會曾為此擬訂說帖反駁。說帖批評個人帳戶制易受通貨膨脹影響，對勞工退休生活十分不利。說帖指出，公積金是一種儲蓄制度，薪資低的勞工提撥少，領的退休金也少，難以安養老年生活；附加年金制度可使低所得勞工較有保障，且勞工活得愈久、領得愈多。

說帖中還強調，附加年金實施後，勞工在不同事業單位的工作年資可以合併計算年金請領基數，可免除勞工因轉換職業或事業單位歇業或雇主藉機解雇中高齡勞工的爭議，可確保勞工退休後的基本生活。對雇主而言，雇主按月替勞工繳保費，責任明確，並可免除勞工退休時須支付龐大退休金的負擔。

帳戶制，全球僅十八國採用。

八十七年許介圭接任主委後，接受經建會意見另提個人帳戶制，並與勞工團體公聽會對談，爭取支持。但在勞工團體反彈下，至許介圭下台仍未獲行政院支持。之後詹火生上台，再次推動個人帳戶制，但因詹火生堅持失業保險、退休金、資遣費三者不得抵充立場，未獲企業界支持，法案仍僅在行政院討論階段。

然而，競選時公開承諾建構退休年金制，以社會保險方式承擔勞工因經濟快速轉變，可能遭遇風險的陳水扁總統，最近反而積極支持個人帳戶制。全國總工會說，全世界提供老年給付的一百卅七個國家中，僅有十八個國家實施公積金制度，全總質疑勞委會推動不符社會福利主流趨勢的退休金個人帳戶制，根本在玩弄勞工，重資輕勞。

勞工退休制度改革，無論是個人帳戶或附加年金制，都是一種制度取代另一制度的問題，勞工當然是先比較兩種制度利弊得失，政府規畫勞工安養制度時，實應審慎為之。

例三　配合新聞的深入報導，題材是臨近性、趣味性、影響性，這類報導，往往很能吸引讀者的閱讀。

新聞分析　林玲妃

一年燒掉幾億元　理想養不活員工

明日之星　夢易醒

懷著許多人的夢想，國內第一家純網路綜合媒體「明日報」在去年二月正式上線。這家因網際網路此新媒體、新通路興盛而出現的新型公司，卻同樣受網路之累，在一年後不得不黯然結束網路之夢，朝向新東家「壹傳媒」擅長，同時風險也較低的平面媒體發展。

由於網路可以同時呈現包括文字、影像、聲音等多媒體格式，因此號稱是新媒體，可以整合過去包括所有電子、平面媒體的呈現方式。儘管許多傳統媒體都已同時經營線上內容，但在網路有無限可能的情形下，許多有志之士仍有意開拓這塊新大陸；為了實驗新媒體，也為了未來可觀的前景。

於是，被戲稱為「下午茶時間」的明日報（因其英文名稱簡稱為「T-times」），在九九年十二月召集了兩百位編採人員，開始籌辦這個希望「當天就可呈現明日新聞」的媒體。兩個月後，即二〇〇〇年二月十五日正式創刊。

這個網路原生媒體一直是許多人觀察的重點。因為當時雖然仍是網路最熱門之際，但是大家仍不得不佩服主導者的勇氣，因為這個模式不但是國內首見，連國外都幾乎未見，國外多的是專業線上媒體，但是純綜合性線上媒體可是未見聽聞。畢竟，對一個純依賴廣告為收入的媒體而言，網路廣告的市場規模仍然太小。

禁不起虧損與市場的整體看法，許多虛實並進的媒體都在去年開始大幅裁員，但是完全線上經營的明日報卻一直沒有動作。

明日報去年的網路廣告營收約新台幣六千萬元，也幾乎就是全部的營收，但是由於員工有近三百人，加上薪資水準都相當高，因此一個個月估計起碼基本成本費用就超過三千萬元，一年的收入還不夠兩個月的支出。今年虧損至少是三億元以上。

在現實的情形下，經營團隊也不能以理想養活員工，作出轉讓給香港壹傳媒集團這種決定可說是不得已。

追星逐偶 少年吔瘋 中年吔搖頭

他們頭殼壞去…搭帳棚排隊、存錢買機票追偶像 *他們已經長大*…偶像也會老 隨著年齡著迷程度愈來愈輕

【地方新聞中心記者／專題報導】「真是太瘋狂！太盲目了！」卅多歲的吳小姐，一邊看著電視新聞報導青少年近乎歇斯底里地迎接日本偶像團體V6合唱團，一邊搖頭。她不理解，時下青少年的偶像，有些根本稱不上是帥哥或美女。詢問大部分上班族或社會人士，也很少人知道「V6」是啥子東西。

早年，一般人崇拜的偶像，多半是俊男美女或是才藝出色者，如林黛、樂蒂、二秦二林、王羽、姜大衛、李小龍，除了演紅梁兄哥的凌波會造成萬人空巷外，一般只是對著偶像的照片朝暮夕覽，看他的電影，買唱片聽而已。

不少中老年男人愛看旅日影星翁倩玉主持的烹飪節目，他們從翁倩玉童星期就視她爲偶像，一路看著她從青春玉女蛻變爲成熟的女性。轉眼之間，自己已兩鬢飛霜。這些翁倩玉迷數十年來始終信守著對偶像誠摯的情愫，含蓄又深情。

當今青少年對偶像崇拜的表現方式，較過去直接，也顯得較強烈。所以，當V6開演唱會時，許多青少年不顧寒流來襲，漏夜在馬路邊搭帳棚排隊買票，連警察勸阻都無效。

怪得是，許多偶像團體並非俊男美女，他們怪異的服裝，誇張的表演風格，讓許多少女在演唱會上從頭哭到尾。

目前還是學生的陳佳宏表示，迷偶像，一定要和偶像面對面，至少也要看到人，才有真實的感覺。他曾經爲了偶像在東南亞開演唱會，事前努力打工籌錢，然後請假出國參加，淹沒在歌迷形成的人海中。他也曾經和同學租車追逐偶像，家人都說他頭殼壞去，但「老一輩」根本無法體會追逐偶像的刺激感。只要認定對方是偶像，他願意爲偶像赴湯蹈火。

不過，影歌迷會長大，偶像會變老，如今卅歲以上的中生代，會用什麼樣的心情審視昔日的偶像？

目前在航空公司擔任空服員的吳小姐以前唸銘傳商專時，就對費翔著迷，當時她蒐集坊間所有關於費翔的照片、卡帶及剪報，費翔的歌她都能倒背如流。如今已是兩個小孩的母親，見到昔日偶像復出，她覺得偶像好像陪著她一起成長，一起邁入「前中年期」，思之不禁百感交集。

台北縣中和市的孫小姐，是劉德華的擁護者，至今仍經常購買劉德華的CD或看他拍的電影。不過孫小姐認爲，隨著自己年歲漸長，以及見多識廣，偶像在心中所占的比重愈來愈輕。

儘管不少上了年紀的人，對時下年輕人迷戀偶像的作風深感憂心，並且認爲傳播媒體對青少年崇拜偶像的影響太大，造成青少年的喜新厭舊，凡事不經過吸收沉澱。不過也有人樂觀地表示，青少年追求流行，只是階段性的表現，過了某個時期，熱情就會漸漸消退。或許學校教育應該從小就養成學生「多元思考」的習慣，累積思考的力度，未來面對新事物，較能做出有質感的判斷。

（記者胡健蘭、雷顯威、李蕙璇、楊冬青、郭勝恩、許正雄撰稿，徐柏棻整理）

例四　專家的權威報導，也是完整資料的極致運用，乃典型的政治性深入報導。

森閣內憂外患　岌岌可危

陳鵬仁

因爲KSD中小企業經營者福祉事業團（簡稱KSD）前理事長古關忠男與前議院議員村上正邦的行賄和受賄，村上的辭職案於二月二十六日的參議院院會獲得通過，古關早被東京地方檢察署以行賄前參議員小山孝雄而被逮捕。由於古關公開承認曾送五千萬日圓給村上，因此村上可能遭逮捕。

幽靈黨員賄影幢幢

對於被追究KSD替村上代作假的自民黨入黨黨員名冊，並代繳黨費一事，村上曾表明，這不是爲支持村上自己，而是爲了支持自民黨。事實上，這九年來，KSD曾經以同樣手法，一共造了六十三萬人的黨員名冊，代繳了大約十五億日圓的黨費。所以，民主、自由、社民、共產四在野黨將在國會追究自民黨的貪瀆責任。

以往，自民黨的選舉，大多依靠大企業的員工支持，但絕少聽到用這樣的卑鄙手段，假報幽靈（人頭）黨員，在黨內搞提名，爭取不分區比例制候選人的名次。難怪自民黨的支持者數目，江河日下。

森喜朗內閣面對KSD的貪污案、外務省高級官員的侵吞機密費、「愛媛丸」被美國原子潛艇撞沉，九名學生下落不明時，森首相竟和友人繼續打高爾夫球，而且這個高爾夫場的會員證是商人送的。日本上下，對於森喜朗爲首相的人品操守紛紛提質疑。

許多自民黨幹部和議員，包括一起組織聯合政府的公明黨和保守黨，尤其是公明黨的領導人，多認爲由森首相主導今年七月間的參議院選舉，必定一敗塗地，慘不忍睹。因此希望三月十三日舉行自民黨大會時，森首相「鞠躬下台」。惟因明年度預算案正在國會審議，KSD的搜查可能波於其他人士；而自民黨內能繼承森喜朗的人選，大家都還沒獲得共識，故森應該何時下台比較適宜，卻還在觀望和討論之中。

逼退森相聲勢高漲

加以在野黨仍在研究什麼時候對森內閣提出不信任案最適當，而森本身不想下台，所以政局的變化，很難預測，變數太多。譬如在野黨提出不信任案時，聯合執政黨就很難因應。照理必須予以否決，但否決以後，森首相一定會以他在衆議院獲得信任，堅決拒絕下台。

因此之故，目前最有可能性的是，在三月的自民黨大會，森喜朗表明願意下台，以度過黨大會的混亂，因爲如果森不這樣表明，自民黨大會一定鬧得不可收拾。然後於四月間改選新的總裁，同樣與公明、保守兩黨繼續組織聯合內閣。

問題是，如前面所說，迄今自民黨內對於繼承人選尚無共識。

對此，我眞是爲加藤紘一感到惋惜。去年十一月間，他一念之差，搞毫無把握和意義的倒閣，致使爲自民黨絕對多數的國會議員所唾棄，否則這次他理應順理成章成爲自民黨下一任總裁和日本首相。

積重難返恐難回生

目前，日本政治的問題太多了。自民黨的問題太深太嚴重了。如以現今的自民黨體質，不管換做總裁，將是換湯不換藥，不可能使自民黨起死回生。眞的自民黨需要脫胎換骨，徹底改革，時間已經不多了。

至於誰將是森喜朗的接棒人，一、二星期之內，應該會明朗。小泉純一郎、野中廣務、高村正彥、平沼糾夫、橋本龍太郎都有可能。

民意調查顯示，作爲首相候選人，前首相田中角榮的千金田中眞紀子最受歡迎，但她出線的機會等於零。政治就是這麼一回事。

（作者陳鵬仁先生現任中國文化大學日研所教授）

「新聞小說」也可列為深入報導寫作之內，新聞小說是以小說體裁來報導新聞事實，由於小說的內容是新聞，所以它的材料必須是真實的，這類新聞故事運用小說的寫作方式報導出來，所以更容易引人入勝。

新聞小說和特寫、訪問等寫作的目的一致，是配合新聞的，這種新聞體的寫作方式，屬於新聞文學的一項突破，記者的禿筆已不再是刻板嚴肅缺乏生氣的了，筆下生花、生動感人的文字，點綴得新聞生趣盎然；新聞小說的寫法，可以說和一般小說或小說故事寫法相同，它有一個全文的佈局，有聲有色，但最重要的還是它的真實性。

例一

保育獼猴 平衡生態

打造台灣猴島 差一點成功

因「潑猴傷人」事件使得
澎湖四角嶼野放台灣獼猴計畫
因人為誤會而告吹 二年實驗
成果確認獼猴能適應荒島
反而不適應與人相處
而牠們的最終收容所又在那裡？

◎文／記者 張致和

前言

澎湖四角嶼野放台灣獼猴，一直是備受國內保育界注目的焦點，今年四月下旬，兩隻獼猴抓傷兩位登島的漁婦後，更是引起軒然大波，支持該項計畫的農委會同意遣走猴群，研究計畫形同終止，但留給各界討論的話題則更廣泛。

四角嶼野放台灣獼猴一事，吸引人的話題有三，一是原本生長在深山樹林中的獼猴如何能適應荒草叢生、無樹遮蔽的無人島環境？二是四角嶼地處荒野，卻因有廣大潮間帶，成為漁民撿拾螺貝的活動區域，是否能與猴群和平共處？亦富爭議，三是野放猴群至無人荒島的概念，來自模仿日本的猴島，四角嶼能否如願成為觀光據點受到質疑外，備工定期送食物至島上餵養猴群，與野放的實質意義亦有衝突，迄今仍無定論。

澎湖四角嶼，對一般民眾可能相當陌生，它以全島四角方正而得名；在航海圖中，四角嶼是馬公港航道不可或缺的定位標的，當大型船艦要進入馬公港海域，四角嶼是提醒準備轉折入港的重要指標，若稍不注意，即可能駛入暗礁區域而擱淺，如今，四角嶼因曾為台灣獼猴野放地點，在台灣的野生動物保育史上亦將成為著名標的。

該項野放計畫，源起於屏東科技大學的保育野生動物收容中心猴滿為患，為不影響正常山林的生態系平衡，該校[illegible]島」實例為範本至澎湖尋覓適當、可供野放的無人島，並獲得農委會的經費支持。

初抵澎湖時，裴家騏與一向注重生態環保政策的縣長賴峰偉相談甚歡，達成同意野放的初步共識，隨後再經由議會副議長顏重慶的大力提倡與鼓吹，議會才通過決議，於八十八年間正式野放獼猴至四角嶼，當時大家將四角嶼譽之為台灣獼猴的「海角一樂園」。

兩年的野放期間，獼猴從最初的十隻增加至廿七隻，最後設計的規模則是七十隻，若猴群能適應荒島生活形態，研究單位將規劃四角嶼成為台灣獼猴的最終收容站。

送往島上的獼猴均經手術結紮，不會繁衍後代，但研究單位認為，館內增飼養的野生獼猴不在少數，島上獼猴自然淘汰後，仍會有遭棄養的獼猴可送往該嶼，不必擔心「後繼無猴」。

惟研究單位與地方溝通不良，致最初雖極力促成野放、但傷人事件發生後亦不惜下達最後通牒的副議長顏重慶，對研究單位頗有微詞，多次表達要求遷走的堅定立場，而議員陳海山則認為，研究單位在傷人事件發生後未來現場會勘，即可推斷撒野的潑猴疑似「小蘋果」，顯見該單位「早就心裡有數」，惟仍將其野放至澎湖，研究單位應該負起連帶責任。

當時的民眾認為，台灣獼猴抓傷人事件，在高雄都會區可能不是新鮮事，因為高雄柴山的台灣獼猴經常抓傷遊客，民眾已經司空見慣，但四角嶼獼猴傷人，卻引起澎湖各界一致口徑的抨擊，連一向支持保育政策的縣長賴峰偉都下達了「逐猴令」；對研究單位而言，野放獼猴會招惹如此的反彈非議，實有檢討之必要。

其實，澎湖各界的反彈，不但與研究單位的溝通不足有關；事實上，原本寄望以「猴島」名義吸引觀光客的幻夢破碎，才是地方反彈最大的主因，因為地方感受不到獼猴帶來的魅力，卻累外傳出傷人事件，且事件發生後，研究單位亦無人來澎湖實地訪查，即可推斷肇事元兇為母猴「小蘋果」；若非「小蘋果」本來即有多次傷人紀錄，研究單位何能就此研判？地方人士因而懷疑研究單位根本是以研究為名替學校猴滿為患尋求解脫之道，而當初信誓旦旦野猴可以發展類似日本猴島的觀光景點，實際上也是空口說白話。

誠然，地方民意的認知並非全對，但研究單位未能教育本地民眾登島碰上猴群時的相處之道，導致民眾誤會猴群靠近索食即是攻擊而做出過度反應，實在亦難辭其咎，再說，澎湖各界對野放兩年餘的生態研究結果頗為好奇，但研究單位始終隻字不提；民眾無從產生參與感，傷人事件發生後的反彈，當然即無轉圜餘地。

四角嶼野放台灣獼猴中途喊停，其所顯示的意義表面上是尊重民意，實際上卻是野放計畫的失敗，而成敗的關鍵竟然不是野生獼猴無法適應荒島生活形態，而是研究單位與地方民意的溝通不良，因誤會而導致的研究挫敗，值得相關單位往後執行類似野放研究計畫時，引以為鑑。

例二

震災男女

■三少四壯集　⊙劉黎兒

台灣大地震，日本街頭巷尾都為台灣募款，報上每天都有為台灣加油的文章，一位旅日友人說他看報紙看得都哭了，我以為他在台中家人受災或為此世紀浩劫而落淚，他說，「患難見真情，沒想到日本這次這麼夠意思」；是的，患難見真情，男女間尤其如此，九五年阪神大地震時促成不少男女的良緣，但是也將許多原本禁不起搖晃的一些夫婦關係震裂震倒，震災離婚不少，也有原為「家庭內離婚」的夫婦，則因共患難而復緣成為「家庭內再婚」。

震災發生後的三、四天中，我的電話一直響個不停，連許多多年已失去聯絡的日本朋友也均湧來問平安及對台灣災情表示關懷之意，讓我再確認了異國情誼；而當年在阪神大地震後，許多神戶出身而住東京等外地的人也和我一樣接到許多問安電話，像佐野常時便接到過去及現在數位女友打電話給他，這種慘痛天災讓時光縫道中的感情全部匯流在同一個點，佐野說不僅女人，連原已疏遠的男性友人，乃至這輩子絕不可能打電話給他的大學老師也都相繼打電話來，讓他頓時享盡紅人風光，佐野說「大概像小室哲哉的日常便是如此，應接不暇」；佐野有位朋友六疊的房間壞掉成一片，放了半年沒清理，每有朋友來就帶去看，簡直成了震災主題公園。

九五年震災後，許多男女因為慶幸自己能同時浩劫餘生，所以便馬上求婚，有的不一定有交往，而因為慰問而重相逢，兩人均想化悲為喜，一舉成婚，不過震災後幾年的現在，對於亢奮狀態時締結的震災婚姻亦有已經開始發生疑問的。

人在天災地變瞬間的反應是最為本能的，許多笑話，包括黃色笑話都在質詢人在這一瞬間的反應為何，像太太問先生「親愛的，地球毀滅前五分鐘，你最想做的是什麼？」遇上震災，便真的考驗人的選擇，許多「假面夫婦」的面具往往一口氣便被搖搖搖落？阪神大地震後，許多妻子表示，「在搖晃得最厲害的時候，他根本不管我」、「分配給家人的飯糰，他一個人全先吃掉，令我心灰意冷」、「他老了我會看護，但是我倒了，他還會照顧我嗎？答案當然是否。」震災讓人不必再顧及世間顏面，尤其是住在避難所或臨時住宅中，人是不需再為虛無飄渺的面子問題所束縛、忍耐，相繼出現震災離婚，震災考驗一切。

女人在這種時候是最想確認和男人的愛情及信賴關係，許多女人認為「我的身邊雖躺著有人，但卻是殷遙遠的存在，二心二體」，即使不離婚，夫婦關係也近乎破滅，東京電視的「開運鑑定團」節目，便有主婦拿只古瓶希望鑑定，她很生氣地說「地震來時，我先生只顧這只瓶子，完全不顧我」，鑑定結果只有四〇萬日圓，也有男人在震災後拼命回去坍塌的房裡搶救自己心愛的熱帶魚。

震災讓人率直地活下去，不再忍受婚姻的桎梏，有的女人說，「他平時便擺大男人樣，事事要我服侍，而到這種關頭，還什麼也不動」，神戶坍房率較高的蘆屋市、西宮市是已經相當都會化，男人大都只會上班，缺乏現實生活能力，排隊張羅吃穿的能力不如女人，但依然想過丈夫主導型的生活；也有許多男人穿梭三鄉（京阪神）的外遇物語，遭震災拆穿，因為擔心神戶情人安危而不斷打電話。

當然也有原已冷淡的夫婦因為大難不死而產生新的聯繫，同心重建家園，而形成所謂「家庭內再婚」，和好如初；震災地群集了許多志工，年輕男女早晚為同一目標努力，消遁而生情，現代生活要尋得這樣沒有其他娛樂活動干擾的絕緣環境，還相當不易，志工間傳喜訊者亦不少。

震災更改變人生觀，尤其是對金錢物質的價值觀，許多日本人在震災後將生活必需用品降至最低限度，豁然達觀；許多原本遊手好閒的人在浩劫後決定認真地活，而原本認真的人反而覺得人生無常，不如尋歡作樂一番。

阪神震災後，危樓鑑定士在各處民房張貼紅卡、黃卡及綠卡；全家慘澹經營而維持下來的家，往往遭鑑定士貼張紅卡便說不能使用，禁止進入，全家的人生設計完全走樣，而黃卡是表示必須充分注意，其實也不過是表示當局不負責而已，綠卡則叫吳，但也有居民執拗抗議，從紅卡一再更改而變成綠卡的。

我的朋友濱子說，「男女關係不知道是否也有危樓鑑定士，禁得起主震，卻禁不起餘震的愛情，是否也應該貼張紅卡，禁止外人進入，倒塌之前的男女關係往往最容易有外人想介入，而一扯就倒。」愛情斜震度有多高，其實和房子一樣，都是樓主本人最清楚，而且誰都對別人的鑑定不服氣，但是鑑定是一個契機，因此清算而拆掉危樓的人也不少。

至於以新聞為背景、為架構而寫成的小說，亦稱之為「新聞小說」，如《獨孤里橋之役》《醜陋的美國人》以及國內出版的《北京最寒冷的冬天》，凡此類「小說」，並非本書所討論之列，這兩個「新聞小說」是兩碼事，不可混淆一談。

第五類：調查性報導 (Investigation Reporting)

美國新聞界目前最盛行的新聞報導趨勢；美國著名的新聞雜誌，也有「調查報導」的專欄。一九七五年以來，普立茲新聞獎，幾乎十之八九得獎的人，都是以「調查報導」著稱。當年《華盛頓郵報》，調查水門案，將尼克森「調查」得狼狽下臺，而造成大眾傳播史上一次非常轟動的記錄。

調查報導是由記者主動發掘新聞，記者除了須具備專業的新聞採訪技巧，還須基於媒體對社會的責任感，提供正確的消息與事實真相，因為進行調查性報導，常要深入一些黑暗面，才能搜集到第一手的資料，而在調查的過程中，往往會遭到許多不可預知的危險，甚至危及性命，倘若不是這股使命感的驅使，實在令人難以為繼。

至於調查報導與純淨新聞顯著的不同

是：調查報導的製作和醞釀，超乎消息來源所能控制的範圍，完全由記者主動發現新聞線索，再依此線索挖掘、查證。以下則加以探討調查報導的寫作要求：

1. 精選新聞題材

調查報導由於篇幅較長，記者的寫作和讀者的閱讀，都較費力。為了要獲取良好的傳播效果，就要精心選取比較重大的、讀者十分關心的問題，或是實際生活中亟待解決的問題，作為調查報導的研究對象。

2. 實地調查

在選定新聞題材以後，記者應深入到新聞發生地做深入細微的調查研究工作，了解與報導內容相關聯的各種情況。

3. 深入分析

在掌握大量的資料之後，就要進行深入的分析和研究。分析的過程，就是要抓住新聞事件的本質特徵，深化報導讀者關心的問題。

4. 突出觀點，恰當選用資料

調查報導需要有充分的事實佐證，才有說服力。但絕不是大量事實的堆砌，而是要在一大堆的資料中，提出自己的觀點，讓讀者明瞭問題的所在。同時，調查報導的觀點要站得住腳，必須有充足的資料作依據；在調查報導的寫作中，要適當地選用觀點與資料，使兩者密切地結合起來。

另外，在調查報導中，如要選用數據，務必要精確，以免浮誇失實，不要把估計和打算當作統計資料。還有一點要注意的是，不要在一篇調查報導中讓數字成堆，也不要用一些令人費解的數字。

隨著社會的轉型和思想的發展，今日流行的「調查報導」所引起的種種影響，使人們不由得關懷起是否侵犯了國家的安全？我們應審度自己的國情與時勢，樹立新聞事業的正確立場與觀念，在新聞自由之合理發展中，為建設健全的自由而負責的新聞事業來共同努力。

茲舉一例說明「調查報導」：

山老鼠放火　山友：常有的事

不景氣後遺症　黑道兄弟轉到山上盜砍國寶　為湮滅盜林證據　常一把火毀屍滅跡

本報記者／調查報導

幾天內接連發生幾起森林大火，令行政院長張俊雄憂心忡忡，要求法務部調查有無人為縱火。是誰會跑到海拔二、三千公尺的山裡去點燃燎原的星星之火？經常帶領山友進出中央山脈的嚮導小林說，他不敢說最近的森林火災就是人為故意縱火，但森林火警，跟從森林謀取利益的「不法分子」常有相當關係，是不爭的事實。

據了解，林務局近日也接獲不少有盜採山林的檢舉信函，並派出巡山員前往拍照採證，發現在只能徒步進入的山徑，留下車輪痕跡，但是除非是現行犯，很難抓出猖獗「山老鼠」。

林務局接獲的檢舉函之中，有一封是檢舉有黑道攜槍混跡山林，以霰彈槍狩獵、毒魚，並盜採山林。據了解，景氣不好，許多地方黑道角頭的「跟班」也縮編，部分道上兄弟轉往山裡謀財，變成「山老鼠」，他們最愛台灣扁柏和木雕「極品」紅豆杉等國寶級木材，一顆小株的台灣扁柏價值三、五百萬元，大株的更有上千萬元的身價，賣樹比賣槍好賺多了。

據了解，「山老鼠」為了湮滅盜林的證據，常是放一把火「毀屍滅跡」，山隊嚮導小林就指出，森林火災對他已不是新聞，其實時常發生，只是媒體沒有報導罷了。小林說，梨山森林大火會引起社會關注，是因為梨山山區住戶較多，他透露，丹大林道 12 林班在農曆年前也發生森林火災，延燒了三天，規模不比雪山森林大火小，因為當地人煙罕至，消息並未外露，至今從三分所到四分所沿途原本青蔥的山林已成一片焦土。

第四節　新聞寫作的結構與格式

新聞文字的組織，就是所謂結構問題，首先要指出構成一則新聞所具備的因素，而後才可確定新聞的結構；眾所皆知的新聞構成因素：五W一H——何人Who？何事What？何處Where？何時When？何故Why？及如何How？每則新聞都離不開這六個因素，雖然它們是構成新聞的要素，但輕重並不相同，有的以人為主，有的以事為主，有的以時間為主等等，也因此在新聞寫作的結構上有了重點主題的不同，然而儘管每則新聞各有各的重心內容，而新聞的結構卻依然有可循之定式。

今日的新聞報導，已經成為人們日常生活中不可或缺的知識來源，而一般的新聞報導，力求合於緊張快速的時代節奏，寫作上都以率直、條理、簡捷為要領。當人們打開報紙，映入眼簾的就是：標題、導言、軀幹三大部分的報導格式。標題通常都用粗黑醒目的字體，排出簡潔、驚人和生動的新聞提要，一開始就吸引了讀者，使之留意地去閱讀。導言則扼要地強調出該則新聞的輪廓，使讀者能一目了然，對全篇報導產生興趣及印象；繼之，軀幹再詳細地發揮全篇事件之報導。

標題、導言、軀幹結構成一則新聞之基本型式，在新聞學上最基本也是最廣泛的寫作格式，即所謂的「倒寶塔式」。這種寫法，是把新聞內容最精華放在最前面，次要的放在後面，再次要的放在更後面，依重點次序排列，形式一種倒敘式的結構。如圖所示有如寶塔倒立，故稱之「倒寶塔」❻。

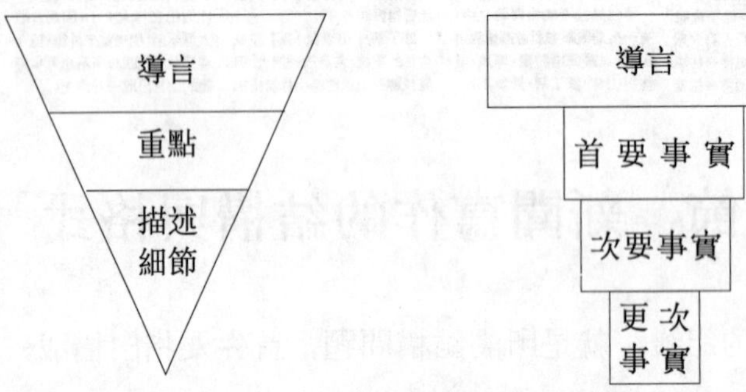

今天的讀者，似乎已經忙得需要一邊走路一邊看報。至少在候車亭、公車上、火車上、計程車內看報的人愈來愈多。記者在寫作時為使閱讀方便起見，以最快的方式，使讀者能即刻獲悉所報導的新聞內容，於是把新聞重點精華，在一開始就一氣呵出，已成為今天新聞寫作最受歡迎之格式。

紐約州《烽火報》和《新堡新聞》兩家報紙的總編輯福瑞曼(C. A. S. Freeman)便說：「倒寶塔式的記事構造，是最適當的方式，因為一般人的講話，多是採用這種形式。」

美國新聞學家華倫(Carl Warren)在其著作《現代新聞報導》一書中說：「倒寶塔式的結構，是吾人所能用以比擬標準新聞記事整個構造形式的最佳圖形。」

❻ 亦稱之為「倒金字塔式」。

這種倒寶塔式的寫作，大抵適用於正寫新聞（直述新聞）的寫作，對於特寫新聞及廣播新聞，則不盡完全適合。這種寫作方式在新聞學理上及實際工作中已被引用有一個世紀，近幾年來的新聞體的趨勢，雖然在寫作上有了新的突破，但也僅僅是把五W一H換了一種方式作安排，使讀者讀來趣味盎然，而不感到刻板呆滯而已，並無人絕對否認它的存在價值，尤其初學新聞寫作者，更必須先把握住這基本結構形式。

倒寶塔式新聞寫作，具有獨特的優點，並合於事實的需要，玆就讀者與報紙本身兩方面分別說明其特點：

㈠讀者方面

1. 便於閱讀，直述新聞佔報紙版面篇幅最多，讀者在生活忙碌，工作緊張，讀報時間緊湊的情況下，能在最短的時間內，瞭解最重要的新聞事實，因而倒寶塔式的新聞，使讀者只要看到導言或第一段，就可以瞭解新聞的內容，而讀者如有需要，有興趣作詳盡的瞭解，自可逐段的詳讀下去。

2. 立即報償：讀者閱讀報紙，在於滿足求知慾，在於求得知曉新聞的報償。對人類的好奇心而言，人們總是企望先知道事情的真相、結果，倒寶塔式新聞，則使讀者立即可以得到這種報償，不致於像敘事體的寫作要逐段讀下去，到最後才得真相的苦惱。

㈡報紙方面

1. 便利編輯：編輯的主要職責在衡量新聞價值，取捨新聞稿，並予以製作標題。

報紙篇幅有限，但來自天南地北、海內海外的稿件都堆積如山，一般而論，報紙的選稿人員包括總編輯，執行副總編輯，編輯主任以至各版編輯，往往要經過三道分稿選稿手續，如何在有限的工作時間內，從案頭如山的稿件中選出最重要的新聞，編輯如何在下標題時，很快地抓住新聞的重點？顯然，倒寶塔式的新聞寫作可以順利的解決這兩個問題。

2.便利刪稿與編排：為了安排報紙固定的版面，或者當天臨時有重要事件發生，而有擠稿現象時，編輯要刪去稿件不重要的內容，如果不是按倒寶塔式寫作，不重要的內容並非列在最後，則編輯勢必要拿起紅筆反覆推敲，重新組合了。如果依倒寶塔式之原則，編輯可以節省推敲時間，直接了當刪掉尾巴部分，不致於損害新聞的重要性。

除了倒寶塔式的新聞寫作形式，在傳統的新聞寫作方式中還有所謂「正金字塔」的形式，以及兩者的混合折衷體和多項式敘述；各種寫作形式，在報章上經常可以看見，現在略述一下「正金字塔式」、「折衷式」、「多項式敘述」三種寫作形式：

(一)正金字塔式

一般文體寫作時，經常被使用，唯在新聞寫作中的特寫、專訪中才見，至於直述新聞則很少用。

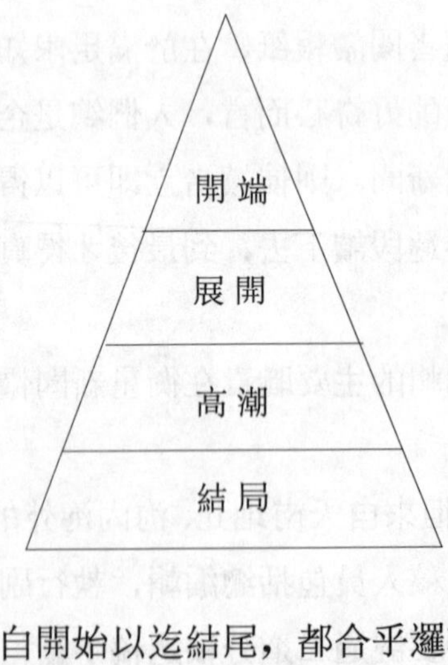

如圖中所示，自開始以迄結尾，都合乎邏輯的順序，一層層展開事件之真相、內容，報章上常見之訪問、特寫、新聞小說等就屬此形式。它可以依人滿意的、合於條理的、依照事件發生先後順序

的原則，一一平淡的敘述出來，在傳統式一般寫作中，以時間次序排列的寫法，很容易使人發生興趣，有讀小說般的期待心理看下去、聽下去。雖然它的寫法是屬於最單純的敘述，是最原始，也是最重要的引人入勝的因素；但是，在今天生活步調快速緊張的環境裡，正金字塔式的新聞，漸漸的為人們所不能接受，因為當工作忙碌的讀者在閱讀報紙時，每一則新聞若均以「開端」開始，然後一段段地展開事由，直到事件的高潮結束，而後到金字塔底層才見結局，豈不是要花費太多的時間才能得到消息嗎?比起倒金字塔（倒寶塔）的寫作方式，確實不能適應時代的需要，同時它尚有許多技術上的缺點，如前面討論的倒金字塔寫作之優點，也即是正金字塔寫作所無法顧及到的，換言之，倒金字塔寫作的優點，即為正金字塔寫作之缺點。

㈡折衷式

有些報紙的記者，綜合了上述兩種寫作特點，創出了一種新的寫法。那就是正、倒金字塔兩式寫作的折衷體，其寫作特點是先以精簡的導言，開宗明義的報導出新聞重點，然後再以時間之先後，事情之本末，忠實地將事件一一鋪陳出來，這種綜合折衷體，不失為討好讀者，也可發揮寫作的報導方式，如圖所示：

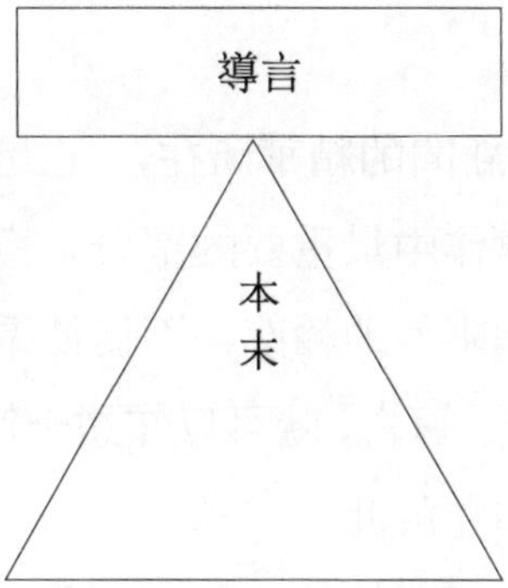

㈢多項式敘述

一則新聞報導，若涉及多項主題需要說明、解釋，而導言部分又只能概括式地點出全篇新聞的主要內容時，就必須在往後的正文裡，依次交代各類事實。這種寫作形式，除導言部分外，其他各段內容基本上是同等重要的；另外，在時間上來看幾乎是同時發生的。多項式敘述大多用在政府機關宣佈政策措施的報導上，而其寫作形式，如圖所示：

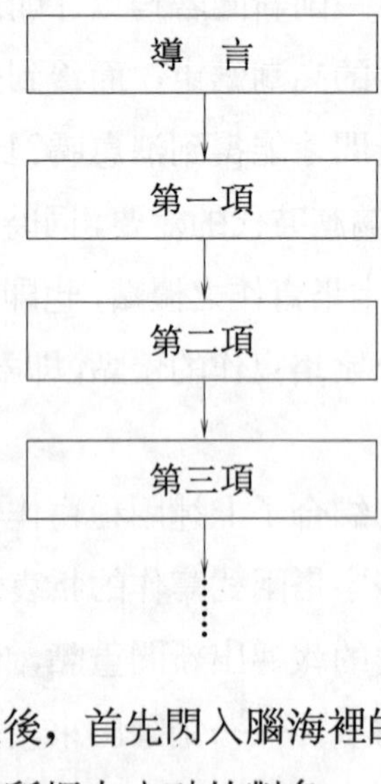

奠定了新聞結構之後，首先閃入腦海裡的便是導言的寫作，這項寫作一直是新聞記者所努力突破的對象，一則新聞的導言，正像一個人的外貌，如何能爭取良好的第一印象，它負了很大的責任。

㈠導　言

導言(Lead)是一則新聞的精華所在， 它是直述新聞開頭的主要部分，也是倒寶塔式寫作中最重要的部分。寫作要領在簡潔扼要，三幾句話就勾勒出整個事件的輪廓，不但使編輯看了導言就可製作出標題，而且讀者們看了導言，就可以知道全篇新聞報導的是什麼。導言的作用和重要性亦在於此。

導言通常是安放在新聞的第一段（如圖一），也有複雜冗長的新聞，將前第二甚而第三段都列為導言之範圍（如圖二）。有的則以一句話為第一段，接著再用幾段文字來概述新聞的要點，這種寫法，可將導言再細分為主導言與輔導言，如圖三所示：

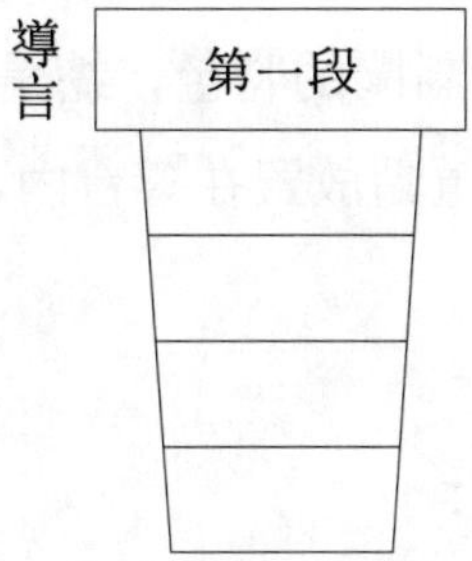

圖一

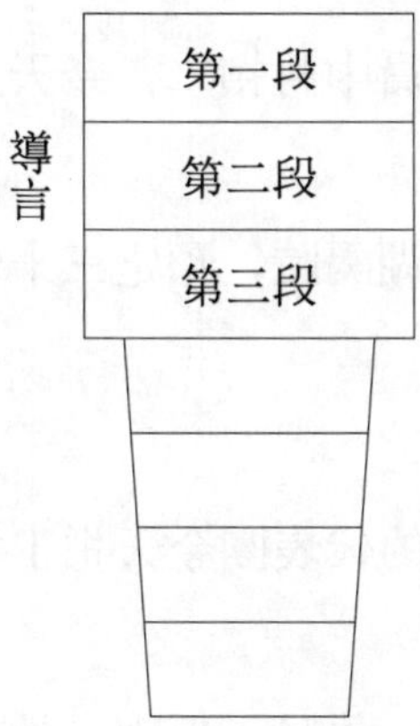

圖二

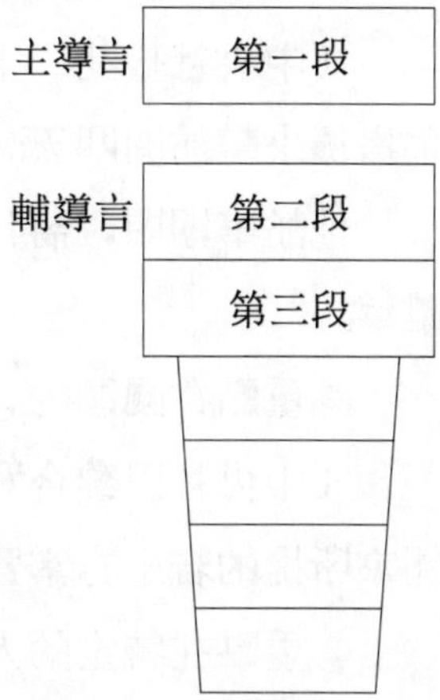

圖三

新聞構成要素一般言之有所謂「五W一H」，這「六何」毫無疑問的也是構成導言的必要條件，而且這五個W一個H往往成為導言中強調的重點（下段中再詳細討論）。雖然，「五W一H」是導言中必備要素，但是導言並不因此而完滿，換言之，導言中除了具備五W一H之外，還需要包括下列要件方稱完美：

⑴導言中說出了新聞的重點。

⑵導言找出新聞特色並予表現。

⑶導言有精美文字，能夠吸引讀者。

⑷導言指示了或暗示了新聞的來源。

⑸導言明白的交待出新聞中人、物、事的來源。

一則新聞的導言寫作，原則上應該遵守上述各點。大千世界裡形形色色、五花八門的新聞事件，在報導寫作時必須抓住其獨特的重點，導言更是如此，為了要表達新聞的特色，總是要有所強調。其次序的安排，乃是將所要強調的重點放置在導言內，依五W一H六個新聞要素來分，有下列的情況：

1. 人(Who)

①重點在個人的。例如：

〔中央社臺北二十六日電〕日本參議院議員中村禎二，今天上午搭機來華訪問四天。

他訪華期間，將拜會政府首長，並前往慈湖謁陵，預定三十日離華。

②重點在團體的。例如：

〔中央社巴黎合眾國際電〕第三世界國家的代表團今天把工業國家所提的若干方案置之不顧。

③重點在特定的人或團體如：職業、宗教、年齡、性別、教育程度等。例如：

〔中央社東京二十六日合眾國際社電〕日本大阪大學的女學生們群起反對一名頑固的美籍英國文學教授，該教授拒絕允許女生穿著牛仔褲進入課室。

2. 事(What)：純粹的事件，人物無關重要性，事物便成為導言的主角。例如：

〔臺北訊〕內政部官員表示：臺灣地區十一月十九日舉辦的五項地方選舉，在選務工作上將力求周密。

3. 地(Where)：事件發生的地點往往是讀者期望知道的，如會議、展覽、比賽、演奏會、演講會，還有災禍新聞的發生地點，公共福利有關場所也要特別指出。例如：

〔臺北訊〕全國中上學校拳擊錦標賽，今晚七時在公賣局體育館點燃戰火❼。

4. 故(Why)：何故？重點在原因上的，在導言中指出事件的「為什麼」，「何以然」，是非常合乎滿足讀者好奇心的需求。例如：

〔板橋訊〕臺北縣衛生局調查結果顯示，去年出生率回升幅度甚大，據探討其主要原因是去年為「龍年」，在「龍年生龍子」的風俗觀念下……。

5. 時(When)：新聞乃是具時間性的，在導言之中強調時間，是不可忽視的，尤其具時效的新聞，如歷史事件、國慶、節日、大選日期、大考日期等，例如：

〔本報訊〕今年大學聯招即將於二十六日開始報名。

6. 如何(How)：「怎麼地」往往是一則新聞的發展過程，多半是在「軀幹」中詳述的，但也有重點在發表情況上而置於導言中的。例如：

〔北縣訊〕土城鄉一家工業公司，於造漆時，發出惡氣使居民聞之頭暈嘔吐，經居民交涉未果。賴信義等二十二人頃向警局陳情……。

以上列舉的是名稱不同的導言重點，接著繼續介紹幾個常見的導言寫作類型：

1. 概要型導言：此一類型導言最為常見，其特色是採取敘述的方法，概略地交代發生的事實，或是摘要介紹全文的要點。例如：「日本首相小淵惠三將於八日訪『中』，中共已正式表示最重視美日防衛合作方針，尤其是有關干涉臺灣的問題。」

2. 描寫型導言：對新聞中所報導的主要事實，或事實的某個有意義的側面，作感性、生動的描述，以吸引讀者的注意。例如：「又是一期稻作春耕時分，每次農民插秧之際上演的人鴨大戰再度展開，無論豎稻草人或插各種有色旗幟，均無法嚇阻雁鴨到田裡啄食秧苗，

---

❼ 這句導言中同時還包括了When的因素。

甚至還有農民懸鴨示眾，表達不滿。」此類型導言還是有其特定的使用範圍，若被報導的新聞事實本身，沒有較強的生動感，就不必採取這種類型的寫作形式，可改採其他導言寫作類型。

3.說明型導言：這種類型的寫作特點在於，對某一事件的特徵和基本樣貌，作介紹、解釋和說明。常見介紹科技新知、新聞資料和廣告等文體，也使用此一類型的寫作方式。而新聞中背景資料的交代，也使用說明的方式，例如：「在宗教人權團體關切並考量實際需求下，政府已初步決定，因家庭、宗教因素無法服常備役者，可申請服替代役，且免抽籤、無名額限制。」

4.引語型導言：直接或間接地引用新聞人物或消息來源所說的話作為導言；同時，運用引語來交代新聞事物和新聞人物的樣貌，往往比記者平鋪直述新聞事物和人物，來得更生動、具體。例如：「『失業二個月來，我還是天天出門假裝去上班，在路上遊蕩的寂寥心情，沒有人能體會……』涉嫌恐嚇勒索的千面人歐黃珊被逮後，娓娓道出因失業窘迫所逼，作出傻事的心路歷程。」

5.提問型導言：其特點是在導言中用問句方式提出，先引起讀者的興趣，然後再用事實加以問答，或者不在導言裡馬上回答，移到正文或結尾再作回答。例如：「愛滋病源有許多揣測，有人以為是天譴，無從解釋其來源，有人認為是細菌戰的後遺症，但最新的懷疑是：愛滋病是不是一九五〇年代在非洲試驗一種早期小兒麻痺症疫苗時，由於人類疏忽而造成的一種災難？」

(二)軀　幹

導言之後緊接著的是敘述與說明，英文的Body，即是指這個新聞的身體，我們稱這導言後面的全文叫「軀幹」，也有人稱為新聞的「正文」。

軀幹的功能就是敘述與說明：

1.敘述：補充導言，將導言中蜻蜓點水式的重點或未曾提到的重點加以補述，使新聞更加完備。

2.說明：解釋導言，使之更清楚、更詳細。

前面曾譬喻新聞的導言，像一個人的外貌，要爭取讀者的良好第一印象，則必須美化，而軀幹則是一個人的身體，有了好的外貌，更應該有結實的身體，因此如何寫作軀幹使之結實，也是記者所努力追求的。

軀幹的排列順序，依然是「倒寶塔式」的原則，重要的在前，次要的在後。軀幹的分段，不僅是為了寫作的方便，更重要的還是把握住讀者的興趣，許多讀者在選擇新聞時，常以選擇文章的眼光來作判斷。因此，軀幹的寫作應比導言的寫作更精彩更講究；軀幹仍應以簡短的段落、長短相間的句法，間或引用導言，使文章顯得更醒目，並且要盡量刪去一切不必要的解釋與使人厭倦的描寫等，以保持每一段落鏗然有力的吸引性。至於在軀幹寫作時，初學者不妨依下列各原則性要點，尋出自己寫作之模式。當然這種寫作與一般文章寫作是迥然不同的：

⑴寫作時多使用較簡短的句子，並且要段落分明。

⑵多用淺顯明確的字，避免冷僻鮮見的字詞。

⑶句子要平實，多用主動以代替被動式。

⑷力求寫作的具體化，儘量避免抽象之形容，例如形容「一棟高聳入雲的大廈」，不如說：「一棟高達三十幾層的大廈」。

⑸寫到統計數字時，要清晰明白，例如「臺電向美國通用銀行貸款七仟萬元」，此「七仟萬元」是指美元？還是新臺幣？與其說是「七仟萬元美金」不如說「兩佰陸拾陸億新臺幣」來得清楚；同時數字寫法，在新聞中宜以國字為本，如：拾、佰、仟、萬、億等，不可有「七〇〇〇〇〇〇元」的寫法。但在四位數字以內，單以數字表達即可。如三百十九可寫成三一九；九百零八寫成九〇八。

⑹新聞中的主詞不需一次用到底，可用代名詞，但仍要考慮代

名詞是否會造成混淆，例如「黃小華騙了黃國生一億元，黃太太相當氣憤。」此時讀者就搞不清楚黃太太指的是黃小華的太太或是黃國生的太太；另外，代名詞若離開主詞過遠，需要再次提示主詞。

(7)寫作時不可以第一人稱或第二人稱立場，諸如「我」、「我們」、「你」、「你們」、「他們」等字眼均不可出現，寫新聞一般都應該出之於超然的第三者立場。

(8)必要時，可摘引重要原文，或當事人所說的話，不過引述時要謹慎。其主要作用在對新聞之徵信。

(9)新聞寫作之目的，旨在以最佳筆觸傳播消息，通達意見與觀念，所以寫作時必需正確、簡潔、清楚而明瞭。

(三)轉接詞

導言與軀幹之間，或軀幹的段落之間，還需要轉接詞做連貫。轉接詞的作用，是將各項新聞事實連接在一起，負責轉折的任務，也是記者撰述新聞的工具。

一般轉接詞的用法，可以分為下列幾類：

1. 以消息來源作為轉接：有些新聞寫法是以消息來源貫穿全文。消息來源可以是人，或是機構組織等。

2. 以新聞主題作為轉接：若一則新聞報導，探討多項主題時，可以在軀幹的各個段落，依次交代各項事實，此時可用新聞主題貫穿全文。

3. 以引介詞或連接詞作為轉接：依照詞性又可分為下列幾項：

①時間性引介詞：「目前」、「首先」、「之後」、「不久前」、「其次」、「終於」等。

②列舉式引介詞：「如同」、「就像」、「例如」、「譬如」等。

③對比性連接詞：「反過來說」、「比較起來」、「相對地」、「雖然」等。

④引證式連接詞：「關於」、「提及」、「參考」、「說到」等。

⑤外加式連接詞：「除此之外」、「就另一種情況來說」。

⑥純粹連接詞：「但是」、「然而」、「雖然」等。

㈣結　尾

至於新聞寫作是否都需要有結尾？有不少的新聞報導，把導言中提到的新聞事實交代清楚就停筆了，而不特地注重結尾的寫作，尤其是依照倒金字塔結構的寫作形式。

但是，多數的新聞仍然有結尾。在正金字塔式、折衷式和多項式敘述結構的新聞中，由於較注意強調首尾呼應、首尾圓合，並要求完整交代新聞事實，以及呈現完美的形式，就需要一個強而有力的結尾。

而新聞寫作的結尾，也如同導言一樣，不須多所著墨，但卻要有畫龍點睛的意味，能表現出富有情趣與哲理的特點，使讀者讀後，產生回味與聯想，並從而加深全篇的理解。

另外，結尾的寫作也要秉持用事實說話的原則，而不是記者主觀認定的表達；如：「他不愧是一位享譽國際的小提琴家」，用這種主觀表達方式結尾，若沒有新聞事實輔證，只會給人有浮誇的印象。

寫作本身是一種創作，也是一種藝術，寫作應該是作家盡情發揮、恣意表現的機會；至於新聞寫作則有獨特的格式，因為報社是一個團體，報紙是高度分工化的產品，不是一個人的產品，不能任憑個人隨意的創作，因而新聞寫作有了團體規範，形成了記者們共同遵循的新聞寫作格式。所以凡學習新聞寫作者，對於寫作格式應視為最基本的要求條件，若是把握住了這些基本的原則，再進一步的專訪、特寫、特稿等寫作也就不會太離譜了。

第五章　新聞採訪

前面幾章裡曾說過，對於採訪工作，理論上的依據固屬重要，實際的經驗和技巧尤其重要，一位經驗豐富的記者，對於社會的百態，自然能注意到其動靜，而認識新聞的變動路線，進一步去掌握。

正如一個士兵，應該在炮火中戰鬥、磨練、成長，記者也必須參加無數大小戰鬥，在戰鬥中訓練出採訪及寫作的能力。

對於一位有志從事新聞工作者而言，要想使自己成為一個出色的優秀記者，除了先要具備基本的學養外，平日在校的實習機會尤其要把握，當然這是指新聞系或大眾傳播科系的同學而言，若非新聞系或大眾傳播科系的同學，一樣也應隨時隨地找機會，自我訓練，至少在未踏入新聞界工作前，要對採訪技巧有概括的認識與瞭解；一旦如願地踏上記者工作崗位，更要虛心的踏出每一個腳步，因為可能還有一段長時期的實地磨練。下面介紹幾位記者的實例，來說明新聞採訪技巧是有賴自己琢磨的。

第一節　第一次的採訪

人生是無數個第一次的串聯，多少偉大成就奠基在第一次。新聞採訪的第一次，正是記者採訪技巧的第一課，往往第一課所學到的，在日後會受用不盡，雖然說記者對於採訪新聞，是有其特別權利的，但剛出校門，剛入新聞圈的人，怎麼來享用這份特權呢？

《中國時報》記者邱秀文對她的起步，這樣說道：「一年零四個月前，我走出校門，幸運地走入報社工作。採訪主任指派我的採訪路線是科學新聞路線。這條路線對我來說是比較陌生的。記得那天晚上在回家的路上，我感到有些茫然，不知如何開始才好。第二天，我到報社，……從資料室把厚厚一大疊的資料，從頭讀起。」

「我不知該如何形容自己當時的心情，每天一早出門，就到各研究機關摸索，人不熟也不認識，範圍又廣，光以臺大來說，各系各研究所加起來就不少，如果事先不和教授們約好，往往會撲空……然而，約好的當時，就一定要決定見面時談些什麼問題。」

「要擬定問題，我必須先要有線索，知道某些發明研究，具有新聞價值，的確值得報導，……否則兩人面對面，除了客套話，也無話可說，你會覺得浪費對方的時間而歉疚。」❶

由這段文字中，可感覺到一個新記者，在陌生的環境中，心裡充滿了惶恐、緊張。同時也發覺到作一個記者不是單憑學校學的那一套就成的，曾任《聯合報》記者的黃玉峰回憶說：「第一次踏進採訪組的房間，坐在那些老資格記者的旁邊，心裡感到恐懼而又茫然無措，縱然以往在大學接受四年教育，學習新聞採訪、寫作，但此刻對自己能否通過真正考驗，全無信心……」

他並指出：「第一次奉命出發採訪，心境茫然。而且，在各報同業面前，自己腦海裡只是一片空白，想不出用什麼話和他們交談。」

警察電臺記者周草，也有相同的感受，他說：「我第一次出發採訪（單獨），是到臺北地檢處首席檢察官辦公室，遞了十幾張名片給同業，只收回同業給我一張名片，當時心裡頗為惆悵。」❷

當然，記者的第一次採訪常常引起自己心裡無限惆悵與不安，甚至於懷疑新聞教育的價值，他們苦惱該如何運用在學校時所學到的知識和技能，可是他們忽略了新聞採訪工作，是理論知識和經驗技巧相輔相成的，雖然你有滿腹的學問知識，如果不知怎麼運用，

❶ 見邱秀文，〈從起步開始〉，《新聞學雜誌》總號第八期，第五十六頁。

❷ 歐陽醇著《實用新聞採訪學》，第三十、三十一頁，華欣出版。

怎麼發揮，豈不枉然？採訪技巧就是應用、發揮所學的鎖鑰；要想充分施展孕育了四年的才華，首先要打造一把精巧、堅固而美觀的鑰匙，正如火藥與引線一樣，採訪技巧的善用必可引爆你胸中無數靈花。

要打造一把精巧、堅固而美觀的鑰匙，並不是三兩天的事，也不是單靠自己一個人的力量埋頭苦幹，應該找個老鎖匠來幫助你，指點你。

曾任《中華日報》總編輯的盧申芳曾說：「最需要的是同事的關懷和有關工作上的指點。……也需要資深記者帶領我們到採訪的對象、單位、機構去認識一下人事、環境，大致心裡有個底，否則悶著頭去闖，實在不容易。」

《台灣日報》發行人顏文閂對新聞界新人的期望與要求是：怎麼去爭取採訪對象的信任，怎麼與同事相處，怎樣判斷新聞價值，怎樣抓住新聞重點。

如此說來，一個新進採訪人員之所以感到茫然、惶恐，並不是由於自己的新聞理論不足，而是由於環境的陌生，人事的生疏所造成，這種不安的心理，是極正常的，只要有個熱心的前輩來帶領你，很快的就能步入情況了，在步入情況後，就是真正吸取經驗，訓練技巧的開始。新聞界先進馬克任曾說了一個擔任採訪工作，經驗不足，技巧嫩稚的記者第一次單飛的故事：❸

「王君做了記者的第二天晚上，奉派前往一家戲院採訪某民間舞蹈團的演出，事前採訪主任告訴他說：這不是一件怎麼了不起的新聞，我們只準備用幾百個字來刊載它，聽說你對藝術頗有興趣，所以請你去負責這條新聞，作為你的處女作吧！這件工作並不困難，你只要坐在那裡，觀賞舞臺上的表演，兼顧一下觀眾的反應，就夠了。但由於篇幅有限，你不必一個節目接一個節目像流水帳那樣記

❸ 馬克任編撰之《採訪學講義》第二講第一節。

下去，應該試著抓住這場演出的精髓，它的特殊風格，它的成功之處，在關鍵處著墨，大處落筆，幾百個字已經夠發揮了。

王君抱著熱切希望有所表現的心情準時前往，不料那家戲院的後臺突然不慎著火，職員演員亂成一堆，觀眾紛紛奪門散去，他一個人勇敢的守住現場，等到火撲滅了，他原來希望當晚能繼續上演的心也落空了，這才懶洋洋地嗒然返回報社，向採訪主任擺擺手說：沒有演成！採訪主任感覺奇怪，問他何故沒有演出？既未演出為何不早點回來？王君才說後臺著火了。『噢！著火了！』採訪主任一下子從座位上站了起來。立刻吩咐別的記者趕往採訪，並對王君說：『你也跟他們去一趟吧！看看他們如何採訪。』

半個鐘頭之後，他們回來了，這則因戲院失火而暫停演出的新聞，別的記者洋洋灑灑的寫了一千多字，採訪主任還拿給王君匆匆讀了一遍。

這個擔任採訪工作的不平凡的開始，王君心裡想，勝過他讀破多少本理論書籍。」

雖然這是一則簡單的故事，但我們可以領會到一些採訪技巧的事實：

(1)王君採訪前，主任告訴他的那段話，正是一個資深新聞人員，對新聞採訪的寶貴經驗。從中可以得到一些處理新聞的方法及重點。

(2)採訪的對象是變化多端的，如故事裡本來採訪藝術活動的新聞，結果卻爆出一條生動的社會新聞來。一條新聞往往牽引出更多、更有價值的新聞來，因此記者的新聞敏感性需強烈些，善用你的新聞眼、新聞鼻，多發掘隱藏著的新聞。

(3)記者初出道的時候，採訪主任暫時不會派重要任務給你，因怕你的能力及經驗無法勝任。在報館的立場，等於試用及訓練你的才能。而在當事人來說，卻是從事記者工作成功失敗的關鍵，關係日後前途，因此你勢必鄭重其事，盡力而為，藉著每一次新的新聞採訪機會，廣泛地與有關各方面接觸，誠摯地、和善地與他們打好交道，這樣建立起你自己的新聞網，雖然在開始跑新聞的最初階段，採訪的是些不太重要的消息，但利用你的新聞網很可能會意料之外的獲得幾條有價值的新聞線索。

⑷採訪記者，在出任務時要機敏靈活，能隨機應變，當然，像本故事中王君毫無新聞敏感性，連火災新聞都坐失的情況，現實中是不會發生的，但確實有許多記者會忽略眼前的新聞線索。有時候，一位看起來似乎無足輕重的人士，他的談話也可能成為一條重要的新聞線索，但是如果記者粗心，往往不能敏感地捕捉住這個稍縱即逝的機會，而當面錯過一條重要的新聞。

上面提示的幾個採訪技巧上的問題，多屬於主觀因素造成的，換句話說，這些問題是由於記者本身經驗不足而感到緊張失措，以致頭昏腦脹或腦子裡一片空白，才使得失去表現的機會。

現在順便提幾個例子：說明第一次採訪時，可能遭遇到的客觀性困難，這些問題一方面是由於記者採訪技巧不夠純熟，一方面是挨了訪問對象的「太極拳」。

⑴一位實習記者，奉命採訪某名女人因桃色糾紛而受傷住院的新聞。當時得到可靠消息指出某名女人住的是宏恩醫院，可是實習記者並未先作佈署，在沒有確實掌握對象行蹤時，就貿然前往宏恩醫院，樓上樓下，跑遍病房，跑遍詢問處、主治醫生室，苦苦尋找了半天，居然一無所獲。——事後聽說另外一個老記者，事先問清了某名女人的主治醫生是誰，利用種種關係套住了這位醫生，才知道某名女人怕記者及社會人士的干擾，早就決定遷出醫院回娘家休養了。老記者便根據這位醫生及另外幾位護士口中的資料，寫了一篇側記，倒也十分精彩。

⑵一位初做採訪記者的新人，奉命採訪某大企業家因逃稅及周轉失靈而惡性倒閉的新聞；無疑的，這位大企業家正感霉運當頭，

萬念俱灰的時候，絕對不願看到記者老爺的那付嘴臉的。報館這位新記者很聰明，也想到了這點，於是來了個不告而訪的「偷襲」，連瞞帶騙撞殺到了企業家的辦公室前，記者見獵心喜，暗自忖道，只要一推開門，八成就可以抓到一條大魚了——最好是獨家新聞，於是激動而緊張的閃進門內，二人對上面了，記者得意，企業家詫異：「對不起，您找誰?」「我……我找×××先生。」「請問有何貴幹?」「我……我……我是××報記者，我想訪問他。」企業家愣了一下，心中暗自叫苦，真是屋漏偏逢連夜雨。畢竟是風浪裡打過滾的老商賈了，整整面容，裝出一付歉然而惶恐的面孔說道：「對不起，記者先生，非常抱歉，我們×××先生，剛剛回去了。」「你！你不是×××先生嗎?」「不是，不是，我是他的助理，真對不起，讓您白跑了一趟。」「喔……」像洩了氣的皮球，這位新記者被唬住了。——事後，這位新人回到辦公室查了資料，才發現自己上了大當，顯然那條大魚雖是上了餌，但竟然連魚鉤、魚線一齊都吞了啊！

其實，採訪新聞本就是一件驚險、刺激、多彩多姿的工作，可能遇到的情況更是千奇百怪，因此有人說一個成功健全的記者是具有多重能力的超人，他是：採訪員、○○七、心理醫生、戰場勇士、外交使節、舞臺演員、工廠學徒、田間農夫、市場小販，……反正，只要有人生活的地方他都要去，只要有事件發生的地方，他都要去。有人說記者是「無孔不入」的，這並不是指記者的刁鑽滑溜而言，而是指記者工作之多面化，責任之沉重，凡是有孔隙，有空氣的所在，都是記者工作的所在！因此，凡是有志新聞工作者，在學習新聞理論同時，心裡也要培養負責犧牲的觀念，尤其對採訪工作特別要有正確的觀念，不可因技巧上的變化而流於「術」的濫用，萬不可為了達到採訪目的而不擇手段：「吾人深信，新聞事業為最神聖的事業，參加此業者，應有高尚的品格。」❹

❹ 見中國記者信條。

第二節　採訪前的準備

當我們進入新聞界，在新聞採訪的前程踏出第一步後，逐漸地熟悉了新聞環境，訓練自己如何去採訪，如何寫作，這樣由淺而深，先易後難，終於有一天磨練出成熟的採訪能力，充分引發昔日所學所得，不但能得到報社的倚重，更可獲得社會對你的敬重，因此你不僅要足以擔負任何重大而艱難的採訪任務，更要繼續學習，不斷求知以期日新又新，免為時代所淘汰。自然高尚的品德更要日夜砥礪，顛沛必於是，造次必於是。

擔任一個新聞採訪記者，無異肩上擔起了一副艱鉅的重擔，新聞事業是社會的重要建制，記者需要滿足閱聽人「知的權利」所以記者的採訪是有其特別的權利。

在作者所著《新聞採訪的理論與實際》一書中，曾指出記者的採訪權利可分為下列三點：❺

㈠公共記錄的轉報

新聞傳播的主要目的之一，在宣導政令，建立政府與民眾間的橋樑，盡社會公器的責任。因此記者採訪時，身負服務公共利益、宣導政令的雙方面任務，對公共記錄當然有權發表。

什麼是公共記錄呢？在報端上有許多新聞是來自於公共記錄，例如：行政院提出的財政公告、新聞局對電影法的制定頒佈、立法院通過的××條例、國防部頒佈的軍事公報等等；又例如警政署對重大案件偵破的記者會，司法單位提供的案例、案由、審判情形的資料等；還有體育新聞的球賽戰況、田徑成績；證券交易所的股票行情、外匯兌換率的情形等，都是公眾所要知道的消息。現今有許多機關單位、公司行號都設有公共關係室或新聞宣傳科，供給記者

❺　見該書第七章第一節，第七～八頁。

新聞資料，以求社會各界對其業務、工作有所了解。這都是一種公共記錄的轉報與發表所作之努力。

㈡公共事務的發表

記者的任務之一，是把眾人之事告訴眾人。如果私人權利在下列情形下，記者便有運用之權，而無法保有其私人權利:

⑴自己曾公佈之事，便無法再保留有關這些事的私人權利，既已公佈於世，就表示將之委諸於大眾，求諸於政府，如自己曾報被搶劫、被傷害，或招待記者爭取大眾同情、支持等。

⑵公眾人物，本身即已屬公共大眾，不自覺已失去其個人部分的私人權，一個足以引起公眾之廣大興趣者，或足以影響大眾社會者，即應視為公眾人物。凡有關牽涉到公共大眾的部分私權，常不為記者所顧及，如公共官吏、選舉候選人、影藝明星、社會名流、科學發明家、學術權威、各種冠軍得主等，他們與大眾有關連的部分私人事務、意念、行為、動態、言論甚至私人生活往往是記者最感興趣的，因為大眾對公眾人物的一切都感到好奇。但並不因此而刊出有妨害他人名譽的報導，凡是關於個人私生活的記載及報導、評論，有妨害此人之名譽者，除非為著公共利益之原因，否則不可刊載。

㈢正當的宣傳

宣傳是大眾傳播的一種手段，雖然宣傳這名詞帶著不愉快的含意，但它並不是一個壞字眼，就其本身而言，沒有什麼好與壞，只能從它的動機、內容、目的和結果來判斷好壞。

如果記者遇到與大眾有利益的宣傳內容，不妨以客觀立場作一次免費宣傳。

或如遇到符合公共利益的言論、事功、發明、創作，值得大眾去學習、知曉、欣賞、效法的，記者也不應顧慮為某事物作宣傳，因為這也是社會教育的一大任務。

反過來說，記者千萬要持節操守，誓不受賄，誓不受利誘，凡不屬公眾利益，亦無社會教育價值的任何宣傳，絕不受人利用而作絲毫苟且的宣傳。

※　　　※　　　※

當確定了記者採訪的權利之後，我們受命出發跑新聞時，心中該是滿足了正義的勇氣，同時更不可須臾忘懷，記者的權利乃來自於公眾的託付。也因此，在出發採訪前，為了馬到成功，出師順利，特別要做好準備。有兩件事需要首先處理好，其一是與採訪同一路線的同業取得聯繫合作，倒不是為了串稿，而是建立好無後顧之虞的人際關係。其次是在採訪對象方面建立人事關係，這就是所謂的「新聞網」了，這點極為重要，將另闢段落詳述。

在自己採訪的路線上，不論對象是機關或是團體，是公營或是民間組織，在工作之前，應該都下一番準備工夫，平時也應該隨時隨地注意研究，例如有關的組織、單位、背景、人事、業務、沿革等，都該有全盤的、透徹的了解，採訪時當可事半功倍。

譬如採訪政黨新聞，由於目前我國政黨相當多，故應鎖定主要政黨，如：中國國民黨、民主進步黨、親民黨和新黨，作為採訪對象。在作採訪之前，首先要對各主要政黨成立的背景、政黨的組織和政治主張有所了解；還要認識有關主管的姓名、背景；以及其名下的基金會、財團法人的動態等，這樣在採訪及撰稿時，才能抓住要點，不致離譜。不單黨部新聞如此，跑其他新聞也是同樣，必須對採訪的對象有所了解，才不致瞎抓、出醜、鬧笑話；要知道，一個真正虛心認真的人，才會受到別人的歡迎和敬重，記者亦然，如果一味虛幌記者招牌，不重視新聞採訪，不做任何事前準備，勢必會遭到對方的輕視，甚至不供給消息，以免被弄扭了，寫錯了，反而造成不可收拾的後果。

正面的說，如果你對採訪的對象有相當的了解，並且在採訪前做了萬全準備，抱著兢兢業業的態度，做到實實在在的努力，定然會獲得新聞來源者的尊重，並會得到他們的信任與友誼，這乃是採訪技巧的登峰造極之功。

有時，採訪一條新聞，就像情報員辦案子一樣，要先將對象作透徹的分析，周密的思考，準確的判斷，然後有計劃的展開行動。當然也有時採訪新聞，只要空手到公共關係室拿一份資料，回到辦公室改寫一番就交差了，問題是這樣取得的新聞不是真正採訪到的，其新聞特性是普遍的，無法與同業爭高下的。請問，有朝一日做了記者，你願意做哪一種記者呢?

如果想做前面那種記者，那麼請留意下面幾點「採訪前的準備」工作:

㈠心理的準備

前面曾花費不少篇幅，說明記者是代表公眾欲知道某一件事真相的權利，在一件新聞發生時，記者的地位是超然的，他必須知道自己確實擁有一份採訪的權利和義務，心理方面，應建立起自尊心和自信心。不論採訪對象的地位高低、職業貴賤，我們都應持不卑不亢、不驕不傲的態度，以充沛的自信心，表現出記者可敬可愛的地方來。

㈡人事的準備

亦即新聞網的佈置；一般而言，一樁新聞事件的發生，起初只是一些風風雨雨，或是一些模糊的蛛絲馬跡，全面明朗化的新聞事件，並不多見，若論到真正因採訪技巧而成功的新聞應屬前者，當遇到這種隱而不現的新聞，記者就得善加運用昔日佈置好的新聞網，透過廣佈的消息來源，搜集新聞情報是容易多了!

廣佈新聞網時，機關主管固然是爭取的對象，上至院長、部長、總經理、局長、司令等等設法使之對你認識，對你信賴，對你尊重。而這些單位團體中與新聞、宣傳關係最密切的幾個人，更是爭取的對象，這些人可能是秘書、科長、發言人之流很「罩得住」的人物。另外像社會上各色各形的人物，如：收發員、司機、僕役、廚師，甚至旅館的茶房、醫院的看護、接線生、外務員、小妹、小弟等，他們可能在各種不同的情況之下，由於你的旁敲側擊，而供給一些新聞或線索。

關於佈置新聞網的據點，另外有下列幾個偏重「地方」性的：

1. 公家機構：學校、鄉鎮市公所、警察局、派出所等。

2. 公共場所：機場、碼頭、車站、醫院、市場、運動場、歌臺舞榭、酒樓、特種營業場所等，還有公園遊藝場所、風景區管理處等。

3. 私營或非政府單位：電影公司、電視公司、攝影棚、各地議會、證券中心、合會、銀行等。

4. 人民團體：各工會、商會、婦女會、校園團契、宗教團體、慈善救濟單位等。

人事的準備，除了新聞網的佈置外，主觀的還要對訪問對象作一番認識，盡可能去了解他的背景、現況及個性、好惡等資料，以便「投其所好」、「打動芳心」獲得採訪上的便利與順利。

(三)問題的準備

問題的設計與安排，直接會影響到採訪的成敗。因此採訪前，對問題資料的搜集和瞭解，需要花一番功夫去做好它。

1. 採訪重點是人：被訪問者常是一個重要人物，記者盡量避免扮演無知之徒的角色去浪費彼此的時間。他一定期望往訪的記者已準備了與訪問有關的各項資料，這樣不但可以談些扼要而有分量的內容，而且可以增加訪談中的興趣，不致有言不及義，索然無味，浪費時間的惡劣情況發生。因此，身為一個盡職的記者，怎可不花些時間、心血去收集有關的背景和資料呢？

記者可以到資料室去，那裡會找到所有重要人物、新聞人物的重要資料，而且都是經過調查而分門別類裝集陳列著，資料中包括有新聞事件的縮寫，早期的訪問記錄，特寫文章及照片等，記者可以在這兒作適當的研究，對即將被訪問者，做一次「身家調查」，當然，這絕非浪費時間做些無謂的調查，記者在翻閱有關資料後，他可以從這些初步的調查中發現他必須提出的問題，在某一特殊方面的新發展，或新聞的發生引發了另外的新興趣。記者應當利用這些調查結果，設計出引導性的問題，以爭取一些有深度的新聞內容。

2.採訪重點是事：雖然針對一件事情或事物的調查，比對人的了解要容易、簡單，但在採訪前的準備，態度要一樣的認真。

先引用曾任中央通訊社駐馬尼拉特派員的賴吉容，剛入新聞工作時的一個採訪實例，以便說明對事情未作好了解，貿然前往採訪所遭到的窘境：

賴吉容說：「民國五十七年十一月間，中共宣佈延期與美國恢復『華沙大使報會談』，並提出會談之原則；當時我曾前往訪問外交部北美司司長湯武，請其對此事加以評論，不料湯司長竟反考我一下：『(1)中共提出的是哪五項原則？(2)你認為中共為什麼要在這時候宣佈延期恢復華沙會談？』湯司長提出的這兩個問題，一下子把我考住了，於是我只好無功而退。」❻

由這一次失敗的採訪實例中，證明了採訪前的準備不夠，足以導致一次「血本無回」的採訪失敗。

記者對一專題事件進行採訪時，如果沒有周全的概念，則必須走資料室，從頭仔細翻一翻有關舊檔，探索一下它的來龍去脈，前因後果，查一查政府與民間對它的反應如何？研究一下可能發展的動態。

如果記者對所要採訪的事件新聞來源有徹底的了解，就能夠臆測它的結果及反應。認清事件各種可能的著眼點，就可以抓住問題

❻ 錄自歐陽醇著《實用新聞採訪學》，第三十六頁，華欣出版。

的重點了。新辦法有些什麼不同？新發明的成就在哪裡？為什麼要延期會議？改組對一般民眾的影響為何？案外案的牽涉有多廣？這些問題可以幫助採訪的成功，不論是否有答案，都可以寫出一篇好的報導。

㈣工具的準備

訪問前，別只顧著腦子裡的準備，忘了手上的準備。

例如：記者會上常看到一些記者，不是忘了帶紙，就是忘了帶筆，當上面採訪對象侃侃而談，口沫橫飛時，他卻在下面急急借貸，滿頭大汗。電視記者也要檢查是否有足夠的底片、錄影帶與鎂光燈，以及機器是否能正常運作？不要臨場才發現沒有錄影帶、攝影機也不能錄影的窘況。

另外，還有幾個尷尬而著急的場面：

△筆雖然記得帶了，可是採訪時邊訪邊記，走筆之際突然斷水了，墨水剛巧用完，此刻正好宣佈重要資料！

△電視記者等到採訪結束後，要做新聞時才發現該錄的沒錄到！

△為了趕上這個重要會議，作個第一手的採訪，七趕八趕的到了會場門口，被門房擋駕，要求出示記者證或出席證，搜遍全身口袋，才沮喪的發現忘了帶啦！

這類小的疏忽，對記者而言，卻是很大的教訓，每當出發採訪前，要仔細自我檢查一下，攜帶周全的工具，不要因小失大，耽誤了採訪工作，那是最無法自我原諒的事了！

第三節　訪問的進行

訪問是大多數新聞採訪的過程，今日已成了普遍的採訪手段，有誰知道在進行這段工作時，記者所做的努力與辛勤？

訪問本身如今早已成為一種新聞藝術的格式，現在進行這項藝術的創作，是由記者與被訪者兩方面直接接觸而形成的。由上一節有關採訪前的準備中，我們得知，訪問前的準備工作，比起一般例行採訪工作要複雜而艱鉅多了。其中不但包括了心理、人事、問題、工具的準備工作，而且還要安排訪問的時間和地點。

記者現在都用電話預先安排訪問的事宜，包括見面的時間、地點，還有訪問的主題，凡此種種繁複的準備，都是一個記者前往訪問前須要做到的，這也正顯示訪問的進行是多麼慎重而嚴謹了。

在準備訪問前，記者根據他已獲得的資料，將之歸納劃入某一種形式。訪問的形式，約可分為下列五種:

⑴新聞訪問。

⑵意見訪問。

⑶人物特寫訪問。

⑷團體或組織訪問。

⑸記者會❼。

「新聞訪問」是採訪事實，廣義地說，所有有關新聞報導的訪問都是新聞訪問——包括後四者，但要作明細的歸納，以便於訪問進行的準備與完成。所以劃分出「新聞訪問」這一種形式，它的領域之廣，正與前面所說的:「只要人生活的地方，只要有事件發生的地方」都是其範圍，它的對象可能是政治、軍事、教育、經濟、犯罪或科學發明等。這種形式的訪問實際與一般採訪無異，只是用的方法是親往訪問而已。當然，事前的準備是必須周全完善的。

「意見訪問」是屬於較有深度的採訪，對記者而言，它比對於一件事實的採訪，需要更深入的瞭解與認識。意見訪問，在現今訪問工作中，最為報社、大眾所重視，尤其在新聞深入報導、解釋性報導潮流之下，經過特意研究，搜證之後作的意見訪問，結果是深入淺出，既深入又大眾化時是極有價值。專業化的記者也應運而生，

❼ 見F. Fraser Bone原著，陳鍔、黃養志合譯《新聞學概論》，第一七二頁。

盡其所能的努力學習，對問題一再琢磨研究，把握採訪對象的癥結，設計好一針見血的意見訪問。這不但對新聞工作本身極具價值，對於一個記者也是非常有意義的努力。

特別強調在某些情形下，當被訪問的對象發表的意見是極度專門化，或易引起爭論的時候，記者可以要求被訪問者寫下有關鍵性的敘述文字，以避免錯誤的報導。

「人物特寫訪問」是偏於軟性的寫作，富有輕鬆、趣味、文藝的特點，因為對象是以「人」為主，所以態度上更需謹慎、誠懇，採訪前的資料準備尤其不可忽視。對一個人的特寫，除了對表象上的說話、動作、衣著、風度的描述外，對於內在的特質尤應列為重心，記者應嘗試去發掘對方的人格、內涵、修養、個性、癖嗜、愛好、對事物的看法、對人生的觀點……等等。一個成功的人物特寫訪問，應使讀者從表象描繪中，得到這個人的具體形象，就像真的看到這個人似的，這就是人物訪問受歡迎的原因，除此，記者還要把這個人內在特質供輸給讀者，使他們對這個人有深入而親切的了解，似乎與之神交久矣之真實感！

「團體或組織訪問」，顧名思義，這種訪問形式是綜合了多數人的事件或意見的訪問。很可能這個訪問需要作一連串的進行；時間空間有時是集中的，也有時是分散的，因此造成訪問時的兩種不同進行方式；前者例如婦女會的一項義賣活動，記者可在當場對該會的主持人、負責人、總務、接待以及一些會員作一個集體訪問。後者例如三二九青年節前夕，各大專院校發起青年自強運動，記者就必須分別、分時前往或邀請各大專院校的青年團契負責人、學生會主席等，以至於訓育教官、青年輔導老師等等，訪問他們團體及個人的意見及計劃、行動，記者把他們的訪問內容，先用一個總導言，然後引用每個被訪問團體，或個人的重要決定，報導出一篇洋洋大觀的「團體或組織訪問」——也是一篇精彩的「集體訪問」。

「記者會」是最常見的例行訪問了，記者會的目的不外如下：⑴節省時間，集中記者。⑵使新聞資料能普遍發給各新聞單位。⑶順便做一次公共關係，加強與記者的交情。⑷重要事物、政策、發明、刑案的公佈。⑸有關單位的例行記者會，按時舉行，藉記者之筆，向社會大眾作會報。⑹某些企業組織的宣傳手法。

雖然記者會的目的、內容有極端的不同，但是它的形式卻大致相同，在一次安排下，發佈一些新聞給集合在一起的記者們，在發佈以後，記者可當場對新聞資料作更進一層的自由發問。最著名、最受重視的記者會，在國外當屬美國總統的白宮記者會了。我們國內有行政院新聞局的按期記者會，外交部、國防部、教育部、財政部等各重要部會都常舉行記者會，報館及記者都非常重視這些採訪機會。至於那些「公共關係」「宣傳」性的記者會，就有賴記者的新聞頭腦去應付處理了。

在瞭解了訪問的進行方式後，進一步便可以探索出訪問的進行技巧了。誠然，在本章開始已討論了許多關於採訪技巧的重要和要領，它雖不與新聞的理論相背，但其成長圓熟則不是全賴理論可達到，豐富的經驗，見識過的場面才是滋長技巧的沃土，像戰場上身經百戰，戰技如神的老兵，他的戰技是生命的一部分，也是生命付出的代價。

訪問進行的技巧，不是課堂上書本上可以致使純熟的，但並不是不能在那兒學到，就像做化學試驗，不是在教室裡、黑板上就可以完成的，它必須到實驗室、實驗臺上著手去做出來，它應先經教室、黑板的公式說明與步驟分析的過程；因此，我們這本書上列出訪問進行技巧的公式、步驟也是同樣必需的。這些理論只是引子，是基礎，供給有志新聞工作者，日後自我訓練，吸取經驗的張本，使不致有手足無措之憾：

㈠態　度

謙和儒雅的翩翩君子，是任何人都樂意接近的，誠懇的態度，尊重對方，寬舒雍容的態度，可獲得對方的親切熱誠；若要換得被訪問者的樂意合作，謙和、誠懇、雍容的態度必須修持。

㈡行　為

包括無意識的個人習慣動作，以及有意識的採訪動作。前者是指平日個人的行為修養，例如抽煙時吐煙、彈煙灰是否影響別人，喝茶時是否噓噓有聲，坐姿、立姿是否端莊，有沒有奇異而惹眼的小動作：挖鼻孔、摸鼻樑、抖腿、聳肩、笑時縱聲無忌、打噴涕不避人等等，如果不注重修養而惹人反感的話，很可能影響到訪問的進行。

後者是指訪問時，記者是否喜歡拿一支筆、拿一張紙故作採訪狀，這樣的行為，會引起被訪問人的膽怯和緊張，他們會變成緘默寡言或者滿心狐疑，記者對被訪問者談話作記錄，非常影響講話者的心理，尤其訪問的問題是嚴肅性的、糾紛性的，這使對象更緊張更小心，三思而言，言不由衷，結果訪問成績定然欠佳。在這種情形下，記者應該收起紙、筆，改用腦子去記，除非一些重要的數目字、專有名詞必須用筆記，相信當事人不會反對如此做的，相反的對某些專門化的內容，被訪者還希望記者用筆記以避免出錯誤。

㈢語　言

是指說話的本領與技巧；用中肯的語調先說明來意及訪問重點。「見人說人話，見鬼說鬼話」在平常的情況裡，這是一種非常虛偽和善變的惡劣習性，但只由字面上來解釋的話，倒可以應用在訪問時的說話技巧上。例如：今天訪問的對象是外交部官員，那麼你的措詞用句都必須合乎「外交官的水準」；如果今天訪問的對象是礦坑裡的老工頭，那麼你不妨嘴裡先嚼個檳榔，開口閉口來些粗俗俚語，倒反而會受到老工頭的青睞呢！

當然，這只是「術」法，絕不是正統性理論，戲法人人會變，各有巧妙不同，但萬變不離其宗，那就是：一顆善良、純正的心。

㈣發　問

成功的訪問應該是情感的交流和知識的交換，所以發問得當與否，影響訪問的成績。最好的發問，應該是在採訪前即花了功夫準備的問題，要得體，要中肯，要切題，要深入，要活潑。

發問時問題的設計有幾個原則：

⑴問題不能離譜，使對方無法回答，例如你訪問一位核子物理專家的問題是有關核子工程學的問題，雖然二者都有「核子」之名，實則相去何止千里！這就是記者學識不豐所造成的謬誤。

⑵問題不能不著邊際，無法有具體答案，例如你訪問一位醫生「您對抗癌的前途看法如何?」這問題怎麼回答呢？怎麼做具體的答案呢？

⑶採訪是要獲得更多的資料，以便做更深入的報導，因此在提問題時，不要讓受訪者僅回答「是」或「不是」，要使對方有暢言的餘地，常在電視上看到記者這樣訪問：「××小姐，恭喜妳得獎了，請妳告訴觀眾妳是不是很高興?」××小姐能說什麼呢？她只能說「是!」這種問答是最拙劣的訪問了！

⑷問題要新鮮，採訪新聞本來就是報導新鮮事，如果在訪問時問的都是老生常談，陳腔濫調，那有什麼意思呢？例如訪問電影奧斯卡獎得主，一般古老訪問公式是這樣：「請問您得的是什麼獎?」「您第幾次得獎?」「您是因哪一部片子，哪個角色得獎?」「您喜歡這個評判嗎?」——其實，這些問題的答案早在記者安排得獎人接受訪問以前就傳遍全球，婦孺皆知了，何必浪費時間多此一問？

在此列舉提問的技巧，可供受訪者作為參考：

1.開門見山法：即提問要命中問題核心，不拐彎抹角兜圈子。這種方式通常用於兩類採訪對象，一是記者熟悉的；二是指政府官員、學者或警察等。前者是因為彼此的情感交流早已建立，若過於客套反而顯得見外；後者則有相當的社交經驗和社會閱歷，容易理解記者的意圖；再則，這些消息來源具權威性，在突發新聞的情況下，時間緊迫，記者多以他們的意見或談話來說明新聞事實，因此記者若過於寒暄，反而顯得多餘。

2. 旁敲側擊法：對於敏感性新聞，記者常不容易獲得受訪者正面的回覆，此時記者仍需鍥而不捨，運用一些採訪技巧，才能套到新聞。例如，採訪內閣人事的異動名單，通常受訪官員都不願公開表示，記者或許可以從另一角度來發問，如提出一些可能的名單，讓對方回答。若名單不對，對方必定清楚告訴記者；而若猜對了，受訪者可能會以微笑默認，或回答「不知道」來應付。倘若記者還不能肯定，可以多詢問相關人士的意見。

3. 激將法：此形式通常用於謙虛不想談、有顧慮怕談和自恃高傲不屑談等採訪對象。這些採訪對象並不是不健談，而是因為種種原因不願發表意見，因此記者要透過一定強度的刺激來發問，促使對方由「要我談」變為「我要談」，進而打開採訪通道。

㈤禮　節

訪問除了說話技巧外，對人的禮貌也是不可失的，不尊重對方就是不尊重自己。

平日待人處世，講究的就是禮，有所謂「禮多人不怪」，就是強調注重禮節利人利己，青年守則中「禮節為治事之本」是最佳註腳。平時尚且如此，更何況變化多端、人際關係繁雜的新聞採訪工作中，若無「禮節」為依歸，勢必寸步難行。訪問人家無異求教於人，禮敬之心應該常存，對年高德劭的長者、對功勳卓著的英雄固然要尊敬，即使對一般地位相若或更低下一等的人，也要拋棄士大夫的虛矯身段，掃盡無稽的階級觀念，付出相等的敬愛之心，待之於禮，一定能圓滿完成訪問的。

㈥機　智

記者在採訪新聞時，會遭到各式各樣的事或人，在進行訪問的時候，對象也可能是形形色色的人物，有心神不寧，不能做有系統談話者。有優柔寡斷，不能暢所欲言者；有怕事之徒，不願招惹麻煩者；有刁能之士，專想巧取名利者；有發表慾強，滔滔不絕者。因此在訪問時，面對各種不同類型人物，得施用若干機智，爭取有利地位，控制整個訪問情勢。

在談話中，偶然獲得一些意外的新聞線索，立即判斷是否具有價值，採取應變措施；例如接著追問下去，或默記心中，拐彎再探！一個第一流的記者，不會耽溺於表面的現象，往往會從已知的新聞中發掘出更多的消息；在進行訪問時，適當地運用機智，他會抓住一些弦外之音，洞察一些新聞現象背後的東西，事實上，這些東西才是他對大眾最有價值的貢獻。

第四節　新聞來源保密問題

表面上新聞來源的保密問題，似乎與本章的主題——新聞採訪技巧並無太大關係，的確，新聞來源的保密應歸於新聞採訪責任的範圍之內，也可以包括在新聞採訪道德之內。

不過，若從新聞採訪技巧的角度來看，新聞來源的保密實在也是記者應當注重的技巧，只是它是隱性的技巧，並非經常用於採訪工作上，而是深深埋藏在訪者與被訪者雙方的內心裡，憑著這一份神交默契，愈發幫助記者採訪工作的順利。

為了顧全上述兩個角度的論點，本節「新聞來源保密」問題，擬作雙方面的探討。

※　　※　　※

當新聞自由論高唱入雲的同時，新聞責任亦為有識之士作相對等的提倡；於是「自由而負責的新聞事業」(A Free and Responsible Press)❽成了今日新聞業所努力追循的目標。

自由基於權利，限制基於義務；新聞事業茁壯於民主政治制度之中，而民主政治所賦予的自由乃奠基於大眾的需求，因此，新聞事業在今日不但一方面享受自由，一方面還負有義務；它所受的自由愈大，所負責任愈多，這是互為因果的。但，站在新聞採訪自由立場，我們更應認識清楚，取得這項自由的基本憑藉到底是什麼？──還是記者負責的態度。

記者所負的責任包括兩方面，一方面是指對社會大眾負責，一方面是指對新聞來源負責。前者我們已談過很多，分別散見各章節之中。而對於後者，最主要的一點是在需要保守新聞來源秘密時，一定要保守新聞來源的秘密。

新聞從業員的職業秘密的權利，雖然在法律上沒有普遍而明確的承認，但與新聞自由的原則有密切關係。新聞記者是以採訪新聞、發佈新聞為職業，新聞來源，是新聞記者職業秘密的主要關鍵，在自由民主的社會中，在自由競爭的制度下，各種行業都允許有限度的職業秘密。

新聞業的道德：當一位記者獲得了一則「秘密消息」時，他便要尊重這個秘密，而且不論受到任何壓力，任何脅迫，在任何情況之下，他都可以拒絕透露新聞來源，這就是所謂的「職業秘密」。諸如許多國家對於教士、醫生，及律師業都承認其「職業秘密之權利」，但是對記者的這項權利，一直未普遍被承認。

新聞來源的保密，是新聞記者要竭力堅守的權利，也是義務；這種新聞來源的保密權利，構成爭取採訪自由的一個重要環節；不透露新聞來源的保密義務，始終是新聞記者所負的雙重責任之一。

世界各國之中，有些政府在法律中對新聞記者的這項職業秘密給予明文保障，這足以證明新聞記者的職業秘密已獲得外界的重視。德國的刑事訴訟法中規定「凡因他人投稿而涉入法律問題者，新聞

❽ 美國哈佛大學哲學教授霍京(Willian E. Hocking)所提出的。

記者及發行人得拒絕陳述新聞來源。」菲律賓五十號共和法案規定「任何報紙、雜誌之發行人、編輯人及記者，不應被迫透露其新聞來源，但經法院及國會認為其係與國家利益有關者，不在其限。」這條法規似乎介於中間立場，既允許了採訪自由責任，也顧及到了政府與大眾的安全。

就社會利益及公共安全而言，對保障新聞職業秘密而使新聞傳播路途暢通無阻，和法院為了獲得證人而蔑視新聞職業秘密——作一比較，兩者到底孰重孰輕？各方看法不一。

美國名法學家、法學教授維格莫(John Henry Wigmore)反對法律給予記者這種職業秘密權利，他辯稱「某種關係上的人與人之間傳遞消息，成立不透露的特權」，需要下列四種基本條件才能成立：

⑴這種消息的傳遞，必須建立在「消息不會被洩露」的信任之上。

⑵雙方要保持十分良好的關係，尤其必須互相信任。

⑶這種關係，必須是社會輿論認為應當細心培養的關係。

⑷在正確的訴訟處理中，若洩露了所傳遞的消息，而造成此關係的損害大於所得的利益。(若洩露了消息來源，會造成此關係的絕大損害，超過其所得到的利益。)❾

請仔細再研究維格莫所列的四項基本條件，試加以分析，你會發現這些條件事實上是贊成新聞人員應得「職業秘密」權利的。雖然維格莫本人不是這意思，但他自己下的理論卻不支持他自己。

※　※　※

新聞採訪時，對新聞來源特別珍惜，不論是經常的來源或臨時偶然的來源，都是新聞記者的最大本錢，最大靠山，因此新聞記者必須獲得新聞來源的信任。而保守新聞來源的秘密一直是爭取信賴的維繫重心。

---

❾ 詳見美國馬里蘭州大學新聞學教授波恩(Garter R. Bryan)所作〈政府與新聞界〉一文。錄自《新聞學思潮與報業趨向》，聯合報出版。

歐陽醇教授曾指出:「新聞記者工作的範圍和接觸面廣泛,對人,上至廟堂公卿,下至市井小民;對事,大如國際政治,小如街談巷議,靡不包涵。……重大的新聞獲得,不是靠記者的油腔滑調得來,而是靠記者的誠實信用……。」在採訪技巧上,保持良好的人事關係是十分重要的,尤其與新聞來源的關係一定要維持得很好,因此記者對於新聞來源負有責任,除了保守秘密外,其次就是遵守諾言,在未獲同意之前,不要把「僅供參考」或「請勿發表」的消息貿然發表出去,為了逞一時「獨家」之快,而喪失了別人對你的信任,不僅從此斷絕了這個新聞來源,甚至會被否認或來函更正這則新聞。正如歐陽醇教授所說的,新聞記者的新聞獲得,是靠自己的誠實信用,贏取新聞來源方面的信賴,建立友誼,才可能在機會到來之時,優先得到情報。

由於調查採訪與深入報導的新新聞學興起,「新聞來源的保密」更形必要;當公私事務中涉及貪污、舞弊、營私、無能等醜聞時,消息封鎖與拒絕透露往往造成新聞界採訪與報導上的阻礙,因為在採訪新聞時遇有阻礙,所以報社記者也許被迫從正常途徑之外另謀新路去找新聞,這種情報的性質及涉及的範圍太廣,為了保護供給消息的人士,必須對新聞來源保守秘密;若消息來源暴露了身分,很可能遭到當事團體、組織或個人的報復,報復的方式很多,包括殺身之禍,如美國水門案件,記者在調查案情,搜集證據時,那個暗中供給消息的人,一直未被透露,這之間的深奧關係,實不可等閒視之。

因此,就新聞採訪技巧的立場觀之,新聞記者採訪事業中必須獲得新聞來源方面的信任,非得允許,絕不洩露新聞來源的秘密,新聞記者如一旦不能保持這種信守,等於職業信譽的破產,從此自斷生路,試問將如何繼續從事採訪工作? 不可諱言,新聞來源的保密問題,也是新聞採訪技巧中重要的一環。

第六章　新聞攝影

如果音樂是最暢達的語言，則照片就是最暢達的文字了；事實上，圖畫是人類最原始的形象傳播呢！

史前數萬年，我們的老祖先已在他們所住的洞穴石壁上刻繪出他們的「新聞」了，考古學家經常驚訝的發現，人類老祖先的圖畫報導，內容竟是相當豐富的——他們打獵的情形、偵獲野獸的形象、戰爭的故事、使用的武器、器具用品等；不可否認，圖畫乃是人類最原始的文字，倉頡造字，即是抽萬物之形狀、圖象。

二十一世紀的大眾傳播新世界裡，圖畫——並未隨著日月的更迭而褪色，相反的卻隨著攝影和印刷技術的進步，更是脫胎換骨，應運著新時代，依然在大眾傳播媒介中，扮演著不可或缺的角色；雖然今日的「新聞攝影」與遠古的「壁畫」在形式上、技巧上有著很大的差異，但它們給人類帶來的意義與影響則是相同的！人們對「圖畫新聞」❶的重視是恆久不變的。今天，各類新聞媒介中，除了無線電廣播之外，幾乎各種媒介都需要新聞攝影。

第一節　新聞攝影的意義

「新聞攝影」的定位到底為何？部分學者或攝影記者通常會導向探討照片的藝術或拍攝技巧的層面，忽略了對所報導的內容探討。顧名思義，新聞攝影該是新聞加上攝影。若與一般的攝影作比較，

❶ 包括電影片、電視、幻燈片、照片、圖畫等所傳達新聞內容的傳播型態。

無論從工具和方法上來看，其實沒有多少相異之處；只不過，新聞攝影的「內容」得具備新聞傳播媒體（如報紙、雜誌、電視等）所需要的幾個條件。舉例來說，是否報導了大眾關切或感興趣的問題，如核四的興建、觀光賭場的開放，或是「阿妹」的演唱會實況等；又是否符合時效性？是否具有人情趣味性……？事實上也是由於以上條件的限制，往往會使一張普通的紀念照片登上報紙的頭版，或者一張雖是攝影記者費盡千辛萬苦拍得的精彩畫面，卻因錯過截稿時間而被編輯扔進垃圾桶裡。

若說文字新聞善於報導事件的曲折與發展；那麼，攝影新聞就是善於表現事件的實況，例如人物的姿勢、表情、神態，就是文字難以描寫盡致的。而照片則能攝取最傳神、最精彩的一段。同時，一張精妙的照片，往往能深印在讀者的腦海中，雖非「繞樑三日」但也是「久久拂之不去心中的倩影」；甚至一幀有價值的新聞照片，除了是事件當時的說明，更是日後再現歷史的重要佐證。

而新聞攝影除了生動吸引讀者、加深印象與紀錄事物真象之外，在新聞學本身而言，還具有下列諸項特點：

(一)客觀而正確

新聞處理，首重真實，照片是現場的「攝影」，把新聞發生的人、事、地很忠實的呈現在讀者眼前，雖然拍攝的角度不同，畫面大小有侷限，但是在快門一按之下，新聞就「原形畢露」了，沒有主觀的修飾，沒有誇張的渲染，比較起文字的描述，其客觀性和正確性，程度更高。

(二)新聞照片是鐵證

有照片為證，自然可以取信於閱聽人。照片不但可以使你親眼看見，並且可以作為一種記錄和證據。如希特勒的死，就非常耐人尋味；當時就有傳言，說他可能逃到南美隱居等等，就是因為他與他的總理府同時焚化，而無法拍得希特勒死時的照片所致。

㈢補文字描述之不足

俗語說:「百聞不如一見」,文字傳播新聞時,常恨辭窮語盡時,還訴不清眼前事,但若一張照片,常勝過千言萬語。例如報導捕獲大黑鮪的新聞,除了用文字描述捕獲的過程,如果配合照片的輔助,更能使閱聽眾清楚瞭解「大黑鮪」究竟多大。如下圖:

抓大鮪

南方澳漁船吉隆號捕獲一條大黑鮪,重達三百五十四公斤,廿一日進港拍賣,每公斤七百六十元成交,共賣得廿六萬九千多元。這是今年宜蘭縣捕獲最大的一條黑鮪。(圖文:簡浴沂)

第二節　新聞攝影的原則與要訣

一張新聞照片,除了要具備第一節所說的「新聞條件」;在組成上,必須包括當時所有的人物、時間、地點,也要注意背景、政治意味等。❷另外,還要同時具備以下幾個特性,才能臻於一張成功的新聞照片:

㈠顯露人物特性

人物照,無論是個人或團體,往往最常見報,也是最能表現生

❷　見王介生,〈攝影記者要件〉,《報學》第一卷第一期。

動、趣味的圖片，可是卻也是最難發揮的攝影，我們常看到一些經過攝影記者安排後，千篇一律既刻板又無表情的人物照，根本抹煞了每個人物本身具有的特性，這種人物照，就是失敗的。

成功的人物照應該是在快門按下的一剎那，抓住了他（他們）顯露臉上的各種表情，只有這樣，才能顯出他（他們）當時的情緒，和各人的本質。

㈡顯示時間性

和文字新聞同理，新聞照片的價值乃在於其時間性；當然也有時間性較弱的照片，可以在某段期間內使用，無需在特定時日中見報，例如刊載在週刊或畫報上的軟性照片。

「時間性」，在新聞攝影方面的涵義是較廣泛的，可分廣義、狹義兩種。狹義的說，是指其內容，能顯示出時間的背景：冬天有冬天的服飾，夏天有夏天的裝束；晚上有晚上的閃光效果，白天有白天的光亮背景，這些都可以標示出新聞發生的「時候」。廣義的說，除了包括狹義的說法外，還應包括事件發生的「時間」——一剎那。例如：高樓火警場面，逃難人由七層高樓的窗口，從熊熊火舌中奮身縱下逃命的鏡頭，「咔嚓」一聲，搶到了這一剎那，其時間性有多強烈啊！

㈢表現地方性

讀者看到一則消息時，若單從文字上揣測、模擬事件發生的地方，多少會有出入的，而一張好的新聞照片就能很清楚、很具體的告訴讀者事件發生的地點了！

國際性新聞照片，尤其要注意地方特色的表現，一張外國「車禍」照片，如果沒有該國、該地方的特色，那又與發生在臺灣高速公路上的車禍場面有何不同呢？

㈣表達動態感

「動」是新聞攝影的一大特色。在拍攝新聞照片時，要能把動態的美表露無遺，人的表情也要生動活潑。如一群賽跑的選手衝向終點，一個棒球選手擊出再見全壘打的雀躍表情，一個喜不自勝的孩子望著他的耶誕禮物，一個選舉得勝的笑容等，都是動人的攝影題材。

人物照片，最忌諱的就是毫無表情的人頭像。如果我們對報導的新聞不多加了解，永遠只會拍到沒有特徵、沒有個性的照片；要造就比較動人的照片，就要去捕捉自然的瞬間。

美國的《時代雜誌》，對照片的選用，有獨特的見解。《時代》評論說，美國人照相時，總希望照出他們理想中的樣子。但《時代》則是刊出顯露本人原來面目的照片，如果刊登的人物有鷹勾鼻，或招風耳，或雙下巴等特徵，照片就把這些特徵顯露出來。像一幅滿頭亂髮的愛因斯坦沉思的照片；一張赫魯雪夫脫下鞋子敲桌子的怒態，都是深刻而動人，能給讀者不可抹滅的印象。

以上是新聞攝影的幾項重要原則，以下則列舉一些在新聞攝影工作上的實務建議：

㈠要主動發掘新聞題材

你的眼光不一定要鎖定在大型的專題或系列報導上，可以多留意本地新聞，是否有哪些線索值得報導。主動地開發新聞和照片，可以建立攝影組在編輯部內的專業形象，也讓攝影記者及早介入報導的規劃。

㈡參與新聞構思和規劃的流程

攝影記者多半只能拍拍人頭，就是因為在構思和規劃新聞的初期，並沒有與文字記者一起討論。因此，一篇完整而感人的報導，就有賴攝影記者和文字記者間的協調合作了。

㈢熟悉使用的相機

所謂「工欲善其事，必先利其器」，一個攝影記者首要條件，就是對照相機的認識與使用。例如，相機上刻有「2、4、6、8、15、

30、60」等秒數字樣，這是快門「慢速度」的標誌，「125、250、500、1000」等秒數字樣，則是「快速度」的標記，鏡頭上還有光圈的註明，光圈大小一般標表是「F 2.8、4、5.6、8、11、16、22」；在攝影時，便須調整快門速度和光圈大小，使底片得到適宜的速度和感光。

㈣抓緊拍攝的每一刻

你或許只有極短的時間，可以拍攝新聞對象；但是一宗新聞事件，並不因為你換鏡頭或換膠卷，而重演一遍。因此，你必須不斷觀察，若有風吹草動，就要把相機準備好，不要讓機會溜掉。

㈤和拍攝對象保持距離

當然你要尊重被拍攝對象的意見，但是為了客觀，就必須保持彼此之間的距離，特別是一對一的拍攝過程，你不能讓對方控制你和相機。

㈥建立一個底片歸檔的制度

這對自己以後搜尋相關的報導很有用，同時也方便他人運用。

新聞攝影技術問題很多，實非此處所能盡述，最主要的還是賴於攝影記者的自我訓練及平日工作經驗，這不是純理論性的，實際的經驗才是最寶貴的技術來源。

當然，緊跟著攝影而來的，就是底片的沖洗和放大的工作了，新聞照片的沖洗，也是以迅速、時效為原則，為了配合新聞發稿時間，也要遷就編輯部發稿、截稿的時限。至於沖洗放印工作，更是全靠自己的專業自習及訓練了！本章因顧及此一問題屬純專業性的學識，故不作贅述。

第三節　新聞照片的選用與處理

新聞照片的選擇與處理，在編輯檯上，除了要顧及版面的大小，還有許多重要的考慮因素，現簡述幾項採用照片的原則：

㈠具新聞性的

例如能配合文字新聞，且足以顯示該新聞的重點，使之更完整更生動。又例如照片本身即具有新聞價值，則只須配合的簡單的說明，就可構成一則新聞了。

㈡以動態照片居先

新聞照片的採用，動態照片就要較靜態照片優先。動態照片要以是否能抓住人物的重要動作或表情為選取標準。但同時必須鼓勵創造，因為千篇一律的照片，只會令讀者生厭。

㈢提供新知識的

例如新的科學發現、新的工業發明、新的智慧成品，藉著圖片的傳播，可更具體的供給這些新知識。另外對重大事件配合深入解釋新聞，往往借重照片、圖表作說明。

㈣富有啟發性的

一張有深度的照片、圖畫，可以深深地感動人心。圖片本身即是一種藝術，若能載道，則效果更大。例如常見到一些「舐犢情深」、「尊師重道」、「愛屋及烏」、「溫暖人間」及「愛的世界」……等等的人情味照片，不但富有啟發性，也具備了教育性。

㈤有良好風味的

照片報導的效果較文字強烈，大凡風味不好的東西，如屍體、大災禍下不幸罹難者的斷肢殘臂，尚可用文字酌加提及，若以照片加以報導，則令人目不忍睹，甚至連早餐都吃不下去，因此，在選擇照片時，特別要注意照片的風味，以免影響讀者心理健康，甚而破壞了社會純良的風氣。

關於新聞攝影的道德問題，基本上與文字記者所應遵守的道德規範是一樣的，只是表現的方式不同而已，現提供幾點建議，以作為參考：

⑴衝突或犯罪新聞的照片，要慎重處理。今日青少年犯罪案日增，其主要原因之一，乃是大眾傳播的不當內容的刺激影響，報紙、電視及雜誌的不健康鏡頭與畫面，足以造成青少年的犯罪動機與學習。因此，對於暴力、殘酷、盜竊等的圖片，應特別謹慎處理。

⑵妥善處理隱私權的問題。在此提出圖片的一般性隱私權界限——在公共場合裡，如車站、街頭，倘若路人被攝進鏡頭，則不算侵犯隱私權，但必須是真實的表達，譬如兩名男子攜手漫步的照片，若未經當事人同意，就用來附圖於同性戀或愛滋病的新聞特寫，此即不符合新聞道德，又如私人住宅或其他私人場所拍得的照片，則必須得到當事人同意。

⑶製造或變造新聞照片的問題。大致而言，要區別「拍攝」與「製造」照片的不同，其實並不難。當記者拍攝照片時，雖然用眼睛觀察，用腦筋構思畫面，但並不主動控制畫面，譬如拍攝火災、地震、車禍等照片。

攝影記者若主動控制畫面，甚至自導自演，與事實有極大的出入，並損害了專業道德。譬如記者需要拍攝一張青少年學生抽煙或飆車的照片，卻苦無現成的真人實景，於是自己掏腰包買煙請學生抽，或是唆使他們飆車，而後拍攝，此一情形就不是真人真事了，而是製造新聞了。

另一種「變造」照片，則是在編輯檯上進行。例如運用電腦合成的技術，將兩張單獨的照片合併變造，這種情形常出現在報導影視明星的花邊新聞上。同樣地，此種作法也有違新聞道德，不足以效法。

一張成功的新聞照片，係出自優秀的攝影記者之手，優秀的攝影記者除了要具備專業性的學識和技能，以及新聞眼光和藝術修養外，同時還需要有冒險犯難的精神和強健的體魄。

攝影記者是無法「電話採訪」「改寫資料」的，任何事件都必須

「躬身親往」，即使赴湯蹈火也在所不辭，因此攝影記者的工作不但特別辛勞而且任務艱鉅。例如：山難的深谷山澗之中、砲火連天的戰地、槍林彈雨的戰場、崩礦的地層危坑裡，都是他們親自出沒的地方；為了職責，為了服務，攝影記者不但要有堅忍不拔的精神，更要擁有冒險犯難的盡責胸懷。當然，任務雖第一，安全乃至上，若失去了生命，也就無法為讀者盡責服務了。

第七章　廣播電視新聞採訪寫作

報紙、雜誌等大眾媒介，通常稱為印刷媒介。而廣播及電視，一般則稱為電子媒介；無線電廣播（收音機），是利用電波來進行大眾傳播的活動，從其發展速度與廣大的聽眾群來說，比起印刷媒介，其進步速度是飛躍的；但後來居上，挾著雷霆萬鈞之勢的電視，可真是在大眾傳播界，投下一顆威力無比的核子炸彈。震撼了人類，震撼了大眾。它的機能與精確度，遠遠超過其他的媒介，它兼備了報紙、收音機、電影和雜誌的所有機能。不可諱言，廣播和電視是伴隨時代的進展、人類的需要而產生的，它同時也是日新月異的科學發明寵兒。藉著它們的傳播功能，將人類引領至另一個嶄新世紀。

第一節　廣播與電視的發展

新聞傳播隨著時代，不斷的蛻變進步，人類交通日益密切，世界縮小了；在任何角落裡所發生的重要新聞，在幾分、幾秒的時間裡，就得傳遞各地，使全球人人都知道，即使發生在外太空的月球之上的一舉一動、一事一物，經衛星轉播，幾秒鐘內，就完完全全呈現在閱聽人眼前了。因此，傳統的新聞傳播主要媒介——報紙，已感捉襟見附，難以滿足人類需要；代之而興起的，即是電子媒介兩大主角：廣播與電視。

廣播事業開始報導新聞、接受廣告是在一九二〇年開始的。第一次在廣播電臺播出的是一九二〇年，美國總統的選舉結果。這電臺叫 KDKA，設在匹茨堡。由於廣播傳遞迅速，無遠弗屆，效力宏大，所以廣受閱聽人的歡迎。另外，由於它的接受方式是透過耳朵，一種聽覺、聽力的接受，不是像報紙一樣，需經由視覺才可獲得，因此廣播的閱聽大眾也比報紙的要多。因為對於文盲、孩童而言，他們的知識獲得，經過耳朵要比經過眼睛容易得多。

在寫作方面，文字與口語傳播，其重點不一樣。在新聞傳遞的型態上，更是大相逕庭。從新聞事業的發展來看，廣播和電視的出現，已大大地擴張了新聞傳播領域。顯而易見的，在廣播未出現以前，報人的努力只是供讀者閱讀的新聞。而今呢？大家已可聽新聞了，及至電視發明以後，電視記者可以到處攝取新聞影像和錄音，一經播送，人們可享受到兼具視覺與聽覺雙重效果的新聞傳播了。這不但擴大了新聞的傳播領域，而且提高了新聞傳播效能。

商業電視開始於一九四一年七月。紐約的兩家電視臺，開始對大眾播送節目。因此可知，電視的興起也不過是近六十年間的事，但其成長之迅速，則是一切傳播媒介之冠。臺灣的電視事業創於民國五十一年十月，距今不過四十年光景，但它已成了大眾每日不可或缺的精神食糧來源。今日所有大眾傳播媒介裡，最具威力，最富魅力的，莫過於電視了。

由於電視對大眾有普遍的影響力，不論知識分子、未受教育者、老少童叟、富貴商賈、貧微寒士，都普遍接受電視的教育及娛樂功效，同時由於電視新聞兼具了廣播新聞的特色，因此，本章討論重點，較偏於電視的新聞寫作。

第二節　印刷媒介與電子媒介特性

報紙是以文字為其主要表現手段，作用是間接的，所謂「傳統新聞」便是指此而言。它完全依賴印刷和紙張；一則新聞、一項新知識、一個思想、趣味、故事，全是利用紙張傳達給大眾。印刷的速度與精確度，影響到傳播的效果。畢竟印刷媒介的速度跟不上時代的腳步，電子媒介的出現，將傳播功能帶到另一又精、又快、又完整的新境界❶。

傳統新聞學建築在紙張上，紙張是有限的，有面積，有重量的，它需要建立在廣泛的發行網。發行量有限，則效果就大受限制。而電子新聞建立的基礎則是富彈性且無太多限制的，如：⑴無線電(Wireless Transmission)即不受「線」的限制。⑵無限的發行：只要有接受工具，則同時可以供應無數人收聽、收視。⑶無所不到的立體發行網，不似報紙「線」型的發行網，它可建立在山顛、坑穴、水上、海底、空中、太空中，即使人無法到的場所，也可傳達。

印刷媒介，表現於文字的運用，它的通俗性有限，讀者只限於識字的人，而又具獨佔性質，在一定時間內，一份報，只能由一、二人共同閱讀。而且報紙的時效受限，只有一天的時效，晚報則更短。相反的，報紙的這些缺點，正是電子媒介的優點，廣播、電視乃直接訴諸聽覺或視覺，除了聾子、瞎子之外，其閱聽對象，幾乎無所不包，而且具有公開性，一架收音機或電視機，可以同時供應許多人收聽與收看。電子傳播之快速，正符合現代需要。

從另一方面看，電子媒介❷也有不及印刷媒介的地方：

⑴廣播、電視缺乏記錄性，且閱聽人接受時間極短，一閃即逝的聲音、影像難以重覆再來一次的。而文字傳播媒介，可以保存，讀者可任意重覆暴露於傳播內容之前。

⑵廣電記者在選取新聞題材時，必然受到採訪地點的設備條件限制，例如燈光不好，或無法及時趕赴現場採訪；而文字記者只需紙筆，新聞發生當時即便不在場，事後還可訪問目擊者，或觀察所

❶ 廣義的說，電子媒介除了包括廣播、電視外，還包括傳真新聞稿、傳真相片、傳真電報、電傳打字新聞稿、新聞影片、網際網路等。

❷ 此地所指乃狹義說法，僅指廣播與電視而已。

得重組資料。

⑶廣電傳播，需在節目播送的時間內接受，且必需具備接受器。報紙則可在任何時間、場所閱讀，且便於攜帶。因此，對於受播時間、地點，報紙讀者能自由去支配。

⑷電子新聞的報導，受時間影響，往往只能做表面化的簡述，不如報紙有足夠時間，利用資料，專欄篇幅，作有深度的報導。

⑸廣電新聞的現場報導，記者完全處於被動立場，對於當時發生的一切事物，不論是否有意義，是否有價值，都得傳播出去，不能加以剪裁，否則現場報導便會陷於中斷，而造成冷場。

⑹文字記者所報導的新聞，讀者可以從報紙上比較出來，若有誇大、不實情形，讀者有主觀的批判力去衡量，而廣播電視記者個人發生失真情況時，無人能知道，往往閱聽人明知其錯誤，而不覺其為錯誤，一閃而過的誇大手法，聽眾、觀眾往往沒有批判的依據。

電子新聞表現手法上，最引以為傲的就是實況(Life Report)、現場(On the Spot)以及遙控(Remote Control)。當這戲法一上，觀眾真有如置身其間，報導效果逼真而精彩，這是文字報導難望其項背的。

尤其電視新聞的出現，更是新聞傳播的顛峰，廣播帶給聽眾的只是現場原音，而電視卻供給了真面目、真聲音，可謂「集聲色之美」，它直接供應到人們的客廳，只要鍵鈕輕輕一按，它就光臨府上了，遠較文字媒介受歡迎，而且易產生依賴和感情。因為電視傳播幾近於一種面對面的傳統傳播，使人們有參與感、親切感，這種力量是非常強大的，正因如此，觀眾對電視新聞的報導，會毫無保留的接受，電視新聞的製作者、攝影師、記者，僅將事物真象送到面前，自己退到其次，很巧妙的推卸了責任，觀眾被螢幕帶到了現場，受其左右而不自覺，「耳聞目擊」是新聞真實性的有力證據，觀眾哪會再產生懷疑，提出異議？

當讀者讀報時，若發現記者的文字有所偏頗或嫌主觀，讀者會立刻發現而且可提出異議，這是印刷媒介在製作傳播時比電子媒介徵信上「吃虧」的地方。看電視新聞所獲得的是事實的全貌，是百分之百的事實，沒有任何製造、假造的偏見成分在其中，不僅為觀眾接受，連同報館、採訪記者、通訊社、管制機構，都不必到現場，在電視機前就可以採訪、管制、研究，成為對傳統新聞工作者的一大挑釁❸。

眾所周知，自從電子媒介中的新生寵兒——電視問世以來，深深地震撼了傳統新聞界，造成了印刷媒介自保的恐慌，報業尤其首當其衝，著實驚慌了一陣子；然而時間證明了一切。事實顯示：它不僅沒有威脅到報紙的存在❹，反而刺激了彼此之間的競爭，造就更輝煌的成績，報業採取的應對策略如下：

⑴截稿時間的再釐訂：為了搶發新聞，企圖與電子新聞一爭長短。

⑵分版付印：分距離遠近截稿，本埠版最後。

⑶新聞著重深度，發展解釋性新聞，電視新聞受時間控制，無法做到這點。除非另闢類似「新聞評論」的節目。

⑷增加照片、圖畫的運用，臺灣近些年彩色印刷的快速發展，已使報紙「多彩多姿」了！

⑸加速傳輸：外埠的新聞消息，利用電腦網路傳送。

當然這些策略也不過是戰略性的，事實上今日報紙新聞與電視新聞之間的競爭已不再尖銳了。原因是電視機裡播送的節目，娛樂性的搶盡了新聞的風光，也剝奪了新聞的時間，人們對電視的感情已然建立在娛樂性之上了；若存心想獲得些新聞、新知、指導，人們都會很理智的回頭再投身報紙懷中了！

---

❸ 見黎世芬，〈電子新聞學概論〉，《新聞學彙刊》第二期。

❹ 廣播也未被電視擊倒，反而刺激了「調頻廣播」系統的發展，提高了廣播媒介的功能。

在此特別一提，有關電視傳播的另一特點——民主政治活動上的瓌寶；一些懂得政治宣傳者，利用電視進行宣傳、煽動，無不取得大眾的支持與同情，尤其競選時，候選人想盡辦法，企圖現身螢光幕上，面對面的和選民說兩句話，或在攝影機下走向街頭，和群眾握握手，朝觀眾擠擠眼，也無需多言，只要求選民投他一票。歐美許多政治人物刻意研究、捉摸，且將電視當作做官的敲門磚。最有名的例子：一九六〇年，美國總統大選，兩位候選人甘迺迪和尼克森走上了螢光幕進行辯論，甘迺迪不但是有名的美男子，而且講究衣著、髮型，特別還有電視專家為他化了妝，更顯得英挺帥氣，加上他的雄辯滔滔，應對得宜，幾乎佔盡了優勢；而尼克森卻未顧及於此，出現在觀眾眼前的他，衣冠平平，髮型欠佳，也未曾修飾，與小甘相形之下，大失光采，天哪！這個人怎麼可以當總統?！儀表平庸，連自身都照顧不周，又何以治國事？除此，美麗的賈桂琳也伴君出現螢光幕，多麼美好的一對！那一定是個美好的家庭，甘迺迪值得信任，他定然有卓越的才華，觀眾們的神聖一票，多數投給了甘迺迪，尼克森失利在電視上。從此有心的政治家及政黨組織，對電視的敏感與重視更加深了。

第三節　廣播電視新聞寫作與型態

廣播工作到底是什麼？有人說：「是回到人類用聲音來講故事和敘述事情」❺。那麼，廣播新聞又是什麼呢？照前面的說法，我們可以說：「是記者用聲音來報導新聞和告訴新奇的事物。」

因此，在撰寫廣播新聞稿時，必須要注意兩項重要的原則：第一，文字要通順，讓唸新聞稿的人，很容易朗讀，而不會覺得不順口；第二，新聞的內容，要清楚明白，使聽新聞的人，不需要反覆

❺ 見 F. Fraser Bone原著，陳諤、黃養志合譯《新聞學概論》，第二七八頁。

思索。

基本上，廣播稿和報紙上刊登的文字新聞，寫作原則是相同的，但技巧上則大異其趣；下面則簡述幾個要點❻：

⑴廣播新聞稿，是寫給人聽的，不是寫給人看的；因此，初學者要訓練自己用聲音來思考。要知道自己所寫的稿子，在播出的時候會如何，最好的方法是，大聲唸出來；當然，你也可以在心裡默唸一遍就可以了。這樣做，可以看出不通順的句子、冗詞廢話和文意不清楚的段落。

⑵人稱代名詞使用要清楚，收音機裡的「他」「她」「他們」很容易造成不知道他是哪個他的混亂，最好是提名道姓比較清楚。

⑶廣播新聞寫作力求口語化，避免用艱澀的字眼，如「開會如儀」、「備極哀榮」、「甚」、「極其」、「異常」等，這些字眼聽起來確實彆扭!

⑷數字使用要小心，尤其寫在廣播稿上時，盡量用國字表達，如「五二〇〇〇」應寫成「五萬兩千」；「四〇〇〇〇〇〇」應寫成「四百萬」；「三一六七四二」應寫成「三十一萬六千七百四十二」，其目的是方便播報時的順利，播報時「四」和「十」的發音要特別清楚。

⑸度量衡的專有名詞，要特別註明，如：說「公丈、公尺、公寸、公分」，而不說「什米、米、分米、釐米」。說「英里、英尺、英寸」，不說「哩、呎、吋」，免得播音時和「里、尺、寸」相混淆了。

⑹使用專門術語時，應做適當解釋。

⑺重點可以重覆，因為廣播聲音一閃即逝，聽眾不能像看報一樣再回頭重新暴露。

⑻廣播新聞稿，字句要簡短、要清晰；精簡的幾個短句，就說

❻　廣播與電視新聞寫作，原則大同小異，分別討論於本節。

明了新聞事件，千萬別拖泥帶水，加用一連串無關緊要的形容詞、感嘆詞，說了半天，還是言不及義，徒然浪費了寶貴時間。

前面提過：廣播新聞和報紙新聞，寫作原則是相同的。因此，廣播新聞寫作的訓練和報紙寫作實在是相同的步驟。它要有好的背景、好的教育，並且最好受過專業訓練，並對一科或多門專業知識稍具相當程度；在新聞方面的經驗，是好是由實際新聞機構磨練出來的，如此一來，那支犀利的筆，必能既暢快而且公正；報導新聞時，不但要富有熱忱，而且要富有責任感，因為當稿紙上的文字化為聲音時，其無形傳播將飄進任何一個角落，落入任何一家客廳裡，傳入任何一個團體中。如無高尚的格調，或是毫無責任感的新聞，它的傳播將令人堪慮而擔憂。

因之，廣播新聞的採訪與寫作，大致上和文字新聞相似，只是廣播記者，常常用一架錄音機代替了紙筆，往往他的舌尖與他的頭腦同時行動，根本沒有思考和琢磨的餘地；正因為如此，廣播記者採訪的任務比文字記者的還要艱鉅；他的採訪工作更形困難，並不是採訪技術的困難，而是訪問責任的重大，要保持格調的高尚，確實不容易。

一般廣播電臺播送新聞的安排是這樣的：每鐘點（及半點）播報一次，每次十分鐘（或五分鐘），這些時間供給記者報導最近發生的新聞，而每逢播報新聞時，聽眾都希望其內容不要老是重覆才好，但願下午的廣播新聞都是中午時刻採訪來的；廣播媒介的特色，就在對聽眾作最快捷的新聞供給；在這種情況下，除了記者在外採訪（有時作些現場報導或錄音的特別新聞），電臺裡新聞編輯和編譯也隨時隨地從電傳打字機上挑出可以用的新聞，好供下一次新聞時間傳播給聽眾。所以，廣播記者的採訪工作是忙碌而緊張的!

接著是播報的問題，也就是語言的表達能力，包括標準的語言和流利的口才。

雖然，在日常生活裡，人們很少說「標準國語」；可是當我們打開收音機或電視，聽到的國語若是「ㄓ」「ㄗ」不分，「ㄏ」「ㄈ」不分，我們是不會原諒那播報員的，廣播媒介發展日趨精確，自身要求日益嚴謹，對電臺裡任何一部門，任何一工程，任何一角色，在要求上莫不力求完美。因而，今日廣播記者，本身條件素養上，除了應具備文字記者的各項能耐外，還需說得一口漂亮的語言，否則，勢難勝任廣播工作。

其次，廣播記者還要有語言技巧，即一般人說的「流利的口才」。廣播新聞的特色在於供給原音，打破報紙的時空限制，因而它經常要露一兩手，像：現場、實況，以炫耀它傳播的「逼真新聞」(Sophisticated News)，此刻的記者面對著「麥克風」，必須適當而靈活的運用他的舌尖，一如文字記者的靈巧手指；若在採訪前、播報前有了周全準備，則一次流暢的播音將順利完成。

如果遇到突發事件，或作街頭實況轉播的時候，記者就得一展口才了。當現場採訪的新聞具有風格和戲劇性表現時，他不僅要把事實敘述出來，而且還得傳播得生動活潑，如何做呢？怎麼表現呢？毫無疑問，這全賴記者的口頭表達能力了。他或者身在萬人演唱會上，或在反核遊行的行列中，又或處於大地震的災區裡；在每一種情形下，廣播記者對他眼前的情景，要忠實而生動的把實際情形報告給聽眾，而且要把悲戚、緊張、歡欣、愉快的情感氣氛傳達給聽眾。由於錄音機的普遍與改良，今天的廣播記者，對於新聞採訪多以錄音方式，所以他扮演的角色，是很重要的。有時是播音員，有時又是技術員，有時還得充當評論員。

關於廣播新聞的寫作應注意的重點，如文句的口語化、用字的通俗化、字彙的選用及字音的推敲，在本章前部分都略舉例子說明了，現單就廣播新聞寫作時會遇到的特殊問題，再加以說明：

(1)爭取聽眾乃是廣播必要手段，所以在新聞寫作時，應特注重

「引言」，務使「一鳴驚人」，對於關鍵性的重點，可加以重覆，以增加聽眾的印象。

⑵廣播新聞的「引言」與文字新聞的「引言」同樣要有力、簡捷，讓聽眾很快抓住要播報的是哪一方面的新聞，切忌讓人有「丈二金剛摸不著頭腦」的感覺。

⑶每一則新聞，要簡單清晰，字數不宜冗長，一方面是廣播有時間性，而且喋喋不休的聲音，會引起聽者的不耐。

⑷一般而言，每分鐘播音字數約一百五十字到二百字。寫稿子時，應按新聞價值而釐訂欲佔用的時間，並控制好字數。通常每段話不超過五秒鐘，每句話最好不超過十個字，但是要注意的，縮短一個句子的長度時，要避免改變原意和顯得支離破碎。

當然，上述諸項重點，也適用於電視新聞之寫作。二者同屬口語表達。

對於新聞的報導，電臺採用的方式都大同小異，不外乎下列各種方式：

1. 報導式：這是最普通的方式，就是把新聞消息的事實、經過加以報導。大部分是在播音室裡完成，也有在新聞發生實地作實況報導。

2. 訪問式：這是廣播新聞的看家本領，佔盡了天時、地利、人和（時間、媒介、原音）。採訪記者就新聞有關的人士，請他們做第一手資料的說明，或專訪該方面的學者、專家。

3. 評論式：針對報紙新聞的深度與解釋性，電臺對新聞報導也作背景、原因分析，而且作評論、推斷、預測等深入報導。

這些新聞報導型態也與電視新聞一般，二者同屬電子媒介，而且訴諸聲音的直接傳播，表達方式自然是一樣，但電視另外多了影像的特質。

商業電視始於一九四一年七月在紐約。雖然起步很晚，但成績卻出類拔萃的好。今日所有大眾傳播媒介裡，最具威力、最富魅力的，莫過於電視。尤其我國電視事業的發展與成就更是卓越，絕不讓歐美先進國家的電視成就專美於前。

電視的生命就是節目，除去了節目，它便一無所有，而「娛樂節目」、「新聞節目」和「教學節目」是電視節目的三大主幹。所謂大眾傳播功能影響就是這三大主幹的正常發揮，提供娛樂、供給新聞、傳播新知。

電視節目是五光十色，千變萬化，內容百般的求變，集合了歌唱、舞蹈、戲劇、電影、新聞、廣播、卡通、美工、音樂、特技……等等的藝術，所以「她有時莊嚴得像一座教堂，來講解課程；有時又像一座電影院，招待妳看場電影；演起歌舞來又像夜總會，播起新聞來又像是在搶報紙的生意，兒童把卡通片當成他們的樂園，主婦把看廣告當作逛百貨公司。」❼由此可知電視節目的製作，涉及到許多學識，有屬影劇者，有屬新聞者，有屬電化教育者，還有屬藝術者。而電視新聞採訪寫作，想當然是屬於新聞學理論者。

文字新聞寫作，傳統上是講究「導言與軀幹」「五W一H」「倒寶塔式」等原則，而電視新聞在寫作上是否也要遵守這些原則呢？

導言(Lead)，是一則新聞開始的引語，是極佔分量的一部分，其作用是將一則新聞中的精粹、重點摘要下來，以圖開宗明義，一針見血，立刻吸引閱聽人，同時意簡言賅的將所要告知的內容傳達給閱聽人，在文字新聞寫作上，通常指新聞的第一段就是導言，然後依次將重要的、次要的，依「倒寶塔」式順序排列。

軀幹(Body)，即新聞稿本體，亦即導言後的全文，其作用有二：⑴解釋導言。⑵補充導言。文字新聞的軀幹，並不只是一些導言的補充材料而已，它還是記者一展才華的園地；它要具有吸引力、段落分明、句法脫俗、詞藻優美等等，這都是文字寫作的技巧和要領。

---

❼ 見何貽謀著，《電視節目製作》，新聞叢書第四冊。

電視新聞的導言與軀幹在應用上，因為傳播方式與型態的不同而與傳統文字新聞寫作有所不同：

電視新聞深受「時間」的影響，每則新聞播報時間均以秒計，在短短幾十秒的時間內，要迅速而完整的敘述一則消息，無疑的，這些消息稿子，必定是精粹的濃縮，以至導言與軀幹溶合為一體了。兩者關係實是「不可分」的。往往電視新聞稿子裡的導言，就是該新聞的全部了，短短的幾句話，簡單明瞭交待了整個新聞的軀幹，舉例如下：同一件消息，在文字稿分導言、軀幹的寫法和電視稿的融合寫法，看看到底有什麼不一樣：

> 「您的愛心，不但拯救了我，也挽回了一個即將破碎的家。」「雖然您的生命已經終止，可是雙眸卻依舊明亮，今後我將用這雙眼睛服務患者。」（導言）
>
> 去年五月二十日，一場車禍奪走了馮承福才二十三歲的年輕生命。一年後，四名接受其器官捐贈而重生者，來到他的陵園表達謝意……（軀幹）
>
> 去年五月，十幾位生命垂危的病患，因為車禍腦死的馮承福捐出全身可用的器官而獲得新生。在馮承福一週年忌日的今天，獲得器官捐贈的病患跟捐贈者家人一起到墓園悼念這位捐出可用身軀、改寫他們生命的救命恩人。場面溫馨感人！

由上述例子，可以窺蠡出兩種稿子寫法的區別，不只是導言、軀幹的截分，而後者那篇稿子，不難看出其寫法是符合廣播稿寫作的原則。

因此，我們可以看出導言與軀幹在電視新聞寫作中是不太容易分開來的。除非有夠長的時間，允許詳細報導，並配合新聞影片，否則可以依照傳統新聞寫作方式，按部就班的寫好新聞。

※　　※　　※

一則新聞的六個重要因素： Who, What, When, Where, Why, How，雖然並不是每條新聞都由這五個W、一個H構成，但如其存在則不可漏列。

電視新聞寫作時，能夠完全具備這五W一H嗎?

答案是否定的，因為若要將五W一H統統裝進一則報導裡，是要佔用很多時間和篇幅的；在寸陰寸金的電視節目中，新聞播報是愈節省時間，愈簡明才好。因此，寫作電視新聞時要抓住重點，根據新聞內容、性質，取其重者而捨其輕，刪除贅言，力求開門見山，一針見血的報導效果。

事件的發生，其新聞價值在哪一部分？是發生的地點，如車禍或劫機事件，電視報導時就該告知觀眾在哪裡發生的。如果是發生的時間，如考試報名的起止日期、繳交所得稅的申報日期、民生物資調漲的日期等，這就是電視新聞必須包括的When。如果新聞的主要關鍵是人物，如前李登輝總統訪問母校康乃爾大學的消息，新聞報導時，必是以李前總統為主，這是Who的重點。而「為什麼」(Why)和「如何」(How)這兩個新聞要素卻很少放在導言中。如果時間許可，「為什麼」和「如何」可以放在後面的段落裡介紹，但這兩個要素都經常被忽略。電視新聞的寫作，就是這樣採重點發揮的，並不硬要寫齊了五W一H。因為電視上不允許作無所不包的解釋性新聞，其最主要任務，是在為觀眾作天下大事的摘要而已。

新聞寫作常因其價值、時效、重點而有變易，因此在探討原則性問題時，並不代表那是絕對性的，相反地，它是富有彈性的，可作權宜變通的。

至於電視新聞寫作通則，有許多與廣播新聞寫作要點相同的。但電視新聞本身傳播型態特殊，與傳統文字新聞迥然不同，它應是同時具有形象、聲音、文字等三重效果的傳播媒介。但目前的電視新聞，似乎尚未將報導方式，開闢出一條自己的路，在某些方面，依然擺脫不掉廣播及報紙的傳統方式❽。

現僅就寫作方面，針對電視的特性，列出幾項值得注意的通則。

㈠口語化

電視跟廣播一樣具有「聽」的特性，而且它還是視聽兼司的成品呢！由於電視的傳播者對閱聽人所採取的傳播型態具有面對面(face to face)的傳播性質，因而要注意播報消息時應以親切的語調及態度進行。要親切，就得先求大眾化、普遍化，當寫作電視新聞時，措詞用句都應是我們平日習見、習聞、習用的。因此切忌生硬冷僻的字眼、句法。

㈡明確化

電視觀眾是最複雜的大眾，他們的知識水準、經濟情況、生活程度都不同，甚至也可能相差很大，因此在報告新聞時，所用的口語要十分明確，免得造成某一階層的「障礙」，以致傳播中斷。所謂用語明確化，就是避免用模稜兩可、含混不清的字句或語法。例如：⑴美國卡特總統作風樸實，不尚矯作——改為——美國總統卡特的作風樸實，不喜歡做作。⑵因飛機失事而逝世——改為——因飛機失事而喪生。電視上影像聲音稍縱即逝，萬一曖昧不清，則無法「重來一次」，不如報紙可「研讀再三」，直到心領神會為止。

㈢中文化

這是專對外文翻譯表達方式而言，外國人名、地名等專有名詞，新聞局與中央社有統一譯名資料作為依循，應力求一致。在傳譯外電新聞時，設法將之中文化，就是充分以中文語法表達，用我們習用的語言方式與表達方法來傳播，千萬不要生吞活剝的用「洋涇浜式的中文」傳播給大眾；例如：中東在達成持久解決之前，仍然是有漫長而艱苦的路程要克服——改為——要徹底解決中東問題，還

❽ 同前註，見第十三頁。

得花很長的時間去克服許多困難。

㈣電影化

即是發揮電視新聞的特性，將觀眾帶至新聞發生現場，讓觀眾目睹事件發生的實況。電視運用的方法有「現場轉播」、「實況錄影」、「拍攝影片」，使新聞電影化，儘量以「動態畫面」呈現給觀眾。新聞稿則必須與畫面影像作良好的配合，六十秒的影片，文字應在一百三十字左右（每秒以二十三字計）。但現場報導，或實況錄影的情形下，播報時應當場同時錄音，不需回到辦公室再配音，更不應有「無聲影片」加以旁白的偷懶情況。

※　※　※

「電視是世界的耳目」美國聯邦傳播委員會的委員——弗瑞達・班諾克(Fridea B. Bennock)的說法：「它能使新聞的意義更充分為人了解」。今日電視的神通廣大，已將人類的新聞傳播帶至一個真正「秀才不出門，能知天下事」的新境界，更使一個不是秀才而是一個目不識丁的人，也能知天下事，因為電視傳播內容力求大眾化、普遍化；當然，電視新聞寫作的第一原則也在於此！

第八章　新聞媒介的公信力與採訪

第一節　新聞媒介的公信力與其重要性

新聞事業有其商業特性，和一般的商品一樣，具有商標、商譽及商品本身。而這三種特性即為新聞媒介所代表的公信力或稱作為可信度。一般的商品若無法獲得大眾的信任和認同，或許會面臨銷售量和收益的降低；新聞媒體若缺乏公信力，不僅會影響銷量或收視（聽）率或廣告等收益，還會使大眾無法相信媒介所提供的訊息；使人民無法監督政府，而政府的施政或決策也無法傳播給人民，阻礙社會進步和國家的發展。

美國在第二次世界大戰期間，全美各地充斥著一千多種謠言，而這些謠言絕大部分具有打擊政府或傷害社會某些種族團體的濃厚色彩。學者發現謠言除了會強化人們現有的態度外，更會使人的態度傾向兩極化，加深社會團體間的歧見與仇恨。

這些謠言和小道消息之所以會如此猖獗，原因是當一個國家遭受到緊急危難，或是內部發生衝突變動時，大眾對資訊的需求將會急遽增加，而如果大眾無法相信新聞媒體所說的資訊，人們將會轉而依賴其他的非正式管道來獲取資訊，而小道消息和謠言也就如此大量肆虐。

因此，新聞媒體的公信力若無法建立，其社會各階層團體均無

法和諧共處，政府和人民彼此也可能造成不信任感，社會各界也將無法產生共識，衝突和危機將應運而生。❶

第二節　影響新聞公信力的因素

由閱聽人的使用分析觀之，影響新聞媒體公信力(Credibility)的因素，有四個主要的因素：對記者的信賴度、媒介使用習慣、政黨傾向、人口變項。

閱聽人和媒體都隱含有既定的立場，閱聽人會傾向於暴露在和他所期望和相似立場報導的媒體；例如政治立場較為支持國民黨的會選擇接觸《中央日報》。再者，閱聽人也較為信任和其立場相似的媒體，並認為其使用的媒體較未接觸的媒介更有公信力。媒介的使用習慣即指閱聽人使用頻率較高的媒體，通常閱聽人會依其使用習慣而認定其媒體是可信任的。人口變項中有包括許多因素，如：性別、教育程度、薪資收入等。通常教育程度高的人，會認為電視較無可信度。

在一九九九年四月召開的年會上，美國報紙編輯人協會(American Society of Newspaper Editors)針對報紙的公信力一直處於相當低的水平上，就公佈一份問題研究報告(Why Newspaper Credibility Has Been Dropping)，內容包括六個影響報紙公信力的因素。這六個因素包括：事實、名詞或數字和語法方面的錯誤，不能一貫地尊重讀者的意願，記者和編輯的偏見，一味地追求聳動效應，價值標準和行動不一致，與新聞界有過接觸的人士激烈地批評新聞界等。

事實、名詞或數字和語法方面的錯誤上，根據傳播學者這歷年來所做的調查研究，臺灣報紙的錯誤率也一樣偏高。民國七十一年鄭瑞城的研究發現報紙的錯誤率高達44.5％。民國八十一年羅文輝、

❶ 羅文輝，《新聞理論與實務》。

吳翠珍調查研究發現國立空大學生對電視新聞可信度的看法，以0分至100分的量表，請受訪者為電視新聞的公信力加以評分。結果發現男女受訪者對電視新聞在各方面的評價都不高。研究發現在電視新聞的正確程度上，男性平均分數為64.95，女性為67.55，在電視新聞可信程度上，男女分別為67.71與70.89。

另外，針對臺北市十六所高中學生，探討對報紙與電視報導總統選舉問題公信力的評價，結果發現受訪的高中學生對報紙和電視新聞的公信力評價不高。在電視新聞報導總統選舉問題的公正、正確、完整、信任程度，平均分數分別為66.63、69.19、66.02、67.02。在報紙報導總統選舉問題的公正、正確、完整、信任程度，平均分數分別為63.82、65.63、67.05、64.19。❷

新聞媒體的報導正確應該是所有新聞從業人員最應遵守的天職之一，中國新聞記者信條第四條也明文規定：「新聞記述，正確第一。凡一字不真，一語失實，不問為有意之造謠誇大，或無意之失檢致誤，均無可恕。」但報導的誇大不實卻也是一般讀者對新聞界的最大批評。

即使人員素質、配備最為整齊的《聯合》、《中時》兩大報，有時也會出現同日刊出對同一新聞兩種截然不同的內容報導。例如在兩報頭版曾報導大陸探親辦法的消息，但在內容的方向上，一則從嚴，一則從寬，使讀者無從知道該要相信哪家報紙的說法。

美國著名的美聯社就曾經發生和事實不符的嚴重錯誤。未加以求證即刊載老牌諧星鮑伯霍伯過世的惡耗，釀成誤發「聞」的烏龍事件；早在一九八九年六四天安門事件爆發後，鄧小平去世的消息隨即經媒體揭露，事實上經過不斷地求證，其屬另一樁烏龍事件，鄧小平真正告別人世的時間其實是在一九九七年的二月十九日。

在記者和編輯的偏見上，根據美國報紙編輯人協會的調查發

❷ 同註❶。

現，四分之三的美國成年人認為，美國報紙存在著明顯的偏見；也就是不夠客觀、中立。這樣的偏見一是來自於外在的偏見，主要指有勢力的組織和個人對報業的控制、影響；第二種偏見是內在的，主要指記者、編輯的觀點、愛好、價值觀等。

在過去的幾年當中，有許多燙手的新聞，如戴安娜王妃車禍、呂文斯基緋聞案等。可悲的是報紙把真正重大的新聞和駭人的聽聞的新聞混合在一起，產生了聳動效應。

在具有聳動效應的新聞中，常常出現大量匿名的新聞線索。如此做的結果當然保護了新聞來源，守住了報紙一時的競爭優勢，但是嚴重地傷害了報紙的信譽。

歸納出影響新聞媒介公信力最主要的因素，有以下幾點：

㈠製造新聞及扭曲真相

「真實性」是新聞的基本性質之一，不然，新聞將與「消息」、「謠言」混為一談。所謂真實性，是指它必須是個「真實」(Fact)，且的確在時空裡發生的「事件」(Event)。新聞學者柯普爾(Neale Copple)也說：「事實、事實、再加上事實。一句話，你要把事實敘述清楚」。

製造新聞是傳播界的大忌，它有兩種類型：一種是「自導自演」式；一種是「閉門造車」式。「自導自演」式，新聞史上最典型的例子，是美國紐約的《新聞報》與《世界報》在一八九六年至一八九八年期間，製造了一件轟動全球的戰爭新聞，那就是「美西戰爭」。紐約《新聞報》的報人赫斯特(William Randolph Hearst)從鼓吹戰爭到親自加入戰爭，堪稱「自編自導」。

「自導自演」式的製造新聞，它雖是一手製造，但仍有一具體的事實存在，並非全偽；至於「閉門造車」式的製造新聞，則是憑空捏造，全屬子虛。一九八一年美國《華盛頓郵報》女記者珍妮佛·庫克，杜撰一則「吉米的世界」，還獲得該年的普立茲新聞特寫獎。

此事被揭發後，該報則立即向讀者澄清和道歉，同時極力恢復報紙信譽。

製造新聞在報導中不常見，歪曲真相則司空見慣，比比皆是。它或許是部分失真，或是遺漏一些事實，或是誇大某一部分，或者未能正反並陳等等。例如：我國第一次總統直選開票日當天，眾多家媒體為搶先機報導開票最新的結果，部分媒體未等中央選委會公告開票結果，即率先灌水搶報數字，部分媒體後來經證實和中選會的票數有部分出入。

防止記者道聽塗說及捏造新聞的有效方法之一，即是要求記者在新聞中指出明確的消息來源，即使受訪者不願透露姓名，或是遇到不宜指出消息來源的情形時，也應在新聞中說明原因，以表示對大眾負責。國內記者在報導新聞時，常不指出消息來源，常用的詞彙如：據瞭解、有關單位表示、學者專家認為、一般人認為等含混的指出消息來源的方式，需要加以檢討。

㈡公正、客觀及中立報導

客觀應該是一種呈現資料的方法和方式，以倒金字塔的方式呈現(The Inverted Pyramid Story)，且事實和意見分離，評論和報導分開；且報導不帶情緒性觀點的新聞，不加諸自己的主觀意見。美國新聞守則(Canons of Journalism)揭櫫：新聞之記述與意見之發揮，兩者各有其分際，不可混淆。意見與事實分開，且每條新聞不可雜以任何私見，或帶有任何偏見；唯特稿之類，顯係為鼓吹某事而寫，或某種新聞稿，由記者個人簽名發表，其中結論與釋義，記者本身可負責任不在此限。❸

接下來我們再來看一則新聞，便是有關陳進興的槍決案一事。陳進興於民國八十八年十月六日晚上九時三十三分伏法，《中央日報》與《中華日報》於八十八年十月六日與十月七日所報導的相關

❸　李炳炎、陳有方，《新聞自由與自律》。

新聞我們可以來討論一下關於新聞客觀的問題。《中央日報》的內容是很客觀的陳述了陳進興及其他八位死刑犯的槍決事件及受害人的陳述，沒有太多的感情因素。而《中華日報》則是以一篇較柔性的訴求：陳進興不希望遺害下一代，與一篇較為受害人叫屈的：白冰冰不能原諒陳進興，兩篇文章來做一比較性的報導。我們用兩報都以白冰冰為訪談對象的兩則新聞來比較，在這裡可以很容易的看出新聞客觀的重要性。

中央日報吳佳晉、管仁俊・臺北一林口訊

……陳進興伏法一事，大批媒體蜂擁而至探詢白冰冰有何想法，白冰冰先反問一句「你們覺得這個正義來得早嗎?」，接著她指出，陳進興的死無法給她任何慰藉，因為陳進興造成的錯誤再也無法挽回，「如果不是陳進興，我又何苦再忍受人工受孕的痛苦」，白冰冰沉痛地說，到現在她仍無法走出失去愛女的創痛，再加上人工受孕又宣告失敗，白冰冰近來心裡並不好受，夜半不時偷偷啜泣，祈求曉燕在天上保佑她第二次人工受孕可以順利成功。

白冰冰表示，陳進興死前滿口神話，如果陳進興有良知、真的有心悔改，就應該供出槍枝來源，並且釐清案情經過，包括同夥五名男、女是誰，還有一直和她交涉的那個女的究竟是誰，白冰冰最後建議，陳進興應該公開他名下帳號，把所有財產全部捐出來賑災，這樣對社會才有幫助。……

中華日報記者戴淑芳／臺北報導

……身為受害家屬的白冰冰坦言，陳進興的死不能讓她釋懷，從此她不願再提這三個字，但將努力為社會公益盡心盡力。從白曉燕案後，白冰冰因堅持對陳進興的深惡痛絕，而被冠上「強勢受害人」的封號，部分社會人士甚至因而轉移愛心到陳進興，讓白冰冰大感不以為然，白冰冰說，「明辨是非才是真君子，濫好人只會姑息養奸」。所以她認為，陳進興的罪可以原諒，但不能忘記，他必須為自己的過錯負責，而社會更應關心大多數受害的人，至少她白冰冰就會努力去幫助好人，而不會白費力量去包容壞人。

為了再生一個小孩，白冰冰忍著天天打針，讓兩手臂與屁股都近麻痺，到了美國接受人工受孕後，連咳嗽都不敢用力的痛苦，但最後還是保不住胎兒，想到這些苦，白冰冰就不由得怨恨陳進興等人，她說，要不是陳進興他們狠心殺害白曉燕，她何必要如此辛苦，而這刻骨銘心的悲痛，讓她恨不能親手打陳進興，就算是一巴掌也好。

因此，白冰冰面對原諒陳進興的聲音，也坦言，那種失去至親的痛，不是說原諒就能原諒的。她說，社會忘了陳進興帶來的恐懼，但那些曾被他強暴、傷害的婦女朋友怎麼辦？難道她們的眼淚就要白流嗎？白冰冰強調，她不承認陳是人，她寧可努力去幫助社會上善心、無助的人，畢竟社會上還有很多的受害者需要大眾關心。

以上面兩則新聞來比較，《中央日報》所報導的內容較不具煽動力，而《中華日報》的內容則使用了一些感覺較強烈的字眼。《中華日報》的讀者可能因此被記者的報導方式所影響，而因一時的情緒反應不能客觀的看待事件。

當記者採訪新聞事件時，相關的人、事、時、地、物都要顧及到，並加以參考，並摒除自身的主觀立場，公正的（或公平的）報導該事件。但其實這裡我們會發現一個問題，就是所謂的羅生門效應。記者訪問了四五個不同的人，得到了四五個不同的答案。例如：黃兆能在陳添松議長家中遭槍擊焚屍的新聞。各人有各人的說詞，要相信誰好? 是要相信黃兆能的家人還是陳添松的說詞? 此時記者便只能依靠自已的判斷,以不偏頗任何一方的態度來撰寫該新聞稿,才能達成所謂的公正的報導。從民國八十八年十一月二十六日到八十八年十二月十一日的《中國時報》與《中時晚報》上來看,事件的發生至今,記者從一開始的態度至今皆採取了折衷的立場來報導該事件。有報導陳添松的說法,有報導黃兆能家人的說法,還報導了檢調單位的說詞。把所有的相關事項全部報導在閱聽者的面前,讓閱聽者自己去判斷、解讀。這便達到了平衡的手法,公正的報導該事件的各個角度、觀點,而非一面之詞。❹

㈢新聞道德和專業素質

1.隱私權的侵犯

媒介最重要的責任,固在滿足大眾「知的權力」(The Rights to Know),但在另一方面,也得尊重人們保護隱私不被揭發權利(The Rights to Protect Privacy)。兩者的分際,在於是否與公眾利益,或社會安全有關。若與公眾與社會無關,純屬私人事務,如將引起個人精神之不安,此即侵犯了隱私權。

隱私權大致可分為: 私人生活受到侵擾、錯誤刊登,破壞個人形象、竊聽他人的秘密或妨害秘密通訊、未經同意公開其私人財物、未經同意報導其私人生活。

但為了維護新聞自由,個人的隱私權在公眾利益與興趣發生關聯時,則要受到某種程度的限制。在新聞報導方面,根據美國新聞法學者潘柏(Don. R. Pember)的看法,可予以刊登的有下面七點:

⑴合法的公共利益與公共興趣。

⑵關於捲入有新聞價值的個人之事項,有刊登的特權,但刊出的資料,必須是與新聞有關的事項。

⑶公眾人物的個人事項,通常有刊登的特權。

❹ 朱尚禹,《從社會新聞論傳播媒體責任及社會價值》。

(4)採自公開紀錄的事項，但事項中變動，則減少特權。

(5)若將事實小說化，不可確證其人。

(6)個人照片與新聞無關時，使用時要小心。

(7)「實情」只是隱私權法中的部分辯論，在涉及私人事務時，如果所刊者無新聞價值，雖屬實情亦不可。

英國戴安娜王妃生前曾被英國狗仔隊偷拍到島上渡假的清涼照，我國陳水扁總統女兒也曾在工作之際，被記者打擾工作情形；記者未透露身分，但使用秘密攝影器材拍攝。諸如這些揭人隱私的報導，或許將會吸引許多讀者或觀眾的關注，但如此的報導只會使人心敗壞、沉淪，社會風氣和社會秩序趨於敗壞、混亂，也足以使具專業形象的新聞媒體無公信力可言。

2.誹謗罪的成立

涉及誹謗，已為一個法律問題，而如何來避免誹謗，應是新聞媒介道德的問題。所謂誹謗，即為用言語或文字使某人招致公眾對怨懟、羞辱、輕蔑或引起公正人士對某人心存成見，並因而剝奪社會大眾對該人信心及友善溝通機會。誹謗又區分為文字誹謗和口頭誹謗。

造成誹謗的情形包括：企圖使他人遭受公眾的懷恨與不齒、企圖使他人在社會中失去顏面、對具有善良道德的品性加以損害、以可恥之事歸於他人、使他人尊嚴受到損害。

新聞從業人員易犯的新聞誹謗，意指意圖以新聞傳播的方式散佈於眾，從而指摘足以毀損他人名譽之事，而由於新聞傳播的受眾範圍廣，且新聞媒體本身需要負起社會責任，如此做法將有違新聞道德之規範，而新聞媒體蔚為第四權，其應該具備高度的公信力，新聞的傳播感染力很大，容易造成討論；因此，新聞誹謗一旦成立，必須依照刑法予以加重誹謗罪。如此，新聞人員本身不僅須受法律制裁，連帶的其新聞媒體的公信力將大受影響。

民主社會中,「公信力」是新聞媒體的最重要資產。近年來,臺灣發生了許多前所未有的變動。政黨輪替、政治鬥爭的湧現、失業人口的激增、股市不斷地跌落、災變和傳染病的頻傳。新聞媒體面臨這樣快速變遷的社會環境,極需要更準確、專業的意理處理新聞;因此首要改善的即是提高新聞媒體的公信力,才能使新聞媒體做到監督政府,發揮新聞媒體告知、守望、監督政府的功能;以帶領社會走向更為進步的未來。

第三節　新聞媒介公信力的評估

最近十年來,美國報紙的信譽不斷地下降,這個問題一直困擾著美國報業。

在一九二二年成立的美國報紙編輯人協會,曾提出如何評估新聞媒介公信力的看法。從兩方面進行評估:

㈠新聞媒介本身的可信度(Credibility)

1. 道德倫理標準:美國威廉博士(W. Williams)訂定的「報人信條」(The Journalist's Creed)及我國馬星野手擬的「中國記者信條」所規範的新聞工作的道德規範。諸如:報導正確、評論公正,善盡教育責任、維護社會公共利益的責任及嚴守專業意理,負起政治、社會改革的責任。

2. 尊重隱私:新聞工作者所取得的新聞涉及私人事務,而與公眾利益或興趣無關,或其報導侵犯個人的生活安寧,引起個人精神上痛苦或不安時,便超出新聞自由的範圍,也侵犯了他人隱私。

3. 意見和事實分開:記者在報導新聞事件時,僅以正確、真實的事實予以闡述和解釋,不能添加個人的主觀意見或評論。報紙的社論和專欄才是提供記者述其意見及評論的管道。

4. 新聞是否該報導而未報導:由於新聞是大眾所切身相關或者

關心的話題，但記者卻未善盡職守，使大眾知的權力因而喪失。就如同曾經有一生活消費新聞，報導知名的玉米片內有小黑蟲，卻未予以公佈產品名稱，只點出為全球最大品牌製造商。

這不僅是犧牲了讀者知的權力，也使得這一則報導降低它應有的資訊價值。

5.是否受企業的控制：新聞媒體為一社會公器，它屬於社會，必須為公眾服務，反映公眾的意見，且公眾也能透過它表示自己的意見；但新聞事業也為一營利事業，其銷售量和收視率和廣告收益，足以影響新聞事業的穩定成長。因此，有公信力的新聞媒體應該擁有專業的新聞自主權，不受企業支配，直接對社會大眾負責。

6.是否公平、公正：著名的傳播學者羅森奎(Rosengren)提出專業意理的四個概念，真相、中立、把握事件的關鍵意義和平衡。其中立指的是大公無私、不偏頗的報導事實，平衡即為公平，採各方的說法、意見，而非單一方的片面說辭。

7.是否給閱聽人自大的感覺：新聞媒體肩負重大的責任，且為一社會公器，應該具備專業的精神和素質與內涵，也就是以為公眾服務為目的，不該有匠氣及讓人有自大的感覺。

8.新聞工作者的知識是否受認可：新聞事業應該為一種專業。記者必須經過嚴格的教育訓練，有精博的知識及專業的技術；有嚴密的組織與紀律，且通常有一定的資格認定。

9.媒體是否相互攻訐：新聞媒體是靠專業的形象建立，塑立其權威和信任；不應以營利為目的，面對其競爭對手應以合作及尊重來對待和交流。

㈡媒介的社會關懷面向

1.是否關心社會： 傳播學者Barber認為新聞媒體在專業的表現上，應該要有系統、精博的知識；有一套道德規範外，應該還要注意社會利益。新聞媒體工作者的第四權是由全體國民所賦予的權力，新聞媒體應該本著取之於社會、用之於社會的感恩心情，回饋社會並增進全民的福祉為優先考量。

2.是否了解讀者的想法：並非是一味地以大眾喜好為新聞價值的選擇標準，而是將讀者喜歡看也應該看的資訊，做出內容紮實、文字精簡、照片清晰與題材新鮮的公正客觀且具前瞻性的新聞。

3.是否站在讀者的立場報導：傳播學者Ryan & Tankard指出，過分重視新聞價值的結果，導致新聞流於不切實際及事件導向（行動導向）；使閱聽人只知其所然，卻不知背後的原因，新聞只為一種浮面不夠深入的垃圾資訊。也形成新聞的過分煽色腥，其多量的犯罪、災難性、性醜聞及怪力亂神的新聞充斥；而這些資訊大部分都與讀者無關，不僅對讀者無益，同時更危害讀者，扭曲讀者的價值觀，影響民眾對新聞事件的認知，對社會亦造成不良的影響。

4.報導是否危害社會：新聞媒體為了刺激銷路，特意誇大、渲染社會反常現象與黑暗面的報導（尤其為犯罪與桃色新聞）；諸如報導總統府官邸有臺灣版白宮誹聞案、臺北大學男同志學生兇案；此種新聞以誇張及渲染的方式處理，易引發讀者不健全的反應，進而污染大眾視聽、危害整個社會。

第四節　如何提昇新聞媒介公信力

(一)記者的角色

新聞記者應該如何扮演其角色，才算稱職呢？其可歸納出七項原則：

1.獨立：即新聞事業在處理新聞，發表評論，以至於文字、圖片、廣告、聲音均應以大眾利益為前提。不以任何私人利益做宣傳，其言論立場均不受如政府、團體、個人之干涉。具備公正、堅守立場。

2.正確：新聞必須對讀者誠信，其報導內容必須要完全正確，不應有偏見的事實。美國記者道德規範第一條：報導新聞之基本原則是正確、忠實的傳達事實。

3.負責：新聞媒體為社會公器。任何新聞若無責任觀念，不但會使讀者受害；國家、社會和個人之自由安全，也皆無保障。因此，對於新聞當事人的隱私或名譽且要謹慎、小心處理，對於犯罪新聞避免描述犯案過程及報紙審判。

4.公正：新聞媒體的立場不公，就會發生偏頗，使受眾看不清事實的真相，容易形成不正確的民意。若發現有錯誤的報導，均應迅速與徹底之更正。

5.客觀：新聞的記述和意見應各有分際，不可混淆。意見和事實分開，新聞中不可加其任何私見、偏見，評論則要就事論事，排除情感。

6.自由：爭取新聞自由也為新聞記者的共同責任，新聞自由乃新聞的生命，新聞若無新聞自由，則未盡其服務人群的天職。

7.品格：新聞記者的品格應該高尚，其記述和評論應嚴謹，一切新聞內容應避免迎合低級趣味而趨下流。❺

(二)新聞媒介自律

新聞媒介自律就是新聞機構和新聞從業人員自動自發地限制自己，以維護新聞自由、履行社會責任、提高公信力。可區分為三種：

1.新聞界自我批評

新聞業若實施自我批評，對象包括新聞記者與媒體本身。包含三方面，一為個別新聞記者應該以剛正不阿之名對同業中表現不佳的記者予以口誅筆伐，使其改進或懲戒。例如：由媒介工作者透過組織，特別是對外發行的刊物，進行新聞媒介的批評工作，如《新聞鏡》（現已停刊）或設立公評人制度。公評人制度是由公評人獨立

❺ 同註❸。

超然的處理各種讀者及採訪對象的抱怨或指責。例如：美國《華盛頓郵報》的公評人每週固定有專欄評論郵報的新聞處理方式。二為單獨的報社及雜誌社等，於召開編輯或其他重要會議時，對於新聞的處理方式欠妥者，應該予以討論。例如：美國各報設守門人，這些文稿編輯及各版主編，不僅修飾文字、刪改文章，也負責把關，減少錯誤。三為新聞業組織，如英國報業評議會，對於英國各報的新聞正確和專業程度，皆嚴厲的批評。

2.自我分析

自我分析的對象為媒體本身，小如一則新聞、社論、廣告，大至媒體的經營政策、言論方針和整個新聞界的趨向等，均進行分析，但必須完全立於客觀地位，不帶任何成見。

日本新聞協會曾就日本某一報紙，做其自我分析，結果顯示其刊登被認為不該公開之新聞與廣告便高達二百多件，煽動性文章有一百多件，不適宜刊登的照片也有九十幾件等。這種分析足以顯現該媒體本身極需改善的地方，再採取對策，以提高公信力。

3.自我改進

新聞界的自我批評與自我分析對於媒體的求進步來說僅只是發現缺點、尋找原因的一個手段，在獲得存在的原因之後，必須有所行動以消除媒體本身的缺失，而新聞改進則為達成此一目的的最佳方法。新聞界的自我改進，簡言之，在求新聞從業人員身心健全、學識的豐富、寫作技能的熟稔外，還有擔負的社會責任。

目前國內最嚴重的問題，即為把大眾興趣視為衡量新聞價值觀的最重要依據。媒體常以極大的篇幅報導一些大眾有興趣的八卦娛樂，卻忽略許多更具實質意義和對大眾有切身影響的新聞。而新聞機構也必需革除記者收受禮物、接受免費旅遊的習慣。當大眾知道記者報導新聞時，曾收受新聞當事人的禮品時，大眾將很難相信記者所報導的新聞皆能客觀、公正。

因此，要提高新聞媒體的公信力，媒體本身應該需要加強道德勇氣，虛心接受批評與指教，改變許多不符合新聞道德規範的作風。若以記者信條或新聞教育所灌輸的倫理規範，來約束記者自律是不夠的，一點一滴正確報導所聚集而成的公信力，有賴媒體高階人士公開面對錯誤的勇氣。此外獎勵條例的修訂、內部查核制度的建立和外界評議組織的設定，多管齊下，媒體才能在這動盪不安的時代中，提供大眾適當的指引，成為引導社會進步的動力。

第九章　政治新聞之採訪與報導

第一節　新聞媒介與政治的關係

有什麼樣的政治制度，就會產生什麼樣的媒介；一般而言，政治意識型態、思想、制度、價值觀形成政治文化；而由於每個國家的政治文化不同，所表現的媒介制度也不同；其制度大致可分為集權主義、自由主義、社會責任制、共產制度及民主參與制度等等。

就在這種種制度之影響下，在政治運作方面，政府是以限制、管理、協助、參與及來源控制等五種方式，來對媒介進行控制。所以媒介對政府而言，接近新聞來源一直是中外爭議的問題；直到美國詹森總統在一九六六年頒佈資訊自由法案，說明政府除了國家機密檔案外，皆應公開；另外，在一九七七年又設陽光法案，要求政府會議公開給記者採訪。這說明了政府對媒介應盡到的責任，除了建立良好的政府公共關係，平常就要建立形象，主動宣傳外，同時也要蒐集民意，納入政策；因此，媒介在政治運作上，可說扮演著一個相當重要的角色，而政府與媒介也應是一種相互依存的關係；就在媒介參與政治的前提下，誠如美國傳播學者普爾所說，平常媒介要與政府相互為伴、彼此合作，而在政治危機中，媒介則要擔任安定澄清及解釋的責任。由此可見，媒介可凝聚民意，監督政府，並且對於政治具有一定的影響力。

第二節　政治新聞採訪之原則

所謂政治乃眾人之事，公共事務新聞中最為顯著的就是政治新聞；政治新聞的訊息出自權力重心；因此，記者在採訪政治新聞時，必須首先瞭解運作的理論與實務，其次保持旁觀立場，將意見與事實分開，在處理新聞的方法上使之趣味化，這樣才會讓讀者對它感興趣。

政治新聞依政府的結構類分行政、立法、司法等等。從權責的層次來看，有中央及地方之別。我們若翻開每日報紙，收看電視新聞，則立法程序、行政措施和執法經過，要佔去報導內容的相當比例，我們可以說法律是社會文明的明文規定，制定、執行法律也是一個獨立國家的權威所在。今日臺灣的政治環境於解嚴之後，著手進一步貫徹民主政治，社會出現許多新團體和組織，代表各層面利益，動輒藉請願權之名，走向街頭，試圖影響政府的決策，在抗議活動之中，群情激昂，暴力事件時而發生，新聞媒體最重要的任務是報導真象，對於各方爭議之說詞皆應包括，倘若某方不願見記者，在竭力採訪未果之後，如能從他處得知有關事實，仍應向讀者交待不能提供第一手資料的原委；所以政治新聞的採訪，有時是相當不易，並且需要將消息來源保密的。大抵來說，政治新聞的內容及採訪原則，可由以下各處獲取相關的新聞線索：

一、總統府

採訪總統府首要明瞭總統府的組織與總統的職權。譬如美國總統是全國行政首長兼三軍統帥，其地位極為重要，故採訪白宮記者多達數百人，除終日工作與有關人物保持接觸外，並參加每週一次之記者招待會，隨總統旅行，更不時努力單獨訪問總統。事實上，我國記者採訪總統府或晉見總統亦無特殊的約束，故記者可利用各種人事關係，各種機會，採訪有關總統的新聞。而關於重要政治問題及人事變遷，自總統府秘書長以下的高級官員都是極有價值的採訪對象。只要記者能在不斷交往中建立友誼，贏得信任，當不難獲得重要線索或背景消息。首先，總統行蹤自是絕對重要的新聞；總統每一次遠行必象徵著重要政策的發展，或暗示某地將發生重大事件，所以記者必須密切注意總統行蹤，並應照常採訪其行期、目的地、停留期、歸來日期、隨行人員以及來去途中若干花絮；還有最要緊的自是此行性質及目的，但後者往往不能直接獲知，除總統自己外，其他人亦不願向記者透露；記者必須自其他角度，以當時的節期與政治局勢中，揣測其動向。

而總統抵達目的地後，與什麼人晤面，或電召政府中什麼人前往會面，也可以作為分析其出行意義的有力因素；另外，總統每日所會見的賓客和主持的會議也是重要的新聞線索，此種活動與政策的釐定和人事更易皆有關係，故記者事前一定要與總統府的交際人員和主管議事部門取得聯繫，最好是在總統召見或約見某人前，先與某人建立關係，以預知會面的性質，事後再向某人採訪經過。

此外，像是總統府所發表的印刷品如公報之類，也有極大的參考價值。因公報中所刊載者多為總統簽署之命令、法案以及重要的人事任免令等，經記者過目後，往往能發現其中有極有價值之新聞。

二、行政院

行政院長在中央政府中，地位之重要僅次於總統，而實際上超過副總統之上。所以記者一方面要注意新閣政策的反應，一方面要注意新閣閣員人選。關於後者，可有四種線索可取：一是院長，直接透露及其行動，二為重要黨派之領袖，三為已確定參加新閣的閣員，四是新院長的親信人物。記者自有充分權利報導組閣進行情形，但要說明係截至何時之消息，並避免用鐵定的字眼。

而行政院長就職後，一切即進入正常階段，記者除採訪其日常活動外，也必須在正常環境中，找尋不尋常之線索，如單獨訪問，或於其就職週年乃至有關其個人之特殊日期，記述其任職之感想及今後計劃等。另外，像行政院內之經常業務，其設計、調查、審議、研究、計劃及執行階段主要仍在各部會內；記者所需為者僅為注意新聞線索，把握人事關係。行政院組織法中所列之各單位外，尚有若干因時局需要而設立之臨時機構。此項機構多主管某項專門業務，記者除注視其主管業務進行情形外，尚應注意其與其他各部會間之聯繫，並有責任報導彼此間之合作或衝突情形，以喚醒政府注意。

三、國　會

根據五權憲法，行政、立法、司法、考試及監察，除司法、行政及考試外，立法、監察兩院組織類似一般民主國家之國會兩院。基本上，採訪國會新聞的工作，一般來說，並不隨國會全體會議的開會閉會而起止。換句話說，國會雖有會期非會期之分，但採訪工作卻始終不斷。以立法院為例，在會期開始前，記者必須以相當時間檢討過去會期的成就，找出哪些議案預定要在本會期繼續討論，翻讀過去幾年同一會期的紀錄，找出有週期性的新聞線索。與各黨各派的領袖議員晤談，研究他們的政治策略及擬議中的立法案件。拜訪政府官員，討論開會期間政府可能提出施政報告的內容和具重大意義的立法問題，如果這一會期，有新補議員與會，更要在會前知道他的背景及有關資料。有時，立監兩院在非會期或會期中非例會時間內，召集臨時會議，在立法院則由總統咨請或立委聯名提議。在監院則由院長召集或監委聯名提議，這種臨時會議，多半是為了討論某一項緊急的議題而召開，記者採訪時，便應將注意力集中於問題本身。

立監兩院舉行大會的日期不多，大部分活動均集中在小組委員會，所以國會的小組委員會照例是記者經常採訪的對象；因為無論立監兩院之委員會，都可以邀請有關部會首長到會說明或備詢。因此委員會對記者之重要，自不言而喻，而記者與委員會之聯繫，自以該會之召集人以及每次會議之主席最相宜，但逢秘密會時，仍賴與記者素有交誼之委員為新聞來源。另外，立監兩院皆有一定之屆期，每屆期內亦有若干會期，無論屆期或會期總有其議事中心，而此項中心正可代表國家政治的軌跡，因此在立監兩院每屆期或會期結束後，記者應彙集會期之資料，並與兩院有地位之議員討論，為當屆會期之工作，作一綜合敘述。

四、全國性團體

除中央政府組織系統下各級機關外，在首都還有各色各樣的全國性團體，譬如各政黨黨部，各種政治性的團體，各種職業公會組織以及各地方政府的駐京辦事處，這些組織雖不能直接干預政治，但對政治往往有著間接的影響。

㈠政　黨

採訪政黨消息，首須瞭解它們的主義信仰政綱政策，以及對若干重要問題的政治主張，其次才是各黨重要領袖的實力消長，以及黨員與黨間的向心離心。因當前政治鬥爭激烈，政黨間最習用的策略是誣蔑敵黨的思想主張，而粉飾本黨的政見，記者若對各黨性質缺乏基本認識，則極易遭人利用。

由於必須對各政黨有深刻瞭解，故記者僅與各黨的宣傳部門聯繫是不夠的，他必須與各黨內各派領袖，各階層代表，發生關係，同時也要注意黨內的各派也是互相攻擊的。譬如民進黨內美麗島系與新潮流系的歧見；記者身處一連串的衝突中，無論採訪與寫作，只有堅守客觀立場，才能做合理的判斷。

㈡職業公會

全國性職業公會及其他組織間亦可產生一條極重要的消息，至少它們對若干政治問題存在著影響力量，因為這一類的團體一方面有著顯著的代表性，一方面與政府及議會間多有較密切的聯繫；當記者採訪這種團體時，遠較採訪政府機關容易，因為它們實際上仍是社會組織，他們需要社會各方面的工作，尤其需要報紙的宣傳。但記者絕不能因為這類團體容易採訪而無事時不加注意，有事時又對他們過分信任，記者應在平時與每個團體的主持人建立友誼，以便採集新聞線索，並瞭解該團體的真象。如果記者做到這一點，則一旦發生新聞之際，所得的消息必是最快，也是最正確的消息，否則必會為他們所愚弄，而做了這些團體的宣傳工具。

㈢地方機關駐中央辦事處

在任一國家內，地方政府多在首都設有辦事處，他們的主持人常與地方政府的首長有著密切的關係，他們的任務極端重要。大至代表地方與中央政府折衝，小至為地方首長採購私人雜物，所以這個機構的設立，主要在觀察中央政府的動向，亦偏重於地方首長與各方面之聯絡，並保護地方政府的利益。而這些消息的重要線索之一，便是各省駐中央辦事處；像上述全國性團體一樣，記者必需平時與他們有著很好的聯繫，但一方面也要提高警覺，以免輕易被地方機關所利用。

第三節　選舉新聞採訪報導之原則

大眾傳播媒介的競選功能是指將大眾傳播媒介作為一個競選活動的場地，透過大眾傳播媒介這一個主要的通道，使得選舉活動能夠順利的進行與推展。換句話說，各種候選人利用大眾傳播媒介作為競選的有效工具，來達到參與政治的目的。事實上，大眾傳播媒介亦應在此一競選過程中，充分發揮其對政治和選舉活動的守望功能，透過媒介資訊的傳播過程，協助民眾對各種不同型態的候選人，作最理智的抉擇，進以能真正達到選賢與能的理想境界。

然而新聞媒體在選舉中究竟應該扮演什麼角色，是社會各界十分關切的話題。由於許多的研究發現，多數選民靠新聞媒體以獲取選舉資訊；而媒體更可以創造選民對新政治人物的態度，甚至改變其投票行為，因此我們對於新聞媒體究竟應如何在選舉的過程扮演正確的角色，不能不嚴重關切。另外，不可否認的，在政治社會化的過程中，新聞媒體扮演了重要的角色，它提供各項政治資訊，作為民眾參與政治的索引；也提供不少論點，協助民眾作為決策參考；不過，由於過去之選舉新聞，大多在無意間掉進候選人所設計的陷阱，且著重夾敘夾議的新聞報導方式，進而只問新聞在市場上的價格，而不問其價值；無疑地使新聞媒體被利用了。綜以觀之，目前新聞媒體報導選舉新聞時，受人詬病的約有以下幾點：

一、選舉新聞的缺失

(1)媒體對新聞價值之定義，使報導焦點集中在刻意營造的活動與事件上，忽略候選人素質與政策的分析；亦即多數報導著重於候選人之策略運用與其表現優劣上，而關於其是否有資格當選，以及其公共政策的討論少之又少。像是每逢選舉時，媒體大多著重策略性的政治事件，如渲染性的造勢活動、抹黑及口水戰等；因而造成了負面的選舉文化。

(2)把焦點放在候選人競選活動上的新聞價值觀，使競選活動之意義超出原有價值，亦即媒體只關心又有什麼事發生了。而這些便是選舉新聞的全部；所以造成了記者對於事件所作的解釋，則一概地被抹殺。

(3)候選人及媒體偏重意識型態的討論，而缺乏關心公共政策的落實。如統獨問題的爭議，就是最好的例子。

⑷媒體對某些議題的特殊偏好，有時並非候選人或選民關注的焦點所在。

⑸媒體失去平常心，因此媒介的選舉新聞雖多，但對投票參考價值卻不大。

⑹媒體跟著候選人所用的花招起鬨，甚至加油添醋，大大渲染，迫使選民在新聞饑渴下無法解饞，因而助長了耳語運動。

⑺賽馬式的競選報導：又稱選舉遊戲與實質內容報導。媒體報導型態著重在政治事件與遊戲競爭上，以強調候選人的彼此領先。這可說是新聞報導為了求獨家、搶時效及爭取利潤的結果，如果說媒體在沒有確切查證的情況下，只一味地講究賽馬式的報導方式，是很容易造成媒介公信力的喪失。就以二〇〇〇年的美國總統大選來看，當佛州的計票結果，尚未獲得確切查證的時候，許多家的媒體如美國廣播公司、哥倫比亞廣播公司、國家廣播公司、CNN有線電視新聞網及《紐約時報》等，都事先公佈了小布希勝選的消息，而事後在佛州可能重新計票之際，這些媒體隨後又發佈更正消息，表明選戰還繼續在僵持中，這對媒介的公信力來說，或多或少都已產生負面的影響。

⑻政治偏差與結構偏差：政治偏差是因為政治因素或意識型態，而在報導時有意無意地偏向某一政黨或忽視某一政黨，或支持、忽視某些候選人。而結構偏差則是因新聞記者在新聞選擇的過程中，新聞價值判斷的不同所造成的。

⑼選舉民意測驗的濫用：現今國內這種一日一民調的現象，容易造成西瓜效應，誤導選情；同時也會誤導選舉，突顯選舉活動競爭的一面，而導致新聞報導走向賽馬式的報導。

二、媒體報導選舉新聞的注意事項

基於上述，要使媒體在報導選舉新聞時發揮更大公信力，必須注意幾點原則：

⑴媒介報導立場不應偏頗，候選人相關報導應公正客觀：回顧二〇〇〇年的總統大選，我們可以發現無論是臺灣還是美國的媒介，對於少數的弱勢候選人，像是奈德及布坎南，或是李敖及許信良，都明顯的有忽略報導的現象。而事實上，在我國由於執政當局長期掌控媒體，可說擁有傳播媒體即擁有政權，因而造成了候選人報導不公的現象。像是在傳統的無線電視臺中，執政黨候選人的曝光率就永遠比在野黨候選人的曝光率高，很顯然地已違背了機會均等的原則。有鑑於此，我國在民國八十六年新修訂的公職人員選舉罷免法第五十之一條中，明確規定：「廣播電臺、無線電視或有線電視臺就候選人及其所屬政黨之相關新聞，應為公正、公平之處理。」由此可見，在兩千年國內的總統大選，少數媒介報導不公的現象，不但沒有善盡媒介告知之角色，同時它也觸犯了選罷法當中的條文。因此，媒介對於候選人平衡客觀的報導，自然是有其正當性、必要性及合法性的。

⑵民調公信力的注重，不濫用民調：所謂民意如流水，一個不正確的民調發佈，往往會影響到媒介的公信力，所以媒介的主事者不能因讀者喜歡看政治民調的變化，就濫用民調。而由美國總統大選的過程中，我們可以發現美國雖然也有很多的民調，不過其間所預測的結果，如高爾及小布希的支持度，大約都在46％到49％左右，跟實際狀況相當接近，而不像我國龐雜的民調單位，在總統大選時所做出來的民調，差異相當的大，像是中華民國民意測驗協會：連26.4％；扁22.4％；宋21.4％；以及蓋洛普做的：連37.4％；扁34.9％；宋26.3％，每一家跟實際狀況不同，所以媒介應避免成為政治

角力的工具。

⑶選舉新聞應以政策面為導向：從以往的分析中，媒介在選舉中大都扮演著資訊傳佈者的角色，因而較著重事件導向的選舉造勢新聞，而較少政策面及評論式的新聞報導，如我國在總統大選期間一味地強調興票案及彩票案等負面的選舉文化，少有對各個候選人的政見詳加闡釋，顯然未能發揮告知之功能，且易於流向一種激情的民粹主義。為避免於此，媒介必須提供給閱聽眾充分的資訊，進以讓他們對候選人的政見有充分瞭解認知的情況下，選出一個最適宜的候選人，如此才能完成選舉民主的目標。

⑷在報導若深涉利益及意識型態之爭的新聞時，應特別謹慎，力求客觀超然。

⑸新聞媒介應不受外力干涉，應有充分自主權。換言之，在報導選舉新聞時，應不受個人偏見、媒體老闆的指示、政黨干涉及候選人請託等影響，公正報導。

⑹建立一個候選人產生過程與候選人介紹之報導模式，使選民有更多從報導中習得資訊及其他知識的機會。因媒體對候選人做深入報導，有助於候選人展現其政治理念與抱負。

⑺記者有權利及義務公平報導選舉期間所發生之新聞事件，且對不同之候選人亦應有不同角度之報導。

⑻記者在報導新聞事件及候選人運用花招手段之新聞時，能具深遠的眼光及角度，使選民在報導中，能得到有用的資訊。

第四節　如何報導與運用民意調查

美國的杜魯門總統曾說，如果早就有民意調查，而且可以相信的話，林肯及羅斯福就不會當選總統了。他說這話的背景正是一九四八年他在大選中打敗杜威之後。當時，民調卻顯示杜威將以壓倒性多數獲勝。而美國資深媒體人柏恩斯曾為文警告民眾小心民調，並指出民調的三大問題：⑴民調使許多政客常放棄原則，屈從民調。⑵民調並非一定無礙於民主政治，因為民調有時是錯的，其問卷設計常會誤導結果，其樣本也不能充分代表公眾，受訪者往往尚未了解事件便被迫回答；民調氾濫，莫衷一是，也易造成民眾的政治冷漠。⑶民調也能導致新聞界逃避責任，以強調民調為民意的唯一依歸。

當然，一項嚴謹精密的民調是可以反映某種現實的。而英國自一九三〇年代以來對歷次大選的民調結果是非常準確的，只在一九七〇年和一九七四年，出現過兩次錯誤。至於像英、美的大選民調也像臺灣一樣會激發選民的策略性投票。因此，為了避免民調影響投票行為，法國、德國、巴西和南非都規定在正式競選期間，或在較後階段，不准公佈民調，德國甚至禁止發表預測性意見。

而臺灣在二〇〇〇年的總統大選，出現了民調浮濫的惡質現象，不但引起人民的普遍反感，也重重傷害了民調的權威性和可靠性，並已成為大選口水戰的一部分。由這些現象，我們看到有的陣營解釋民調的目的，在宣佈某位候選人已出局，旨在造成棄保效應。就在這種情況下，三方對各民調各取所需，各自表述，在一人一把號，各吹各的調，以及你敲你的鑼，我放我的炮之後，使得民調的公信力蕩然無存。所謂「民意如流水」，為了消弭這種令人看了眼花撩亂的矛盾結論，以及維護媒介公信力，記者在處理民調新聞時，應注意下述問題：

⑴指出誰在支持或執行這項調查。像是過去美國參議員索拉茲曾對臺灣同鄉會做過是否贊成臺灣獨立的調查；由於該組織具臺獨色彩，倘若報導時未說明，極易對民眾產生誤導。

⑵問卷中的所有問題，應避免產生報喜不報憂的現象。

⑶抽樣樣本母體在哪？包括樣本數及完成率。

⑷新聞報導是依據民意調查的全部結果或部分結果；才不致造成對調查單位有利的事物公佈，無利的結果隱瞞的現象。

⑸訪問的方式；是以哪一種方式進行。

⑹訪問的時間。因民意是極易改變的。

⑺抽樣誤差。尤其是對支持度而言，是否各方都在誤差範圍內，進以避免選擇性發佈自身支持度較高的現象產生。

第十章　社會新聞之採訪與報導

在屬於戒嚴時期的新聞產製過程中，政治新聞往往牽涉當權者的威權體制，成為當時新聞工作者不敢輕易觸碰的禁忌範圍。在政治新聞尚未蔚為一股風潮之前，社會新聞可說是臺灣所有媒體的命脈。

隨著資本自由開放的社會，媒體間相互競爭的商業機制，為締造高的收視率與閱讀率，社會新聞充斥的羶色腥成分，往往成為吸引閱聽眾的主要新聞來源。

近來各家媒體甚而將社會新聞置之頭條來處理。打開電視、翻閱報紙社會新聞往往佔據新聞版面重大的篇幅，社會新聞受重視的程度不隨時間而沉澱，反而逐漸塵揚。

第一節　社會新聞之定義

提到社會新聞，一般人往往將之類化等同於犯罪新聞，這只是屬於狹義的社會新聞的一部分。狹義的社會新聞其實還包括災禍新聞與人情趣味之類的新聞。

就廣義而言，凡與社會現象有關的新近發現的事實，或者新近所發現，而足以引起多數人注意的事實，均為社會新聞的範疇。因此，廣義的社會新聞也包括自然科學、環保衛生、家庭生活、休閒社交等新聞。

事實上，舉凡政治、經濟、教育、交通、影劇、體育等等都可能成為社會新聞。像是政治人物的緋聞事件、交通航空的空難事件、影劇名人的犯罪事件或是金融銀行的擠兌事件，這些無論是日常生活所發現的一般問題或瑣事，其足以引起多數人的注意或足以影響社會公共秩序，都可能成為社會新聞的報導題材。

如果說，新聞反應出來的是社會的真實面目、映照出來的是生活的實際情況。那麼，社會新聞往往屬於病態、反常、幽暗、陰晦的負面表列。正因為大眾尋常生活之中往往少見這些被扭曲了的社會新聞，大家更想一窺究竟，滿足好奇心，媒體於是乎便把社會的這一面向報導出來，使得社會新聞本身所反應出來的，就屬於社會的非常態，而非社會的常態了。

因此，社會新聞就其功能而言，多屬立即性報酬，往往強調的是事件導向，而非過程導向。社會新聞追求新鮮刺激，影響力與訴求相對較其他新聞來的強大，一則小小的社會新聞如星星之火，足以燎原，往往不容小覷。近來許多國家產生動亂往往是一些社會問題所引起，如同舊金山黑人暴動的種族對立情況，一名黑人駕駛遭四名白人警察痛毆的畫面在電視新聞實況播出，而四名白人警察隨後遭到無罪釋放，所引起一連串的種族仇恨報復行動就是一例。

新聞工作者肩負社會使命，理應遵從社會倫理、發揮社會正義。新聞也非等同於商品，在追求營利之下，更負有維持社會正常運作、教育社會大眾的責任。尤其社會新聞更貼近一般民眾的生活面，新聞界普遍的共識認為應該在社會新聞之中多加強人情趣味與人性良善的光明報導，這也才是促進社會進步的動力。

第二節　犯罪新聞的採訪與報導

由於長久以來，新聞媒體在採訪社會新聞政策上，偏重於犯罪新聞的報導，無形中形塑了一般人的刻板印象，認為社會新聞就是犯罪新聞。

採訪犯罪新聞之前必須對於一般刑事案件的偵辦程序有一定程度的了解，試著從案件偵辦的過程中去找尋相關的新聞線索，才能克盡記者挖掘事實真相的天職。

在我國的司法制度中，一般案件尚未進入司法審判之前，都要經過一番縝密的偵辦調查過程，在軍方由憲兵單位負責，而民間則由各縣市的警察單位或調查局進行偵辦的行動，檢察官則是負責指揮偵辦之人，在完成偵查的工作之後，如果檢察官認為嫌犯有明顯的犯罪事實，則對法院提出起訴求處徒刑，由法院法官審理判決是否有罪，如果檢察官認為嫌犯無具體犯罪事實，則不予與起訴處分。

對於犯罪新聞的採訪工作，非單單只是事實的呈現，其中牽涉著人與人、人與物許多曲折離奇的隱情窺密。是非真假、善惡曲直必須亦步亦趨、抽絲剝繭等到真相大白、水落石出才能完全清楚。

採訪犯罪新聞，必須往對的方向著手偵查，既不能有聞必錄，更不可隨波逐流、人云亦云，若是憑一面之詞，或道聽塗說，捕風捉影，或受人情所利用、物質所引誘，做不負責任之報導，實為記者之恥。

對於犯罪新聞的採訪有四點原則可供掌握：

(一)尋找相關線索

偵辦犯罪案件的第一線人員往往是警察局的刑事調查單位，無論從總局以迄各駐派所都掌握了每一份刑事案件的重要資訊。雖然說在刑案偵辦過程中，基於偵查不公開的原則，檢調人員不會洩露案件偵辦的過程，但是記者必須掌握每一個刑事偵辦人員，因為他們隨時可能是擁有高度新聞價值的消息來源。

記者對於線索的掌握上不只平時與刑事人員建立一定深度的交情，以收養兵千日用於一時之效。記者本身更要有敏銳的觀察力，因為有時辦案人員為避免消息走漏而影響辦案的進行，會刻意採取一些隱密的措施，這時候如果記者本身旁敲側擊，說不定還能挖出獨家新聞，或甚至觀察的結果都能成為追尋新線索的依據。

㈡詢問相關人員

對於案件發生的過程中，像是命案、槍案、搶案等等大多可能會有所謂的目擊者，記者到了案發現場，詢問目擊者案發當時的經過，對其進行採訪，不僅可成為新聞報導的內容，也能對案情的掌握更加充分。

而刑事案件的嫌犯、受害者或相關家屬也是屬於採訪的對象，只是往往新聞處理的過程中，將受害者與家屬的姓名、相貌、照片赤裸裸的呈現在大眾面前，未加以妥善處理，形成了二度傷害。

㈢隨時掌握案情

對於案情的進展，要能夠自始至終都能充分掌握。檢警雙方對一件尚未真相清楚的犯罪事件總會巨細靡遺的窮追猛打，在偵辦的過程中一定隨時會有最新的發展。

例如九〇年臺北發生的臺北大學學生箱屍命案，警方調查死者的電子郵件發現有一名可疑男子，隨後又掌握一名可疑的大學教授，而先前那名可疑男子又提出當時他人在國外，有不在場證明，警方又新發現死者生前在電子信箱中有一封描述和案發經過相類似的故事信件。像是如此隨時不斷有最新案情的發展，記者不但要對案件始末充分了解，更要對警方整個辦案的過程、進行的方向有所分析與認識，配合警方查緝的動作，從中取捨報導具新聞價值的部分，而非跑新聞跑過了頭，小則成為警方辦案的阻力，大則危及了受害者的性命安危，誰能說白曉燕遭撕票不是因為兩報一刊為爭取獨家而事先洩露消息所造成的呢！

㈣充分收集資料

雖然現在每一個新聞媒體都有本身的資料室負責收藏許多新聞檔案資料。記者如果想要充分掌握案件的過去、現在與未來，必須本身多做功課，多方收集相關的資料。

像是案件發生至今的所有剪報資料，或是與案件相類似事件的相關舊檔案，對於在採訪與報導上必能有所助益。另外，對於警方相關的偵查報告書、勤務本，雖然不易取得與閱讀，但靠著與警方良好的交情而略窺一二，都是採訪上不可多得的依據。

一個資料無法齊全的記者，不了解事件的來龍去脈，如何洞燭機先，就像是一名沒有武器的士兵，未戰先敗，如何能出奇制勝，克盡其功。

綜言之，犯罪新聞的採訪必須全方位仔細留意，靠的是機智、聰穎與隨機應變的頭腦，小心翼翼的去觀察、挖掘、判斷，然而在採訪上必須以不妨礙刑事偵查工作為出發點，避免成為警方辦案的障礙，讓歹徒早日繩之以法，受害者得到正義，才是最重要的。

對於犯罪新聞的報導工作上，一直有贊成與反對的兩種意見，在本書下篇有關社會新聞編輯中有詳細說明，在此不再贅述，而對於報導犯罪新聞上有幾點注意之處，是現今從事新聞工作者應當留意。

㈠尊重隱私權與人格權

無論對於嫌犯或是被害者與雙方的家屬都必須尊重其隱私與人格，避免產生二度傷害的情事。不要讓新聞的工具價值（新聞自由）扼殺了人類的終極價值（人權）。

犯罪案件在法院判決尚未確定前，都必須假定嫌犯無罪，只能以「嫌犯」來報導，不能以「罪犯」來指稱，報導時避免發生媒體審判的情況，必須尊重其人格。

對未成年嫌犯或已定罪之未成年人，基於保護青少年的關懷原則，避免產生其日後成長過程不必要的傷害，不得刊登其姓名、住址或足以辨認其身分之相關資料。然而在陳進興審判過程中，張素貞手抱小孩出現於新聞直播現場，讓小孩面貌完全呈現於電視機前，就是值得爭議之處。

另外，對於嚴重影響社會安全與重大刑案有關之強暴案，不得洩露被害人姓名、住址或足以辨認其身分之相關資料。但往往許多媒體直接報導或間接影射，無意間使得被害者或其家屬遭受第二次傷害，實為令人詬病之處。

對於往生者而言，同樣必須尊重其人格與隱私權，並非人已過世就喪失生為人所應有的尊重。像是轟動一時的軍史館命案或白曉燕命案，媒體在頭版或新聞畫面中赤裸裸呈現被害者的照片與遺體，這都是應該避免的。

㈡人道為優先考量

所謂成為一名記者，甚至成為一名優秀的記者之前，必須要先懂得成為一個「人」。

在新聞搶快的原則之下，尤其SNG的大量使用下，各家媒體在新聞報導上只求搶先一步，卻是漏洞百出；為了追求獨家消息，反倒犧牲無辜。

新聞媒體也是社會機制的一環，牽繫著社會的正常運作，人道問題的考量應是最為優先處理的問題。處理綁架劫持新聞應以被害人的生命安全為首要考慮，在被害人尚未脫離險境前或尚未確定是否遭到撕票前，不得報導。

因此，媒體間訂定採訪報導協議，相互遵守，或是政府公權力的強制介入才能避免往後類似事件再度發生。

㈢避免干擾警方辦案

SNG對於新聞採訪上固然帶來不少好處，但也往往產生不少弊病。

在新聞現場直播的氣氛帶動之下，電視機前的閱聽大眾宛如親身蒞臨現場，但是過分的報導中卻形成警方辦案的阻力。像是五常街警匪槍戰中，警方必須將周邊的電訊電纜切斷，以免歹徒觀看電視而了解警方攻堅的一舉一動。

媒體應當避免成為問題的製造者，而影響公權力的執行，在國外對於刑事案件現場有規劃警戒線，現場劃分警方、媒體、民眾所分處的界線範圍，以免影響警方辦案的進行，這點值得我方相關單位借鏡。

㈣切莫製造媒體黑色假性英雄

根據「觀察學習理論」、「刺激與反應理論」、「涵化理論」、「社會化理論」、「模仿論」等等都指向民眾往往容易受媒體影響，無論是短期或長期的效果之下，媒體皆能強化人們認知、態度進而影響行為。

對於犯罪新聞的報導上，如果將犯罪行為合理化，過分描述犯罪行為，使得犯罪行為獲得稱許或贊同，在媒體塑造的英雄式氛圍之中，盲目的閱聽人容易群起效仿，或甚而一時衝動受到誘發因子使然而做出犯罪行為。陳進興的螢幕英雄角色便這樣給媒體捧上天，混淆了價值觀。

媒體對於極具新聞價值的消息來源向來無法拒絕，但秉持新聞的專業素養與倫理道德，新聞媒體不能照單全收，也應該有割捨的勇氣，倘使面對重大嫌犯的要求採訪或投書，以社會公益為出發點，在時間點(Timing)與守門(Gatekeeping)的工作必須拿捏精準，避免成為嫌犯利用的工具；配合各方學者專家的專業導讀，不能任由嫌犯隨意放話、跟著嫌犯起舞；而最重要的是配合警方將之繩之以法。

㈤著重犯罪現象與後果

報導犯罪新聞應該注重犯罪現象與犯罪後果的報導，而非單單就犯罪的整個過程做犯罪事實的描述。

媒體肩負起教育的功能，在犯罪新聞報導上多配合精準新聞(Precision Journalism)做社會犯罪現象的報導，不能單只視個案而來處理，在報導上巨細靡遺描述整個犯罪手法，形成羶色腥的題材、犯罪學習的管道；而必須對整個社會造成的問題與影響提供輿論廣泛討論，促進社會向上提昇，減少犯罪。

同時，新聞媒體應該降低犯罪新聞報導的量，多多闡述社會光明面，避免塑造社會暴戾之氣，像是一些警方逮捕嫌犯的英勇行為，或是民眾自告奮勇的見義勇為都是值得多多報導的面向。

第三節　災難新聞的採訪與報導

正所謂天有不測風雲，人有旦夕禍福。我們生活的世界，無時無刻不有大大小小的災難事件不斷上演著。而所謂災難新聞自然包括天災、人禍等令人深感遺憾與不願發生的意外事件。

造成災難事件往往可區分人為與非人為所導致的因素。一些天然災害像是地震、颱風等等屬於大自然現象，是非人為因素，往往無法避免，但是可以預測，做好防範工作，將災害降至最低。

但是一些天災卻也可能由人禍所造成。像是颱風時土石流的產生，在於平時水土保持工作沒有做好；地震時房屋倒塌，建商的偷工減料造成家園殘破，這些都是天災底下人為因素所使然。

而純粹由人為因素所造成的災難事件更是層出不窮。如火災、空難、車禍、油污等等事件皆可能因為人們一時的疏忽，造成終生的遺憾。

災難事件是任誰也不願其發生，而一旦災難來臨，身處第一線報導的新聞記者，在面對令人傷心難過的場景時，甚至有些記者本身也成為受難者，又必須肩負起傳遞最新訊息的工作使命，箇中滋味非親身接觸，實難體會。在採訪災難新聞方面，下列幾點可供掌握：

㈠傷亡情況

人命關天，災難的發生難免會有傷亡，而牽涉的傷亡數據代表整個事件的嚴重程度，也取決報導的篇幅多寡；千百人的地震傷亡就會比十多人的車禍來得更為重要，所報導的版面與則數相對增加。

但有時因為事件問題的牽涉層面廣大，雖只有少數人傷亡，反而更形重要；像是八掌溪事件，雖只有四名工人被洪水捲走，但經過SNG的現場直播，活生生的映入眼簾，其中防護救援體系出了狀況，牽涉的相關層面極大，成為新聞媒介與社會大眾關注的焦點。

傷亡的數據與姓名是災難事件最為人所關心的焦點，如果親戚朋友和事件相關，就會特別注意；或是事件中有名人，則會成為另一則相關新聞，像是華航大園空難中，央行總裁許遠東也是罹難者，因此就成為媒體採訪的另一項重點。

而對於死者的處理，傷者的照顧，脫險過程的情況都是採訪上要注意的地方。

㈡財物損失

除了人員傷亡之外，災難事件所帶來的財物損失也是令人遺憾之處。媒體往往報導一場災難所造成的財物損失有多少，像是一場科學園區停電或跳電事件，財物損失是焦點所在；有時候像是古蹟在災難中遭受損毀也是採訪的重點。

㈢發生原因

在災難的發生原因上，可以探究事件本身去作深度的報導，而非只報導表面的災難情況。

有時災難的產生可能是事與事之間有所關連，有時是事與人，有時是社會結構產生變化所導致。探求事件發生的原因，有時就得具有相關專業知識，詢問專業人士，有權威人士加強報導的可信度，才能釐清疑惑。

㈣救助情況

往往救助情況是災難事件最需要的層面，也是人性發揮愛心的光明善行，值得多多發揚。例如九二一地震當中，社會大眾發揮善舉，頻頻捐贈救援物資或加入救援行列，經過媒體的報導，產生了拋磚引玉的效果。

救助情形對於受難者與其家屬是最需要的，像是災區現場的搶救狀況不時傳出新的罹難者獲救情況，對於現場的搶救人員可提振士氣，對於家屬而言可重燃生還的希望。

救助情況對於參與救助的單位、人員、工具、方式等都是報導的方向，而像是參與救援中的名人、救援行動中的英勇鏡頭都是報導的題材。

(五)場景描述

對於災難中除了重要的生命財產的損失之外，災區情景的描述更有助於大家了解災難的恐怖，產生憐憫之心。

而一些災情描述上更可以發掘出新的問題，來做為報導追蹤的線索。像是在九二一地震中，倒塌的斷垣殘壁中裸露的沙拉油桶便是建商偷工減料的最佳證明。

(六)相關事件

災難事件雖本身是採訪報導的重點所在，但有時可以加入以往發生過的事例做一比較參考，亦可監督是否又暴露出和以往相同的問題，而歷史教訓始終如過眼雲煙，值得警惕。

而一些災難發生原因之中另外也帶來另一個新的問題需要正視。例如臺中衛爾康餐廳大火的災難中，消防安檢的問題引起大家注意；又如歷經災難之後消極厭世輕生的相關事件皆是採訪上必須兼顧的層面。

(七)責任歸屬

一件災難的發生必定會牽涉到責任歸屬問題，對於罹難者與其家屬而言，事後的補償工作雖無法挽回失去或受害的一切，但也是必須得到的幫助。

責任歸屬的層級範圍依照災難大小而不同。大到國家政府官員下臺，小至雙方私下和解，端視問題重要性而決定，採訪的對象與層級而有所不同。

而一些責任歸屬大多必須由法律來判決，因此法律上的調查動作是關注的焦點。諸如：酒醉駕車肇事的處罰、建商偷工減料的賠償、油輪污油外洩的善後、救助支援體系的失職等等都是法律上必須強制介入解決的。

而在災難新聞的報導所必須要著重的要點如下：

㈠追求真實

災難事件的發生，尤其在天災方面，往往有時會有若干的謠言傳出。真實乃是構成新聞的要素之一，記者對於尚未獲得證實或不正確的消息，要有勇於查證的精神，避免以訛傳訛，不容懈怠。

像是九二一地震發生之後，坊間盛傳外勞集體打劫事件，造成人心惶惶，後來證實為子虛烏有，引發一陣虛驚，但媒體跟著相互起舞，實為遺憾。另外，像是全臺大停電時，各種流言四起，諸如中共攻打臺灣、世界末日等等，記者站在新聞第一線，更應去澄清無稽的謠言。

當然在避免錯誤上，對於死傷者姓名要有正確的報導，以免引起家屬的恐慌，造成不必要的傷害。

㈡研擬發展

對於災難事件上，真實性固然最為重要，但事件所引申的可能發展，對於災難的報導亦深具價值，發揮新聞媒體常態性的監督，持續關注事件的走向是必須盡的義務之一。

譬如像是九二一地震受災戶的賠償與安置問題，媒體皆能持續性的做一報導，也正是所謂媒體監督的功能。

㈢加強防範

發揮媒體教育的功能，對任何災難提供預防以及因應的方法給予民眾，對於民眾來說是必要的。

災難有時往往無法預測也無從事前得知，媒體有責任教育大眾預防的方法，以及對於災難發生時足以因應的對策，將傷害降至最低。像是地震、火災的災難發生，如何預防與因應已成為一般大眾所知悉。

㈣援引事例

無論是歷史教訓亦或他山之石，皆是災難新聞報導上可以發揮的層面。

對於相類似的事件發生，往往藉由國外他國的做法以為借鏡，以茲增進。像是油輪漏油事件的處理，重大瑕疵更能相比擬他人優異之處，以顯本身危機處理能力之過慢與不足。

㈤團隊精神

加強媒體間的團隊合作精神，更重於彼此競爭的意識。現今媒體的數量大增，往往造成災難現場各家記者發揮卡位的功夫，擠的水洩不通，使得搶救工作更加困難重重。

因此，人命關天，對於媒體間採訪協定的簽訂是有其必要的，尤其在救助傷患的緊急時刻，往往一窩蜂大量湧上，造成救治工作延誤與不便。若以一家媒體鏡頭進行攝影，隨後對各家媒體相互分享畫面，不論對傷者、警方乃至媒體各方而言，都是省去諸多麻煩與不便的方式，何樂而不為。

㈥設身處地

面對災難，無論誰也不願發生。然而許多記者手持麥克風、攝影機，卻只記得作為記者的應盡義務，將人性的關懷置之腦後。

對於災難現場的報導，必然會有血腥與殘酷的畫面直入記者眼簾，如不善盡守門義務，直接呈現觀眾眼前，實為不妥。尤其像是大園空難的現場，SNG現場直播的震撼效果，令人做噁，記者身臨現場的勇氣與盡職固然可嘉，但畫面的焦距拉遠模糊處理確是必須冷靜專業、設身處地為罹難者與家屬著想，這更是好記者必須具有的條件。

第十一章　弱勢新聞之採訪與報導

第一節　弱勢新聞報導現況

弱勢新聞，顧名思義，就是指有關於原住民、女性、身心障礙者及勞工等所屬團體之新聞報導。在自由主義的報業體制下，受到市場新聞學興起的影響，新聞報導就宛如一個商品；因而產生了激情主義。由於傳統之新聞價值逐漸朝向一種刺激性及衝突性衡量的標準趨勢發展；所以相對地，有關於弱勢團體的新聞報導，也就被視為不受閱聽大眾的青睞而被媒介所忽略；這不但使得這些弱勢團體的傳播權利遭致損害，同時也更彰顯出媒介並未充分善盡守望告知的責任。

事實上，根據麥奎爾在一九八七年整理以往的研究，發現電視新聞的內容有以下特徵：

⑴過度充斥社會上層分子及菁英階層的聲音，政府官員常對新聞提供意見，成為主要的消息來源。

⑵大規模、戲劇性、暴力衝突的事件，較易成為新聞。

⑶報導的主題常明顯偏向主流的社會或社區規範。

⑷女性出現次數較男性為少，且角色固定缺少變化。

⑸媒介內容傾向強化少數團體或某些階層，如婦女、勞工及窮人的刻板印象。

由上可見，由於新聞報導的內容偏頗，對社會造成了負面的影響。

拉斯威爾曾說:「大眾媒體具有偵察環境、協調反應與傳衍經驗之功能。」在現代社會中，大眾媒介的主要特性，在於它能廣泛接觸大眾，並能對大眾產生深入性和持久性的影響力。因此，像大眾媒介這種具有巨大影響力的工具，無論是對少數族群或弱勢團體，自然應肩負起社會發展的積極功能。

第二節 勞工新聞之採訪與報導

附屬於商業報導的一項特殊報導題材是勞工新聞。約從本世紀中開始，報導勞工新聞的記者便成為採訪組裡的重要角色。而獲得經濟、政治、社會權力的勞工不斷地成為新聞焦點，這類新聞就必須靠已贏得勞工消息人士信任，且本身知識也豐富的記者去挖掘。最常見的情形是，有些消息人士身居工會要職，但記者卻一概把勞工當成在生產線上的藍領階級。

至一九七〇年代，勞工結構又有改變：婦女所佔的比例大增，白領階級與藍領階級的比例，因從事服務業的勞工人數膨脹，超過製造業工人的兩倍以上，而互有升降；並且新科技使原先勢力龐大的工會如碼頭工人工會、礦工工會、印刷工會等的階級差別消失。工人不見得都是工會成員，至七〇年代，五個工人中也只有一個是工會會員。結果，媒介的勞工報導也因而改變。有些新聞機構甚至完全放棄在這方面爭取獨家報導，而把版面、人力投於另一些日漸受重視的領域，如能源、環境等。另有些則不再強調勞資雙方的衝突，轉而注意工作場所中壓力與緊張的因果分析、未來具彈性的工作計劃趨勢、勞工加入決策過程的影響、為促進生產對勞工所做的努力、從人事制度來預測未來受僱人員組織工會的可能性，以及努力擴充會員的工會等。

因此，記者必須具有從社會、經濟層面來廣泛報導勞工問題的能力，同時對社會中有關勞工的一般常識也要知道，例如有組織的工人佔多少，本地勞資關係的歷史？少數團體在工會中所佔的分量為何？有關工作環境的安全法案實施成效如何？本地重要的勞工發言人是誰？他們在作為新聞來源時有哪些特質？更精確地說，勞工專家會時時注意幾個主要工業團體中工會合同的有效期限，並深入瞭解談判背後的爭論焦點。簽約談判如果順利達成，沒有罷工情事發生，這也是新聞；而工會會員一再批評媒介的，就是媒介只報導勞資衝突。一旦作成協議，對當地經濟會有何等影響？這也是讀者想要知道的；還應報導的，包括相關各項議案的動向等。

如果發生罷工事件，讀者想知道該事件的問題焦點、被解職的工人有多少、種種對策、正反雙方意見、對大眾有何影響等。對罷工的注意力會受到很多因素影響，如波及範圍、持續時間及糾察員的表現等。而最關鍵的因素，即談判的進展，通常很難達成。一般而言，報導罷工可能最易使勞工記者產生挫折感，但是卻未必最具挑戰性，但由於勞工的經濟地位愈來愈重要，而工作場合中複雜的問題也層出不窮，都將會使勞工報導更具挑戰性。

另外，像是媒介對於外籍異文化勞工報導之取向，也是一個值得注意的問題。尤其是近年來，國內經濟受到全球化趨勢的影響，產業結構面臨轉型，使得本國勞工大都不願從事低層次危險辛苦的工作；此外，雇主為了提高利潤而降低成本，因此，造成勞動市場的基層勞動人口發生供需失衡的現象，產生了基層勞動力短缺的問題。有鑑於此，政府為配合國內經濟發展及社會的實際需要，俾以解決基層勞動力短缺的問題，於是分別對重大公共工程建設、重要生產行業、監護工、家庭幫傭及外籍漁船船員等方面予以規劃，引進外籍勞工。

所謂外籍勞工並不僅指我們印象中處於社會下層的外國工人，而是指凡非本國籍的人士，經由本國合法事業單位雇主之約聘，並以約聘之合法文件向本國駐外領事單位申請入境許可證明，於其入境後，經由相關部門核准工作許可，證明受雇於事業主，從事勞務並藉以獲取報酬者，統稱為外籍勞工，所以在臺工作的外勞，是有其合法地位的。而自政府開放引用以來，到目前為止，國內的外勞人口，約有三十二萬人左右，然而國內媒體對於這些少數異文化之報導，卻較著重於負面之社會事件報導；如某某人的犯罪集團，或以黝黑及嘈雜的等歧視性字眼，加諸於他們身上，而較少有實際關懷他們生活適應或人情趣味的相關新聞，致使社會大眾普遍對其產生負面的刻板印象；這對亟需建立亞太營運中心、亞太媒體中心及提出南進政策的政府來說，無疑是一個警訊。

事實上，這些遠渡重洋到外鄉討生活的外勞們，也是有許多生活不適應的問題。根據八十五年度行政院勞委會所作的外籍勞工生活適應性之調查顯示，有58％的外勞認為我國有歧視外勞的現象，而有43.2％表示雇主未能提供足夠之娛樂或休閒訓練之設施及設備；另有64％表示不容易接受臺灣文化，以及有71％不能夠學習本地語言，致使這些外勞們常因這些環境適應不良因素，所造成的惡性循環，產生了許多治安的問題，諸如他們有因家庭變故而揮刀傷人（《中國時報》、一月五日、一九九七、三版），及來臺工作卻精神崩潰。（《中國時報》、一月十二日、一九九七、七版）

因此，如何有效管理外勞，並且防止外勞造成治安問題，在消極面來說，除了有關單位要能落實相關法令的執行外；另一方面，從積極面來看，媒介也應秉持著本身的功能，確實讓他們的問題能讓社會大眾所瞭解，而不是只注重表象負面的社會報導，把他們塑造為一種負面的刻板印象，那麼倘若一味地將其歸因於次文化的外來民族，而忽略讓社會大眾對他們的問題有所瞭解，過去這些勞工們，一而再、再而三發生的問題，勢必無法獲得根本的解決，同時也使得他們容易淪為一種社會中被壓迫的弱勢族群。久而久之，這種不安定的力量是不容小覷的；所以媒介在做異文化勞工新聞報導時，需注意：

⑴不忽略這些少數異文化之報導。平時記者應注意國內異文化主題取向之新聞，而不應只著重負面之新聞報導。

⑵記者在報導時，儘量避免使用主觀的歧視性字眼。

⑶可加強對其做人情趣味新聞及深度報導，探討其來臺本身權益問題、生活適應問題，以及語言學習之趣聞等，進以喚起社會大眾對他們正確的認知。

第三節　身心障礙者之採訪與報導

舉凡領有身心障礙手冊的人，都稱為身心障礙者。近年來，國內身心障礙者的人口漸增，人們可以愈來愈明顯地看到，組成我們人口的一部分是智力或身體上有缺陷的人。不過，有愈來愈多的記者正向這些曾一度被冷落的人進行新聞和特寫採訪。不幸的是，當記者和身心障礙者交談的時候，他們的行為和社會上其他人並沒有分別，也就是在身心障礙者面前，特別是在四肢癱瘓那樣的有嚴重缺陷的人面前，他們的表現往往是不自然的。相對而言，身心障礙者對和他們交談者的笨拙舉止倒較寬容。但如果能夠清清楚楚地體察他們的感情和需要，相信他們就能有更好的反應了；所以記者在採訪報導身心障礙者的相關新聞時，需注意：

⑴要時時想到這是人，而不是殘障。也就是要看重個人的獨特性和價值，而不是他的殘障。因為過分著重缺陷會導致所謂的塑造形象，而通常身心障礙者大多反對被描繪成一個英勇無畏的人。

⑵在和身心障礙者交流時，最重要的是在採訪和報導中不要使用含有成見，且又輕蔑的語言。尤其是現在公眾的共識已經提高了，我們大部分的人都不會使用如「跛」、「痴」、「聾」、「啞」這樣的詞

語了，但一些無可非議的詞語，比如身心障礙，仍被非身心障礙者使用，而其大多已不再是殘障的適當同義詞了。大抵上來說，身心障礙可以指身體、智力及感覺等方面，如果記者的報導一定要提及身心障礙的話，那麼最好要用適當的詞語來說明具體的病情，諸如唐氏症、漢丁頓病症等；如有必要還要在後面加以說明。另外一些常用的冒犯詞句，是那些被視為負面的，或者表示受到限制的詞句，如困坐輪椅的、腦中風的受害者及受折磨的，應不要在報導中使用。

(3)記者本身要克服態度上的成見，不卑不亢。有一些記者害怕和殘障人士打交道，害怕令健全的人作出不同的反應。例如，有些記者對待身心障礙者的態度，好像他們都患了傳染病，稍加接觸便會受到傳染似的；另一些對待身體有缺陷的人，似乎認為他們的頭腦也有缺陷。就如詹姆斯・麥克丹尼爾所說：「人們以為身體不健全的人，頭腦也是不健全的。」這種態度會促使身體健全的人以顯然是不恰當的或貶低他人的方式和身心障礙者說話。

(4)採訪智力遲緩的人時，使用簡單清楚的句子。要說得慢，但不要大聲。

(5)不要以為一位有某方面殘障的人，就有其他方面的殘障。一位坐輪椅的人不一定聽力就有困難，一個雙目失明的人不一定智力就有缺陷。而一般記者在對身心障礙者說話的時候，彷彿他們都有聽力和智力的問題一樣。

(6)在採訪一位坐輪椅的人時，要坐到他們面前，眼睛和他們保持平視。如果找不到椅子，不要跪下來，這會顯得你有意屈尊。

(7)多做人文關懷式的報導；並且問問對方是否需要幫助，而不要假設對方的需要。

(8)向身心障礙者問一些考慮周詳、好意的問題，不必躊躇不定。例如問一個身心障礙者是什麼時候和怎樣受傷的，假如這和採訪有關的話，這是非常恰當的。而問一位雙目失明的法官是怎樣檢查案件中的可見證物，那也同樣是恰當的。另外也要多報導與其權益切身相關的新聞。

(9)在採訪顏面傷殘或腦性麻痺的身心障礙者時，應注意儘量避免用攝影機以特寫正面鏡頭拍攝。

第四節　女性對象之採訪與報導

媒體藉著新聞報導，藉著文字與象徵符碼的使用，來強化並鞏固既有的權力秩序；這在商業主義的社會中，可說是司空見慣的現象。就在這種因素的影響下，媒體在報導女性時，常使用輕鬆、開玩笑、親暱及輕浮的字眼。不管是在性別議題或是其他各方面，媒體都主動積極的發揮力量，形塑讀者的認知。尤其是在政治民主化之後，文化迷思使得新聞以「軟性」、「硬性」之分，而因軟硬之分進而形成一套評斷新聞題材優劣及高低的價值觀。與女性相關的題材通常分佈於所謂軟式新聞及非新聞版面，如家庭版、影劇版、醫藥版等。而家庭版、影劇版及休閒這方面的版面，通常是不受專業重視的，所以有關女性或婦女的問題，似乎就都只淪為私人領域中的小事，被矮化貶抑，無法以公共政策等宏觀的角度加以檢視。例如，張錦華曾在一九九四年，以女性在報紙各個不同版面出現的形象研究為例，她發現要聞版面中人數稀少的女性參政者仍不免受到記者對其穿著打扮品頭論足；婦女版則強調家庭主婦的形象；影劇版以性感尤物的形象出現；而廣告中的女性則為點綴品與性商品。這些媒介的報導方式，對女性顯然是不公的。

在媒介以暴露女性來譁眾取寵，謀取商業利益之際，女性似乎沒有權力來決定並掌握自己的身體與性慾，而是由執政者或是商業體系來決定。傳統的新聞倫理在這一方面要不然毫無作用，要不然就是以倫理及維護善良風俗之名和父權體系中的威權統治結合，壓抑女性身體及性慾的展現，而這反而又促成大眾傳播業者理直氣壯的爭取所謂「言論自由」。而所謂言論自由的爭議，往往是男性官員與男性消費者的對立，並未照顧到女性觀點。像是與女性息息相關的性暴力新聞事件，往往處於新聞與低俗娛樂二者間的模糊曖昧地帶。使得女性作為性暴力事件的受害者，在大眾媒體的呈現過程中，成為窺視意淫的對象。以鄧如雯殺夫案為例，此事件被拍成電影在第四臺播放，該製作單位並強調女主角全裸演出；顯現媒介對女性是有歧視性的物化現象。

至於新聞報導對女性議題的呈現，在量的方面這幾年來有大幅增長。如翁秀琪在一九九四年時，針對一九六一年至一九九〇年的婦運新聞所做的內容分析顯示，婦女政策、婦女相關法令、婦女權益方面的報導，雖然增加了，有69.3%有利於婦女，13.4%不利婦女，17.3%無法判斷。而婦女角色報導所呈現的內涵有60.4%屬於使婦女停留在原來的位置上，5.7%具有貶低婦女的意味，呈現前進的婦女形象或是承認兩性平等則有30%左右。整體而言，有利婦女意識成長的報導有35.7%，不利的則有49.5%。儘管如此，那究竟在報導女性相關之新聞事件時，須注意哪些要項呢？在此將原則分列如下：

(1)多報導與女性權益相關的新聞；如家庭暴力防治法及性侵害防治法之要義，進以能確實讓其瞭解，避免產生性別忽略的現象。

(2)一般有關於女性之強暴案件，不得洩露被害人姓名、住址，或足以辨認其身分之相關資料。

(3)記者在涉及女性新聞事件時，應秉持公正客觀的態度，而不使用輕佻、開玩笑、親暱及輕浮性的字眼，讓女性獲得應有之尊重；不致有性別差異，產生刻意渲染及刻意忽略之現象。

(4)除了軟性新聞外，加重女性在硬性新聞，如公共政策、婦女運動上的比例；俾使女性的意見，在經新聞媒介報導後，能獲得社會大眾的重視。

第五節　少數民族新聞之採訪與報導

六〇年代末期，都市種族暴動事件漸為人所淡忘之後，以此為主題的新聞報導也逐漸冷卻下來，但仍有一些記者專門在報導少數民族（群）之問題，像一九八〇年美國邁阿密暴動事件，引發了一系列的深度報導，探討了全國各地方的實況。

其實做少數民族（群）之問題報導是件吃力不討好的事。首先，記者須先克服自己報社對此所具有的冷淡態度，因為根據肯納委員會的報告指出，造成種族（群）問題的原因之一，就是大眾媒體忽略了這些少數民族（群）的權益，所以如果記者能加強這方面報導，必可直接改善他們的生活素質。其次是必須去發掘可靠的新聞來源及克服語言的障礙等。在新聞來源上，一些少數民族（群）組織機構領袖的意見，有時無法反映出該種族的真實意見，所以來源要廣，才不致有偏頗之憾。

少數民族（群）問題可供報導的範圍有一些常設組織。主題則包括了人權、公私機構的平等機會計畫、發掘傑出的人才；最重要的是，要隨時觀察這些少數民族（群）地區及整個社會上存在的一股潛在勢力。有些社區團體很歡迎記者來參與並報導其活動，但記者在報導時要特別謹慎，因為只要出現一篇攻擊或批評某個人或團體的文章，很可能就因此斷送了很重要的消息來源，所以在技巧上要特別講究。

過去十年裡，對少數民族（群）的報導有一點值得稱喜的是，新聞從業者能很快的認知到這些少數民族（群）在就業、教育及收入地位上的改變，並反映在媒介上。許多新聞機構，除了留意少數民族（群）的發展與趨勢外，也開始進行這些少數民族（群）真實狀況的全盤調查。如美國加州的《太陽報》及佛州的《新聞報》，分別探討了少數民族（群）的就業問題、居住問題及政治力量等問題。而《太陽報》在做那篇調查報導時所使用的技術有文件調查、政府統計資料、態度調查、訪問、實驗及錄音追查。它所投下的努力，雖不是獨一無二，但卻是極為可觀的。

由美國的經驗，我們可以發現美國的原住民新聞記者為了要爭取他們所應有的新聞自由權利，正在進行奮鬥。但是我們應該要了解，美國自治保留區已有二百八十份報紙，都市的印第安刊物則超過三百種，還有三十個廣播電臺及一個電視臺。相較而言，同樣佔全國人口近百分之二的臺灣原住民，似乎連一份政府資助的原住民新聞媒體都還沒有。因此，本著文化多元及媒介近用的原則，對我國而言，如何爭取在原住民聚集之處，創辦原住民媒體，其實是一項當務之急。

第十二章　地方新聞之採訪與報導

第一節　何謂地方新聞

民國四十年政府限制新報登記，至民國七十六年並無增減，一直維持三十一家，但民國七十七年報禁開放後，報紙數量開始逐年激增。依新聞局統計，截至民國八十八年一月十二日，立法院三讀通過廢除「出版法」止，國內登記的報紙共三百六十七家，顯示國內報紙競爭空前激烈。報禁開放後使國內報紙發行量激增，隨著報紙發行量增多，令人注目的是，鄉鎮地方報份大量增加。據《聯合報》七十六年初統計，該報地方報（版）幾佔發行總額的百分之六十，這一發行數字或能顯示，報紙發行已深入小市民間，而民眾關切公共事務相形日益普遍。

大體來說，地方新聞報導的增加是我國報禁開放後，絕大多數報紙的主要發展趨勢，報紙透過加強報導地方新聞，讓當地民眾深入瞭解居住所在地與附近地區發生的消息，以便將新聞融入其生活中。亦即，透過報紙地方版所刊登的新聞，地方上的讀者可以將新聞內容用來作為日常生活的參考，不致與現實脫節，所以地方新聞對地方讀者而言，具有實用價值；顯示地方新聞與各地民眾關係愈來愈密切，對讀者的重要性與日俱增，不容忽視。

何謂地方新聞？就字面上來說，好像簡明易懂，可是如果要具體的解釋，將會發現一時之間很難將它表達清楚；從表象而言，地方新聞是相對於全國新聞，從這個觀點衡量，似乎只要區分全國新聞與地方新聞，就可清楚了解何謂地方新聞；問題是，如何區分全國新聞與地方新聞？目前多數民眾，甚至媒體從業人員都認為，發生在臺北市總社的新聞就是全國新聞，發生在臺北市以外或是發生在鄉下地方的就是地方新聞。簡單的說，新聞界慣稱的地方新聞，是指臺北市的外埠新聞、外埠媒介。其實這是一種觀念的偏差，對全國新聞、地方新聞更是一種粗糙的區分概念。例如，臺北市是我國首都兼院轄市，中央機構林立，許多重大事情都發生於臺北市，臺北市新聞佔據全國版的數量甚多，可是並非臺北市所有發生的事件都很重要，並且都刊登在全國版上；相反的，國內報紙全國版所刊登的新聞，其中有很大部分是地方新聞，由於內容重要，所以將地方新聞放在全國版上，讓全國讀者都能看到，使地方新聞成為全國新聞。

以民國八十八年發生的九二一大地震為例，主震發生在南投集集地區，本屬於不折不扣的地方新聞，但由於是臺灣百年來死傷人數最多、財物損失最嚴重的一次強震，使得此一地震事件放置全國版報導，使它從地方新聞變成全國新聞；此外，國外媒體也在地震發生後，廣泛的加以報導，它又進一步成為國際新聞。換言之，如果這次的地震只是規模不大的小地震，它頂多被當成簡訊，成為地方版上一個不起眼的小地方新聞罷了。所以說，是否為地方新聞，必須視該事件重要性與放置的版面而定；而非發生在臺北市以外地方的就是地方新聞。亦即，發生在臺北市以外的新聞，它可能是地方新聞，也可能是全國新聞，或是國際新聞，不能硬生生的說它就是地方新聞。

據此，地方新聞可以分成廣義與狹義的兩種解釋。就廣義的解釋，我們可以認定每則新聞都是地方新聞，此屬新聞事件的發生地主義。因為，每一個新聞一定有它發生的地方，不可能憑空存在，就算登在國內報紙上的美國紐約發生的一則重大訊息，它也是紐約此一地方的新聞。所以這是以新聞發生地點為內涵而作的定義。在這種定義下，臺北市與全國任何地方所發生的新聞均無差別，都屬於地方新聞的範疇。至於狹義的解釋，則是就新聞的重要性衡量；所謂地方新聞是指發生於國內某個地方，並且刊登於地方新聞版上的任何新聞事件，此屬新聞事件的刊登版面主義。

具體而言，當一個新聞事件比較不重要，與全國人民沒有重大關連，但是對當地民眾仍具價值，所以將它放在地方版上，即是地方新聞。反之，如果新聞事件重要性夠強，引人矚目，報社將它刊登於全國版面，就變成全國新聞；如果事件的重要性十分強烈，連國外也感受到它的重要性，國外媒體廣泛報導，則進一步成為國際新聞。

有關地方新聞的界說，中外傳播學者與新聞實務界人士說法不盡相同，其中絕大多數都是以地理範圍或行政區域，作為界定地方新聞的標準。以下是幾個主要的說法：

王洪鈞教授將地方新聞放在省縣政治新聞類目之下，認為省縣新聞即是地方新聞，且地方新聞更以地方政治新聞為主，由於地方政治影響人民生活最大，記者採訪省縣政治新聞應該不止於解釋，更應積極發掘弊端，剷除罪惡；省縣政治新聞的重心，包括民政、財政、建設及教育等四項，就新聞採訪觀點，也必須以此為採訪地方政治新聞之重心。

錢震教授將新聞分類區分成數類，其中一類採區域之遠近加以分類，稱為區域分類，在此一分類之下，新聞共分為地方新聞、國內要聞及國際新聞等三個項目。

歐陽醇教授指出，凡是縣市、鄉鎮與村里所發生的動態或靜態新聞，不論新聞來源是政府或民間的，都叫做地方新聞；地方新聞的範圍很廣，舉凡政治、社會、經濟、文教、社團、交通、醫藥衛生，都可包括在內。

蘇蘅教授以報導的涵蓋範圍，作為地方新聞的界說；他認為，報紙新聞報導依涵蓋的地理範圍，可分為全國新聞和地方新聞。

吳滄海教授指出，臺灣的報紙，不論在臺北市發行的，或是在臺灣省各地發行的，均有所區分；但和行政區劃分不同，除國都所在地的臺北市以外的地區，都被劃分在地方新聞的範圍裡。

美國記者馬魁爾則從功能論著眼，認為地方新聞具有經濟功能，可反映地區性結構，針對民眾需求進行行銷，帶動地方經濟成長。

美國報人法蘭克林與莫非認為，地方新聞是在當地發行的報紙上，所刊登以該區域為觀點的事件；換句話說，針對當地發生的新聞事件，從地方民眾的立場來進行新聞報導，就是地方新聞。兩人進一步將地方新聞界定為兩個特徵：其一是依新聞事件發生地點，看其是否在某些方面適於以區域的觀點來看，並視報紙在當地有無發行而定；其次是從全國與國際性新聞是否有地方角度來看。亦即，新聞並非真正事件的結果，而是新聞人員生產過程和工作慣例，而突顯事件地方角度的結果。

由以上各人觀點來看，地方新聞顯然偏重於地理因素，亦即所刊登的新聞愈接近讀者生活區域，即被劃分為地方新聞，具有空間的接近特性。在此種情況下，地方新聞的報導主題與內容顯然與全國性新聞是有所差異的。也有學者認為，從新聞題材的結構上來說，地方新聞至少包括兩項主要因素，一為地理距離，一為地方化。前者指新聞機構決定要不要刊登新聞，會以和新聞來源距離遠近來判斷；後者指新聞報導是否有地方角度。因此，地方新聞不僅包括在地的觀念，還應考慮新聞報導角度的地方化，也就是地理區域、社群生活與心理認同，三者並重。

第二節　地方新聞的來源與線索

很多民眾往往很好奇的問記者,「你們的新聞到底哪裡來? 為什麼你們總是那麼厲害, 知道哪裡發生新聞? 為什麼我們會不知道?」

身為一個記者, 每天都要寫新聞, 不能以今天沒事作為不發稿的藉口。事實上, 為人稱道的所謂新聞鼻, 除了歸功於有人先天對新聞的靈敏度之外, 絕大部分都可以訓練, 記者只要保持警覺, 隨時留意身邊的任何人、事、物, 一定可以發現可供新聞寫作的題材, 而不怕會找不到新聞線索。特別是對於鄉鎮記者來說, 一個人負責採訪責任區內全部的新聞, 沒有路線之分, 也不必擔心有人會來搶新聞, 從某種角度來看, 雖然責任重大, 但從另一方面而言, 卻是有無限的揮灑空間。

然而, 地方新聞的線索是從哪裡來呢? 只要注意以下幾方面, 當可使新聞線索取之不盡、用之不竭。

(一)注意特殊人物

在地方上採訪, 一定要隨時查訪當地是否有特殊人物, 可以作為報導對象, 只要用心, 不難發現臺灣雖小, 卻充滿各式各樣、各行各業的特殊人物, 即使是一個不起眼的小人物, 照樣有新聞價值。而我們要注意的地方特殊人物, 應朝下面幾個特點發掘:

1. 特殊成就者

人類生下來, 無不希望能獲致成功, 對於有特殊成就的人, 不管在事業、學業及做人等各方面, 都抱持著崇拜與景仰的心理, 很想知道他到底是如何獲得成功的? 過程中是否有遇到挫折? 如何克服? 希望從別人成功的經驗中獲得啟示, 有朝一日也能出人頭地。

因此, 對於地方上白手起家的大企業家、村內第一個獲得博士學位者、運動比賽成績非凡者、參加發明展獲得許多獎牌者、大學聯考狀元、因某成就獲得表揚者、有特殊比賽紀錄者，都是新聞報導的對象。

2.特殊職業者

俗話說：「隔行如隔山」，在職業分工愈來愈精細的現代社會，行業已經不只三百六十行而已，而是多得令人數不清，其中有的職業性質十分特殊，前所未聞，一般民眾很想知道這些行業的內幕，以及個中甘苦，如果記者能將之報導出來，一定很能吸引讀者。

3.對地方有貢獻者

不一定只有大人物才能對地方有貢獻，地方上有不少基層民眾，平日默默行善，在功利社會中，更顯得其愛心與義行的可貴。例如，有的人白手起家，事業小有成就，就以捐贈土地、學校圖書館、社區活動中心及設立清寒獎學金等，回饋社會。這些人物都值得我們去探討、報導，一方面表揚他們的精神，另方面，也可為冷漠的社會添加人情溫暖。

4.特殊才能者

有的人會以樹葉吹歌曲；有的人會同時以左右手寫字；有的人千杯不醉；有的人一目十行。這些才能對受過長時間訓練的人來說，或許不算什麼，但如果靠自己努力進修學習，而能有這些表現，就值得報導了；更何況，有些才能是與生俱來，根本無法訓練，道理何在？將之報導出來，可以令讀者嘖嘖稱奇。

5.顯要人物

什麼才是顯要人物，不容易有明確的定義，通常來說，只要出現在公眾場合，就會引起一般民眾矚目，即可稱之為顯要人物；他們應該包括黨、政、軍等首長與達官貴人，以及工商巨賈、影視明星、運動員、學者、教授、作家、畫家及名女人等。他們的一舉一動，包括個人與家庭生活最新狀況、對時事的看法與批評，記者都可以經適當選擇之後，加以報導。

6.具有特色者

所謂具有特色者，是指他本身的生理構造、行為、習慣或某種作為，與其他人有差異，成為話題而具新聞報導價值。例如，臺南市有一位民眾，整年不穿上衣，只著一條褲子，推著單車在街上賣東西，即使寒流來襲也一樣；此外，太高的人、太矮小的人、活過一個世紀的人瑞、倒著跑步的人，也都有其特色。世界之大，無奇不有，在地方上不為人知有特色的人物太多了，只要用心觀察、細心打探，不怕沒有新聞寫作資料。

㈡注意季節變化

一般人所注意的季節變化，大抵上只是春、夏、秋、冬四個主要季節的更替，除了這些以外，地方記者必須將季節變化做無限的延伸，隨時報導有關狀況，例如天候變化對人民日常生活與環境造成的影響，其中包括颱風、水災、乾旱、豪雨、龍捲風等各種異常現象的產生與其後遺症。

㈢注意節日來臨

國內各種主要節日，與地方民眾的食、衣、住、行、育、樂都有密切影響，例如元旦、農曆春節、端午節、中秋節、母親節等。尤其遇有連續假期時，民眾的日常生活更是受到嚴重影響，所以由節日所引起的各種相關現象，都是新聞寫作的好線索。

㈣注意地方產業經濟

所謂靠山吃山，靠水吃水；臺灣各縣市都有自己的地方產業與特產，形成一種地域性的經濟特色，當地許多民眾依賴這些地方產業為生，塑造出地區上特有的環境、生活習性、生態景觀，構成地方記者新聞報導的寫作線索。以桃竹苗為例，地方的特有產業包括桃園復興鄉的水蜜桃、綠竹筍及產量高居全國之冠的耶誕紅；竹圍的濱海遊憩及漁港風貌等。

㈤注意當地人文特色

每個地方的歷史背景、人民的生活方式、思想習性、風俗習慣、地理環境等均不相同，從而構成特有的人文景觀，演變出與眾不同的風貌，地方記者只要留意並掌握當地的人文特色，就有許多的報導題材。例如桃園縣八德市的眷村文化，榮民之家所顯現的新住民生活圈，或是該縣永安宮前大埤塘的賞鳥新據點，均可作為新聞報導的素材。

㈥注意消費習性

民眾的日常生活離不開消費，每個地區民眾的消費習性，隨著它的環境演變而有不同。像是大學附近因學生消費客人雲集而形成的特殊消費商圈，自成一格，可作為新聞報導的對象。有鑑於此，地方記者除了要報導這些大型商家對當地居民的消費習性帶來的影響外，其對當地民眾生活方式與環境造成的衝擊，也要特別留意。

㈦注意風景名勝與遊樂區

全省每個縣市都有它獨特的景觀與風景名勝，有的依山傍水，有的擁有山地部落，有的則充滿自然風景點與人工遊樂場，這些都是地方記者取之不盡的新聞報導來源。尤其週休二日制實施後，國內旅遊人口大增，每到假日，各地風景遊樂區擠滿人潮，讓各地的旅遊出現新興現象，也連帶對地方交通造成重大影響，其與旅遊有關的各種現象，身為地方記者必須隨時掌握報導。

這些風景點有大有小，有的全省聞名，有的少有人知；不論如何，都有它的新聞價值。

㈧注意公關資料

公關新聞稿性質五花八門，有正面性的事件宣傳、說明，也有負面性的解釋、辯解，記者拿到公關稿後，應該花一些時間詳讀內容，找出值得作為新聞寫作的要點，進一步詢問有關人員，增加新聞內容，即可把這些「自己送上門」來的宣傳資料變成一則新聞報導。

㈨注意例行性資料

所謂例行性資料，是指每到固定時間就會公佈的官方資料，地方記者只要注意這些事件的週期，就可以在事前或事後取得資料，加以報導。例如，許多縣市的交通隊都會統計每月、每季及每年當地發生車禍件數與死傷人數；以及警局刑警隊也會定期公佈刑案發生類別、件數、破獲率等。

㈩注意事件未來發展

作為一個新聞記者，不是今日將某一事件報導出來即放手不管，而要持續不斷的注意事件的發展，當它發展到某一個地步，出現新的內容，且呈現與先前報導不同的面貌時，就是再報導的時候。

⑪注意聊天訊息

記者在與各行各業人士聊天時，不論是村夫村婦或政府官員，都要注意聊天不只是聊天，而是新聞線索的來源，靈敏的記者可以從對方不經意的一句話中，察覺到具有新聞價值的線索，據以追查，成為新聞題材。

⑫注意其他人報導的相關新聞

對報紙來說，臺灣每個縣市都有自己的地方版，報紙所刊登的地方新聞數量驚人，只要稍微留意，即可在別人已刊載的新聞中，發掘可作為新聞繼續報導的題材。特別要說明的是，別人已寫過的新聞只能作為自己進一步深入採訪的線索，而非照單全抄，而且一定要針對該新聞未曾報導的內容，或報導不清、或解釋不明、或資料不全、或內容可能有誤、或可以衍生其他新發展事件等方面，再做詳盡查訪，成為獨立的一篇報導。

⑬注意文書記錄、計畫方案

各種公文書信、會議記錄、計畫案、規劃報告、期中報告及期末報告等，都有它要具體表達的內容，它可能是一個意見的溝通、觀念的解釋、方案的評估及地方建設的前置作業，甚至是一個事件執行之後的總檢討與得失的探討，它的內容可能很沉悶，充滿各種枯燥無味的數據，而卻是記者的一個主要新聞線索來源。

⒁注意其他媒體訊息

像是電視、雜誌、期刊及網路的資訊；特別是在地發行的社區性刊物，例如社區報及社區雜誌等，這些媒體常蘊藏著無限的新聞題材，只要多動腦筋，隨時留意，多加觀察，就一定能發現可作為我們新聞報導的材料。

⒂注意廣告

廣告的遣詞用字有的趣味橫生，有的緊張刺激，有的則充滿懸疑，如果涉及名人或不尋常現象，更是值得做深入追查的好題材；我們也可從商品廣告中，獲悉特殊商品上市、新店開張、商家打折、降價促銷、舉辦活動等訊息，作為新聞採訪的參考之一。

第三節　地方新聞分類採訪與寫作

地方新聞依性質的不同，主要分成府會、選舉、警政、醫藥、衛生、環保、文教、交通、消費、體育及社團等路線，這些單位的業務性質都不同，記者在採訪時所要運用的技巧，以及寫作重點與應注意事項，也都有所差異，必須彈性運用，手法絕對不能太過僵化。如何採訪與寫作這些不同性質的新聞，以下略作說明。

一、府會新聞採訪與寫作要領

㈠地方政府機關

1. 了解各單位的業務性質與功能

可以說，以縣市政府為採訪對象的府會記者，所要面對的各種大大小小單位，從幾十個到上百個之多，它們各有不同的業務與功能，線上記者一定要一清二楚，以免要問整修道路的新聞，不知向工務局採訪，反而錯跑到建設局了。

2. 以民眾立場檢視政府措施

採訪政府單位新聞，記者內心要時時惦記著民眾，站在民眾立場，隨時檢視政府作為是否符合民眾需求，政策與方案是否能落實在民眾生活上，對民眾具有什麼意義，如此新聞才有生命力。

3. 走入地方基層

採訪地方政府新聞，最忌炒冷飯，尤其地方政府通常設有新聞或公關單位，每天有專人針對地方首長行程、活動內容發公關新聞稿，甚至連照片也都備妥，如果記者每天只是例行性的到新聞室取資料，內容重新照抄一次，交差了事，此類新聞將顯得枯燥、乏味不堪。所以要讓地方政府新聞具有生命力，最重要的是記者必須走入地方基層；而公關新聞稿只能當成新聞線索，到場實地觀察採訪，往往會發現新事物；因此，地方基層才是採訪市政、縣政、鄉政等新聞的主軸所在，線上記者必須走進去了解、接觸、觀察及體會。

4. 注意有後續發展的新聞事件

很多與民生有關的案子，記者不能只在第一天報導即罷手，而要盯住它的後續動態。當政府實施某一方案之後，如果它具有延續特性，記者要隨時注意發展情形，並報導它衍生出來的種種現象，反映現實狀況。

5. 注意首長身邊的人物

地方首長每日工作忙碌，來無影，去無蹤，特別是發生重大事件時，往往視記者為蛇蠍猛獸，避之唯恐不及。因此，記者平日就要對其身邊的人物下功夫，事到臨頭時，才會有意想不到的用處。像是首長司機只要用心交往，他們即使不能給你訊息，但首長的行程去處，他們一定清楚。

6. 適時提出善意的批評

地方政府的作為與民眾發生直接關連，媒體應扮演好監督角色，針對政府不當的作為提出適當批判，不可一味的歌功頌德，成為政府的傳聲筒。當然，批評一定要就事論事，且基於善意，尤其要客觀公正，不可為反對而反對，免得失去記者的專業性。

㈡地方民意機關

1.廣結善緣

跑好新聞的最大因素之一，在於良好的人際關係，而跑地方政治新聞更是如此。地方上的政治人物通常結交三教九流人士，各種訊息從四面八方湧來，使他本身如同新聞中繼站；因此，線上記者應與地方政治人物保持良好關係。

2.了解議會組織與政治生態

採訪議會新聞的記者，當然要了解議會組織、各黨團組織、議事規則及程序，這是最基本的要件，否則寫出來的新聞一定會鬧笑話；此外，當地的政治生態也要深入探索。

3.注意與民生有關的重大議題

議會機關的定期大會，主要是議員透過質詢來討論地方政府提出的各種方案，在眾多法案中，一定要懂得篩選和民眾生活有關的議題，此種議題不論是通過或否決，都要做深入報導。

4.保持中立

地方議會裡，除了黨團外，還有各種次級問政團體，彼此之間的利益常常糾纏不清，記者在此種混亂的環境中，務必要保持中立身分，千萬不要偏袒某一黨派。

5.不要有聞必錄

議員在會議中發言的尺度很寬，而我國真正有修養的民意代表還有待提升，許多議員都藉著大會修理官員，不是惡意刁難，就是出言不遜，故意作人身攻擊。就算針對政府案子進行討論，內容也往往乏善可陳，拖泥帶水；因此，記者整場會議聽下來，必須自己整理新聞重點，找出具有新聞性及和民眾有關係的部分，作為新聞報導內容；千萬不可以有聞必錄，以免遭到不肖民意代表利用。

二、警政新聞寫作要領

廣義的社會新聞不只是警政新聞而已，還包括人情趣味新聞，但對國內傳播媒體來說，犯罪與災難新聞是當前警政新聞的重點。而為滿足讀者感官上的刺激，不論平面或電子媒體都以長時間、顯著版面，報導重大的犯罪與災難新聞。此種風氣固然與媒體政策有關，但身為第一線的新聞採訪人員，也不能脫離責任；以下是寫作警政新聞時，應該遵守的原則：

1. 勿詳述犯罪手法

媒體對犯罪情節描述得太詳細，將對社會治安造成後遺症。許多歹徒犯案之後被捕，常供稱其作案手法是看報紙、電視學來，也就是有樣學樣，記者寫稿豈可不慎。

2. 勿誇大渲染

新聞報導必須力求真實，有幾分證據就寫幾分話。可是在媒體惡性競爭下，為了滿足閱聽人的需求，新聞報導內容往往對事實盡情渲染，與真實面目脫離甚遠。根據中華民國新聞評議委員會統計，近年來該機關所接獲的陳訴案，屬於社會新聞的比例愈來愈高，社會新聞事件經常就是犯罪、災難、暴力等偏差行為，更易流於渲染誇大。所以記者不要為了使報導能夠獲得報社重用，把可能當作事實，將彩排當作演出，將寫社會新聞當作寫推理小說，內容盡情渲染，此種可說是不負責任的工作態度。

3. 勿新聞審判

「法律之前人人平等」是一句大家耳熟能詳的話，落實在實際生活上，也就是除了罪行經過審判過程而確定，否則任何人在法律之前都是無罪的。在此原則下，即使某人因犯案遭警方逮捕，也只是一個嫌犯，而非罪犯，記者在此人尚未遭司法機關定罪之前，不能以具有煽動性的文字對他進行審判。

4. 勿侵犯隱私權

中華民國報業道德規範新聞報導第三條:「除與公眾利益有關者外,不得報導個人私生活。」此舉主要在保護個人隱私。因此,記者在報導當事人個人故事時,應只限於本人,應避免刊登家屬或親友之姓名、照片與個人資料,免得損及相關當事人個人權益,並造成二度傷害。

5. 勿混淆記者角色

正因為社會新聞報導不當時,對廣大社會造成的傷害特別嚴重,因此,作為一個警政記者,一定要保持冷靜的工作態度,了解自己的身分和角色,不要認為新聞報導是在為流氓請命,為黑道主持正義,形同執法者,不但混淆新聞工作者的角色,甚至遭人利用還沾沾自喜。

三、消費新聞寫作要領

地方消費新聞的採訪報導性質,大致分成工商動態、商品行情、地方金融機構、股票市場、百貨公司及量販店等大賣場各種性質;而在消費新聞採訪與寫作要領方面,須注意:

1. 具備專業知識

像是建設公司、租賃公司、仲介公司、房地產、當鋪、電腦及保險,地方消費記者也隨時會遇上必須採訪的狀況,其中都夾雜著許多專門知識與用語,記者不但要知其然,更要知其所以然;因此,記者平日應該多閱讀相關資訊、報導、刊物,或詢問業者,才不會寫出外行的文章。

2. 過濾公關新聞稿

除了政府單位之外,營利事業場所可以說是散發公關文稿的最大來源,消費記者幾乎天天都會接獲大量來自四面八方的公關新聞稿，商業場所以營利為目的，這些公關稿免不了的也就充滿自我宣傳內容，其中不乏誇大其辭、自吹自擂之誇大文章，消費記者一定要仔細過濾，絕對不可照單全收，有「文」必錄，成為宣傳工具，讓所報導的新聞有廣告化之嫌疑。

3.從消費者角度撰發新聞

所謂從消費者角度出發，也就是如果該訊息具有實用性，對消費大眾有指引作用，能夠提升消費者的權益，並對消費者有好處，即具有報導價值。

4.瞭解地方產業

地方產業反映當地環境特色，外地民眾往往因此而被吸引到當地遊玩，順便購買，是地方豐富的觀光資源，記者如果把握特色加以報導，對帶動地方經濟有正面效益。

四、文教新聞的採訪與寫作要領

文教新聞是文化與教育新聞的合稱，文化新聞也即文藝新聞，因此，舉凡藝術、文化、教育、學術等各種可以提升人文素質與心靈品味的各種訊息與活動，都是文教新聞的範疇；一般在採訪與報導該新聞內容時，要注意下列原則：

1.取材生活化

地方文教記者應該儘量選擇與學生教育或民眾的日常生活有關，可供實際利用的內容，作為新聞素材，避免以不切實際，不成熟的教育空談、文化政策，以及聳動駭人的藝術品為報導題材。

2.重要活動務必到場採訪

除了報導時間、地點、名稱等表面性的藝文活動訊息之外，藝文活動中經常隱藏許多具新聞價值的題材，文教記者應事先了解這些活動的性質、內涵、參與人員、主辦人員等相關資料，加以篩選後，再依其重要性決定是否到場採訪，以免錯失重要新聞。

3. 宣揚地方傳統文化

很多具有傳統文化色彩的民俗活動，例如迎神賽會、廟會、媽祖繞境、花燈、趕集、牛墟、祭典、建醮、燒王船、放天燈、放水燈、放蜂炮等，遇有節日時，各地都會舉辦各式各樣極具特色的慶祝活動，文教記者可以大肆報導，一方面鼓勵民眾參與，再者也可以為保持地方傳統文化盡一分心力。

4. 注意重大教育措施

國內教育問題一籮筐，教育部面對著民意代表與民眾強大壓力，經常擬定重大教改方案，這些新方案涵蓋面及於全國各地，對於全國眾多學生在校接受教育的方式與升學型態，帶來重大影響，地方文教記者要隨時注意這些重大教育措施的內容，進一步了解地方教育單位執行情形，以及家長看法，對學生所造成的影響等，反應地方輿情。

第十三章　網路新聞

第一節　網路新聞的定義與起源

賦予網路新聞定義時，必須先釐清電子報的基本意涵。只要是利用電子數位訊號傳遞新聞，不論其管道為何，都可稱為電子報。

電子報以廣義言之，凡是任何利用電子訊號傳輸新聞內容（以文字為主）的媒體，都可稱為電子報。而傳輸資料的管道像是電話語音資料庫、傳真、電傳視訊(Videotext)、電腦網路（如國際網際網路"Internet"）等等。

狹義來說，以網際網路傳送報紙內容稱為電子報，亦是本章所探討的「網路新聞」。其呈現形式有三：

⑴將報紙內容完全轉換成電子訊號。

⑵將報紙內容摘要轉換成電子訊號，如中時全球資訊網。

⑶電子資料庫(Electronic Database)。

最早的電子報是出現在一九七九年的英國，當時英國電信局為加強下班後電話使用的頻率次數，發展了「線上服務」的產物，傳播學者認為可用於傳送新聞及消息給大眾，且須收費。

一九八〇年代，美國「萊特騎士報團」(Knight-Ridder)旗下所屬的《聖荷西水星報》(*San Jose Mercury News*)在一九八三年率先提供電子資訊服務，其構想乃在幾年內透過BBS站的方式，達成全美國電子新聞網的建立。但因其資訊中的電子文件只有文字，沒有圖片、動畫等，單調乏味，只能單向傳輸而非互動方式，故發展並不成功。

加上使用者尚需使用操作不易且價格昂貴的電腦終端機，所以在實驗三年後宣告失敗，損失五千美元。後來隨著電腦科技進展，一些技術性的問題，伴隨科技的進步，都予以一一克服，使得電子報的發展又重燃希望。

八〇年代後，個人電腦蓬勃發展，在一九九二年電子報資訊在美國已有四百五十家；一九九四年則增至三千二百家，幾乎所有的報紙都上網。例如：美聯社(AP)於神童網(Prodigy)。一九九六年一月，英國倫敦《泰晤士報》(*the Times*)也於網路上提供電子報服務。

網路新聞(Net News)只是電子報所提供的服務之一。其他如電子雜誌、社區服務、娛樂資訊提供、線上購物服務、廣告服務、各種專業論壇等等都是電子報所提供的服務範圍。

國內的電子報最早在民國八十三年二月，中央通訊社即時新聞在有線電視及BBS站呈現。民國八十四年九月十一日，中國時報線上新聞服務（《中時電子報》）推出新聞討論專區，每週推出新聞主題，開放網友發表言論並邀新聞人物上網對談。

民國八十九年二月十五日第一家「網路原生報」《明日報》誕生。以不限版面空間的寫作手法，每日生產一千則新聞，從每天早上九點到晚上九點，即時整點出報，重心放在經濟、科技、國際和兩岸關係，有別於傳統報紙的比例。並提供「討論區」、「投票區」，即時與網路使用者互動。然而《明日報》卻因為經營困境無法突破，經過一年又一星期之後宣佈停刊，所造成的衝擊與問題引起社會廣泛討論。

第一家的華文即時「影音網路報」《ETtoday.com東森新聞報》在民國八十九年五月十五日誕生。《ETtoday.com東森新聞報》除聘請二百五十位資深新聞編採人員投入網路新聞的領域外，更結合東森集團優勢與資源，跨入全球華文市場，《ETtoday.com東森新聞報》定位為全球第一份華文即時影音網路報，提供全球華人最即時、完整、深入、專業、多媒體的新聞內容。

銘傳大學在民國八十九年七月推出MOL (*Medianews Online*)，以報導媒體動態為主。線上立即出報，一份由學生製作的「網路原生報」。❶

在資訊社會的網路世界裡，第四波的攻勢席捲而來，社會裡的每一分子都不容缺席，對於傳遞訊息的媒介更極思如何突破困境與建立自己的王國。因此，絕大多數的平面和廣電媒體都擁有電子報，像是《聯合新聞網》、《中時電子報》等，造就現今網路新聞的蓬勃發展。

第二節　網路新聞的特性

自一九九四年網際網路開始普及以後，資訊傳播隨著這股無法抗拒的潮流也快速蛻變，不僅傳播方法不同、表現方式不同，連「媒體」的意涵都有了與以往不同的詮釋。

網際網路原是美國人為了對抗前蘇聯率先發射人造衛星，而於七〇年代研發的國防科技。冷戰結束後，美國人又把它擴展為商用，任何人只要把家中的電腦接上數據機，然後連上電話線，就能在網際網路的世界中遨遊，不僅可以跑到別人「家」去瀏覽資料，還可以用電子信件(E-mail)即時溝通，更可以參加「電子論壇」，和同好進行網路討論會，而跨洋越洲連線的代價，只是市內電話費。

美國報社乃得天時、地利、人和之便，在很多人還弄不清什麼是網際網路時，就開始研發電子報，把傳統的平面媒體送進炫麗的網路世界。

由於這是一個全新的傳播環境，美國許多報社幾乎都曾「摸著

❶ 蘇蘅、吳淑俊，〈電腦網路問卷調查可行性及回覆者特質的研究〉，《新聞學研究》第54集。

石頭過河」，飽嚐痛苦教訓，點點滴滴，逐漸領悟出經營電子報的道理。電子報利用網際網路傳播，不是傳統報紙，必須發揮本身特色才行。❷因此，網路新聞與傳統新聞就存有以下幾點差異：

1. 互動性：傳統媒體的回饋常是延遲的、緩慢的。

2. 使用者基模：傳統媒介使用者本身在閱讀新聞時，並不須具額外的技術，只要具備一般的閱讀能力即可，而網路新聞在使用之前，卻須先備有電腦常識。

3. 媒介展現方式：網路新聞具有跨文化的可能性，在程式許可之下，可自動翻譯成各國語言，並且在展現方式上，網路能在頻寬允許之下，展現多種媒體一併呈現，並可經使用者的需求更改展現的方式。

4. 閱讀介面：網路新聞的閱讀介面較諸傳統媒介昂貴且複雜，目前的可攜式介面，如3G手機、WAP等，皆屬之，且網路新聞的閱讀必先上網找尋資訊，上網本身便已需付費，而傳統媒介如電視並無需付費即可收視，而報刊所需的金額也不高。

5. 普遍使用性：傳統媒介目前仍是閱聽人普遍使用的媒介型態，即使遇重大事件如災難新聞，亦常可見於路邊報攤，僅有少數資訊飢渴者會上網尋找更深入、更詳盡的報導。

美國麻省理工學院的「媒體實驗室」(MIT Media Lab)曾把電子報的特性歸納出以下六點：

1. 互動的：傳播不再是單向的，而是有問有答、可解決疑難的、可供選擇的。網路新聞具有即時回饋功能。

2. 提供資料庫服務的：利用電腦強大檢索與運算功能，建立資料庫，供讀者查詢、使用。

3. 個人化的：利用互動及資料庫功能，讓讀者按自己興趣，由資訊之海中撈取自己所需的新聞或資料，訂製自己所想要閱讀的報

❷ 劉本炎，〈下一個世代的媒體——電子報〉，《新聞鏡周刊》442期。

紙、新聞節目或資料庫。

4.多媒體的：整合聲音、文字、圖形、動畫於一頁，以增強資訊的效果。

5.可供多人即時討論的：建立「電子論壇」功能，讓天南地北的讀者，可以同時針對某一議題，進行網路會議或多邊會談。

6.便於閱讀的：

①層殼式的顯示設計：可藉由「超文字註記語言(HTML)」中的連接功能，將顯示頁作層殼式設計，讀者一般均在第一層閱讀，遇到感興趣的內容時，就按鍵進入下一層去探索更為詳盡的資料。如此一層一層深入，愈到下層文章內容愈專精。若在研究過程中，有觸類旁通的發現，尚可在同一層殼或更上一層的文章中找尋相關資料。

②頁面設計力求簡單：頁面務必精簡扼要，可讓讀者一目了然，便於展開閱讀。

③用簡單的問答讓首次進入的讀者圈選自己所關心的新聞資料類別，並可依關心的程度分別開列，由電腦建立分類等級，以便電子報業者為讀者訂製個人的電子報。

④可以印出的：祇要用便宜的印表機就能把螢幕上看到的圖文資訊印下來。

由此可知，電子報提供的是「我的報紙」、「我的資料庫」、「我的圖書館」、「我的超級市場」，與現在的傳播理念與媒體性質有很大出入。❸

綜言之，歸納網路新聞的特性，有以下數點：

1.互動性：網路新聞具有即時回饋功能。

2.資料庫檢索搜尋功能：因網路的特性，得以使使用者在網站上搜尋過去的資訊。

---

❸ 同前註。

3.超文本：在頻寬允許下，能同時展現多種媒介方式，使平面的文本成為立體。

4.超連結：網路本身就像是一個超級資料庫，只要程式允許，便可容許使用者連結到各個次連結網頁，延伸了文本的縱深。

5.異步性：使用者可以依其習慣及時間許可，在任何的時間下觀看文本。

6.即時性：網路新聞可以隨時更動訊息。

7.跨文化：科技使得網路可以任意將文本解碼成各國語言，在程式許可下，各國的使用者皆可閱讀本國新聞。

8.個人化介面:程式可配合使用者之需要而調整介面呈現方式。

9.消息來源多元化：網路的特性使得新聞來源益增，除了實體消息來源，在網際網路中的資訊亦可成為消息來源，更可與消息來源即時互動，調整新聞以達到正確客觀。

10.記者與讀者間關係益近：讀者將可以評斷記者的表現，而組織亦可將此作為聘薪的依據，記者將更容易獲知讀者的喜好，而讀者的評分亦將影響記者的新聞採訪、寫作方式。

第三節　網路新聞的發展與未來

Barry Sherman在所著《電信管理：廣播／有線電視與新科技》(*Telecommunications Management: Broadcasting/Cable and the New Technologies*) 書中提到，由於新傳播科技不斷地發展，使得媒介組織內工作人員之間傳統的分界逐漸模糊不清，也使得工作內容發生變化。

新聞媒體無法避開數位革命的大潮流，無論是電子媒體或是印刷媒體，都只有面對與接受數位科技時代來臨的一途。

電子報對傳播生態所帶來的影響如下：

㈠媒體部分

電子報短期內不會取代傳統媒體，但著眼於未來的趨勢，傳統報紙為因應網路科技發展所帶來的影響，進而強化報紙的原有優勢，挾其龐大的資金與高素質人力投入電子報市場。

㈡報紙作業部分

1. 結合文字、圖畫、照片、影像、動畫、聲音的超文本(Hypertext)設計，打破平面編輯的方式，電子報的立體、動態，使編輯時包含了影像與聲音的結合。

2. 所有消息需隨時輸入，因而截稿時間限制降低，但也失去競爭的優勢（獨家消息）；由於閱聽人對資訊的需求日增，記者以二十四小時追蹤新聞、掌握資訊，因此記者上班時間更動，工作量大增。

㈢新聞從業人員部分

1. 新聞工作者與閱聽人雙向互動，產生溝通對話。新聞從業人員必須充實自身的專業能力，以迎接新的挑戰。

2. 網路記者出現，使記者不再受僱於媒體組織，記者可自行成立電腦網站、版面，搜集新聞與消息，提供閱聽人付費使用。

㈣閱聽人部分

主動性增強，閱聽人可自行選擇所需的內容。透過電子報閱聽人可自行選擇所需資訊，過濾不必要及無興趣之資訊，節省時間、金錢。

㈤營運型態

1. 資料庫(Database)與資料銀行(Data Bank)的服務。資料庫的功能可提供許多資訊，讀者可在其系統下快速連接資料庫系統下無法相連的資訊，使查詢的範圍擴大，方便又省時。

2. 線上掌握閱聽人資料，加強廣告。上線的新聞機構可以明確知道他們的閱聽人是哪些人及其使用時間、生活型態、需求，而且可追查哪一部分資訊最吸引閱聽人，再針對不同興趣的閱聽人給予符合其需求的廣告內容，使廣告的效果更易顯現。

3.行銷人員參與編輯決策。由於商業利益的考量，媒體必須更了解閱聽人之興趣、需求，以吸引閱聽人，提高銷售量。因此，媒體行銷人員在編輯決策中所扮演的角色日趨重要。❹

自網際網路開放商業用途以來，敢於開創的先知，以其科技特性視為另一波經濟革命，然而一個個搶灘上岸的勇者們，卻在還沒建立灘頭堡之前，彈盡援絕，宣佈投降。

民國八十九年二月十五日正式成軍運作的「網路原生報」《明日報》，原本信誓旦旦，要成為最即時的新聞媒介，卻在一週年慶之後一個禮拜，宣佈停刊，素有趨勢先知之稱的《網路家庭》董事長詹宏志，亦在記者會上陳述了《明日報》實是生不逢時。

這是否代表網路淘金夢碎？網路媒體是否泡沫化？這些疑慮恐怕是多餘的，然而若對網路仍抱持不必要的樂觀，必然得了解網路特性與市場邏輯間的互動、互制關係，燒錢換取經驗的方式，不該出現在這瞬息萬變的資訊社會。

網路是一個巨大的媒介，而不是無數個媒介。各界對網路特性的理解不夠深刻，分眾化的大眾媒介，不等於無數個分眾媒介。

破除網路特性之必然優於傳統媒介的迷思。各界常把網路異於傳統媒介的即時性、主動性、互動性、超文本、超連結等，視為網路比較於傳統媒介的優勢，事實上，以市場邏輯而言，這些特性反將成為沈重的包袱。

就網路新聞未來的走向而言，下列幾點可供參考：

㈠突破網路使用限制——使用者付費

網路的使用，對一般家庭而言，仍屬高價消費。就使用與滿足理論而言，使用者對媒介的使用，必須能符合其需要，而使用者也會自行分辨要如何使用媒介。

---

❹ 同註❶。

網路是一個使用者付費的場所，除非能引起使用者的需要，否則閱聽人自然選擇方便且免費的傳統媒體，因為新聞的即時性及資料的是否豐富，對一般的閱聽人而言並無多大的用處，網路使用者在上網使用時，自然有其自己的需要，對資訊工作者而言，新聞的完整與即時性可能有其吸引力，然而這一族群卻是屬社會結構中的小眾。

若網路撥接上網的費用轉嫁至廣告收費及抽取網路佣金，或許可改變閱聽眾的使用習慣。

㈡市場結構限制，網路新聞難以成為新聞媒介

網路新聞目前仍被視為「附加產品」，由於電腦具有強烈的「工具」性質，被用來作為各種的工作輔助工具，加上網路使用者具濃厚的動機，主動的搜尋所要的目的物，網路新聞不過是網路上龐大的資料中的一小部分。

根據McCombs & Scripps的《相對恆定理論》，在傳統媒介無法消失的情況下，網路新聞要取而代之恐怕不是容易的事，因為科技已經限制了使用者如何看待媒介。

電子報只能被視為眾多資訊中的一環，畢竟沒有人會把電腦當成報刊雜誌或以看電視一樣的心態一般對待，所以網路新聞必然開始於「資訊」的角色。

㈢閱聽眾分析是否正確

先前不少電子報業者樂觀地投入網路，類似的網路、資訊工作者或許能感受到網路新聞的生機，然而不可否認的，目前的網路使用者是否是「使用新聞媒介」的閱聽群，恐怕是最重要的分析項目。

試想使用網路者始終將網路用於交友、逃逸社會，麻痺自己、網路色情為首要，新聞僅是偶爾使用，甚至是純屬於傳播領域工作者的專用網站，樂觀何以為繼？而未來這些年輕的網路使用者成為社會上的工作群，是否仍會繼續使用網路，或者將改變對網路的使

用方式，亦是問題。

說實話，科技造就了便利，卻也產生了隔閡，假設家中的女兒為了交隔週的作業而佔著電腦，兒子因為玩電玩巴著電腦不走，網路新聞如何觀看？即使未來的3G手機或者I-MODE系統使得可攜帶著走的網路新聞成為可能，然而考慮上網的費用及科技的限制，例如手機可儲存的空間大小、記憶體多寡、處理速度等，與傳統媒介比較幾無勝算，短期內要將網路新聞轉型為資訊商品，實無經濟效益。

在傳統媒介的使用習慣未改變、科技未大幅進展前，網路新聞很難成為新聞媒介。

㈣破除閱聽人的主動性

網路的特性，使得閱聽人擁有極高的主動性，讀者能自由選擇所欲暴露的文本，然而浩瀚的網絡若不經導引，使用者只能依著自己的感覺去點選所欲的網站，而使用者會再度使用此一網站，通常都需有良好的過去的使用經驗，使用者方能在下次上網時，再次點選至此一網站。

因此作為使用者導引的功能，必然對使用者有極大的吸引力，雖然有不少的入口網站，然而若鍵入所謂的關鍵字卻未必能真的找到所要的資料，全世界有無數的網站，使用者卻經常尋找英文系或中文系、日文系的網站，太多的優質資訊因此被隔離，而此一現象亦解釋了許多的優質電子報為何被忽視，依此特性，即使擁有極豐富的資訊縱深，若無導引，使用者點選的機會並不高。

㈤電子現金的可行性

網路商品的付費型態以信用卡付帳佔百分之八十為主。事實上，網路商店的可行乃依據於現金轉讓的方便與貨品的取用迅速，否則便與傳統商業型態相去不遠。

以信用卡的申請來說，申請者必須年滿十八歲，即有完全的行為能力，亦即法律能全然控制的自然人，雖然副卡的使用者並無此一限制，然而副卡的使用卻是受限於主卡的持有者，或許是其法定代理人、友人、親人。以此視之，信用卡的全面使用，即不限年齡、收入以期吸引網路使用者的作法，風險過大，主因是法律的限制，行為人若不具完全的法律能力，其行為並不具效力，若是以所謂的面額型信用卡（電子現金），其限制似乎類似，面額必然不高，且若與目前的傳統市場的現金或信用卡使用方式無法相配合，則是否有人會願意使用電子現金，而只能用於網路，也是問題。

加上網路的隱密性仍受爭議，許多的使用者擔心自己的信用資料被盜用，在網路的保密性仍不完備的情形下，電子現金的使用仍是問題重重。

㈥網路新聞無法配合讀者生活、工作習慣

平面傳統新聞所具有的特性，是網路目前所做不到的，如隨時隨地都可閱讀，而電視新聞的特性，卻又是網路新聞目前無法做到的，如免費收視；而原因可歸結為：閱聽人工作類型若跟網路無太大關聯，電子報的特性便無多大意義。

對於電子報的假想閱聽眾，應限定在長期使用網路的使用者。根據研究，我國網路使用者集中在二十五歲以下，然而此一族群的新聞消費意願並不高。且電子報目前的用途僅能作為網站功能的附加價值，只是作為宣傳、廣告網站的用途。

然而若因此對網路經濟感到憂心，則不免過於悲觀。就以上幾點審視網路市場，有幾點是必然要考慮的。首先是破除使用者的主動性，這部分則需要良好的導引介面。

再來則是完善的管銷、物流系統。然而若硬要將幾個特性分割來看待，則又將網路科技大材小用了。聰明的網路內容提供者，應試著將想得到的網路特性結合在一個程式之中，而這個程式將不只是導引功能，甚至將為使用者找到他真正需要的資訊，不但為業者

提供使用者資料，更為聯盟企業帶來商機，而這一切，都將在一個平臺中找到。

網路資源的開拓，並不能完全取決於網站的大小，必須與其他網站結盟，將電子報部分專業知識交由其負責，加強電子報的縱深。

美國學者克爾・曼德爾認為，科技週期取代了商業週期成為新經濟的最主要特點，科技繁榮結束的早期信號由以下三個因素決定：科技股下跌與科技支出減緩同時出現；科技產品價格下降率減緩；風險資本和新股票上市數下降。因此，他斷言如果這三個因素出現，那麼互聯網的大蕭條是不可避免的。

網路新聞給媒介生態的衝擊，確屬意義非凡，例如，記者角色，新聞特色（譬如特重「即時性」），新聞呈現過程（比喻與閱讀者並存著高度的互動性），讀者地位（由基本的消費者型態，轉向為產銷合一的「雙面人」），以及媒介社教功能的轉位（資訊不一定等於知識，未賦予意義的消息，反而可能令接觸者眼光零碎化）等等。不過，既係大環境所使然，媒介人倒也不必過度妄自菲薄，大可記取歷史的啟示，將自己武裝起來，邁向一個必然進入的新階段。

例如，在網路衝擊之下，記者必然步向明星化和作家化，這不也是早期新聞學所說的「個人新聞學」(Personal Journalism)，與「藝文化新聞寫作」(Literacy Journalism)的舊瓶新酒?

新聞「即時性」(Immediacy)之爭議，當亨利・魯斯(Henry Luce)在創辦《時代雜誌》(*Time*)時，就已經力言要經查證過、夠深度的「慢新聞」(Slow News)，而放棄快、但膚淺的「快新聞」(Fast News)。

至於新聞定義則更妙，二十世紀之初，還未成為新聞學者的華萊煦(M. Wallach)，即已下了一個頗有遠景的「定義」：「新聞是一種商品，由報紙分配，供給認識文字者以消費，每天把新聞的東西送到市場。新聞在智力方面，情緒方面，興趣方面，用文字將世界、國家、省、州及都市所發生的事件，表現出來；這些事件，不論是社會的、經濟的、政治的、科學的或是個人的，但需引起多數人注意的才行。其製造的慎重、品質的優良以及目的的純正與否，均反映製造者的名譽，可以信任與否？若以虛偽代替真實，或者捏造消息，都是欺瞞公眾的信任，對一般人身心的健康，不啻是一種威脅。」——網路新聞時代中，這一定義，實仍具有極重要的參考價值。❺

❺ 堯德，〈冷眼看網路新聞的衝擊〉，《新聞鏡周刊》591期。

下篇　編　輯

第一章　緒　論

第一節　新聞編輯之由來

編輯(Editor)，照其中文字面上的意義，可了解為「次簡」、「聚集」❶。「書籍」日編，也就是「次簡」，書籍的聚集就是「編輯」。中國古代即有編修之官名，管理國史文籍，負責各類書籍的資料收集及修正。他們的工作與今日之編輯雖不盡相同，但也都是負責「文字」的整理，集合各種文章，使之成為有系統，有組織，便於人們閱讀，去蕪存菁，讓人不會面對浩瀚的一大堆資料，有無從下手之感。

報紙由西方首創，清末西學東漸，我國雖亦有報紙問世，然而並不如西報之分工精細，初無編輯一詞及職位，兼以文人辦報，重點並不放在新聞上。當時之主筆，乃身兼撰文、編輯的工作。日後報紙分工愈來愈細，才採用歐美及日本的報社制度，設立主筆、記者、編輯各司其職，編輯之名由是產生。他們所負責的工作，就是將記者、主筆的稿子，妥善的安排在紙上，使讀者便於看到他想要看和需要看的新聞。

---

❶ 《辭海》，第二二七三、二八一〇頁。

第二節　編輯的意義

由「編輯」二字的意義，加上他在報社的工作，我們可以給「新聞編輯」下一個定義：「蒐集資料，彙集在一起，加以鑑別、選擇、分類、整理、排列和組織。」申言之，「新聞編輯」一詞，實包括英、美新聞學術語──(News Editing & News Gathering)二項意義，因而從編輯工作的程序來說，是先輯而後編。但我國的新聞事業中所稱的編輯，可分為廣義的和狹義的二種解釋。凡包括新聞的蒐集和編排，如一般報社、通訊社、編輯部的業務，和總編輯、副總編輯的職責，即依廣義的解釋來規定；狹義的解釋，則指新聞的編排工作，如一般報社在編輯部之下所設編輯組的業務，以及各版的編輯，即係依狹義的解釋來規定。❷

在今日我們屬於「編輯」工作的職位名詞極多，如編纂、編撰、編修、編輯等，負責的工作廣至所有文字的編輯，如國史、文典、期刊、年報、書籍、文告、資料、新聞等。本書討論的是以「新聞編輯」為主，並兼論雜誌。因二者性質、任務、技術均迥然不同，但新聞編輯最為複雜，只要研究了新聞編輯，對於其他的編輯工作，也將得心應手。

根據上述之編輯含意，我們可以給編輯下一明顯的定義：「編輯學是種社會科學，它有系統的整理文字，製作標題，表達思想，引起美感，進而為增進人類文化的一種學術。」

編輯學是一種社會科學，是根據邏輯學、心理學、社會學、文字學、修辭學和美學，將文字予以整理，製作標題，表達思想，來增進人類文化的一種科學；其為社會科學的原因，因為編輯的技術是一種指導性的，而不是直接施工在技術上。例如我們在編書的時

❷ 荊溪人，《新聞編輯學》，第十二頁。

候，寫明這一頁書是多大版面，每行幾個字，共排幾行，標題用幾號字，文字用幾號字……，這些都是屬於指導性的，打字者就遵從這種指導，完成這種技術，正如建造一座大廈，工程設計圖是一項建築學問，工匠就根據圖樣去造房子才是技巧一樣。

所謂「有系統的整理文字」，就是指運用邏輯的方法，將文字作有系統的整理❸，中國古代以來，即對文字的運用相當重視，尤其是一般古文、詩、詞，講究平、仄、押韻，注重修辭。但某些時代並不注重文字組成後的內容，一味在詞藻上講求秀麗、華美。今日的編輯，不但是要在文字運用上出人意料，語不驚人誓不休，更要仔細推敲，所有的字組合後的含意，對讀者的影響，意見表達完不完全等。「修辭學」、「語意學」現已成為一專門的學問，中國五四以後揚棄古文學的嚴謹態度，所以在文字運用上往往不合邏輯，編輯也缺乏系統，這二門學問正可糾正這些缺點，而使編輯能「有系統的整理文字」，減少文字上的錯誤，使人一目瞭然。

「製作標題」更是編輯工作中很重要的一部分。標題之對文章，有畫龍點睛之妙，一篇好文章有了好標題，便可「相得益彰」。在沒有編輯學之前，沒有人注意到標題的重要性，所以古人編書常以抽象的字句作為標題。例如《論語》中的標題「學而第一」的「學而」兩字，是「學而時習之」的字首，它是以文章第一、二兩句為標題，既不能代表全文的意義，也不能點出文章之重點，再推演到清末民初，就以一百年前的《申報》為例，它的地方通訊版上也沒有恰當的標題，而以地名標在新聞的前面。例如「開封」的標題下就是開封的地方新聞，「桂林」的標題下，就是桂林的地方新聞。這種作法，就是近代地方版偷懶的編輯，也常故技重施。

「表達思想」是作文的目的之一，而編輯學術對標題和文章的思想表達方面，更有助益。往往一篇很好的文章，文字優美，洋洋

❸　荊溪人，《新聞編輯學》，第四頁。

洒洒，但不一定有正確良好的思想，即使作者有思想，沒有經過編輯的整理，往往會表達不出來。文字的華麗和冗長，對讀者來說，一無是處。我們以《讀者文摘》為例，美國的《讀者文摘》是全世界最暢銷的期刊，她摘用其他報刊的文章，這些文章原來是沒什麼人注意的，但是一經過《讀者文摘》選用之後，這篇文章便風行全球。這就是用編輯的方法來表達思想。其次，美國的新聞寫作上，近二三十年來逐漸重視「深入報導」，所謂深入報導，也就是將有新聞性的資料，加上專訪，增進新聞寫作的「可讀性」，來滿足讀者的求知慾望，這也是用編輯的方法，來表達新聞寫作上的思想❹。此外，如一篇冗長的新聞稿，含高度的可讀性，但是讀者在閱讀時，前後文無法貫通，會令人覺得資料很多，需重新分析內涵是什麼，編輯在一段落之前加一個小標題，就可以使人一目瞭然，不需要花腦筋思索，將作者的思想完全了解，這也是編輯為作者表達了思想。

「引起美感」更是編輯學的顯著功效，沒有經過適當的編輯的書報，從版面給人的感受是平淡無奇的。近年來，印刷逐漸改進，印刷和美術的關係已密不可分，因此，我們編輯學運用美學的地方也愈多，尤其是在編報上，版面的美觀是對編輯的主要要求之一。❺

第三節　編輯的任務

由編輯的意義中我們知道編輯的任務是很重要的。眾所周知，報紙是大眾的讀物，社會的公器。一份報紙的目的，莫不旨在使讀者能產生良好而深刻的印象，更而引起共鳴，亦即心理學上所謂的「情調律」——“Law of Feeling”，構成一股強大的影響力量，而新聞編輯則不論在內容上、形式上，都是掌握表現性的工作。

---

❹ 同註❷，第五頁。

❺ 同註❷，第五頁。

史東(Mebuill E. Stone)說:「我們認為編輯的主要任務，第一是刊登新聞，第二是指導輿論，第三是供給娛樂。」

史柏格(Charles A. Sprague)說:「今日編輯的第一要務是明白現實。他不只是旁觀者，坐在岸邊，靜觀歷史巨浪的洶湧澎湃，他必須身臨中流，試著去測量它的力量。如屬可能，還要引導它入深的水道。編輯每天所遇到的工作，是在一片亂糟之中，提出合理的材料，使之為人所能理解。致力引導輿論，脫出迷霧，進入清朗的陽光照耀下，如果這是可能，責任確是極其沉重，也是絕不能由一人獨立承擔。編輯必須尋求最好的意見，最好的消息來源。」

所有的新聞報導，在未經過編輯處理以前，只是一種原始材料，經過編輯處理以後，才能成為報紙讀者所需要的成品。過去在上海出版的《申報》，在其編印的《申報二十四小時》中即說:「我們的工作，好比是一群廚子，新聞原料便如每天的新鮮蔬菜，烹飪的結果，是好是壞，我們固然負著大半的責任，但是還得看材料的精采與否。」「材料的精采與否」是另一問題，假定材料本身都是完美無缺的，那麼如何把材料變成精美的成品，新聞編輯便要負全部的責任。❻

以實際工作而言，新聞編輯的主要任務有:

1. 從眾多的新聞來源中，作適當的選擇。新聞的來源是繁多而又零亂的，編輯必須加以慎重的選擇，使之適合於讀者的閱讀，也就是如史柏格所說的:「是在一片亂糟之中，提出合理的材料」。

所以編輯表現於他的工作上，要做到:

①所選擇的新聞，都是適合於讀者閱讀的。

②凡是適合讀者與讀者需要的新聞，不因為編輯的選擇不當而遭廢棄，即是不無故抹殺新聞，換一個角度來說，即是不遺漏該登的新聞。

---

❻ 胡殷，《新聞學新論》，第一六五頁。

③報紙的篇幅有限，讀者的閱讀時間也有限，應以珍貴的篇幅，刊登必要的新聞，以免浪費時間與報紙篇幅。也就是所刊載的新聞都要有可讀的價值。

④凡是經過選擇刊登的新聞，必定要符合新聞學的新聞報導原則，也就是以新聞方式刊出的文字，必須合於報導原則的新聞。

2. 用適當的方法來處理新聞：新聞編輯要把新聞材料，用適當而有效的方法，處理與剪裁，使它成為完美的作品，而適合於讀者的閱讀。經過編輯處理之後所報導的新聞，要有條理，有系統，內容敘說明晰，也就是新聞編輯要用適當的方法來處理介紹新聞。

3. 用最容易為讀者接受的方式報導新聞：編輯工作的目的之一，在於如何使讀者易於接受，而且印象良好、深刻。大眾傳播學有一重要原則，即是傳播人與閱聽人，在心理結構上求得和諧，才會有所效果。英國哲學家羅素曾說過：「宣傳和接受宣傳的人，心裡的感情和諧一致，始能成功。」也就是新聞編輯要運用心理學的情調律，來作為新聞報導的方法。❼

以上三點是編輯消極方面的工作任務，在積極方面則要：

1. 尋求最好的意見：對許多的觀點，以客觀、公正的態度，再以本身的學識去判斷，選擇出一個最好的意見作為報紙的內容，給予讀者作為行為的根據。

2. 反映社會現象：對於社會各種現象，披露在報端，以為改進的意見或學習的模範，其中包括好的或壞的，好的方面加以表揚，對某些人來說具有激勵的作用。曾經有讀者表示過，他因為閱讀了有關某一殘障的人努力向上，刻苦奮鬥的艱辛過程，而激起了他自己的向上心。壞的方面，對人則有警惕作用。

3. 指導輿論：關於這一方面，我國的報業做的尚不夠理想，但這是所有報紙重要目標之一。若因各種限制而因噎廢食，等於喪失

❼ 陳石安，《新聞編輯學》，第四～六頁。

了報紙最大的功能，報紙也變得毫無意義。這也是編輯的最主要任務。

第四節　新聞編輯之工作

報紙編輯的工作時間並不長，通常每天只有三、四小時，但工作很緊張，很忙碌，他的工作既不能早也不能晚，稿子未到，早作無從作起，遲作會耽誤出報。

編輯在報社編報的過程，可分為下述四個步驟：

(一)審閱及整理文稿

各方面供應的新聞稿到手之後，逐件過目，無新聞價值的，或真實性有問題的，或足以損害讀者利益之稿件，予以棄置，凡決定刊用的稿子，則像老師批改作文一般，逐字審閱，修正錯別字及標點符號，潤飾不通順的句子，核對錯誤的記述，刪改欠妥的文字，如有疑問立即找寫稿記者查對。

(二)製作標題

稿件經過整理之後，第二個步驟，是分析新聞內容，判定新聞價值，製作標題。然後交付電腦打字員根據編輯的標示，進行打字排版。

(三)拼　版

稿件打完，即進行拼版工作。編輯在發稿時，各條新聞的佈置，應先有設計，拼版時便可依據計劃行事，有些計劃周密的編輯，會在一張舊報紙上畫出版樣。

(四)看大樣

版子拼好之後即先印樣張，交由編輯審閱，打字錯誤另有校對人員負責改正，但編輯在看大樣時，應把每個標題讀過一遍，如有差錯或不妥，仍可修改。另外，編輯要注意各欄轉接處是否有拼版錯誤。穩重的編輯，每條新聞的導言部分總要閱讀一下，怕有文不對題的差錯，此一工作完成後，報紙即可付印。

第五節　新聞編輯之條件

若干報界先進都感覺到，編輯方法與其他事物的日益進步相比，落後了許多年。落後的原因，一面是由於編輯方法的理論與實踐脫節，一面也由於編輯人員學識與修養不能隨時日以俱進的緣故。

斯蒂德(W. Steed)曾說：「許多報館編輯術的理論與實踐，整整的落後了一、二十年，新聞記者大都想當編輯，因為編輯這一頭銜，依然有它的魔力，以為一當編輯，便能制定一張大報的政策，指導人民的思想。」

可是編輯是具有專門性、技術性。而且除了專門技能之外，學識方面也要有相當基礎，經常不斷進修，才能隨時代進步，不是擠進編輯陣容，便以為可以達到一己的願望。

編輯的條件應具有哪些？大體說來約如下述：

(一)要有敏銳的感覺

新聞編輯工作，因時間受嚴格的限制，工作必須迅速進行，對於判斷固須敏捷，在感覺上更須敏銳。一條似乎不太重要的新聞，往往可能成為頭條消息，一條寥寥數十個字的電訊，往往可發展成驚人的大新聞。所以一個好編輯一定要能注意到世界局勢、社會現象的每一發展，還要能夠敏感的意識到將有某種發展。這種能力，都不是光靠書本上所能獲得的，必須自己在平時慢慢的加以培養訓練，才能成功。

(二)要有慎重負責的精神

作為一個編輯，必須明瞭工作影響的遠大，一經印成報紙，便映入千千萬萬讀者的眼裡，對於問題的處理，必須慎重負責，絕不能信口雌黃，造成虛妄。一則假消息，可以使金融混亂，可以擾亂社會秩序，次如誹謗文字，或帶有惡意語句，或不具名之事實或妨害善良風俗，或嬉笑謾罵文字……，以及其他種種難於防止的錯誤，如能有一種慎重的態度，便可避免許多無謂的麻煩，招致報紙的損失。

㈢豐富的常識

編輯與記者一樣，必須有淵博的學識，才能成為報紙工作的主幹人員。蕭伯納曾說：「能幹的編輯是非常少的，因為他們必須有充分的文學才幹，他是選擇新聞，而非以文學作事業」。除了豐富的學識之外，更須具備豐富的常識，以幫助編輯作正確的判斷，否則就不能被視為一位好編輯。

㈣專門的知識

前述要有豐富的常識，在今日新聞工作已進入了分工專業的時代，各版的編輯常成為固定編輯，其原因是，每一版有每一版的主要內容，例如國際版，則有關國際局勢、各地戰爭、政治紛爭等，皆是一項專門知識，又如經濟版、醫藥版，都是具有專門內容的版面，若無這一方面的專業知識，即無法處理這一版的新聞，無法判斷新聞價值，更無法制定切合的標題。

㈤良好的寫作能力

編輯可說是記者的老師，如果他自已的文章不好，自然就不能為記者核稿。其實，編輯又豈止是記者的老師，就是發行人、主筆、總編輯寫的稿子，如果有錯，他也得改；但是，如果他本身不擅文詞，就可能在真正有錯的地方，不知加以改正，而在沒錯的地方，反而把對的改成錯的。尤其作標題，更要有很好的文字修養，才能用很少的字數，表達一個複雜的問題、事件。文字修養不成熟的人，當編輯太吃力，而且經常會鬧出笑話來。

㈥熟練的編輯技術

編輯當然要有編輯技術。他必須會核稿，會製題，也會支配版面。他必須懂得一點印刷知識，不然他就無法與排字或組版者合作，產生一個優美的版面來。這一切，一位老編輯，做起來好像非常輕鬆，初學者卻必須悉心學習，才能慢慢的熟練起來。

此外，編輯也必須具備電腦操作能力，利用電腦進行排版、插圖的製作等。

㈦瞭解報紙的政策

很顯然的，編輯必須瞭解報紙的政策，才能編輯。瞭解報紙的政策，他才能判斷新聞，才能知道哪一類新聞應當大而顯而繁，哪一類新聞當小而隱而簡。如果該大的新聞不大，該小的新聞卻變大，則這位編輯，就無法向讀者交待了。

㈧強烈的時間觀念

一位編輯編得再好，但如果他奇慢無比，也是枉然的。他的工作要求是又快又好。記者的工作雖也是要求又快又好，但其時間較為充裕，編輯卻不然，他每天都在數小時之內，必須把所有的工作作完，不能晚作，晚了時間則來不及，也不能早作，早了沒有稿子，因為常常愈是後來的新聞，愈是叫座新聞。在這種情形下，他要作得又快又好，就不是一件容易的事。但如果基本上他是一位敏捷的人，而且有常識、有經驗、有文筆、有編輯技術，對自己報紙的政策了解透徹，而且又有強烈的時間觀念，那麼他就不難把工作作得又快又好，而成為一位好編輯了。

第六節　編輯學與其他社會科學之關係

編輯學既為社會科學的一種，它和其他的社會科學，必然有密切的關係，而且一般而言，新聞的傳播理論，它的發展全賴於社會學與心理學基礎，是一門科際整合的學科，它不但發展自己本身的理論基礎，更運用各種社會科學的原理、原則和方法。

㈠編輯學與邏輯學

只要是科學，一定要講求邏輯，否則在事情處理上就會紊亂不堪，編輯在運用諸多原稿時，若沒有以邏輯的方法來處理，就難免將一份報紙或雜誌編得雜亂無章。邏輯在編輯的運用上，不但適用於每一篇文章裡，同時也應用於標題製作和新聞處理。例如當同類的新聞發生時，要綜合歸類，合併成一條發稿，新聞版面的區分，標題次序之排列，更要合乎邏輯。文字的語氣，語意和文句的層次是否分明，用字是否恰當，沒有邏輯修養的編輯，就無法運用的得心應手。

㈡編輯學與心理學

書籍報刊是社會教育的工具，宣傳傳播更是近代文化宣揚的不二法門。為了要使閱讀的人接受，編輯學必須洞悉閱讀者的心理。所以，心理學上很多法則和原理，正是編輯學上要應用的。至於社會心理學在編輯的心中應加以熟記，並靈活運用，因為今日的傳播，談的是大眾傳播，報紙面對的是一群不具名的讀者，社會心理學的運用，正是掌握宣傳效果的不二法門。

㈢編輯學與修辭學

在編輯學中，接觸最多的是文字，而文字的美化，更非修辭學莫屬。當我們讀莎士比亞作品的時候，優美的文字增長了戲劇的情感，而此決不是普通文字能達到的。編輯在內文及標題的處理時，除了通順、明白之外，就是需要一種絕妙好辭，以助長文字在表達內容時的力量，修辭學的修養與修辭學的研究正符合了這個原則，可以說二者是手掌背心肉，一體二面，不可分離。

㈣編輯學與大眾傳播學

大眾傳播學是一門新興的學科，雖然理論的建立尚未達到圓滿的階段，但是新聞與傳播是研究同一內容的學科，大致上新聞研究應包括在大眾傳播之內，傳播研究的是傳播的技巧、效果，這些都是與一個身為編輯的人有密不可分的關係。

(五)編輯學與美學

美學研究的範圍相當的廣泛，而編輯學上的美化版面、文字排列、新聞選擇、標題製作、花邊運用、漫畫安插、照片的修裁等都屬於美學的範圍，都需要運用美學的知識。

(六)編輯學與社會學

社會的變遷、社會的結構、社會的趨向、文化的指向等都影響一個編輯的選稿態度，也是一個編輯選稿的依循標準。一個編輯對這些問題視而不見，那他選擇的新聞一定不能符合這個社會的願望，雖然我們並不能說他是一個壞編輯，但是至少不是一個好編輯，不被人喜愛的編輯。

以上所提的六個社會學科與編輯學的關係，只是指出在比較上，作者認為是最重要的。然而身為新聞從業人員，該是一個「大肚量」的人，他必須無所不知，編輯亦是如此，處理某種新聞就必須懂得該項新聞的專門知識，處理經濟、政治、軍事、體育新聞時，編輯就要有經濟學的知識、政治學的修養以及軍事知識和體育的認識。因此，編輯學和其他社會學可說是相當有關連的一門學科。

第七節　編輯與資料室

在這個世界上，沒有人能像機器電腦一樣，能夠將所有的資料全放在腦子裡。一個有學問的，或講究作學問的人，一定具備一大堆資料，以待用時可翻閱。報紙只是一個供給消息的機構，資料的收集就是每日的工作，記者即擔任這種工作。但以前舊的資料，一定還有運用的機會，尤其是在作深度報導時，就必需互用這些舊資料，才能有可讀性文章的產生。一個編輯在編一個有連續性的新聞時，或新事件發生與以往有關聯時（最常見的就是內閣人選異動，要介紹新閣員的資歷生平），一定要運用到資料室裡的資料。

日本報社的編輯部門（稱為「編集局」）下都設有一個龐大的資料室及調查部，以收集及整理資料，這種作法，有助於新聞的可讀性❽。

隨著電腦的使用，許多報社也開始將資料數位化儲存，甚至提供民眾查詢使用（例如：《中時電子報》）。而透過電腦與網路的協助、連結，查詢與使用也就更便利了。

編輯和這些資料的關係和記者一樣，要靈活的去運用，更要善於應用，才能使新聞更深入，更正確。

❽　《中央社社刊》第334期，第十七頁。

第二章　編輯行政與報紙風格

第一節　編輯部行政組織

一般報紙的組織，在美國主要可以分為三大部門，即：編輯部(Editorial Department)、營業部(Business Department)，與工務部(Mechanical Department)；我國亦大抵可以分為三個主要單位，即：主筆室、編輯部、經理部。其間最顯著的區別是：美國報紙的言論與編輯部門是一個單位——編輯部；我國報紙的言論與編輯部門，是兩個單位——主筆室與編輯部。美國報紙的營業與工務是二個單位；我國報紙的營業與工務則是一個單位——經理部。現介紹美國的編輯部組織及其工作系統如下：

美國的報紙編輯部的首腦稱為「總主筆」——“Editor or Editor in Chief”，可能由發行人兼任，也可能在發行人之下單獨設立。這位總主筆除自己主持社論方面的工作外，在他之下，另設一位總編輯(Managing Editor)，主持新聞編採業務。這位總編輯有時也稱為「執行總主筆」(Executive Editor)。那就是說，有時可以由他來代表總主筆主持編輯部的全部業務。由於美國各報的編輯制度，不盡相同，總主筆與總編輯的關係也不太一致，有的總編輯可以直接對發行人負責，有的則是總主筆的忠實部屬。如果總主筆由發行人兼任，而他又不實際負責的話，那麼總編輯很可能就是一位事實上的總主筆了。不論如何，在所有總編輯之下，都設有一個龐大的幹部組織，以遂行新聞採編業務。

美國各報總編輯的最高助手，是「新聞副總編輯」(News Editor)與組版副總編輯(Make-up Editor)。這二個職務可能為一人兼任，也可能分別設置。新聞副總編輯在總編輯指導下，統籌全局，全部重要新聞，都要由他過目。組版副總編輯專管組版，其地位亦極重要。美國有一位老報人戴維斯(AL. E. Davies)曾說：「一個好的組版副總編輯，可以說一部分是印刷家，一部分是記者，一部分是總編輯，再一部分是鬧鐘。」他的工作是照編輯的圖樣(Dummy)，把他們所編好了的新聞或特寫很適當的組進版子裡，他要能刪、會改、會寫、會快速行動，才能作好這個工作。要組合一個日出數十頁的報紙，確乎不是一件簡單的事，所以他有許多助手幫他執行職務。

在新聞副總編輯之下，第一個重要職務是「市聞主任」——“City Editor”。市聞主任的職責，是掌管地方採訪。有些報紙的市聞主任，除了體育、財經之採訪外，其他新聞全由他負責。如果是日報，他是日間工作，夜間有一位「夜間市聞主任」——“Night City Editor”，與他更番輪流工作。

市聞主任之外，另有國內要聞主任(Telegraphy Editor)、國際要聞主任(Cable Editor)、體育新聞主任(Sport Editor)、財經新聞主任(Financial Editor)、地產新聞主任(Real Estate Editor)、社交新聞主任(Society Editor)、婦女版主任(Woman’s Page Editor)，分別主管有關新聞。

美國各報編輯部的實際工作系統，約有下述二種：

(一)專門編輯制(Specialized Desk System)

這是一種分別由專家來編輯某種新聞的制度，因為它讓某種新聞有自己的編輯檯，所以也稱獨立編輯制(Independent Desk System)或分類編輯制(Seperate Desk System)。在這種制度之下，要聞、國防、市聞、財經、體育、社交等，都有其獨立的編輯檯，分別由其主任主持；主任之下每一位編輯（美國稱 Copy Reader，英國稱 Sub-editor）都是專家。如以國際新聞而論，可能有一位專家特別熟習南美洲事務或中國事務；就國內要聞論，亦可能分別有聯邦政府新聞、國會新聞、政黨新聞、工會新聞等專家。像美國《紐約時報》等大報，就是採用這種專門化編輯制度之代表。

這種專門編輯制，可以圖示如下：

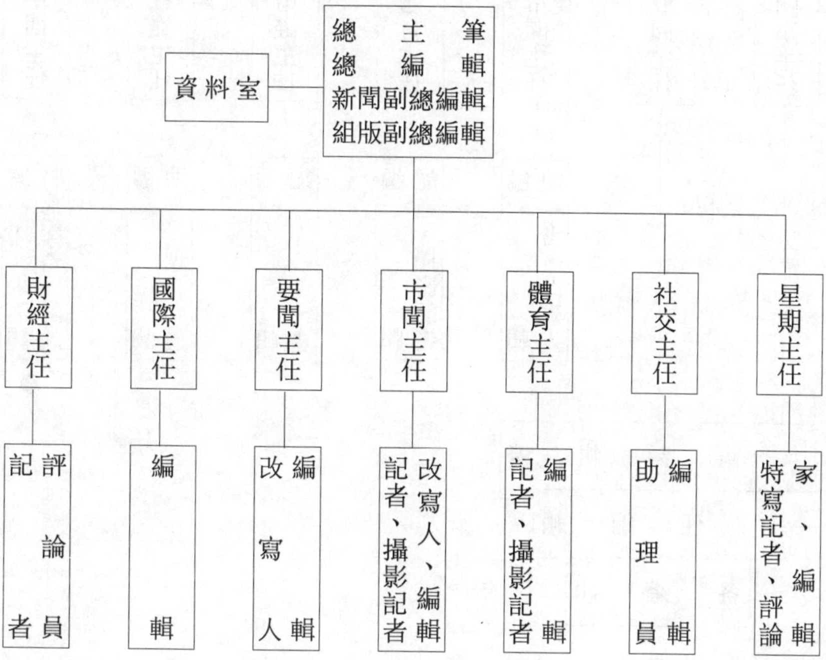

㈡混合編輯制(Universal Desk System)

這是除了若干專門性的新聞，如體育、財經、社交等採用專門編輯外，其餘社聞、要聞與國際新聞等，則設一中央編輯檯(Central Desk)，由所有的編輯來共同處理經過各主任審閱過的稿件。在這種制度之下，編輯不是專家，不論是什麼新聞，到手就編。美國大多數中小報紙，都採用這種混合編輯制。茲圖示如下：

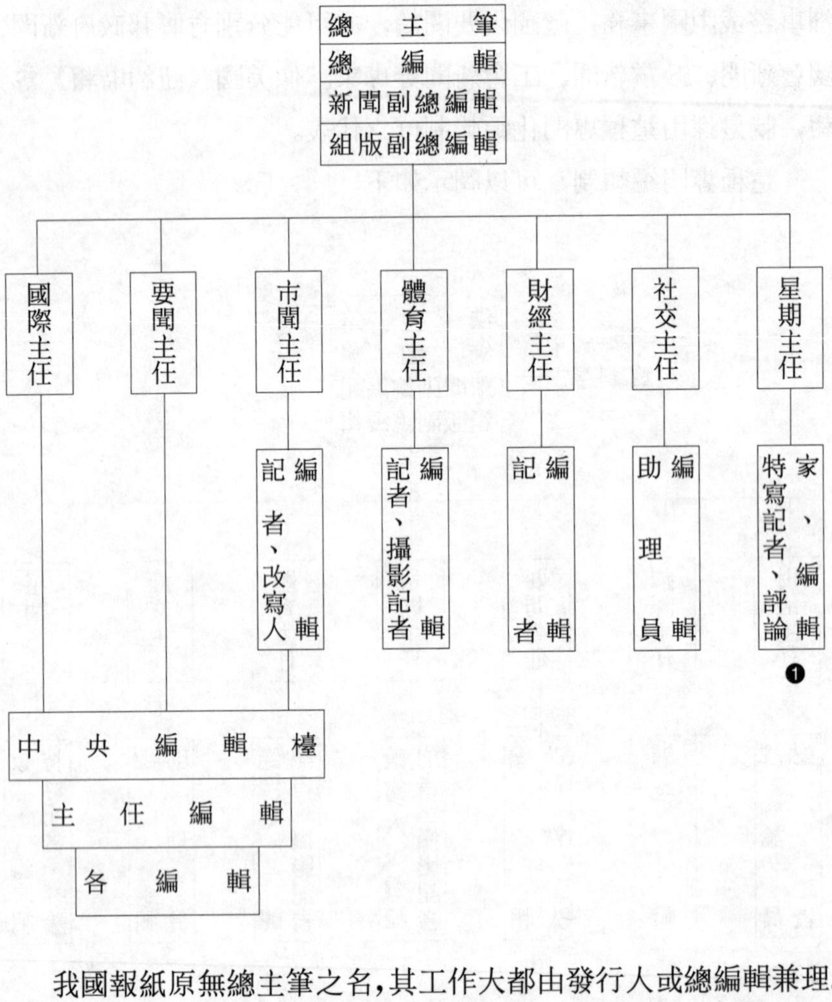

我國報紙原無總主筆之名，其工作大都由發行人或總編輯兼理。約在抗戰以後，各報始普遍有總主筆之設置，但亦不若美國各報，被視為總編輯之上司，而與總編輯平行。不過，由於總主筆多為資深人員，又兼以新聞與言論必需相互配合，所以我國各報總編輯，對主筆仍極尊重，尊重與隸屬，當然不同。

我國各報之總編輯，也和美國報紙一樣，有一個龐大的幹部組織。總編輯之下，各有二人以上之副總編輯。副總編輯之下，分設

---

❶ 錢震，《新聞論》，第三三〇～三三五頁。

編輯、採訪、通訊、編譯、資料、專欄、副刊等組，每組設主任一人，副主任若干人。如有外國特派員之設置，亦多直屬總編輯，茲圖示如下：

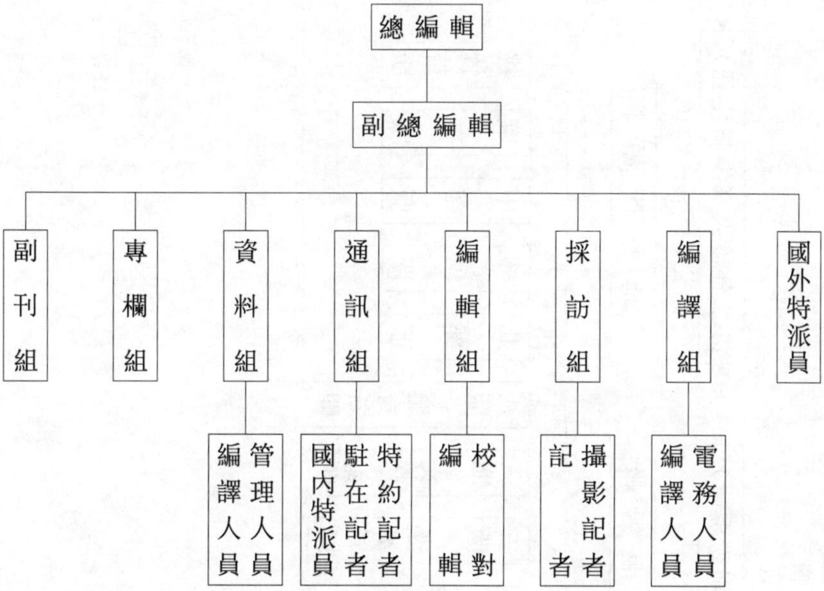

上圖為我國各主要報紙編輯部的一般組織概況，至於其實際工作系統，亦可圖示如下。

圖示之第一分稿人是資深之副總編輯。

圖示之第二分稿人是編輯主任。

一般所謂的編輯，即副總編輯以下之編務人員，包括編輯主任、各版編輯、助理編輯等。

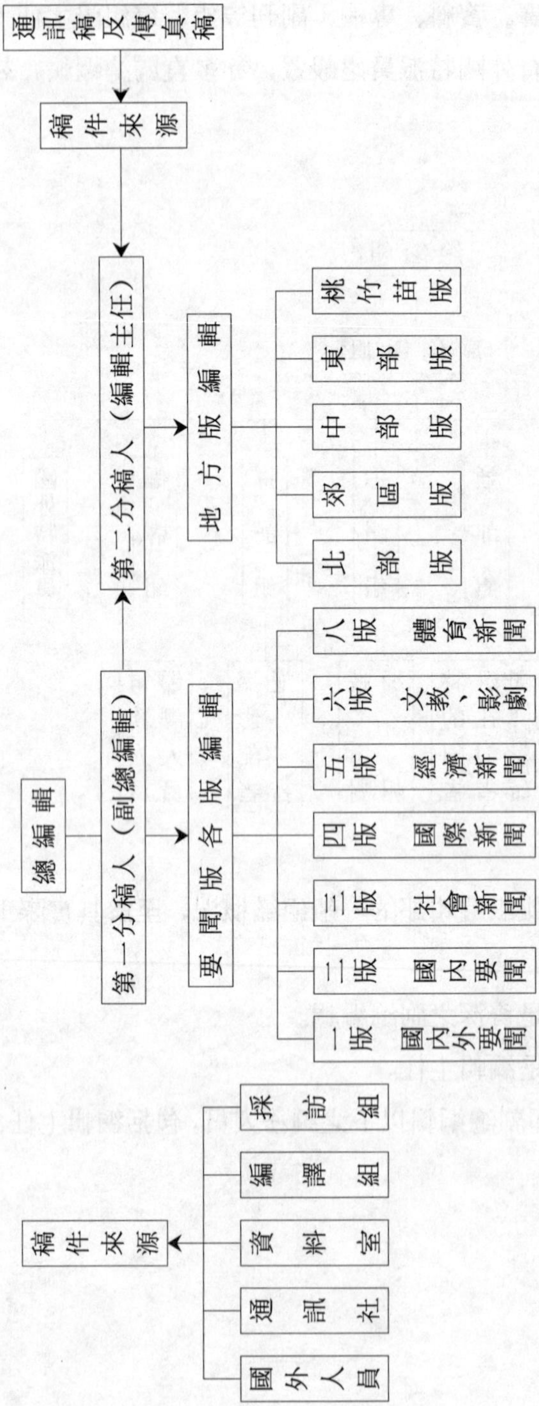
通訊稿及傳真稿
稿件來源
第二分稿人（編輯主任）
地方版編輯
桃竹苗版
東部版
中部版
郊區版
北部版
總編輯
第一分稿人（副總編輯）
要聞版各版編輯
八版 體育新聞
六版 文教、影劇
五版 經濟新聞
四版 國際新聞
三版 社會新聞
二版 國內要聞
一版 國內外要聞
稿件來源
採訪組
編譯組
資料室
通訊社
國外人員

上圖所示是《中華日報》的編輯部（北版）的實際作業概況，在目前各報的作業情況亦大致相同，只有編制人員的多與寡不同而已，如《聯合報》是採訪組記者的稿子，撰寫完畢後，交給各小組的副主任審核——現分政治、社會、市政、文教體育、經濟等小組——然後送到採訪中樞主管核稿及改稿的副主任處審核後，轉給採訪主任，採訪主任看過後，送統一分稿處，經過選擇，發到各版編輯，製作標題，交工廠排字。在這段過程中，關於新聞專欄、特寫和重要新聞以及有問題的新聞，要送到總編輯處，作最後決定。

通訊組的稿子，分別由副主任核稿，然後分發到各版編輯。

電訊室所收到的外國通訊社的電報，先送到編譯組選譯，然後送到主管外電事宜的副總編輯處核稿；再經由統一分稿，發到有關各版編輯製作標題。

隨著報禁的解除、報紙增張增版；同時為了體貼讀者、提供更多資訊，更依發行區域不同，而編排地方版。因此，編輯部的規模較解禁前增大不少。

以《聯合報》為例，其地方版分版情形為：

十八版為各地要聞，分為臺北縣、基隆、宜蘭、花東、桃園、新竹縣市、苗栗、臺中縣、臺中市、彰化、南投、雲林、嘉義、臺南縣、臺南市、屏東、高市澎湖、高縣等十八個版。

十八版是縣市新聞，在臺北縣有文山、重新、海山等三個版，再加上其他縣市的版面，全省一共有二十一個十八版。

十九版為綜合新聞，分別為北縣綜合版、基宜花綜合版、桃園綜合版、竹苗綜合版、中部綜合版、雲嘉南綜合版、高屏綜合版及高雄綜合版，共計八個。

二十版為生活圈，以生活消費為主，分為北縣生活、基宜花生活、桃竹苗生活、中部生活、雲嘉南生活、高屏澎生活等六個版。

臺北市部分，分為十七版的臺北焦點、十八版的臺北市綜合新聞、十九版的臺北生活、二十版的都會掃瞄等。

因此,《聯合報》每天必須提供五十七個和地方有關的版面,內容不可謂不周延。

第二節　報紙之風格

報紙與人一樣會給人一種印象,人給人的印象稱之為個性,就是指這個人處理一件事情使用的方式及標準,用之在報紙我們就可稱之為「風格」,即指這一份報紙在處理新聞時所使用的方式及標準。一般記者在採❷訪新聞時,只要是新聞必定寫成採訪稿,然而當一個編輯(事實上是發稿人)在使用這則新聞或不使用這則新聞,及如何處理這則新聞時,便造成這一份報紙的風格。因此,可以說一張報紙的塑造,固然因素很多,但主要的是靠新聞編輯的構想。這種構想,不但要發揮編輯的才華,同時也要適當的應合當時的社會潮流,切合讀者的需要,又維持了報紙的一種特殊的面貌。

程之行說:「面對一張報紙,我們似乎難以驟然說出它的編輯方針或政策,當我們去瞭解,在接受廣告時,是否對其無所取捨,在刊載犯罪新聞時,是否唯恐不詳,每一張報紙無不有它獨立的立場,這種立場的外在表現,又稱為報格(Personality or Character)。」這裡所稱之報格,也就是前面所提的「風格」,風格的形成不是一朝一夕,必需長期的培養。

影響報紙風格的因素,大致說來有下列幾個:

⑴編輯政策。

⑵時代背景。

⑶編輯權的歸屬。

⑷編輯方針。

❷ 于衡,《聯合報廿年》,第一四三頁與《聯合報社刊》。

第三節　編輯政策與風格

報紙的言論與採用新聞的方式，美國稱之為編輯政策(Editorial Policy)，是決定報紙特性和風格的基本準則，美國的報紙由於新聞與評論工作合一，編輯政策包括言論與新聞報導及處理態度，我國報紙則是新聞與評論分開,因此編輯政策指的是對新聞處理的立場。

報紙的立場因其背景的不同而互異，例如過去在共產主義國家中，看不到民營的報紙，因為共產國家是採取獨裁的控制，不准有違背共產主義的報紙存在，採取一致的立場，也只有一個政策，就是宣揚共產主義。又如資本主義國家表面上看起來報紙是自由的，但大的報團都控制在資本家和資本集團手裡，報紙的立場，一定傾向於既得利益者。屬於黨的報紙，不能違背黨的意旨；屬於工會的報紙，不能反對工人的利益，依此類推，沒有一個報紙會沒有立場。

編輯政策的擬定，要以報紙的立場為依歸，而報紙的立場，猶如一個國家的基本國策，是不可動搖的。

錢震所著的《新聞論》中，定出五項因素以為最健全的編輯政策的選擇：

㈠國家民族利益

由於目前尚無超越國家的報紙，故所有報紙都不能無視其國家利益，而報紙所刊登之新聞中，亦有時會牽涉國家民族利益之新聞存在，此類新聞之適時、適宜的透露，乃至其大小、顯隱與繁簡，應以國家民族之利益為第一著眼。

㈡社會教育的功能

凡是在一個社會裡生存的報紙，就應當和其他社團一樣，有促進社會進步向上的責任。而報紙又是一個良好的社會教育利器，所以它必須時刻發揮其所具備的社會教育的功能，才算正當。

㈢追求事實與真理

英國自一八四一至一八七七年任《倫敦時報》總主筆，因而使該報成為「怒吼者」(The Thunderer)的約翰・德倫(John T. Delance)曾說:

「……新聞界的第一職守，就是去取得最新而又最正確的新聞，立即予以宣佈，使其成為全民的共同財產。新聞界就靠宣佈新聞而生存。……新聞界的責任，是說話；政治家的責任，是緘默……。

一個新聞記者的責任，就和一位歷史家一樣——發掘真理，又把它十分近似的呈現在公眾之前。」

這位「怒吼者」的言論指導人，對於事實與真理如此的看重，可見他是一位非常盡責的新聞從業人員了。新聞從業人員，天天求事實，時時求真理，都未必求得到，或求得完全，如再掉以輕心，其結果自然就不言可知了。

㈣公正無私

新聞事業如不崇尚公正，那麼所有新聞事業都將成為人類的害物。因為新聞事業本身，就是一種武器，這種武器，對惡人和惡事固然可以口誅筆伐，但一樣可以傷害好人好事。這也正像水、火，固為人類所必需，但如果加害起人來，也是十分的危險一樣。但是，要公正無私，卻非一言可蔽。所有新聞事業的負責人，基本上必須是一位善良的人。惟有善良的心，才能也才願意做一位無懼無私的人。無懼是不畏權勢；無私是不袒所親，唯能如此才能遇事客觀、遇人客觀，能客觀自然也就能不偏不倚，而又公正無私了。

講公正無私，如果再進一步，就得講到對於少數人的尊重。民主政治是多數政治，但有時候少數人的意見，也不一定是全無價值。所以一個新聞機構，應該在讓多數人表示意見的同時，也使少數人有發言的機會，不可單以多數來壓迫少數，如果這樣，那就等於忽略事實真象，要知道，即使百分之九十九的人如何如何，這百分之九十九的人，也只是一面之詞——一面之詞，在新聞的完備上，不論如何都是一項極大的缺失。

㈤讀者興趣與需要的調合

報紙固然得注意讀者的興趣，但除了讀者的興趣，還得注意讀者的需要，除非它甘願作一個只迎合讀者趣味的黃色報紙——讀者的需要與興趣有時是一致的，但有時也判然有別。像物價上漲的消息，直接影響讀者的生活，讀者不但想知道而且也需要知道。像聯考放榜，讀者不但極感興趣，而且非常需要被告知他自己或其親友是否已經考取。這些是興趣與需要一致的實例。像許多「金錢與性」的犯罪新聞，不少讀者感到興趣，但他們實在並不太需要這些東西。像防火或防颱宣傳，一般讀者大都感到厭煩，但他們卻非常需要知道有關的知識。這都是興趣與需要不相一致的實例。

生活在世界上的人們，當然每一個人都應當知道他到底需要什麼，但他時為生活忙碌，為俗事所糾纏，有時也會無暇想到他究竟需要些什麼東西，在這種情形下，報紙就得隨時提醒他，提供他以他所真正需要的東西，俾使需要與興趣能夠得到適當的調合，而不致有所偏枯。

那麼，讀者到底需要一些什麼東西呢?

1. 消息與知識：消息就是新聞，就是新近發生於人們周遭事物的真實情況，這些材料可以指導人們判斷事物，決定問題，作進退取捨之參考。

至於知識，可以說應該是有關於新聞的深入報導、解釋。這類應時的知識，報紙應當把握住每一個機會，予以充分提供。

2. 指導：報紙所報導的種種情況，不論如何真實或完備，也未必能為讀者所充分了解。這就需要報紙對它所報導的種種情況，加以解析、觀察或評論，使讀者對這種種情況能夠得到更進一步的了解。報紙不能把它的讀者估計的太低，但同時也不能估計的太高，一般讀者未必個個都會用思想，若果如此，報紙就應當引導他們思想，所謂輿論的形成，亦正肇基於此。

3. 協助：個人或團體，如願發動某種善舉，而其力量有限，需要加以鼓吹，以利進行者，報紙便應當予以協助，若干人受到有勢力者之壓抑迫害，報紙亦往往代抱不平，這就是美國報紙所謂的「打抱不平」(Crusading) 運動。

4. 娛樂：報紙是人們日常生活中最親近的讀物，它除了消息、知識、指導與協助外更應該提供娛樂或消遣。它可以自己提供娛樂或消遣的材料，也可以提供如何可以得到正當而高尚的娛樂或消遣的勸告。

5. 公益為重：報紙是一種企業，也是一種文化事業、公用事業。所以報紙就得以公益為重，而不應以盈利為其唯一存在的目的。一個報紙，如能重視公共利益，則他在言論與新聞處理上，都會表現出一種負責任的態度，因而形成一個不折不扣的偉大報紙。

第四節　時代背景與風格

什麼樣的家庭，就會產生什麼樣的子女，比之於報紙，就是什麼樣的社會就會產生某種風格的報紙。我國報業初立階段，是文人辦報，於是便產生了表現文采的報紙風格，報紙版面是以文章取勝而不是以新聞取勝，至今報紙的副刊，就是這個時代背景遺下的產物。革命時期又產生協助革命的報紙，言論都是鼓吹革命。在香港的報紙過去較無政治立場，人們生活於犬馬聲色中，報紙就以刊登狗經、馬經為主要內容。這些都表示了一個時代社會的環境，直接的影響了一個報紙的風格。報紙也就隨著這個環境，慢慢的轉變。

第五節　編輯權與風格

在理論上，從專業的觀點來說，新聞編輯的一切工作，在新聞學理的範疇中，有權力就他的職業觀點自作決定，不受報外及報內的干涉，否則便是影響編輯權的獨立。事實上，報業是一種企業，並且是一種營利事業，❸發行人是報社的最高主管。編輯、廣告、印刷、發行經理都對發行人負責，一切工作最後決定操之於發行人。而發行人為了廣告的收入，為維持報紙的經濟情況，而受各種商業或有力人士的影響，誤用其權力干涉編輯的編輯權。例如一九六一年秋天，美國軍隊突襲古巴豬玀灣事件，《紐約時報》開始時曾作詳細的報導，但後來報導逐漸減弱，是受了該報發行人德瑞福決定的影響。編輯部的人員雖然堅持對此一新聞作繼續充分的報導，但最後還是以發行人的意見為準。這其中的因素或許是德瑞福個人的決定，也可能是受壓力，雖不可得而知，但是編輯權受了影響，則是不爭之事實。

由於時間、空間和決定新聞型態的人的壓力，及發行人本身其他業務之繁重，或本身能力之不及，一般較具規模的報紙，編輯權均授給總編輯，總編輯只代表報紙的立場，對社論、專欄作品負責，而將各版的編輯權授予各版主編，這些主編又對各版具有編輯權，這種情況下是最理想的編輯權歸屬，從總編輯以下各編輯均需對一張報紙的風格負責任。但如前所述目前報業的競爭激烈及報紙的影響力巨大，只要有權力的人都會伸手干涉編輯權。擁有這些權力的人包括：第一種是報社的財力支持者，董事會和董事長；第二種是法定負責人、發行人；第三種是報社的行政首長；第四種是編輯部的負責人；第五種是掌握報紙生命源泉的事務部門負責人。因此一

❸　《新聞文化出版事業手冊》，第四十八頁。

位編輯在面臨一件新聞處理而與該權力產生尖銳對立時，只有離開自己的崗位。

雖然如此，編輯權的獨立，仍然是工作人員爭取的目標，李瞻教授曾建議運用國家力量，保障編輯人的獨立權力，編輯人除依報紙之新聞、言論政策處理新聞、意見及受報業評議會之監督外，不受任何干涉。此即近年來所高唱的「新聞自主權」。

第六節　編輯方針

編輯方針是根據編輯政策而制定的戰術性方法。編輯政策是原則性的指導，而編輯方針則是具體的表現，每天出現在報端的文字、圖片，集合在一起便是這張報紙編輯方針的表現。編輯的工作就是執行這個方針，使報紙的內容表現依循這個方針行走，久之即形成一種固定型態，讀者會依自己的興趣或需要，在這些定型的報紙中，選擇適合自己閱讀的報紙。例如：美國人要看評論性而又確實公正的文章，就必需以《華盛頓郵報》為選擇對象；而臺灣要看娛樂性、生活性的新聞報導，就要以《民生報》為選擇對象。

編輯方針是根據編輯政策而訂定的，有時是在一連串新聞刊登的嘗試中而建立的，這種情況也有，但不多，大多數報紙都是事先擬訂了編輯方針，再依循去做。如《民生報》的方針，便是在建報之初已經訂定，以娛樂性的體育、影劇、音樂與生活消費等新聞為刊登對象，《經濟日報》則以刊登經濟新聞為主。

編輯方針的制定，為報紙從事業務競爭所採取的策略，故其制定，主要是決定於報社主辦人的辦報理想，及其選擇的讀者對象，申言之即與報紙的經營方針相配合。

決定編輯方針的範圍，包括：新聞報導的取捨範圍、新聞報導的文長尺度、新聞處理的態度、新聞內容的選擇標準、新聞寫作的水準、標題措詞、特稿副刊的內容、標題形式及版面風格等等。茲分述如下：

㈠新聞報導的取捨範圍

編輯每天收到的稿量巨大，內容殊異，範圍極廣，而版面有限，不能一一刊載，其間就產生取捨的方針，一般而言可分下列幾種取捨方式：

1. 完備主義：即除了重複稿件之刪除外，餘稿只要不違反編輯政策，文長者甚至截短，予以大量刊登，儘量不予以遺漏。但報紙張數畢竟有限，要施行此類方針有先天困難。

2. 各類新聞的比例：這種方式是一種綜合性的刊登方針，只求內容上各類新聞的平衡，例如體育版平時該佔多少版面，則不管新聞多寡均予以填滿，太多則刪除，決不佔別的版面。

3. 重點方針：這種方式最易表現報紙的特色，可分機動性和基本性二種，是今日報紙在版面有限的情況下，採取的最佳方法。基本性重點是指平日即固定以一種或二種新聞為其重點，佔有較大的版面，儘量予以充分詳盡的報導，至於其他新聞則以重要者刊登，此類報紙會趨向於具有專門的讀者，例如過去《中華日報》、《青年戰士報》以體育新聞取勝，《聯合》、《中時》則以社會新聞取勝。機動重點則是以當時之新聞發生狀況來決定所佔篇幅之多寡，例如選舉總統、就職典禮、內閣人選的時期裡，則以大部分篇幅來刊登此類新聞。

重點方針是現今報紙的主要方針，以現代化、工業化愈深的社會，愈須採取這種方針，使報紙走入專業性報紙，才能符合社會的需求。

㈡新聞報導的文長尺度

這個尺度的意思是說對一則新聞應予以詳盡的報導，或予以精簡點列即可。尤其是關於一篇有內容，而文字冗長的新聞稿的處理，一般而言，因我國報紙篇幅有限，對於內文過長都會予以刪除，而採取精編，這份工作在我國是屬於編輯的工作，負責任的編輯在可能的「時間」內，會將文稿予以仔細修改，但是繁忙的工作常無餘力作這種修改。美國的報紙都設有「改寫人」(Rewrite Man)，附屬於編輯室，對於各記者的採訪稿，給予適當的改寫，以適合報紙的需要。

(三)新聞處理的態度

這個態度最易於社會新聞的處理中看出，使用激情主義(Sensationalism)來處理新聞的報紙常是最暢銷的報紙。美國莫特教授即指出:「它適應人類的慾望，只在過度的玩弄不健全的，或淫穢的手法，以吸引讀者時，值得我們譴責。」可見激情主義的運用，也是滿足讀者的慾望，是讀者的興趣所在，但是決不能過度。有些報紙則以非常嚴謹的態度，處理發生的新聞。不但不含激情，還樹立其權威性，成為一種高級報，例如美國《基督教科學箴言報》，即為採取嚴謹主義者，其銷路只有二十餘萬份，但是它的讀者都是高層知識分子，具有深遠的影響力。

這兩種態度發展出來的報紙，即新聞學中所謂的高級報及大眾化報紙（或謂質報與量報）:

高級報的編輯方針，大多是:

(1)新聞正確重於迅速，平實不誇張。

(2)社會新聞之處理採嚴謹態度，在版面上不予突出。

(3)評論嚴謹，不隨意指責。

(4)款式大方，不常變化。

大眾化報紙則多採激情主義，對新聞的處理，以刺激讀者的興趣為主，故又稱商業化、消遣性報紙，其編輯方針是:

(1)搶先報導，不管真確如何。

(2)內容文字及標題盡可能誇張渲染。

(3)對社會新聞報導不厭其詳。

⑷評論多，諷刺多。

⑸多用圖片。

⑹版面活潑多變化。❹

㈣新聞內容的選擇

每天發生的新聞，形形色色，種類繁多，其選擇的不同，即使報紙風格不同。大致上選擇的方向有硬性新聞及軟性新聞二種。

1. 硬性新聞：取用硬性新聞是指以新聞的「重要性」及「評論性」，為其選擇標準，至於其他的新聞則一概不採用，並且無論是評論、新聞報導特稿及副刊內容及文字，都力求符合相當的水準，藉以適應知識水準較高的讀者，這類報紙也就是前述的高級報。

2. 軟性新聞：可以說是低水準主義，以知識水準較低的大眾為對象，就以儘量推廣發行，因而評論、新聞報導、特稿、副刊內容及文字，都力求淺顯易懂，新聞是以趣味性為選擇對象，供讀者消遣娛樂。

報紙的功能在實際上及理論上都告訴我們，報紙具有娛樂、教育、供給消息、指導生活等功能，所以顯然的新聞內容偏於採取硬性新聞或軟性新聞，都是失之於偏的選擇。美國新聞學者莫特教授，在他所著《自由的報導——美國報紙的故事》一書中說：「基本的事實必須充分認識；新聞必須經常是包括重要性和趣味性二種。如果新聞完全是呆板深奧沉悶的，將無人閱讀；如果完全是瑣屑的，將沒有閱讀的價值，力求融合『硬性新聞』及『軟性新聞』於一爐的型態，始能供應明智的讀者需要。在美國，最好的報紙與最壞的報紙之間的差別，或許大部分是繫於它們採用『硬性新聞』和『軟性新聞』的比率。但是，沒有一家報紙能限於採用其中的一種。」這一段話可作為報紙採用不同性質新聞的借鏡。

㈤版面的風格

❹ 同❶，第二十七頁。

版面的風格由於報紙版面很小，又大部分是文字，並且編輯一般說來並無權加以大變動，所以更動較小，但是各報仍或多或少均有不同。一般人閱讀報紙，尤其是對於短評、專欄、方塊，及副刊的連載小說等均有習慣性，一攤開報紙就固定的看向某一個地方，尋找想看的新聞，因此大多數報紙均採用保守主義。

採用保守主義的報紙佔大多數，但亦有採取每日更動方式的報紙，例如抗日戰爭前的《上海時報》，即完全由編輯工作者隨心所欲的去決定版面型式。每日均有不同類型的版面處理，給人一種新鮮感，但也有人指責其擾亂了讀者的閱讀習慣。

第七節　風格與權威

報紙由於刊載內容之不同而有不同類型。如前述有「大眾化報紙」與「高級報紙」之差別，這二種報最大的不同是銷售的份數不同，大眾化報紙常有很大的銷售量，高級報則否。以《紐約時報》與《紐約每日新聞》為例，前者日銷九十萬份，在星期日才有一百四十萬份；後者平時有二百萬份，星期日高達三百二十萬份。因此在盈餘上的比較就有很大的差距。《紐約時報》即是一份高級報，而《每日新聞》是一份大眾化的報紙。然而任何美國人以至於全世界上的人，都認為《紐約時報》的言論，是他們可以信任的，《紐約時報》是比較重要的。因此，在論及報紙的權威時，專家們一致認為，銷數的多寡，並不是衡量報紙權威的唯一標準。事實上，若干銷售數少的報紙，所具的權威，較銷售數眾多的大眾化報紙為高。

由此可見，一個報紙的風格與它的權威有著密切的關係，美國《基督教科學箴言報》在發行宗旨中強調：「報紙的目的，不是僅計出售的份數，而為銷售好的觀念。」這是真正報人對社會的責任感，也是其崇高使命感的充分顯示。

第三章　新聞價值之判斷

一個編輯最重要的事情，莫過於從分稿人手中接來凌亂無序的稿件中，選擇分別出各個稿件的重要性，以決定刊登在版面的什麼地方，用多大的篇幅，用什麼樣的標題，以引起讀者的注意。因此，新聞價值的判斷是一位編輯的首要工作。一份報紙所刊載的各項新聞，選擇是否恰當，編排是否得宜，全以編輯工作者對新聞價值的衡量是否正確為斷。如衡量失當，即會發生應予報導的新聞被捨棄，或所刊載的新聞輕重倒置等情事。

第一節　構成新聞之條件

能刊登在報紙上的資料，必須有其條件，稱之為新聞，就是要有異於一般的事物，是最新發生的，與以前不一樣的，也就是說這些資料要引人注意，才能構成為一條新聞。構成新聞的條件，可分下列幾種：

1. 個人利益：人最關心的事，是影響其個人健康、財富、安全、聲譽與權益之事。

2. 金錢：無論窮富，對於錢財都有同樣的愛好。

3. 性：性慾是人的原始慾望之一，它使人們喜歡閱讀淫亂及富有浪漫情調的新聞。佛洛伊德(Freud)甚至認為人的一切行為皆與性有密切的關係。

4. 衝突：最大的衝突是戰爭，特別以空戰最激烈。此外，人類與大自然鬥爭，個人與強權鬥爭等等，也都深具吸引力。

5.不尋常：各種奇突、珍異的事，以及出人意外的事物，都能引起人們注意。

6.英雄崇拜：大人物不僅製造新聞，他本身就是新聞。人們對大人物的所做、所想和所說的，都有濃厚的興趣。

7.懸念：對於繼續發展中的事件，人們常心存懸念，希望知道進一步的演變。報紙之所以天天出版，而且每天都有讀者，即是因為世界萬事萬物都在進展狀態中，而人們對此進展心存懸念。

8.人情味：關於人與動物的新聞，常因含有豐富的人情味，而使人感動與欣喜，這種新聞對人類的友愛、憐憫、畏懼、同情、嫉妒、犧牲等基本感情，發生誘導力。

9.關係個人所屬團體的事：個人往往是某一團體的一分子，所以對自己有關的政黨、教會、機關、學校、童子軍團體的事件，會感到興趣。

10.競賽：競爭或比賽性質的活動，如選舉、運動會、選美等等，其之所以能引起興趣，部分原因在此。

11.新發明和新發現：這類讓人驚異與興奮的事，也是人類感到興趣的事。

12.犯罪：犯罪新聞對於販夫走卒與衛道之士，同樣會發生誘惑力。最能轟動的犯罪新聞，往往是同時包含性、衝突、英雄人物、懸念等數種因素。

13.災難：如水災、火災、風災、地震等災變，以及交通事故等，是引人注意的新聞。

14.成就：如新的建築、破記錄的收穫，也都會引人注意。

15.神秘與懸疑：由於好奇心的驅使，人們對於神秘的事物以及懸疑的事物，常有想一知究竟的興趣❶。

---

❶ 賀照禮，《新聞學的理論與實際》，第五十頁；及《中央月刊》第三二九期，第十頁。

上述的十五項因素就是構成新聞的基本條件，若滲合的條件越多，則其越具新聞性，也越能引起人的注意。

第二節　新聞價值的判斷標準

一件事情具備前述十五項因素裡的一項或數項，成為可以引起人注意的新聞，但是能讓人注意多久，花多少時間去讀報，用多少注意力，這就要看這則新聞具備了多大的價值而定，編輯即須依據這個價值判斷來決定如何處理這條新聞。衡量一條新聞的標準，大致可分下列幾項：

㈠時間性

「新聞」，顧名思義是以「新」為主要價值。公眾閱讀報紙，或收聽新聞廣播，或收看電視新聞節目，主要目的就是獲得新的新聞，因此，最新的新聞報導，公眾的興趣最大，所具備的新聞價值也最高。自無線電廣播、電視與網際網路普及以來，報紙迅速報導新聞的效能，雖已顯著降低，而不得不讓廣播、電視與網際網路從事最新新聞的搶先報導，但並非意味著報紙對於新聞的時間性價值已不予重視，事實上報紙仍須從事劇烈競爭，以爭取對於最新新聞作迅速詳盡的報導。

由於新聞以「新」為主要價值，故編輯工作者對於最新發生的新聞，應特別重視。一件最新的新聞，其重要性即使比另一件較舊的新聞為低，仍應刊載於較顯著的地位。

於此必須說明的是：所謂「新」，應包括「最新發生」、「最新發展」及「最新發現」三項意義；因此，除了最新發生的事實、事情是最新的新聞外，一件重大舊事情的最新發展，以及一件發生已久，最近始予發現、報導的重要事實、事情，都是具有最新新聞的價值。理由是：一件在持續發展中或懸而未決的事情，公眾對其最新發展的重視，並不下於一件最新發生的新聞。對於一件重要事情，雖發生已久，最近始予報導，但因它是初次報導，對於一般公眾，實與新發生的新聞無異。正如莫特教授所說:「事情的新近報導，即是新事情。」

㈡地域性

所謂地域性或接近性，即是新聞的空間因素，其所具有的新聞價值，與時間性同等重要。由於利害關係及其他心理因素，一般公眾對新聞的關注和興趣，多隨地域的遠近而定，即新聞發生的地方越近，公眾的關注和興趣越深切。因而除了具有世界性或全國性的重大新聞受到普遍的重視外，很多事情，在本地認為極重要，外埠公眾卻毫不重視；同樣的，某地公認為極重大的新聞，本地讀者亦多漠不關心。新聞工作者為適應讀者此項興趣和需要，因而對本地新聞的報導，應較外埠多；對本國新聞的報導，應較外國新聞多；對亞洲地區新聞的報導，應較其他各洲為多；報導內容的詳簡，也應以此為標準。世界各國的報紙，無不以本地新聞所佔篇幅為最多，國內新聞次之，國際新聞最少；這種新聞篇幅的支配，即是重視新聞地域性價值的表現。不過，美國一般地方性報紙，過分重視本地瑣屑新聞，而忽視世界性及全國性的重要新聞，亦屬不當，已受到新聞學者的批評。

㈢重要性

新聞的重要性似乎應列為衡量新聞價值的第一項標準，但因新聞的重要性，因時因地而異，故不能列於時間性或地域性之前。所謂「重要」原是一個抽象觀念，究竟如何才算重要、次要或不重要，很難下一個具體的定義，比較適當的解釋，是以新聞本身可能發生的影響範圍大小為斷，即影響的範圍越大，重要性的程度越高，影響的範圍越小，重要性的程度則越低。如果一件事情的發生，對人群社會絕無影響，即可認為沒有新聞價值。例如選舉總統就比選舉市長影響的「人」多，所以選舉總統的新聞就比選舉市長的新聞更重要。

㈣異常性

異常性或奇特性，也許是一般人對「新聞」的基本觀念，以為所謂新聞，即是異常、反常、奇特怪異的事情。美國早期的新聞學者，對新聞下的定義是：「狗咬人不是新聞，人咬狗才是新聞。」那是指異常性的新聞而言，但不能包括新聞的全部意義與內容。由於人類大都具有好奇的心理，因此，一般人凡遇到奇特怪異的情事，雖無重要的意義，對本身亦無任何利害關係，卻都特別敏感、有興趣，而爭欲知悉，並爭相傳播。新聞的異常性價值，都是由此種心理所產生。

其實所謂異常性，涵義非常廣泛，凡是異乎常態的事情，如戰爭、火災、飛機失事；出乎常態的人類行為，如殺人、自殺、暴動；反常的自然現象，如日蝕、月蝕、地震；以至於人類生理上的變態，如變性、怪胎等都是屬於異常性，並不一定是專指奇特怪異的情事而言，因而任意報導怪誕不經，甚至涉及迷信的奇聞異事，而不究查它是否真實，便違反了新聞報導的原則。

㈤突出性

突出性或顯著性，是指新聞中「人」的因素而言。「人」為構成新聞的要素之一，因而有所謂「新聞人物」之稱。惟所謂「新聞人物」，應具有兩個條件：一為顯要突出的地位、身分，如：國家元首、政府高級官員、軍事首長、政黨及社會各界領導人士，以至影視明星、體育明星等，他們的言行舉動，常受到公眾注意，因而構成新聞。例如前加拿大總理杜魯道和妻子的離異，雖是單純的分居事件，但卻成為世界各報爭相報導的新聞。二為雖無特出地位、身分，卻有突出行為、成就或表現的人。此外，特別著名的城市、地區、建築物、物品（如古物、名畫）等，如發生事故，即使並不重要，也具有「突出性」的新聞價值。

㈥趣味性

所謂趣味性，包括娛樂性、幽默感等意義，是和重要性並行不悖的一項新聞價值。報紙為調劑一般讀者讀報興趣，對於各種具有趣味性而無傷大雅，不違背道德標準的所謂「軟性新聞」，皆予以適量的刊載。此類新聞，須用輕鬆生動的筆調報導，並加風趣雋永的標題，如係一則簡短的消息，可加圈花邊（即所謂「花邊新聞」）；如須作詳細報導，則可用特寫方式。刊載趣味性新聞，最好配合照片，使新聞報導更增添趣味感。

趣味性新聞，為一般讀者所共同感興趣，因而，世界各大通訊社也經常予以播發，幾乎已成為報紙上所不可或缺的一項。不過，刊載趣味性新聞，量不宜過多，質不宜過濫，尤不宜流於低級趣味，否則，便將影響到報紙的基本功能和高尚風格。美國若干報紙，過分重視趣味性新聞，而減少甚至忽視國內外重要新聞的報導，已引起新聞學者之質疑。

㈦人情味

美國新聞學權威學者莫特教授為「人情味新聞」所下的定義是：「人情味新聞成為一種具有興趣的報導，並非因為它是特殊事情或情況的重要性而予以報導，而是因為它在我們人類生活體系中具有娛樂性，或感動性，或驚訝性，或深長意味的一小片段。」依據這一定義，人情味新聞顯然包括三項要素：⑴新聞報導中的「人」，多半是社會上一般普通的公眾、平民，不一定是要有顯要地位的所謂「新聞人物」。當然，新聞人物具有人情味的生活行為，也同樣有報導價值。⑵新聞報導中的「事」是社會「眾生相」的平凡小事，而不是具有重要性的大事。⑶報導的意旨，是激發社會人群歡欣、慶賀、喜愛、讚揚、憐憫、同情、傷感、驚訝等感情的共鳴。由此可知人情味新聞，並不一定具有趣味感，因而與趣味性新聞不同。

人情味新聞的報導，擴大了新聞的種類，使新聞內容更顯得多彩多姿，是新聞報導的一大進步。同時，由於新聞中所報導的人物，都是社會一般公眾所能經常接觸到的小人物；所報導的事，都是經常可看到聽到的平凡而動人，或耐人尋味的生活故事，因而使一般公眾，由親切感而增加閱讀或視聽的興趣。許多有關貧苦平民或兒童感人故事的報導，常激起社會普遍的同情和實際的援助，表現人情的溫暖，更發揮了新聞事業為社會服務的功能。

不過，人情味新聞的報導，必須適度、恰當、合分寸，不宜故意誇張、渲染；尤其是激發社會憐憫、同情的報導對象，必須確實是值得憐憫、同情的善良民眾，如果是非、善惡混淆不清，便將導致錯誤的輿情，而違反新聞事業所負社會教育和為社會服務的任務❷。

第三節　報紙功能的價值運用

前述七項是判斷一條新聞的價值大小的標準，但有些事情並不具備上述七項中的任何一項，或者具備某一項而仍不能構成重大價值的新聞，有些甚至是公眾不願意知道的，一個編輯這時就必須以主觀的方式去判斷，是否發這條新聞？使用什麼版面地位？什麼字號？因為報紙負有發展社會各方面公共關係，致力於社會教育和社會服務，以及促進國家建設和社會公眾福利等任務。這一類的新聞可分下列幾種：

(一)公告性

公告性的新聞，如中央政府公佈法律、條例、行政命令、各院決議案、銀行公告之外匯匯率、金價、預防注射、實施大掃除等等，不一定是具有重大新聞價值，但因報紙為傳播公告最有效的工具，

❷　胡傳厚，《新聞編輯學》，第九十九頁。

刊載此類新聞，一方面協助政府及民意機關發展公共關係，一方面也是為一般公眾或有關群眾服務，不能不予重視。

㈡歷史性

今日的新聞為後日的歷史，國家元首發表的文告，政府對外發表宣言、聲明，國家與友邦訂立的條約、協定，以及友邦政府首長的重要聲明、談話等，如純就新聞觀點而言，原可摘要報導，但因這類文件，有時具備歷史記錄的價值，是供將來編纂歷史的依據，記錄史實，既為報紙的主要任務之一，對於此類具有歷史記錄性價值的文件，有時仍有全文刊載的必要。

㈢教育性

教育為傳播工具的四個首要任務之一，報紙更是推行社會教育的良好工具，負有傳播新知及鼓吹公共道德的教育任務，前者如：自然科學及應用科學的新發明或新發現、社會科學的新學說、各種學術性的闡釋，以及國內、國際性重要學術獎金的得獎人等新聞；後者如忠勇愛國事蹟、捨己救人事蹟、義行、孝行等，均具有社會教育的價值，應予以較詳細的報導，並以顯著地位刊載。

㈣宣揚性

宣揚性即配合國策，對於有利於國家社會及公共利益的舉動，加以宣揚，藉以鼓舞一般公眾的支持和響應，亦為新聞事業及其從業人員的任務之一。此類新聞如國家建設的成果、十大建設、便民政策的改進、捷運的運作、選舉活動的公開等，都具有宣揚性的價值，應予強調報導。

㈤警告性

對事情之尚未發生，由於報社之注意力較敏銳，得以事先知道，即應予以事先的警告，例如：颱風的發生及其進行之可能方向、傳染病的發生及擴大、河川水位高漲、豪雨、交通的損害、堤防的破裂等事實，雖尚未構成災害新聞，但可能因疏忽而造成災害，報紙即應預先提出警告，讓公眾或有關單位及時補救，或預作防範。

㈥呼籲性

這是報紙被稱為「民眾喉舌」的最主要原因，對於民間疾苦，應根據事實予以報導，要求政府改善。對困苦人家，呼籲社會大眾予以救助，對災區應予以詳細刊載，讓其他的人在同情之餘伸出援手。對於不良的社會風氣、迷信、大拜拜等，加以指摘其害處，呼籲大眾不要效法。這些都是屬於規勸方面，或已發生的壞事加以補救。報紙實負有這方面的責任。

第四節　美國價值

長年以來，美國不論在政、經、文化，都處於執牛耳的地位，新聞傳播更是各國學習的目標。

由英國發端的自由主義報業理論，在美國受憲法第一修正案的保障之下，更形茁壯。

然而隨著報紙商業化後，報業淪為資本家賺錢的工具，背離原先自由報業的主要目的──服務民主政治，以社會公器自居❸。而黃色新聞的出現（濫用照片、煽動性標題、捏造新聞等），更傷害了新聞的獨立、客觀及公正性。

因此，一九三七年布魯克曾在《美國報紙的轉變》一書中，提出四點意見❹：

⑴注意背景及解釋性之新聞報導、重寫新聞，使其相互關聯，並深入報導；

⑵第一版應盡量容納重要新聞，詳細內容可轉入各版；

⑶標題應絕對符合新聞內容；

❸ 李瞻，《新聞學》，第一〇七頁。

❹ 同上，第一二六頁。

⑷檢討五個W及一個H之寫作方式。

在經歷過扒糞運動與尼克森水門事件後，美國媒體對於新聞事件的追蹤報導非常熱衷，尤其是緋聞案。

前美國總統柯林頓傳出與白宮實習生陸文斯基有曖昧關係後，所有美國主要媒體便瘋狂地報導，專欄、評論更充斥在電視、電臺、報紙，甚至網路之上。

因為這事件可能影響美國總統之去留，所以單就新聞觀點，的確具有新聞性。不過，萬一這些事件與指控都沒有根據，美國媒體如此大幅的報導，必會遭致攻擊，失去在民眾心中的權威與公信。

因此，一些媒體便開始修正方向。《華盛頓郵報》將報導方向轉向法律層面；《紐約時報》則針對「柯林頓與喬登是否叫唆偽證」等方向。

由此事件，我們可以了解新聞專業的基本標準❺：

⑴要衡量消息來源的內容以及動機；

⑵試圖與被指控的當事人聯絡後，再決定是否刊登；

⑶尋求一個以上之消息來源。

能夠依循上述標準，對新聞才能更準確地判斷與掌握，報紙也才能對社會作更高品質的服務。

❺ 冉亮，〈追緋聞如坐雲霄飛車，美媒體表現評價兩極〉，《新聞鏡》。

第四章　新聞編輯之責任

第一節　新聞來源的保密

一九七八年七月二十四日,《紐約時報》記者法爾勃,因拒絕法官裁示交出所有採訪筆記和錄音帶等資料,以藐視法庭罪被判入獄。法爾勃為此坐了四十天牢,《時報》也先後交付了二十八萬六千元罰金。❶

這就是新聞來源保密的爭議,原則上我國是允許記者有此權利的,但此權利使用之適當與否,得經過法院的裁定。

新聞編輯與記者在這件事情上,有相同的立場。記者與編輯的守密,正如一個神父聽取告解之後,要為告解的人守密一樣,這是新聞記者與編輯的神聖權利。一般而言,新聞編輯的守密來源工作包含下列各項:

⑴新聞編輯人對於所刊出之新聞,當政府有關機關(包括法院)追究其來源時,堅不透露。這是新聞編輯人的職業道德,因此很多新聞編輯人,常因此而觸怒了法院,被判入獄。有些記者也許會在法律前低頭,有些記者寧願坐牢,也不洩漏秘密,這在美國已屢見不鮮;雖然一九七二年間美國最高法院正式判定「新聞記者沒有為新聞來源守密的權利」,但美國的記者,依舊不放棄這一神聖的權利。美國記者認為:醫生為病人守密,神父為信徒守密,記者也應該為

❶ 李子堅,〈紐約時報和記者為拒絕透露消息來源所付出之代價〉,《新聞鏡》。

新聞來源守密，如果這一防線被攻破，那麼新聞記者採訪和編輯新聞的自由，將大受威脅。

新聞編輯為什麼要為新聞來源守密，一是為了當事人的安全。凡是引起追究新聞來源的新聞，一定是有相當利害關係的新聞，舉凡是透露新聞給記者的當事人，如果洩漏了他的姓名和身分，也許會影響他的職業、名譽及地位，甚至有關他的生命安全。第二是為了繼起的新聞。如果洩漏了新聞來源，那麼這位供給新聞的人，及其他的新聞來源，都會以前車之鑑而不再提供新聞，如此便會斷絕了以後的新聞來源。第三是影響報紙的聲譽。將新聞來源外洩，當事人和讀者都會看不起這家報紙。第四是編輯、記者個人的道德問題。新聞來源者和記者以及編輯常是朋友關係，如透露了新聞來源，等於出賣了個人的朋友，對本身的道德而言，是一種污蔑。

⑵遵守「暫勿發表」或「請勿發表」的約定。不論國內或國外，新聞發佈的當事人，如果要求記者不要發表這則「新聞」時，就是絕對不要發表。因為這類新聞往往具有參考價值，可供給記者或編輯在發表類似新聞時，不會使錯誤的新聞發生。而如果記者將這則消息透露給編輯，在編輯的眼中這一定是一條重要的新聞，假使他在未經記者同意而私下發表時，一旦涉及到法律的問題，編輯則切不能交出新聞來源，而應甘願接受法律上的處分。

第二節　隱私權

一個人的行為只要是私人行為，不妨害公共的利益時，就算他是一個新聞人物，報紙絕無刊登的權利，否則即發生侵犯隱私權的爭議。

民國六十三年九月一日，我國新聞評議會通過的「中華民國報業道德規範」中，有關「隱私權」的條文有四：

(1)「新聞報導」一項之第三條——除非與公共利益有關，否則不得報導個人私生活。

(2)「犯罪新聞」一項中第三條——少年犯罪，不刊登姓名、住址和照片。第四條——一般強暴婦女案件，不予報導，如嚴重影響社會安全，或與重大刑案有關時，亦不報導被害人姓名、住址。

(3)「新聞評論」一項中第四條——與公共利益無關之個人私生活，不得評論。

(4)第二項第三條——除非與公共利益有關，不得報導私人生活。

馬星野所訂的「中國新聞記者信條」中第八條——吾人深信，新聞事業為最神聖之事業，參加此業者，應有高尚之品格……誓不揭人隱私……。

為什麼要重視「隱私權」？我們根據上面的新聞道德規範中，可以體會到，「隱私權」是維護個人尊嚴的保障，因而身為一位新聞記者，不應該侵犯到個人的尊嚴。所以在新聞的報導中，凡有涉及個人隱私的地方，都不允許公諸報端。

一個最明顯的事例可以說是對隱私權的侵犯。此事例即美國已故總統甘迺迪遺孀賈桂林，一九七三年在私人所有的斯科畢茲島別墅作日光浴時，被義大利《花花太歲》月刊之記者，以潛水器具潛入該島岸邊，並偷拍下照片公諸新聞媒體。該攝影記者即侵犯了隱私權、寧居權，以及干涉私德，構成誹謗。

另外，前英國太子妃黛安娜，就一直深受「狗仔隊」之苦。不論遊艇渡假、健身房、海灘等，都有攝影記者全程跟拍。英國高等法院曾對一名狗仔隊記者下了道判決，命令該記者不得接近黛妃三十公尺之內。然而黛妃與其男友，卻為擺脫狗仔隊而高速行駛，最後因此而失控喪生。

換句話說，新聞人物有時會沒有私生活可言，瓊斯曾引證美國法院的判例，提出「公眾人物」，事實上不得不放棄其若干私人的權利，此一判例為：「一個人由於其事業、名譽、生活方式，或者由於其從事某一職業，一般社會上的人對於此人的行為、問題，或性格寄與關心，甚至於視為當然的場合，則此人之所以成為公眾人物，已無待言，因此，舉凡要是身為公眾人物，可以解釋至少已經放棄其私人權利的一部分。」

施勒姆則認為「新聞人物」的私人生活秘密，並非是全無保留的權利，他說：「站在新聞界的立場，對突出的重要新聞人物，自然是報導得越詳盡越受大眾歡迎，不過，任何人都會有不願意告訴他人的隱私，再希望藉新聞成名的人也不會一無保留。所以，傳播媒介應該負責把大眾興趣和當事人之間的界線劃清，以免喪失其在道德上的立場。」

此外，自從我國於民國八十八年五月通過刑法修正案之後，增加了「不能以機器或是其他設備竊聽，或是竊錄他人非公開場合的活動、談話和言論，也不能用拍照、錄影拍攝他人在非公開場合的言論談話或行為」之規定❷。所以編輯、記者在運用新聞人物為新聞體裁時，就完全要靠個人的道德修養去判斷了。縱使是一件被大眾所極端關心的個人私生活新聞，該不該報導存乎記者與編輯的一念之間，而千萬不要落入皮特遜所列舉世界報業七大缺憾的第六項——報業的新聞報導，常常並無正當理由，而侵害到個人的私生活和秘密。像是最近有關璩美鳳與黃顯洲之性愛風波，就是值得爭議的案件。

第三節　新聞誹謗

新聞誹謗與隱私權的被侵犯有密切的關連。例如在議會中討論某官員有受賄的行為，事實上當記者還沒有查證的時候，記者與編

❷ 「隱私權何在?」，《新聞鏡》。

輯即先把這個事件公諸於報端，並對該官員的私生活加以描述，如果該官員能證明報導不實，即可以提出控告——換言之，也就是該報涉嫌誹謗。

美國名律師威廉・狄福特說:「大多數誹謗案的起因，是純由失慎所致，而非出於有意，所以本可避免，也應該避免。報紙如果沒有充分證據而即提出指責，就是不謹慎至於極點。」其實，問題遠較此複雜。

一般人以為「只要是事實，就不犯誹謗罪。」其實這只對了一半。報紙雖然能夠證明登出來的是事實，仍不敢擔保不會被人控告誹謗，最主要的原因就是要看登出來的動機。

報紙登出了一段暗示某官員有不法行為的消息，雖然無法提出事實證明，仍可能不犯誹謗罪。反之，假若登出了一段有憑有據完全正確的消息，說某銀行的現任董事長過去曾經是犯罪坐過牢的搶犯，那麼則不免會打上一場誹謗官司。通常登出一條新聞的理由，跟這條新聞的本身，在法律的觀點上是同等重要的。報紙若能證明一條新聞的刊載目的，是為了大眾的福利，就多半可以安然無事，如果是惡意中傷，則必然發生麻煩。以這位銀行董事長為例，當事人犯罪後已經服刑，所以從法律上而言，則認為不應再受一次處罰❸。

誹謗事件的發生，報紙編輯最容易牽涉到的，不外下述幾種:

(1)由於報導不確實而起的——例如一條新聞報導某大公司周轉不靈已經閉門停業，但事實上該公司雖然周轉不靈，並未停業，則該公司可以控告該報誹謗。又如一條新聞，述及某機構，負責人因故已被免職，可是事實上只是傳說，並未證實，當事人認為名譽受損，也可以提出誹謗控訴。中央社曾刊登過一篇「一字之差，惹來麻煩——臺灣新聞報一則車禍消息」一文，即討論該記者在內文中，

❸ 李諧譯，《你的報紙》，第四十一頁。

誤將車禍死亡人由女兒誤為父親，險遭父親控告之事。這些都是由於報導失實而引起的❹。

而最嚴重的莫過於是憑記者一時之猜測；虛構故事；或誇張渲染，報導一件新聞事件，事後證明完全不正確，則難逃誹謗之責任。

⑵不當形容詞之應用——如在一則新聞中，某甲只是涉嫌，而記者若以「大流氓」、「騙子」、「性格頑劣」等形容詞，事實上，都是無從查考的，而當事人也可以提起公訴，據現有統計，在新聞中，凡在人名之前或之後加上不當的名稱，往往會被當事人提出誹謗的訴訟。

⑶由片面之詞而起的——凡是牽涉到私人名譽、利害關係的新聞，不能根據某些人，或某一方面所陳述的理由與事情，予以發表。因為這種以片面之詞為依據所發表的新聞，對報紙來說固然有失公正立場，同時對私人名譽而言，更會構成嚴重的損害。所以這種片面之詞，包括某些人的談話、單方面的記者會、報紙啟事、檢舉書、訴訟狀等，凡是只表示一方面的意見和所提的事實，都只算是片面之詞的一部份。

此外，還有一種情形，即前述的民意代表在議會中指責某一人物，然後記者可根據其發言，撰為新聞。而當此一人物控告記者誹謗時，記者可以民意代表已在議會中公開發言，自可據而寫此新聞，事實上，如被控告誹謗，罪名可能成立。其原因為：⑴當事人可以不告發言的人誹謗，單告報紙誹謗。⑵民意代表在議會中發言，係對外不負責任。

一九六四年三月，美國最高法院在一項判例中訂出了誹謗的新觀念，使言論自由比以前更進步。事件經過大致如下：

三月二十九日，黑人首領金博士的一批朋友在《紐約時報》登出整版廣告，請各界慷慨解囊，協助金博士打辯護官司，以解脫州

❹ 《中央月刊》第311期，第十六頁。

政府控他逃避所得稅的罪名。廣告裡面指出阿拉巴馬州蒙哥馬利市的武裝警察曾協助鎮壓學生的民權運動示威，並且禁止學生進入餐廳，企圖把他們餓到不得不屈服。廣告又指出「南方的破壞者」曾炸金博士的寓所，還逮捕了他七次。

這張廣告雖然沒有提出任何官員的姓名，但阿拉巴馬州有五名官員向法院控告《紐約時報》，要求誹謗賠償。《紐約時報》承認廣告的內容有一些地方與事實不符。結果阿拉巴馬州法院陪審團最後裁定誹謗罪名成立，要求《紐約時報》賠償損失五十萬元。

在這之後《紐約時報》向最高法院上訴，結果推翻原判。同時最高法院的判詞甚至也懷疑阿拉巴馬以及其他許多州所訂出來的誹謗法，是否真正符合美國憲法的規定。

紐約最高法院在一九六四年三月作的這次判決，使美國全國對於評論公眾事物，有了一項可依循的原則。換言之這個原則規定：公眾事物的討論，「應不受禁止、且是健全有力、應被廣泛公開的，而且其中可以對政府及公職人員作激烈、刻薄，或有時令人不快的銳利攻擊。」關於廣告中不符事實之處，大法官威廉・布瑞南當庭表示：「本庭認為控方所提用以證明對方確存惡意一事之證據，實在缺乏令人信服的明確性，而依憲法之標準而言，此項明確性實在有被證明的必要。」

儘管，《紐約時報》事後在評論這次的判決說：「法庭已經判定公職人員的公開行為，將是不受禁止的獵取對象，縱使批評有誤、失當，或不實，亦屬無妨。假若受害人想索取賠償，必須要能夠證明被告確屬故意或肆意錯誤——總之，也就是被告是確屬惡意而為者。」

從某方面來看，誹謗法的作用，是在保障我們不受干涉之權利。對誹謗法而作的法律解釋，其目的則在保障言論自由。所以兩者都是民主政治所必須存在的要件❺。

基本上，有關我國的誹謗罪，主要是依據刑法第三一〇條:「意圖散布於眾，而指摘或傳述足以毀損他人名譽之事者，為誹謗罪，處一年以下有期徒刑、拘役或五百元以下罰金。」並且第二項也說明:「散布文字、圖畫犯前項之罪者，處二年以下有期徒刑、拘役或一千元以下罰金。對於所誹謗之事，能證明其為真實者，不罰。但涉於私德而與公共利益無關者，不在此限。」

而刑法第三一一條:「以善意發表言論，而有左列情形之一者，不罰: 一、因自衛、自辯或保護合法之利益者。二、公務員因職務而報告者。三、對於可受公評之事，而為適當之評論者。四、對於中央及地方之會議或法院或公眾集會之記事，而為適當之載述者。」

對於我國刑法之規定，舉證真實與否之責任，仍在媒體，不過一般法院判決的標準在於: ❻

(1)是否為客觀之報導? 包含平衡、意見與事實分離、及引述消息來源三種方式。

(2)有無給予原告答辯機會、資料有無查證。

國內相關的案例其重要者如:

1. 劉泰英控《亞洲週刊》:《亞洲週刊》報導劉泰英曾捲入美國政治獻金一事，遭劉泰英控告誹謗。臺北地方法院以《亞洲週刊》針對可受公評之事、合理查證為由，判決《亞洲週刊》獲勝。

2.《自由時報》控《天下雜誌》:《天下雜誌》報導「第一大報，黃金打造」，引起《自由時報》提出誹謗訴訟。《天下雜誌》被認為「非惡意，且善盡查證」而獲判無罪。

其他尚有楊麗花控告《獨家報導》、賴國洲控告《商業週刊》等，都曾引人矚目。

---

❺ 同註❹，第四十四頁。

❻《聯合報編採手冊》。

第四節　報紙審判

「報紙審判」一詞的內容意義，就是說報紙在撰寫新聞及處理新聞時，對新聞內容作主觀的判斷，並只供給讀者單方面的消息、意見，使閱聽人有先入為主的觀念、印象，兼而發表評論，進而影響了承辦法官的判決觀點，這無異是由報紙來審判此一事件。一般而言，其型態可分下列五種：

⑴報紙報導新聞，以主觀的立場撰寫，置客觀的事實不顧，形同法庭的審判，使當事人的一方受到損害。例如報導某一糾紛事件，新聞內容只顧一方面的陳述，排拒另一方面的陳述，並予批評，形同審判。又如某甲舉行「記者會」，對某乙大肆批評指責，報紙只刊某甲的陳述，未將某乙的答辯同時發表，即形成報紙專斷的審判。

⑵報紙報導有關法律的新聞（包括標題），過於肯定的提出結論與判斷，並且在引用法律條文時，主張對被告處以何種刑責，受多久的刑期，如同是法官的判決書。

⑶在報導中夾雜意見，影響辦案人員的心理、社會的觀感。

⑷報紙發表專欄或評論，對審判中的案件，加以評論，無形中影響辦案人員的心理而不自知。

⑸報紙對法律案件，使用判決式的名詞字句，加於當事人身上。如直稱某一嫌犯為「殺人兇手」，尤以標題用字為然❼。

這種報紙對犯罪新聞或刑事案件的越俎代庖行為，有四項不良後果發生：第一、未免輕視司法審判權。第二、可能影響審判人員的心理，進而影響到審判的公平。第三、對原本無罪之人，造成名譽上、心理上的損失。第四、造成法官易為被社會輿論、社會觀感的錯誤引導。

❼　陳石安，《新聞編輯學》，第二四一頁。

而對於報紙審判造成的不利後果，各國報紙均受立法上的嚴格限制，尤其就以英國的限制最嚴，甚至媒體連刊登過去犯罪記錄的背景資料都被視為違法，因此報紙可能被判罰款，負責人可能坐牢。同樣地美國在這方面的限制也是相當的周詳，但司法界仍嫌限制不夠嚴密，所以近年來曾為此問題，引起了對新聞自由與人權保障的激烈爭辯❽。

綜上所述，任何從事新聞工作的人員，不論是記者或是編輯，在享有新聞自由之權利下，應對新聞事件的內容，做謹慎適當的報導。

---

❽ 同註❶，第一九八頁。

第五章　基本認識
——字體、字號與符號

編輯動手編稿時首要的便是要認識字體、字號和各種編輯符號。這些基本認識是使一個編輯，如何將一大堆原稿，四平八穩的按放在二十欄一版裡的方法。

一、字　體

字體即字的型態，這是中國文字在編輯運用時的特色。目前新聞編輯上所用的中文字體，可分為傳統用字和電腦用字兩種。傳統用字已經有一個世紀的歷史，而電腦用字則是從七〇年代日本人創製的「照相中文打字」演化而來的。現在先介紹傳統的中文字體：

傳統中文字體，共可分為四種：宋體（老宋）、正楷、黑體（方體或粗體）、仿宋（又可分長仿宋和扁仿宋）等。

各種字體，因其外形的不同，在版面上所顯現的型態，及給予讀者的感覺也各有不同，而這些字體通常都運用在標題的製作上。以下即將各種字體的特點、個性分別略加敘述，俾以了解其代表意義，並且在使用時能可得心應手。

㈠老　宋

老宋筆劃細粗均勻、適中，它的個性是：端莊、大方，與任何字體配合都很適宜。版面上以初號以上的字做的標題主題，只有宋體的字型最適合。同時，版面上全版要有二分之一的標題主題，用宋體字型出現，才顯得出版面的穩定，因為版面的形狀是直條狀的長方形，高度比寬度大，而宋體的筆劃是直劃粗、橫劃細，與版面形狀相調和。所以有人以為只有宋體才是版面的大樑支柱，其他字型只是大樑支柱以外的窗戶裝飾，不無理由。版面上正楷的標題太多了，便會有輕的感覺，黑體標題用多了，又會有重的感覺，宋體的標題，給人穩定、安詳、大方的感覺，是編輯最善於應用的字體。

㈡正　楷

正楷的筆劃婉轉圓滑，不像宋體那樣硬，黑體那樣粗重，仿宋那樣柔弱，是中規中矩的字體，代表秀美、雋永、柔和的性格，常用於做標題的引題或子題，和其他的字體配合，有聯繫中和之感。多用於溫和、趣味、幽默、輕鬆的句子。

㈢黑　體

黑體是粗線條的筆劃，雖然與別的字是同樣大小，因其線條粗的緣故，看起來好像比同號的其他字體為大，因此多用於強調新聞，或重點。代表嚴肅、警惕的性格，標題中嚴重性與警告性的句子多用此體。一號以上的字如為黑體，便會感到過於粗重，三欄以上的主題也很少使用黑體，每一標題中，至多用一、兩行黑體字，一個版面中也該儘量少用，用多了，不但太凸出刺目，整個版面也顯得笨重不乾淨。

㈣仿　宋

仿宋體線條細，與黑體正相反，有清秀的感覺，多用於副題或短欄的主題，屬於平衡版面的地位。

而電腦用字的字體，則是種類繁多，除了傳統用字的四種字體之外，還有圓體、隸書和疊體等字體。

（仿宋）

經建會昨正式公布
六十七年經建計畫

（黑體）

國大六提案審查會
通過七十九個提案

（正楷）

總統副總統的選舉程序

（老宋）

熱烈歡迎華航英雄們歸來

電腦用字的每一種字體，都可以拉長、壓扁，也可以使它傾斜。一般而言，副刊、專刊、影劇和體育等版會運用較多的字體，使版面較活潑、生動；而普通的版面最多只用到四種的傳統字體。

中國文化大學
華岡印刷廠電腦排版字體表

大黑	DH	中國文化大學華岡印刷廠
粗黑	CH	中國文化大學華岡印刷廠
黑體	H	中國文化大學華岡印刷廠
平黑	PH	中國文化大學華岡印刷廠
細黑一	XH	中國文化大學華岡印刷廠
幼線	YX	中國文化大學華岡印刷廠
粗圓	Y4	中國文化大學華岡印刷廠
準圓	Y3	中國文化大學華岡印刷廠
細圓	Y1	中國文化大學華岡印刷廠
新秀麗	XXL	中國文化大學華岡印刷廠
書宋	SS	中國文化大學華岡印刷廠
大標宋	DBS	中國文化大學華岡印刷廠
小標宋	XBS	中國文化大學華岡印刷廠
仿宋	F	中國文化大學華岡印刷廠
中楷	ZK	中國文化大學華岡印刷廠
行楷	XK	中國文化大學華岡印刷廠
琥珀	HP	中國文化大學華岡印刷廠
彩雲	CY	中國文化大學華岡印刷廠
綜藝	2Y	中國文化大學華岡印刷廠
魏碑	W	中國文化大學華岡印刷廠
舒體	ST	中國文化大學華岡印刷廠
隸變	LB	中國文化大學華岡印刷廠

二、字　號

指的是用字本身的大小。在中文字中，字號的計算，沒有一定的標準，常有甲報的字號與乙報的字號相同而大小相異，這對於編輯技術的發展，及使用上來說是一大障礙。近十餘年來，我國印刷界人士對此已有很大的改進，漸趨於統一，但在印刷排版上，字與字之間不能有毫釐之差，所以中文字號的標準化，是一件非常急迫的事情。

字的大小，在國際間原有一個統一的標準，那就是點數制(Point System)，這種點數制是法人福尼爾(P. S. Fournier)於一七三七年創用，法人提多(Fran, Coio Ambrose Didot)作進一步改良，成為「提多式點數制」，以法國的規尺作為分點數的基準，大陸國家如德國、匈牙利、比利時等，都採用這種制度。英美兩國的點數制以英的規尺為分點數的基準，所以又有一種英美點數制，我國與日本鉛字多仿照英美式，所使用的點數制也是英美的點數制。

我國與日本傳統用字所用的點數制，是以馬凱雷・斯密斯・佐爾丹公司(Mackeller Smith & Jorddanst, Co.)所鑄造的匹佳(Pica)為基準，六個匹佳等於一英吋，以一個匹佳分為十二點(Point)，所以一英吋共分為七十二點，字的大小便以這個點的多少為標準❶。而傳統用字中通常用得到的字號，有下列幾種：

❶ 陳石安，《新聞編輯學》，第三〇〇頁。

字樣	點數	號別	行數
須視緩急	27.5	一號	3行
準備空	36	新初號	4行
台省	36	初號	5行
彩色	45	特號	6行
	54	特大號	7行
首開	63	超號	8行

已有七所中學……6……七號

三周年暨民國六十七……8……六號

將在本月……9……新五號

承包國外工程須甲等營造商……10……五號

火災保險……12……新四號

進行統戰……14……四號

消耗激增……16……三號……2行

同心協力……21……二號……3行

但自從電腦用字經日本人創製以來，即採用「級數制」，而「級數制」是以公分為單位，與以英吋為單位的「點數制」，發生了換算的麻煩。傳統用字是以「點」和英吋為計算單位，一英吋等於七十二點；而電腦用字則是以「級」和公分為計算單位，一公分等於四十級；所以，一點(Point)等於多少級(Degree)，可由下面的公式計算得出。

$$1\ \text{point} = \frac{1}{72}\ \text{inch}$$

$$= \frac{2.54 \times 40\ \text{degree}}{72}$$

$$= 1.4\ \text{degree}$$

在此僅提供傳統用字的點數和電腦用字的級數間的換算表，如右圖：

傳統中文字號	點數	換算級數
八　號	4 pt	7 級
七　號	6 pt	8 級
新六號	7 pt	10 級
六　號	8 pt	12 級
新五號	9 pt	13 級
五　號	10 pt	14 級
新四號	12 pt	18 級
四　號	14 pt	20 級
三　號	16 pt	24 級
新二號	18 pt	28 級
二　號	21 pt	32 級
新一號	24 pt	38 級
一　號	28 pt	44 級
新初號（四行）	36 pt	50 級
初　號（五行）	42 pt	56 級
特　號（六行）	50 pt	62 級
特大號（七行）	60 pt	80 級
超　號（八行）	72 pt	100 級

字號辨識清楚以後，就要識別版面上的欄數（段數），和每一欄（段）的字數。現行使用的新聞內容字是六號字，在一吋高的一欄（段、批）中，可以排九個字，上下與欄線齊，除了新聞內容及短欄外，其他字號的標題均不宜在欄中上下塞滿，應在上下左右，留有空白，才顯得標題突出。例如下例：

雅加達衛戍司令下令
印尼國會開會期間
暴亂分子一律格殺

〔中央社雅加達十三日法新電〕雅加達衛戍司令沙梭諾少將今天發布一項嚴格命令，凡在目前國會會期期間，進行暴動搶劫或其他騷亂者，將格殺勿論。

沙梭諾將軍在特別舉行的記者會上發表談話說，他已獲得情動反蘇哈托總統的示威，已有七所中學停課。

據軍事當局說，中學生計畫把數百部車輛輪胎放氣，造成雅加達交通大阻塞。

數月以來小批學生行動分子的示威，目標是集中在國會會議的本屆大會上。國會將在本月廿二日選舉蘇哈托連任總統。

巴基斯坦政府
封閉七家報紙

〔中央社拉瓦爾品第十三日合衆國際電〕巴基斯坦戒嚴法政府執行長哈克，今天封閉七家反對黨報紙，並下令軟禁前總理

因此，各種字號在各欄中，都只能容納一定的字數，若無特殊之設計，編輯均應按此字數，來製作標題，並應熟記於心，隨心運用。六號的內容字在使用二欄以上的長欄，如文二、文三……等時，亦應減縮一字或二字，留出空白，以別於其他新聞。現將各字號在各欄中能容納的字數，以下表列出：（括號內為電腦用字級數）

製作標題在字號上除了要注意各欄使用幾個字外，還要注意下列幾點：

⑴在同一行標題裡字號要一樣大小。

⑵使用括弧則應省去一個字。

三、符　號

編輯使用的符號，大致可以分為三種，一是用於整理原稿，一是用於校正錯字，這二者相同，另一是用於製作標題，分述於下：

㈠整理原稿及校正用的符號

標點：全部用新式標點，每句以紅筆點出。

字號 ／ 字數 ／ 欄別	一欄	二欄	三欄	四欄	五欄	六欄	七欄	八欄
六號（十二級）	九	十七	廿六	卅五	四四	／	／	／
五號（十四級）	六	十二	／	／	／	／	／	／
四號（二十級）	五	十	十五	／	／	／	／	／
三號（廿四級）	四	八	十二	十七	／	／	／	／
二號（卅二級）	三	六	九	十二	十六	／	／	／
一號（四四級）	二	四	六	八	十	十二	／	／
初號（五六級）	／	三	五	六	八	十	十三	／
特號（六二級）	／	／	四	五	七	八	十	十二
超號（一百級）	／	／	／	四	五	六	八	十

刪字：不要的字用紅筆塗去。

刪段：刪去一段或數段，以紅筆將此段文字畫一個大框，中以紅筆打一個大「×」。

另行：原稿段落不分，或分得不對，編輯要將一段文字另行排出時，用紅筆在另行起頭的第一字上畫出「✓ ✓——」的符號。

復用：已用紅筆刪去之字，再用紅筆在字旁畫「△△△」，表示復原再用。如整段或數段文字均須復用，則在被刪的整段文字前上方，用紅筆寫出「以下照排」四字。

接文：在前文與後文中已刪去一段文字，為避免漏排，或二段連接成一段，用紅筆在前文最後一字，畫一個「S」符號，箭頭連到後方的最前一個字，表示連接。

顛倒：文中有字顛倒，或上下句必須互換，則用紅筆將要互換的字和句，畫一個「∽」符號。

未完：前發一稿，尚未結束，而續稿尚未譯出，為爭取排版時間，則用紅筆在前發之稿最後一句或一字下，劃一「→」，表示待續。

結束：一次發稿不用畫符號，分次發稿而至稿件全部發完時，用紅筆在稿子最後畫一「✓」符號，表示稿已發齊，不必再等。

續稿：從前一個版面轉到後一版面，前稿必須用紅筆在文後註明「（下轉第×版）」，後稿也必須在文前用紅筆註明「（上接第×版）」。如分二天刊載，第一天的稿子後要用紅筆註出「（未完待續）」；第二天在稿前註出「（續昨第×版）」，以表示稿件之來龍去脈。

補稿：前稿已發排，又發生新的變化，有新稿來到，舊稿不必取消時，補稿用紅筆註明「上接××題」。

校對符號有時編輯看大樣時亦用得到，茲述與編輯不同者於後：

刪字或刪文：刪一字用「〰」，用紅筆從刪去的字上勾出。刪一句時，先將此句用紅筆畫去，再從第一字上勾出「〰」。

倒字：排字排倒了，用紅筆在此字上牽出一線再加一符號「×」，表示此字倒了。

互換：用紅筆在顛倒的字上畫出「∽」，再用線勾出，加一符號「∽」，表示此二字互換。

漏字：在遺漏字之上一個字下，勾出一線，再加一符號「人」，將遺漏的字寫在這個缺一邊的三角中即可。

㈡製作標題用符號

字號：標題寫出後，用紅筆畫一「＼」，指出需要的字號。

「丨宋」、「㊀」、「①」——表示老宋體一號字。

「一正」、「丨正」——表示正楷一號字。

「初」、「特」——表示老體初號或特號。

「刂宋」、「㊁」、「⑪」——表示老宋體二號字。

「二仿」、「刂仿」——表示仿宋體二號字。

「二方」、「刂方」——表示黑體二號字。

題型：用以說明標題之大小、所佔欄數，及內容使用的形式。

「題六文五」——表示這則新聞是標題六欄高，文字是通五欄。

「題中央」——表示題要排在文中央。

「短欄」——表示這則新聞和文字都是短欄。

「題中央，文三分二」——表示這則新聞的內文文字將三欄變為二欄，也就是文排一欄半，題在文中央。

「題五，文四分三」——表示題是五欄高，文則以四欄分為三行通欄如前例所述。

「全二」——表示題與文均為二欄長，他如「全三」、「全四」等。

「上下框」、「二框」——表示這則新聞要加邊，「上下框」表示新聞之上緣及下緣加邊。「二框」表示四周都加邊，文題被包在框中間。這類新聞除特稿外，文都不長，所以編輯為了明瞭起見，在標題和文上下四周，再用紅筆畫出。

第六章　稿件的整理

一個編輯在編報時，最困擾的事情有二，一是稿件不足，一是稿子堆積在分稿人手中，不分下來。前者「稿件不足」，這是收集稿件的記者要負責任，而關於後者該來的稿件，眼睜睜的看它堆在分稿人桌上，自己這裡又時間緊迫，不但自己急，電腦打字員也在催。其中「急」的因素當然很多，原稿需要經過整理是最讓編輯坐立不安的原因。另外，由於原稿的撰寫人——記者——的程度參差不齊，這些稿件有含糊不清的，有不通順的，有不符編輯方針的，有錯字、別字，有不是新聞……等等，但在第二天的報紙上，卻不容許有任何差錯，千萬的讀者有千萬隻眼睛，可以看到任何有小誤謬的地方，事後的更正有時雖然可以澄清，但是對報社、或對編輯本身都是一大污點。

整理原稿有二大目的。一是發現原稿裡的錯誤，加以改正，一是閱讀原稿以了解全文的主要意義，以製作標題。但還是有一些編輯只把心思放在如何製作標題，和如何拼版上，因而看輕整理原稿的重要性，這實在是莫大的錯誤。一個能將原稿整理得清清楚楚，有條不紊的編輯，必定是一位好編輯，因為他能減低刊出新聞的錯誤，同時，他所製作的標題也較能合於文旨。

第一節　新聞內容的審核

新聞內容的審核，是由各版的主編負責，這是現今我國各報社所賦予各版編輯的最大權力，也是編輯的最重負擔。這項工作是原則性的工作，要具體的落實，端賴編輯本身的修養。玆就下列數點來討論新聞的審核方法：

㈠可靠性問題

可靠性的多寡可由新聞起頭的來源中探知，假如一則經濟新聞來源是經濟部部長，當然絕對可靠。一位參與殷墟挖掘工作的著名學者，對甲骨文一類文字的討論，即使編者本人不懂，也當然是可靠的。搞經濟的人，不宜亂談政治，搞政治的人，也不宜亂談文學，餘可類推。如果涉及了非個人專長的領域，雖然有時不見得很差，但總不及一位專家可靠。

㈡是否公正無私

通常這也很容易看得出來，如果這是一條牽連了兩方以上的糾紛新聞，如果新聞內容對一方加以說明解說，而棄另一方於不顧，顯然這條新聞是出之於記者的偏袒，是不完備的，也是不公正的。此外，還有某些「水準低」的記者經手「廣告新聞」、「人情新聞」，對於此編輯都應具慧眼加以剔除，否則有失報紙的清高立場。

㈢注意新聞報導的真實準確

新聞報導最重真實準確，不真實的報導即是謠言，而不能稱之為新聞，違反新聞報導的基本原則。甚至於新聞報導是否真實準確，雖是屬於採訪記者的責任，但編輯工作者負責審核報導內容，具有取捨的職權，必須保持高度的警覺。遇有可疑之處，應力求證實。藉以防杜虛偽的報導刊出，以致淆惑讀者聽聞，影響報紙聲譽。國內外通訊社所發的新聞稿，如認為新聞內容可疑，應設法求得證實，如當時無法證實（如外國通訊社所發之國際新聞），不予刊登又恐遺漏新聞時，可於登載時在標題中加「傳」、「聞」、「據聞」等字樣，以示並非肯定負責的報導。因為，報紙登載通訊社的新聞報導，如不確實，仍應負一部分責任。

㈣注意新聞報導的完整

一則新聞，不論報導是否詳盡，務必力求其完整，並且在一則新聞報導，透過五W一H所描述的新聞事件中，如發覺有其他應予報導，而缺漏的事項，亦應再請採訪工作人員，儘可能的予以補充。

㈤注意新聞報導的責任

新聞報導對國家及個人均負有責任，對此於第四章已加以敘述。而編輯工作者在審核每一條新聞內容時，應密切注意是否涉及違反這些原則，譬如是否公正客觀、是否違反國家或社會公眾的利益，有關軍事新聞的報導，是否洩漏國防機密；有關社會、犯罪新聞的報導，是否有誹謗、報紙審判之嫌……等等，這些涉及道德責任、法律責任的問題，如為採訪工作者所疏忽，編輯工作者應及時予以糾正。

㈥衡量新聞價值

通常一位專業的編輯，在整篇新聞閱讀完畢之後，首先他所要衡量的是這則新聞是否具有值得刊載的新聞價值，如果他認為可予以刊載，再衡量其新聞價值的高低，以決定報導的詳略、刊載的地位，和標題的大小。

第二節　原稿的文字整理

報社編輯部每天收到的新聞稿，包括：本報採訪工作者所撰寫的稿件、駐外埠記者的專電、通訊稿、本國通訊社電訊稿、本市新聞稿、外國通訊社的譯稿，以及各機關團體所發佈的新聞稿。這些稿件，有時內容會有重複，文字會有錯誤缺漏、拙劣不通，或者寫作方式不合新聞稿體裁，以及後來的稿件有新的發展等等，編輯必須加以適當的整理，始能刊出。一般外國大報社均設有「改寫人」(Rewrite Man)專任改寫稿件，我國因人員編制不足，完全是由編輯一人來負責這項工作，這些工作大概有如下幾件：

㈠剔除重複

一件新聞發生後，除係本報採訪工作者所獨得的「特訊」或「專訪」以外，大多數通訊社亦有大同小異的稿件發佈，而在處理這種稿件時，一般報紙編輯的習慣，是優先採用本報記者的採訪稿，但記者採訪角度、個人修養會有不同，有時通訊社的稿件中，會含有本報記者所未曾寫出的內容報導，這種情況下則應刪去重複的部分，予以補充在該稿之後，以求新聞報導的完整。又如一件重要新聞發生，採訪組常會派出數位記者，前往各不同的單位採訪，他們撰寫的新聞稿，因是對同一件事情，可能會有重複的記述，編輯此時應將重複的報導刪去，編成一項完整緊湊的新聞報導。

㈡刪除冗蕪

新聞稿的文字，以白話通俗、簡潔明達為主。誇張渲染，較不合乎新聞報導的原則，因而不必要的冗蕪詞句，或累贅的敘述、過多的形容詞描寫，均應刪除，以增加可讀性。但特寫稿、花邊新聞、趣味新聞，以及較重要的新聞、專欄版等，為使讀者獲得深刻印象，而必須作生動的記述和描寫，始能充分表達新聞內容時，則不在此限。

㈢改正錯誤

文字上的任何錯誤，是新聞稿最須避免的缺點，但採訪記者撰寫新聞稿，或是編譯工作者在解譯電訊時，由於時間均甚匆促，所以錯誤在所難免，即使是通訊社所發的稿件，雖然經過編輯、打字或繕寫、校對等程序，也難免會有錯誤之處，是故在審閱稿件時，必須注意改正，而一般來說，新聞稿可能發生的錯誤大致有：1.文句脫漏；2.別字、筆誤；3.文詞顛倒重複；4.電訊稿譯電錯誤；5.翻譯稿譯文錯誤或譯名不統一；6.人名、地名、機關名稱、職銜名稱等專門名詞的錯誤；7.數字計算錯誤；8.標點符號錯誤；9.傳真稿不清晰。

㈣修飾文字

新聞稿的文字，如有用字不妥、詞句欠通處，應加以修飾潤色，如全文程序紊亂，條理不清，或者不合新聞稿的寫作體裁，更應重行改寫。此外，外埠記者的電話稿，為節省費用，文字必須力求簡單明瞭，並著重於重點式的寫稿，有時編輯也應視其重要性的程度，加以詳略的補充及改寫，以求詞意明達。

㈤補充解釋資料

依照解釋性新聞的原則， 重要新聞或事件情節較為複雜的新聞，除了報導應力求周詳完整外，應當適當補充的若干背景資料，也可幫助讀者解釋新聞的前因後果，以增加新聞報導的深度，大體上來說，有些解釋性新聞，記者會自動在新聞內容中補充，但是有些則沒有，因此編輯有必要在這些新聞之前加以註釋，如係刊登通訊社的稿件，可用「編者按」、「本報按」等方式，字數過多時，可另撰特稿，配合新聞刊載。此項資料蒐集工作，為資料組工作人員的職責。此外如需照片或地圖配合，可通知資料組準備。

㈥撰寫綜合報導

情節複雜的重要新聞，特別是國際新聞，如在一天內收到的報導數量過多，內容又很凌亂，甚至有互相矛盾之處，為使讀者在開始閱讀這項新聞時，即能獲得概括的瞭解，可根據通訊社的報導，撰寫一則簡明扼要、提綱挈領的「綜合報導」，來把它排在這項新聞的前面；文中所引述的各通訊社報導，應註明各通訊社的名稱。由於這條新聞有時包含的來源很廣，故都在新聞之前冠以「本報綜合報導」。例如下面這則新聞，編輯手邊有許多各通訊社關於印尼總統瓦希德的稿件，便以「綜合報導」為來源，撰寫本文。

印尼政局

面臨彈劾 瓦希德決改組內閣

反擊奏效 國會態度已見軟化 突破府會對立僵局

【特約編譯孫克蔭／綜合報導】因貪汙醜聞和府會關係惡化而面臨遭彈劾的印尼總統瓦希德，決定以改組內閣突破府會對立僵局。這是瓦希德於二月廿二日動身訪問中東及非洲六國前一天在接見學生領袖時所透露的。他說，等他回國後將改組內閣。這顯示瓦希德認為自己對發動彈劾的國會領袖展開反擊奏效，國會態度已經軟化。

印尼有勢力的學生組織「民族學生運動」領袖索尼廿二日在記者會上公布他前一天晉見總統時的談話內容。據索尼表示，瓦希德知道支持和反對他的群衆如再繼續對立，國家將陷入大混亂的局面，因此他三月七日回國後，將著手進行內閣改組，以求打開僵局。

另一方面，印尼國家警察高層廿一日點名推動彈劾總統的國會議長、第二大黨戈爾卡從業集團主席譚君，指他涉嫌土地非法交易。警方還擺出準備調查第一大黨民主奮鬥黨領袖的姿態。這名警察高層指出，只要總統下令，立刻進行搜查。

由於瓦希德強烈反擊姿態明確，民主奮鬥黨副秘書長已改口表示「必須考慮避免讓國家分裂的方法」，其他一些原本反瓦希德態度強硬的國會議員也開始露出願意妥協的跡象。

對政局今後的發展，一位民主奮鬥黨重量級幹部指出，不外以下四種可能：一、內閣改組；二、總統將職權大幅委讓副總統；三、彈劾總統的手續繼續進行；四、總統主動辭職。

據一位親近瓦希德的內閣成員透露，在改組內閣時，民主奮鬥黨、戈爾卡從業集團、瓦希德的基盤政黨全國覺醒黨間將依在國會中的席次分配內閣職位，據說這種想法已告知領導民主奮鬥黨的副總統梅嘉娃蒂。

但由於梅嘉娃蒂曾於黨內再三強調，民主奮鬥黨於二〇〇四年下屆總統大選前不會參加內閣，擺出和瓦希德保持距離的姿態，因此梅嘉娃蒂是否會支持瓦希德的內閣改組還很難說。

另外，軍方對瓦希德的反彈也很強烈。因此瓦希德雖想藉內閣改組突破僵局，但未來政局如何發展尚難預料。

㈦合併同一新聞的數則稿件

編輯在遇到同一新聞，有數個來源，而又性質相同，便可決定予以合併報導，而只要製作一個標題即可，對讀者來說既省時，又可以一舉獲得所有想得到的消息。所以決定合併時，應注意其排列次序，也應注意其井然有序，簡言之，其原則如下：

⑴最重要可作為「主題」的報導，排在最前面。

⑵綜合扼要的報導，排在最前面，較詳細的記述排在後面，使讀者先獲悉新聞的梗概，再閱讀詳情。

⑶最新、最晚收到的報導排在最前面，依時間的先後，倒序排列，即最早的報導排在最後，這是因為越晚來的消息才是最新的新聞。

⑷本報記者訪稿或專電，排在通訊社稿之前，這是報社的自我標榜作用。

下面這則新聞是有關中共中央軍委副主席張萬年與俄羅斯總統普丁會晤，由於兩則通訊社稿件的分開報導都太小，但卻有相當的關聯性，因此予以合併處理。

與張萬年會晤後　普丁宣布

江澤民預計7月訪俄

法新社／莫斯科二十一日電　俄羅斯總統普丁今天在與來訪的中共中央軍委副主席張萬年會晤後宣佈，中共國家主席江澤民預計在今年七月訪問俄羅斯。

據俄羅斯伊塔－塔斯社報導，江澤民的這項訪問是去年七月普丁訪問中國大陸時，普丁當面向江澤民邀請的。普丁表示，俄中兩國領導人今年還將在上海舉行的國際會議上再度碰面。

大陸新聞中心／綜合莫斯科二十一日外電　中共軍委副主席張萬年今天與俄羅斯總理卡西亞諾夫會談時，談及新的軍購和兩國戰略伙伴關係。

張萬年和卡西亞諾夫檢討了兩國的軍事科技合作，其中包括中共購買俄國軍火的付款方式；兩人還討論擴大軍售問題。

在與俄羅斯國防部長謝吉耶夫會談時，張萬年強調，中俄兩國有著戰略伙伴關係，交流不斷有進展；兩人都批評了美國的國家飛彈防禦系統和北約擴張。

謝吉耶夫還透露，中共國家主席江澤民即將訪俄，訪問期間，雙方將簽署新的軍購協議。

同一天，俄國外長伊凡諾夫打電話給中共外長唐家璇；據俄方透露，兩人表示將在反對美國飛彈防禦計劃和支持七二年反彈道導彈條約上，加強合作；此外，俄方也邀請江澤民在今年內到訪。

第三節　製作標題及計算字數

根據對原稿的了解，編輯要給原稿一個題目，也就是標題，這是編輯這一天裡最重要的工作，新聞的要點、編輯對新聞的判斷，以及報社的立場、編輯方針、報紙風格等都是憑藉標題來表現，更是編輯展現自己才華的重要環結工作。編輯依據新聞價值的判斷，給予這些新聞稿一個較大或較小的標題，另外，同時也在概略的決定把這則新聞安放在版面某個適當的位置。因此，標題製作不但要好，而且要快，決不能花費長時間去推敲一兩個字的適合不適合，或苦思該用哪一個字。

而標題製作完了之後，便開始要計算新聞稿的字數。標題字數算法是以各號標題字所佔六號字的行數為準（見前章標題字的行數），例如二號字三欄題，則為三乘三乘九為八十一字（二號為三行字）。將標題字與原稿字數相加，寫在一張紙上。所有的稿子字數加在一起，即當天的那一版分來的稿子的字數。現在的中文報紙，採用六號字，全版是二十欄，一百二十行，每行九個字，因此全版應有二萬字才能將版面充滿。編輯在整理原稿時，也就是說在手邊的稿件字數，要在二萬字左右，才不會發生稿件不足，或字數過多的現象。

第七章　新聞標題

第一節　新聞標題的功用

俗話說:「佛要金裝，人要衣裝」，新聞標題正如同佛的金裝與人的衣裝，是整個新聞的寄託，如何將整個冷冰冰的，死的文字表現出活潑的氣氛，如何使讀者在報紙篇幅中，選擇要讀的新聞內容，標題實具有不可磨滅的功用。如果有人把社論稱為報紙的靈魂，那麼標題便是報紙的型態，型態的優美，更容易吸引別人的注意。以選美比作報紙的競爭，「最上鏡頭小姐」，經常是整個選美活動的第一個獎，雖然它並不一定是「世界小姐」的得主，但是她常是最引人注目的。❶

新聞標題在英美報紙稱為Head-line，其涵義應為「第一道界線」、「和諧的面貌」、「統率隊伍的領袖」及「行列的為首者」。意義雖各有不同，重要性卻是一致的，尤其今日之社會已由農業社會步入工業社會，人們在繁忙的生活中，勢必無法對一張報紙的每一則新聞皆詳加披閱，標題在報紙上的地位因而益增重要。一個好的編輯，對於標題的功用必須詳加研究，才能在製作標題時，有所依歸，表現出報紙的特色，吸引讀者的注意。❷

標題的功用，一般新聞學者認為下列幾種是其最主要的，茲分述如下:

---

❶ 《聯合報社刊》第118期，第二十六頁。

❷ 《報學》第三卷五期，第二十六頁。

㈠提示新聞的主要內容

《主動的編輯室》一書中說：「標題，必須以簡明精練的文字標出新聞的主要內容。」❸，標題是每一則新聞的縮影與代表，故而標題對於新聞內容來說，實賦有提示的作用。所謂提示，即心理學家所解釋的，將一件事實的主要意義，以刺激單純，簡單有力，使人易於把握中心的方式，直接提供於人。標題便是運用這一原理，將新聞內容提示給讀者。新聞標題的最高理想是，應將所表現的意義，在一瞬間，便可以為讀者全部無疑義的接受，因而觸發其閱讀全部內容的興趣。因此有學者說：「新聞標題是消息的準確反映。」

新聞標題的製作，在原則上是根據內容而產生，理應絕對忠實於內容，不渲染，不誇張，不作驚人之筆，要作到字字有根據，應以已發生的事實為主體，而對於推測、議論、傳說等，皆視為次要；在取材方面，應將新聞中之精粹部分提出，經過編輯的洗練和複製，標出事件的重心，而不涉及枝節和旁襯。

美國人一向被批評為是「標題讀者」，這雖然是對美國讀者的一種批評，但也是對美國編輯的一項讚揚。如果讀者只看標題，就可以得到一條新聞的輪廓，那麼這一標題就不能說沒有盡到作為新聞標題的職責了❹。由此可見新聞標題猶如讀書的提要，公文的摘要，必須掌握重心，提綱挈領，一針見血，以寥寥之幾個字，將主題完整獨立地表現出來，換言之，也就是繁忙的讀者看到了題目，即使不看新聞也知內容的梗概。

㈡衡量新聞的重要性

新聞標題有大有小，用字有強有弱，有強調的語氣，有平述的句子，這就是標題對新聞的重要性衡量。通常重要的會大、強，不重要的則小、弱，這其中有許多等級，從這些等級就可以看出新聞

❸　陳石安，《新聞編輯學》，第四五三頁。

❹　錢震，《新聞論》，第三五〇頁。

的重要性，價值的大小。而新聞事件的主要內容，可以透過標題，向讀者提示，一是新聞談的是什麼事，二是新聞事件的影響性。讀者便在這兩種提示中，決定自己是否有必要閱讀新聞內容。

㈢表現報紙的特色

每一家報紙都有其特色與風格，每一個編輯製作標題，也應該有其獨立的風格與特色。尤其是在一競爭激烈的時代，不但報紙與報紙間，甚至於編輯與編輯間，也是充滿了競爭。而新聞標題的製作是編輯依報社的編輯方針，對自己才華的一種發揮。通常新聞標題是報紙外貌的塑造者，將新聞標題的內容和形式，明顯的表現出報紙的風格，同時由它的形式變化及文字筆調，也可以領略出報紙的性質和立場。

美國報人荷爾康(Allan Holcom)說，「我們可由新聞標題的準確來判斷一家報紙，如果報紙的目的以娛樂大眾和使大眾吃驚為主，而以新聞報導為輔，則其標題必定充滿刺激的因素。當報紙以清晰的新聞透視為宗旨時，則標題作者必須努力地把握新聞報導的重點，用字正調，且竭力避免冗詞濫句和故作聰明的詞句。」

《主動的編輯室》一書也說：「有時，標題的製作，要依你服務的報紙而定。對於何者是一則新聞的重點，各報的看法頗不一致，由標題中可看出其不同的立場，也可看出各報的風格。」❺

㈣解釋新聞的中心意義

一則新聞在記者寫起來，雖然往往在第一段中會披露新聞的重點，但重要複雜的新聞，有時其中心意義，常不為讀者所瞭解或疏忽，有時記者根本未加任何提示，尤其是長篇的專欄，讀者可能看過前面的一段，在看後面的一段時卻忘了前段的重點，此時一個分段的小標題即能幫助他瞭解及記住整篇的重點所在，所以編輯製作的標題，即含有解釋說明新聞中心意義的任務與功能。

❺ 同註❸，第四五五頁。

(五)啟示新聞的發展趨勢

由於新聞標題本身具有綜合、歸納、說明和演繹的作用，不僅可表現過去及現在的情況，還可以從它身上領悟到可能的趨向，以及由事實本身所可能發生的影響。因此，對讀者來說，它負有啟示新聞趨勢的作用。當然這種啟示是來自編輯在對新聞內容及有關資料，判斷之後所得來的結果，而非編輯個人的臆想之詞。

(六)閱讀新聞的索引

報紙每日新聞繁多，讀者必定無閒功夫閱讀每則新聞，而這時新聞標題即擔負起索引的功能，在篇幅多，新聞性質複雜的今日，新聞標題的索引作用也愈來愈重要，可以說讀者是完全依靠新聞標題，來尋找、選擇他要細讀的新聞。

(七)美化報紙版面

試想如果一個版面上全是小字排成的新聞，而無新聞標題，那一定是非常難看的，可以稱之為「一片字海」也不為過。如此不要說是找不到想要看的新聞和遺漏了重要的新聞，也會更看了自己不必要看的新聞。而如果要是有了新聞標題，那就方便多了。此外有了新聞標題，會令人有醒目的感覺，而標題有了大小，則會令人有不呆板的感覺，大小標題如再均勻分配，那就更會令人有平衡舒適的感覺了。所以一個才華橫溢、技術優越的編輯，在標題的運用上，既能使讀者自心底產生共鳴，又能使讀者在感官上獲得舒適的享受，這樣的報紙，必能使人愛不釋手，讀者的比例亦會與日俱增。

第二節　新聞標題的製作原則

新聞標題製作上有幾項必須遵守的原則，若不加以注意，縱使製作了絕妙的標題，亦不能將功贖罪，茲將此等原則分述如下：

(一)正　確

正確是所有新聞內容的基本原則，新聞標題自不例外。中華民國報業道德規範第二項第八條:「標題必須與內容一致，不得誇大或失真。」

新聞標題是否能正確表達新聞報導的內容，有時會因編輯把握內容重點的不同，而有兩種意義相差很遠的標題。有一次美國大使Edwin O. Reishaners在日本發表談話，美國國內報紙根據同一新聞，出現意思互相矛盾的標題:

《華盛頓郵報》: R支持美國政府的對越政策。

《紐約時報》: R批評美國政府的對越政策。

在讀者方面而言，「支持」的意義是正面的，「批評」則是反對的。❻

有時編輯未細閱新聞內容，使得標題所寫內容與新聞迥異。例如某報刊載一則二十四小時超級馬拉松的報導。這項比賽是二十四小時內誰跑最遠者獲勝，而標題先是犯了「二百二十公里較勁」的錯誤，然後「跑出八小時零八分十六秒成佳績」亦是錯誤，因為此比賽是限時不限距離，而不比時間。

超級馬拉松220公里較勁 林義傑奪魁
出發後身體不適靠著旺盛意志力、跑出八小時零八分十六秒成佳績

❻　同註❸，第四五八頁。

編輯有時候為了遷就字數，屈指搔髮之餘，往往在不知不覺中把一個名詞，添加或減少一個字，這也是常見的事。比如省議員建議教員免繳薪資所得稅，就出現了這樣的一個一號字標題：

國民中學教員
免繳薪資所得

為了湊足每行六個字而硬把「稅」字省略，豈非削足適履，且此一新聞內容，亦僅係建議而已，文義全非。❼

不正確的新聞標題，刊登之後其後果是嚴重的：

⑴不正確的標題，常有歪曲事實的事情發生。標題所表示的，與內容記述的相矛盾，不符合，讀者如僅看標題，未讀內容，就會有錯誤的印象。

⑵讀者以標題為閱讀的索引， 新聞內容被加上錯誤的標題，因而改變了讀者的選擇，無異於殺死了新聞內容。

⑶大事做小題， 會使讀者在選擇閱讀時發生錯覺，因而放棄閱讀，也無異扼殺了重要的新聞。

⑷小事做大題， 雖然吸引讀者閱讀， 但是他們讀後感覺完全不是那一回事，後悔浪費時間去閱讀不需要的新聞，會有上當的反感。

⑸題文不符的新聞，會使讀者對報紙刊載新聞內容產生懷疑，而對報社不予信任，打擊報社聲譽。

㈡簡明扼要

標題是將新聞內容濃縮給讀者看，讓他們花最少的時間，瞭解整個新聞的內容。如果標題所提示的意義，不容易在一瞬間為讀者所接受，而必須在經過思索後，才能夠了解，這便算不得是好標題。

簡明扼要的目的，是使讀者一方面可以很快的找出他所急於想閱讀的新聞，一方面在他掃視全版時，可以節省閱讀時間。但是不

❼ 同註❷，第二十七頁。

能為了簡明扼要，而使表達的意義不全，或是不明，這種造成一字之差而含義全變的結果。如前所舉教師所得與所得稅之例。

扼要的標題，必須注意的，在標題表現中，不可遺漏重要的事實。尤其是一個包括著多條新聞的標題，如果製作不得當，未將重要的部分標出，讀者會因標題未表達出其要點，而放棄閱讀全部新聞，造成了標題抹殺新聞價值的毛病，或是令讀者誤解新聞內容。

例如最近棒球運動風行，但一場比賽下來，總有許多突發情形發生，使得標題不好落筆，某報有天刊出:「安打漏打犧牲打，上壘跑壘還盜壘，昨日一場棒戰亂糟糟」。像這樣的標題，雖然字意簡單，但因沒有說出新聞的本意，讓讀者看了有點不知所云。

㈢客觀公正

客觀、 公正是新聞工作者的信條，一般新聞學者均認為，除了在社論、 短評表現報紙言論的特殊範圍裡，新聞內容不應含有批評及意見，尤其更不可以含有編輯個人的主張。如果有私人偏見那當然更有失編輯的職責。通常標題，不作評論式的表現，即是不用評論意見作為新聞報導的標題。並且，標題的表達要儘量客觀， 不可以主觀的意見表露在標題上。聰明的讀者會在新聞內容的報導中即可知道所發生的事，誰是誰非。就如下面這個例子，即包含了編輯的主觀意見，編輯的意見並沒有錯，但不宜在標題中標明。

郵政去歲賺了四億
郵資今竟調高一倍
公用事業不應領導漲價

《主動的編輯室》一書中指出：「標題應絕對客觀，避免成見。『陸先生冷眼看種族政策』這一標題，即是含有成見的例子。」

(四)標題的內容重於形式

標題的製作，一方面固然要求生動，多變化，另一方面更要正確、簡明的表達其意義，所以內容重於形式。凡標題太過簡略無法表達新聞內容的意義時，即應考慮改變形式，做到以最簡潔的方式表達，不可因拘於形式，而使標題所表達的意思不全，使讀者的印象不夠明晰。這種現象以編輯在獲得一句好的成語或詩詞，想藉以做標題時最常見。這些人被稱為「鴛鴦蝴蝶派」，其用詞遣字，喜歡舞文弄墨，有時故弄玄虛，反而使人莫名其妙。如下則：

貧病使人兩瞶瞶，
愛心不止一眼眼，
蓬門霜寒傷秋水，
硯窗情熱噓春風。❽

這四句看起來像一首詩，事實上是一則標題，妙則妙矣，但若不讀下文「屏東一女生，面臨失明，學生齊捐款，挽救雙瞳」，相信誰看了以後都會莫知所云。這便是編輯一心想表現自已的國學根底，逮著了機會便緊握不放，生硬的將這些字堆砌成這則新聞的主題。事實上，不要主題，只要看副題，我們就可以瞭解整個新聞的內容了。

當然，若使用得宜時，仍可以創造情境。馬西屏曾在《新聞鏡週刊》上發表一篇：「世紀末消失的華麗——文學標題面面觀」，文中便主張利用散文詩式的標題，讓讀者體會情致。

(五)適　當

❽《中央月刊》第297期，第十～十一頁。

適當是指新聞標題的用字,篇幅大小要與新聞的重要性成正比,新聞內容的嚴肅、輕鬆,要與標題的嚴肅、輕鬆相配合。

一條重要性較大的新聞,標題便要在內容和形式上,表現出它的重要性,使讀者在選擇閱讀時,發現它的重要性,標題如果未充分表現出新聞內容的重要性,容易被讀者在選擇閱讀時忽略或放棄。一條重要性較小的新聞,不可做出形式和內容誇大的標題,也就是不能以標題誇大,渲染新聞報導的內容。一個誇大的標題,可以暫時吸引讀者的注意力,等他發現新聞內容不是那一回事時,便會有兩種感覺,一是編輯修養不夠,一是編輯故意欺騙讀者。

另外,嚴肅輕鬆之分,要小心謹慎,一則嚴肅的新聞內容,標上一個惹人發笑的標題,不但有損新聞的重要性,也有失報紙的立場。有些編輯,喜歡賣弄噱頭,有時惡作劇開玩笑過了頭,傷人於無形,本來一件事已令人難過、傷心,編輯再用文字一戲謔,完全失去人道立場。例如姚麗麗施行變性手術,某報編輯竟標出「肥了櫻桃,瘦了芭蕉」,「截長補短」這種不堪入目的字眼,竟然赫見於諸報紙頭條新聞,難怪讀者嗤之以鼻。萬一當事者看到了,原本就是一件難過的事,豈不更加難過。

又如臺南市端午節龍舟競賽的翻船案,三十餘名兒童慘遭溺斃,聞者心酸,某報編輯做的標題,竟是「怪怪弄的當,大夥見龍王」;完全幸災樂禍的口吻。若是該編輯的兒女亦在其中,一定會大聲疾呼該地安全設備不夠,怎麼也不會「怪怪弄的當」起來。

《主動的編輯室》一書中說:「標題必須反應新聞的性質,一個輕鬆的新聞標題,不適合一則嚴肅的新聞,而一個嚴肅的標題,又必然不能陪襯一則輕鬆幽默的新聞。」這是每一個編輯應牢記於心的。

㈥不能以偏概全

以偏概全是一種邏輯上的錯誤,給人的印象,好像個人或少數幾個人的事，變成為所有人的事，所以少數人的行為或個人的事件，不可以用概括的名稱來代表。

民國八十九年十二月二十三日《東森電子報》上有一則標題「鮭魚、鱸魚等14種市售海產魚類驗出殘毒」，依據內容得知其僅為抽查部分結果，並非全部。

㈦標題要有誘引力

有了美觀的標題，只會使讀者有光顧的可能，而不能主動的，積極的，甚至強迫性的來爭取讀者，所以，必須具有誘引力的標題，才能緊緊的抓住讀者。

標題要有誘引力，有兩種方法，一是引起注意，二是要生動。一般說來，被動的語氣往往沒有主動的語氣來得生動，標題要能引起注意，最直覺的是字體的變化，其次是排列的突出。例如黑體字比正體字有吸引力，用重複的印象就比單一的有吸引力。用一定的標題，加一個「?」或「!」，都是引起注意的方法。例如《紐約時報晚刊》，登載艾森豪決定競選總統的新聞，標題就是一個斗大的字「可」和一個「!」號(Fore!)。臺北市某報在一個短欄的火災新聞裡也有一個生動的標題：

火
火
火

如此的標題，不但有動的感覺，有讓人注意的型態，更對火災有生動的型態描述，比以往所常使用的火災標題單一個「火」字或「火災」要來得吸引人，活潑生動。

第三節　新聞標題的用字遣詞

新聞標題因版面的限制及為引起讀者的閱讀意願，明白扼要的表明新聞內容，在寫作時用字遣詞時與一般寫作新聞稿不同，與撰寫學術性文章當然更不相同，更不能與文章題目、摘要一樣，編輯要做到字字珠璣，字字計較，才能做出一個好題目來。

下列說明可應用於標題寫作的原則：

㈠文義完整

一個標題，無論是主題、副題、眉題、子題、分題，原則上應文義完整，包含主詞及述詞，在文法上、意義上都是一個獨立的句子。若因新聞內容繁多或有數條新聞併合，而無法在一個主題中完全表達，可應用兩行主題的方式，每行自成段落，自成一個獨立的句子，描述新聞內容裡的不同意義。

國內的報紙曾發生過這樣的問題。民國九十年一月份，各大媒體大幅報導一份研究報告，內容指出臺灣牡蠣含有汙染物，若每日攝取13.9公克，連續三十年，就會達到致癌的重金屬含量。但大部分媒體卻未留心研究假設，僅報導「致癌」部分；例如《中國時報》的標題即是「88年研究報告，臺灣牡蠣致癌風險偏高」。

這是很顯然的文義不全的例子。又如下例：

此則報導的標題第二行：「18億外交從何來?」若只看標題實在不知道18億是「美金」，還是「新臺幣」。並且會讓讀者誤以為外交部一年預算不到18億。

胡志強批宋

18億外交從何來？

【記者楊青佩台北報導】即將出任連蕭競選總幹事的外交部長胡志強今天上午接受電台訪問指出，他會投入選戰陣營，主要是在幾組總統參選人中做了決定，只有連蕭才是維繫社會安定、進步的動力；至於宋楚瑜日前批判「金援外交」一事，胡志強反駁指出，他任內致力去除金錢外交形象，且外交部一年的預算都沒有十八億，何來花十八億買個邦交國之說。胡志強對宋楚瑜同樣畢業於政大外交系，卻批評外交部拿十八億買一個邦交國之說反駁宋楚瑜「很不專業」，他說，外交部預算一年都沒有十八億，怎麼有本事拿十八億去買一個邦交國？

胡志強說，他在外交部長任內，最致力的是去除金錢外交印象，前年中共對非洲國家光是正貸款就八億四千萬美金，對亞洲國家則是十五億美金，我們的外交預算才不過六億美金，怎麼拿金錢去買邦交國呢？他說，金援外交與援外外交定義不同，希望大家不要用舊觀念，看待外交工作的新努力。

對於外界認為胡志強與章孝嚴有心結一事，胡志強強調，他和章孝嚴沒有心結，每次外交工作有好消息，例如我們和馬紹爾建交時，章孝嚴就是第一個打電話給他的人。

胡志強說，在國大延任案中，他是反對無記名投票的，國民黨動員他有去，其中黨籍通知要大家退席，他就退了，沒想到後來又再度回議會，他就沒再去了，沒想到延任案就在退席又回席混亂中過關。胡志強坦承國大延任案會是國民黨選戰中的包袱，他認為國民黨應該說明立場，也必須對外做一個說明。

胡志強說，超黨派是指無黨派，爭取非政黨人士的支持，其對政黨政治的影響，要看未來的發展。他強調，政黨政治經過多年的演進，有其穩定性及責任，所謂超政黨只是好聽而已。

㈡避免重複

新聞學家龐德說過:「重複使用同一的字彙，會令人感到單調和沉悶，所以今天作家多盡力變化字彙，以避免這種煩膩的感覺，作者要迎合讀者的脾胃，必須變換字彙，務使讀者的眼睛，一直感到新鮮，所以高明的作家，都喜歡用誘惑視覺的筆法。」❾

而新聞標題要避免字句的重複，有兩種情況，一是在同一則標題中，避免用相同的字。二是在一版之中，各標題間，避免使用同樣的字句。這是因為重複缺乏刺激性的緣故，而且相同字句的標題，讀者也容易發生錯覺，以為是同一新聞的重複。

例一即是重複的例子。

例子中的「公投」一共出現四次，易造成讀者疲乏之感，所幸編輯巧妙地運用字號、字體的不同，來減少對閱讀上的不適。

例二及例三是北市兩報關於同一新聞，所擬的標題，一則避開了重複使用「諮議」兩字的標題，一則是重複使用了「諮議」二字，我們可以在比較中，看出一則較活潑，另一則較為生硬。

例一

反對核四公投
國民黨贊同公投立法
強調核四案已紛擾百餘天　不應公投讓社會再動盪　新親兩黨反對訂公投法

---

❾　同註❸，第四八二頁。

例二

中研院設諮議委會
聘任廿位諮議委員

【台北訊】中央研究院第十屆評議員第一次會議，昨天通過聘任國內外專家學者二十人，担任新成立的諮議委員會委員，積極推展各項工作。

二十位諮議委員大多爲中研院院士或現任評議員。他們是：㈠數理組：吳大猷、徐賢修、閻振興、阮維周、盧兆中、郝履成、凌鴻勛等七人。㈡生物組：李崇道、陳雪屏、葉曙、魏火曜、王世中、盧致德等六人。㈢人文組：葉公超、高化臣、蔣碩傑、李榦、于宗先、屈萬里、李濟等七人。

中研院諮議委員會的主要任務，是接受政府委託，對國家建設問題作研究、審議、設計的工作，並接受十位院士以上聯署或評議會的提議，研討有關國家學術、建設問題，向政府提出報告，備供參考。主任委員由中研院院長兼任，並從諮議委員中聘任一人担任執行秘書。有關組織的辦法，已於去年年底通過。

例三

中研院評議員會議
選出廿位諮議委員

中研院今天開第十屆評議員第一次會議，依據去年底通過的中研院諮議委員會組織辦法，在錢思亮院長提名的四十五位院士、評議員及研究員中，通過選出了廿位諮議委員，將由中研院聘任。

中研院表示，還將由諮議委員中選出一位執行祕書，由院長聘任後，再正式召開諮議委員會成立會議，這個國內第一個諮議委員會，才算正式成立。

今天有卅六位評議員出席了會議，並聽取會務報告，及將在十四日到十六日召開的第十三次院士會議的籌備情形，指出海內外已有五十二位院士，決定參加這項會議，包括卅二位海外院士及廿位國內院士，他們將在十七位已制定的新院士候選人名單中，選出第十二屆院士。至於不能回國參加會議的院士，已將選舉新院士的通訊投票，陸續寄給中研院。

〔中央社台北一日電〕中央研究院諮議委員會的委員今天產生，包括數理組及人文組各七人、生物組六人，共有廿位。

他們將接受政府委託，對國家建設問題作研究審查及設計工作，並接受院士或評議會提議，研討有關國家學術建設問題，向政府提出報告，備供參考。這廿位委員是：

數理組：吳大猷、徐賢修、閻振興、阮維周、盧兆中、郝履成及凌鴻勛。

生物組：李崇道、陳雪屏、葉曙、魏火曜、王世中及盧致德。

人文組：葉公超、高化臣、蔣碩傑、李榦、于宗先、屈萬里及李濟。

同義字的應用，也是避免重複的方法。如下例：「兒童」與「小孩」，就是應用同義字而避免了重複使用「兒童」這個詞的結果。

食品廣告搬上電視
畫面口沫橫飛教人吃不釋手・

勾引兒童垂涎三尺
影響正常食慾危害小孩健康

㈢合乎閱讀心理與習慣

各國人種由於使用不同的言詞，有不同的閱讀習慣與共同的閱讀心理：

中文是由單一的字或詞，組合成為句子。學習速讀的人便知道，速讀是一方面注意重要的「字」、「數」，一方面是看一個字組，而非一字一字的讀，一般人的習慣也是以字組來瞭解意義， 例如看到「掛羊頭」，不用看下文，讀者即會了解為「掛羊頭，賣狗肉」，而不必逐字去看。下面即例舉在這方面應注意的要項：

1. 使用一般程度能了解的字組，應用於標題製作，不要只用一字一字的瞭解再組合含義的標題。

2. 長行的標題應由幾個字組聯合在一起，避免讀者分開數次去看一行標題，以三個字或四個字的字組最易閱讀與瞭解。如右例，讀者閱讀時，「新建

生醫科技夢幻隊成軍
新建堤防仍有未盡妥善之處

堤防」可以一眼看出含義，但接著的「仍有未盡妥善之處」，則需一字一頓的去瞭解，而無法以字組去了解含義。

這個例子，沒有給人頓挫之處，閱讀起來，極為不便。下面的例子，則恰分三段，字雖多，但分三次三個字組就可以將全部的意義了解。「生醫科技」是一個，「夢幻隊」是第二個，「成軍」是第三個，目光只要頓三次即可。

3. 花式標題，不宜過度改變閱讀方向

眼睛注意一件事物時，越留神，越靜止不動，而眨動一次即分散一次注意力，錯過某些事物，浪費一些時間，閱讀即會受到挫折。原則上花式標題可以使版面顯得活潑，也可調劑閱讀情緒，但過度的變化，對閱讀的人而言，是一種很大的障礙。

例一

有效支援中小企業

決發行卌億元金融債券

例二

聯勤軍車廠

下月併入台機公司

例三

魚刺鯁喉

喝醋無效

吳興國小

實驗證明

上面三個例子在閱讀時，都是要經過數次的轉折，無法在一次或兩次閱讀完畢。尤其第一例，不但眼光要數次轉折，甚至於對字組的意義了解，也被截斷了。「發行」一詞，「發」字在上一行，「行」字在下一行，與同行的「決」與「卅」都毫無關連，因此閱讀起來，比一個長行的大標題還要費力，如此的製作吃力不討好。

4.簡縮字運用

由於標題字數限制，將一些人名、地名、物名、會議名、事件代表的總稱等名詞，在標題上出現時，多被節縮以求簡短，節餘空間作別的用途。

例如「安全理事會」簡稱「安理會」，「青年輔導委員會」稱「青輔會」等。

利凱名提希布　卿助太亞

又例如上例中的「亞太助卿」，即是「國務院主管東亞及太平洋事務的助理國務卿」。這種簡縮字的運用要與一般習慣用法相應合，若違反了一般的習慣，如「安理會」縮為「安全會」即不會被讀者所了解，有礙閱讀。這些習慣用的簡縮字也是由報紙的編輯所創造出來。因此，對於一個新的簡縮的創造，編輯應注意簡縮的字要能望文生義，例如行政院經濟建設委員會，簡縮為「經建會」，按中文的詞彙，即能讓人了解是為「經濟建設委員會」。

另外一種簡縮字的運用是在標題字數超過一個或二個字時使用。這就得靠編輯本身的國學造詣了。例如「中視昨日成立。釣魚俱樂部」，分成二行題時，前行正巧多了一個字，編輯便以「頃」或「昨」來代替「昨日」，使整句成為「中視昨成立」，如此一來前後兩行的字數便相同了。又如「說明」、「表示」用「稱」、「謂」來表示。

5.其他標題用字應注意事項

(1)使用為一般人常識範圍內能了解的字；中文不是拼音字母所

形成的，而是由象形文字演變而成，單字相當多，一個中文博士也不見得能將所有中文字都記在腦子裡，一般人更不用談了。因此，使用受基本教育程度能看得懂的字，是新聞工作者應注意的事。

報協第二屆年會通過成立專案小組，研究整理新聞常用字，其理想有二：一為推行新聞文字通俗化，以擴大讀者範圍；一為謀求印刷排字技術的改進，在第三屆年會中，順利的通過了三千個新聞基本常用字，為我中文報業推行新聞文字通俗化，及改進中文排字印刷技術，開闢了新的途徑，亦為世界中文報業協會所欲致力的目標，奠定了基礎。[10]

報協沒有權利要求或命令報社及編輯人員，在編寫報紙時採用這常用的三千字。因此，只有編寫人員在私下注意使用的字是否合於閱讀，以提高報紙的可讀性。

(2)避免粗俗、不雅、過於刺激的字眼出現，尤其是標題字較內文大，在新聞版面上顯出了不雅的大字，在讀者眼中也許有刺激的作用，但對整個版面而言，嚴重破壞版面美觀，對報紙而言，降低報格。

(3)兩行字數相等的標題，在可能的情況下，可力求二行字有「對聯」的味道，使人讀起來有韻律，易於記憶，也易於了解。

例一

情色畢卡索彩繪花都
暴力陳界仁影響巴黎

例一中，「情色」對上「暴力」；「畢卡索」對上「陳界仁」；「彩繪花都」對上「影響巴黎」。

這是中文標題的最大特色。但是這種方式決不能勉強使用，因為這種新聞標題可遇不可求，可以表現編輯的國學程度，有些編輯有了第一行，便拼命絞盡腦汁，作出第二行來。這種情況易使作出的標題含義曖昧，表現不出新聞內文的主題。

[10] 劉光炎，《新聞學講話》，第一四六頁。

此外，近年來，許多報紙標題對聯方式，由同一標題轉成兩則新聞標題對聯，如例二。

例二

香港與爭議性的傳媒集團登台

壹傳媒 來台搶灘

台灣第一家網路原生媒體 解散

明日報 宣布關閉

⑷成語典故的運用：我國的成語、典故、俗話，通常都是在短短四、五個字中，表現了很多含義，且又廣泛流行於民間，一則含意複雜的新聞，常常可以找到一個成語、典故，便能淋漓盡致的表達這則新聞內容，又被一般讀者所了解。所以在標題中恰當的運用成語典故，可以省字，又可增意，但最重要的是運用要適當。

⑸不使用模稜兩可的字眼、不切實際的字句、陳腔濫調等做標題。如「三、四萬人」、「空前」、「無比」、「盡歡而散」、「圓滿閉幕」等，給人的印象不但是語焉不詳，更讓人有草率從事之感。

第四節　新聞標題的基本結構

在瞭解標題的類型與製作標題之前先要瞭解標題的基本構造。標題的基本構造可分為主題、副題、引題（眉題）、子題（說明題）等四部分組成，以下作分別的說明。

㈠主　題

標題不管如何的變化，一定有一行字是一定存在的，是標題的主幹，他的主要意義整個涵蓋了新聞內容裡的事件中心，發展最成熟的部分，最重要的部分，時間上最新發生，最具體，最被人重視的部分。在整個標題中，居於最顯著的部位，所用的字體也是這個標題中最大的字號。這一行標題字，我們稱之為「主題」。

任何一則新聞標題都不能缺少主題，它可以單獨存在成為新聞標題，也可以由其他副題、子題、眉題做進一步的說明，也可以沒有。它必須是一個表現完整意義的句子，可以獨立的句子，而負起說明一件事實的主要部分大意的責任。

例一為單獨成一標題之主題；例二為一主題一副題，主題為「農會選舉涉賄選，兩人收押」；例三為兩行主題。

例一

停車補費期限 四月起減為八天

【記者周繼新／台北報導】現行路邊停車繳費或補費時間，前後合計十天，四月一日起，取消後三天至該處松德大樓補繳緩衝期，但原本七天的繳費期限延長為八天。

停管處預計以一個月的時間加強宣導，提醒駕駛人養成拿到停車補費單後盡速繳費的習慣。該處說，目前全省共有五千三百多個民間代收據點提供繳費服務，包括大型連鎖超商門市、中油加油站及部分民營加油站，此外，北市公有路外停車場也受理繳費，四月起，若超過八天未繳交停車費，將依法開單告發，罰鍰新台幣六百元。

目前駕駛人在路邊收費停車格位停車，拿到繳費或補費單後，有七天繳費期限，期間駕駛人可前往民間代收據點繳款，但停管處為方便駕駛人，另提供三天緩衝期，即第八天起至第十天可至該處松德大樓一樓服務台繳費。

今年春節過後，松德大樓湧進大批補繳停車費駕駛人，造成周邊的信義路及松德路交通癱瘓。

停管處分析原因指出，許多民眾不清楚全省有五千三百多個據點受理繳交停車費，再加上七天後還有三天緩衝期，使得許多駕駛人養成依賴心理，以致春節假期結束後，全數湧現，造成該處業務量激增，同時嚴重影響周邊交通。

停管處事後研擬調整現行補繳停車費措施，從十天縮短為八天，即取消後三天至該處補繳的緩衝期，但將原本正常的七天期限增加為八天，全案已獲市長批准，該處將三月列為重點宣導月分，包括廣播、在各停車地點張貼告示海報、在車輛上夾單等，四月一日起實施。

例二

農會選舉涉賄選 兩人收押

後壁、永康都傳有人被搓掉 把錢捐地方或廟宇 十二人訊後飭回

例三

遊民健康拉警報
超過七成有問題

㈡副　題

副題是次重要的新聞內容，編輯認為亦應讓讀者注意乃在標題中標出，但其重要性不如主題，因此字號較小，排列地位亦在主題之後。主題的選擇與副題的區分在次節中將另予討論。

例一中的「大考時……法律夢」與例二中的「另設室內……商業功能的綜合車站」皆為副題。

例一

陳俊翰成績 多爲最高級

大考時將爭取口述代筆 一圓台大法律夢

例二

高鐵青埔站唯一地下化車站

另設室內主題園區 包括購物中心和影城 完工後將成集交通、商業功能的綜合車站

㈢引題（眉題）

主題因受句子字數的限制，只能將新聞中心部分表現出來，其他的如原因、起源、前言、主體的人物、地點、時間、因果關係、消息來源、必要的評論等，都由標題中的引題來表現，藉使主題更為明顯。

例一中，表明新聞來源；例二為新聞主題之原因。

例一

郝柏村

：國統綱領是歷史重要文件

例二

小三通後遺症

金門將成兩岸犯罪跳板

調查局發現大批不良份子遷籍、使用假證件 變身成「金門人」藉以掩護走私、偷渡等犯罪行為

引題被稱為「眉題」的原因，是它的位置有時被放在整個標題之上，好像眼眉毛般橫列，如下例：

躁鬱症

平均年齡44歲

自殺死亡率高

㈣子題（說明題）

子題又稱說明題，望文思義，就可以知道是主題或副題的進一步說明，性質上與引題有相同的功能，引題是主題的前題，子題是主題或副題的補充；用字較小，跟在副題之後，字數較多。

下面這幾個標題的較小字號，如「可能影響對台軍售」，「立委抨擊有賺取高額報名費之嫌」均為說明題。

鮑爾談撞機 首度說SORRY

稱對生命損失抱歉 但與道歉不同 並指若續羈押機員 可能影響對台軍售

國小師資學分班擬聯招

致遠學院搶先開班 立委抨擊有賺取高額報名費之嫌

第五節　新聞標題的類型

標題以大小來分有一欄、三欄……六欄，超過六欄的標題很少使用，其因是閱讀不方便。下面例舉六欄題、三欄題及一欄題各一個。

六欄題

學測中心

調降規費 影響命題品質

技專學院21類、41考科、試務人員逾萬 與大考6科不能相提並論

一欄題

鄭貞銘新著闡述「E世紀」

■網路與電腦新科技最近雖然遭遇市場瓶頸，但無可否認，它們都是重要的資訊和知識傳播管道，而且將對未來人類的文化發展產生深遠影響。有鑒於此，傳播學教授鄭貞銘最近發表了一本「E世紀贏的策略」新書，闡釋網際網路的各種面向。鄭貞銘指出，網路帶給許多人成功，而它快捷而無遠弗屆的特性，也讓知識更普及於一般大眾。不過，網路的硬體設備甚至應用方式並非一般人所能迅速掌握，結果可能造成一批科技文盲。在這本新書中，鄭貞銘分析了如何藉由宗教、文學、藝術、哲學來培養思考與判斷能力，對E世代的民眾而言，這是重要的課題。（潘罡）

三欄題

教育部921新校園成果展

游錫堃讚以時間換品質

標題所佔欄數可以有上述幾種類型，但是為求版面的活潑生動，各種類型的標題便應運而生，現在就分述如下：

(一)直　題

如前述三、六兩種欄題即是直題形式，字是由上往下排列，這是中文標題的最基本類型。

(二)橫　題

橫題無法以欄數來計算，所以橫題的字數限制不大，只要將主題、副題、子題字數配合得宜即可，上頁一欄題即為橫題。下例亦為橫題之實例。

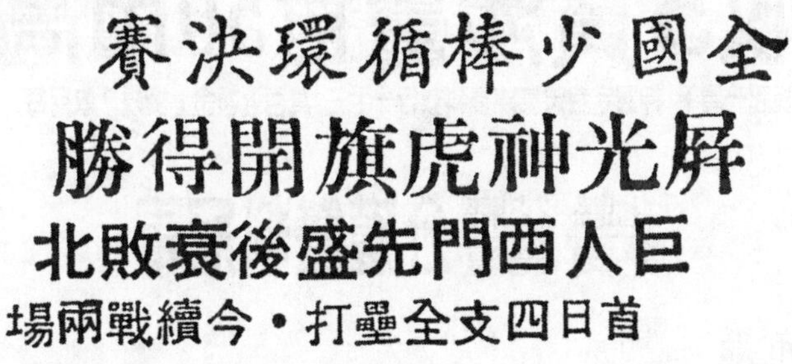
全國少棒循環決賽
屏光神虎旗開得勝
巨人西門先盛後衰敗北
首日四支全壘打・今續戰兩場

(三)橫直題

橫題與直題並用。

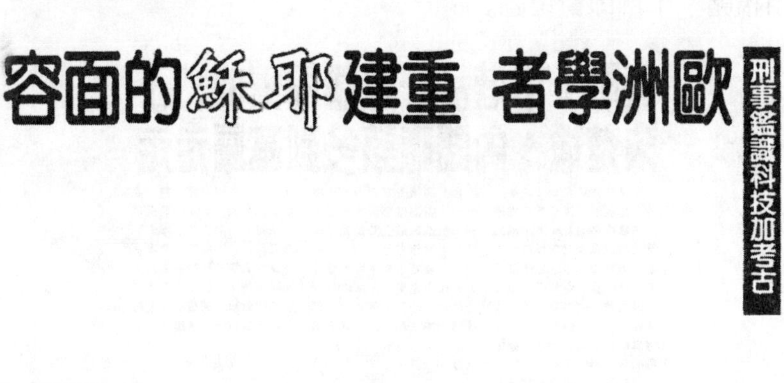
刑事鑑識科技加考古
歐洲學者　重建耶穌的面容

(四)疊字題

疊字題有橫式與直式疊字兩種。使用要點是同行或同列的兩字必須構成一詞，不能將一個詞的兩字分別在不同的行列裡。疊字的標題在閱讀時，造成視線的數次轉折，有礙讀者情緒，不宜多用。下例一、二、三是橫式疊題。

例一

勇士投打齊開弓
中止對戰四連敗
蔡士勤變臉
雷公變盤

例二

包庇色情
集體索賄
高市50官警涉貪5收押
每月收「規費」金額近百萬 三毛一行政科長陳德忠裁定羈押 下周一起擴大約談

例三

北縣光興 花縣光復
分獲雙料冠軍

㈤對角題

對角題一般多用在數則新聞集合在一起的新聞集錦裡，因此事實上它們是數則新聞的標題，被放在文的右上角及左下角，一般都使用橫題。下例即對角題。

連戰：市港合一是國民黨的點子
宋楚瑜：內閣應該多到基層走走

【記者吳瑞文台北報導】針對行政院有意在近日內通過高雄市市港合一案，國民黨主席連戰今天不以爲然地說，市港合一本來就是國民黨重要政見，由於國民黨在大選失敗，這件案子才被迫停頓，他說，由此可看出民進黨政府的無能表現、該推動的事卻無法推動。

連戰說，市港合一理念是國民黨支持與贊成的，這是國民黨一貫立場，但如何做，這是行政部門的責任。中常委陳健治也批評，假如市港合一高雄市府主張的市港合一，對高雄市民非一定有利，民進黨最主要是要用眼前的選票作考量。

【記者姜崇仁中縣報導】針對民主進步黨主席謝長廷公開批評政務官喝紅酒、打橋牌一事，親民黨主席宋楚瑜今天上午也同聲批判中央官員喝紅酒、不知民間疾苦；他認爲內閣官員應該多到基層走走，不能閉門造車。他在大安鄉公所談到當前失業問題時，也提到當前人民要恢復對政府的信心，並呼籲政府要對關心基層。

反對米酒入 WTO 前漲價
大專院校學生赴立院抗議

㈥中心題

即將標題放置在文的中央，使用的主要目的是調節版面碰到「頂題」的時候，可以錯開相頂的兩標題。

例一與例二皆為中心題之型式。

例一

趙耀東：政治目的不擇手段 憂心中鋼從此衰敗

（謝志岳／臺北訊）對於中鋼公司變天，一手創辦中鋼公司的前經濟部長趙耀東昨日質疑，這次中鋼高層人事的調整，是基於政治目的而非經濟目的。他批評執政的民進黨「不擇手段」，並認爲今日的失敗，已是臺灣鋼鐵業的衰敗。

趙耀東昨日接受電台訪問時表示，這次改選，不是新任董事長郭炎土的個人對錯問題，而是執政黨的問題。他質疑郭炎土上任後如何領導中鋼？

如果郭炎土順從執政黨的意思去做，中鋼絕對沒有前途，將步入不可救藥的地步？但郭炎土如果不順從執政黨，他是否有能力挺得住？而執政黨又是否有雅量？

趙耀東說，政府對中鋼人事所做的決策，等於以意識形態掛帥，與停建核四是一樣危險。他說，中鋼不是行政機構，而是一個事業體，應該以經濟手段解決，而不能以政治目的來作人事的調整。

趙耀東說，執政黨當然可以更換中鋼董事長，但執政黨的做法，卻是違背經濟原則，將來，當政治利益與國家經濟利益有所衝突時，郭炎土該怎麼做？

例二

有線電視 公益頻道 四月中開播

頻道77 金溥聰強調完全市民取向 不做商業廣告

（記者黃星若／台北報導）台北市有線電視公益頻道即將開播了！從四月十五日起，七十七頻道將成爲公益頻道，供市民使用。這個頻道將沒有任何商業廣告，完全播放公益的、市民的節目，將來，各校的畢業典禮和畢業生作品展，都可以在這個市民共有的頻道上播出。

在台北市政府新聞處強力要求下，東森、和信兩大有線電視集團與聯維有線電視，已同意釋出第七十七頻道作爲公益頻道，台北市新聞處長金溥聰說，系統業者在行政院新聞局核發營運執照時，就已允諾釋出公益頻道回饋民衆，但過去一直沒有地方政府具體要求；經台北市政府強力溝通，終於與業者取得共識。

由於有線電視頻道價格高，業者對於節目內容品質有很高的期待，金溥聰卻堅持公益頻道必須著重市民取向，只要節目內容不違反公序良俗即可。在播出內容方面，未來台北市將由學者專家級系統業者共同成立專責的委員會，決定公益頻道節目播放原則，新聞處僅派代表列席。新聞處目前已開始著手整理市府過去拍攝的影帶，從四月十五日起播放。金溥聰指出，這個公益頻道完全不會有任何商業廣告，僅會播出公益廣告。

對於未來播放的內容，市府將行文給大專院校、國家電影資料館、公共電視台及各社區協會，說明公益頻道性質，歡迎各界提供適當的影片。「即使市民拿自己拍的V8來託播，也沒有什麼不可以」金溥聰如此表示。

㈦提要式子題

這種提要式子題，應用於新聞內容含義深廣、複雜的時候，以此形式只要用兩行或三行來說明即可，因字號較小，說明得較詳細，有時三行的大字子題，用提要式子題，只須二行就夠了，不但節省版面，且生動、具體，對讀者而言便利不少。下例即提要式子題。

縮小綜所稅營所稅稅率差距 財部提兩方案

①未分配盈餘加徵10％取消 提高營所稅率至30％ ②計稅改採財務會計原則

【記者李莉珩／台北報導】為了落實全國經濟發展會議結論之一：縮小綜合所得稅率和營利事業所得稅率的差距，財政部已擬訂兩大方案，一是取消「企業未分配盈餘加徵百分之十」規定但提高營所稅稅率，由現行百分之廿五提高到卅，享有促進產業升級條例免稅優惠者改為最低稅率至少百分之五；二是維持現行未分配盈餘加徵百分之十稅率，但企業計稅標準改採「財務會計」原則。

財政部表示，我國已實施兩稅合一制度。為彌補兩稅合一制度造成的鉅額稅收損失，當初財政部規定對「企業未分配盈餘加徵百分之十」。不過，這幾年不斷有會計師業者和企業家反映，對未分配盈餘加徵百分之十的稅務相當繁瑣，徒增稅務行政與會計作業困擾，因此不斷建議政府改進。

在兼顧解決業者困擾、及維持政府稅收穩定的原則下，財政部已研擬兩大方案，在本周舉辦公聽會聽取各界意見。

財政部強調，兩稅合一制度後，公司階段已繳交的營所稅，將可交由股東扣抵個人綜所稅，因此即使提高營所稅稅率，但因為公司增加的稅負成本，可由股東扣抵個人綜所稅，因此最終稅負成本原則上不致提高。

至於綜所稅率方面，財政部指出，現階段綜所稅率沒有調降空間，因此「縮短綜所稅率和營所稅率差距」的前提，是不宜降低綜所稅稅率。

財政部本周四將舉辦大規模公聽會，邀集三大工商團體負責人、各政黨立院黨團代表、會計師公會、記帳工會、財金學者劉憶如、陳聽安、曾巨威、黃世鑫等人，以及經濟部、交通部、內政部、國科會、證期會等單位，研商「縮短綜所稅率和營所稅率差距」方案。

財政部的方案如下：

一、取消兩稅合一制度下對企業未分配盈餘加徵百分之十的稅率；另將修改所得稅法，提高營利事業所得稅率，由現行百分之廿五提高至百分之卅。但目前不少重要科技事業仍享有營所稅免稅優惠，為使賦稅負擔不致只落在傳統產業和中小企業，財政部也建議修改促進產業升級條例，讓重要科技事業的租稅負擔至少為稅率百分之五，不再繼續享有免稅優惠。

二、維持現行企業未分配盈餘加徵百分之十稅率規定；但企業會計原則改採「財務會計」原則，企業各項支出將可實銷實報，不再使用現行稅務會計制度下種種支出申報設限額的規定。　相關新聞見二版

㈧分　題

分題是在一條新聞內容很長，包含的意義很複雜時使用。其方法是在每一段落另標一個獨立的標題，說明該段落的重點，彌補原標題不足之處，形式比原標題為小，例如原標題是三欄題，則分題使用二欄題；內容與原標題不重疊，有它獨立的意義，結構上也有主題、副題、說明題等，有時也有單行主題，統一的字號，字體作兩個以上的分題，但這麼長的新聞並不多見。

下例都是分題的實例：⓫

例一

徐維志奪標　反彈聲浪四起

決標過程全程錄影、錄音，曾志朗、范巽綠缺席，首期工程八個月後完成，92年底全部竣工，方圓事務所抨擊評選武斷難服衆。

例二

百業蕭條　25年新低

全球景氣降溫缺動能外貿受重創民間消費保守
臺經院調查顯示廠商多悲觀投資人信心仍不足

首季成長率1.06%　保五落空

主計處：全年經濟成長大幅下修4.02%

（康孟芬／臺北訊）行政院主計處昨日審議國民所得統計及國內經濟情勢，全年經濟成長由百分之五點二五，大幅向下修正爲百分之四點零二，係民國七十二年以來最低紀錄，而第一季經濟成長出乎意料僅有百分之一點零六，則是民國六十五年以來最低紀錄，顯示國內經濟如溜滑梯般滑落。

國內經濟情勢十分低迷，根據台灣經濟研究院調查，廠商不但對現今景氣感到保守，對未來半年景氣也趨於保守態度，投資人信心仍嫌不足。

主計處認爲，在去年第二季比較基期較低，第二季經濟成長應有百分之三點二六，但目前所有領先指標（如外銷訂單、工業生產指數、貨幣放款變動率）均不理想，也因此，臺經院長吳榮義會表示，第二季與第一季相差不多。

主計處公布今年經濟成長率推估只有百分之四點零二，行政院「保五」的願望破滅，主計長林全說，主要是美國景氣急速降溫，全球經濟缺乏動能，使得我國外貿受創甚深，在財富縮水的效應下，民間消費保守。

經濟成長百分之四點零二的預估包含目前卡在「擴大公共投資提振景氣方案」無法執行的部分，主計處預估，下半年可執行五百億元，對經濟有零點四至零點五個百分點的幫助。

林全指出，美國自去年第四季以來，高科技產業獲利大幅衰退，裁員與關廠動作不斷，導致投資下挫，民間消費轉趨保守，企業則大幅縮減資本支出，爲遏止景氣下滑速度，美國聯邦準備理事會（FED）自年初以來五度大幅調降利率，加上布希政府推動減稅方案通過在即，其效果將呈遞延，因此美國今年經濟情勢不容樂觀。

而亞太新地國家多以美、日爲主要出口市場，外貿首當其衝。臺灣就是個實例，我國資訊產品出口比重近年來，自八十一年的百分之十八點五，上升至八十九年的百分之三十四點五，以主要外銷美、日，受到影響甚大。

而內需方面，財富縮水遞延效應及失業率持續攀升，使得消費支出益趨保守，餐飲業、零售業及批發業之營業額均走低，爲刺激國內民間消費，政府提高公務人員強制休假日數及施行國內旅遊補助，加上年底縣市長與立委選舉活動，亦可拉抬民間消費效果，預估今年民間消費增加百分之四點七。

當前民間投資躊躇不前，主要是對大環境不佳，廠商採取縮減、延緩或取消投資的保守策略，加上傳統產業轉型不易，與廠商外移，使得整體民間投資動能不足，主計處推估今年民間投資將與去年（百分之十三點七）形成對照組，沒成長還衰退百分之一點二。

（相關新聞刊第三、六版）

⓫　同註❸，第五二六頁。

例三

新閣員核能觀

郝龍斌：希望核電提前除役
胡錦標：中立專業角度監督
魏哲和：支持非核但未反核

（王家俊／臺北訊）民進黨籍立委陳其邁等人昨日在立法院進行施政總質詢質疑環保署長郝龍斌等三位新上任閣員的反核立場，郝龍斌答詢時表示，環保署的立場絕對反核，支持非核家園理念，希望核一、核二、核三廠提早除役，在能源不匱乏之下，也希望核四能提早除役。

行政院原子能委員會主任委員胡錦標則表示，他現在的職務既不應擁核也不應反核，維持絕對中立才能以專業角度執行安全監督管制工作。他表示，很多反核人士因為他核發核四建照就認為他擁核的推論不公平。

行政院國科會主委魏哲和則強調，他對核能並未有深入的研究，他支持非核家園的理念，但不等於就支持反核。

郝龍斌表示，核四目前是續建的狀況，環保署一定依法行事，除非重大計畫變更，環保署只有照環境影響評估法嚴加監督核四完全符合環保規定，對不符合法令部分實施必要處罰。他說，環保署立場絕對反核，支持非核家園理念，核四興建要嚴加監督，希望核一、核二、核三廠提早除役，在能源不匱乏之下，也希望核四能提早除役，但真正要做的是節約能源。

（中央社／臺北訊）行政院環境保護署長郝龍斌昨天上午表示，墾丁貨輪油污處理，前環保署長林俊義進駐後，做得非常好，應該讓大家可以滿意，政務官應知所進退，他過去確曾主張要求林俊義下台，如果現在再重來，他還是會建議維持政務官風骨。

㈨插　題

一般插題均應用在專欄或特稿裡，並不以標題形式出現，只是在文中段落處理上，插上幾個簡單的字句，有的是以每段的前幾個字，加大字號成為插題，最常用有的是將該段落的主題以扼要數字做成插題，一般插題的字號，字體完全相同，甚至字數也幾乎完全一樣，最重要的是每個插題的段落字數要平均，最好是相等。下例即是插題的運用實例。

轟炸伊拉克與布萊爾的勝選路

◉梁文傑

美英連手轟炸伊拉克之舉，近日已被證實是由英國方面提出的。大致過程是：美英在禁航區執行巡邏任務的戰鬥機近來多次被伊拉克雷達鎖定。海珊的飛彈打不到美國的F15，卻能直接威脅飛行高度有限的英國「龍捲風」戰鬥機。布萊爾政府遂向美國建議先發制人。

布萊爾爲什麼要這麼做呢？

選舉考量 英提議先發制人

理解政治人物行爲的最佳方式是選舉，布萊爾也不例外。工黨打算在今年四月間舉行國會改選。從民調數字看，布萊爾幾乎篤定連任。由於在所有議題上都無法與工黨抗衡，保守黨就想把這次改選當成英國與歐盟和美國關係的公民投票，鎖定三個議題全面開火。分別是：

第一，反對加入歐元；第二，抨擊歐盟建立有別於NATO的「快速反應部隊」；第三，支持美國建立NMD。

三個議題都和「歐陸恐懼症」和「英美特殊關係」有關。英國人向來以獨立於歐陸的發展路線而自豪，極力避免被拖入歐洲而「溶化」。寧願相信遠在大西洋彼岸但同文同種的美國，也不相信近在咫尺但歷史恩怨深重的歐陸國家。因此，在經濟上，雖然多數英國企業家都認爲加入歐元利多於弊，但英國人還是無法接受讓布魯塞爾的歐洲央行決定大不列顛的利率和匯率。在不少英國人看來，就算非爲了經濟整合而犧牲自主權不可，犧牲給歐盟還不如犧牲給以盎格魯撒克遜民族爲主的「北美自由貿易區」。在國防安全上，更多人認爲由法國和德國主導的歐盟比美國靠不住。即使冷戰結束已經有十年，多數英國人還是認爲由美國率領的NATO是英國安全的最佳保障。因此，當歐盟打算在NATO之外建立一支六萬人的「快速反應部隊」，保守黨立刻表示這是法國想要瓦解NATO的陰謀。小布希當選後，保守黨更立刻抓住工黨和共和黨在意識型態上的差距，在美國政策未定之前就公開支持NMD，一方面逼布萊爾表態，一方面塑造只有保守黨政府才能和共和黨政府合作的型象。

面對幾乎必勝的選舉，布萊爾顯然不想給對手任何炒作的機會，免得讓煮熟的鴨子飛走。於是乎，雖然加入歐元是布萊爾的既定政策，但他就是不肯多開尊口；雖然他是「快速反應部隊」的主要發起人之一，但他堅持讓這支持部隊只能管NATO不想管的事。布萊爾的策略大致運作良好，但隨著美國和歐盟在NMD問題上的逐漸對立，他又預定要在二十三日訪問華府，拒絕表態已經越來越難。

爲了杜絕「疑歐派」的悠悠之口，不讓保守黨有任何可乘之機，布萊爾選擇了一個最佳策略：和美國合作攻擊一個「流氓國家」。此舉既可以表示英國和美國依然最佳的軍事盟友（也就是左派的工黨政府也可以和右派的共和黨政府可以合作無間）；又可以提醒小布希只有英國才會全力支持美國，讓小布希政府在NMD問題上不致給英國太大壓力，或者在英國不得不表示反對時能加以諒解。

拉攏美國 杜絕「疑歐派」之口

布萊爾的策略顯然是奏效的。轟炸消息一出，保守黨因爲丟失最後一個可乘之機而啞然無言，「疑歐派」媒體如泰晤士報、每日電訊報、太陽報等紛紛叫好。雖然歐盟不悅，但只要工黨政府能順利連任，將來自有機會修好關係。何況英國是歐盟三強之一，沒有英國，歐元的大夢不可能完成，歐盟的共同防衛和外交政策也是紙上談兵。布萊爾現在只剩下黨內左派勢力沒有擺平，但這些選票本來就是工黨的囊中物。這個算盤一打，就算真的誤傷了幾條伊拉克人命也實在不算什麼。布萊爾篤定連任，「新中間路線」也將主導未來五年的工黨和英國。

（前民進黨中國部副主任，現爲倫敦政經學院博士生）

學者觀點

(十)其他的特殊變化標題

空格

王爺隱退　贏得友誼尊嚴

加引號

「臺灣很棒，很進步」

11國選手一致稱許　可惜飲食不習慣

加陰影

關節聽診快易通
聞聲辨症速可達

改變字體

請聽我說

光武調酒　康寧體檢　樹德彩妝　親民畫像　高雄餐旅送點心　軍校安定牌　吸引人最多

各校看家本領搶人

加花邊

財官集團幕後黑手說

林宗勇：不關我的事

（記者郭冬賢台北報導）對立委質疑財政部內部已經出現盤根錯節的「財官集團」，只要非財政部系統出身者都遭到消極抵制，就連陳總統也無力解決，財政部長顏慶章昨天完全否認這種說辭，而被指爲幕後黑手的次長林宗勇則回應「這不關我的事，我沒有介入，太離譜了，這些人事不是我能決定的」。

對立委質疑近日陳鴻榮將接任證交所副總經理，引來財政部「技術干擾」，立委質疑財政部的「財官集團」勢力之大，排擠外來專業人士幾乎到了百發百中的程度。

他指出，前財政部長許嘉棟令不出財政部、內定出任證交所董事長林鐘雄打算委任總統府參議陳鴻榮出任副總，都遭到財政部的抵制，顯示這個集團影響力已經大到連陳總統也無力解決的地步。

不過顏慶章否認，他表示財政部官員的訓練都是長期培養而成，他個人就已經在財政部服務長達二十餘年，也從來沒有排斥他人加入的心思，尤其他以從經濟部借將擔任關政司長證明，財政部沒有因爲所謂的「財官集團」而排斥專業人士擔任任何財部的職務。

財政部次長陳沖在週一也同樣向立委做了相同表示，被指爲財官集團幕後黑手的林宗勇則稱這眞是太離譜了，這不關他的事。

加欄線

民意矛盾

四成七贊成 高於反對者
八成二反對設在自家附近

立場鮮明

議會舉行座談會
受邀婦女社福團體大多缺席

反白

盪動匯股

加框

綁樁?賄選?賣票?

加標題

短鏡頭、大搏鬥

非凡表現、不朽精神

重歸寂靜、安全降落

第六節　新聞標題主題的選擇

標題主題的選擇，見仁見智，各有不同的選擇，但是主題是標題的主幹，選擇得是否恰當，影響標題的表現力相當大，主題對整個新聞有扼要明確的說明，並必須使讀者看了之後不用推測與解釋，更不能誤解。所以主題的選擇對整個標題的製作是否成功而言，具有決定性的作用。所以在主題的選擇上有幾個原則是必須遵守的：

(一)以新聞的結論部分作主題

一則新聞一定是說明一件事或物，也一定有一個結論的說明，不管這個結論是正面、反面或不定，都是主題選擇的對象。其他的討論過程都是次要的。

如下列標題以「我摘四金傲視全亞　最大贏家」為主題，以「蔡欣妤獲四大獎　李遠哲頒亞洲第一……」為副題。但本則新聞的中心主題在報導蔡欣妤參加「二〇〇一年第二屆亞洲物理奧林匹亞競賽」，榮獲四面金牌。因此，此則新聞的中心點，應在「蔡欣妤獲四大獎」，而非「我摘四金，傲視全亞」。

我摘四金傲視全亞 最大贏家

蔡欣妤獲四大獎 李遠哲頒「亞洲第一」 將與另三名金牌選手挑戰ＩＰＯＨ

（許敏溶／臺北訊）「二〇〇一年第二屆亞洲物理奧林匹亞競賽」，昨日舉行閉幕典禮，行政院長張俊雄親自主持。他在致詞時指出，科學教育的發展以及科學人才的培育，是亞洲參與新世紀的重要敲門磚，我國願意在亞洲的科學發展上，作為積極的參與者和貢獻者。

今年我國選手表現優異，其中，新竹園區實驗高中的蔡欣妤，勇奪亞洲第一名，除了獲得「金牌獎」之外，更囊括「最佳實驗獎」、「最佳女生獎」金牌獎等三個獎項。而中研院院長李遠哲更親自將「亞洲第一名」的獎項頒給蔡欣妤，同時期勉她繼續努力，為國爭光。

而昨日的頒獎典禮結束後，晚上還有「亞洲之夜」的表演活動，由各國學生親自上台表演節目，整個活動高潮迭起，「笑」果十足，也為整個活動劃下完美的句點。明年將由新加坡接辦。

為了準備六月二十八日在土耳其行的「國際物理奧林匹亞競賽（簡稱ＩＰＯＨ）」，我國將挑選出五位選手參加。臺灣師大物理系教授林明瑞表示，這五位選手，將由本次比賽獲得金牌的四位選手，再從其他參與這次比賽的其他七位選手中挑選出一位，共同組成代表隊，預定六月一日進行集訓。這四位選手則是：蔡欣妤（新竹實中）、王家雋（高雄中學）、陳威尹（高雄中學）、高宗佑（建國中學）。至於最後一個名額還會經過世界的評估。

（許敏溶／臺北訊）「二〇〇一年第二屆亞洲物理奧林匹亞競賽」昨日順利落幕，我國選手以優異的成績成為這次比賽的最大贏家。但是獲得金牌的四位選手，三位保送臺大電機系、一位臺大醫學系，沒有一位學生就讀成為物理系。

對於這種現象，中研院院長李遠哲指出，「這沒什麼關係」。像是中研院李文雄院士，目前主持一個「演化生物」的計畫，就是希望找一些電機系的學生來參與，因為從事生物資訊工作，部分生物科系的學生，某些能力還是不如電機系的學生，所以只要是提供好的環境，臺灣還是可以留住好人才。

㈡重要會議開、閉幕應標明會議主題及重要成果

尤其是與一般人生活相關的會議中更應標明主題及重要成果，以引起注意，否則在今日滿是會議報導的報紙版面中，極易被人忽視。

阿聯高峰會10年來首度召開

主要議題包括化解以巴之間衝突　伊拉克則盼促聯合國解除制裁、撤銷禁航區

公司債免稅優惠　最長十年

政院決修正產升條例 取消公司債及金融債券交易稅

㈢時間性的新聞

以地點為中心的新聞，或數字為中心的新聞都應將時間、地點、數字標明在主題中。例如畫展的時間、地點、會議的時間、戰爭的地點、火災死傷人數……等都是與時間、地點、數字有關的新聞，對有些讀者而言，在新聞指導生活上，有很大的方便。下面所舉的第三例若只標明「臺大轉學考」，而未標明是「八日」，對讀者來說就不含有如此深的意義了。

例一

東亞運

我再奪3金2銀5銅

陳天文跨欄破大會、全國　男子保齡球錦上添花　總成績6金12銀21銅排第五

例二

勞委會研議大量解僱勞工保護法

96％企業未受保障

凡經中央主管機關召開「處理重大勞資爭議協調會報」開會決議的重大勞資爭議事件，應立即限制該企業的董事及監察人出境。

根據國際制法經驗，均訂有解僱人數及天數的規定。但昨日會議中討論到，依勞委會最新統計資料顯示，國內企業規模勞工人數在三十人以下者占百分之九十六，昨日會議中對於適用人數並未作出結論，決議交由勞委會由行政決策確定。

據了解，勞委會傾向三十人以上的企業才適用。

此外，爲了保障因歇業而失去飯

推動重建工作上，將以加速住宅重建、保障就業問題及推動公有廳舍重建爲工作重點。

對於國內失業率居高不下的問題，張俊雄表示，國內現在卅八萬人失業，但如果以凍結的卅二萬外籍勞工名額，而目前各地就業服務中心也有五萬六千個工作找不到人，因此，如果大家肯屈就一點、吃苦一點，只要有工作意願，就會有工作。

張俊雄也表示，碰到不景氣的時候，勞動條件也要降低，爲了解決失業問題，政府也已決定各機關拿出百分之三的業務費，做爲增加就業機會。

例三

臺大轉學考

八日售簡章

臺大表示，除日間部學士班外，中國文學、應用英語、歷史、企業管理等四學系招收進修學士班轉學生。統一報名日期訂於七月五日至七月七日三天，採現場報名。報名地點：臺北市羅斯福路四段一號本校校總區普通教室大樓地下樓，考試日期爲七月三十一日、八月一日兩天在臺大舉行。

㈣主題與副題的分別原則

⑴已肯定的事實選為主題，未肯定的事實為副題。

⑵最新發展的事實選為主題，已經過去的事實為副題。

⑶事實為主題，評論、推測為副題。

⑷影響大的為主題，影響小的為副題。

⑸已實現的事實為主題，將來的可能發展為副題。

⑹包括數方面的事實，以概括的說明為主題，個別的為副題。

⑺相關的兩件新聞合併為一組，以較重要的一事為主題，次要的為副題。

⑻主要的行動為主題，次要的行動為副題。

⑼預測將來的為主題，追懷過去的為副題。

例如：

例一

共進退　杜金陵語露決心

指董事長換人　高雄捷運大股東信心恐鬆動

↓主題（肯定的事）

↓副題（將來預測）

例二

液化石油氣　中油再降價

如業者配合　家用瓦斯本月每桶應可便宜十元

↓主題（肯定的事）

↓副題（將來預測）

例三

景氣依舊是藍燈

首季失業率高過經濟成長率

↓主題（已肯定）

↓副題（追述過去）

第七節　製題過程

標題的製作，就是要從新聞中選擇出重要的材料，再用簡短的幾個字寫成一句話，讓人不看新聞內容就可以瞭解新聞，所以標題事實上也就是最精采的那一部分的提要。下面即簡述製題的過程。

㈠找出主題

一則再複雜的新聞都會有主要的部分，長的新聞稿在導言中就可以找到，短欄則需閱讀完全文才能領略，下面這則新聞內容簡單明瞭，沒有別的旁支事情，重點在一開頭就說明「法部等研商國家機密保護法草案」是主題，而其他的新聞內容都是說明與解釋跟這個主題有關的事情。

法部等研商國家機密保護法草案

國家機密範圍 擬正面表列

【記者鍾沛東／台北報導】法務部昨天邀集國家安全局、國防部等機關研商國家機密保護法草案，擬定法務部協商版本，將國家機密範圍「正面表列」化，避免定義模糊不清。同時將國營事業也納入規範。

國家機密保護法草案本已在立法院審議中，但因朝野意見分歧，行政院責成法務部以行政院版本爲基礎，擬定法務部的協商版本。

「正面表列」的國家機密範圍包括：一、軍事計畫、武器或行動。二、外國政府資訊。三、情報活動、情報來源、方法或密碼。四、外交關係或外交活動。五、有關國家安全之科技或經濟事項。六、有關核能物質設備之事項。七、國家安全相關系統、裝置、計畫或規畫。八、其他有關國家安全或利益事項。

㈡決定主題

某些較複雜的新聞內容，主題有好幾個，如下例的新聞我們可以在文中找到：

⑴談判未達成決議。

⑵廿四名機員情況良好。

⑶美國對中共要求道歉的立場未改變。

⑷中美交換明確想法。

由這四個主題中編輯便要決定何者較為重要，或者取兩個重點做成二行主題。如採取第一個重點可製成「中美兩地密集進行斡旋，談判未達成決議」，如採取第一和第二可製成「中美撞機事件談判未達成決議，但廿四名機員情況良好。」依編輯個人的觀點與主題選擇的原則，選出一個適當的主題。

【華盛頓記者張宗智六日電】美「中」兩國爲解決軍機擦撞事件在華府和北京兩地進行密集外交斡旋，國務卿鮑爾六日表示，美「中」雙方就如何結束此事，交換明確的想法，廿四名機員返家問題談判雖未達成協議，但他對情勢發展感到鼓舞。而白宮發言人傅雷雪六日也表示，在美「中」一連串外交磋商後，布希總統相信解決擦撞事件的僵局已有進展。

鮑爾上午十一時在國務院舉行簡報表示，美國駐中共武官席拉克在上午十時，針對六日他和廣州總領事館組長龔泰德探望廿四名機員的情形，向布希提出報告。鮑爾說，廿四名機員身體狀況良好。美國官員可望七日再與機員第三度見面，以後並可望定期會面，他並恭喜美國駐北京大使普理赫等大使館官員表現很好。

布希五日表示，美國將利用各種外交管道達成美方的優先目標，讓偵察機組人員儘早返國。傅雷雪五日也在例行記者會中說，美國和中共正透過外交管道密集磋商。他並表示，美國並沒有透過其他軍事管道交涉，目前完全是依循外交管道，美國也沒有打算派政府以外的人赴北京磋商。

國務院發言人包潤石五日表示，中共駐美大使楊潔篪五日再到國務院與美國副國務卿阿米塔吉會面，雙方晤談廿至卅分鐘；而美駐中共大使普理赫也在北京時間五日兩度與中共助理外交部長周文重會面，普理赫並向周文重遞送數分國務卿鮑爾寫給錢其琛的信函副本。

楊潔篪在五日與阿米塔吉的會晤中，轉達中共方面對鮑爾四日致中共副總理錢其琛信函的正面回應。在此之前，外界已知楊潔篪已於三日、四日分別與阿米塔吉和國務卿鮑爾會面，但有媒體報導，在一日擦機事件後，楊潔篪前往國務院的次數已達五次。

他說，美國在這些會談中，敦促中共方面立刻釋放所有機員，以及在被釋放前，美方能暢通無阻地和機員接觸。同時，美方並要求歸還迫降的偵察機。

雖然美「中」兩國積極透過外交途徑進行交涉，但兩國對雙方對話的細節都三緘其口，傅雷雪以討論內容極爲敏感爲由，不願回答談話是否有進展的問題。但他重申，美國對中共要求道歉的立場並未改變，「始終一致和明確」，因爲事發當時美機是在國際空域飛航、美國有權在國際空域飛航。

包潤石也再度對中方失蹤飛行員表達遺憾，他說，國務院代表美國人民，繼續對依然失蹤中共飛行員適度表達遺憾，也對飛行員家屬表示哀悼。但國務院也敦促中國大陸儘快釋放迫降偵察機上的機員。

㈢製　題

標題所要的重點決定後，即先決定毛題所要表達的意思，第一步將整個意思寫出，字數不限，第二步進行減字，減到最少的字數，第三步就已減的字數中考慮是否已完全表達所要表達的意義，如不完全，即考慮增字或改字，如果增一、二字可加強意思的表現，即可增加無妨；有更能表達重點意義的字，也應以之代換原來的字。

如果主題能一行說明該說的話，便不考慮作兩行，能不用引題即可省略，子題若能進一步說明主題才使用，若不能而只徒具形式，亦可省略。

附　錄

《「中央日報社」編寫手冊》對於標題製作的幾項原則：

⑴撰製標題要客觀、確實、通俗、活潑。

⑵標題要摘取新聞的中心或重點。

⑶每組標題的主題，應以完整的語句組成，包括主詞和述詞；撰製雙行標題時，每行語氣，必須自成段落，不可「腰斬」，或導致誤解。

⑷標題必須依據新聞裡的語句或語意撰製，不可歪曲誇大，故聳聽聞。

⑸標題要多用顯示動態的動詞，少用靜態的動詞。

⑹撰製標題，能用主動語態時，不用被動語態。

⑺不要在標題裡表露編者的態度或意見；非在本報的立場上有此必要時，不做主觀標題。

⑻標題裡避免用空洞的形容詞或副詞（如「隆重」舉行，「正式」成立等），和虛字（如「的」、「了」、「嗎」、「呢」等）；輕鬆、幽默新聞可以例外。

⑼非有必要，標題裡要避用「昨」「昨日」「前天」等字樣，以顯示新聞的「新」。

⑽除了為避免發生誤會，應少用連接詞（如：「和」、「及」、「與」、「暨」等字樣）。

⑾在同一標題裡，非逼不得已，不要重複用字。

⑿傳說的新聞，必須冠以「傳說」字樣；私人的見解，必須標明來源。

⒀標題以簡潔明朗為主，不宜過長過多。

⒁標題用字的大小長短，要以新聞性的輕重來衡量，不可以字

數多少或語句長短來決定。

⒂主題所用字粒要在整個標題中顯得最突出最醒目。

⒃主題裡的主詞和述詞，應該用同一字體，同一字號（只有在逼不得已時才可用不同字號；但仍須用同一字體）。

⒄子題以一行或二行為原則。

⒅一則新聞裡，除主題之外，如果有次要的重點也須標示時，可加撰副題，所用字號應當小於主題，字體應當不同於主題和子題。

⒆子題或副題的主詞不同於主題時，絕對不能遺漏，以免混淆。

⒇較長新聞，一組標題不能包括全文重點時，應於適當段落處，加撰分段標題（分題），其字粒或長度應當小於或短於主要的一組標題。

㉑邊欄或特寫，除大題外，應於適當段落處加插小題。

㉒標題的形式，應以直式為主。

㉓如果字數過多，直式題無法安排時，可利用橫式題；雋永、幽默而有人情味的新聞，也可撰製橫題。

㉔橫直式題（如手槍形式）只可在新聞內容複雜或需特加強調時偶一為之。

㉕中心題宜於用在簡短新聞或字數不長不短的特欄（如花框）新聞中，直、橫、上、中各部地位都可排列；但在拼版時，要避免與其他新聞標題同高低或同上下並列。

㉖前後題或上下題，只可用於輕鬆、活潑、雋永、幽默的花邊花框新聞中。

㉗引語題可以不限長短，但必須摘取原文的整句或整段。

㉘突發的新聞，應配撰凸出的標題；如果時間許可，更可加製銅鋅版特別標題，或在有關的新聞圖片上鐫製特殊標題。

㉙誌哀用的素邊（黑邊）標題，應視死者身分，慎重選用。

第八章　各類新聞編輯

報紙的工作系統正如同工業化的演進過程，在新聞學建立初期，一個工作人員往往負責報社所有的業務，舉凡採訪、編輯、銷售……等等都是由一人或二、三人負責。爾後逐漸改變為編輯、採訪、業務、行政分別負責，其後採訪又走入由有專門知識的人擔任記者，例如體育新聞由精湛體育者來擔任，或由體育學院畢業生擔任，經濟記者由經濟系或商學院畢業生擔任，而使採訪工作演變成由專家負責，使新聞寫作更形深入。編輯方面則因報紙的各類新聞分別設有固定版面，也使編輯工作專業化，編輯人員也常是這方面的專家，而看這個版面的讀者，不論他們是不是這類新聞的專家，但因常接觸這些新聞喜愛這類新聞，也逐漸由不是行家而走入稍具專業知識，他們的眼光是最具批評性的，不但要求量、更要求質的水準提高，由於這個原因，各類新聞的編輯就有必要在處理新聞時，注意、小心的去工作，才能滿足他們本身的職責。

我國的報紙如今採取的是分版編輯，各版編輯對於所負責的版面，舉凡新聞稿件審核、組版等，都一手包辦，現僅就目前國內報紙各類新聞編輯應注意的事項，作概要的敘述，俾以供為初學編輯的參考。

第一節　要聞編輯

要聞版通常是報紙的第一版，類似雜誌的封面，包含有報頭在內，由於是最醒目的版面，大部分篇幅都被廣告所佔有，甚至有些報紙，經常只有頭條與二條兩則新聞而已。其主要新聞內容為國內外重大新聞，因此各報都是由一個學識、經驗豐富的編輯擔任編輯工作，通常是由副總編輯，至於頭條的刊載則往往由總編輯，甚至於是社長決定。

要聞版編輯重點及應注意事項約為下述：

⑴頭題之決定一定要以報紙的立場及編輯方針為依規，如果兩則新聞同等重要，則更要以此為選擇標準。

⑵重大的國際或國內新聞，除詳細資料內容編排在國際版及國內新聞版外，要聞版應將最新及最重要的消息編在本版頭題內或另撰綜合報導，做提綱挈領式的敘述。

⑶有兩則重要性相同的新聞時，於頭題決定後，可在頭題之前加一個小專欄（通常可加框），加小標題，或在頭題上面加一個兩欄至三欄的橫欄，用橫題。如有三則同樣重要的新聞，可兼用上述兩種方式，但新聞篇幅過少時，第二種方式不宜採用。

⑷要聞版的標題用詞及版面設計，均應力求嚴謹莊重，不宜流於輕佻庸俗。

⑸要聞版新聞之選擇以硬性新聞為主要對象，並儘可能刊載與新聞配合的照片或地圖，以增進讀者的閱讀興趣，協助讀者增進對新聞的瞭解，並可美化版面，沖淡硬性新聞的艱澀性。

⑹要聞版的新聞價值判斷，除依前述之判斷標準外，應特別注意其真實性、正確性。外電的通訊社報導，因外國記者往往喜作揣測和渲染，或與事實不符、不易證實時，則儘量少用。

第二節　國內新聞編輯

國內要聞可能是一種歷史最古老的新聞，因為不論是古代或近代初期的報紙，都以報導中央或王室、宮廷與戰爭一類的新聞為主，目前全世界各國除地方報外，較為普及的大報，尤其是首都所在地的報紙，無不極重視國內要聞。雖然在刊登量上，不如地方新聞多，但其刊登地位都是在第一、二版，歐美報紙如此，我國報紙亦然，多將國內要聞放在第二版。

我國報紙在採取新聞性質與新聞地區的「混合分版制」以前，國內新聞版即為報紙的第一版。「要聞版」實施後，除重要的國內新聞或綜合扼要的新聞刊登於第一版外，其餘次要的新聞及詳盡的解釋性資料，過程說明等都刊登在國內新聞版的第二版。

國內新聞版的新聞內容等於是報紙的綜合內容，只要是與全國民眾有關，無法編入其他各版的政治、軍事、外交、議會、文教及大陸動態等都會在國內要聞版出現，因此，各國內要聞版的編輯，應對本國近代史、全國人文地理、國家一般狀況、憲法內容、政治制度、政黨的基本立場、重要官員姓名、官銜等以至各省市的特殊情況，作適時深入的瞭解。至於大陸情況的各項報導，有的報紙設專版，也有的歸屬於國內新聞的範圍，編輯必須有適當的研究。

以下是國內新聞編輯應注意的重要事項：

⑴對政治、軍事、外交、議會、黨章及立場、憲法內容、政治制度等知識，要深入研究。

⑵對重要官員職稱、名銜應熟悉、牢記，不容發生任何錯誤。

⑶有關國家軍事、外交的機密情報，不宜草率發表，洩露軍事機密，觸犯「妨害軍機罪條例」，將遭受嚴重懲罰，也有失國民應盡義務。

⑷國內新聞以採用本報記者或國內通訊社所發的稿件為優先。

⑸國內新聞版編輯，應與要聞版編輯密切聯繫，兩版決定頭題時，編輯必須互相協商，或請示總編輯。相關新聞的刊用應互相配合。

⑹國家重大慶典活動，屬於宣揚性的新聞範疇，不能漠視，應

注意其主要活動，作簡要生動的報導，避免千篇一律的敘述。

⑺各種有利於地方建設及人民福利的社會運動，如「義務勞動」、「冬令救濟」、「防澇」、「防疫」、「大掃除」等應予重視、宣揚。

⑻各種社團有價值的活動新聞，足以反映社會動態，且與報紙銷路有關，應酌量刊登。

⑼對重大人事調動的新聞發佈，要適時，不可過早或過晚，過早易生反效果，而發生與事實不符的情況，過晚則失去新聞性，最好的時間是在人事命令發佈的前一天予以披露，不影響人事決定，亦具新聞性。

第三節　社會新聞編輯

社會新聞在我國與歐美報紙，意義上有所不同，歐美之社會新聞是指社會的一般活動，而我國報界則認為社會新聞包括下列幾項：

㈠犯罪新聞

犯罪新聞包括從新聞當事人行為的發生、治安、司法到機關的審判。只要是與刑法或民法相抵觸的行為，都是屬於犯罪新聞。

㈡災禍新聞

天有不測風雲，人有旦夕禍福，在報章上這些風雲和禍福，即是最令人關心的新聞。舉凡天災、人禍都是人所不能控制的、是突發的、不能預防的，也一定會有傷亡的損害，所以新聞性很高。

㈢色情新聞

「食色性也」，這是人性的弱點，「色」在中國人以至於世界各國人的外在道德上都是禁忌，自己受約束，不得有所為，因此，根據亞里斯多德的悲劇理論，看色情新聞，是人的一種宣洩與疏導。

㈣人情味新聞

所謂人情味新聞，就是人的本性，使其他的人同受感動發生共鳴的新聞。

另外其他社會新聞還有社交新聞、宗教新聞、趣味性新聞、群眾活動新聞等。

基本上，社會新聞的編輯，在過去常被人視為「黃色編輯」，其主要原因是社會新聞刊載過多詳細描述，渲染的犯罪新聞及色情新聞。事實上，這是衛道之士的見解，因為一份報紙能否吸引廣大的訂戶，完全視報紙內容而定，而報紙內容，往往又以社會新聞的精采與否來衡量其內容是否豐富，所以由此可知社會新聞是讀者最喜愛的內容之一，然而編輯又如何能將社會新聞捨棄呢？大體上，從有報紙開始，社會新聞中的犯罪新聞與色情新聞之刊登與否，是新聞學家辯論最深的一個論點。其主要爭論約如下述：

(一)贊成刊載

理由是：

(1)報紙的職責是報導事實，社會既然有犯罪的事實發生，報紙即不能視若無睹不予報導。

(2)讀者對犯罪新聞有閱讀興趣，報紙為提高銷售率，不能不予報導。

(3)揭發犯罪案件，足以反映社會存在問題，促使政府及社會各方面注意，從而謀求問題的解決。

(4)報導法院對犯罪行為的處罰，可生殺雞儆猴之效果，有社會教育作用。

(5)對於處理錯誤的法院、警政單位而言，具有監督的效果。持這個論點的學者，認為「報紙刊登犯罪新聞即是阻止犯罪」。

(二)反對刊載

理由是：

(1)犯罪新聞幾近誨淫誨盜、影響社會良好風氣，尤其是妨害青年和少年的心理健康。

⑵過分暴露社會黑暗，影響人心的安定，有損國家聲譽。

⑶英雄式的報導行為，易使犯罪者感到光榮的錯誤心理，引起其他的人學習。

⑷對犯罪技巧淋漓盡致的描述，使其他的有類似犯罪傾向的人學習其技巧，產生犯罪學習。

⑸犯罪新聞的偏差報導易滋生新聞審判，影響法庭的公正。

⑹對當事人的披露易造成誹謗行為及影響個人名譽，減少其改過向善機會。

持這個論點的學者，認為「報紙刊載犯罪新聞，結果造成了更多的犯罪行為」。

㈢限制刊載

持這種主張的人，是將上述兩種意見作一個綜合，認為犯罪新聞是社會大眾愛看的新聞，合於新聞學的理論，報紙應予以刊載，同時也要顧慮到對社會的不良影響，所以報導不宜過分詳盡，尤其不應對犯罪行為作渲染誇大的描寫，刊載的篇幅、版面位置，也應做適當的安排，不宜過大、過多。

以上所述三種意見，當然是以第三種為最理想。北歐各國的報紙，享有最大的新聞自由，但他們刊載犯罪新聞，卻不予任何渲染，刊載的地位也不甚顯著。在瑞士及荷蘭等國，關於性的犯罪新聞，報紙僅刊載法庭的判決表，而不加任何側面的描寫。換言之，在刊載一般犯罪新聞時，各報僅刊載犯罪者或關係人的姓氏，只有當事件被牽涉的是極為有名的人物，或者是聲名狼藉的大惡人時，報紙才會將全名揭露，這些國家對保護隱私權的觀念非常注意，因而關於離婚的消息，報紙一律不予刊載。

關於社會新聞的刊載與否，可以用《中央日報》於民國五十九年十月二十八日的短評來作參考：

「一位讀者來信，要求本報加強犯罪新聞報導，『不要為社會諱疾忌醫』，因此，我們願趁此機會說明本報報導犯罪新聞的原則，以就正於讀者諸君：

本報對於社會犯罪，從不掩飾，社會治安發生了問題，除了新聞報導外，且經常聯繫有關當局，催促解決。因為犯罪如果不加揭飾，使之得到應有的懲罰，則其潛滋暗長，反而更快。

但我們的報導嚴守下面五原則：

第一、不透露治安當局的計劃，不妨礙治安當局的行動。

第二、不使受害人遭受困擾，不使無辜者遭受損失。

第三、儘量不透露犯罪的方法，以免引起同一性質的犯罪。

第四、不作詳細描述，以免罪犯自認其為草莽英雄人物。

第五、注意新聞報導的平衡。報紙是反映社會活動的鏡子，在一件劫案發生的當天，政府和民間有許多重大而有意義的活動，如果我們對這些活動，停止報導，騰出版面，只報導幾個毛賊的犯罪勾當，讀報的人將不知人間何世，未來的人從這面鏡子中來看今天的社會，也將面目全非了。

我們憑著良心，堅守上述原則，還望讀者諸君指教。」

由以上所述，我們可歸納出社會新聞編輯，在整理原稿、製作標題時應注意事項：

⑴犯罪新聞可以刊載，但不必過於詳盡，不作恐怖殘忍的記述，不使用過大的篇幅，不報導猜測或不成熟的案件，並善待被告及女性。

⑵色情新聞報導，應注意避免「誨淫」之嫌，以不引起人的「性慾」為標準，對於過程更不宜詳盡描述。

⑶社會新聞編輯要有良好的國學基礎，以便在修改原稿時使新

聞淨化，標題變化生動。務必一字一珠，才能達到令讀者喝采的境界。

(4)要熟諳各種法律，尤其是刑法與誹謗法。

(5)社會新聞編輯應特別重視新聞報導的法律責任、道德責任及社會責任。

(6)多刊登社會善良面及人情味新聞，以激勵人心。

(7)犯罪新聞照片，如易引起一般讀者恐怖和惡劣印象的，不予刊載。

(8)不得偏袒原、被告任何一方，對雙方的控訴、答辯若刊用則一起用，否則決不獨刊一方的內容。

(9)標題製作以寫實性來表達犯罪新聞的內容。

第四節　國際新聞編輯

從電訊、交通等科學文明高度成長之後，地球由原來的隔閡進入互相關聯、互相影響的大社會，任何天涯海角的大小新聞，頃刻即可傳遍全世界、也被全世界各地的人種所關心，所想知道。

不過，不論國際新聞有多麼重大，依新聞學理論的新聞價值判斷標準看，它到底是距離較遙遠，與地方新聞相較，空間接近性不如地方新聞親切，並且國際新聞多屬硬性新聞，較不富趣味性，不能普及全民，因此有許多報紙，刊登的國際新聞都不多，而空出篇幅來刊登國內或當地新聞。在美國，大多數的大眾化報紙都是絕少刊登國際新聞，只有《紐約時報》、《華盛頓郵報》、《基督教科學箴言報》等高級報才重視國際新聞。歐洲的報紙則依承他們，以世界的主人自居，喜言國際政治、重視國際新聞的刊載。

我國自有報業之後，即重視國際新聞的刊載，今天臺灣的報紙對國際新聞尤其重視，各大報所佔篇幅至少佔百分之十以上，也有高達百分之二十的，形成這種趨勢一是由於各報競爭激烈，國際新聞也在競爭之列，另一是國際新聞多屬外電，不會因國內政治情形而發生糾紛，多用何妨，國內一家大報，曾一度大量刊登國際社會新聞，以迎合讀者對國內犯罪、色情新聞的不滿足，進以拉攏讀者。這種過於注重國際新聞的現象，也有人認為失之過偏。

國際新聞來源有三，一是通訊社和外電，二是外國報章雜誌（轉載翻譯《紐約時報》、《時代雜誌》等），三是各報駐外記者的專電和航訊。此三者以第一類的通訊社及外電，是現行國際新聞的最大來源，通訊社計有美國美聯社 A.P. (Associated Press)和合眾國際社 U. P.I. (United Press & International)、日本的共同社、英國的路透社、法國的法新社、德國的西德通訊社、中華民國的中央通訊社等。稿件由電訊組接收，交由編譯組翻譯。

國際新聞的編輯，最重要的是要具備國際知識的素養，包含地理、歷史、國際法和各國現況、各國名人名銜、職稱等，假如偶有不慎，即會弄出笑話來。此外，英文程度亦至少要能閱讀新聞電訊及報紙雜誌，平時多多閱讀外文報章，以增廣國際時勢之了解，選擇稿件時便不會發生錯誤。

國際新聞最麻煩的事就是翻譯，譯員若對國際事務了解程度不夠，則有再高的英文程度也不易翻譯出最恰切的中文來，因此，編輯就應予以適度的修改。譯名的不統一也是要予以改正的，例如前義大利總理遭綁架，某報即在圖片說明中使用「赤軍連」綁架，而在新聞內容中使用「赤軍旅綁架」兩個不同的譯名，這是編輯未盡職責，易使讀者產生混淆，認為是兩條新聞，或使人認為報社草率從事。

在翻譯上，最大的錯誤莫過於將中共與中國混淆，以前曾有中共一綜藝團在美國作旅行宣傳，譯員誤譯為我國綜藝團在美訪問，編輯居然不知道國內有無綜藝團在美國訪問，所以沒有發現到譯文的錯誤，而把它刊在第二天的報紙上，雖然編譯應負責任，但編輯也應負同樣的責任。

因此，以下是國際新聞編輯應注意的事項：

⑴選擇國際新聞應以與我國有密切關係的或與亞洲有關者為第一優先。

⑵真正影響世界大局的新聞，雖發生地點是與我國不友善的國家，亦應予以刊登，縱使對我國不利，也應讓讀者了解。

⑶國際新聞讀者，一般而言，他們的程度較高，故選擇新聞要以更審慎的態度，以硬性新聞為主要對象。

⑷若新聞過多時，可採用「時事集錦」、「時事點滴」、「國際鱗爪」等方式，作扼要的簡述。

⑸國際新聞電訊中之解釋或按語，有助於讀者對新聞的了解，應予保留，不可輕率刪去。

⑹編輯對正在發展中的新聞事件，應予以密切注意，若已發展成轟動的大新聞，在篇幅許可下，對過去的歷史解釋、分析、人物，應另備特稿刊出，以幫助讀者了解。有些報社甚至另闢版面，以一星期一次的深入報導方式，來增進讀者的興趣。

⑺前後文及過去、今日、明天的譯名應要求一致，編輯組疏忽時，編輯要加以改正。

第五節　經濟新聞編輯

在報業的發展史中，報紙向來都是綜合性的讀物，刊載的內容不一而足，任何新的事物，都有上報的可能，任何事物是新聞，但也有不被刊載的可能，因版面限制了新聞的刊載。而第一個以專業報方式出現的新聞內容，是經濟新聞，美國以《華爾街日報》為最著名，我國現在則以《經濟日報》、《工商時報》銷售最廣。

國父　孫中山先生綜合歐美與我國傳統學說，加以科學方法的研究，提出歷史的發展是以「民生」為重心，國父雖未明言民生就是經濟，但由其理論體系中，可知民生包含了經濟的大部分意義，也就是說，人們的日常生活，最主要的就是經濟生活，由農業社會進入工業文明社會之後，無人能脫離社會經濟關係而獨立生存；因此，越是進步開發的國家越重視經濟新聞，且不僅一般工商界人士注意，更廣為一般大眾所關心，以經濟新聞作為日常生活裡的消費或投資指導。

一般而言，經濟新聞刊登在經濟版的有市場行情、外匯匯率、進出口貿易、證券市場、產地新聞、市場動態等，其他有關的財政、經濟、金融的政策等大多刊登於國內要聞版。即政策性的靜態新聞屬於要聞，而一般市場的動態性新聞屬於經濟版。

經濟新聞的編輯工作與其他各版的編輯比較之下，應是屬於最專門性的，因為經濟新聞內的專門術語、專門知識最多，若由一個不熟悉經濟知識的人經手編經濟新聞，他可能連記者的稿子都無法看懂，當然更談不上把經濟新聞編得很好，所以經濟版的編輯要較其他各版編輯具備更多的專門知識，才能勝任編輯經濟版的工作。一般而言，作一個經濟記者要對經濟學、財政學、市場學、銀行學、貨幣學、國際貿易、企業管理等知識，而如要有深度的造詣，作為一個經濟版的編輯對這些知識，更應下苦功，在以深入研究其理論與實務。

以下是經濟編輯應注意的事項：

⑴預測物價、股票漲跌的新聞，宜予慎重，因可能易於造成混亂及有助人投機行為。

⑵經濟版所刊載的各種行情表，如物價行情表、主要商品銷售價格指數表、證券市場行情表、各國貨幣匯兌率等均為數字，至於其他經濟新聞也以數字居多，所以除了校對的校正工作外，編輯對

重要的數字也應逐一檢查，以免發生錯誤，影響人心或提供錯誤消息。

⑶物價動態、股票行情的新聞，不外漲、跌及無漲跌三種，如標題中千篇一律使用某物漲、某物跌，會顯得過於呆板枯燥，應以其他同義字來代替，如漲時用「升」、「揚」、「高」、「挺」、「昂」、「堅」等字代替，跌時用「降」、「低」、「挫」、「疲」、「軟」、「弱」、「沉」、「落」等字代替，無漲跌則用「平」、「穩」等字代替，有些成語如「欲振乏力」、「平靜無波」、「一蹶不振」、「一枝獨秀」、「行情看漲」、「突出猛晉」、「威風八面」等應多蒐集備用。相同的一件事可以使用不同的成語去做標題，以增進版面的活潑與美觀。

⑷經濟專門術語，如「國民所得」、「物價指數」、「信用狀」(Letter of Credits, 簡稱L/C)、「後市」、「結匯」、「F.O.B.」(Free on Board)、「C.I.F.」(Cost Insurance, Freight)、「C.F.」(Cost and Freight)、證券行情表之漲「△」、跌「×」、漲停板「+」跌停板「-」等專門術語及符號，應加以扼要簡明的解釋，使不瞭解的讀者，尤其是初讀的能夠瞭解。

⑸標題的寫作要切合新聞的內容，不可含糊不清，令讀者誤會新聞內容。

第六節　文教新聞編輯

文教新聞現今各報雖有刊載，但大都與藝文新聞合併，但《中央日報》有單獨的文教報（另成一疊）。文化和教育，是國家立國的根本，所以往往各國用於文化、教育的經費所佔比率高於其他經費，加上報紙的社教功能，文教新聞應該是被重視才對。

教育方面的新聞包括：教育措施、各級學校的入學考試、人事動態、專家學者的演講、社教活動、教育團體的集會等。文化方面有書畫展覽、學術研討會、國際間學術與藝術交流、學術獎金頒發、出版事業、新聞事業、新書介紹、文藝團體活動等。其他有關電影、戲劇、音樂等本亦應屬文教版，但各報大都刊登於影劇版中，而不編入文教版。

文教編輯應注意的事項約為下述：

⑴文教編輯對國家教育制度、教育法規、教育政策、各級學校的一般狀況，以及文化事業概況，應有適當的瞭解。

⑵各類文藝活動和演講、書畫展，應事先即予以刊載，事後對其內容作說明，讓有興趣的讀者參加活動，同時向隅的人也可以從報上得知一些內容。

⑶文教版的標題及版面，應保持嚴謹風格，不能有嬉笑謾罵之詞，以免影響文教風氣。

⑷學術性的講稿內容改寫，如有可能，可考慮由原作者過目，否則極易誤解本人的意思，貽笑於人。

第七節　影劇新聞編輯

影劇新聞如今是最受讀者喜愛的新聞，也是最使人詬病的新聞。有些報紙可以沒有文教版，但一定有影劇新聞的專版，走的路線卻是挖掘影劇明星的私生活，大加渲染，造成社會的不良風氣，有礙於青少年的心理健全發展，這也是被人詬病的最大原因。

影劇版刊登的新聞包含有影劇活動、藝文活動，例如電影拍攝活動、影歌星動態、影評、國外影藝活動等。因為影劇新聞的內容具有宣揚文化的社教功能，所以許許多多的說教式條規，如果直接了當的告訴讀者，一定會遭受抗拒，但透過這類內容，逐漸的可以打入讀者的心理，因而影劇版的新聞編輯具有極重大的責任。在我國一般而言，大部分民眾對報上的新聞，認為白紙黑字，相信的程度很高，尤其對所謂專家學者的文章，常常深信不疑，因此寓教於樂的功能，對影劇新聞來說應善加運用。

目前國內現有某些獎如：金馬獎、金鐘獎、金曲獎等尚不足與奧斯卡金像獎、金球獎等量齊觀，所以影劇版應負起這個責任，領導電影、電視、戲劇等事業走上高水準的路途，使人們對影藝事業有新的觀念與正確的瞭解。其具體作法約為下述：

⑴開闢專欄，由專家執筆寫作欣賞之途徑、技巧、方法，灌輸讀者正確的欣賞方法。

⑵翻譯國外名影評，並將之改寫成平易近人的文字，讓讀者瞭解批評一部電影的方式。

⑶公正、不偏袒的評述目前上映的影片，對影片之好壞，由內容、技巧、演技等一一加以評估，使讀者接受正確的指導。

⑷報社在可能的範圍下，不妨舉辦電影欣賞及討論會，票選最佳影片等活動，增進讀者這方面的知識。

另外，以下是有關影劇新聞編輯應注意的事項有：

⑴多使用圖片，以增加版面美觀。各種花邊亦多加運用，文字行列可以多加變化，不必拘泥於新聞格式，尤其現在製版技術高度發展下，編輯可以自己或指導美工人員繪畫各種版面。

⑵標題以生動活潑為首要，影劇版純屬娛樂性新聞，不可流於呆板。

⑶影評應由專家執筆，力求公正，不得使用有偏袒、欺騙讀者的影評。

⑷編輯對於記者蓄意的宣傳稿件，絕對不予利用。

⑸多刊登正常的影劇新聞，不使用挖掘的影歌星私生活新聞。這類新聞也極易涉及誹謗罪。

像是臺北的《民生報》與《大成報》，皆以影劇新聞為重點，對我國影劇事業之普及雖有貢獻，但對影劇事業水準之提升，仍宜多所盡力。因此，各報之影劇版仍多有充實、改進的空間。

第八節　體育新聞編輯

一個國家的強與弱，由其國內的體育活動，就可以瞭解。越是強盛的國家，它的體育活動越多，在國際間奪標的次數也越多，當然，它的報紙上刊載的新聞，也一定是有很多的體育新聞，有些國家更視體育中的國與國的競賽，是另一種戰場，輸了是一件很羞恥的事，也表示國力不如人。宏都拉斯與薩爾瓦多兩國，即曾為了一場足球賽，而引起了邊界戰爭；阿根廷在世界足賽中贏得冠軍引起舉國瘋狂，均可說明體育之受重視程度。

我國政府遷臺之後各報並沒有體育版，只有在重大比賽時才使用較大的篇幅刊登，當時是以籃球新聞為主，最早使用一個版面刊登體育的是《中華日報》，直到紅葉少棒隊崛起於臺東紅葉村，大敗東瀛小將之後，第一代金龍少棒隊在威廉波特，一棒打到世界少棒冠軍，也將各報打出一個體育版。今日各報採訪體育的採訪小組，大都刊有體育版，所以全國的體育風氣盛行，實應歸功於當時的紅葉少棒隊，「一棒」所定出的江山。

其實提到體育競賽的性質，可分為業餘及職業性兩種。在國外有職業賽的地方，體育新聞都以報導職業賽為主，因為職業賽動作優美，過程緊張，受一般民眾的喜愛，但也有大量篇幅報導業餘的競賽。我國目前的體育運動，仍有未達到職業賽的地步，前陣子的棒球職業賽，是很好的啟端。

體育運動的項目雖然很多，世界各國並非都予以普遍重視，而僅重視其中的一、二項，如美國特別重視美式足球及棒球，日本特別重視棒球及游泳，英國及北歐、南美各國重視英式足球，菲律賓特別重視籃球，我國則以籃球及棒球為最為風行的運動，各類運動風氣的養成與新聞報導有互為因果的循環關係，當日紅葉少棒崛起時，若新聞媒介不予披露，棒球運動不會在我國紮根如此之快，但僅有新聞媒介的提倡，也不易造成風氣。所以《民生報》與各媒體的體育新聞實可說是任重而道遠。

以下是體育新聞編輯應注意的一些事項：

⑴體育運動和體育競賽，為一項專門性知識，而且每一個項目，都各有特殊的規則和技術，很難全部精通，因而，體育新聞的採訪和報導，應由專精各項運動的體育記者分別擔任，體育版編輯，雖亦不可能為精通各種體育的專家，但必須具有一般的常識，對各項運動的競賽規則，尤須具有概略的了解。

⑵體育新聞的寫作，以至編輯、版面、均須力求生動活潑。多使用精采、動作性的照片，以配合新聞的刊出。

⑶新聞內容及標題、評論等，決不得含涉個人的主觀成分，而要以最客觀的方式去寫和評論，不能有敵我之分，涉入競賽之中。

⑷重要的賽事報導，應在事前對各隊人物，予以簡明的介紹，尤其是成名的體育選手，作詳盡的描述，讓讀者能有概略的瞭解。競賽過程當然更應作詳盡的描述，最好能準備特稿，對運動員的技術表現，作淋漓盡致的說明，並加以評論、檢討。

⑸田賽、徑賽的成績如有打破紀錄者，應給予較大的版面及標題報導，對當事者而言含有鼓勵作用，也可作為對新秀的激勵。

⑹資料室的運動紀錄，應適時加以運用，並比照成績。田徑賽、游泳的成績數字，必須力求準確。

⑺前面說過，體育競賽在國際間被視為「另一個戰場」，在國際性的比賽中，不應使用過於刺激，令人喪顏的形容詞。（韓國體育界即常言，與別的國家比賽可以輸，但決不能輸給日本。）

第九節　地方新聞編輯

人們看報紙最主要的目的，是想要瞭解與自己有關的事件。運動員常看體育版，教師、學生常看文教版，工商界人士必看經濟版……等。相同的，住在臺中的人一定需要看臺中新聞，住臺南的人則要看臺南的消息。在美國一城有一城的城報，一州有一州的州報，都是發行量不大的地方報，能夠報導一般大報所不能刊載的微小新聞，廣受地方人士的喜愛，一般美國大報也有篇幅刊載地方的新聞，以擴大銷售量，但是無論怎樣大眾化的報紙，銷售數量都有一定的限度，不容易突破。在日本則因為民族性及國民知識水準的極度平均，報紙銷售量甚為驚人，但是仍然必需有地方版或者地方報，以刊載地方的新聞，讓各地人士知道與自己有關的新聞。

我國目前地方報較少，各大報乃廣設地方通訊版，就是在地方廣設地方記者及分社，由地方記者採訪新聞，在總社由編輯按各報的分版來編輯地方新聞，即採取「分區通訊」版的方式編印，以滿足地方讀者的需求。

而以下則是地方通訊新聞編輯應注意的事項：

⑴地方新聞的編輯都是在臺北總社中，並不駐在當地，但是對地方事務，一定要深刻瞭解，對報導範圍內容各地環境和一般情況，有適當瞭解，選擇新聞時，要以該地區的評判標準，而不能以臺北的標準，否則極易產生隔靴搔癢的情況。

⑵目前北市各大報較重視地方通訊記者的培養，大都由北市招考記者，派赴地方，但是仍然有許多擔任特約記者和通訊員的人，其知識程度及文字表達能力，無法達到水準以上。培養地方記者甚為重要。

⑶地方通訊記者以「無冕王」之地位，極易在地方捲入地方派

系糾紛之中，所發稿件，往往會失去其公正地位，編輯應特別注意其是否有偏袒或杜撰的新聞內容。

第九章 版 面

第一節 版面的基本認識

所謂版面即報紙容納新聞的地方。報紙現今使用的版面形式，因紙張大小的不同有下列三種：

⑴對開報紙，即以一整張（全開的白報紙，專紙專用的紙張），平均切為兩張，其大小為全張的二分之一，即稱對開，是現今一般大報所使用的型式。

⑵四開報紙，即對開的一半大，全開的四分之一，是小型報使用的型式。

⑶八開報紙，又恰為前者四開的二分之一大，這種報一般使用在「校刊」、「短期刊物」、「週報」等。

臺灣目前報紙以大型報為主，小型報（如《國語日報》）很少，所以本章以大型報的「對開版面」來討論。

對開的紙向左對摺之後，面對你的便是第一版，打開後，右邊是第二版，左邊是第三版，三版的背面是第四版，報紙若為三大張，其他兩張的版面排列亦同。

使用六號宋體九字高算一欄，全版的欄數，是二十欄，行數是一百二十行。欄數各報都固定是二十欄，但行數則會因兩旁所留空白的大小而有伸縮，由一百行至一百二十行不同。

每版的四周有版線，有些報紙則只有上下有版線，左右無線。為了節省版面，有些報紙版與版之間空白不予保留，而成「通版」，現只有使用在分類廣告上。

每版的版線之上排列有年月日及星期、報名、版次、農曆年月日等字樣，那稱「報眉」；每報的第一版右上角有報名，登記字號，發刊期號，社址，電話，發行人姓名，印刷場名，出版張數，售價等，稱之為「報頭」。

編輯人的任務是分析、整理與綜合，同時為了將分析、整理與綜合的結果，簡單明瞭的呈獻於讀者之前，便需要有一套特殊的表現方式，使新聞的內容重點、特質及其影響，明顯的表達於讀者之前，如標題字號的配置，如原稿發排的格式，如各種圖片的大小，以至於整個版面的組合皆屬之。版面由於印刷和編排技術的大幅進步，已走上藝術的道路，不僅是一個媒介，一個形象的概念，同時也變成了欣賞的對象，一個好的版面常常是綜合藝術的表現，能引起人們欣賞的動機和興趣。

第二節　標題、字行在欄中的變化

標題在前章中已有討論可以佔數欄或僅佔一欄，造成許多變化，內文的字行也與標題相同，完全排成單行，也可以在欄的運用上有各種變化，標題與內行合在一起又有特殊的運用，以美化版面或容易併版。下面概述標題與字行在欄中的變化。

㈠短　欄

這是沒有變化的基本型式，標題與字行都是最短的，但由於標題的橫置，也可以有例二的排列型式，在標題紙上書寫方式前者是「題一文一」，後者是「橫題文一」。

例一

羅向全國婦女致歉

（記者劉潛如台北報導）被指毆傷親民黨立委李慶安的無黨籍立委羅福助昨天表示，打人就是不對，他要向全國婦女同胞表示歉意，同時如果李慶安同意接受，他也願意向她道歉，「反正大家都有不對的地方」。但他仍強調，昨天先動手打人的是李慶安助理，各界指控對他來說是「不公平」的。

例二

揮別楚楚可憐小龍女

李若彤改扮楊八妹

記者戴淑芳／台北報導　為了揮別楚楚可憐又不食人間煙火的螢幕形象，李若彤敲定接演台視八點檔新戲「十四女英豪－女兒當自強」，將以不讓鬚眉的「楊八妹」一新觀眾耳目。預計四月上旬在橫店開拍的「十四女英豪－女兒當自強」，目前劇中的十四位女英豪已敲定了主要的七位，除了李若彤的「楊八妹」外，還有飾演「佘太君」的鄭佩佩、「楊排風」李綺虹、「杜金娥」王渝文、「柴郡主」童愛玲、「銀鏡公主」孫莉、以及內定飾演「穆桂英」不二人選的吳倩蓮等兩岸三地頂尖女將。

㈡二　欄

二欄即將二個基本欄，取消中間的分欄線，合併成一個單位，取消欄線稱之為通欄，二欄稱為通二欄，或通二。文與題都排二欄高稱為全二。如下例一。

例一

金門遣返六大陸漁民

從事小額貿易被捕 留滯近一個月

【記者李木隆／金門報導】金門縣紅十字會昨天見證，金門岸巡總隊及金門海巡隊遣返四女兩男，六名大陸漁民是越界到金門岸邊從事「小額貿易」被查獲，留滯在金門將近一個月，昨天終於返回大陸。

金門縣紅十字會表示，昨天遣返的大陸漁民爲，廈門市同安區大嶝鎮陽塘村的張文和、張雪明（女）、張清蘭（女）及同安區新店鎮歐厝村的王亞芳（女）、王其猜、彭美英（女），他們是金門瓊林、后沙一帶海岸從事小額貿易遭查獲。

金門縣紅十字會常務副會長許金龍、總幹事許金象等全程見證下，上午九時三十分，張文和等六名大陸漁民由金門水頭碼頭搭乘海巡隊巡防艇，十時抵達古寧頭外海烏沙頭海域，與船頭插著紅布旗的陽塘村漁民大隊、歐厝村委會兩艘船隻會合，順利完成兩岸交人與接人的手續。

兩岸小三通自元旦啓動，許多被逮捕的大陸漁民均表示，以爲兩岸「通了」來做生意沒有關係，因而被逮捕，他們也希望兩岸早日通往，雙方朝向良性發展，不要再敵對。

例二

小三通欠利多 金門人上街頭

【記者李木隆／金門報導】小三通後沒有爲金門帶來利多，金門青年沒「頭路」可做，昨天選在青年節走上街頭，在金城車站發起「搶救失業大作戰」簽名活動，喚起政府對高失業率的重視。

這項「搶救失業大作戰」的簽名活動是由國民黨金門青工會義工群發起，昨天下午四時在金城車站展開簽名，呼籲青年朋友「大家一起來打倒失業率」，爲青年朋友的前途打開一條康莊大道。

金門青工會副主委曾紀雄表示，台灣失業問題嚴重，離島地區青年的失業問題更嚴重，大家都沒頭路可做，原本寄望兩岸小三通能爲金門帶來商機，但是政府說小三通「操之在我」，結果對岸根本不理你，使得小三通「等於沒通」，讓金門青年的希望破滅。

因此，他們選在青年節當天發起簽名活動，走上街頭抗議「政府在那裡，讓人民處在水深火熱之中」，要求政府給予青年工作機會，而不是海市唇樓的競選口號。

二欄題的另一變化是題二文一，標題二欄高，內文仍排一欄。如前例二。

二欄的內文與橫題，又有下面「教師三法」的這個例子，在標題紙上的書寫方式與一欄的橫題相同。

三百夫子請願

催修教師三法

全教會大動員

教師代表陳情

多位民代保證

這個會期完成

（高琇芬／臺北訊）本屆立委任期只剩一年，下個會期又將進入選戰及預算審查期，全國各地基層教師關心已送入立院法完成一讀程序的教師法、師資培育法及教師退休資遣撫恤條例等教師三法，卻遲遲未排入教育委員會審查，因此，中華民國全國教師會昨日召集全國各縣市約三百多位教師代表，齊聚立法委院展開請願活動，十多位各黨派立委傾聽教師心聲，大拍胸脯保證一定會在這個會期完成三讀程序。

由於教師三法攸關我國教員師資的重大法案，爲讓教育改革能順暢進行，早日修法，全國教師會昨日在立法院前展開請願活動，隨後三百多位教師代表進入立院會議室，向立委遞交請願書。包括曹啟鴻、洪秀柱、周伯倫、趙永清、楊瓊瓔、黃昭順、朱惠良、秦慧珠、黃義交、吳清池、周雅淑等各黨各派多位立委，對於立委未能盡責完成修法，反而讓數百位教師代表爲催生法案而疲於奔命皆表達十分慚愧；接受請願書的立委們均大拍胸脯保證，教師三法絕對會在這個會期通過，民進黨立委黨團總召周伯倫更提出具體時程，最遲在下下周送入教育委員會審查，完成協商後並在下下下周排入院會行程再行討論。

由全國教師會理事長張輝山代表遞交的請願書中指出，鑒於教師法自民國八十四年八月公布，雖使校園產生活力，但也產生若干問題亟待修法。此外，師資培育法的分流培育及實習問題也迫切需要解決，教職員退休撫恤資遣條例也是教育人員深度關心的權益問題。

洪秀柱、曹啟鴻等委員指出，其中「教師法」修法重點，包括整合教師法、師資培育法及教育人員任用條例；教師聘任兼顧現職教師介聘及學校甄選需求，教師甄選兼顧學校教評會運作及主管機關協助辦理的平衡；教師聘約由主管機關與教師會協商，避免學校教師會與學校對立，並使教師權利義務規範明確；建立教師評鑑制度，以專業知能與教學輔導評鑑，促成教師專業進修與成長。

曹啟鴻也提案說明，「師資培育法」的修法重點爲中小學教師培育合流，縮短實習時間爲半年。而根據行政院版本的「教師退休撫恤條例」修法重點爲，二十五年資可依意願退休、公私立學校教師退輔制度合一、教師退輔基金獨立營運管理。

㈢三　欄

三欄與二欄相同，即是將三個基本欄打通成一單位，可以有全三、題三文二、題三文一、題三文三轉一、題三文二改一。

全三：文與題均為三欄高，這種型式的應用以較重要的新聞為主，所佔面積也以直列的長方形最好，否則不但不美觀且造成併版的障礙。見例一。

題三文二：標題是三欄高，文則排成通二，適用於文短、重要性較高的新聞。見例二。

題三文一：標題是三欄高，文則排成一欄高，應用於較長的文章。見例三。

至於題三文三轉一、題三文二改一，皆為內文之排法轉變，題目不變，故不贅述，也不舉例。

例一

韓廠計畫調高DRAM合約價

林立綺／台北報導

據外電報導，南韓三星電子和現代電子公司計畫調高四月份DRAM的合約價格。國內DRAM業者指出，因為廠商庫存持續降低，DRAM現貨價格從三月下旬起持續走揚，三月下旬的合約價格目前已較現貨價為低，業者醞釀調高四月上旬合約價格。但因市場需求尚未提振，DRAM現貨價短線漲逾三成後，廿九日追高買盤縮手，DRAM現貨報價呈現小幅回檔的情況。能否順利調高合約價價格，仍待觀察。

根據IC交易網站集邦科技報價，週四晚間六十四百萬位元DRAM現貨價回檔到二．四一美元，一二八百萬位元DRAM為四．九四美元。而近一週以來，DRAM自低點到高點的漲幅已超過三成。

至於三月下旬的合約價，六十四百萬位元DRAM合約價則在二．一美元至二．四美元。一二八百萬位元DRAM則在四美元附近止跌，價格來到四美元至四．五美元。顯示目前的現貨價較合約價超出一成左右。

DRAM股因短線獲利回吐賣壓出籠，週四外資以及投信法人卻普遍賣超DRAM股，外資賣超華邦電四千餘張，投信則賣超華邦電二千餘張。而投信則大舉賣超茂矽五千餘張。二股週四僅以小漲作收。但是南亞科因為周五將召開股東常會，將改選董監事題材激勵，該股週四急拉尾盤，股價收漲五%，站上四十元。

例二

南美行　江澤民抵阿根廷

【大陸新聞中心／北京報導】正在南美洲進行國事訪問的中共國家主席江澤民，昨天由智利轉往阿根廷訪問。江澤民抵達機場時發表書面談話表示，希望與阿根廷就兩國全面合作關係交換意見。

江澤民在機場發表書面談話，中共與阿根廷自一九七二年建交以來，兩國在政治、經貿、科技、文化等領域的友好合作關係不斷發展。此次他懷著加強對話、增進信任、促進合作、共同發展的願望到阿根廷訪問，希望與阿根廷總統戴拉魯亞就兩國全面合作關係，以及國際和地區問題深入交換意見。他相信此次訪問將把「中」阿兩國的友好合作關係推向新的高度。

江澤民一行抵達時，戴拉魯亞在機場迎接，並在機場舉行歡迎儀式，江澤民和戴魯亞二人檢閱儀仗隊。

江澤民在智利出席聯合國拉丁美洲及加勒比經濟委員會議時表示，中共將加強與拉丁美洲國家的合作關係，也希望能夠促進中共與拉丁美洲國家間的高層對話關係。此次長達十二天的密集訪問目的即在於此。阿根廷是江澤民拉丁美洲六國訪問的第二站，預計江澤民將於十日離開阿根廷，繼續前往烏拉圭、巴西、古巴和委內瑞拉訪問。

例三

國中基本學力測驗　公布考場

【記者陳志豪／台北報導】首度施測的國中基本學力測驗卅一日、四月一日登場，台北一區主委學校台北市立明倫高中昨天公布十六個考場配置表，考生可在卅日下午三至五時前往自己的考場了解試場狀況，避免當天臨時找不到考場。

明倫高中表示，准考證已在九日前寄發完畢，准考證上除清楚記載考場地點、試場編號、座號及詳細測驗學科和時間外，還有清楚的考試規則，希望考生收到准考證後能詳細閱讀，同時仔細核對姓名等基本資料，若有錯誤可向該校申請更正；若不小心遺失准考證，請備妥兩張與報名同一式的兩吋照片及身分證，考試當天直接在考場試務中心申請補發。

基本學力測驗卅一日將考國文、自然、英語三科，四月一日考數學、社會兩科，十日寄發分數通知單、十三日受理補發申請、十六日受理複查申請、十八日前寄發複查結果。

㈣四　欄

即是將四個基本欄打通合併為一單位，每一行約高三十五至三十八字。這麼高的長字行，讀者從每行的第一字讀到最後一字，轉到第二行的前頭一字，距離較大，眼球的移轉距離也較大，讀起來比較緩慢。同時因字行長，須避免跳行，眼前移動範圍較大的緣故，在意識感覺上，也比較費力，也就是注意力必須較為集中，所以給讀者的印象，也比較深。有這兩個原因，編輯們遇到有較重要的新聞時，為加強讀者的印象起見，利用這種心理學上的強制注意的原理，便以這種型式來表現它，也就是要從這長字行上面，故意要讀者集中注意力，比較費力的、注意的來讀該新聞稿，以達到加深印象的目的。

另一方面，因為四欄字行在閱讀起來是很費力的，視力容易疲倦的緣故，一版中很少有兩個以上排成四欄字行的新聞，至多是兩個。而且每一則排四欄字的新聞，不能排得太多，較長的新聞內容，一般都應用題四文四轉一，就是排第一段或前兩段全四欄的字行，後面就轉為一欄的字行。

全四：全四即題與文均為四欄高，如頭題用的是題五文四或題六文四，那麼版上另一個四欄新聞，便可以排全四的形式，全四因標題所用字號較大，較佔地位，所以排的文不能太多，以小於正方式為適宜，太大了，一方面是拼版時容易發生困難，另一方面，版面上有一個大方塊排在那裡，也不美觀，讀者閱讀長字行的時間太久，也容易感到疲倦。

題四文一：這個形式多用於接著題六或題五的第一條新聞後面，作為第二條，或是用在版的中央部分或是版的下半部，以求全版輕重均衡，多是用於較重要的新聞，一版中也頂多只有一個，最多兩個題四文一，標題高度達四欄的，因所佔的地位較長，排短欄的文，必須較長，在版面上轉接才比較容易，不然，除了拼版時容易發生困難外，且有頭重腳輕之感，所以，題四文一的文，要在五百字以上為宜。字數較短，則寧可以全四形式表現為佳。

題四文三：題四文前三後轉一，這與題三文二等形式的情形相同。

題四文二：即四欄改為二個二欄通欄重疊，其字行高與二欄相同，許多特欄都是用題四文二。排全四的新聞，如為減少讀者視力的負擔起見，可以用題四文四改二的形式。

題四文改三：即是以四欄的高度，折為三等分高，而成三單位的形式，每行字為十二字，即為四欄高的三分之一，這種形式也多用於特欄。

(五)五　欄

即是打通五個基本欄成一單位，在分為二十欄的版面中，五欄的字行，可以算是最高的一種了。閱讀五欄高的長字行，速度比四欄更緩慢，所需的注意力也較大，閱讀的時候，非注意力集中不可，但閱讀的結果，印象也必然較為深刻，所以最重要的第一條，常用五欄字行，為顧及讀者的視力，除第一條新聞外，在版面上幾乎沒有通五欄字行出現的機會。

排五欄字行的第一條，多以題六或題七相比，因為正方形在圖案學上被認為是美感最差的一種形式，五欄的標題，其所用的字號較大，兩三行的標題再加上五欄字行的文，很容易排成大的正方形（小的正方形，美感雖差，影響不大），所以以題六或題七形式出現，則文排通五欄，使成階形變化，增加版面美觀。

題五文一：因題的地位太長，接在後面的文必須很長才比較容易轉接，所以很少用，其餘有題五文四，題五文三，或題五文三轉一等形式，則常被運用，不過一個版面至多只有兩個的五欄題，多了，版面便有擁塞之感。

五欄的變化尚有五改三，五改四，五改二等種，多用於特欄，或文較多的花式新聞，用五欄變化字行形式做特欄時要注意，只能單一以一個五欄變欄形式容得了的小特欄，字數須算好，不可太寬，因字數太多，必須以兩個五欄變欄字行疊成特欄，全高即成十欄，在版面上的位置必須預先擬定放置地位。

㈥六　欄

六欄高的字行，長度太高，閱讀時已到了吃力的程度，所以沒有被應用，只有六欄的標題，被用在頭條的標題。在一版中，六欄以上的標題除了第一條外，也沒有再出現於其他地方，因為長度太高，在版的中央部分，如果用了一個六欄題，無異將一版分劃為兩部分，拼版轉移均將感到困難。用七欄標題，六欄位置的字行，那也必定用六改二（即兩個三欄的重疊），或六改四的變欄。

六欄的變化，只有六改四與六改五兩種，六改三即等於通三欄的題六文三。六改四與六改五多用於小特欄。

㈦七　欄

七欄只用於標題，不用通七欄的字行，七欄的標題，除了特別重要的新聞外，也很少用，因為佔的地位太大，須以特大號的字作主題，配字困難。如果頭條新聞是七欄題，全版的標題也就要隨著放大，才能配合。七欄的變化，有七改四、七改五等種，均用於特欄。❶

以上所述變化，都是以標題的高度與字行的高度相等來說。另外橫題與標題的高度和內文字行不相等的變化有如下數種。

因太高的標題，文若與之配合，如題七文七則閱讀困難且形式不好看，又不易拼版，因此，一般題七的內文變化為題七文三，或題七文四轉一等方式，下例即題七文三的方式。

其他五欄、六欄標題亦與七欄的變化相同，有題五文二，文四轉一，文三轉一，六欄之變化亦同，這些大標題與內文的變化形式多用在頭題。

---

❶ 陳石安，《新聞編輯學》，第二八九頁。

明抵台弘法

達賴：不可能聯合台灣對付中共

欣賞現任總統推動民主與經濟穩定成就 將促進台灣人和大陸人互相瞭解

【編譯馮克芸／美聯社印度達蘭沙拉廿八日電】西藏流亡精神領袖達賴喇嘛今天表示，他無意藉訪台之行讓北京受到國際壓力。另外，達賴宣布將針對設於印度達蘭沙拉的西藏流亡政府採取步驟，使其民主化。

他在達蘭沙拉告訴記者說：「不可能聯手對付中國（中共）。」

達賴喇嘛今天在達蘭沙拉的主要寺廟爲藏人及外籍信徒祈福，且以藏語發表談話。他說：「關於西藏問題，我有充分發言權。至於台灣，我欣賞現任總統在推動民主與經濟穩定上的成就。」

關於訪台之行，達賴說：「我這次訪問是爲弘揚佛法，此外還有一個寓意，那就是促進台灣人民和中國大陸人民之間的關係和瞭解。」

另外，達賴喇嘛說，西藏流亡政府將不再由達賴喇嘛和高級喇嘛提名任命部長，部長人選將以選舉產生。他並未訂出選舉日期，僅說居住在印度各地的藏人將可在選舉中投票。

在談到阿富汗神學士政權摧毀古佛像之事時，達賴喇嘛表示哀傷，認爲此舉不智、不幸，但他呼籲佛教徒自制，勿採報復行動。他說：「此事已發生，如果佛教徒藉報復來表達哀傷，那將是大錯。」

第三節　花邊與加框

花邊與加框的用意有二，一為配合軟性新聞，一為引人注意。在一個版面裡，框子不可少，但也不可濫用，編輯應加以注意。花邊與框可以用在標題，如前述加框與上下花邊的標題，也可以用在文與題全用花邊與框。現就應用花邊與加框應注意事項討論如下：

⑴框子裡面的標題字數，大體上應較未用框子時略減，使用大者約可減一字，小者約可減少二字，不然的話，會略感擁擠。

⑵框子裡的標題，可以採用直題，也可以採用橫題或花式題。

⑶框子裡面的文字，可以作各種變化，可以用一欄，可以作全二，或三欄，三分二，五分三等等。

⑷框子的花邊外框，可以四邊全加花邊框，也可以只有上下用花邊。❷

用作加框的線條（花邊），各報不同，大致有下列幾種：單線、雙線、書邊（粗的單線）、文武邊（兩條平行線，一粗一細）、鉛條花邊、曲線等數種。因現今製版技術的進步，用手畫的藝術花邊，應用漸廣，尤其在副刊上已被大量應用，增進版面的美化。

單線框比較簡單，用於一般性的加框新聞上；雙線框表示莊重、嚴肅；花式的框則用於趣味、奇異、幽默等新聞上；書邊則表示哀悼；文武邊表示隆重；視編輯對新聞的感受與版面、新聞內容各方面的配合選用。

下面列舉數則使用花邊的新聞：

❷ 錢震，《新聞論》，第三七三頁。

拉皮手術做不到！

肉毒桿菌毒素注射
輕鬆消除巫婆紋

記者關嘉慶／台北報導

肉毒桿菌毒素注射除皺的使用範圍增加了！實美整形外科診所院長蘇茂仁最近爲一位七十歲的女士拉皮後，再使用肉毒桿菌毒素注射她嘴邊垂直的紋路，也就是外國人俗稱的巫婆紋，發現效果好得不得了，這種拉皮也難消除的巫婆紋，以往令醫師幾乎完全束手無策。

蘇茂仁院長表示，肉毒桿菌毒素注射除皺法原來只限於抬頭紋、皺眉紋和魚尾紋，但是，經過實驗研究後發現，使用範圍可以更廣，除了巫婆紋和眼袋下方的小細紋，對於鼻子與眼睛中間的橫紋，甚至連頸部非因老化所造成的紋路，肉毒桿菌毒素都可派上用場。

除了除皺之外，肉毒桿菌毒素還可以應特殊需求做出特殊效果，譬如胡瓜最近做肉毒桿菌毒素除皺，順便讓眉毛往上翹，顯得神采飛揚，蘇茂仁表示，一般人若喜歡眉尾上揚比較有精神，可以在除魚尾紋時，加強一些藥劑在眉尾，就能達到效果。

蘇茂仁指出，以注射肉毒桿菌毒素除皺法，第一年可注射三次，大約四個月左右要再注射一次，可保一年左右的無皺狀況，但是第二年以後，只要一年一次，即能達到面光光了。

蘇茂仁表示，常有年輕人詢問是否可使用肉毒桿菌毒素，其實肉毒桿菌毒素對於動態型的皺紋最有效果，六十多歲後沒有彈性的皮膚，拉皮手術反而是較佳的選擇，肉毒桿菌毒素注射只能做爲輔助治療；一般而言，因爲臉部表情過度收縮造成的皺紋，就是所謂的動態型皺紋，三出頭就會有出現，的確可以採用肉毒桿菌毒素除去。

謀求解決西藏問題

達賴：最好透過北京共同解決

記者蔣冰清／台北報導

西藏精神領袖達賴喇嘛昨（三十一）日表示，他不主張西藏獨立於中國之外，西藏問題最好是透過北京與西藏共同解決，如果中共能看到西藏的內部問題，西藏問題就更容易解決。

對於西藏的未來，達賴喇嘛認爲，政治責任和宗教信仰系統應該分離，他在一九九二年已經公開說過，日後若有機會回到西藏，他將完全退出政治事務，只負責宗教事務，政治事務則由透過選舉產生的地方政府來負責。

達賴指出，一九九六年就講過，是否有下一個達賴喇嘛，將由藏人自行決定。

達賴促發揮人類價值
籲對環境投注關懷　尊重與合作

記者蔣冰清／台北報導

西藏政教領袖達賴喇嘛昨（三十一）日來台表示，他向來提倡人類的價值，亦即呼籲人類對於週遭環境投注關懷，也唯有重視人類價值，才能讓人類的明天會更好。

達賴喇嘛神采奕奕出現在記者會上，他在致辭前以雙手合十爲眾人祈福，並一一接受記者詢問，全程歷時一個鐘頭。

達賴說，當前世界物質發展迅速，但人類仍然需要精神層面，所謂精神層面指的是世俗的精神層面，和宗教領域不同，也就是希望人類關懷環境、保育之類的事務，也唯有人類發揚人類價值，才能讓世界更趨祥和，而爲了提倡人類精神和世俗的精神層面，他認爲，人類應該互相尊重與合作，才能促進世界進步。達賴表示，發揚人類的價值並且促進人類互相了解，應該是很有意義的活動。

第四節 特 欄

特欄又稱闢欄，是在版面上闢出一個特別的版位，來刊登某一新聞（為解釋性新聞），特寫、專論，評論等，使用特欄的原因有：

⑴若干同類或相關之新聞，集中處理使其更有系統。

⑵長新聞不易組版，以特欄處理，方便組版。

⑶特寫、評論、專論，需要特欄，以與新聞隔離。

⑷使某項新聞特別顯著。

⑸美化版面，尤其是在一個大版面上，如果沒有特欄，則不論作怎麼樣的組版，都不容易使版面美觀。

特欄的應用亦有下列幾點應注意事項：

⑴特欄的內文都使用變欄，如三改二，四改二，五改四……等，而不用短行。變欄之後，上欄與下欄間之空白，不加欄線。

⑵特欄以直立的長方形最美觀，並避免頂天立地。

⑶特欄在大版內最好不要超過三個，以二個最適宜。

⑷如一版中有一個以上的特欄，則兩個特欄的字行，最好不相同，花邊亦不宜相同，版面位置不宜左右同高。

⑸特欄的位置必定是倚邊，靠著版線，另一邊用花邊等線條框出，並留出空白，以別於其他新聞。

特欄在版面上的位置必須先預定好，否則拼版時，必顯得雜亂無章，尤其是二個以上的特欄，如非先預定位置，龐然大物會令編輯措手不及。

特欄的版面位置，可以有下列幾種：

例㈠中的⑴、⑵、⑶可應用於文較短的特欄，以⑴的位置最令人注意；例㈡中的⑷、⑸則應用於文較長的特欄。

例一

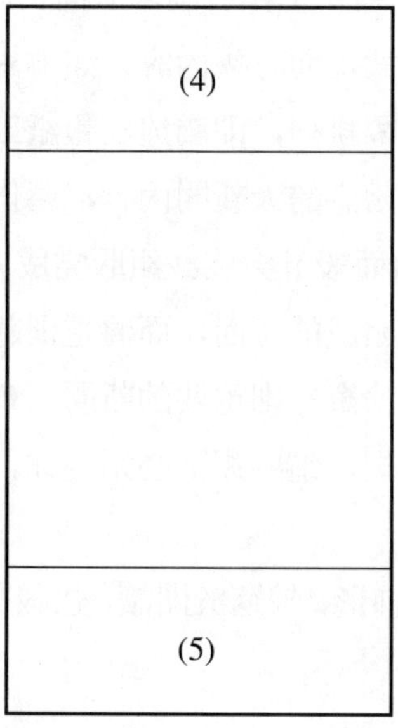

例二

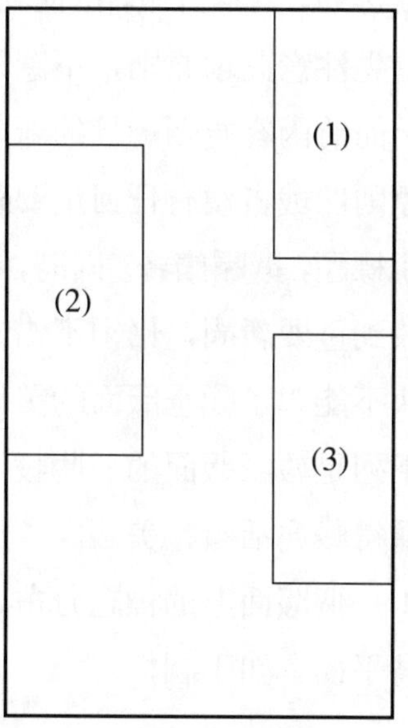

二個以上的特欄，需視這兩個特欄的長度，編輯作適當的安排，以美觀及不割裂版面為原則。分版或分日刊登的特欄要以段落處為轉接點，前版刊登之特欄最後要註明「下轉第幾版」，後版之文前註明「上接第幾版」；分日刊登則要標明「上、中、下」或「三之一、三之二、三之三」表示。分日刊登及轉版的特欄標題、變欄方式及版面位置等，要用同一形式，使讀者能有連續的印象。

第五節　版面設計

設計版面有如圖案畫或商店櫥窗的佈置設計，屬於美術範疇，應有美術的修養，才能設計得很美觀。注重版面設計，以求報紙的美觀，從而增加對讀者的吸引力，固然是編輯工作的任務之一，然而報紙編輯最基本的任務，是將所有新聞作有系統、有條理的編排，不僅新聞的重要性高者，必須明顯地表現，有關聯性的新聞，亦應以連續排列，綱舉目張，以便利閱讀。編輯工作者講求版面美觀時，必須首先注意此項原則，不應只顧形式，而忽視內容，如為求版面美觀，而將內容有關聯性的新聞，分隔排列，即屬違反報紙工作的基本原則；或者沒有任何重要新聞而蓄意誇大新聞內容，製作大字號顯明標題，欺騙讀者。同時，報紙版面設計完成或組版完成以後，如果收到重要新聞，仍須不惜破壞已組成的版面，而將這則新聞編入，決不能為了顧全版面的美觀，而捨棄一則重要的新聞。❸

下列是報紙版面的一些技術性規則，這些規則必須遵守，版面才會顯得較為活潑、美觀：

(1)一個版面上的標題分布，應成梯形，較適於閱讀，也較美觀，並保持平衡。如下圖：

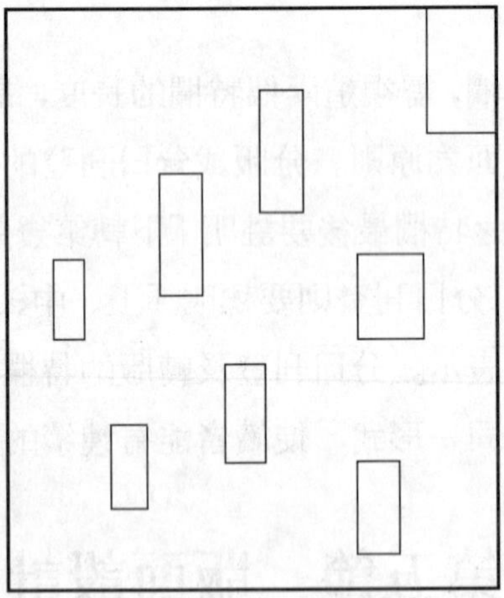

(2)版面上應避免通線以免造成分隔，但分版線例外。這種錯誤現今的報紙已很少再犯，拼版時編輯多加留意即可。通線的錯誤如下圖：

❸ 胡傳厚，《新聞編輯學》，第一五六頁。

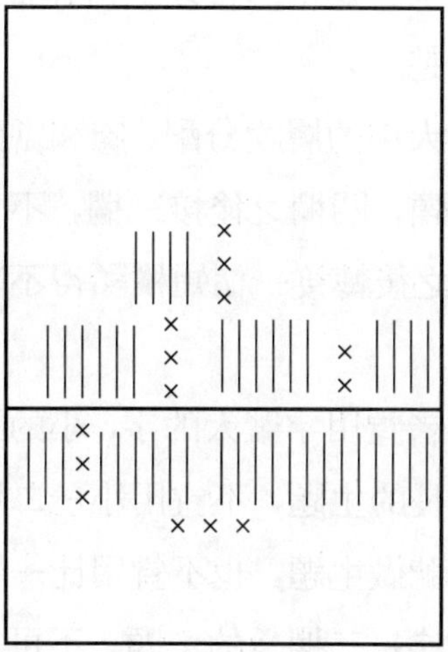

⑶任何型式的標題：不管大小，不宜上下相疊在同一條直線上，這種錯誤稱之為「頂題」或「疊題」，不但上下不應相疊，在全版標題的分佈上，也不應有疊題出現，標題避免頂題，可使全部的標題，均勻分佈在各部分上，有助於版面的表現，下例即頂題：

⑷通欄的字行避免上下相疊，通欄的字行，原是為了增加版面的變化，如果兩個通欄的字行相疊在一起——長字行接長字行，顯得太長了；而且，這部分的長字行太多，別的部分又全是短字行，缺少調節。因此，在一個全二的新聞下面，不可又排一個全三或全四的新聞。

⑸兩欄相同高度的標題，除了短欄之外，不宜使用在同一欄裡。花邊亦不應同欄並列，或上下重疊。

⑹花邊在版面上應用時，不得重複運用同一種花邊，以區別不同之新聞。

⑺性質相同的新聞應放列在相關的版面上；語意或內容相違背的新聞，應加以適當的錯開，比如一則喜慶新聞的旁邊，儘量移開喪葬的新聞。

(8)每則標題之後至少要排二行以上再轉欄，否則讀者不易辨別清楚。

(9)一版面的標題大小的層次分配，應適當調整，五欄題後接四欄題，四欄之後接三欄，不宜差距過大，在五欄題之後轉接一個短欄顯得不對稱。

(10)標題佔大版面者宜用字號大的字，小的則用較小的字號。二欄長的主題，不宜用小於二號字，即不用四號或三號做主題，也不宜用比一號字大的初號字或特號字；三欄長的主題，不可小於一號字，也不應比特號大；四欄長的主題，不可小於初號字，也不可用比特大號更大。標題字的大小不能配合，便好像瘦子穿特別寬大的衣服，胖子又穿太小的衣服一樣不調和，也妨礙讀者對標題的閱讀。

(11)主題、副題、子題字號大小，不宜相差過多，以小一至二號為限。

(12)單點不成一行，單行不轉欄，內文的最後一個標點，如果剛好必須單獨另成一行時，應將此行單獨標點除去，而應用「對開標題」(一個是半個字大，二個恰合一個字大)，省出一個字的地位，將標點排在文末最後一字。不宜將標點隨意刪去，尤其是全文完時的「。」，必須用上。

單行與單獨標題相當，不應轉欄。

(13)版面上的新聞標題以直式標題為主，適當運用幾個橫式標題做調和， 不宜使用過多的橫題。

頂題

國產局 公告標售42宗非公用不動產

三月廿二日開標 總底價四億七千餘萬 多為公教住宅及小面積土地

【記者孫中英／台北報導】財政部國有財產局昨天公告標售，第二四○批國有非公用不動產共計四十二宗，標售總底價計四億七千四百九十萬四千三百四十五元，這批非公用不動產訂於三月二十二日開標。

財政部表示，這一批公告標售的不動產多為公教住宅及小面積土地，標的遍及台北市大安區、文山區、中正區及台北的新店市、板橋市，其中第十一到三十八標號坐落在台北市文山區新光路一段六十五巷，為國立政治大學興建的公教住宅，將在三月十七日、十八日上午十時到下午四時開放看屋，三月十七日上午十時將舉行說明會。

受限法令規定不能公開招商

房仲業進軍大陸 拓點鴨子划水

⒁頭題最好不大於版面的三分之一，也不宜小於四分之一；版面小的頭題，以採橫題為宜，大版面則採直題為佳。

第六節　拼版、電腦排版與電腦全頁組版

過去我國報業在版面編排的設備與技術上，除了最早的拼版之外，隨著電腦科技的發展，報業又先後經歷了電腦排版與電腦全頁組版兩階段。以下為三者之簡介：

㈠拼　版

編輯發稿文給排字房之後，便要依照閱稿時對新聞的瞭解與製作之標題大小，安排適當版面位置，一天的稿量相當多，如不事先有計劃，在工廠便會茫無頭緒，不知如何下手，因此，編輯在指導工人拼版之前，最好自己先在一張舊報紙上，畫去廣告位置，然後將編就的新聞和標題，予以組版設計，用紅筆逐則畫在新聞篇幅上，每則說明標題或題號，至構成版面為止，這種方式稱之為規劃版樣。

規劃版樣最快速的方式是先畫出頭題、二題闢欄、新聞照片、圖片、變欄的全三、全二新聞等，平均勻稱的分佈在版面上的各角落，再安排其他的新聞。

排字技工在拼版時，編輯應在一旁加以指導，也便於發生困難或問題時，得以立即設法解決。

拼版由於是鉛字人工檢排方式，在速度及作業方式上，有很多先天上的限制。此外，在工作環境、管理及廠房空間上都不甚理想，因此，電腦排版就隨著科技發展運用日趨普及。

㈡電腦排版

民國七十一年九月十六日，《聯合報》率先在當天報紙第一版使用電腦排版，從此電腦科技正式打入報業市場。

電腦排版和鉛字人工檢排比起來，具有下列幾項優點：

1.節省人力：可減少人事開支及人事管理負擔。

2.節省時間：能適應改版、加張等突然之作業負擔。

3.節省空間：電腦設備較鉛字檢排的廠房空間小很多。

4.淨化環境：可改善工作環境，避免職業病的困擾。

5.提高工作人員素質：工作人員必須接受電腦科技之訓練，更能符合報業現代化之需求。

㈢電腦全頁組版

民國七十七年十一月一日，《中央日報》首先採用電腦全頁組版系統，突破人工貼版的格局，使報業電腦化推進到一個新的境界。

在電腦排版階段，雖然利用電腦進行輸入及校正，但是在文稿相紙輸出後，仍然必須人工剪貼拼版才能交付製版、印刷。以下為人工貼版和電腦組版之流程圖。

人工貼版與電腦組版之流程

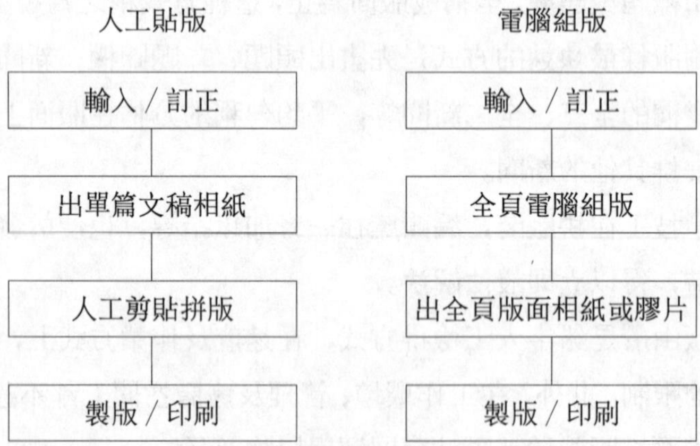

電腦全頁組版有下列幾項優點：

⑴組版靈活、版面多樣化，版面設計及文稿處理可任意改動。

⑵適應各種突發狀況，如挖版、補稿、各版稿件互換等。

⑶節省時間、節省人力。

當然電腦組版也有缺點，由於電腦組版太自由，就會產生編輯在版面規劃時太依賴電腦而不夠用心。

總而言之，現代報業電腦化後，已是一門相當專門的學問。新聞從業人員必須不斷學習新事物，方能掌握社會與環境脈動。

附 錄

《「中央日報社」編寫手冊》對於版面設計的幾項規則：

一、標題的長短

⑴大型版面（十三批以上至全版面）的頭題，以六長或五長為原則。

⑵中型版面（八批至十二批）的頭題，除第一版外，不宜超過五長。

⑶小型版面（五批至七批）的頭題，除第一版外，不宜超過四長；如有凸出新聞而必須加大標題時，可改用橫列式處理。

⑷非有特殊情形，各版所有的最大標題，不可超過第一版頭題的長度。

⑸突發或凸出的重要新聞，或專題新聞或特別增刊的標題，不必拘泥於上述的約束，隨時可以變更設計。

二、主題用字的大小

⑴通常六長題用五行字（特號）或七行字（特大號）。

⑵五長題用四行字（初號）或五行字（特號）。

⑶四長題用四行字（初號）或一號字。

⑷三長題用一號字或二號字、新二號字。

⑸二長題用二號字、新二號字或三號字，也可以偶爾用一號字。

⑹短行以用四號字為準，也可以用三號字或新二號、二長宋。要儘量避免用五號字；萬不得已時，宜在五號字兩旁加細線或花邊。

三、標題的排列

⑴順次排列新聞的時候，不可用全欄通線。

⑵標題不論大小，不可上下欄相疊（一直一橫或一橫一直除外）。

⑶除短行外，同高低的標題，不可排列同高低的位置。

⑷同樣的橫題新聞，不可連接排列。

⑸同等大小的花框，不可並列。

⑹邊欄的標題，不可與欄外其他新聞標題同高低同大小。

⑺兩個邊欄不可同高低左右對排。

⑻同一個版面中，避免用同一種花邊或花點。

⑼在同一欄中，不可有兩個或兩個以上的新聞尾轉向下欄。

⑽單點（或符號）不成一行，單行不可轉欄。

⑾標題與新聞不可割裂或腰斬或跳行或轉欄。

⑿有人情味或娛樂性、幽默性的雋永新聞，宜用花框來處理。

⒀有文獻價值或綜合性或分析性的長篇文字,宜用邊欄來處理。

第十章　新聞圖片

第一節　圖片的功能

一般報紙所謂的圖片有兩種，一是漫畫，一是新聞照片。漫畫常被應用於諷刺性的作用，或宣揚性。例如臺北過去有一家《大華晚報》，每天闢有專門的版面，供給作者繪畫漫畫之用，其內容除了連環式的娛樂漫畫之外，大多是諷刺性的居多；在看多了文字之後，一兩幅詼諧性的漫畫，對讀者來講具有緩衝的效果，而且某些「高手」畫家，在漫畫邊加一兩行短說明，寓意深刻，常會得到讀者的會心一笑，效果較長篇累牘更具威力。

在本章所討論的新聞圖片是以新聞照片為主。「一張照片所立時表現出來的東西，如果由書本來說明，可能需要一百頁的篇幅」。這是屠格涅夫的《父與子》中的一句對白。事實上也正是如此，形容一個人有多美或多醜，用盡了形容詞不見得能讓人了解，但是一張照片，就可以讓讀者自已作最主觀的判斷，並且知道到底美到什麼程度，醜到怎麼嚇人！

根據傳播理論中的「親身參與感」，傳播媒介以其參與程度的多寡而決定其吸引力。電視居首位，因為電視具有聲音，又有畫面，又是活動的，給人的親身參與感最大；次為廣播，廣播雖無畫面，但有聲音；再次才是文字傳播媒介——報紙，由此可知報紙在三種主要傳播媒介中的參與感的競爭裡居於劣勢。因此，報紙要挽回這種劣勢，除了應用本身「文字」的特長，還要使用新聞照片。普立茲創辦的紐約《世界報》刊登木刻新聞畫，結果銷數大增，他覺得這不是高尚的辦法，因此逐漸減少木刻畫，那知銷數跟著下跌，不得已只有再用，其他報紙才認清趨勢。到了十九世紀八〇年代，新聞圖片已成為報紙本身的一部分，今天新聞攝影幾乎與新聞寫作同等重要，新聞照片使我們有身在現場之感。❶

由以上敘述可知照片有其特殊功能，現分述如下：

(一)普遍的文字

我們經常聽說，音樂是一種「普遍的語言」，說這話的人，並非沒有理由，因為不論是什麼國家或什麼人種，儘管語言奇異，音樂總是一樣的，樂調是快樂還是悲哀，不論什麼人，都可以聽得出。文明人、野蠻人、中國人、外國人，只要不是聾子，都可以達到某種程度的所謂欣賞音樂。由於音樂是一種「普遍語言」，所以各民族的民謠之間都會有互相的影響，披頭四、貓王乃至搖滾樂才會在世界各角落風行。

音樂是一種普遍的語言，因為它是屬於聲音的，那麼照片就是一種普遍文字，是用眼睛看的，因為照片也是不分人種、文明、落後，更重要的是識字或不識字的人，都可以看得懂。

(二)效果深刻

文字是一種代表事物的符號，是經過抽象的過程，讀者見到這個符號，才再經過他們自己的抽象過程「返回去」，才能聯想到符號所代表的事物，以了解該事物，而每一個人的「預存立場」不同，聯想的也就不同。例如「淺黃色」對每一個人而言，黃色淺到什麼程度，才是淺黃色，每一個人腦子裡有截然不同的淺黃色，而且這是一種間接的過程，給人的印象不深，照片則將所欲告知的實物直接告訴讀者可以直接了解，同時，由於有實體，也有背景，所以看的人就會覺得身臨其境，而具有所謂的「親身經驗」感，這種情況

---

❶ 李誥譯，《你的報紙》，第八十九頁。

下，照片的效果自然要比文字深刻的多了。這裡以幾個事實來證明照片的效果：

當林肯當選總統之後曾說：「這是布來狄與庫潑演說，使我當選總統。」林肯的攝影師布來狄在林肯競選總統的時候，為林肯拍了一張充滿才智和威嚴的照片，這張照片使當時在伊利諾州春田城任律師的林肯，在人們的心靈中是具有才智和威嚴的，才能於一八六○年當選總統，若僅以文字去描述林肯是如何的有才智、威嚴，絕不會在人們的腦海中植下深刻的印象。

黃石公園被建為美國的第一個國家公園也是照片之功。原本黃石區域建設成國家公園之計劃，在美國國會擱淺多年，直到一八七一年傑克森花了一個夏天的時間，在那裡照了許多實景，向國會議員展出，於是建立黃石公園案便立即獲得全體無異議的通過，可見文字做不到的，照片卻做到了。

㈢證據確鑿

我國有一句俗語說：「百聞不如一見」；英美也有一句名言，說「眼見為信」(Seeing is believing)。事實上，照片不但可以使你親眼看見，而且可以作為一種記錄和證據，使你深信不疑。墨索里尼與戈林之死，為什麼沒有人提出懷疑，那是因為他們死的時候，有照片公佈之故。希特勒之死，為什麼到現在還在傳言，說他可能逃到南美隱居等等，那是因為他與他的情婦同時被焚化，沒有法子可以照到照片，予以發表之故。美國留・哈夫所照的六歲到八歲的孩童在美國南方棉紡廠工作的情形，對當時反對童工的辯論，構成了有力的佐證。照片之可以作為證據，更可從電影故事中找到證明：一名惡棍可以引誘一個銀行家與風塵女子接觸，再秘密攝成照片，而以之為敲詐的工具。其實，這又何嘗是一種電影故事，現實的社會中，亦常有所聞。報紙在描述礦工或漁民的艱苦生活，生動的文字固然也可以引人流淚，但是一張實地拍攝的照片，更是證明所述屬實，使人悲嘆之餘，更十分的相信這些文字所描述的是真實的事情。

㈣易於記憶

照片中的景物，較文字所描述的更容易記憶。這可以二事證明：一是比基尼島原子彈試爆的蕈狀雲照片，勝過數千百字的描述，這個蕈狀雲的照片可以長遠的印在人們的腦子裡，而不易磨滅。二是二次大戰後複製最廣的一張照片，就是硫磺島美軍豎旗的照片。那是一張未經安排和導演的寫真，而且是在一個良好的氣候中攝製，再加上硫磺島戰役之慘烈，那張照片便有了永垂不朽的價值。

㈤客觀正確

照相機是最客觀的，有什麼照什麼，沒有的，就拍攝不到，而且高低、大小、美醜、明暗……，都忠實的予以記錄。

我們人類就不敢保證，能做最穩定的文字描述，情緒有高低，健康有好壞，文筆有堅硬、晦澀……，在不同的情緒下，在不同的人手裡，描寫出來的東西，有截然不同的形狀，而且人是感情動物，又極重情面，在一位缺乏嚴格訓練的記者筆下，一位本來很醜的人可能被描述成一位普通人，一位普通人可能被描述成一位美人，一位美人可能被描述成天仙，這些都是極可能發生的事，因為經人手與經過相機在客觀上是無法比擬的。❷

第二節　新聞照片之分類

新聞照片以其拍攝內容之不同，可分為下列各類：

㈠靜態照片與動態照片

靜態照片是擺好姿態而拍攝的，是眼睛對著照相機的鏡頭，沒有動作，也缺乏表情。動態照片是有動作的、有表情的照片，最好是攝影記者暗中拍攝的，這樣的表情才逼真，這類照片以體育新聞

❷ 錢震，《新聞論》，第三九六頁。

拍攝最多。

㈡硬性照片與軟性照片

硬性照片是指硬性新聞使用的照片。軟性照片是指富有人情味的照片，例如美女、小動物之類的照片，皆屬軟性照片。

㈢全景照片與特寫照片

全景照片，用以顯示整個場面的壯觀。特寫照片則是場面中一小部分的深刻描繪。前者是廣度的呈現，後者是深度的報導。

㈣新聞照片與資料照片

新聞照片是具時效的照片，例如總統就任的照片。資料照片是過時的新聞照片，報紙上經常會刊用資料照片來配合當時的新聞報導。例如先總統　蔣公逝世後，他生平的生活照，便時常在有關他的新聞中使用。美國總統甘迺迪遇刺後，他的生平主要事蹟的照片也幾乎全部出籠。

㈤單張照片與成套照片

單張照片是用一張照片報導一件新聞，成套照片則是以一連串的照片來報導一件新聞。成套照片在雜誌上使用較多，有些雜誌，還會使用成套照片，編成故事，製成紙上電影。

㈥知識性照片與趣味性照片

知識性指新事物的發明介紹，例如新的彗星發現、新的品種動物等，趣味性指的是新奇的、好玩的東西，如熊貓、名馬等。❸

第三節　新聞照片之選擇與處理

新聞照片每天由記者手中送回的，及國內外通訊社供給的不知道有多少，編輯這時要在眾多照片中，去選擇適於使用的。選擇的原則約如下述：

❸　賀照禮，《新聞學的理論與實際》，第一三二頁。

㈠新聞性

對某一條新聞而言，它能配合這條新聞，足以顯示這條新聞的重點，使文字報導更生動、更完整。或者它本身就能構成新聞，即不用文字報導，也能顯示某一新聞的特性。

㈡知識性

知識性的照片，是指能明明白白的解釋新聞內容的事物，例如介紹某青年的三角翼自製飛機，僅以文字形容，只使人有模糊的印象，若加以照片、表解及圖說實物，則可以使人一目了然。

㈢趣味性

照片本身不一定具有新聞性，但是為大眾所喜愛的東西或事情，例如價值極高的古董、很美的名畫，能使版面美化，並能吸引讀者。❹

㈣相片之好壞

每個人的照相技術有好有壞，沖洗過程會有失誤，因此就有了清晰、模糊之別。對於模糊的照片，使用倒不如不使用，尤其是新聞人物的照片，必須清晰，否則不宜使用。

㈤動態的優先

兩張性質相同的照片，難以取捨時，則以動態的為優先選擇。

㈥不宜採用的照片

畫面醜陋或猥褻，以及屬於低級趣味的，畫面所表現的形象，足以影響大眾心理衛生者，如屍體、凶器、凶殺現場，以及其他恐怖悽慘的場面，均以不採用為宜。

㈦製版效果

單是拍成新聞照片，工作尚未完成，必須要把照片印在報紙上，才算大功告成，所以，選擇照片時，要選擇黑白分明、線條清楚的照片，這樣的照片，印在報上，才能光潔清晰，引人注意。

照片使用之前要先經過編輯處理，一張照片很少是直接按原樣

❹ 《聯合報編採手冊》，第九十四頁。

使用的，通常編輯要經過下列的處理過程，才交由製版房去製版。

㈠剪裁多餘的部份

編輯同時審度版面的需要及照片刊出的最佳形式，為了集中讀者的注意力，凡是照片上多餘的部分，以及不必要的背景，都可用剪刀裁掉，使主題突出。

㈡放大或縮小

一般情形，記者送來的照片，往往太小，需要放大，也有需要縮小的。有些報社印有現成的「照片發稿紙」，只要將照片的左下角與稿紙的左下角對齊，然後在發稿紙上記下照片右上尖端的一點，畫出左下角右上角的對角線，然後延長之，即可很容易地求出希望放大或縮小的實際面積。

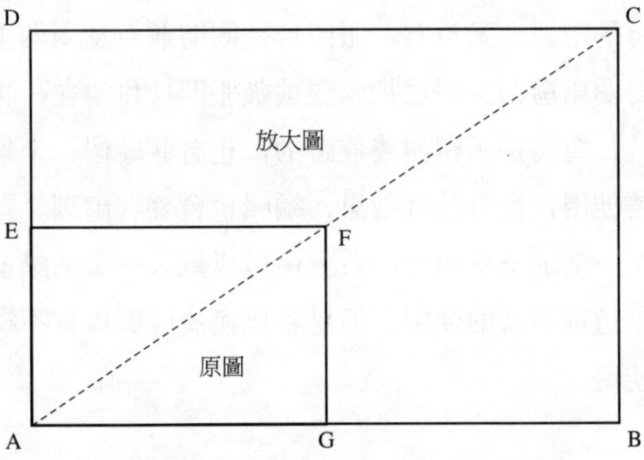

（放大法）

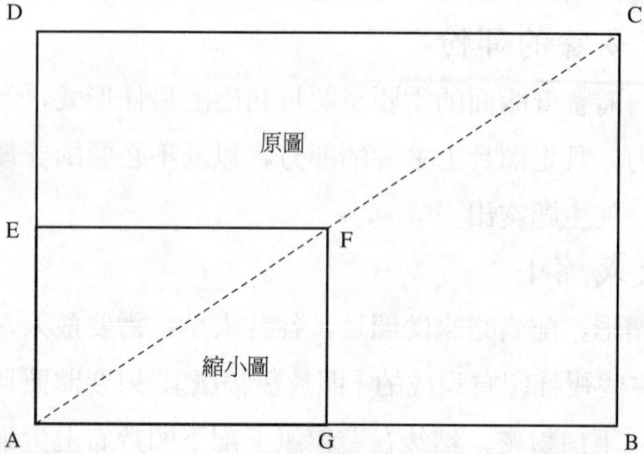

（縮小法）

㈢拼　湊

有些景象，包括兩個以上的主要對象，需要用一張照片來顯示，而由於事實的困難，又沒有一張照片是同時兼有這兩個主題的，此時編輯便得要用剪刀來設法把兩張或數張照片拼湊在一起了。這種拼湊的照片，有時是不留拼湊痕跡的，也有些時候，全景照片與特寫照片拼湊使用，含有特殊效果，編輯也會妥善處理。譬如一張三千聽眾匯集一堂的全景照片，右上角可以鑲入一張演講者的演說表情，這便是這種手法的使用。但是若以拼湊成與事實不符的集錦照片則不可使用。

第四節　照片的編輯

⑴一般二十欄之大型報，其可以容納之照片，以橫闊者言，最大不應超過三、四欄（一欄為一英吋），以直高言，最大亦不應超過五、六欄，因任何照片，到此程度，已可清楚辨識其中事物，再大便浪費了篇幅。

⑵每一版中應至少有一張照片，但若沒有適當的照片，則寧缺毋濫。

⑶照片放置於版面上，應與有關之新聞相銜接在一起。最顯明的位置是在上半版的中央位置，其次是左上角，再次是右上角，再次是版面中上部分，拼在版面中線以下的照片，常不能吸引讀者。

⑷一版若有二張照片，則上下左右，宜與新聞一定配置錯開。同一題材有兩張以上照片，應合併排列，不可分開。兩張不同性質的照片，最好依新聞價值大小予以裁剪成大小不同的照片，以免壓版時放錯位置，成了文圖不符的現象。

⑸製作畫頁時，應儘量使照片彼此互相交錯，而且不要拘於同一型式，以免太規則，顯得呆板。

⑹在同一版面上，各個照片之大小，應有適當比例。一位相當知名人物之死，予以二欄高之人頭照片，可能是恰到好處，適如其分。但如在同版上刊登一張三欄高之殺人凶犯之照片，那就會感到不成比例。這是一個值得編輯注意的問題。

⑺照片說明應注意事項：

①照片說明，除須說明照片中景物之名稱外，還應當把握照片中比較不易被注意而有注意價值的部分解釋出來，讓讀者注意到。

②說明應當力求簡明，要讓讀者能夠迅速地得到指引，就去看照片內容，而無須在說明上多加逗留。

③說明中的上、下、左、右、前、後等指引字彙，必須絕對正確，否則易使讀者誤解，當事者亦會因張冠李戴而感到尷尬。

④一張人頭照片，幾個字就可以說明清楚，無須再加標題。一張人物眾多，而又有許多動作的照片，其說明就非一言可了，在這種說明上即需要另加一標題，令讀者一眼即可捉住要點，大體知道是怎麼一回事。

⑤照片與特寫同時刊出時，特寫已有一總題目，則各照片無需

另作標題，只要略加扼要說明即可。

⑥說明宜簡短扼要，不必長篇累牘，但亦不能一個字都沒有，令人摸不著頭緒。

⑻刊登之照片要謹慎選擇，可能引發讀者偏見之照片不要刊用。俗語說：「照片總不會假」，這話有時並不正確，新聞照片歪曲事實，跟新聞文字並無不同，報上登出公職競選人的精彩照片，是使他競選成功的要素之一。曾經有人指摘報紙刊出候選人照片的時候，凡是自己喜歡的人，必然張張顯得儀表出眾，才智出人；遇到不喜歡的，則張張令人看後嘖有惡言。攝影記者常可利用照片歪曲事實，他在暴動現場上，可以攝一張暴動者向警察擲石塊的照片，也可以攝一張警察拿木棍猛敲暴動者腦袋的照片。編輯必須在攝影記者的障眼法下，去選擇最公正、最具價值的照片才可。

附　錄

《「中央日報社」編寫手冊》對於圖片處理的幾項規則：

1.每天每版最好都應該有一幅以上的圖片，但如果缺乏符合入選條件的圖片，則寧缺毋濫。

2.選用圖片，必須依循下列的原則：

⑴新聞性：

①它能夠配合某一新聞，而且足以顯示該一新聞的重點，使得文字報導更加完整與生動。

②它本身就具有新聞構成的要件，即不需要文字的報導，就能充分表示某一新聞的內容。

⑵知識性：

①它能對新發生的重大事件作報導以外的深入解釋，包括照片、地圖、表解等。

②它能介紹或報導某些大眾所渴望或樂意知道得更多的新奇事物。

⑶藝術性：它不一定與新聞有關，但它本身卻是美麗悅目，充滿欣賞價值的藝術品，而刊登後能使版面美化，並可吸引讀者觀賞的。

3.絕對不可採用下列的圖片：

⑴畫面醜惡或猥褻，或刊登後可能誘導他人犯罪的。

⑵足以使他人名譽受到損害的。

⑶畫面所表現的形象，會影響大眾心理衛生的，如屍體、兇器、兇殺案現場，以及其他恐怖悽慘的場面。

4.照片如果必須加以修剪時，應注意其完整性及真實性。絕對不可以因修剪而歪曲或改變了它原來所具有的意義。

5.使用「集錦」方法將數幅照片合成一幅，絕對不可以違反或變更其原來的意義與真實的形象。

6.新聞人物的照片應力求清晰。

7.遇有合乎條件的優異圖片，必須捨得用篇幅，寧大毋小。

8.編發圖片時，先衡量它的重要性與版面的容量，再決定它的面積大小。

9.如果一版只有一張圖片，排列的地位，最好是在版面的中央；如果有兩張照片，則排列的地位，最好是一左一右或一上一下（但是要避免垂直或平行）；如果有三張以上的圖片，也以左右上下與新聞錯綜配置為最好。

10.同一題材而有二張以上的照片必須同時採用時，則應合併排列在版面的左上方，右下方，或邊欄旁，可以代替專欄的地位。

11.圖片的位置與有關新聞要儘量接近。

12.同一版面中如果有兩張以上的圖片，其大小最好互有區別，以免壓版時放置錯誤。

第十一章　副刊之編輯

第一節　副刊之起源

副刊是中國報業的一大特色。最早成形的副刊，當由一八九七年十一月二十日上海《字林滬報》附出的「消閒報」算起。一九〇〇年上海《同文滬報》附出的「同文消閒錄」次之，由「消閒報」的創刊詞，我們可以瞭解當時副刊的用意，茲錄於下：「蓋今日者，報紙盛行，體例不一。除《滬報》等素按西國規定辦理外，其餘有因小見大者，亦有以莊雜諧者，語必新奇事多幽渺，譬如南筆名經，汪洋恣肆，北里作志，倜儻風流，雖與報館規條難期盡合，亦未始不可以資陶冶而寓懲勸，故自並行不悖，遐爾相傳，此固報館之支流，而亦文人之樂事也。……余輩搬線之餘，出其餘緒，館中復不惜工資，逐日排印，添此消閒報，主意雖不外乎因小見大，以莊雜諧，而別開生面，自成一家，仍隨《滬報》附送，俾閱報諸君，購一得二，既足以知中外時事，又可藉以資美談而暢懷抱，似此，一變通間，較之附送詩集小說，不尤覺為大觀乎?」❶

由此可以知道當初之辦消閒報，一為文人遣興，二為推廣銷路，三為代替送詩集與小說。副刊在主張革命時期進入諷刺階段，《國民日報》副刊為「黑暗世界」，集中大力攻擊時政。五四運動發生，中國新聞文化界受一大衝激，副刊此時又換上一個新的面目，此時副刊以北京《晨報》之副刊，上海《時事新報》的「學燈」和《民國

---

❶　劉光炎，《新聞學講話》，第一七二頁。

日報》的「覺悟」為代表。此後的副刊即以介紹新文藝創作或翻譯、詩歌、漫畫、木刻，漸次披露，至今而無顯著改變。

副刊在娛樂讀者及向讀者提供知識的同時，發生了提倡文學創作的作用，這是副刊對社會的重大貢獻。許許多多的讀者，他們天天欣賞副刊上別人的創作，自然也希望自己有作品能夠登在報上給別人欣賞，這種誘導力，對青年學生特別強烈。他們試著投稿，他們不斷地努力寫作，一旦有一天稿子登出來了，固然是個人努力的成果，但亦不能漠視報紙鼓勵的功勞。

同時，由於報紙是大眾傳播的利器，報紙最容易發現天才橫溢的作家，也最容易栽培一個作者，並且幫助他從無人知曉變得聲名大振。例如高信疆主編時期的《中國時報》「人間」副刊把一名默默從事雕刻創作的朱銘，一夜之間變成了藝術界眾人皆知的大師。在這一方面報紙的力量遠比個人出版幾本鉅著大得多。許多人喜歡先把作品交給報紙發表，然後再裝訂成冊，出版單行本，倒是很如意的算盤。

第二節　副刊的稿源

副刊所用的稿子，有別於新聞稿，一般而言，其學術性氣味濃厚，文字重修飾，因此大部分是文藝界人士的作品，其來源有四：

(一)公開徵求

公開徵求讀者投寄的稿子，佔的比率最大，所有的報紙副刊，都以「園地公開」為號召，也只有真正園地公開的報紙，才能有無窮盡的精彩文章陸續出現，道理很簡單，副刊上的文章是經過挑選，園地公開的副刊，才能吸引很多的讀者來投稿，投稿的人越多，越能選出佳作來。

(二)特別約定

無論多麼公開的園地，特別約定的情形是難免的。譬如，副刊中的「方塊」文章，以及連載小說，若不是自行約請名家，是很少有人會自動投稿的。其實只要不徇私和舞弊，特別約定的辦法，是維持一定水準以上的方法之一。

㈢通訊社或資料社供應

靠公開徵求和特別約定而仍不易到手的稿子，譬如連載漫畫、幽默漫畫，便只有向國內外通訊社、資料社訂購了。像過去《中央日報》的「白朗黛」及《中國郵報》的「史奴比」，都是由資料供應社所供應的。中央社一度也有專欄的供應。

㈣資料室供應

只有極少數的報紙，會利用自己的資料室來供應副刊稿件，而且多半只限於翻譯科學知識和小趣味之類的材料。其實，每家報紙的資料室，都大量訂有中外報章雜誌，只要妥加運用，各類資料之豐富，人手之齊全，用來供應副刊之需要，是綽綽有餘的。各報似乎均未注意到此。❷

第三節　副刊的編輯

副刊是一種藝術品，較一般新聞版面，更要注意美觀，而且有充裕的時間，可以從長考慮，不必像新聞版那樣急迫的趕時間。許多報紙的副刊，都是在白天編排的，為的是要利用白天悠閒的工人，副刊編輯也可以免去熬夜之苦。現今一般報紙副刊，往往是在新聞版編好的前一天晚上已經編排完畢，只等當天印出來。

副刊為了美觀，除了注意版面平衡的條件外，另外，還可以採取下述幾種方式，以增加美觀，這是副刊編輯的特權，在新聞版是不容易辦得到的。

❷ 賀照禮，《新聞學的理論與實際》，第一一〇頁。

㈠採用製版標題

標題用字，可以隨興之所至，手寫也好，繪圖也好，使用任何藝術字體，都可以製版，不受必須採用電腦打字的限制。目前的趨勢是，副刊中最主要的一篇及長篇連載的小說，多用繪圖製版的標題。

㈡使用插圖

插圖的使用有兩種情形，一為根據文章內容繪製，一為平常製好許多美麗圖案的小插圖，置於文章開頭或作補白之用，但現已逐漸不用。由於篇幅不足，以致若干副刊，將刊頭用套色打在文章裡，以節省版面。

㈢靈活運用每批字數

新聞版面均不屬於深度性文章，主要目的在使讀者一目瞭然，因此每批都為幾字高，以增加讀者閱讀速度；副刊則是學術性或文藝性文章，是人閒暇時或需要時閱讀，每批字數則可不必硬性規定在幾個字，而可以酌予放長，版面看起來較大方悅目，閱讀也便利。另外各報副刊全都把批與批當中的顯線改為隱線，使版面看起來非常潔淨，增加閱讀氣氛。

第四節　副刊編輯應注意事項

㈠要能克服篇幅、寫作氣氛的困難

篇幅固定是辦副刊成功與否的要件，有些報紙，只要有廣告時，就犧牲掉副刊，似此一暴十寒，副刊決辦不好。至於寫作氣氛，尤其重要，有些前曾在北平辦副刊辦得很出色的人，一到其他地方便辦不出好副刊，這就是沒有寫作氣氛的緣故。前者有關報社政策，需要副刊編輯向報社當局爭取，至於後者則完全依賴編輯本身與外在環境的聯繫，是編輯本身應努力的工作。

㈡創造新的風氣

副刊一成不變的刊登幾篇連載小說，幾個小方塊，幾篇小散文，再加上一篇短篇小說，固然是維持部分讀者的方式，但是對讀者而言，會日久生厭，副刊本身亦不會有任何進步。因此，編輯要時時主動去發掘新的體裁，適合介紹的體裁，這方面的工作，舉例言之，如過去若干報紙副刊，曾一系列推出小說大展、武俠小說大展、翻譯新書，及報導文學等，頗引人側目，也是增進讀者知識及增加文藝領域的方法。

㈢園地公開

由少數人包辦一刊物，為最劣作風，良好的副刊，不但應對一般人公開，更應對未成名之後進作者公開。副刊因此可以舉辦徵文，擴大稿源，更可以培養作家。

㈣對象明確

一個副刊，必須有它確定的對象，其他週刊如政治、經濟、婦女、兒童、醫藥等，其對象已明確不待言，而一般性的副刊，亦應有明確的對象，如不將對象確定，則其與讀者所建立的關係，必不穩固。

㈤標準齊一

此是指文章的用字、內容，應維持一定的水準以上，不可因適應讀者的喜好而降低，更不得阿俗取寵，刊載穢褻文章，自貶身價，或挾嫌生事，攻訐他人陰私以製造糾紛。務使副刊成為一般人的讀物，而非少數人所私有。

㈥趣味生動

副刊在供人茶餘飯後閱覽，故仍以生動趣味性為主，文字也以短小精悍為宜，含有幽默之諷刺文字，謔而不虐，尤為副刊上最合適的稿件。

綜合來說，編副刊是一種極困難的事，尤以現在的報紙林立，雜誌也有如雨後春筍，紛紛創刊，而著名作家僅有那幾位，稿源稀少，副刊編輯在這方面遭遇的確是一大困難，不過對於富有理想的編輯而言，副刊仍是最可供發展的自由天地。在副刊中，他們可以不受現實的限制，成見的拘囿，海闊天空地發揮他的創造力與旺盛的情感。

第十二章　雜誌的編輯

雜誌和報紙、廣播、電視被認為是控制和影響輿論的主要媒介，但是雜誌以其出版時間的從容和保留時間的長久，而與廣播、電視及報紙有不同的「影響閱聽人」和不同的「影響力」。以美國而論，雜誌對於二十世紀最初六十年的社會及政治改革居功厥偉，到一九一二年揭發醜聞時代結束後，雜誌才擁有大量廣告及大量銷數，其後才有發表意見及評論之刊物。雜誌是以全國性眼光解釋問題及事件，美國是幅員廣大的國家，領土內各地區有各地區的利益，雜誌對於大眾問題及事件，非以偏狹的地方見解去觀察評論，而是以全國性及世界性複雜交錯之觀點去觀察、評論，在此環結上，雜誌是補足其他媒介而非與其他媒介競爭。報紙及廣播、電視（有線）常以地方觀念做報導，且均以一小時或一天接一天方式去處理新聞事件；雜誌卻是經過從容考察及思維後才作報導，再加上各種期刊、專刊均以特定種類興趣之愛好者為對象，乃造成了雜誌的閱聽人，往往在質上較廣播、電視、報紙的閱聽人為高，進而形成其影響力更為深遠。

中國雜誌由《察世俗每月統計傳》在清嘉慶二十年七月初一於麻六甲創刊而誕生，日後雜誌事業一直未有起色，甚至到了談辦雜誌而色變的程度。今日臺灣的雜誌，除部分是機關的定期刊物，及一部分水準品質低劣的刊物，能啟人知識的，比過去增加甚多。身為一個雜誌編輯，不但負有使雜誌美化的責任，更有提高閱讀水準的責任，而新聞編輯實際上不只負有美化版面及在一定範圍內選擇文稿的責任而已。本章下列諸節即討論雜誌編輯的基本任務。

第一節 編輯對雜誌應有之瞭解

編者著手編輯一本雜誌之先,應對雜誌本身做一番瞭解的功夫:

⑴首先要知道雜誌的讀者群是些什麼人組成?各種不同的人會選購或訂閱不同的雜誌,醫學院的學生會選訂醫學雜誌,工廠裡的女工會選擇訂閱影視雜誌,這兩類人具有不同的生活背景、不同的教育程度、不同的娛樂、不同的生活習慣,當然更有不同的需要。編輯先要了解,你所編的雜誌是些什麼人在閱讀,才能決定自已該選用什麼樣的稿件,提供什麼樣的知識,指導你的閱聽人。

⑵編輯要了解這本雜誌的主要內容是什麼?同是有關電影的刊物,有以影星生活為內容。有以電影評論為內容,有以電影製作技術為內容。內容也決定一個編輯對雜誌的處理方向。

⑶雜誌的稿源來自何處?新聞性雜誌,如《時代週刊》,有自已的記者、撰稿人,編輯只負責編的工作。接受投稿的雜誌,如《皇冠》是選用各地小說家的稿件,有些雜誌如「光華」、「文訊」則要編輯自已找資料,撰稿、約稿,各有不同的方式,或各種方式並用,你所編的雜誌,稿源是由何來,你必需瞭解,好做事前的準備工作。

第二節 基本認識

一、紙 張

紙張是印刷的基本材料,印刷物的優劣,紙張是先決條件。當然以高級紙張印刷的書刊,顯得精美;反之,用劣質紙張印刷的書刊,就會因為表現力的低落,而影響了文字的傳播力量。

紙張的種類——紙張的種類繁多,在書刊使用的紙張約可分為

⑴銅版紙：這是一種經過表面處理，白色度極高，油墨反射度強，為彩色印刷的寵兒。雜誌封面通常即採用銅版紙，因其表面光滑，硬度高而不易損壞。⑵道林紙：道林紙質料白色度較銅版紙低，適合於書刊內頁使用。⑶模造紙：其吸收浸墨力強，白色度較道林紙低，可作套印顏色，適合雜誌使用。⑷書印紙（又稱米色模造紙）：紙呈米黃色，書刊若用此類紙張，閱讀時較不刺眼，若用於套色，則顏色不易控制。為求紙張成本降低，可用新聞紙代替。⑸新聞紙：紙張色澤略黃，是專供新聞報紙或雜誌使用，成本便宜。

紙張規格——紙張張數以令為單位，五百張全紙（全開紙）為一令。一張紙之大小為31吋乘43吋，換算臺寸是26乘36。在英美亦有以「捲」數為計算紙張單位之「捲筒紙」，每卷約31吋乘43吋之五千張全紙，一般報社即採用此類捲筒紙，配合輪轉印刷機之用。

前面已說明大型報紙是對開大，四等分稱為四開，八等分稱八開。十六等分稱十六開，三十二等分稱三十二開。這是正規開數分割標準。另有許多種特殊分割規格（見例二、三、四）。有一種專供印教科書用的菊版紙，其每一張可裁成二十五開（$6\frac{1}{5}$吋×$8\frac{3}{5}$吋）大小紙張十六張。

例一

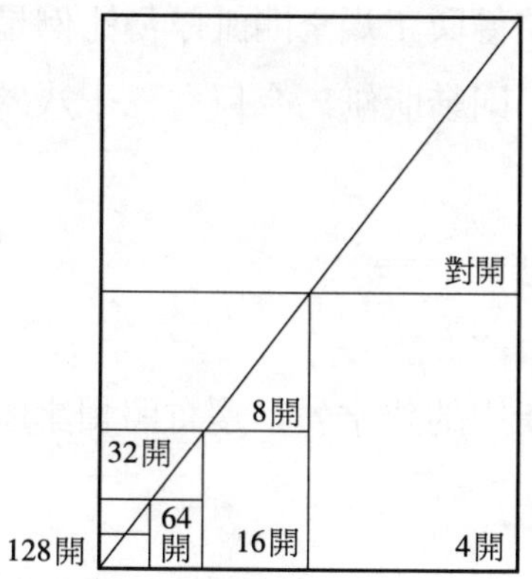

例二

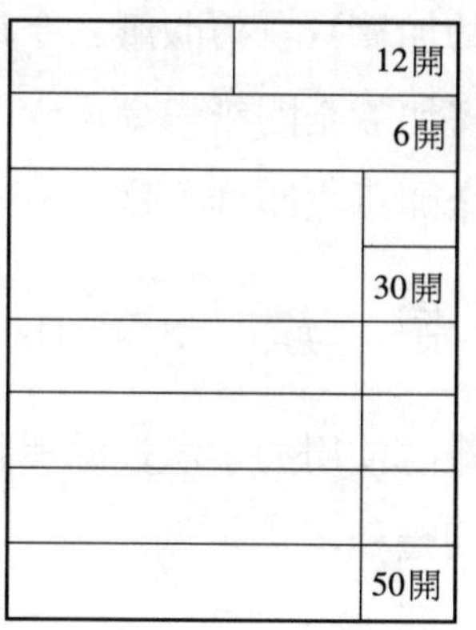

例三

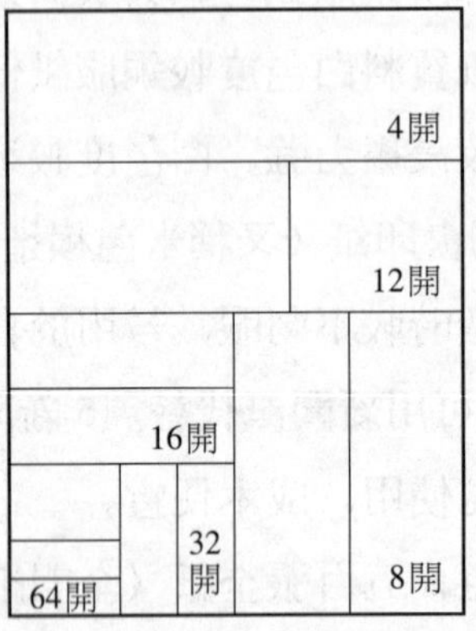

例四

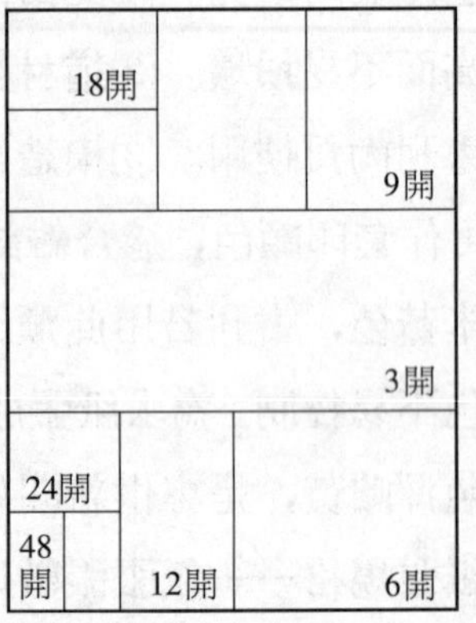

紙張厚度——紙張以磅數計算厚薄，以乙令紙五百張全開紙的重量為計算單位，通常有三〇、五〇、六〇、七〇、八〇、一百、一百二〇、一百五〇、二百、二百八〇等幾種。一般雜誌內頁紙張厚度，可自四〇至六〇磅之間選用，而以六〇磅為最適宜，封面則選用一百二〇磅至一百一〇磅最適宜，通常以使用面積之大小來決定厚度之大小，面積大者用厚紙張，小者用較薄的紙張，十六開大的傳單則採用八〇磅至一百磅。一張全開紙裁分成十六開大，即可得十六張，則乙令紙可裁成八千張，以此類推，可推算出用紙量是多少（但實際使用外，紙張本身缺損及套一色約有百分之三至百分之五的加算）； 菊版紙乙令每張厚薄與正規全開紙厚薄比例是19比30。譬如說全開紙一令重六〇磅，則菊版紙乙令只有三十八磅重，則與全開紙之厚度一樣。

二、字　體

雜誌使用的字體，除與報紙所用的鉛字外，還有照相字體，分為下列幾種：

粗明朝	照相排字
中明朝	照相排字
細明朝	照相排字
特黑體	照相排字
粗黑體	照相排字
中黑體	照相排字
細線體	照相排字
粗圓黑體	照相排字
正楷書體	照相排字
仿宋體	照相排字

級數	號數	P數
7	8	5
8	7	5.5
9		6
10		7
11	6	7.5
12		8
13		9
14		10
15	5	10.5
16		11
18		12
20	4	14
24	3	16
28		18
32	2	22
38	1	26
44		31
50		34
56		38
62	初	42

級數	變形（長體、平體）		
	1號	2號	3號
7	6	6	5
8	7	6	5
9	8	7	6
10	9	8	7
11	10	9	7
12	11	10	8
13	12	10	9
14	13	11	10
15	14	12	11
16	14	13	11
17	16	14	12
20	18	16	14
24	22	19	17
28	25	23	20
32	29	26	23
38	34	30	26
44	39	34	30
50	45	40	35
55	50	44	38
62	56	50	43

粗明朝體又稱粗宋體，中明朝體又稱中宋體，細明朝體又稱細宋體。照相打字因近年照相技術的進步，可做各種變形，對雜誌版面來說，方便不少。

現今雜誌書刊較常使用的印刷方式，大致分為凸版（活版）印刷及平版印刷二大類：

㈠凸版印刷

凡印紋部份與非印紋部分有顯著的高低差別，印版可供著墨的印紋部分呈凸起狀，無印紋部分即凹陷，紙張上印出的文字圖案即凸起的部分的印紋，稱之為凸版印刷，又稱活版印刷及鉛印，其優缺如下：

⑴優點：其油墨濃厚，色調鮮艷，字體線條清晰，油墨表現力強，且字體工整，印刷書籍表格不失其嚴肅性。

⑵缺點：若鉛字不佳，影響字體線條不良，製版不易控制，不適合大版面印刷，製版費用高。雜誌如以鉛字印製，則呆板缺乏變化。

因此，鉛印較適合於印刷教科書、報紙、表格、請帖、名片、傳單等。

㈡平版印刷

凡印版的印紋部分與非印紋部分幾乎無高低差別，而利用水油不相混原理，使印紋部分保持一層富有油脂的黑膜，而無印紋部分則保持一層可吸引水分而形成抗墨作用。利用此種原理的印刷方法，稱為平版印刷。此種印刷方法由早期石印演變而來，因其製版及印刷有其獨特個性，而且成本低廉，經不斷研究改進，成為今日印刷上重要的印刷方式。平版印刷可分為四大類：

1. 普通平版

利用照相製版方法，將原稿文字、圖片攝成陰片，再拼貼成大版之後，與塗佈蛋白（蛋清）感光液的鋅版或鉛版疊合曝光，製成印版，再上印刷機印刷，謂之普通平版。然其印版的印紋部分的油墨是沾在蛋白感光膜上，其版面耐度及受水膠之破壞，使印刷物不能達到精美要求，故版面印刷量不高，使成本低廉。普通平版又稱蛋白版，因製作材料不同，又分濕版及乾版兩種。

2. 平凹版

由於普通平版之印版耐度及精密度在製版處理上的缺點，而改良成平凹版。平凹版的製作方法，是將原稿文字、圖片攝成陰片後，再翻成陽片，然後再拼成大版，與塗佈有感光液的鋅版疊合曝光製版。平凹版因係利用凹版之特性，使印紋凹陷部分的油墨直接與金屬密切接觸，增加油墨印在紙上的濃度；因此，印刷時不易被水膠侵蝕破壞，印刷耐度超過平版五倍以上，可印製多量印刷物，同時由於油墨濃度厚，精美度亦隨之提高，適用於雜誌及彩色印刷，但製作過程複雜且材料使用多，故製版成本亦隨之提高。

3.平凸版

平凸版與平凹版製版方法完全相反，是利用凸版特性應用於平版印刷。也因為如此，所以一般印刷都用平凹版而較少採用平凸版。

4.珂玀版

珂玀版在十七世紀中葉即被採用，以墨膜的厚薄來表現畫面光暗深淺的程度，所以印刷物與原稿是十分的接近，這也是印刷學科裡最精密的印刷技術。但是這種印刷耐度比較低，所以印刷的數量極少，而且不容易製作出良好的版面來，所以這種方式只適合用於印刷珍綴的字畫，是印刷術上一項最具藝術的印刷技術。❶

上面所說明的，是四種印刷方式，至於要選擇哪一種印刷方式，則要以雜誌的種類，以及其內容為依歸。專業性、較嚴肅，同時文字較多的雜誌，可選用凸版印刷，其他的雜誌，則可選用平凹版印刷，事實上，平凸版的印刷方式也是現今雜誌界採用最多的一種印刷方式。

第三節　版面設計

雜誌的原稿整理與新聞文學原稿整理相同，只是標題製作不受字數欄的限制，可以有較大的變化；這一節討論的是雜誌的版面設計。

雜誌無論一頁的版面有多大都比報紙小，因此，一個版面至多容納二至三篇文章，一篇文章反而佔用多個版面，也就是說雜誌的一頁是一個版面，有多少頁就有多少版面。

雜誌的編輯版面比報紙版面更加具有美術設計的味道，事實上許多雜誌的編輯本身就是一個美術設計能手，否則也要有美術設計人員的從旁協助，才能將版面編得美輪美奐與雜誌的理想和計劃相配合，繼續完成觀念的傳遞與傳播。

❶　黃輝南，《刊物編印》，第六～九頁。

㈠分　欄

雜誌一版的欄數由一欄至四、五欄，每版均不同，完全由編輯決定。一欄由上到底的方式除了在教科書中應用外，雜誌幾乎很少使用，與新聞一樣分成較短的字行，可以方便閱讀；分成多欄可以使版面產生變化，欄數愈多，變化愈大，也易於配置圖片，此外也可節省篇幅，長欄在文的一段尾端易造成太多的空白，形成版面難看的外形。

前篇使用三欄的版面變化，後一篇的版面最好改用別的分欄方式，可避免單調，使每一篇文章都能一新耳目；同一篇文章若文太長需要轉版，則需使用相同的分欄方式，以求統一。

㈡圖　片

圖片包括與文有關的相片、漫畫及與文無關的相片、漫畫兩種，漫畫是由美工人員或編輯依照雜誌之基本立場要求畫好之後製版；相片由編輯視實際需要，要使用什麼樣的網線，尤其特殊網線處理，一定要在原稿上加以說明。

㈢標　題

標題的字體、字號、排列等，雜誌比報紙不受拘束得多，只要有足夠的空白，就能作為各式各樣、各種變形排列的組合，顯得有多樣性的變化，由於時間較充裕，用手寫，美工人員設計再製版的方式，經常被應用在標題製作上，標題也要在原稿上註明字體、字號，鉛字印刷與報紙相同，照相打字註明方式大致相同，如下列：

「雜誌編輯學」

—55級細黑平二

就是說「雜誌編輯學」這幾個字，要用55級細淺黑體平字體第二號攝影沖洗。字體一字號在同一個標題裡，可以選用不同的字體、字號，編輯可以隨心所欲。

㈣平　衡

雜誌是由文字、標題、圖片三者構成畫面，由於標題、圖片至多只有二、三個，安排上比較不費手腳，更不必擔心一版中何者較為重要，只要發覺到在版面安排上有偏重的感覺，即可將位置重新調換，重新擬定標題或重改圖片之大小，甚至重新分欄。

㈤美 觀

版面的美觀除了應用美工設計的成品——漫畫、插畫等之外，題與文及圖片將版面分割成的小版面，也是引起美觀的重要因素，對稱的上下、左右或井型的分割方式均可，一般使用較多，也較重要的方法是黃金定律的分割法，長和寬的比例是一比〇・六一八，這種形狀的長方形，是最能取悅人目的圖形，教人望去便產生美與舒適的感覺。

㈥雙 版

雜誌攤開來看時是二個版相對，稱「雙版」，較長的文章在一個版面內容納不下時，即應使用雙版，而少用需要翻頁的版，雙版中的文章若為同一篇，則將兩個版合併規劃，而不視為二個版；若為不同的文章，也應求兩個版面的平衡；標題形式最好不一樣，分欄方式應使用不同的分欄以區別二版，並增進變化。

㈦框的運用

雜誌的框與報紙並無不同，應用原則也如出一轍，遇到文字少，分量大，必需給予一版或半版的文章，例如名家的詩作、重要人物的短文、精采的小品文章，都可以加框刊出。❷

㈧封面設計

雜誌的封面設計，猶如人的衣服、食品的包裝，一個好的封面設計，可以使一本雜誌銷售量陡的提高，差的設計則令人視之毫無驚人之處，而輕視了好的內容，《時代雜誌》的封面設計，不但被視為畫史，也被許多讀者所收藏。若干雜誌常有因封面設計好而提高

---

❷ 余也魯，《雜誌編輯學》，第二八八頁。

銷售量的事實。因此封面設計在編輯來說是銷售雜誌內容的一個媒介物，一般來講有二個設計原則，一是清晰美觀，一是保有一貫的風格、傳統。

第四節　畫　樣

原稿經過審閱、修改，收集了有關圖片之後，便要將版面編排方式畫在一張畫樣紙上，好讓檢字或打字工廠可以依樣行事。編輯在畫正式畫樣之前，要先畫出幾個草樣，比較之下再選擇一種最好的，否則若不適當等工廠打完字再改，就多浪費許多時間、金錢，畫樣畫好之後，再以此為根據在原稿上註明標題、作者名字、正文應排的字號、字體及分欄。分欄數以多少字高來標明。

畫樣上要標明頁碼，否則到拼版時毫無根據，左也不是右也不對，造成事倍功半。

畫樣的方式如下例：

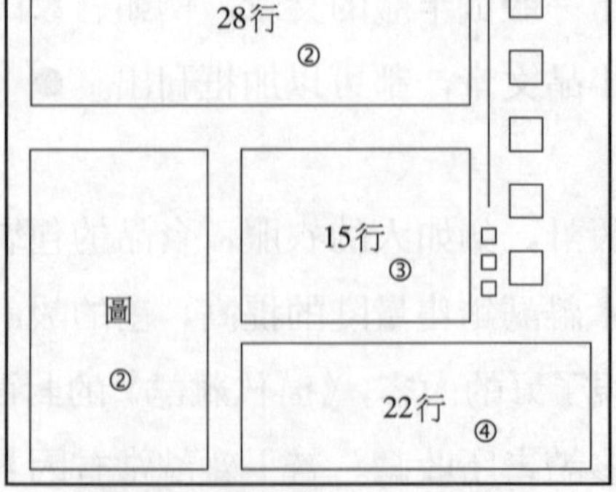

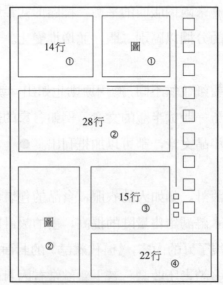

（16開分四欄，標題占10行，圖①占11行，
圖②占13行，文章占79行）

第五節　成功的內容

一本雜誌的成功，內容是決定性因素，一本法律專業性雜誌拿給習美術的人看，在內容上來講就是失敗，因為法律並不在習美術者的經驗範圍內，若非有興趣，枯燥的法律名詞，是一堆厭惡、惹人嫌的符號。

讀者閱讀雜誌主要的目的有二，一是增加見聞，這是外在的目的，增進自己的知識、見解，尋求指導生活的方法，發掘新事物，供給日常生活談天的材料。一是感情的宣洩，這是內在潛意識的需求，只要是藝術文學的產品都具有宣洩的作用，亞里斯多德即謂悲劇有「宣洩」感情的作用，雜誌的內容也有相同的功效。

《時代雜誌》與《讀者文摘》二本雜誌，都是以為節省讀者閱讀時尋找需要的文章，而成暢銷的雜誌，但這兩本雜誌的內容都符合了前述兩點內容上的要求，才能有今日大量的銷售。現以《讀者文摘》為例，分析其內容範圍及選擇，以瞭解為什麼它會成為一本暢銷的雜誌。

郭勝煌在《傳播內容之「價值分析」── 以中文版讀者文摘為例的研究》碩士論文中，以中文版《讀者文摘》為研究對象，分析其內容所涵蓋的「價值」，從而探討這些「價值」導致《讀者文摘》成功的因素。他的研究有三個假設，前二個一是中文版《讀者文摘》的傳播內容，具有多方面的價值，以迎合讀者的經驗範圍。一是中文版《讀者文摘》的傳播內容，其價值以追求「人類理想生活」的理論世界為旨，符合中國人的價值觀。經過郭勝煌的內容分析，得到以下的結論：

⑴《讀者文摘》具有多種「價值」的內容，用以吸引不同階層的讀者，因此才維持為數眾多的讀者，創刊十一年銷售數居中文雜

誌的領先地位。

⑵分析中文版《讀者文摘》的內容，發現以利己的價值、經濟的價值和社會標準的價值合佔全部樣本內容各類價值總數的百分之二十五。而這三個價值正好與楊國樞的研究報告「中國大學生最喜歡的生活方式 1.保存人類最好的成就， 2.對他人表示同情和關切， 3.將行動、享樂和沉思加以統合。」有相似的結果，楊國樞發現中國大學生喜歡的三種生活方式，即中國大學生的真實生活方式。

由此，可知一本雜誌的成功與否，與施蘭姆的「唯有健全的傳播內容，才能達到預期的傳播效果」是相合的，施蘭姆提出健全的傳播內容的四個條件，這四個條件可作為一個編輯決定雜誌內容的參考：

⑴內容的設計和發出的方式，必須引起對方的注意。

⑵內容使用的符號，必須符合傳播者對方的共同經驗，以溝通雙方的意見。

⑶內容要能激起閱聽人的需要，並提供滿足此項需要的方法。

⑷所建議滿足的方法，必須符合對方所屬的團體規範。❸

❸《新聞學研究》，第二十期，第一〇五頁。

附　錄

一、凸版製版印刷過程

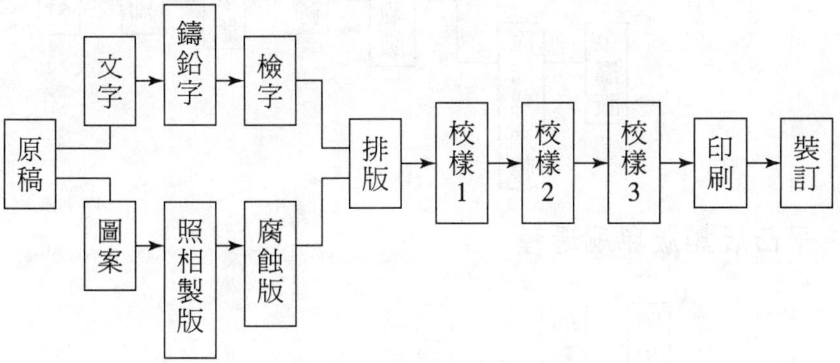

二、平版印刷四大類的製版印刷過程

1. 普通平版（蛋白版）製版印刷過程

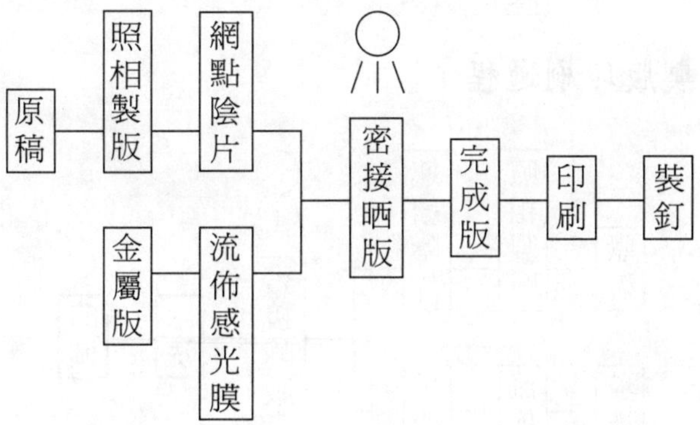

2. 平凹版製版印刷過程

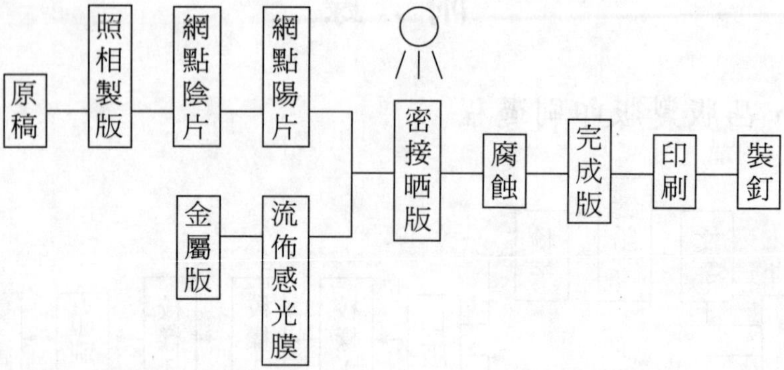

3. 平凸版製版印刷過程

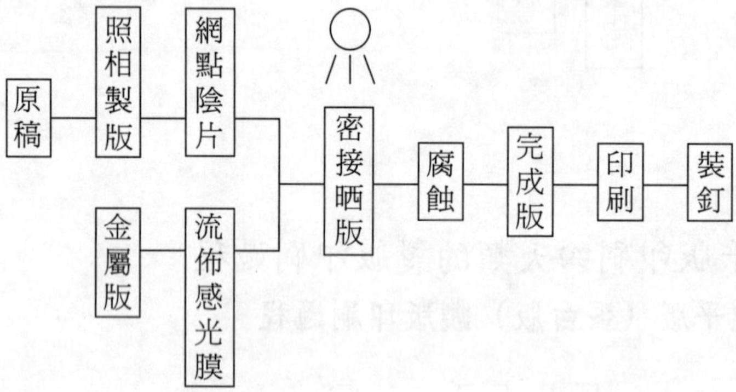

4. 珂羅版製版印刷過程

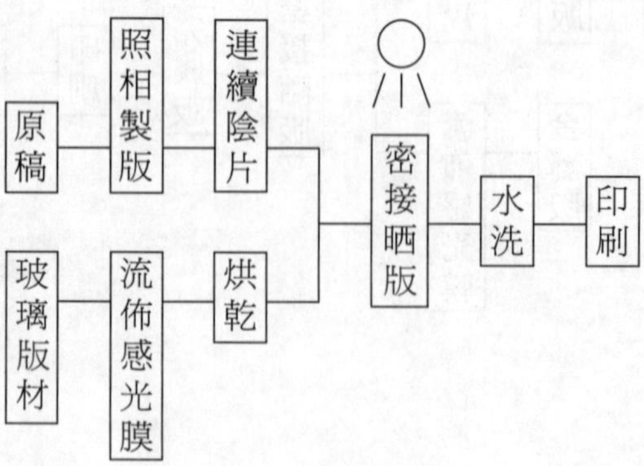

第十三章　校　對

校對工作在一個報社內常被視為是最卑微的工作，待遇也是最低的工作，由此可知校對不被報社所重視，所以一般人往往輕視校對工作，致使校對本人也難免有自卑感，於是在擔任校對經過一段長時間之後，對於編輯工作也已耳濡目染比較熟悉時，往往會想擺脫校對工作而改任編輯，如今許多報社也有由校對工作人員中挑選編輯的習慣，造成校對工作成了兼差和踏腳石的性質，使校對工作無法提升到水準以上。❶

編輯部之所以要設置「校對」這項專業工作，無非是要使擔負這項職責的人員，可以專心致力於改正錯字，以免報紙有「錯」字出現。

乍看之下，校對這項職務，好像輕鬆容易，因為校對只要照原稿對錯字，是一件輕而易舉的事，其實是大謬不然，只須看一下報紙，便可明瞭「校對」不是一件易如反掌的事，如此大的報館，使用不少人員專司校錯字的工作，結果還是免不了有若干「錯誤」；可見校對工作是相當繁重的，因為初校稿的錯決不會太少，又會有脫落的字，或打字模糊不清，加以新聞原稿在編輯的塗改刪節下和記者、編輯字跡潦草下，真是難以辨認，偶然接錯段，弄錯行，更使校對窘態畢露，難於應付，有人稱校對工作是「校仇」，實不為過，也未言過其實。

---

❶ 袁希光，《新聞學概論》，第三十三頁。

第一節 校對之條件及與編輯之關係

校對工作者與編輯之間必須維持良好關係，編輯因為時間的關係，對於原稿定不能詳細過目、修改，標題製作有時也會常有筆誤或措詞不當之處，就必須依靠校對工作者，在校對時發現錯誤，予以改正，若二者之間關係維持不當，編輯氣勢凌人，校對在工作時得過且過，則錯誤難免產生。這是編輯應注意的事情。

一名校對的實際工作，除了校正打字錯誤、記者的筆誤及編輯的筆誤之外，事實上也包含了內容的錯誤，要把這些錯誤改正過來，便不是單憑對照原稿可以辦到，校對工作決不是認得幾個字的人可以承擔，理由也便很明顯了。

擔任校對的人要想把校對工作做好，必須具備若干條件，才能成為一個合格的校對，這些條件是：

⑴熟悉校對符號，並且恰當運用，保持樣張的表面清爽，使改字工人便於工作。

⑵要具備基本的語文知識，對中文字的認識要普遍而深入，什麼樣的字用在什麼地方是恰當或錯誤，都應瞭解。基本語法的認識也是必須的。

⑶普通常識要豐富，不但要有超人的時事知識，各種學科如社會科學、自然科學，都要能熟記於心，才能校出原稿的錯誤。

⑷有集中思慮的能力，校對工作是一種專心一意的工作，報社裡工作時，人聲、電話聲、機器聲等吵雜不已，若不具有集中思慮的能力，分散了注意力，偶不小心即會錯過一個錯字。

⑸對各種字體如草書、行書、作者自創的字體，都要有辨認的能力。

⑹要細心反應快，心細如髮，不容絲毫錯誤，反應快，要有迅

速發現錯誤的能力，要會思想，會懷疑。

⑺要有基本的編輯常識，瞭解標題製作是否恰當，型式是否符合等。

⑻要具有高度的政治警覺性。

第二節　校　對

㈠校對的方式

校對的方式有一校、二校或至三校，在報社中地方版的新聞稿及較不重要的稿子，都是一校二校即可，較重要的稿子，如總統文告、重大人事命令……等都需經過二校或三校，由第一名校對，按原稿對照小樣校一次，再由另一名重複一次，由於是兩個人看，錯誤產生的機會較少。更重要的稿子如社論，便要經過三校，甚至四校，由校對二校後再由校對組負責人再校一次。

㈡校對常遇的錯誤

一張小樣上，除了很特殊的錯誤外，有一些很常見的錯，它出現的頻率是每一張小樣都會有，因此，一名校對應加以注意，才能在工作時得心應手，不但快，而且不會造成失誤。

⑴誤植形狀近似字——這類的錯誤常見的有：

誤「顯」為「願」或「顧」　(顧然)

誤「造」為「迅」或「建」　(建福人群)

誤「刺」為「剌」　(剌了一刀)

誤「雜」為「雖」　(雖七雖八)

這種錯誤大多是在同一個部首或字邊的字，才會產生。其他類似的有「予與子」，「己，巳，已」、「溪與流」等。

⑵原稿字跡潦草，字跡潦草有些可以由上下文判斷，但有些是無法加以判斷的。

誤「如」為「為」　　　　　(原來為此)

誤「美」為「英」　　　　　(英國獨立革命)

誤「鋁」為「鉛」　　　　　(「鉛」製的輕巧家具)

⑶漏植——漏植的發生有時是一字，有時是一句，有時是一行或一段，這是由於原稿中出現相同的字或句，打字者精神不集中，或疏忽將中間未打的一部分全部漏去，所以校對在一篇文章中，時常出現相同的人名或地名時，要特別留意漏植。

⑷多植——與漏植相同，亦是原稿中重複出現的字太多，重複了某字或某句、某段。

⑸倒字——例如：

將「顛倒」排為「倒」。

將「天翻地覆」排為「天地翻覆」。

將「一九九八年」排為「一九八九年」。

㈢校對的過程

新聞校對的過程與雜誌校對過程大致上是相同的，現在以新聞校對的過程來說明校對之過程：

新聞校對第一步校對是先校小樣，小樣要與原稿對照著校，看一句原稿，再看一句小樣，或先看一句小樣再看一句原稿均可，校完之後在原稿上簽上第幾版，及校對人姓名即可。

小樣校完之後交出更改，改完後，便將小樣及排好的大樣，一起送給負責版面的校對，負責版面的校對則只需將小樣上需要更改的字，加以核對是否改正即可，若無改正即將之改在大樣上，重新再更改。

大樣改完之後，稱之為「清樣」，意思是上面已經沒有錯誤了，清樣應由編輯、校對組負責人、總編輯等過目，確定無任何錯誤，才可以簽字付印。

㈣校對規則

校對時有一些規則必須遵守，才不致於使工作混亂，也可收事半功倍之效果。其規則大致如下：

⑴校對工作開始前應將原稿按頁整理好，然後對照原稿順序校小樣。

⑵校對時以用紅筆最佳，忌用黑色或與樣張接近的顏色。

⑶發現錯誤要用校對符號更改，若無符號可用時方可批字。

⑷校對符號以外的提示或說明，應用括弧括起，以免與校正文字相混淆。

⑸樣張中的錯誤應用引線自行間拉到空白處改正，勿在行間更改。

⑹拉出的引線，要儘量避免交叉。

⑺改正的字和校對符號，應筆劃清楚，用正楷寫出，以免再錯。

⑻遇同一樣的錯字或同一誤植符號時，只須將正確的字或符號在空白上寫出一個，然後再將所有同一錯誤，用引線拉到這個字或符號上。

⑼錯字過多時，可將原稿附在樣張上，送給電腦打字員重打。

⑽校對應根據文旨、上下文，去找出作者、編者的筆誤，千萬不可逕行刪改，也不可改變字句的結構與文氣。

⑾發現內容上的錯誤與可疑點時，可用紅筆在原稿上圈註，送請編輯人員覆看後再決定。❷

---

❷ 余也魯，《雜誌編輯學》，第三三九頁。

附　錄　一

常用的校對符號：

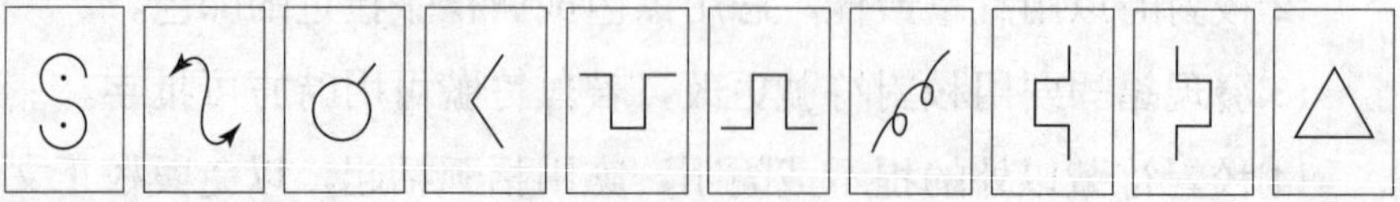

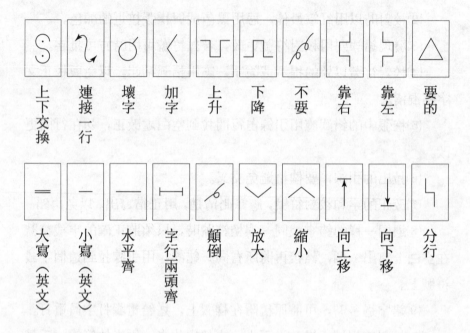

上下交換	連接一行	壞字	加字	上升	下降	不要	靠右	靠左	要的

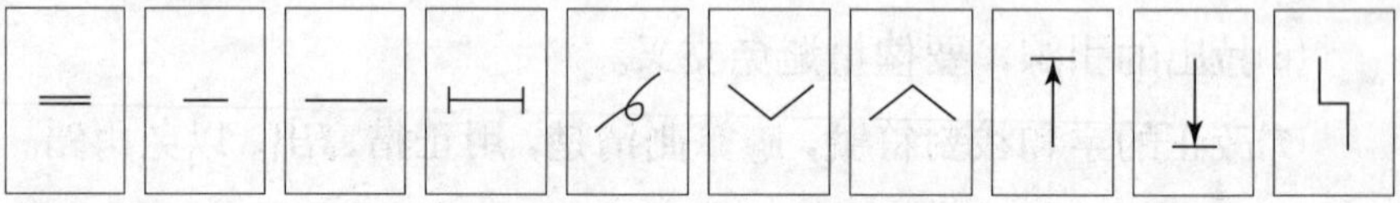

大寫（英文）	小寫（英文）	水平齊	字行兩頭齊	顛倒	放大	縮小	向上移	向下移	分行

附　錄　二

「中央日報社」有關「校對」部分的幾項符號實例：

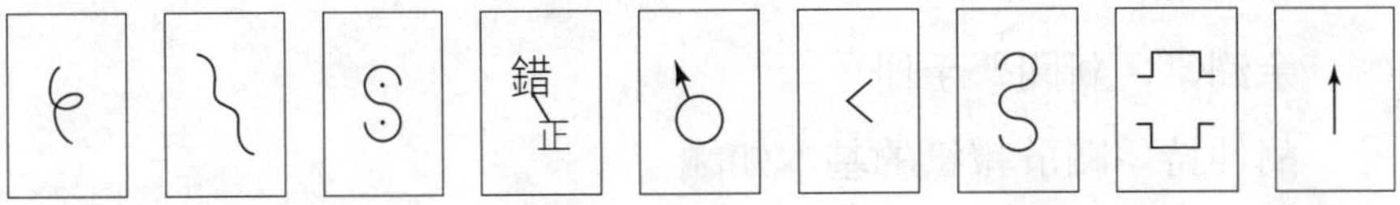

緊接號。另行號。如：(一)「臺灣省政府……」(二)「謹向閣下致誠摯的敬意」

下移號。上升號。如：(一)「行政院……」(二)「完成立法程序」

對調字。如：「天公為下」

空一字。如「＜總統」。

遺漏一字或數字。如「大山」（雪）

錯字。如：「阿利山」（里）

上下顛倒。如：「地天」。

歪倒字。如「我們」

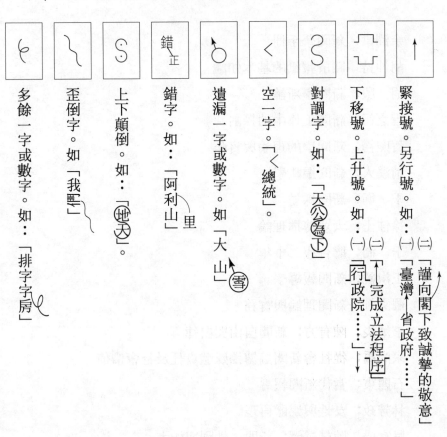

多餘一字或數字。如：「排字字房」

參考書目

余潤棠：新聞學手冊

胡仲持：關於報紙的基本知識

胡　殷：新聞學新論

程之行：新聞工作中的探討

賀照禮：新聞學的理論與實際

荊溪人：新聞編輯學

于　衡：新聞採訪

徐佳士：大眾傳播理論

于　衡：聯合報二十年

王洪鈞：新聞報導學

羅文輝：新聞理論與實務

李炳炎、陳有方：新聞自由與自律

朱尚禹：從社會新聞論傳播媒體責任及社會價值

石麗東：當代新聞報導

林芳玫：女性與媒體再現

吳富盛、陳芸芸譯：新聞、性別與權力

黃輝南：刊物編印

許水德：心理學入門

錢　震：新聞論

劉光炎：新聞學講話

李誥譯：你的報紙

袁希光：新聞學概論

陳石安：新聞編輯學

胡傳厚：新聞編輯學

余也魯：雜誌編輯學

華爾街日報手冊

新聞學研究

新聞文化出版手冊

報學一卷一、二、三期；三卷四、六、七、九期

聯合報編採手冊

中央日報編寫手冊

中華日報社刊 242期

中央日報社刊 242、246、248、297、301、311、329、334、335、383期

聯合報社刊 99、118期

新聞學雜誌 15期

三民大專用書書目——國父遺教

三民主義	孫文	著	
三民主義要論	周世輔	編著	前政治大學
三民主義要義	涂子麟	著	中山大學
大專聯考三民主義複習指要	涂子麟	著	中山大學
建國方略建國大綱	孫文	著	
民權初步	孫文	著	
國父思想	涂子麟	著	中山大學
國父思想	涂子麟 林金朝	編著	中山大學 臺灣師大
國父思想（修訂新版）	周世輔 周陽山	著	前政治大學 臺灣大學
國父思想新論	周世輔	著	前政治大學
國父思想要義	周世輔	著	前政治大學
國父思想綱要	周世輔	著	前政治大學
國父思想概要	張鐵君	著	
國父遺教概要	張鐵君	著	
中山思想新詮 ——總論與民族主義	周世輔 周陽山	著	前政治大學 臺灣大學
中山思想新詮 ——民權主義與中華民國憲法	周世輔 周陽山	著	前政治大學 臺灣大學

三民大專用書書目——新聞

新聞學	李　瞻 著	政治大學
基礎新聞學	彭家發 著	政治大學
新聞論	彭家發 著	政治大學
臺灣地方新聞理論與實務	王天濱 著	民生報
傳播研究方法總論	楊孝濚 著	東吳大學
傳播研究調查法	蘇　蘅 著	輔仁大學
傳播原理	方蘭生 著	文化大學
行銷傳播學	羅文坤 著	政治大學
國際傳播	李　瞻 著	政治大學
國際傳播與科技	彭　芸 著	政治大學
廣播與電視	何貽謀 著	輔仁大學
廣播原理與製作	于洪海 著	中廣
電影原理與製作	梅長齡 著	前文化大學
新聞學與大眾傳播學	鄭貞銘 著	文化大學
新聞採訪與編輯	鄭貞銘 著	文化大學
新聞媒體與消息來源 ——媒介框架與真實建構之論述	臧國仁 著	政治大學
新聞編輯學	徐　昶 著	新生報
採訪寫作	歐陽醇 著	前臺灣師大
評論寫作	程之行 著	紐約日報
新聞英文寫作	朱耀龍 著	前文化大學
小型報刊實務	彭家發 著	政治大學
媒介實務	趙俊邁 著	東吳大學
中國新聞傳播史	賴光臨 著	政治大學
中國新聞史	曾虛白 主編	前國策顧問
世界新聞史	李　瞻 著	政治大學
新聞採訪學	李　瞻 著	政治大學
新聞道德	李　瞻 著	政治大學
新聞倫理	馬驥伸 著	文化大學
電視制度	李　瞻 著	政治大學
電視新聞	張　勤 著	
電視與觀眾	曠湘霞 著	中視文化公司
大眾傳播理論	李金銓 著	香港中文大學
大眾傳播新論	李茂政 著	政治大學

大眾傳播理論與實證	翁秀琪 著	政治大學
大眾傳播與社會變遷	陳世敏 著	政治大學
組織傳播	鄭瑞城 著	政治大學
政治傳播學	祝基瀅 著	實踐研究院院長
文化與傳播	汪琪 著	政治大學
電視導播與製作	徐鉅昌 著	臺灣師大
電視劇：戲劇傳播的敘事理論	蔡琰 著	政治大學
民意與民意測驗	鄭貞銘 著	文化大學

三民大專用書書目——行政・管理

行政學（修訂版）	張潤書 著	政治大學
行政學	左潞生 著	前中興大學
行政學（增訂二版）	吳瓊恩 著	政治大學
行政學新論	張金鑑 著	前政治大學
行政學概要	左潞生 著	前中興大學
行政管理學	傅肅良 著	前中興大學
行政管理	陳德禹 編著	臺灣大學
行政生態學	彭文賢 著	中央研究院
人事行政學	張金鑑 著	前政治大學
人事行政學	傅肅良 著	前中興大學
人事管理（修訂版）	傅肅良 著	前中興大學
人事行政的守與變	傅肅良 著	前中興大學
各國人事制度	傅肅良 著	前中興大學
各國人事制度概要	張金鑑 著	前政治大學
現行考銓制度	陳鑑波 著	
考銓制度	傅肅良 著	前中興大學
員工考選學	傅肅良 著	前中興大學
員工訓練學	傅肅良 著	前中興大學
員工激勵學	傅肅良 著	前中興大學
運輸學概要	程振粵 著	前臺灣大學
兵役理論與實務	顧傳型 著	
行為管理論	林安弘 著	德明技術學院
組織行為學	高尚仁 伍錫康 著	香港大學
組織行為學	藍采風 廖榮利 著	美國印第安那大學 中國醫藥學院
組織行為管理	龔平邦 著	前逢甲大學
組織原理	彭文賢 著	中央研究院
組織結構	彭文賢 著	中央研究院
行為科學概論	龔平邦 著	前逢甲大學
行為科學概論	徐道鄰 著	前香港大學
行為科學與管理	徐木蘭 著	臺灣大學
實用企業管理學	解宏賓 著	臺北大學
企業管理	蔣靜一 著	逢甲大學
企業管理	陳定國 著	前臺灣大學

企業管理辭典	Bengt Karlöf 廖文志、樂 斌	著 譯	臺灣科技大學
國際企業論	李 蘭 甫	著	東吳大學
企業政策	陳 光 華	著	交通大學
企業概論	陳 定 國	著	前臺灣大學
管理新論	謝 長 宏	著	交通大學
管理概論	劉 立 倫	著	輔仁大學
管理概論	郭 崑 謨	著	前臺北大學籌備處
企業組織與管理	郭 崑 謨	著	前臺北大學籌備處
企業組織與管理（工商管理）	盧 宗 漢	著	臺北大學
企業管理概要	張 振 宇	著	淡江大學
現代企業管理	龔 平 邦	著	前逢甲大學
現代管理學	龔 平 邦	著	前逢甲大學
管理學	龔 平 邦	著	前逢甲大學
管理數學	謝 志 雄	著	東吳大學
管理數學	戴 久 永	著	交通大學
管理數學題解	戴 久 永	著	交通大學
文檔管理	張 翊	著	郵政研究所
資料處理	呂 執 中 李 明 章	著	成功大學
事務管理手冊	行政院新聞局	編	
現代生產管理學	劉 一 忠	著	舊金山州立大學
生產管理	劉 漢 容	著	成功大學
生產與作業管理（修訂版）	潘 俊 明	著	臺灣科技大學
生產與作業管理	黃 峯 蕙 施 勵 行 林 秉 山	著	中正大學
生產與作業管理	黃 學 亮	著	中油公司
商業概論	張 鴻 章	著	臺灣大學
商業心理學	陳 家 聲	著	臺灣大學
管理心理學	湯 淑 貞	著	成功大學
品質管制（合）	柯 阿 銀	譯	臺北大學
品質管理	戴 久 永	著	交通大學
品質管理	徐 世 輝	著	臺灣科技大學
品質管理	鄭 春 生	著	元智大學
可靠度導論	戴 久 永	著	交通大學
人力資源策略管理	何 永 福 楊 國 安	著	政治大學

作業研究	劉賓陽 著	中山大學
作業研究	林照雄 著	輔仁大學
作業研究	楊超然 著	臺灣大學
作業研究	劉一忠 著	舊金山州立大學
作業研究	廖慶榮 著	臺灣科技大學
作業研究題解	廖慶榮、廖麗滿 著	臺灣科技大學
數量方法	葉桂珍 著	成功大學
數量方法題解	葉桂珍 著	成功大學
系統分析	陳進 著	聖瑪利大學
系統分析與設計	吳宗成 著	臺灣科技大學
管理資訊系統	李傳明 著	臺北大學
決策支援系統	范懿文、季延平、王存國 著	中央大學
秘書實務	黃正興 編著	實踐大學
國際匯兌	林邦充 著	長榮管理學院
國際匯兌	于政長 著	東吳大學
國際行銷管理	許士軍 著	高雄企銀
國際行銷（大學）	郭崑謨 著	前臺北大學籌備處
國際行銷（五專）	郭崑謨 著	前臺北大學籌備處
實用國際行銷學	江顯新 著	臺北大學
行銷學通論	龔平邦 著	前逢甲大學
行銷學（增訂版）	江顯新 著	臺北大學
行銷學	方世榮 著	雲林科技大學
行銷學	曾光華 著	中正大學
行銷管理	陳正男 著	成功大學
行銷管理	郭崑謨 著	前臺北大學籌備處
行銷管理	郭振鶴 著	東吳大學
關稅實務	張俊雄 著	淡江大學
市場學概要	蘇在山 著	
市場調查	方世榮 編著	雲林科技大學
投資學	龔平邦 著	前逢甲大學
投資學	白俊男、吳麗瑩 著	東吳大學
投資學	徐燕山 著	政治大學
海外投資的知識	日本輸出入銀行海外投資研究所 編	

國際投資之技術移轉	鍾瑞江	著	東吳大學
外匯投資理財與風險（增訂版） ——外匯操作的理論與實務	李麗	著	中央銀行
財務報表分析	洪國賜 盧聯生	著	前淡水工商學院 輔仁大學
財務報表分析題解	洪國賜	編	前淡水工商學院
財務報表分析（增訂版）	李祖培	著	臺北大學
財務報表分析題解	李祖培	著	臺北大學
財務管理	張春雄 林烱垚	著	政治大學
財務管理	黃柱權	著	前政治大學
國際財務管理	劉亞秋	著	中正大學
公司理財	文大熙	著	
商業自動化	王士峯 王士紘	編著	中國技術學院 淡江大學
營業預算概念與實務	江承運	編著	前政治大學